国家社科基金一般项目
（批准号：10BZW026）

文心雕龍的駢文理論和實踐

于景祥 著

中华书局

图书在版编目(CIP)数据

《文心雕龙》的骈文理论和实践/于景祥著. —北京:中华书局,2017.12

ISBN 978-7-101-12251-0

Ⅰ.文… Ⅱ.于… Ⅲ.①文学理论-中国-南朝时代②《文心雕龙》-骈文-古典文学研究 Ⅳ.I206.2

中国版本图书馆 CIP 数据核字(2016)第 259114 号

书　　名 《文心雕龙》的骈文理论和实践
著　　者 于景祥
内封题签 于景頫
责任编辑 吴爱兰
出版发行 中华书局
(北京市丰台区太平桥西里 38 号　100073)
http://www.zhbc.com.cn
E-mail:zhbc@zhbc.com.cn
印　　刷 北京市白帆印务有限公司
版　　次 2017 年 12 月北京第 1 版
2017 年 12 月北京第 1 次印刷
规　　格 开本/920×1250 毫米 1/32
印张 16⅜　插页 2　字数 426 千字
印　　数 1-1800 册
国际书号 ISBN 978-7-101-12251-0
定　　价 79.00 元

目　录

引　言

如果要研究中国古代的骈文，有一个重镇是决不能绕过的，这就是刘勰的《文心雕龙》。该书不仅包含比较丰富的骈文理论，而且其中的各个篇章还是典型的骈文创作范本。它在理论和实践两个方面都达到了前无古人、后难为继的境界。

从骈文理论的角度考察，刘勰的《文心雕龙》具有开山的意义，其贡献主要有这样几个方面：

第一，《文心雕龙》首次从哲学和文艺学的理论高度对骈文产生的原因作了深入透彻的分析，指出骈文的产生是自然界的启发和中国传统的思维方式相互作用的结果，并且揭示出了骈文的特殊存在价值。

第二，《文心雕龙》首次对骈文产生与发展的轨迹作了清晰的描述，比较完整地勾勒出骈文从先秦一直到齐、梁时期滥觞、萌芽、产生、发展、演变的历史流程，成为中国古代骈文史研究的先行者。

第三，《文心雕龙》首次对骈文中的对偶、用典、声律、藻饰等等要素进行了充分的阐释和论证，深入分析了其写作方法、技巧及其基本规范，为骈文创作提供了科学的方法论。

第四，骈文和散文的地位问题、相互关系问题一直是中国古代文学史上的公案，千百年来争论不休。《文心雕龙》首次对骈文与散文之间的关系作了客观的分析和阐述，并且指出了正确处理二者关系的科学方法和正确道理，这就是迭用奇偶、骈散结合。

从骈文创作的角度考察，刘勰的《文心雕龙》也具有非凡的价值和意义：

第一，《文心雕龙》中的五十篇文章，都是比较标准的骈体文，这些作品不仅在对偶、用典方面成就突出，而且在藻饰、声律等几个方面也有非凡的成就。既有六朝骈文特殊的精美化特征，又克服了当时骈文华而不实的弊端，在中国古代骈文史上具有独特的价值。

第二，《文心雕龙》不但在理论上提出了解决骈、散问题的方法论，而且在创作实践中进行了成功的探索，在处理骈文与散文两者关系上也达到了很高的境界，其骈散结合的创作方法堪称后世的楷模。

第三，《文心雕龙》在论说文的论证体制上也有巨大贡献：一方面继承了前人的成果，取其精华；另一方面又加以创新和发展，形成了独特的论证体制。

第四，更为值得注意的是：在使用骈偶进行议论说理这方面，刘勰堪称一代宗师，而其《文心雕龙》更是议论说理类骈文中令人叹为观止的高峰。

然而，从《文心雕龙》的研究现状上看，该书在文学理论方面的成就及其思想意义，人们已经进行了广泛和深入的研究，而且成果丰富，但是关于《文心雕龙》在骈文理论和骈文创作方面的研究却显得严重不足，所以，我们有必要在这方面进行深入的研究和探索。

第一章　绪　论

第一节　《文心雕龙》的骈文成因论

关于骈偶产生的原因，自古以来，有很多人进行过分析和论证，直到现在，这个问题仍然存在争论。但是，从总体上说，我们不能不承认，《文心雕龙》关于骈偶产生原因的论述是目前为止最为深刻、最为全面的。

一　《文心雕龙》的骈文成因论

《文心雕龙》一书中有关骈偶产生原因的探讨，主要集中在《丽辞》篇，而本篇之中，直接阐述骈偶产生原因的主要是两段文字：一是开头部分："造化赋形，支体必双；神理为用，事不孤立。夫心生文辞，运裁百虑；高下相须，自然成对。"[1]二是结尾总结部分："体植必两，辞动有配。左提右挈，精味兼载。"[2]黄侃先生在其《文心雕龙札记》中专门对《丽辞》篇进行阐释，开篇便明确指出："文之有

[1]　黄霖编著，《文心雕龙汇评》，上海古籍出版社，2005年版，第118页。
[2]　黄霖编著，《文心雕龙汇评》，上海古籍出版社，2005年版，第120页。

骈俪,因于自然,不以一时一人之言而遂废。"[1]点出骈偶的产生"因于自然"。接着又高度概括本篇的要点:"一曰高下相须,自然成对。明对偶之文依于天理,非由人力矫揉而成也。次曰岂营丽辞,率然对尔。明上古简质,文不饰雕,而出语必双,非由刻意也。三曰句字或殊,偶意一也。明对偶之文,但取配俪,不必比其句度,使语律齐同也。四曰奇偶适变,不劳经营。明用奇用偶,初无成律,应偶者不得不偶,犹应奇者不得不奇也。终曰迭用奇偶,节以杂佩。明缀文之士,于用奇用偶,勿师成心,或舍偶用奇,或专崇俪对,皆非为文之正轨也。"[2]再次申明骈偶之文"依于天理",总体上肯定刘勰之说:骈偶是在天理、自然的影响下产生的。同时又作了进一步的论证,要点是以文质两端为基本点,认为文章文质无定,所以奇偶也无定,"偏于文者好用偶,偏于质者善用奇"[3]。范文澜先生在其《文心雕龙注》中阐发刘勰关于骈偶成因之论,与黄侃先生有同有异:他也同意"偶对出于自然",但又着重强调联想作用和生活实际需要之促进作用:"原丽辞之起,出于人心之能联想。既思'云从龙',类及'风从虎',此正对也。既想'西伯幽而演《易》',类及'周旦显而制《礼》',此反对也。正反虽殊,其由于联想一也。古人传学,多凭口耳;事理同异,取类相从;记忆匪艰,讽诵易熟。此经典之文,所以多用丽语也。凡欲明意,必举事证;一证未足,再举而成;且少既嫌孤,繁亦苦赘;二句相扶,数折其中。昔孔子传《易》,特制《文》《系》,语皆骈偶,意殆在斯。又人之发言,好趋均平;短长悬殊,不便唇舌;故求字句之齐整,非必待于偶对,而偶对之成,常足以齐整字句。魏、晋以前篇章,骈句俪语,辐辏不绝者,此也。综上诸因,知偶对出于自然,不必废,亦不能废,

[1] 黄侃撰,《文心雕龙札记》,上海古籍出版社,2000 年版,第 162 页。
[2] 黄侃撰,《文心雕龙札记》,上海古籍出版社,2000 年版,第 162 页。
[3] 黄侃撰,《文心雕龙札记》,上海古籍出版社,2000 年版,第 163 页。

但去泰去甚，勿蹈纤巧割裂之弊，斯亦已耳。凡后世奇偶之议，今古之争，皆胶柱鼓瑟，未得为正解也。”[1]大体说来，范说是在黄侃先生天理自然与文质之说的基础上有所发挥，对“偶对出于自然”做了更为具体的解释：一是人的联想作用；二是古人口耳传学，便于记忆的实际需要；三是为文举证的需要，孤证不立，必有两句相扶；四是人们讲话时为便于唇舌，追求均平、齐整字句的习惯作用。应该说，这样解释刘勰《文心雕龙·丽辞》中有关骈偶成因的论述是相当深刻的。

二 《文心雕龙》骈文成因论的思想渊源

不过，仔细分析，黄侃先生和范文澜先生对《文心雕龙·丽辞》中有关骈偶成因论的解释仍有未尽之处，主要是对刘勰这一文艺观念的思想渊源和它所揭示的中国古代传统思维方式缺乏必要的分析与阐述。其实，刘勰这段论述的思想渊源一方面与老庄的自然之道有密切关系，另一方面与中国古代传统哲学思维方式——二元对应思维以及传统艺术思维方式也是密不可分的。

首先，“自然之道”在《文心雕龙》中占据着非常重要的位置。如果说“文之枢纽”中的“征圣”“宗经”“正纬”有着十分浓厚的儒家思想，那么，“原道”则主要“原”的是老庄的“自然之道”，也可以说是要借文章来展示“自然之道”。这个“自然之道”不仅在本体论中占有相当重要的位置，而且在创作论中具有方法论上的指导意义。正是以这“自然之道”为出发点，《文心雕龙》特别有逻辑性、层次分明地阐释了其文学上的自然观。《文心雕龙·序志》中有言：“盖文心之作也，本乎道。”[2]应该说是开宗明义，而总论的第一篇又是《原道》，文章开头便说明道与文之关系：“文之为德也大矣，与

[1] 刘勰著，范文澜注，《文心雕龙注》，人民文学出版社，1958年版，第590页。

[2] 黄霖编著，《文心雕龙汇评》，上海古籍出版社，2005年版，第164页。

天地并生者何哉？夫玄黄色杂，方圆体分；日月叠璧，以垂丽天之象；山川焕绮，以铺理地之形：此盖道之文也。仰观吐曜，俯察含章；高卑定位，故两仪既生矣。惟人参之，性灵所钟，是谓三才；为五行之秀，实天地之心。心生而言立，言立而文明，自然之道也。"〔1〕我们知道，老子用"自然"概括宇宙之本原，说："人法地，地法天，天法道，道法自然。"〔2〕意思是宇宙万物与人皆以"自然之道"为本，都要遵循自然而存在。而刘勰在这里便承其旨而用于阐述文、道关系，说明人之文即道之文，也即人的文章是"自然之道"的具体显现。所以说："心生而言立，言立而文明，自然之道也。"这是从本体论的高度以老子的自然观为根本依据来阐释文、道之关系。接下来在创作论的《定势》篇中则着重阐释这种"自然之道"在具体的文学创作中的展现。其中比较突出的一个是"自然之势"："夫情致异区，文变殊术，莫不因情立体，即体成势也。势者，乘利而为制也。如机发矢直，涧曲湍回，自然之趣也。圆者规体，其势也自转；方者矩形，其势也自安：文章体势，如斯而已。……综意浅切者，类乏酝藉；断辞辨约者，率乖繁缛：譬激水不漪，槁木无阴，自然之势也。"〔3〕既然文学之本源是"自然之道"，即自然界的客观规律，那么这"自然之势"就是这一规律在文章作品中的具体展示，人们为文之时，就应该以"自然之势"作为文章的体势；另一个就是我们这里要着重说明的"造化赋形"与"自然成对"，应该说这是对"自然之道"的深层次阐发。这里的"造化"就是"自然"，"自然成对"是"自然之道"作用的必然结果。从总体上说，人之文是"自然之道"的反映；从个体文章体势上说，文章之体势是"自然之势"的反映；而从文辞上说，对偶这种文章写作的方法、技巧也是"自然之道"使然，因为依据自然规律"事不孤立"，所以"心生文辞"，运思

〔1〕 黄霖编著，《文心雕龙汇评》，上海古籍出版社，2005年版，第13页。
〔2〕 任继愈译著，《老子新译》，上海古籍出版社，1985年版，第114页。
〔3〕 黄霖编著，《文心雕龙汇评》，上海古籍出版社，2005年版，第105页。

谋篇时便“自然成对”。

同时,更重要的是:刘勰又从哲学的高度,从思维方式和创作构思的层面更深入地发掘了对偶这种行文方式和修辞方法的内在成因,这就是“支体必双”“事不孤立”“高下相须”“体植必两”。这便揭示出对偶是由客观事物的二元对应关系转化为人的艺术思维活动,即两点论,对应思维,这是对偶之所以产生的内在的哲学依据。其实,二元对应思维是中国最传统的思维方式之一,源远流长,对中国文学的影响非常深远,只是别人没有像刘勰这样很早便看清了二者之间的关系并且作出这样明白的表述。在中国传统文化中,二元对应、体植必两是儒道两家交融互补、共同培育出来的思想观念。《老子》第二章《养身》中早就指出:“故有无相生,难易相成;长短相形,高下相倾;音声相和,前后相随。”〔1〕《黄帝四经》中称“天地之道,有左有右,有牝有牡”〔2〕。在很多场合,这种二元对应、体植必两的观念又经常通过阴、阳两个范畴来表现:《老子》四十二章中说“万物负阴而抱阳,冲气以为和”〔3〕。《庄子·人间世》中有曰:“事若成,则必有阴阳之患。”〔4〕《易传》:“立天之道,曰阴与阳,立地之道,曰柔与刚,立人之道,曰仁与义。”〔5〕实际上,《易传》把阴阳视为形而上的本体,区分宇宙为形而上与形而下两方面:“形而上者谓之道,形而下者谓之器。”〔6〕而这形而上的道是什么呢?《易传》说得明白:“一阴一阳之谓道。”〔7〕而这一阴一阳也即道为万物之本:“是故易有太极,是生两仪,两仪生四象,四象

〔1〕 任继愈译著,《老子新译》,上海古籍出版社,1985年版,第64页。

〔2〕 谷斌、张慧妹、郑开注译,《黄帝四经今译》,中国社会科学出版社,1996年版,第108页。

〔3〕 任继愈译著,《老子新译》,上海古籍出版社,1985年版,第152页。

〔4〕 王先谦注,《庄子集解》,上海书店,1987年版,第24页。

〔5〕 《周易》,《十三经注疏》,中华书局,1980年版,第93—94页。

〔6〕 《周易·系辞上》,《十三经注疏》,中华书局,1980年版,第83页。

〔7〕 《周易·系辞上》,《十三经注疏》,中华书局,1980年版,第78页。

生八卦,八卦定吉凶,吉凶生大业。”[1]这样,远古先民通过反反复复的占卜实践后浓缩、凝聚起来的朴素思维模式,经过儒家的推演、阐释之后,不断地儒学化、经典化,逐步形成一种思维方式以至于理论思维的特殊模式,到汉代儒家那里,不但被尊为经,而且是六经之首,成了一切思想、学术文化的根源、总汇。由先秦到两汉以来,由于儒学渐居正统地位,同时阴阳五行学说又形成并广为流传,道家思想也长期与之交融,这样,二元对应、体植必两的观念渗透到中国社会和各种意识形态里面,可以说是中国古代的人们思考问题、解释万事万物的最基本的也是最传统的思维方式,用来匡范整个大千世界。《左传》昭公三十二年:“物生有两。”“体有左右,各有妃耦。”[2]《朱子语类》:“天下的道理,只是一个包两个。”“凡天下之事,一不能化,唯两而后能化,且如一阴一阳,始能化生万物。”[3]《易传》对此阐述得更为明白,把阴阳上升到“道”的高度:“一阴一阳之谓道。”“阴阳合德则刚柔有体。”[4]把天地与阴阳并举,认为它们交感合德而生万物。同时,《易传》还把天地自然界的阴阳对举观念同社会人事联系起来,构成二元对应、体植必两的伦理系统:“有天地然后有万物,有万物然后有男女;有男女然后有夫妇,有夫妇然后有父子,有父子然后有君臣,有君臣然后有上下,有上下然后有礼仪、有错(措)。”[5]其书中之阴阳有十分具体的象征内容,如阴可代表地(坤)、女、子、臣、下、北、风、水、泽、花、柔顺等等;阳可代表天(乾)、男、父、君、上、南、雷、火、山、果、刚健等等。从先秦到明清,这种二元对应、体植必两的思维方式一脉相承,成为比较稳固的思维模式:汉董仲舒在《春秋繁露·基义》中说:“凡

〔1〕《周易·系辞上》,《十三经注疏》,中华书局,1980年版,第82页。
〔2〕《春秋左传》,《十三经注疏》,中华书局,1980年版,第2128页。
〔3〕黎靖德编,王星贤点校,《朱子语类》,中华书局,1994年版,第1610、2512页。
〔4〕《周易·系辞下》,《十三经注疏》,中华书局,1980年版,第77页。
〔5〕《周易》,《十三经注疏》,中华书局,1980年版,第96页。

物必有合。合必有上，必有下；必有左，必有右；必有前，必有后；必有表，必有里；有美必有恶……此皆其合也。阴者阳之合，妻者夫之合；子者父之合，臣者君之合。物莫无合，而合各有阴阳。”[1]宋之张载在其《正蒙·参两》中说：“一物两体，气也；一故神（自注：两在故不测），两故化（自注：推行于一）；此天之所以参也。”[2]明代王廷相在其《慎言》中说道：“阴不离于阳，阳不离于阴。”“二者相须以为用，相待而一体也。”[3]清人王夫之在其《张子正蒙注》卷三中说：“物物有阴阳，事亦如之。”[4]其《周易外传》卷二《无妄》中又云：“物物相依，所依者之足依，无毫发疑似之或欺。”[5]更为值得注意的是：这种二元对应、体植必两的哲学思维方式，极大地影响和支配着人们的语言思维和艺术思维方式。作为语言思维，由于二元对应、体植必两思维模式的影响，远古先民们在口耳相传的语言实践中便积累了不少相互对仗的民谣、民谚，先秦诸子百家又创造出大量对偶比较工致的骈词俪语。作为文学艺术思维，由于受二元对应、体植必两思维方式的影响，古代文士崇尚骈俪对称的特殊文化心理，因而导致了两两对偶句式为主体的骈体文的产生。换句话说，正是古代文士的二元对应、体植必两的思维方式作用于文学创作思维，从而外化为追求对称美的骈体文。然而，我们不能不说，是刘勰最早地看到了二元对应、体植必两对骈俪之体的影响，所以《文心雕龙·丽辞》中的这些话便有了经典性的意义：

> 造化赋形，支体必双，神理为用，事不孤立。夫心生文辞，运裁百虑，高下相须，自然成对。……赞曰：体植必两，辞动有

---

[1] 赖炎元注译，《春秋繁露今注今译》，台湾商务印书馆，1984年版，第320页。

[2] 张载撰，王夫之注，汤勤福导读，《张子正蒙》，上海古籍出版社，2000年版，第100页。

[3] 王廷相著，王孝鱼点校，《王廷相集》，中华书局，1989年版，第756、754页。

[4] 王夫之撰，《张子正蒙注》，《船山全书》，岳麓书社，1996年版，第107页。

[5] 陈玉森、陈宪猷撰，《周易外传镜诠》，中华书局，2000年版，第255页。

配。左提右挈，精味兼载。炳烁联华，镜静含态。玉润双流，如彼珩珮。[1]

其实，这就是从哲学思维和艺术思维的高度对对偶这种行文方式和修辞方法产生原因的最精辟的阐释，后世很多人在解释骈偶成因时都受此启发：唐人上官仪在《笔札华梁·论属对》中指出："凡为文章，皆须属对，诚以事不孤立，必有配匹而成。至若上与下，尊与卑，有与无，同与异，去与来，虚与实，出与入，是与非，贤与愚，悲与乐，明与暗，浊与清，存与亡，进与退，如此等状，名为反对者也。除此以外，并须以类对之：一二三四，数之类也；东西南北，方之类也；青赤玄黄，色之类也。"[2]这是比较明显的例证。由宋至清的文艺家们也是如此。《朱子语类》："凡天下之事，一不能化，唯两而后能化，且如一阴一阳，始能化生万物。"并且以此来解释文艺："两物相对待，故有文。若相离去，便不成文矣。"[3]清人叶燮在其《原诗》中也从哲学世界观的高度阐释骈俪之体的产生原因："对待之义，自太极生两仪以后，无事无物不然：日月、寒暑、昼夜，以及人事之万有——生死、贵贱、贫富、高卑、上下、长短、远近、新旧、大小、香臭、深浅、明暗，种种两端，不可枚举。"[4]所有这些论断应该说或多或少地都受到刘勰的启发。

那么，二元对应、体植必两的思维模式在骈偶生成中是怎样直观显现的呢？其一，由于二元对应、体植必两的思维方式的支配，文士在创作中便追求用语法结构相同或相近、语义相对或相反的一对句子来表现一个相对立或者相对称的意念或情感，由此形成了骈体文中言对、事对、正对、反对这四种最基本的对偶方式。换

[1] 黄霖编著，《文心雕龙汇评》，上海古籍出版社，2005年版，第118—120页。
[2] 张伯伟撰，《全唐五代诗格汇考》，凤凰出版社，2002年版，第69页。
[3] 黎靖德编，王星贤点校，《朱子语类》，中华书局，1994年版，第1958页。
[4] 叶燮著，霍松林校注，《原诗》，人民文学出版社，1979年版，第44页。

句话说，不管是言对、事对，还是正对、反对等对偶方式都是古代文士二元对应、体植必两思维方式的直觉外现，是追求平衡对称或相反相成之美的艺术心理的展示。其二，在二元对应、体植必两的思维模式作用下，古代文士把平、上、去、入四声归纳成平与仄两类，从而形成平仄相间、两两成对、抑扬顿挫、和谐悦耳的对偶句式。其他如名物对、异类对、数字对等等都是如此。因此，解释刘勰的骈偶成因论，应该指出其思想渊源、哲学依据，以及传统艺术思维方式的影响作用，这也是刘勰识见超凡的体现。

三 《文心雕龙》骈文成因论的局限

当然，我们也不能不说，刘勰的这一骈偶成因论还是有局限的，其突出点是忽视了骈偶构成的必备的物质基础——汉语言文字本身的特殊条件。他没有注意到，受自然界的启发，也即观察到"支体必双"的人，肯定不仅是使用汉字的民族，可为什么骈偶为华夏所独有，而不使用汉字的其他民族则没有？关键是汉语言文字本身的特殊性质便于构成对偶。文章写作是语言的艺术，它是以语言为基本材料和物质手段来塑造形象、反映社会生活、表达作者的思想感情的。高尔基在《论文学》(续集)中说："语言把我们的一切形象、感情和思想固定下来，它是文学的基本材料。文学就是用语言表达的造型艺术。"[1]骈文是中华民族独具特色的文学样式，它只能在汉民族独特的语言文字基础上产生和发展。也就是说，汉语言文字既为骈文的产生提供了物质基础，又引导、制约着作家的创作心态和创作思维，使作家一方面主观努力，一方面又不由自主地按着汉字的客观规定朝着骈化的趋向发展，从而导致骈体文的产生。那么，汉语言文字以什么样的特性为骈文的产生和

〔1〕 高尔基著，冰夷等译，《论文学》(续集)，人民文学出版社，1979 年版，第 387 页。

发展提供了物质基础,又为作家提供了引导机制呢?谢无量指出:"中国字皆单音,其美文之至者,莫不准音署字,修短相均,故骈文律诗,实世界美文所不能逮。"[1]这是中国人自己说的。日本汉学家监谷温在其《中国文学概论》中说:"中国语文单音而孤立之特性,其影响于文学上,使文章简洁,便于作骈语,使音韵协畅。"这些人说的都很正确,只是还不够具体,具体地说,汉字有这样几种特征:一是单文独义;二是以表意文字为主;三是一字一音;四是单音词丰富;五是区别"四声";六是言文分离。由于具备了这样六种特性,于是汉语言文字便有了几种特殊功能:任意伸缩,自由分合;随机变化,可以颠倒,其灵活机动的弹性举世无匹,因而便为骈文的产生提供了基础。从各个时期的学者对《文心雕龙·丽辞》的解说、注释上看,也有人注意到了这一点,并且做了补充说明。如刘永济先生在其《文心雕龙校释》中就专门指出:"文学之用对偶,实由文字之质性使然。我国文字单体单音,故可偶合。"王力先生也指出:"惟有以单音节为主(即使是双单词,而词素也是单音节)的语言,才能形成整齐的对偶。在西洋语言中,即使有意地排成平行的句子,也很难做到音节相同。那样只是排比,不是对偶。"[2]然而,由于时代和其他条件的局限,刘勰没有看到这一点,这是时代的局限,我们不该苛求古人。

同时,我们还必须说明:对偶产生的原因还不止上面所说的几个方面,特别是要论述骈文作为一种独立文体产生的原因,仅仅上述几项条件是不够的。其中最为重要的是文学发展内在机制的发展与成熟,具体说来是需要骈偶由自在到自觉的发展过程,也就是文学自觉思潮的推动作用,而这一思潮恰恰在汉魏之际出现了,因而骈文作为一种文体在当时文学自觉思潮的推动下,逐渐发展、进

[1] 谢无量著,《骈文指南》,中华书局,1918年版,第1页。
[2] 刘勰著,刘永济校释,《文心雕龙校释》,中华书局,1962年版,第139页。

步，经过晋、宋更变本加厉，愈演愈烈，至齐、梁时代则达到巅峰状态，在文坛上占据了统治地位。受其影响，刘勰的《文心雕龙》本身也以骈体为主。所以，文学内部发展机制即文学自觉思潮是骈文产生的更为重要的内部因素。

第二节　《文心雕龙》中的骈文史论

《文心雕龙》为世人提供了先秦至齐梁这一漫长历史过程中各类文体发展与演变的理论上的说明和阐述，从这部书中，我们可以看出中国文学中的诸多文体在这上千年历史过程中发展与演化的轨迹，其中特别突出的是把骈文的形成和发展过程划分为先秦、两汉、魏晋三个时段，实际上就是骈文滥觞、萌芽与形成的三个历史阶段。文中虽然从对偶的角度论述这三个历史阶段作家作品的状况，但是从本质上说，已经揭示出了骈体文从滥觞、萌芽，到形成这一完整的历史发展过程，而且轨迹甚为明晰，具有骈文史论的性质。

一　奇偶适变，不劳经营——骈体之滥觞时期

《文心雕龙》在阐释先秦这一骈体滥觞时期的状况之时，主要从《尚书》《诗经》到《周易》《左传》这几部经典入手，进行了分析和论证，其《丽辞》篇中指出：

> 唐虞之世，辞未极文，而皋陶赞云："罪疑惟轻，功疑惟重。"益陈谟云："满招损，谦受益。"岂营丽辞，率然对尔。《易》之《文》、《系》，圣人之妙思也。序《乾》四德，则句句相衔；龙虎类感，则字字相俪；乾坤易简，则宛转相承；日月往来，则隔行悬合：虽句字或殊，而偶意一也。至于诗人偶章，大夫

联辞，奇偶适变，不劳经营。〔1〕

从远古的《尚书》，一直到春秋战国时期的作品，一一论列，有理有据。如果我们对这些作品进行实际考察，就会发现，《文心雕龙》中的这些论述非常精审，准确地揭示出了骈偶滥觞时期的真实状态。

第一，“皋赞”“益谟”，率然对尔。《尚书》为我国记言文之祖，书中已经有丽辞存在。除了刘勰所举的“皋赞”“益谟”之外，其他如《益稷》：“臣哉邻哉，邻哉臣哉。”〔2〕这是比较成熟的回文对；《洪范》：“无偏无党，王道荡荡；无党无偏，王道平平。”〔3〕这是比较成熟的连珠对；《伊训》：“敢有恒舞于宫、酣歌于室，时谓巫风；敢有殉于货色、恒于游畋，时谓淫风。”〔4〕这是比较成熟的长句偶对；《牧誓》：“左杖黄钺，右秉白旄。”〔5〕这是讲究辞采、有意于藻饰的色彩对偶。此外，《尚书》中，还有一些段落在骈辞丽语方面表现得更为成熟：

若升高，必自下；若涉遐，必自迩。无轻民事，惟难；无安厥位，惟危。慎终于始。有言逆于汝心，必求诸道；有言逊于汝志，必求诸非道。“呜呼！弗虑胡获？弗为胡成？一人元良，万邦以贞。君罔以辩言乱旧政，臣罔以宠利居成功，邦其

---

〔1〕 黄霖编著，《文心雕龙汇评》，上海古籍出版社，2005年版，第118页。

〔2〕 孔安国传，孔颖达正义，黄怀信整理，《十三经注疏·尚书正义》，上海古籍出版社，2007年版，第165页。

〔3〕 孔安国传，孔颖达正义，黄怀信整理，《十三经注疏·尚书正义》，上海古籍出版社，2007年版，第464页。

〔4〕 孔安国传，孔颖达正义，黄怀信整理，《十三经注疏·尚书正义》，上海古籍出版社，2007年版，第305页。

〔5〕 孔安国传，孔颖达正义，黄怀信整理，《十三经注疏·尚书正义》，上海古籍出版社，2007年版，第420页。

永孚于休。"〔1〕

——《太甲下》

佑贤辅德，显忠遂良，兼弱攻昧，取乱侮亡，推亡固存，邦乃其昌。"德日新，万邦惟怀；志自满，九族乃离。"……"能自得师者王，谓人莫己若者亡。好问则裕，自用则小。"〔2〕

——《仲虺之诰》

上举第一段虽句法参差，但以骈俪为主；对偶较工，但又不露雕琢之痕，纯任自然。第二段在句式上很有特色。以四言对为主，六言对也已出现，开四字对偶、六字对偶之端。文字不仅对偶更为工致，而且还带有声韵节奏，表现出铿锵和谐的音乐美，虽不及后世地道骈体之完美，但其美感效用则相去不远。总之，从《尚书》的诰、训、命、誓等等语言和体制来看，它们的确可以说是秦汉以后诏、敕、章、表、书、启等骈体应用文之初型，一句话：《尚书》是后世骈体应用文的最早、也是最直接的源头。姜书阁先生在《骈文史论》中说得好："汉代以后的骈文实早奠基于殷、周故籍；而两千年来封建王朝的官方文书之始终沿用四六骈体，也正是崇古、尊经、法三王、宗五帝这些传统的儒家思想所决定的。"〔3〕

第二，"《易》之《文》、《系》"，"偶意一也"。关于《周易》，刘勰指出的骈偶例证是："序乾四德，则句句相衔；龙虎类感，则字字相俪；乾坤易简，则宛转相承；日月往来，则隔行悬合。"其实，书中的俪语远不止于此，我们还是应该看一看原文：

〔1〕孔安国传，孔颖达正义，黄怀信整理，《十三经注疏·尚书正义》，上海古籍出版社，2007年版，第318—319页。

〔2〕孔安国传，孔颖达正义，黄怀信整理，《十三经注疏·尚书正义》，上海古籍出版社，2007年版，第293—295页。

〔3〕姜书阁著，《骈文史论》，人民文学出版社，1986年版，第22页。

元者善之长也,亨者嘉之会也,利者义之和也,贞者事之干也。君子体仁足以长人,嘉会足以合礼,利物足以和义,贞固足以干事。君子行此四德者,故曰:“乾,元、亨、利、贞。”初九曰“潜龙勿用”,何谓也?子曰:“龙德而隐者也。不易乎世,不成乎名,遁世无闷,不见是而无闷,乐则行之,忧则违之,确乎其不可拔,‘潜龙’也。”[1]

——《乾文言》

坤至柔而动也刚,至静而德方。后得主而有常,含万物而化光。“坤”道其顺乎?承天而时行!积善之家,必有余庆。积不善之家,必有余殃。臣弑其君,子弑其父,非一朝一夕之故,其所由来者渐矣,由辩之不早辩也。[2]

——《坤文言》

这两段文字从文章体制上看骈迹甚为明晰。既多偶句,又多韵语,不仅仅限于丽辞偶语。所以清人阮元在《书梁昭明太子〈文选序〉后》一文中说:“孔子《文言》,实为万世文章之祖。此篇奇偶相生,音韵相和,如青白之成文,如咸韶之合节,非清言质说者比也,非振笔纵书者比也,非诘屈涩语者比也。是故昭明以为经也,史也,子也,非可专名之为文也;专名为文,必沉思翰藻而后可也。”[3]从本文在骈文发展史上的地位上看,阮元此说并不太过分。此文对后世骈文的影响确实深远。

除《文言》之外,《周易》之《系辞》骈偶化的程度更甚。如《系辞上》:“天尊地卑,乾坤定矣。卑高以陈,贵贱位矣。动静有常,刚

[1] 李学勤主编,《十三经注疏·周易正义》,北京大学出版社,1999年版,第12—15页。

[2] 李学勤主编,《十三经注疏·周易正义》,北京大学出版社,1999年版,第30—31页。

[3] 黄侃撰,《文心雕龙札记》,上海古籍出版社,2000年版,第9页。

柔断矣。方以类聚,物以群分,吉凶生矣。在天成象,在地成形,变化见矣。是故刚柔相摩,八卦相荡。鼓之以雷霆,润之以风雨。日月运行,一寒一暑。乾道成男,坤道成女。乾知大始,坤作成物。乾以易知,坤以简能。易则易知,简则易从。易知则有亲,易从则有功。"[1]我们看:《系辞》句句相承,极尽宛转之致,属对之工整、声韵之和谐,与后世地道之骈体相去不远。其文字虽"隔行悬合",但也同样音韵妙曼,声情动人。实际上,《系辞》不仅这段文字,可以说通篇亦大致如此。通观《系辞》上下传,对偶句三百二十六;用韵句一百一十。

《周易》之中,不仅《文言》《系辞》之中多有偶俪之句,《彖》《爻》《象》之中也俯拾即是。如《泰》卦:"《彖》曰:'泰,小往大来,吉亨。'则是天地交而万物通也,上下交而其志同也。内阳而外阴,内健而外顺,内君子而外小人,君子道长,小人道消也。《象》曰:天地交,泰。后以财成天地之道,辅相天地之宜,以左右民。"[2]而《否》卦《彖》辞之意义则与之相反:"《彖》曰:'否之匪人,不利君子贞。大往小来。'则是天地不交而万物不通也,上下不交而天下无邦也;内阴而外阳,内柔而外刚,内小人而外君子,小人道长,君子道消也。"[3]也有很多骈辞俪语。

总之,通观《周易》一书,我们发现:它不仅是我国历史、哲学、政治学等思想渊源所自,而且也是我国文学,尤其是骈体文的重要源头,刘勰所言极是。

第三,"诗人偶章"。《诗经》既是我国韵文的先河,又是文章学

[1] 李学勤主编,《十三经注疏·周易正义》,北京大学出版社,1999 年版,第 257—259 页。

[2] 李学勤主编,《十三经注疏·周易正义》,北京大学出版社,1999 年版,第 66 页。

[3] 李学勤主编,《十三经注疏·周易正义》,北京大学出版社,1999 年版,第 70 页。

的前驱，骈文与它也有特殊关系。骈文有四大要素，其中对偶与声韵是两个重要方面，而恰恰是这两项与《诗经》有不能割裂的关系。探究骈体文之形成与发展，舍《诗经》而不问是根本不行的。宋人陈骙在《文则》中说得好："六经之道，既日同归；六经之文，容无异体。故《易》文似《诗》，《诗》文似《书》。"[1]因此，追索骈文之源，《周易》《尚书》之外，必究《诗经》。《诗经》较之于《周易》《尚书》，用韵、用偶更为普遍，也更精细。不过，《诗经》三百零五篇中虽十分之六七用偶，几乎所有篇章都用韵，但纯任自然，不假雕琢，作者本未将用韵、用偶当成规范，心中也没有骈散的观念，纯粹是自然而然、意到笔随。尽管这样，骈文的各种对偶之法在《诗经》之中几乎都已存在，用韵之方法虽不比后世精密，但效果与后世定型之骈体则相去不远。

其一，《诗经》之中多声音之对称。《诗经》中的作品主要是民歌，大都出于天籁，意义之对仗较普遍，而声音上的对仗则不普遍，唯有在句末押韵达到声音上的对称和谐比较普遍。就句末用韵来说，《诗经》大都是有韵的，几乎包括所有的用韵方式：句句用韵；隔句用韵；一、二、四句用韵，而第三句不用韵；起句入韵，第三句以下才双句用韵；单句与单句押韵，双句和双句押韵。还有句中用韵、全诗一韵到底、中途换韵等等。对此，顾炎武在《日知录·古诗用韵之法》中说得比较确切："古诗用韵之法，大约有三。首句次句连用韵，隔第三句而于第四句用韵者，《关雎》之首章是也；凡汉以下诗及唐人律诗之首句用韵者源于此。一起即隔句用韵者，《卷耳》之首章是也；凡汉以下诗及唐人律诗之首句不用韵者源于此。自首至末句句用韵者，若《考槃》、《清人》、《还》、《著》、《十亩之间》、《月出》、《素冠》诸篇……；凡汉以下诗若魏文帝《燕歌行》之类源

---

〔1〕 陈骙撰，《文则》，王水照编，《历代文话》，复旦大学出版社，2007 年版，第 136 页。

于此。自是而变则转韵矣。转韵之始，亦有连用、隔用之别，而错综变化不可以一体拘。"[1]我们把顾炎武所说的三种用韵之法与实例对照起来看，会更加清楚：首句次句连用韵，隔第三句而于第四句用韵，如《周南·关雎》之首章："关关雎鸠，在河之洲。窈窕淑女，君子好逑。"[2]隔句用韵如《卷耳》之首章："采采卷耳，不盈顷筐。嗟我怀人，置彼周行。"[3]句句用韵如《陈风·月出》："月出皎兮，佼人僚兮；舒窈纠兮，劳心悄兮。"[4]这三种用韵方式，不仅对后世诗歌，对骈体用韵也有明显的影响。我们看看这方面的例子：其一，第一、二、四句用韵，第三句不用韵之骈文如曹植《洛神赋》："翩若惊鸿，婉若游龙；荣曜秋菊，华茂春松。"[5]江淹《别赋》："是以别方不定，别理千名；有别必怨，有怨必盈。"[6]其二，隔句用韵之骈文如曹植《洛神赋》："动无常则，若危若安；进止难期，若往若还。转眄流精，光润玉颜。含辞未吐，气若幽兰；华容婀娜，令我忘餐。"[7]其三，连续数句使用一韵，与《诗经》中句句用韵有明显相似之处，如陆机《文赋》："方天机之骏利，夫何纷而不理；思风发于胸臆，言泉流于唇齿。"[8]庾信《对烛赋》："铸凤衔莲，图龙并眠。烬高疑数翦，心湿暂难燃。"[9]可见，《诗经》中声音之对称、和谐对后世骈体文之声音对仗有比较明显的影响作用。

其二，《诗经》之中意义之对偶。《诗经》之中意义上的对偶虽

---

[1] 顾炎武著，黄汝成集释，栾保群、吕宗力点校，《日知录集释》，上海古籍出版社，2006年版，第1176—1177页。

[2] 程俊英、蒋见元著，《诗经注析》，中华书局，1991年版，第3页。

[3] 程俊英、蒋见元著，《诗经注析》，中华书局，1991年版，第9页。

[4] 程俊英、蒋见元著，《诗经注析》，中华书局，1991年版，第379页。

[5] 曹植著，赵幼文校注，《曹植集校注》，人民文学出版社，1998年版，第283页。

[6] 萧统编，李善注，《文选》，上海古籍出版社，1986年版，第756页。

[7] 曹植著，赵幼文校注，《曹植集校注》，人民文学出版社，1998年版，第284页。

[8] 陆机著，张少康集释，《文赋集释》，人民文学出版社，2002年版，第99、132页。

[9] 庾机撰，倪璠注，许逸民校点，《庾子山集注》，中华书局，2006年版，第83页。

然不如后世骈文精密，但是后世骈文的对偶之法，《诗经》之中几乎全部涵盖。请看下面的具体例证：

1.单句对：

父兮生我，母兮鞠我。

——《小雅·蓼莪》

女曰："鸡鸣。"士曰："昧旦。"

——《郑风·女曰鸡鸣》[1]

2.复句对：

溥天之下，莫非王土。率土之滨，莫非王臣。

——《小雅·北山》

我心匪石，不可转也。我心匪席，不可卷也。

——《邶风·柏舟》[2]

3.叠句对：

出其东门，有女如云，虽则如云，匪我思存……

出其闉阇，有女如荼，虽则如荼，匪我思且。

——《郑风·出其东门》

叔于田，巷无居人。岂无居人？不如叔也，洵美且仁……

叔适野，巷无服马。岂无服马？不如叔也，洵美且武。

——《郑风·叔于田》[3]

4.双声对：

一之日觱发，二之日栗烈。

——《豳风·七月》

---

〔1〕 程俊英、蒋见元著，《诗经注析》，中华书局，1991年版，第627、236页。

〔2〕 程俊英、蒋见元著，《诗经注析》，中华书局，1991年版，第643、63页。

〔3〕 程俊英、蒋见元著，《诗经注析》，中华书局，1991年版，第225、257页。

町畽鹿场，熠耀宵行。

——《豳风·东山》[1]

5.叠韵对：

陟彼崔嵬，我马虺隤。

——《周南·卷耳》

燕婉之求，籧篨不鲜！

——《邶风·新台》[2]

6.正名对：

齐侯之子，卫侯之妻；

东宫之妹，邢侯之姨。

——《卫风·硕人》[3]

7.同类对：

如切如磋，如琢如磨。

——《卫风·淇奥》

于以采蘋？南涧之滨；

于以采藻？于彼行潦。

——《召南·采蘋》[4]

8.异类对：

谁谓雀无角？何以穿我屋？谁谓女无家？何以速我狱？……

[1] 程俊英、蒋见元著，《诗经注析》，中华书局，1991年版，第407、422页。

[2] 程俊英、蒋见元著，《诗经注析》，中华书局，1991年版，第10、118页。

[3] 程俊英、蒋见元著，《诗经注析》，中华书局，1991年版，第164页。

[4] 程俊英、蒋见元著，《诗经注析》，中华书局，1991年版，第36、155页。

谁谓鼠无牙？何以穿我墉？谁谓女无家？何以速我讼？
——《召南·行露》[1]

9.当句对：
实方实苞，实种实褎；
实发实秀，实坚实好；
实颖实栗，即有邰家室。[2]
——《大雅·生民》

10.连珠对：
风雨凄凄，鸡鸣喈喈。
——《郑风·风雨》
行迈靡靡，中心摇摇。
——《王风·黍离》[3]

11.整章对：
或燕燕居息，或尽瘁事国。或息偃在床，或不已于行。
或不知叫号，或惨惨劬劳。或栖迟偃仰，或王事鞅掌。
或湛乐饮酒，或惨惨畏咎。或出入风议，或靡事不为。
——《小雅·北山》[4]

12.长句偶对：
王事适我，政事一埤益我。

---

〔1〕程俊英、蒋见元著，《诗经注析》，中华书局，1991年版，第41—42页。
〔2〕程俊英、蒋见元著，《诗经注析》，中华书局，1991年版，第804页。
〔3〕程俊英、蒋见元著，《诗经注析》，中华书局，1991年版，第195、251页。
〔4〕程俊英、蒋见元著，《诗经注析》，中华书局，1991年版，第644—645页。

我入自外，室人交遍谪我。

——《邶风·北门》

不稼不穑，胡取禾三百廛兮？

不狩不猎，胡瞻尔庭有县貆兮？

——《魏风·伐檀》[1]

以上所举，只是择其大要，还不能把《诗经》中意义对偶的类型完全概括进来，不过通过这些例证便能反映出《诗经》在意义对偶上的主要特征。它们一方面向人们展示出《诗经》作为我国韵文最早之源头，其用偶范围之广，种类之全；另一方面，它们也让人们再睹皇古文学那种质朴自然之风、音韵天成之趣、率然而对之天籁。《诗经》在音义对仗上为后世骈文“导夫先路”，成为骈体文产生的重要温床。不过，应该指出的是，后世文章家们在对偶的讲求上变其本而加其厉，踵其事而增其华，人为地、自觉地追求对偶，把艺术形式、技巧之美发展到巅峰状态，创造了举世无双的文体——骈体文，但《诗经》中那种在对偶上的自然天成之趣也消失了，事物的发展是带有两面性的。

第四，“大夫联辞”。《左传》之丽辞也是后世骈偶的远源之一。东晋范宁在《春秋穀梁传集解序》中称：“左氏艳而富，其失也巫”。韩愈在《进学解》一文中又说“左氏浮夸”。早于韩愈的刘知幾又在《史通》一书中说本书“言事相兼，烦省合理”。细加考究，三人之论皆非允当。唯清人刘熙载之说较为中肯，他在《艺概·文概》中说：“左氏叙事，纷者整之，孤者辅之，板者活之，直者婉之，俗者雅之，枯者腴之；剪裁运化之方，斯为大备。”[2]具体说来就是骈散兼行，单复并用，所以就连刘知幾也说“其文典而美，其语博而奥；述远古则委曲如存，征近代则循环可覆”。如果单从偶对上讲，《左传》之

〔1〕　程俊英、蒋见元著，《诗经注析》，中华书局，1991年版，第300、111页。

〔2〕　刘熙载撰，《艺概》，上海古籍出版社，1978年版，第1—2页。

骈辞偶语不仅数量可观,而且种类繁多,现择其要如下:

1.单句对:

仁以接事,信以守之;忠以成之,敏以行之。[1]

——成公九年

2.隔句对:

文子曰:"……言称先职,不背本也;乐操土风,不忘旧也。称大子,抑无私也;名其二卿,尊君也。不背本,仁也;不忘旧,信也。无私,忠也;尊君,敏也。"[2]

——成公九年

3.当句对:

夫宠而不骄,骄而能降,降而不憾……且夫贱妨贵,少陵长,远间亲,新间旧,小加大,淫破义,所谓六逆也。[3]

——隐公三年

4.长联对:

世之治也,君子尚能而让其下,小人农力以事其上,是以上下有礼,而谗慝黜远,由不争也,谓之懿德。及其乱也,君子称其功以加小人,小人伐其技以凭君子;是以上下无礼,乱虐并生,由争善也,谓之昏德。[4]

——襄公十三年

5.反对:

---

〔1〕〔2〕 杨伯峻编著,《春秋左传注》,中华书局,1990年版,第845页。

〔3〕 杨伯峻编著,《春秋左传注》,中华书局,1990年版,第32页。

〔4〕 杨伯峻编著,《春秋左传注》,中华书局,1990年版,第1000页。

"……小人戚，谓之不免；君子恕，以为必归。"小人曰："我毒秦，秦岂归君？"君子曰："我知罪矣，秦必归君。"〔1〕

——僖公十五年

6.正对：

夫德，俭而有度，登降有数，文物以纪之，声、明以发之。〔2〕

——桓公二年

7.流水对：

礼，经国家，定社稷，序人民，利后嗣者也。

——隐公十一年

东至于海，西至于河；南至于穆陵，北至于无棣。

——僖公四年

8.顶针对：

仲尼闻之曰："……名以出信，信以守器，器以藏礼，礼以行义，义以生利，利以平民，政之大节也。"〔3〕

——成公二年

无需再举，仅此八类便足可证明《左传》之文虽多以散行叙事，但却不乏偶对与骈俪，所以其文一方面轻快流转，另一方面也抑扬有节，于自然灵活之中而见典雅与和谐。还是章学诚《文史通义》说得恰切："传记如《左》《国》，文逐声而遂谐，语应节而遽协。"〔4〕清人刘开在其《与王子卿太守论骈体书》中也指出："伐薪必于昆

〔1〕 杨伯峻编著，《春秋左传注》，中华书局，1990年版，第366页。

〔2〕 杨伯峻编著，《春秋左传注》，中华书局，1990年版，第89页。

〔3〕 杨伯峻编著，《春秋左传注》，中华书局，1990年版，第788—789页。

〔4〕 章学诚著，叶瑛校注，《文史通义校注》，中华书局，1985年版，第559页。

邓,汲水宜从江海。"肯定先秦经典对骈体文产生的重要意义和作用,并进而更为具体地阐述了骈文与先秦经典的渊源关系:"夫骈散之分,非理有参差,实言殊浓淡。或为绘绣之饰,或为布帛之温。究其要归,终无异致;推厥所自,俱出圣经。夫经语皆朴,惟《诗》《易》独华。《诗》之比物也杂,故辞婉而妍;《易》之造象也幽,故辞惊而创。骈语之采色于是乎出。《尚书》严重,而体势本方;《周官》整齐,而文法多比。《载记》工累叠之语,《系辞》开属对之门。《尔雅·释天》以下,句皆珠连;《左氏》叙事之中,言多绮合,骈语之体制于是乎生。"[1]说骈语之体制纯从经典中产生虽有些太过,但二者关系确实紧密。因为经典之文由于历史和社会政治原因,对后世影响、尤其对文学影响极大,骈文自不例外。

当然,先秦文章之中的丽辞远不止上述这些,其他如《国语》《战国策》,特别是诸子文章多有丽辞,是骈文的重要渊源。不过,《文心雕龙》所举,应该说是以点带面,以少总多,有举一反三之效,对我们了解骈文滥觞阶段的情况极有启发意义,也为骈文研究奠定了重要的理论基础。

二 崇盛丽辞,刻形镂法——自觉追求骈俪的萌芽时期

刘勰在其《文心雕龙·丽辞》篇中,十分具体地阐述了两汉骈文萌芽时期的状况,指出:

> 自扬、马、张、蔡,崇盛丽辞,如宋画吴冶,刻形镂法,丽句与深采并流,偶意共逸韵俱发。[2]

这段关于两汉阶段骈偶演进状况的论述,真实地反映出当时文学的自觉和文体的演进状况。所谓"自觉"主要体现在"崇盛丽

---

[1] 王先谦编,《骈文类纂》,任继愈主编,《中华传世文选》,吉林人民出版社,1998年版,第394页。

[2] 黄霖编著,《文心雕龙汇评》,上海古籍出版社,2005年版,第118—119页。

辞”“刻形镂法”这八个字上,反映出丽辞从先秦的“率然对尔”“不劳经营”到刻意追求的变化;所谓“文体演进”主要体现在“丽句与深采并流,偶意共逸韵俱发”的状态上,也就是半骈半散的状态,这是西汉到东汉赋体的基本特征,只是前后程度有所不同,东汉之赋骈语更多,讲究更加细密。关于这一点,刘师培在其《论文杂记》中也持有同样的观点,只不过说得更清楚就是了:“西汉之时,虽属韵文(如骚赋之类),而对偶之法未严(西汉之文,或此段与彼段互为对偶之词,以成排比之体;或一句之中,以上半句对下半句,皆得谓之偶文,非拘于用同一之句法也,亦非拘于用一定之声律也)。东汉之文,渐尚对偶(所谓字句之间互相对偶也)。”[1]这方面的代表人物刘勰举的是“扬、马、张、蔡”,即扬雄、司马相如、张衡和蔡邕。

首先,司马相如是一个自觉追求丽辞的作家,一方面他对文学形式之美有明确的理解和认识,《西京杂记》卷二记载:

> 司马相如为《上林》《子虚》赋,意思萧散,不复与外事相关,控引天地,错综古今;忽然如睡,焕然而兴,几百日而后成。其友人盛览……尝问以作赋。相如曰:“合纂组以成文,列锦绣而为质,一经一纬,一宫一商,此赋之迹也。赋家之心,苞括宇宙,总览人物,斯乃得之于内,不可得而传。”[2]

这里的“合纂组以成文,列锦绣而为质,一经一纬,一宫一商”显然不是单纯追求词藻的华美,自然包括追求对偶在内。从创作实践上看,确实像《文心雕龙·丽辞》中所说的那样,司马相如是“崇盛丽辞”的文章家之一,他在文章写作,特别是大赋创作上,特别追求骈偶。如其《子虚赋》骈句甚多,如“乘雕玉之舆,靡鱼须之

---

[1] 刘师培著,陈引弛编校,《刘师培中古文学论集》,中国社会科学出版社,1997年版,第234页。

[2] 葛洪集,成林、程章灿译注,《西京杂记》,贵州人民出版社,1993年版,第65页。

桡旃，曳明月之珠旗，建干将之雄戟。左乌号之雕弓，右夏服之劲箭”；“案节未舒，即陵狡兽；蹴蛩蛩，辚距虚”；“星流霆击，弓不虚发；中必决眦，洞胸达掖，绝乎心系”；“于是楚王乃弭节徘徊，翱翔容与，览乎阴林，观壮士之暴怒，与猛兽之恐惧。……”[1]文字声光奕奕，千姿百态：句式长短错落，又灵活多变，有四字为对，有三字为对，有六字为对，有七字为对，大多数两两相对的句子工稳妥帖，表现出明显的尚偶倾向。再如《上林赋》中骈偶也很多，如“置酒乎颢天之台，张乐乎胶葛之寓”；“建翠华之旗，树灵鼍之鼓。奏陶唐氏之舞，听葛天氏之歌；千人唱，万人和。山陵为之震动，川谷为之荡波”；“丽靡烂漫于前，靡曼美色。若夫青琴宓妃之徒，绝殊离俗，妖冶娴都……曳独茧之褕绁，眇阎易以恤削”；“芬芳沤郁，酷烈淑郁。……长眉连娟，微睇绵藐；色授魂与，心愉于侧。……”[2]总的说来，司马相如之赋以宏伟绮丽为主要特色，而这种特色的构成，一方面是由于他善于创造性地运用想象夸张的手法遣词命意，另一方面就在于他热衷于对偶，注意偶丽其辞，协谐其声，由此文则极美，辞则极丽，呈现出气象恢宏、壮丽无比的艺术境界。从文学史上看，赋是汉代文学的最重要体裁，汉赋之骈化是汉代文章骈化的一个最重要方面，而在这方面，我们不能不说，司马相如之赋的骈化既早又快，可以说是骈体脱胎与成形的最为重要的推动人物，而其《子虚赋》《上林赋》无疑是其文骈化的代表作。必须承认：这两篇文章中，尤其后一篇文章中对偶句式已经占了主要的地位，声韵的协调与辞采的藻饰更为明显和突出，骈体文的初形已大体具备了。

扬雄之文也自觉追求偶俪。如其《甘泉赋》中有相当多的骈词俪语：“正浏滥以弘惝兮，指东西之漫漫。……翠玉树之青葱兮，璧马犀之瞵㻞。……配帝居之县圃兮，象泰一之威神。……”[3]其

---

〔1〕 萧统编，李善注，《文选》，上海古籍出版社，1986年版，第351—353页。
〔2〕 萧统编，李善注，《文选》，上海古籍出版社，1986年版，第374—376页。
〔3〕 萧统编，李善注，《文选》，上海古籍出版社，1986年版，第325页。

铺张扬厉，确有司马相如之风，控引天地，包括宇宙；宏伟壮观，气象非凡。同时在语言句式上更讲究对偶，追求整饰。再有其《解嘲》，排比驰骋，对偶工稳，杂以嘲谑，机趣横生。虽有模仿东方朔《答客难》之痕，但主要还是自出机杼。尤其在对偶俪词方面，其工细与整齐则非前者所比："且吾闻之也，炎炎者灭，隆隆者绝；观雷观火，为盈为实；天收其声，地藏其热。高明之家，鬼瞰其室。……位极者高危，自守者身全。是故知玄知默，守道之极；爰清爰静，游神之庭；惟寂惟漠，守德之宅。世异事变，人道不殊，彼我易时，未知何如。……"〔1〕文字偶对十分精细妥帖，叠字对、隔句对、错综对、正对、反对手法多样，变化多端，文意既已诙谐有趣，行文又是这样整齐工丽、和谐均匀，已经具备骈文的基本要素。

张衡之文主要是一些辞赋，在中国辞赋史上，他可以说是一个承前启后的人物，既继承了西汉大赋的体制风范，又为抒情小赋开辟了一个新的天地。其大赋可以说是对西汉大赋的一个总结，而其小赋则是对赋体的开拓、创造。同时，其赋在行文上也已开始向骈赋转化，俪形已具，在骈文发展史上地位十分重要。这里，我们先看其大赋代表作《二京赋》："观其城郭之制，则旁开三门，参涂夷庭。方轨十二，街衢相径。廛里端直，甍宇齐平。北阙甲第，当道直启。……旗亭五重，俯察百隧；周制大胥，今也惟尉。瑰货方至，鸟集鳞萃。鬻者兼赢，求者不匮。尔乃商贾百族，裨贩夫妇。鬻良杂苦，蚩眩边鄙。何必昏于作劳，邪赢优而足恃……"〔2〕极力铺排描写，突出表现出大汉都市之繁华，物产之丰饶，国力之雄厚；浓墨重彩，富丽堂皇。同时在行文上又多用双行，竭力偶对，精工典丽，繁缛富赡。再如其抒情小赋《归田赋》："游都邑以永久，无明略以佐时。徒临川以羡鱼，俟河清乎未期。感蔡子之慷慨，从唐生以决

〔1〕　萧统编，李善注，《文选》，上海古籍出版社，1986年版，第2009—2010页。
〔2〕　萧统编，李善注，《文选》，上海古籍出版社，1986年版，第61—62页。

疑。谅天道之微昧,追渔夫以同嬉。超埃尘以遐逝,与世事乎长辞。于是仲春令月,时和气清,原隰郁茂,百草滋荣。王雎鼓翼,鸧鹒哀鸣。交颈颉颃,关关嘤嘤。于焉逍遥,聊以娱情。尔乃龙吟方泽,虎啸山丘。仰飞纤缴,俯钓长流。”[1]从文章体制上看,此赋较之大赋骈化程度进一步加大,基本上与骈赋没有多大差距了,所以,从骈文形成、发展的历史上看,张衡不仅在大赋中增加了骈俪的成分,而且其抒情小赋又可以说是骈赋的开山之作。

蔡邕在文章骈化上具有非常特殊的地位,到他之手,骈体已经基本成型。自秦汉以来,骈词俪语潜滋暗长,对偶之法渐受重视;尤其东汉以来,文章向骈之风日益盛行。但真正以偶俪行文,通篇俪语的,则自蔡邕开始。如《篆势》:“字画之始,因于鸟迹。苍颉循圣,作则制文。体有六篆,要妙入神:或象龟文,或比龙鳞。纡体放尾,长翅短身。……延颈胁翼,势似凌云。或轻举内投,微本浓末;若绝若连,似露缘丝,垂凝下端。从者如悬,衡者如编;杳杪邪趣,不方不圆……思字体之俯仰,举大略而论旃。”[2]这篇文章,通篇偶俪,双行行文,句式整齐均匀,对偶工稳妥帖。以四四相对为主体,又参以六六对仗句式,为后世四六对仗之先。由此可知,到蔡邕之手,骈俪之体已规模初具,法式已立。

其实,两汉文章骈化的作家绝不止上述四人,其他如枚乘、终军、王褒、班固等等,文章追求偶俪的倾向也比较明显。但是,《文心雕龙》以这四人为例,说明两汉文章的骈化情况,也确实具有代表性,比较真实地反映出当时文章家们自觉追求偶俪的创作状况。

三 连字合趣,剖毫析厘——骈体的形成时期

关于魏晋时期文章的骈化状况,《文心雕龙·丽辞》篇一方面

[1] 萧统编,李善注,《文选》,上海古籍出版社,1986年版,第692—693页。

[2] 严可均校辑,《全上古三代秦汉三国六朝文》,中华书局,1958年版,第900页。

指出其自觉追求对偶的状况，另一方面也揭示出当时骈文的弊端：

> 至魏晋群才，析句弥密，联字合趣，剖毫析厘。然契机者入巧，浮假者无功。[1]

从当时骈文创作实践上考察，这两种情况确实并存：一方面，当时文章的尚偶倾向甚于以往，正规的骈文已经形成。这从下面几人的文章中明确地反映出来：

> 世祖体乾灵之休德，禀贞和之纯精，通黄中之妙理，韬亚圣之懿才。其为德也，通达而多识，仁智而明恕；重慎而周密，乐施而爱人。值阳九无妄之世，遭炎光厄会之运，殷尔雷发，赫然神举。用武略以攘暴，兴义兵以扫残。神光前驱，威风先逝。军未出于南京，莽已毙于西都。……当此时也：九州鼎沸，四海渊涌，言帝者二三，称王者四五；咸鸱视狼顾，虎超龙骧。光武秉朱光之巨钺，震赫斯之隆怒。夫其荡涤凶秽，剿除丑类，若顺迅风而纵烈火，晒白日而扫朝电。[2]
>
> ——曹植《汉二祖优劣论》

> 盖闻天以日月为纲，地以四海为纪。九土星分，万国错跱。崤函有帝皇之宅，河洛为王者之里。……夫蜀都者，盖兆基于上世，开国于中古。廓灵关以为门，包玉垒而为宇。带二江之双流，抗峨眉之重阻。……于是乎邛竹缘岭，菌桂临崖。旁挺龙目，侧生荔枝。布绿叶之萋萋，结朱实之离离。迎隆冬而不凋，常晔晔以猗猗。孔翠群翔，犀象竞驰。[3]
>
> ——左思《蜀都赋》

---

〔1〕 黄霖编著，《文心雕龙汇评》，上海古籍出版社，2005年版，第119页。
〔2〕 曹植著，赵幼文校注，《曹植集校注》，人民文学出版社，1998年版，第103页。
〔3〕 萧统编，李善注，《文选》，上海古籍出版社，1986年版，第175—177页。

今之学者,诚能释自私之心,塞有欲之求,杜交争之原,去矜伐之态,动则行乎至通之路,静则入乎大顺之门,泰则翔乎寥廓之宇,否则沦乎浑冥之泉,邪气不能干其度,外物不能扰其神,哀乐不能荡其守,死生不能易其真,而以造化为工匠,天地为陶钧,名位为糟粕,势利为埃尘,治其内而不饰其外,求诸己而不假诸人,忠肃以奉上,爱敬以事亲,可以御一体,可以牧万民,可以处富贵,可以安贱贫,经盛衰而不改,则庶几乎能安身矣。〔1〕

——潘尼《安身论》

由上面的文章可以看出:四六骈俪之式在魏晋之际已经形成,四大要素也已经齐备,而且达到了相当精美工整的程度。但是另一方面,问题也随之产生,主要表现就是有些作家过于追求纤巧,不免出现浮华繁缛之病。如陆机,应该说是晋代骈文大家,但是有时为文刻意雕琢,虽有巧丽之美,却不能摆脱繁缛之弊。所以刘勰在《文心雕龙·哀吊》中说他"巧而文繁",《才略》中又说:"陆机才欲窥深,辞务索广。故思能入巧而不制繁。"〔2〕从其作品上看,《豪士赋》《吊魏武帝文》等等都是这方面的明显例证。其他魏晋作家也不同程度地存在这样的弊病。所以,刘勰说这一时期的作品"契机者入巧,浮假者无功",确实是有的放矢。

不过,《文心雕龙》中具有骈文史论意义的论述还不止于此,它还特别对几种特殊文体的骈化历史作了具体的阐述,其实等于个案分析。如《文心雕龙》中的《辨骚》篇和《杂文》篇对骚体赋及对问、七、连珠等赋体的演化,特别是骈化都有深入的分析。《辨骚》中讲到屈原骚体赋,刘勰首先指出它"轩翥诗人之后,奋飞辞家之

〔1〕 莫道才主编,《骈文观止》,文化艺术出版社,1997年版,第75页。
〔2〕 黄霖编著,《文心雕龙汇评》,上海古籍出版社,2005年版,第51,155页。

前”“为词赋之宗”的历史地位，同时又指出以屈赋为代表的楚辞的特征是“文辞丽雅”，“惊采绝艳”，“金相玉质，艳溢锱毫”[1]，这当然是说以《离骚》为代表的楚辞在行文上以文词艳丽为突出特点，而这艳丽之中，骈词俪语是相当突出的一个方面。举凡屈宋诸赋，骈语比比皆是，其中《离骚》与《登徒子好色赋》骈语尤为精工细密。司马相如、扬雄等汉代赋家正是在这一基础上“崇盛丽辞”，在赋体追求骈俪的道路上发扬光大。所以刘勰接着说“枚、贾追风以入丽，马、扬沿波而得奇，其衣被词人，非一代也”[2]，阐明了汉赋追求辞采，尤其是对偶的渊源所在，对其骈化过程做了进一步的补充。《杂文》篇中讲到对问和七两种赋体，也勾勒出赋家们愈来愈追求形式之美，愈来愈讲究辞藻华丽与句式整齐的轨迹，又特别指出枚乘之七体已经是“腴辞云构，夸丽风骇”，而到魏晋之时更是“甘意摇骨髓，艳词洞魂识”[3]，在追求形式美上一代胜过一代，其骈化程度当然也一代胜过一代。

对文体的个案分析中，尤以对连珠一体的分析特别值得我们注意。《杂文》篇在梳理连珠这种赋体之时，先述其源：“扬雄覃思文阔，业深综述，碎文琐语，肇为《连珠》，其词虽小而明润矣。”[4]从实而论，连珠一体与骈文关系最为直接，从其产生之时起，就基本上骈俪化了，这从扬雄的开山之作中便可看得一清二楚，其所有连珠之作从体制上说大致可以划归骈体，只是对偶还不够精工细密罢了。但是自此以后则迅速地向地道的骈体发展、演化。这一点，刘勰已经勾画出了清晰的轨迹：

自《连珠》以下，拟者间出。杜笃、贾逵之曹，刘珍、潘

---

〔1〕 黄霖编著，《文心雕龙汇评》，上海古籍出版社，2005年版，第24—26页。
〔2〕 黄霖编著，《文心雕龙汇评》，上海古籍出版社，2005年版，第26页。
〔3〕 黄霖编著，《文心雕龙汇评》，上海古籍出版社，2005年版，第53—54页。
〔4〕 黄霖编著，《文心雕龙汇评》，上海古籍出版社，2005年版，第53页。

勖之辈,欲穿明珠,多贯鱼目。可谓寿陵匍匐,非复邯郸之步;里丑捧心,不关西施之颦矣。唯士衡运思,理新文敏,而裁章置句,广于旧篇,岂慕朱仲四寸之珰乎!夫文小易周,思闲可赡。足使义明而词净,事圆而音泽,磊磊自转,可称珠耳。[1]

很明显,连珠一体,自扬雄首创,由西汉到魏晋,虽然中间"杜笃、贾逵之曹,刘珍、潘勖之辈"在创作上走过弯路,但是到陆机之手已经完全成熟了。一看作品就知道,陆机笔下的连珠已经是地地道道的骈体了。应该说,连珠体赋是各类赋体中最先骈化的一体。

可见,《文心雕龙》一书,不仅从整体上为我们清晰地描绘出文体骈化的发展轨迹,使我们对文体的骈化有了更深刻的认识,而且还对个别文体骈化的历史流程进行了深入、具体的描述,具有很高的骈文史论的价值,为后世的骈文研究奠定了坚实的理论基础,可惜长期以来,这一点被很多人忽视了。

第三节 《文心雕龙》以骈体论文是非辩

《文心雕龙》是用骈体写成的文学理论著作,这在骈文最为流行、并且达到鼎盛阶段的六朝时期本来是很正常的现象,因为作家在文体使用方面,一般都不会脱离自己所处的时代。但是,在《文心雕龙》产生以后的千百年间,对该书以骈体论文则褒贬不一,直到今天还没有达成统一,所以不能不辩。

[1] 黄霖编著,《文心雕龙汇评》,上海古籍出版社,2005年版,第54页。

一 对《文心雕龙》以骈体论文的两种态度

从文学史上看,对《文心雕龙》以骈体论文进行过批评的人不在少数,比较早的是隋代的刘善经,他在《四声论》中一方面肯定刘勰在声律理论上的贡献,另一方面却对《文心雕龙》以骈体论文提出批评:"但恨连章结句,时多涩阻,所谓以能言之者也,未必能行者也。"〔1〕意思是:刘勰的文学理论与其创作实际不相符合,理论上行,创作上不行。此后元人钱惟善在《〈文心雕龙〉序》中虽然对该书大加赞美,但是里边还是流露出对其文体的不认同:"《六经》,圣人载道之书,垂统万世,折衷百氏者也。与天地同其大,与日月同其明,亘宇宙相为无穷而莫能限量;虽后有作者,弗可尚已。自孔子没,由汉以降,老佛之说兴,学者日趋于异端,圣人之道不行,而天地之大,日月之明,固自若也。当二家滥觞横流之际,孰能排而斥之?苟知以道为原,以经为宗,以圣为征,而立言著书,其亦庶几可取乎?呜呼!此《文心雕龙》所由述也。而佛之盛,莫盛于晋宋齐梁之间,而通事舍人刘勰生于梁,独不入于彼而归于此,其志宁不可尚乎?……勰自序曰:'《文心》之作也,本乎道,师乎圣,体乎经,酌乎纬,变乎《骚》。'自二卷以至十卷,其立论井井有条不紊,文虽靡而说正,其指不谬于圣人,要皆有所折衷,莫非《六经》之绪余尔。"〔2〕这里面"文虽靡"三字十分要紧,表明他对《文心雕龙》之"文"是不满意的。在明代,这种情况依然存在,这从明人张之象《〈文心雕龙〉序》中就可以看出来:"或者谓六朝齐梁以下,佛学昌炽,而文多绮丽,气甚衰靡,执以议勰,不亦谬乎!"从张氏的辩白之中,我们不难发现,当时有人曾以《文心雕龙》未能摆脱六朝,特别是齐、梁骈体文风而持有异议,贬损其价值。到了清代,《文心雕

〔1〕 [日]遍照金刚著,周维德校点,《文镜秘府论》,人民文学出版社,1975年版,第29页。

〔2〕 钱惟善撰,《〈文心雕龙〉序》,《〈文心雕龙〉资料丛书》,学苑出版社,2004年版,第155—158页。

龙》虽然更盛于时,但是对其文体的批评也比较多。首先如纪昀,对骈体有一定成见,所以在《文心雕龙·丽辞》篇上批道:“骈偶于文家为下格。”而在《文心雕龙·宗经》篇中则直接批曰:“此自善论文耳。如以其文论之,则不脱六代俳偶之习。”〔1〕显然对《文心雕龙》以骈体论文持批评态度。再如清谨轩蓝格抄本《文心雕龙》的《叙目》中有言:“勰著《文心》十卷,总论文章之始末,古今之妍媸。其文虽拘于声偶,不离六朝之体,要为宏博精当,鲜丽琢润者矣。”〔2〕言外之意是《文心雕龙》在文体上还存在“拘于声偶,不离六朝之体”的问题。此外,如叶燮、王士禛、史念祖、方东树也认为刘勰的创作能力和《文心雕龙》本身的理论价值不相匹配,对其骈文创作的价值也有所忽视。如叶燮《原诗·外篇上》说:“六朝之诗,大约沿袭字句,无特立大家之才。其时评诗而著为文者,如钟嵘、如刘勰,其言不过吞吐抑扬,不能持论。”〔3〕再如王士禛在《师友诗传录》中说:“诗之变也,其世变为之乎?宋人雕刻玉叶,郢人运斤成风,始非不善也,自拙工为之,鲜不斫朴而伤指矣。故陆机之《文赋》、刘勰之《文心雕龙》,言非不工也。而试取平原之诗赋与彦和之文笔,平心读之,能实其言者盖寡。”显然认为陆机与刘勰本身不能身体力行。又如清方东树《昭昧詹言·通论五古》说:“曹子建、孙过庭皆曰:‘盖有南威之容,乃可论于淑媛;有龙泉之利,然后议于断割。’以此意求之,如退之、子厚、习之、明允之论文,杜公之论诗,殆若孔、孟、曾、思、程、朱之讲道说经,乃可谓以般若说般若者矣。其余则不过知解宗徒,其所自造则未也。如陆士衡、刘彦和、钟仲伟、司空表圣皆是,既非身有,则其言或出于揣摩,不免空华日翳,往往未谛。”〔4〕认为刘勰等人理论上可以,而创作水平不

〔1〕 黄霖编著,《文心雕龙汇评》,上海古籍出版社,2005年版,第118、20页。
〔2〕 黄霖编著,《文心雕龙汇评》,上海古籍出版社,2005年版,第6页。
〔3〕 叶燮著,《原诗》,人民文学出版社,1979年版,第54页。
〔4〕 方东树著,汪绍楹校点,《昭昧詹言》,人民文学出版社,1961年版,第31页。

高。就是到了 20 世纪 60 年代以后，骈体也曾被扣上“形式主义”的帽子，《文心雕龙》也因此受过株连。如 1973 年 2 月上海人民出版社出版的刘大杰《中国文学发展史》在谈到《文心雕龙》时，便是类似的观点：“刘勰站在‘征圣’、‘宗经’的立场，对于当时的形式主义文风进行了批判，但他自己在实践中却深受这种影响，他的《文心雕龙》就是用骈体文写的。在他的《声律》《熔裁》《丽辞》《事类》《练字》《章句》一类的篇章里，对于辞藻、对偶、声律、用典、练字、修辞等技巧方面，作了详细的论述，这对于当时的形式主义文风，实际起了助长的作用。”[1]

与此相应，为刘勰辩护的也大有人在，如，沈津就曾有针对性地为《文心雕龙》辩白，他在《百家类纂刘子新论题辞》中就指出：“然观勰所著《文心雕龙》，辞旨伟丽。”不仅肯定其理论，而且肯定其文辞。在清代，为《文心雕龙》使用骈体进行辩护者更人多势众：如李执中在其《〈文心雕龙〉赋》中，就颇有所指地说《文心雕龙》一书“不以文传，固足振千秋之文教；即以文论，亦自倾绝世之文心”；“诚煌煌之杰构，岂子云之所谓虫雕”。谭献在其《复堂日记》中首先谈到章学诚深于《文心雕龙》：“章实斋推究六艺之源，未始不由此而悟。”又特别指出，“蒋苕生论俪体，言是书（《文心雕龙》）当全读”，并由此而下结论说：“（《文心雕龙》）固辞人之圭臬，作者之上驷矣。”从文学创作的角度，特别肯定《文心雕龙》的成就。然而，清人之中，为《文心雕龙》使用骈体辩护更为有力的是刘开。他着重从骈文史的角度立论，肯定《文心雕龙》在骈文创作上的成就和地位。在《与王子卿太守论骈体书》中，他从骈文发展史的视野中确立《文心雕龙》的特殊地位：“夫道炳而有文章，辞立而生奇偶。爰自周末以迄汉初，风降为骚，经变成史。建安古诗，实四始之耳。孙、左、马、雄文，乃诸家之心祖。于是枚乘抽其绪，邹阳裂其绮，相

[1] 刘大杰著，《中国文学发展史》，上海人民出版社，1973 年版，第 348 页。

如骋其辔,子云助其波。气则孤行,辞多比合。发古情于腴色,附壮采于清标。骈体肇基,已兆基盛。东京宏丽,渐骋珠玑;南朝轻艳,兼富花月。家珍匹锦,人宝寸金。奋球锽以竞声,积云霞而织色。因妍逞媚,嘘香为芳,名流各尽其长,偶体于焉大备。而情致悱恻,使人一往逾深者,莫如魏文帝之杂篇;气体肃穆,使人三复靡厌者,莫如范蔚宗之史论。驰骋风议,士衡之意气激扬;敷切情实,孝标之辞旨隽妙。至于宏文雅裁,精理密意,美包众有,华耀九光,则刘彦和之《文心雕龙》,殆观止矣。夫魁杰之才,从事于此者,亦不乏人。大约宗法止于永嘉,取裁专于《文选》,假晋宋而厉气,借齐梁以修容,下不敢滥于三唐,上不能越夫六代,如是而已。"[1]很明显,刘开从骈文发展史的高度立论,并且通过与其他文章家,特别是骈文家的比较,认定《文心雕龙》是骈文的观止之作,无与伦比。在《书〈文心雕龙〉后》一文中,刘开也是从史的角度出发,为刘勰在骈文史上定位:

> 自韩退之崛起于唐,学者宗法其言,是书几为所掩。然彦和之生,先于昌黎,而其论相合,是见已卓于古人,但体未脱夫时习耳。墨子锦衣适荆,无损其俭;子路鼎食于楚,岂足为奢?夫文亦取其是而已,奚得以其俳而弃不重哉!然则昌黎为汉以后散体之杰出,彦和为晋以下骈体之大宗,才力各树其长,精气终不能掩也。[2]

这里,刘开一方面批评那些因为《文心雕龙》使用骈体论文而弃之不重的偏见,指出其使用骈体的合理性,另一方面又为刘勰在骈文史上定位,认定他是晋以下直至清代骈体文的一大宗师。

---

〔1〕王先谦编,《骈文类纂》,任继愈主编,《中华传世文选》,吉林人民出版社,1998年版,第392页。

〔2〕王先谦编,《骈文类纂》,任继愈主编,《中华传世文选》,吉林人民出版社,1998年版,第224页。

二　《文心雕龙》以骈体论文情况考察

但是，无论是对《文心雕龙》使用骈体的批评者还是辩护者都有缺失。批评者失之偏颇，辩护者失之空泛。

首先，《文心雕龙》使用骈体的批评者囿于对骈体的成见，没有从时代的角度，历史地看待《文心雕龙》所使用的载体，更没有对《文心雕龙》作为骈文作品本身的情况、特征进行具体的实事求是的分析，所以持论难免偏激；而《文心雕龙》使用骈体的辩护者在辩护之时也因为在这两方面缺乏深入、具体的论证和分析，流于空洞乏力。

从文学史上看，刘勰所生活的齐、梁时期，正是中国文学史上文学高度自觉的历史时期，其标志是对文学艺术形式之美的探讨达到了比较成熟的阶段，突出的表现是对对偶、用典、声律、藻饰四种修辞方式的理解和把握已经成熟，并综合运用于创作的实践，因而使文学创作的面貌发生了巨大的变化。以对偶、用典、讲究声律和藻饰为突出特征的骈体文一时风靡天下，在文坛上占据着统治的地位，朝野上下，公私文翰都被骈体文垄断了。在这种时代环境和文学背景之下，要求刘勰的《文心雕龙》超越当时的时代，超越当时的社会文化环境，不使用"六朝骈俪体"，是不符合实际的。

同时，虽然刘勰的《文心雕龙》使用的是骈体，但是也不能同当时过分雕琢、华而不实的骈体文一概而论，而应该作具体的分析和考察。事实的情况是：刘勰无论是从理论上，还是从骈文创作实践上，都反对当时骈文创作上绮靡雕琢、华而不实的不良风气。关于对偶，他在《丽辞》篇中对重出之病、不均之病、孤立之病都有所揭示，并且特别对六朝骈文最突出的冗繁之病进行了批评："若气无奇类，文乏异采，碌碌丽辞，则昏睡耳目。"而且还提出了具体的解决办法："必使理圆事密，联璧其章。迭用奇偶，节以杂佩，乃其贵耳。"[1]关于用典，刘勰在《事类》篇中指出其弊端，如用典不当之病、古事相沿成讹之病、校练不精等等，并且针对当时用典过密、语言晦涩的弊端，特别强调自然贴切，指出："凡用旧合机，不啻自其口出；引事乖谬，虽千载而为瑕。"[2]关于声律，刘勰在《声律》篇中也指出其弊端，如强调自然，反对勉强；强调正声，反对参以方言等等，总体上主张"音以律文"，但追求自然之致，不死守当时沈约等人的"四声八病"之清规戒律。关于藻饰，刘勰在《情采》篇中更是从正反两个方面立论，一方面指出文采的存在价值："圣贤书辞，总称文章，非采而何？"另一方面又对文采藻饰与文学内容的关系进行了科学的论证："夫水性虚而沦漪结，木体实而花萼振，文附质也。虎豹无文，则鞟同犬羊；犀兕有皮，而色资丹漆：质待文也。"明确揭示了文采与内容相互依赖的辩证关系。同时，又对二者的地位进行了科学的界定："故情者，文之经；辞者，理之纬；经正而后纬成，理定而后辞畅：此立文之本源也。"意思很明显："情""理"——内容为本，居主导地位；"辞"——文采与形式为辅，受情理内容支配；为文的正确途径是"设模以位理，拟地以置心；心定而后结音，理正而后摛藻；使文不灭质，博不溺心；正采耀乎朱蓝，间色屏于红紫"，最终达到文质彬彬的境界，形式与内容完美统一。对这一点，纪昀倒是看得很清楚，所以批到："齐梁文胜而质亡，故彦和痛陈其弊。"[3]指出《文心雕龙》对当时华而不实的骈体文风有意地进行了批评和矫正。

从《文心雕龙》一书的写作实践上看，刘勰也确实把上述有关六朝骈体利弊得失的认识及其文学创作主张落实到实际写作之中去了，因而其骈文创作与当时华而不实、绮靡艳丽之骈体大异其

[1] 黄霖编著，《文心雕龙汇评》，上海古籍出版社，2005 年版，第 120 页。
[2] 黄霖编著，《文心雕龙汇评》，上海古籍出版社，2005 年版，第 127 页。
[3] 黄霖编著，《文心雕龙汇评》，上海古籍出版社，2005 年版，第 108—110 页。

趣，在体制和风格上独具特色。

就体制而言，《文心雕龙》虽为骈体，但是已不同于当时拘泥偶对、语少单设的“六朝骈俪体”，而是基于他对文章体要的深刻认识，吸收其他文体之长，克服骈体之短，突出之处是他自己在《文心雕龙》中所倡导的“迭用奇偶”，即采取骈散结合之法行文：

一是总结前文用散，如《定势》：“圆者规体，其势也自转；方者矩形，其势也算安：文章体势，如斯而已。”[1]再如《养气》：“夫耳目鼻口，生之役也；心虑言辞，神之用也。率志委和，则理融而情畅；钻砺过分，则神疲而气衰：此性情之数也。”[2]又如《才略》：“观夫后汉才林，可参西京；晋世文苑，足俪邺都。然而魏时话言，必以元封为称首；宋来美谈，亦以建安为口实。何也？岂非崇文之盛世，招才之嘉会哉？嗟夫！此古人所以贵乎时也。”[3]都是用散语总结前文。

二是引发下文用散，如《比兴》：“夫比之为义，取类不常：或喻于声，或方于貌，或拟于心，或譬于事。”[4]再如《序志》：“详观近代之论文者多矣：至魏文述典，陈思序书，应玚《文论》，陆机《文赋》，仲洽《流别》，弘范《翰林》，各照隅隙，鲜观衢路。”[5]都是用散语引发下文。

三是解释词语多用散语，如《书记》：“故谓谱者，普也。注序世统，事资周普，郑氏谱《诗》，盖取乎此。籍者，借也。岁借民力，条之于版，《春秋》司籍，即其事也。簿者，圃也。草木区别，文书类聚，张汤、李广，为吏所簿，别情伪也。录者，领也。古史《世本》，编以简策，领其名数，故曰录也。方者，隅也。医药攻病，各有所主，

[1] 黄霖编著，《文心雕龙汇评》，上海古籍出版社，2005 年版，第 105 页。
[2] 黄霖编著，《文心雕龙汇评》，上海古籍出版社，2005 年版，第 138 页。
[3] 黄霖编著，《文心雕龙汇评》，上海古籍出版社，2005 年版，第 156 页。
[4] 黄霖编著，《文心雕龙汇评》，上海古籍出版社，2005 年版，第 121—122 页。
[5] 黄霖编著，《文心雕龙汇评》，上海古籍出版社，2005 年版，第 163 页。

专精一隅,故药术称方。术者,路也。算历极数,见路乃明,《九章》积微,故以为术,《淮南》《万毕》,皆其类也。"[1]对文体的名称解释,多以散语出之。

四是叙述事情多用散语,如《序志》:"予生七龄,乃梦彩云若锦,则攀而采之。齿在逾立,则尝夜梦执丹漆之礼器,随仲尼而南行。旦而寤,乃怡然而喜。大哉!圣人之难见哉,乃小子之垂梦欤!自生人以来,未有如夫子者也。"[2]再如《哀吊》:"又宋水郑火,行人奉辞,国灾民亡,故同吊也。及晋筑虒台,齐袭燕城,史赵、苏秦,翻贺为吊,虐民构敌,亦亡之道。凡斯之例,吊之所设也。"[3]而后面的铺陈则以骈为主。

五是杂用单行散句承转文气,如《通变》:"是以规略文统,宜宏大体。先博览以精阅,总纲纪而摄契;然后拓衢路,置关键,长辔远驭,从容按节。凭情以会通,负气以适变;采如宛虹之奋鬐,光若长离之振翼,乃颖脱之文矣。"[4]再如《论说》:"夫说贵抚会,弛张相随,不专缓颊,亦在刀笔。范雎之言疑事,李斯之止逐客,并顺情人机,动言中务,虽批逆鳞,而功成计合,此上书之善说也。至于邹阳之说吴、梁,喻巧而理至,故虽危而无咎矣;敬通之说鲍、邓,事缓而文繁,所以历骋而罕遇也。"[5]也是这方面的典型例证。

六是对偶句式也不死守"骈四俪六"体式,多是长短错落,灵活多变。如《宗经》的开头部分:"三极彝训,其书曰经。经也者,恒久之至道,不刊之鸿教也。故象天地,效鬼神,参物序,制人纪,洞性灵之奥区,极文章之骨髓者也。"[6]再如《章句》:"夫设情有

[1] 黄霖编著,《文心雕龙汇评》,上海古籍出版社,2005年版,第91页。
[2] 黄霖编著,《文心雕龙汇评》,上海古籍出版社,2005年版,第163页。
[3] 黄霖编著,《文心雕龙汇评》,上海古籍出版社,2005年版,第51页。
[4] 黄霖编著,《文心雕龙汇评》,上海古籍出版社,2005年版,第104页。
[5] 黄霖编著,《文心雕龙汇评》,上海古籍出版社,2005年版,第69页。
[6] 黄霖编著,《文心雕龙汇评》,上海古籍出版社,2005年版,第18页。

宅，置言有位；宅情曰章，位言曰句。故章者，明也；句者，局也。局言者，联字以分疆；明情者，总义以包体。区畛相异，而衢路交通矣。夫人之立言，因字而生句，积句而为章，积章而成篇。篇之彪炳，章无疵也；章之明靡，句无玷也；句之清英，字不妄也。振本而末从，知一而万毕矣。”[1]又如《封禅》：“尔其表权舆，序皇王，炳玄符，镜鸿业；驱前古于当今之下，腾休明于列圣之上，歌之以祯瑞，赞之以介丘，绝笔兹文，固维新之作也。及光武勒碑，则文自张纯。首胤典谟，末同祝辞。引钩谶，叙离乱，计武功，述文德，事核理举，华不足而实有余矣！凡此二家，并岱宗实迹也。”[2]有二字对、三字对、四字对、五字对、六字对、八字对等等，错综变化，运用自如。

此外，《文心雕龙》中还吸收赋体的铺采摛文之法和史传篇末论赞之法，更增强了文章的表现力。

吸收赋体之长如《时序》：“魏武以相王之尊，雅爱诗章；文帝以副君之重，妙善辞赋；陈思以公子之豪，下笔琳琅；并体貌英逸，故俊才云蒸。仲宣委质于汉南，孔璋归命于河北；伟长从宦于青土，公干徇质于海隅；德琏综其斐然之思，元瑜展其翩翩之乐。文蔚、休伯之俦，于叔、德祖之侣，傲雅觞豆之前，雍容衽席之上，洒笔以成酣歌，和墨以藉谈笑。”[3]再如《知音》：“夫篇章杂沓，质文交加，知多偏好，人莫圆该。慷慨者逆声而击节，酝藉者见密而高蹈；浮慧者观绮而跃心，爱奇者闻诡而惊听。会己则嗟讽，异我则沮弃，各执一隅之解，欲拟万端之变……”[4]铺陈渲染，增强了文章的表达效果。

吸收史传论赞之法更为普遍，五十篇文章后面都有赞语，如

---

[1] 黄霖编著，《文心雕龙汇评》，上海古籍出版社，2005年版，第115—116页。

[2] 黄霖编著，《文心雕龙汇评》，上海古籍出版社，2005年版，第77页。

[3] 黄霖编著，《文心雕龙汇评》，上海古籍出版社，2005年版，第146—147页。

[4] 黄霖编著，《文心雕龙汇评》，上海古籍出版社，2005年版，第158页。

《情采》之赞:"言以文远,诚哉斯验。心术既形,英华乃赡。吴锦好渝,舜英徒艳。繁采寡情,味之必厌。"[1]再如《章句》之赞:"断章有检,积句不恒。理资配主,辞忌失朋。环情革调,宛转相腾。离合同异,以尽厥能。"[2]所有这些行文方法的运用,使《文心雕龙》呈现出"文备众体"的特征,富于变化,多姿多彩。

从风格上看,由于体制上的创新,特别是骈散结合方法的大量运用,《文心雕龙》呈现出流利畅达、灵活多变、运用自如的特色,总体上已经不同于六朝骈俪的风貌。如《原道》:"文之为德也大矣,与天地并生者何哉?夫玄黄色杂,方圆体分;日月叠璧,以垂丽天之象;山川焕绮,以铺理地之形:此盖道之文也。仰观吐曜,俯察含章;高卑定位,故两仪既生矣。惟人参之,性灵所钟,是谓三才。为五行之秀,实天地之心,心生而言立,言立而文明,自然之道也。"[3]虽然总体上是骈体,不失彬彬之美;但是行文上毫无拘促滞涩之弊,舒卷自如,并没有六朝骈体常见的雕琢堆砌、呆板滞涩之病。《文心雕龙》中的其他篇章,也大都如此。前乎此者,陆机之《文赋》《五等论》,挚虞之《文章流别论》,葛洪之《抱朴子》,皆以骈体行文,但是都没有像《文心雕龙》这样,既有文质彬彬之美,又有流畅自如之态;后乎此者,刘知幾之《史通》,陆宣公之奏议,在议论深刻、通畅自如上或可比肩,但是却没有《文心雕龙》精美的文采。把《文心雕龙》同华而不实的六朝骈体一概而论者,实在有失片面;而《文心雕龙》使用骈体的拥护者,也因为对这些情况不甚了解,所以其辩白回护也显得苍白无力。

三 《文心雕龙》以骈体论文批评者的误区

其实,对《文心雕龙》以骈体论文持批评意见者还不止是对其

---

[1] 黄霖编著,《文心雕龙汇评》,上海古籍出版社,2005年版,第110页。
[2] 黄霖编著,《文心雕龙汇评》,上海古籍出版社,2005年版,第117—118页。
[3] 黄霖编著,《文心雕龙汇评》,上海古籍出版社,2005年版,第13页。

所处时代和社会文化环境缺乏历史的和客观的分析，更重要的是他们对骈体文本身有偏见，鄙视骈文，崇尚散体，以散体古文为文章正宗。在这方面，纪昀所说“骈偶于文家为下格”，集中反映出批评者们对骈文的鄙视。

从文学史上看，骈文散文同出一源，先秦时期的典籍中，我们就发现骈散共存的现象。下面几例就是明证：

> 伊尹申诰于王曰：“呜呼！惟天无亲，克敬惟亲。民罔常怀，怀于有仁。鬼神无常享，享于克诚。天位艰哉！德惟治，否德乱。与治同道，罔不兴；与乱同事，罔不亡。终始慎厥与，惟明明后。先王惟时懋敬厥德，克配上帝。今王嗣有令绪，尚监兹哉！若升高，必自下；若陟遐，必自迩。无轻民事，惟难；无安厥位，惟危。慎终于始。有言逆于汝心，必求诸道；有言逊于汝志，必求诸非道。呜呼！弗虑胡获？弗为胡成？一人元良，万邦以贞。君罔以辩言乱旧政，臣罔以宠利居成功，邦其永孚于休。”[1]
>
> ——《尚书·商书·太甲下》

> 帝曰：“来，禹。降水儆予，成允成功，惟汝贤。克勤于邦，克俭于家，不自满假，惟汝贤。汝惟不矜，天下莫与汝争能；汝惟不伐，天下莫与汝争功。予懋乃德，嘉乃丕绩。天之历数在汝躬，汝终陟元后。人心惟危，道心惟微，惟精惟一，允执厥中。无稽之言勿听，弗询之谋勿庸。可爱非君？可畏非民？”[2]
>
> ——《尚书·虞书·大禹谟》

---

〔1〕 孔安国传，孔颖达正义，黄怀信整理，《十三经注疏·尚书正义》，上海古籍出版社，2007年版，第317—319页。

〔2〕 孔安国传，孔颖达正义，黄怀信整理，《十三经注疏·尚书正义》，上海古籍出版社，2007年版，第132页。

《彖》曰:谦,亨。天道下济而光明,地道卑而上行。天道亏盈而益谦,地道变盈而流谦。鬼神害盈而福谦,人道恶盈而好谦。谦尊而光,卑而不可逾,君子之终也。[1]

——《周易·谦》

夫大人者,与天地合其德,与日月合其明,与四时合其序,与鬼神合其吉凶。先天而天弗违,后天而奉天时。天且弗违,而况于人乎?况于鬼神乎?[2]

——《周易·乾》

此后的诸子散文如《老子》《庄子》《论语》《孟子》《荀子》《墨子》,史传散文如《左传》《国语》《战国策》等等,也都是骈散共存。

作为观念形态的文学作品,本来就是自然界和社会意识形态的反映,而这些原生态的自然界和人类社会,本身就有天然的奇偶并存的现象,二者之间本来根本就没有尊卑贵贱之分。清人袁枚在《胡稚威骈体文序》中对此有形象的说明:"文之骈,即数之偶也。而独不近取诸身乎?头,奇数也;而眉目,而手足,则偶矣。而独不取诸物乎?草木,奇数也;而由蘖,而瓣萼,则偶矣。山峙而双峰,水分而交流;禽飞而并翼,星缀而连珠,此岂人为之哉!"[3]这是以大自然作比方,阐明骈文存在的必然之理:奇偶相生在自然界是普遍存在的现象,不以人的意志为转移,同样骈文也不是人类刻意所求,它也根于天地自然之道,由此它的存在是天经地义的。李兆洛在其《骈体文钞序》中也有透彻的表述:"天地之道,阴阳而已。奇

[1] 李学勤主编,《十三经注疏·周易正义》,北京大学出版社,1999年版,第80页。

[2] 李学勤主编,《十三经注疏·周易正义》,北京大学出版社,1999年版,第23页。

[3] 袁枚著,王英志主编,《袁枚全集》,江苏古籍出版社,1993年版,第198页。

偶也，方圆也，皆是也。阴阳相并俱生，故奇偶不能相离，方圆必相为用。道奇而物偶，气奇而形偶，神奇而识偶。孔子曰：道有变动故曰爻，爻有等故曰物，物相杂故曰文。又曰分阴分阳，迭用柔刚。故易六位而成章，相杂而迭用。文章之用，其尽于此乎！六经之文，班班具存，自秦迄隋，其体递变，而文无异名。自唐以来，始有古文之目，而目六朝之文为骈俪。而为其学者，亦自以为与古文殊路。既歧奇与偶为二，而于偶之中又岐六朝与唐与宋为三。夫苟第较其字句，猎其影响而已，则岂徒二焉三焉而已，以为万有不同可也。夫气有厚薄，天为之也，学有纯驳，人为之也。体格有迁变，人与天参焉者也；义理无殊途，天与人合焉者也。得其厚薄纯杂之故，则于其体格之变，可以知世焉，于其义理之无殊，可以知文焉。文之体，至六代而其变尽矣，沿其流极而泝之，以至乎其源，则其所出者一也。吾甚惜夫岐奇偶而二之者之毗于阴阳也。毗阳则躁剽，毗阴则沉膇，理所必至也，于相杂迭用之旨，均无当也。”〔1〕李兆洛的观点很明确：文章的骈散就像天地间阴与阳、奇与偶、方与圆相互依存的自然法则一样，不以人的意志为转移。只能“相并俱生”，相互为用。而自唐以来人为地将骈散视为殊途，歧而为二，扬此抑彼，既不适应实际需要，更违背自然法则，使文体失去中和之美，李兆洛本是阳湖派的代表作家，尚有如此清醒的认识，的确不易。

此外，桐城派古文的后劲曾国藩，本来也反对骈体，曾在《经史百家杂钞序例》中明确指出：“溯古文所以立名之始，乃由屏弃六朝骈俪之文而返之三代两汉。”但是在清代骈散之论争深入以后，也逐渐转变了观念，也讲究骈散“互为其用”，在《送周荇农南归序》中，他指出：“天地之数，以奇而生，以偶而存。一则生两，两则还归于一。一奇一偶，互为其用，是以无息焉。物无独，必有对。太极

〔1〕 黄侃撰，《文心雕龙札记》，上海古籍出版社，2000 年版，第 171 页。

生两仪,倍之为四象,重之为八卦。此一生两之说也。两之所该,分而为三,淆而为万,万则几于息矣。物不可以终息,故还归于一。天地氤氲,万物化醇;男女构精,万物化生。此两而致于一之说也。一者阳之变,两者阴之化。故曰一奇一偶者,天地之用也。文字之道,何独不然?"[1]此处他也以阴阳立说,阐明骈散二体相互依存是天地自然法则所致,不能有奇而无偶,也不能有偶而无奇,一奇一偶本为天籁之自然。因而骈文与散文只能互为其用,不可偏废。其观点同李兆洛已十分相似。

四 理解和处理骈散关系的经验和教训

如果我们再从文章学角度看问题,骈散不仅和谐共生,而且还相辅相成。关于这一点,前代认识到骈散相辅成,并且有过明确表述的人当然不少。如清人包世臣在《文谱》中就有所阐释:"讨论体势,奇偶为先。凝重多出于偶,流美多出于奇,虽骈必有奇以振其气,虽散必有偶以植其骨。仪厥错杂,至为微妙。"[2]刘开在《与王子卿太守论骈体书》中说得也很清楚:"夫文辞一术,体虽百变,道本同源。经纬错以成文,玄黄合而为采。故骈之与散,并派而争流,殊途而合辙。千枝竞秀,乃独木之荣;九子异形,本一龙之产。故骈中无散,则气壅而难疏;散中无骈,则辞孤而易瘠;两者但可相成,不能偏废。……是则文有骈散,如树之有枝干,草之有花萼,初无彼此之别。所可言者,一以理为宗,一以辞为主耳。夫理未尝不藉乎辞,辞亦未尝能外乎理。而偏胜之弊,遂至两歧。始则土石同生,终乃冰炭相格,求其合而一之者,其唯通方之识,绝特之才

---

〔1〕 曾国藩撰,《送周荇农南归序》,《曾文正公文集》卷一,《续修四库全书》,上海古籍出版社,2001年版,第549页。

〔2〕 刘勰著,詹锳义证,《文心雕龙义证》,上海古籍出版社,1989年版,第1325页。

乎?”[1]不但说明骈散二者同源并存,而且强调二者相辅相成,不能偏废。近代,孙德谦在其《六朝丽指》中有言:“骈体之中,使无散行,则其气不能疏逸,而叙事亦不清晰。”[2]章太炎在《文学略说》中说得更为深入:“骈文散文各有体要,骈文、散文各有短长。言宜单者,不能使之偶;语合偶者,不能使之单。”又举例证明说:“《周礼》、《仪礼》,同出周公,而《周礼》为偶,《仪礼》则单。盖设官分职,种别类殊,不偶则头绪不清;入门上阶,一人所独,为偶则语必冗繁。又《文言》、《春秋》同出孔子,《文言》为偶,《春秋》则单。以阴阳刚柔,非偶不优;年经月纬,非单莫属也。同是一人之作,而不同若此,则所谓辞尚体要矣。”然后又进一步申之曰:“头绪纷繁者当用骈;叙事者止宜用散;议论者骈散各有所宜。……今以说衡之,历举数事,不得不骈;单述一理,非散不可。”“由今观之,骈散二者本难偏废。”“二者并用,乃达神旨。”“若立意为骈,或有心作散,比于削足适履,可无须尔。”[3]这不仅阐明了骈散之间的密切关系,同时又指出了骈散结合的具体办法,既不“立意为骈”,也不“有心作散”,具体情况具体对待,识见上明显高出一筹。

但是,必须说明的是:早在一千多年前,刘勰就已经认识到了这一点,而且在《文心雕龙·丽辞》中明确指出“若气无奇类,文乏异采,碌碌丽辞,则昏睡耳目。必使理圆事密,联璧其章;迭用奇偶,节以杂佩,乃其贵耳”[4]。这里面的“迭用奇偶,节以杂佩”不

[1] 王运熙、顾易生主编,《中国历代文论选·清代文论选》,人民文学出版社,1999 年版,第 727—728 页。
[2] 孙德谦撰,《六朝丽指》,王水照编,《历代文话》,复旦大学出版社,2007 年版,第 8443 页。
[3] 章太炎讲演,《文学略说》,《章太炎国学讲演录》,中华书局,2013 年版,第 289—291 页。
[4] 黄霖编著,《文心雕龙汇评》,上海古籍出版社,2005 年版,第 120 页。

就是骈散结合吗？我们不能不说刘勰是骈散结合、相辅相成理论的开山祖师。

从文学史上看，是否注意骈散结合，既有正面的经验，也有反面的教训。从晋代夏侯湛模仿《尚书》体作《昆弟诰》，到西魏宇文泰，隋之王通、李谔，唐代的萧颖士、李华、柳冕、独孤及、梁肃等人，都极力反对骈体，大倡古文。但都因为一味复古，对八代之文，主要是骈文全盘否定，不适当地吸收其长处，结果不仅无大成效，有些人反倒使自己陷于十分难堪的境地。李谔在《上隋高祖革文华书》中片面地指出："魏之三祖，更尚文辞，忽人君之大道，好雕虫之小艺。"[1]可是他写的这篇文章却又不得不用骈体，自相矛盾，十分难堪。柳冕是最激进的复古派，他对屈宋至六朝的文章特别是骈体文彻底否定，全盘复古，登峰造极，完全用古文写作，结果自己在《答荆南裴尚书书》一文中哀叹："小子志虽复古，力不足也；言虽近道，辞则不文；虽欲拯其将坠，未由已也！""老夫虽知之，不能文之；纵文之，不能至之。既已衰矣，安能鼓作者之气，尽先王之教？"这是片面否定骈文，孤立强调复兴散体古文错误做法的反面教训。其实历史上杰出的骈文家和古文家，都是讲究骈散结合，合其两长，最后才取得辉煌成就的。唐代的韩愈、柳宗元，宋代的欧阳修、苏轼等古文家都是如此。所以清人刘开在《与王子卿太守论骈体书》中说："韩文之所以能独成一家之文，此一家者，非出于一人之心思才力为之，乃合千古之心思、才力变而出之者也。非尽百家之美，不能成一人之奇；非取法至高之境，不能开独造之域。此惟韩退之知之。"[2]刘熙载在《艺概·文概》中也说："韩文起八代之衰，

〔1〕 王先谦撰，《骈文类纂》，任继愈主编，《中华传世文选》，吉林人民出版社，1998 年版，第 273 页。

〔2〕 王运熙、顾易生主编，《中国历代文论选·清代文论选》，人民文学出版社，1999 年版，第 727—728 页。

实集八代之称。盖惟善用古者能变古,以无所不包,故能无所不扫也。”[1]确实目光如炬。骈文家如“燕许”和陆贽,都是因为他们在不同程度上吸收了古文的长处,融散入骈,才在文体文风改革中有所建树的。孙梅在《四六丛话》中说:“燕公笔力沉雄,直追东汉。”[2]高步瀛在《唐宋文举要》乙编中也说:“及燕、许以气格为主,而风气一变,于是渐厌齐、梁,而崇汉、魏矣。”[3]说的就是他们使骈体复归于汉魏半散半骈的自然状态。苏轼在《乞校正陆贽奏议进御札子》中对陆贽的骈文有精当的概括:“辩如贾谊”,“深切于事”,“开卷了然”[4];清代四库馆臣在《四库全书总目》中又概括为“真意笃贽,反复曲畅,不复见排偶之迹”,这都是赞美他引散入骈,用古文改造骈文的成就。

不过,说到此处,我们还是要提请人们注意:在骈散结合上,也是一千多年前的刘勰开了先河,成为杰出的先行者。可以这样说:从具体篇章中骈语与散语量的对比上,《文心雕龙》总体上是骈体,因为骈语居多;如果从具体篇章的语言风貌和气势格调上看,《文心雕龙》则是骈散结合体,因为它既具有骈体的艺术形式之美,又有散体的自然流动之美,合骈散之两长而避其所短,把汉语言文字的功能发挥到了极高的境界,收到了极好的效果,这一点我们在前面已经有所论列,这里不再重复。

---

〔1〕 刘熙载撰,《艺概》,上海古籍出版社,1978 年版,第 20—21 页。

〔2〕 孙梅著,李金松校点,《四六丛话》,人民文学出版社,2010 年版,第 640 页。

〔3〕 高步瀛选注,《唐宋文举要》,上海古籍出版社,1982 年版,第 1133 页。

〔4〕 苏轼撰,茅维编,孔凡礼点校,《苏轼文集》,中华书局,1986 年版,第 1012—1013 页。

第二章 《文心雕龙》在骈文理论和实践上的成就和贡献

第一节 《文心雕龙》关于对偶的理论和实践

对偶是骈文的第一要素，对偶艺术水平的高低是骈文水平高低的重要标志。《文心雕龙》一书是用骈体写成的文学理论专著，书中主要的行文方式是对偶，而难能可贵的是：本书既从理论的高度比较系统地提出了对偶的主要方法和写作标准、常见弊端及其解决办法，又在本书的写作实践中有所体现，身体力行，无论是从理论上还是从实践上看，都远远超过当时文学批评家和骈文作家的水平，在中国骈文史上具有特殊的地位。

一 《文心雕龙》中的骈文理论

在《文心雕龙》一书中，从理论的高度探讨骈文中的对偶问题的是《丽辞》篇，该篇内容相当丰富，其内容主要是如下几个方面：

（一）总结出骈文中对偶的主要方法

首先，该文从理论和实践两方面入手，特别是以经典作家的骈文创作实践为依据，归纳总结出对偶的四种类型，并且对比其优劣，逐一解释。关于对偶的类型，文中指出："故丽辞之体，凡有四对:言对为易,事对为难;反对为优,正对为劣。"[1]这里刘勰指出了言对、事对、反对、正对四种对偶方法。何为言对、事对、反对、正对? 刘勰作了明确的解释:"言对者,双比空辞者也;事对者,并举人验者也;反对者,理殊趣合者也;正对者,事异义同者也。"[2]然后文中又举例说:"长卿(司马相如)《上林赋》云:'修容乎礼园,翱翔乎书圃。'此言对之类也。宋玉《神女赋》云:'毛嫱鄣袂,不足程式;西施掩面,比之无色。'此事对之类也。仲宣(王粲)《登楼》云:'钟仪幽而楚奏,庄舄显而越吟。'此反对之类也。孟阳(张华)《七哀》云:'汉祖想枌榆,光武思白水。'此正对之类也。"[3]接下来又对这四种对偶方法的优劣原因进行阐述:"凡偶辞胸臆,言对所以为易也;征人之学,事对所以为难也;幽显同志,反对所以为优也;并贵共心,正对所以为劣也。又以事对,各有反正,指类而求,万条自昭然矣。"[4]从中国骈文史上看,这是对骈文创作中对偶艺术最早的理论阐释,具有方法论的意义。

(二)揭示出对偶常见的弊病

从正面阐述对偶方法之后,《文心雕龙·丽辞》又以创作实践为依据,揭示出对偶在创作实际中经常出现的种种弊端,主要是四个方面:其一,对句中有多余的部分——骈枝。这是诗文创作实践中常见的毛病。文中以具体的作家作品为例进行说明:"张华诗称'游雁比翼翔,归鸿知接翮',刘琨诗言'宣尼悲获麟,西狩泣孔丘',若斯重出,即对句之骈枝也。"[5]这里虽然是以诗中对偶出现骈枝之弊为例,但是对文也有同样指导意义,就是提醒人们在对偶之时要避免意思重复,防止句子中出现多余的部分。其二,对句之间优劣不均。这主要是针对事对而言。在对偶问题上,刘勰特别重视事对,所以特别提出这一问题。文中指出:"若两言相配,而优劣不

[1][2][3][4][5] 黄霖编著,《文心雕龙汇评》,上海古籍出版社,2005年版,第119页。

均,是骥在左骖,驽为右服也。"[1]用驾车之事作比,认为两言相配作对偶句之时,如果二者是一好一坏,质量上不能对等,那就好像驾车之时,千里马在左边,驽马在右边,一优一劣不相匹配,这样就不是好的对偶句子。其三,孤立一事,没有匹配。这也是针对对偶中的事对而言,强调用典故作对之时,不能单用一事而没有与之对称之事。文中用一个典故来说明这个道理,非常生动,有说服力:"若夫事或孤立,莫与相偶,是夔之一足,趻踔而行也。"[2]夔是神话中的人物,相传只有一只脚。刘勰认为:如果事对之时只有孤零零的一件事,没有可以匹配的另一件事作对,那就像夔只有一只脚一样,无法正常行进,只能跳着走路,自然出现病态。其四,缺乏奇气与文采,平庸乏味的对偶句。这是针对骈文的气势与文采而言。对偶需要充沛的文气和特殊的文采,这样才能气韵生动,文采精美,产生良好的表达效果,反之则平庸乏味。从文学史上看,六朝骈文在这方面弊病尤其突出。所以刘勰说:"若气无奇类,文乏异采,碌碌丽辞,则昏睡耳目。"[3]从反面说明文气和文采在对偶中的重要作用,提醒人们要注意克服这方面的弊端。应该说,刘勰此论确实切中六朝骈文的弊端,对当时和以后的骈文创作都有重要意义。

除了《丽辞》篇之外,《文心雕龙》的其他篇章也不时谈到对偶的弊端,如《明诗》篇中指出:"宋初文咏,体有因革;庄老告退,而山水方滋;俪采百字之偶,争价一句之奇;情必极貌以写物,辞必穷力而追新,此近世之所竞也。"[4]这是从总的倾向上对刘宋时期诗文中刻意追求对偶,造成过分雕琢、华而不实之弊的描述。此外还有《定势》篇中也提到了这方面的问题:"自近代词人,率好诡巧,原其

---

[1][2][3] 黄霖编著,《文心雕龙汇评》,上海古籍出版社,2005 年版,第 120 页。

[4] 黄霖编著,《文心雕龙汇评》,上海古籍出版社,2005 年版,第 29 页。

为体,讹势所变,厌黩旧式,故穿凿取新,察其讹意,似难而实无他术也,反正而已。故文反正为乏,辞反正为奇。效奇之法,必颠倒文句,上字而抑下,中辞而出外,回互不常,故新色耳。"[1]这揭示了当时的诗文创作,特别是骈文创作上比较常见的又一种弊病——讹巧与穿凿,即片面地求新求奇。

作为六朝时期的作家和批评家,刘勰能够对当时的文学创作,特别是骈文创作中的弊端有如此清醒的认识,是难能可贵的,同时代的其他人,大都"身在此山中","不识庐山真面目",即使个别人有所认识,也没有达到刘勰这样的高度。

(三)从宏观上提出解决对偶弊端的办法以及常见对偶的规范和标准

在揭示出对偶的常见弊端之后,《文心雕龙·丽辞》又为人们指点迷津,提出解决弊端的具体办法:"必使理圆事密,联璧其章。迭用奇偶,节以杂佩,乃其贵耳。类此而思,理自见也。"[2]归纳起来,这里边主要包含两个具体措施或者说方法:

第一,"理圆事密,联璧其章"。即道理圆通,用事贴切,珠联璧合。这主要也是对事对来说的,关键在于文章义理与所用之事之间要水乳交融,相互切合。其中"理圆事密"是内容方面的要求,就是要求对偶的句子理论上要周延圆转,使事用典都能贴切自然;"联璧其章"是对形式的要求,即要求对偶在艺术形式上要精美,有文采,达到珠联璧合的境界。

第二,"迭用奇偶,节以杂佩"。即骈散结合,调节文气,这是对行文句式的整体要求。虽然骈体以对偶句式为主,但是不讲文气,不讲文采,一味地简单对偶,必然会出现单调乏味的现象,像刘勰文中所说的那样:"碌碌丽辞,则昏睡耳目。"那么,怎样克服这一弊

[1] 黄霖编著,《文心雕龙汇评》,上海古籍出版社,2005年版,第107页。
[2] 黄霖编著,《文心雕龙汇评》,上海古籍出版社,2005年版,第120页。

端呢？刘勰给出的办法是迭用骈语和散语，调节行文节奏，即交错地使用单句和对偶句，就像使用各种不同的佩玉来调节人的行动节奏一样，在文章行文中间用骈散，调节其节奏和气势。其实就是要改变单纯用骈，一味对偶所造成的呆板单调、气势不能疏畅的弊病，实行骈散结合，单复兼用，从而使文章气势贯通，流畅自然。对于这一点，后世的骈文理论家也有所阐释，如清代的刘开，其《与王子卿太守论骈体书》一文有言："故骈中无散，则气壅而难疏；散中无骈，则辞孤而易瘠。两者但可相成，不能偏废。"[1]主张骈散兼用。再如近代人孙德谦在其《六朝丽指》中也指出："作骈文而全用排偶，文气易致窒塞。"又说："骈体之中，使无散行，则其气不能疏逸，而叙事亦不清晰。"也讲究骈散结合。不过，刘开、孙德谦的这种骈散结合的观点，刘勰在一千多年前就已经提出来了，其价值自然不同。

刘勰不仅为克服骈偶弊端提出了具体的解决办法，而且还提出了对偶的基本美学标准。《文心雕龙·丽辞》中说："反对者，理殊趣合者也；正对者，事异义同者也。……幽显同志，反对所以为优也；并贵共心，正对所以为劣也。……是以言对为美，贵在精巧；事对所先，务在允当。"[2]这里，刘勰对言对、事对、正对、反对这四种对偶方法都提出了具体的标准：

其一，言对的标准——精巧。这是关于对偶措词用字的要求。"精巧"是什么意思？就是作对之时，其措词用字必须精美巧妙。所谓"精"是指对偶的语言文字精当、细致、准确，工致整齐，一字难移；同时又包含精炼的意思，即以一当十，以少总多，极具表现力。所谓"巧"是指对偶技艺要高明，用字用词巧妙恰当，看不见斧凿加工的痕迹，有自然天成之致。总而言之，就是要求对偶句既要在语

〔1〕 王先谦撰，《骈文类纂》，任继愈主编，《中华传世文选》，吉林人民出版社，1998年版，第394页。

〔2〕 黄霖编著，《文心雕龙汇评》，上海古籍出版社，2005年版，第119—120页。

言形式上对得精工妥帖，又要句新意美，妙趣横生。在《练字》篇中，刘勰也谈到文字在文章中的重要作用，指出："善为文者，富于万篇，贫于一字。"[1]所以他说："是以缀字属篇，必须练择：一避诡异，二省联边，三权重出，四调单复。"[2]这一思想与《丽辞》篇的"精巧"之论是一致的。

其二，事对的标准——允当。所谓"允当"，就是要恰如其分。既不能"两事相配，而优劣不均"，又不能"事或孤立，莫与相偶"，更不能相互游离，文不对题。同时，刘勰还把事对与言对加以比较，认为"言对为易，事对为难"，并且指出其中原因："凡偶辞胸臆，言对所以为易也；征人之学，事对所以为难也。"意思是言对只是说自己的心里话，所以容易；而事对则要考验人的学问深浅高低，所以难度就大了。才学不深、不广，恐怕就难以作出好的事对了；即使有才学，还要把事对作得"允当"，那就更有难度了。詹锳先生在其《文心雕龙义证》中对事对与言对的难易问题作了进一步的阐释："'事对'要举出人的两种事例作为验证，就是用典故，所以比较难；而'言对'只是举两句不用典故的话在字面上成对，所以比较容易，但不见得就不好。"[3]应该说这一解释得其精髓。

其三，正对的标准——事异义同。所谓"事异义同"，就是指用来构成对偶句式的典故虽然不同，但是要构成相同的意义。我们知道，在诗文创作中，由典故构成的正对，多是使用大致相同的事物进行类比，构成对偶，一般说来比较简单，意味上也比较单调，因此最容易出现庸碌之病，即大量的正对陈陈相因，重复使用，缺少变化，呆板滞涩，读之让人昏昏欲睡。所以，刘勰有针对性地提出正对应该注意"事异义同"，不能简单地类比。应该说，这一要求比

[1] 黄霖编著，《文心雕龙汇评》，上海古籍出版社，2005年版，第131页。
[2] 黄霖编著，《文心雕龙汇评》，上海古籍出版社，2005年版，第130页。
[3] 刘勰著，詹锳义证，《文心雕龙义证》，上海古籍出版社，1989年版，第1307页。

一般的正对标准要高一些。

其四,反对的标准——理殊趣合。所谓"理殊趣合",就是用相反或者相对的典故构成字面上相反、而意义上相成的意趣。王力先生在其《中国古典文论中谈到的语言形式美》一文中是这样解释的:"这是用不同的道理来达到同一的意趣,表面上是相反,实际上是相成。这样的对偶是内容丰富的对偶。"[1]詹锳先生的解释精练确切:"'理殊趣合'是说用两种不同的事理,从不同的角度来合成一种意趣,它字面上相反,实际上相成,反衬比较有力……"[2]如前所述,在对偶方式上,刘勰特别重视反对,认为"反对为优,正对为劣"。刘勰自己的解释是"幽显同志,反对所以为优也;并贵共心,正对所以为劣也。"秋耘在其《一得诗话》中也有解释:"刘勰提出过'反对为优,正对为劣'的主张,因为'反对'是用意义相反或不同的词来相对,上下两句从不同的角度来表达同一的意境,内容一定比较丰富;'正对'是用意义大致相同的词来相对,上下两句的涵义不免重复,内容一定比较单调。"[3]

但是,正对与反对的优劣也不是绝对的,刘永济先生指出:"正者,双举同物以明一义,词迳而意重,故曰劣。反者,并列异类,以见一理,语曲而义丰,故曰优。然作者行文亦随宜遣笔,初无绌正崇反之见,未可因舍人此论,而拘于一格也。"[4]这确实是公允之论。

在中国骈文史上,这是第一次明确提出有关对偶的基本标准问题,具有开山的意义,对后世的骈文创作确实具有方法论的意义。

当然,我们也不能不承认,《文心雕龙》在骈文的对偶理论上也有明显的不足,这主要表现在两个方面:一是对对偶种类的划分,

---

〔1〕〔2〕 刘勰著,詹锳义证,《文心雕龙义证》,上海古籍出版社,1989年版,第1313页。

〔3〕 秋耘撰,《一得诗话》,《诗刊》1963年第2期。

〔4〕 刘勰著,刘永济校释,《文心雕龙校释》,中华书局,2007年版,第126页。

还显得简单,不够细致。其实,在刘勰之前及同时期的文学创作实践中,对偶的方式何止四种,归纳起来,可达几十种,刘勰划分为言对、事对、正对、反对,实在有些简单化,不足以概括对偶艺术的发展状况。二是在正对和反对的问题上,也存在偏颇,主要问题是过分重视反对,而对正对过于贬抑,说"反对为优"可以,但是说"正对为劣"则有些过头。从对偶的实践上,特别是骈文创作的实践上考察,一方面反对的条件,即"理殊趣合"的语言和典故有限,而正对的语言条件则极为优越,所以过分强调反对,有时不符合实际。另一方面,作家作品中有数不胜数的正对佳作,非常巧妙,不能用"劣"字来形容和定论。如曹操《让县自明本志令》:"介推之避晋封,申胥之逃楚赏。"〔1〕曹植《洛神赋》:"丹唇外朗,皓齿内鲜。"〔2〕江淹《别赋》:"渊云之墨妙,严乐之笔精。"〔3〕庾信《春赋》:"眉将柳而争绿,面共桃而竞红。"〔4〕王勃《秋日登洪府滕王阁饯别序》:"落霞与孤鹜齐飞,秋水共长天一色。"〔5〕等等,从对偶方法上说,都是正对,或表明心志,或者描写人物容貌;或写景,或抒情,都非常精彩,脍炙人口,不能简单地说"正对为劣"。但是,从总体上看,《文心雕龙》在骈文的对偶理论上的成就是主要的,缺陷是次要的,也是时代的局限造成的,我们不能苛求。

二 《文心雕龙》在对偶方面的实践

《文心雕龙》一书不仅从理论的高度探讨骈文中的对偶问题,提出了上述这些比较系统的方式和方法,而且还把这些理论和方法落实到自己的骈文创作实践之中,取得了杰出的成就,归纳起

〔1〕 曹操著,《曹操集》,中华书局,2010年版,第43页。
〔2〕 曹植著,赵幼文校注,《曹植集校注》,人民文学出版社,1998年版,第283页。
〔3〕 萧统编,李善注,《文选》,上海古籍出版社,2007年版,第750页。
〔4〕 庾信撰,倪璠注,许逸民校点,《庾子山集注》,中华书局,2006年版,第75页。
〔5〕 董诰等编,《全唐文》,上海古籍出版社,1995年版,第814页。

来,主要有如下几个方面:

(一)言对之精巧

言对是诗文创作中最常见的对偶方式,也是《文心雕龙》一书用得最多的对偶方法。如前所述,《文心雕龙·丽辞》对言对提出了自己的美学标准,概括起来就是两个字:"精巧",即精致妥帖,工巧美妙,这确实是高标准。通过考察《文心雕龙》一书,我们发现刘勰确实做到了这一点,书中的言对大都以精美巧妙见长。如《情采》:"夫铅黛所以饰容,而盼倩生于淑姿;文采所以饰言,而辩丽本于情性。故情者文之经,辞者理之纬;经正而后纬成,理定而后辞畅。"[1]以言对为主,白战而不持寸铁,但是从语言形式到其意蕴确实可当"精巧"二字。其中"故情者文之经,辞者理之纬;经正而后纬成,理定而后辞畅"几句,不仅对偶精工,一字难易,而且以经与纬比喻情理内容与文采藻饰之主从关系,鲜明生动,新奇可喜,使抽象的道理形象化了,给人留下极为深刻的印象。再如《物色》:"春秋代序,阴阳惨舒,物色之动,心亦摇焉。盖阳气萌而玄驹步,阴律凝而丹鸟羞;微虫犹或入感,四时之动物深矣。若夫珪璋挺其惠心,英华秀其清气;物色相召,人谁获安?是以献岁发春,悦豫之情畅;滔滔孟夏,郁陶之心凝。天高气清,阴沉之志远;霰雪无垠,矜肃之虑深。岁有其物,物有其容;情以物迁,辞以情发。一叶且或迎意,虫声有足引心;况清风与明月同夜,白日与春林共朝哉!"[2]此中"是以献岁发春,悦豫之情畅;滔滔孟夏,郁陶之心凝。天高气清,阴沉之志远;霰雪无垠,矜肃之虑深。……况清风与明月同夜,白日与春林共朝哉"数语,可以说是妙语连珠,让人目不暇接。从对偶上说,字字珠玑,句句精美;从意蕴上看,语语新奇,含意丰富,余味无穷。清人刘开在《书〈文心雕龙〉后》一文中这样赞

---

〔1〕 黄霖编著,《文心雕龙汇评》,上海古籍出版社,2005年版,第109页。

〔2〕 黄霖编著,《文心雕龙汇评》,上海古籍出版社,2005年版,第149—150页。

美其骈文成就:“示人以璞,探骊得珠,华而不汨其真,练而不亏其气;健而不伤于激,繁而不失之芜;辨而不逞其偏,核而不邻于刻。文犀骇目,万舞动心;诚旷世之宏材,轶群之奇构也。”[1]仅从言对的角度,我们就有这样的感觉。

(二)事对之允当

事对,即用典对,这是诗文创作,特别是骈文创作中常见的方法,清代骈文大家袁枚就说过:“散行可蹈空,而骈文必征典。”[2]从文学史上看,《文心雕龙》提出“事对所先,务在允当”的创作标准有开山的意义,也是用典的不二法门。如果用典不当,那就会事与愿违,弄巧成拙。那么,刘勰自己在用典上成就如何呢?经过仔细考察《文心雕龙》一书的写作实际,我们发现刘勰在事对方面堪称表率。该书五十篇文章之中,事对随处可见,又都贴切自然,与所要表达之情理妙合无间。如《史传》:“牝鸡无晨,武王首誓;妇无与国,齐桓著盟;宣后乱秦,吕氏危汉:岂唯政事难假,亦名号宜慎矣。”[3]这段文字主要是要说明以女后立纪,不合古制。为证明此理,所以连续以数个典故作成两联事对:一以武王故事与齐桓公故事作成正对:《尚书·周书·牧誓》载:“王曰:‘古人有言曰:牝鸡无晨,牝鸡之晨,惟家之索。’”[4]意思是女性是不能当家主政的。《春秋穀梁传》僖公九年:“葵丘之会,陈牲而不杀,读书而加于牲上,壹明天子之禁,曰:‘毋雍泉,毋讫籴,毋易树子,毋以妾为妻,毋使妇人与国事!’”[5]最后一句的意思是不准女人干预国事。二以

---

[1] 王先谦撰,《骈文类纂》,任继愈主编,《中华传世文选》,吉林人民出版社,1998年版,第224页。

[2] 袁枚著,王英志主编,《袁枚全集》,江苏古籍出版社,1993年版,第198页。

[3] 黄霖编著,《文心雕龙汇评》,上海古籍出版社,2005年版,第60页。

[4] 《尚书·周书·牧誓》,《唐宋十三经注疏(一)》,中华书局,1998年版,第105页。

[5] 《春秋穀梁传》,《唐宋十三经注疏(三)》,中华书局,1998年版,第56页。

秦之宣后与汉之吕后故事作对，指出女人干政乱国的反面教训。两联事对与作者要表达的义理妙合无垠，恰如其分，确实达到了“允当”的标准。再如《杂文》：“自《连珠》以下，拟者间出。杜笃、贾逵之曹，刘珍、潘勖之辈，欲穿明珠，多贯鱼目。可谓寿陵匍匐，非复邯郸之步；里丑捧心，不关西施之颦。”[1]文中着重评价杜笃、贾逵、刘珍、潘勖等人所作的拟连珠，使用两个典故作成长隔对：《庄子·秋水》：“且子独不闻夫寿陵余子之学行于邯郸与？未得国能，又失其故行矣，直匍匐而归耳。”[2]说的是燕国寿陵的少年远到赵国之都邯郸学步，结果学步不成，反失本步，只好匍匐而归。《庄子·天运》又载：“故西施病心而颦其里，其里之丑人见之而美之，归亦捧心而颦其里。其里之富人见之，坚闭门而不出；贫人见之，挈妻子而去走。彼知颦美而不知颦之所以美，惜乎！”[3]这里，刘勰使用两个典故作对，生动、形象地说明杜笃、贾逵、刘珍、潘勖等人所作的拟连珠皆弄巧成拙，如同东施效颦和邯郸学步，既典雅含蓄，又深切于事理，句新意美，味之无极！清人程杲在《四六丛话序》中指出：“以事对者，尚典切，忌冗杂；尚清新，忌陈腐；否则陈陈相因，移此俪彼，但记数十篇通套文字，便可取用不穷。况每类皆有熟烂故事，俗笔伸纸便尔挦撦，令人对之欲呕，然又非必舍康庄而求僻远也。要在运笔有法，或融其字面，或易其称名，或巧其属对，则旧者新之，顿觉别开壁垒，庄子云‘腐臭化为神奇’也。”[4]《文心雕龙》的事对应该说达到了“腐臭化为神奇”的境界了。

（三）正对之工稳

相较而言，刘勰本人认为正对不如反对，所以他说：“反对为

[1] 黄霖编著，《文心雕龙汇评》，上海古籍出版社，2005 年版，第 54 页。
[2] 郭庆藩撰，王孝鱼点校，《庄子集释》，中华书局，1961 年版，第 601 页。
[3] 郭庆藩撰，王孝鱼点校，《庄子集释》，中华书局，1961 年版，第 515 页。
[4] 孙梅著，李金松校点，《四六丛话》，人民文学出版社，2010 年版，第 7 页。

优，正对为劣。”“幽显同志，反对所以为优也；并贵共心，正对所以为劣也。”对此，詹锳先生在其《文心雕龙义证》中有所说明：“‘反对’指事物的反衬关系，这样取得相反相成、加深意趣、丰富内容的积极作用，所以说‘反对为优’。‘正对’指事物的并列关系，事物并列有时意义重复，所以说‘正对为劣’。刘勰这种提法也是相对而言，并非说正对一定就不好。事实上很多有名的对偶句都是正对，例如王勃的‘落霞与孤鹜齐飞，秋水共长天一色’；杜甫的‘两个黄鹂鸣翠柳，一行白鹭上青天’；李商隐的‘春蚕到死丝方尽，蜡炬成灰泪始干’等。”[1]其实，就刘勰本人的骈文创作实践来说，其正对的水平也是相当高的，总的特色是精工稳健，意味深厚。如《诸子》：“研夫孟、荀所述，理懿而辞雅；管、晏属篇，事核而言练；列御寇之书，气伟而采奇；邹子之说，心奢而辞壮；墨翟、随巢，意显而语质；尸佼、尉缭，术通而文钝。鹖冠绵绵，亟发深言；鬼谷眇眇，每环奥义；情辨以泽，文子擅其能；辞约而精，尹文得其要；慎到析密理之巧，韩非著博喻之富；吕氏鉴远而体周，淮南泛采而文丽：斯则得百氏之华采，而辞气之大略也。”[2]虽然是正对，但是用词精美，对偶工稳，准确恰当，非常贴切地概括出众多作家的创作特色和个性风格，又句新意美。其他如《辨骚》中“枚、贾追风以入丽，马、扬沿波而得奇”[3]；《明诗》中“子夏监绚素之章，子贡悟琢磨之句”[4]；《时序》中“魏武以相王之尊，雅爱诗章；文帝以副君之重，妙善辞赋；陈思以公子之豪，下笔琳琅”[5]等等，无不工稳妥帖，精妙非常。相对而言，在《文心雕龙》的五十篇骈体文当中，正对占绝大多数，反对占极少数；这众多的正对大都十分精美工稳，在文章

[1] 刘勰著，詹锳义证，《文心雕龙义证》，上海古籍出版社，1989年版，第1313页。
[2] 黄霖编著，《文心雕龙汇评》，上海古籍出版社，2005年版，第65页。
[3] 黄霖编著，《文心雕龙汇评》，上海古籍出版社，2005年版，第26页。
[4] 黄霖编著，《文心雕龙汇评》，上海古籍出版社，2005年版，第28页。
[5] 黄霖编著，《文心雕龙汇评》，上海古籍出版社，2005年版，第146—147页。

中起着相当重要的作用,是全书不可缺少的有机组成部分。

(四)反对之理殊趣合

反对,主要是指事义相反之对。上官仪《笔札华梁·论对属》中解释说:"至若上与下,尊与卑,有与无,同与异,去与来,虚与实,出与入,是与非,贤与愚,悲与乐,明与暗,浊与清,存与亡,进与退,如此等状,名为反对者也。(事义各相反,故以名焉。)"〔1〕刘勰给反对下的定义,不仅包括了它的内含,而且包括了它的基本艺术特征:"反对者,理殊趣合者也。"应该说,刘勰在理论上确实有轻正对、重反对的局限,但是在创作实践中,他却没有受此束缚。《文心雕龙》的五十篇骈体文当中,正对数量居多,大都精美;反对所占数量较少,但是质量也确实很高,从总体上看,大都达到了"理殊趣合"的标准,仔细翻检此书,这样的例子随处可见。如《明诗》:"大禹成功,九序惟歌;太康败德,五子咸怨。""若妙识所难,其易也将至;忽之为易,其难也方来。"〔2〕《序志》:"铨序一文为易,弥纶群言为难。"〔3〕《乐府》:"自雅声浸微,溺音腾沸。""《韶》响难追,郑声易启。"〔4〕从字面上看,这些对句都是相反的,但是仔细分析、品味,人们便感觉到它们是从两种不同的角度合成一种意趣,而这种意趣正是通过这样的反衬,更鲜明,更强烈,更具说服力,从而给人留下的印象也更加深刻。所以,刘勰骈文中的反对确实收到了"理殊趣合"的效果,在他以前,及其以后的骈文家中,这样的妙语是不多见的。

(五)其他对偶方法的成就

刘勰在《文心雕龙》一书中虽然从理论上只谈到上述四种对偶方法,但是在全书的写作实践中,他所使用的对偶方法绝不止这四

〔1〕 张伯伟撰,《全唐五代诗格汇考》,凤凰出版社,2002年版,第65页。
〔2〕 黄霖编著,《文心雕龙汇评》,上海古籍出版社,2005年版,第28—30页。
〔3〕 黄霖编著,《文心雕龙汇评》,上海古籍出版社,2005年版,第164页。
〔4〕 黄霖编著,《文心雕龙汇评》,上海古籍出版社,2005年版,第31—34页。

种。所以我们在分析、论证本书在对偶方面的成就之时，也不能局限于上述四种。在中国文学史上，谈论对偶方法比较早的，有相传魏文帝的《诗格》，此文中谈到八种对偶方法，即“八对”：“一曰正名，二曰隔句，三曰双声，四曰叠韵，五曰连绵，六曰异类，七曰回文，八曰双拟。”[1]此后唐人上官仪的《笔札华梁·论对属》、李淑的《诗苑类格》、梁桥的《冰川诗式》、旧题唐人李峤的《评诗格》等等都曾对诗文创作中的对偶方法进行总结，到日人遍照金刚的《文镜秘府论》，又归纳总结出二十九种对偶方法，书中专有《二十九种对》一文，文中说：“一曰的名对，亦名正名对，亦名正对；二曰隔句对；三曰双拟对；四曰联绵对；五曰互成对；六曰异类对；七曰赋体对；八曰双声对；九曰叠韵对；十曰回文对；十一曰意对。右十一种，古人同出斯对。十二曰平对；十三曰奇对；十四曰同对；十五曰字对；十六曰声对；十七曰侧对。……十八曰邻近对；十九曰交络对；廿曰当句对；廿一曰含境对；廿二曰背体对；廿三曰偏对；廿四曰双虚实对；廿五曰假对。……廿六曰切侧对；廿七曰双声侧对；廿八曰叠韵侧对。……廿九曰总不对对。”[2]

仔细考察《文心雕龙》一书，我们发现上面二十几种对偶方法，绝大多数在书中都能找到成功的范例，从中可以看出《文心雕龙》作为骈文的经典之作在对偶方面的突出成就。经过初步统计，除言对、事对、正对、反对之外，《文心雕龙》一书中使用的对偶方法多达几十种，如单句对、隔句对、同类对、异类对、方位对、联绵对、互成对、双声对、叠韵对、顶针对、流水对、数字对、色彩对、长偶对，比较多的是单句对、隔句对、双声对、叠韵对、顶针对、流水对、数字对、色彩对、长偶对等等。限于篇幅，我们这里不再一一列举，只对其中的单句对、隔句对、双声对、叠韵对、当句对、顶针对、流水对、

---

〔1〕 张伯伟撰，《全唐五代诗格汇考》，凤凰出版社，2002年版，第103页。

〔2〕 [日]遍照金刚著，周维德校点，《文镜秘府论》，人民文学出版社，1975年版，第98页。

数字对略加介绍，以见其对偶方法的多方面成就。

单句对，又称单对，即上句与下句单独作对，是最基本的对偶方式，同时也是用得最多、最常见的方式。骈文语言之平庸，往往出现在这类对偶之中。但是在刘勰的手里，单句对同样精彩，远非一般骈文家可比。《文心雕龙》之中，既有散见的单句对，也有成段落的单句对，使用的位置比较灵活。散用于各处的单句对如《明诗》“俪采百字之偶，争价一句之奇”〔1〕，《时序》“茂先摇笔而散珠，太冲动墨而横锦”〔2〕等等，不胜枚举。成段落的单句对在《文心雕龙》之中也很常见，如《情采》：“夫能设模以位理，拟地以置心，心定而后结音，理正而后摛藻，使文不灭质，博不溺心，正采耀乎朱蓝，间色屏于红紫……”〔3〕《声律》：“凡声有飞沉，响有双叠。双声隔字而每舛，叠韵杂句而必睽；沉则响发而断，飞则声飏不还；并辘轳交往，逆鳞相比……”〔4〕两个语段都是由单句对偶组成的，特别工稳。本来，单对成段，容易呆板，不易流畅。刘勰在《丽辞》篇中分析对偶弊端时就指出：“若气无奇类，文乏异采；碌碌丽辞，则昏睡耳目。”〔5〕指的主要是这类现象。但是《文心雕龙》却完全克服了这样的弊端，其原因一是文有风骨与奇气，二是文采精美，三是作者善于调节文章气势与节奏。其具体办法一方面是在单句对偶之间由虚辞穿插衔接，特别讲究用语气辞来调节文章语气，如上面语段中“夫”“也”等辞的使用就是如此。二是对偶句式长短多变，不像六朝其他骈文家那样固守四六句式，特别是在成段落对偶之时，更是如此，通过对偶句式的长短变化来调节文章语气，除上面的例子之外，我们再看《附会》：“何谓附会？谓总文

〔1〕 黄霖编著，《文心雕龙汇评》，上海古籍出版社，2005年版，第29页。
〔2〕 黄霖编著，《文心雕龙汇评》，上海古籍出版社，2005年版，第147页。
〔3〕 黄霖编著，《文心雕龙汇评》，上海古籍出版社，2005年版，第110页。
〔4〕 黄霖编著，《文心雕龙汇评》，上海古籍出版社，2005年版，第113页。
〔5〕 黄霖编著，《文心雕龙汇评》，上海古籍出版社，2005年版，第120页。

理,统首尾,定与夺,合涯际,弥纶一篇,使杂而不越者也。若筑室之须基构,裁衣之待缝缉矣。夫才童学文,宜正体制,必以情志为神明,事义为骨髓,辞采为肌肤,宫商为声气;然后品藻玄黄,摛振金玉,献可替否,以裁厥中:斯缀思之恒数也。"〔1〕三言,四言,五言,六言,长短变化,参差错落,语言流利,文气畅达。虽然同是骈体文,但是其流畅自如之态不仅六朝骈文家罕有其匹,后世骈文家也多难比肩。

隔句对,即第一句与第三句,第二句与第四句,第五句与第七句,第六句与第八句……间隔作对的对偶方式。《文镜秘府论》:"第二,隔句对。隔句对者,第一句与第三句对,第二句与第四句对:如此之类,名为隔句对。"〔2〕《文心雕龙》中使用隔句对非常广泛,在五十篇文章之中所占比例相当大。如《时序》:"魏武以相王之尊,雅爱诗章;文帝以副君之重,妙善辞赋;陈思以公子之豪,下笔琳琅。"〔3〕《辨骚》:"故其叙情怨,则郁伊而易感;述离居,则怆怏而难怀;论山水,则循声而得貌;言节候,则披文而见时。"〔4〕《明诗》:"至于三六杂言,则出自篇什;离合之发,则萌于图谶;回文所兴,则道原为始;联句共韵,则《柏梁》余制。"〔5〕都是隔句相对,而且相当工整。不仅如此,《文心雕龙》五十篇骈文之中,还经常出现大段的隔句对,妙语连珠,精彩非常。如《诠赋》《定势》两篇就是如此,从句式上考察,连续双行行文,隔句为对,有对必工,确实有精美之态。从文章气势上考察,行文铺排渲染,有雄峻之风;同时在连续用偶之后,以单行收束,更使文章呈现灵动之美,避免语气上

〔1〕 黄霖编著,《文心雕龙汇评》,上海古籍出版社,2005 年版,第 140 页。
〔2〕 [日]遍照金刚著,周维德校点,《文镜秘府论》,人民文学出版社,1975 年版,第 101 页。
〔3〕 黄霖编著,《文心雕龙汇评》,上海古籍出版社,2005 年版,第 146—147 页。
〔4〕 黄霖编著,《文心雕龙汇评》,上海古籍出版社,2005 年版,第 26 页。
〔5〕 黄霖编著,《文心雕龙汇评》,上海古籍出版社,2005 年版,第 30 页。

的呆板单调。所以,《文心雕龙》的隔句对偶不仅异常精美,而且方法又特别多样,显示出超凡脱俗的艺术才力。

双声对,即以两个声母相同的字与另外两个声母相同的字为对。《文镜秘府论》以诗为例解释这种对偶方法:"第八,双声对。诗曰:'秋露香佳菊,春风馥丽兰。'释曰:'佳菊'双声,系之上语之尾;'丽兰'双声,陈诸下句之末。秋朝非无白露,春日自有清风,气侧音谐,反之不得。'好花''精酒'之徒,'妍月''奇琴'之辈:如此之类,俱曰双声。"又说:"或曰:奇琴、精酒,妍月、好花,素雪、丹灯,翻蜂、度蝶,黄槐、绿柳,意忆、心思,对德、会贤,见君、接子:如此之类,名双声对。"[1]《文心雕龙》也注意到了双声对,在一些篇章中也不时使用,如《明诗》"慷慨以任气,磊落以使才"[2];《程器》"若屈、贾之忠贞,邹、枚之机觉"[3];《诠赋》"景纯绮巧,缛理有余;彦伯梗概,情韵不匮"[4];《序志》"褒贬于《才略》,怊怅于《知音》"[5]。这些对句之中,"慷慨"与"磊落"、"忠贞"与"机觉"、"绮巧"与"梗概"、"褒贬"与"怊怅"都是成功的双声对,除了精工之外,又有声韵之美,读起来特别上口。

叠韵对,即以两个韵母相同的字与另外两个韵母相同的字为对。《文镜秘府论》也是以诗为例进行解释:"第九,叠韵对。诗曰:'放畅千般意,逍遥一个心;漱流还枕石,步月复弹琴。'释曰:'放畅'叠韵,陈之上句之初;'逍遥'叠韵,放诸下言之首。双道二文,其音自叠,文生再字,韵必重来。旷望、徘徊、绸缪、眷恋,例同于此,何藉烦论。"又引上官仪的《笔札华梁》,进一步指出:"《笔札》

〔1〕[日]遍照金刚著,周维德校点,《文镜秘府论》,人民文学出版社,1975年版,第110—111页。
〔2〕黄霖编著,《文心雕龙汇评》,上海古籍出版社,2005年版,第29页。
〔3〕黄霖编著,《文心雕龙汇评》,上海古籍出版社,2005年版,第161页。
〔4〕黄霖编著,《文心雕龙汇评》,上海古籍出版社,2005年版,第36页。
〔5〕黄霖编著,《文心雕龙汇评》,上海古籍出版社,2005年版,第164页。

云:‘徘徊、窈窕、眷恋、彷徨、放畅、心襟、逍遥、意气、优游、陵胜、放旷、虚无、㠕酌、思惟、须臾:如此之类,名曰叠韵对。’”[1]在《文心雕龙》一书中,我们也发现相当数量的叠韵对,如《物色》:“写气图貌,既随物以宛转;属采附声,亦与心而徘徊。”[2]《乐府》:“若夫艳歌婉娈,怨诗决绝;淫辞在曲,正响焉生?”[3]《时序》:“并结藻清英,流韵绮靡。”[4]《养气》:“故宜从容率情,优柔适会。”[5]《杂文》:“可谓寿陵匍匐,非复邯郸之步;里丑捧心,不关西施之颦矣。”[6]其中“宛转”与“彷徨”、“婉娈”与“决绝”、“清英”与“绮靡”、“从容”与“优柔”、“邯郸”与“西施”都是叠韵对叠韵,极其工稳,又显得自然浑成。

顶针对,此种对法又称为联珠对,其构成方式是:上一句结尾的字或者词作为下一句的开头,使文句前后递接,紧凑连贯,极尽流利畅达之态。《文心雕龙》之中也有这种对偶方法,如《知音》:“音实难知,知实难逢,逢其知音,千载其一乎!”[7]《章句》:“夫人之立言,因字而生句,积句而成章,积章而成篇。篇之彪炳,章无疵也;章之明靡,句无玷也;句之清英,字不妄也;振本而末从,知一而万毕矣。”[8]《练字》:“心既托声于言,言亦寄形于字……富于万篇,贫于一字,一字非少,相避为难也。”[9]《物色》:“岁有其物,物

---

〔1〕[日]遍照金刚著,周维德校点,《文镜秘府论》,人民文学出版社,1975年版,第111—112页。

〔2〕黄霖编著,《文心雕龙汇评》,上海古籍出版社,2005年版,第150页。

〔3〕黄霖编著,《文心雕龙汇评》,上海古籍出版社,2005年版,第33页。

〔4〕黄霖编著,《文心雕龙汇评》,上海古籍出版社,2005年版,第147页。

〔5〕黄霖编著,《文心雕龙汇评》,上海古籍出版社,2005年版,第138页。

〔6〕黄霖编著,《文心雕龙汇评》,上海古籍出版社,2005年版,第54页。

〔7〕黄霖编著,《文心雕龙汇评》,上海古籍出版社,2005年版,第157页。

〔8〕黄霖编著,《文心雕龙汇评》,上海古籍出版社,2005年版,第115—116页。

〔9〕黄霖编著,《文心雕龙汇评》,上海古籍出版社,2005年版,第130—131页。

有其容;情以物迁,辞因情发。"[1]《原道》:"心生而言立,言立而文明。"[2]《宗经》:"文以行立,行以文传。"[3]等等,都是顶针对,在文章当中地位不可忽视:一方面在措辞上显示出精工巧丽之美,另一方面又有调整文章语气的作用。特别是作为骈体文,全篇以对偶为主体,双行行文,非常容易陷入呆板单调、平庸滞涩的误区,以这样流利的句式入文,自然使文章句式灵活,生气涌出。

流水对,即指上下两句意思连贯、不可分割的对偶句式,在中国古代诗文中是比较常见的一种修辞方法,骈体文中也经常使用。《文心雕龙》之中存在不少流水对,说明作者比较注意这种对偶方法的使用,如《杂文》:"杜笃、贾逵之曹,刘珍、潘勖之辈,欲穿明珠,多贯鱼目。"[4]《序志》:"茫茫往代,既沉予闻;眇眇来世,倘尘彼观也。"[5]《物色》:"一叶且或迎意,虫声有足引心;况清风与明月同夜,白日与春林共朝哉!"[6]《夸饰》:"娈彼洛神,既非魍魉;惟此水师,亦非魑魅。"[7]《通变》:"非文理之数尽,乃通变之术疏耳。"[8]虽然是骈词俪语,但是句子自然流转,与奇句单行的散文句子有某些相似之处。骈文中适当地插进这样的句式,可以调整骈体文的节奏和语调,从而产生灵活多变、畅达自如的效果。《文心雕龙》中广泛地使用流水对,而且使用的这样精到,既属对精切,又轻松自然,一方面显示出作者的匠心,另一方面也显示出作者深谙文章之体要,特别明了骈体之短长,所以便在文章适当的地方恰当地使用这种特殊的对偶方法,使骈体文章在整齐之中又见灵动

[1] 黄霖编著,《文心雕龙汇评》,上海古籍出版社,2005年版,第150页。
[2] 黄霖编著,《文心雕龙汇评》,上海古籍出版社,2005年版,第13—14页。
[3] 黄霖编著,《文心雕龙汇评》,上海古籍出版社,2005年版,第20页。
[4] 黄霖编著,《文心雕龙汇评》,上海古籍出版社,2005年版,第54页。
[5] 黄霖编著,《文心雕龙汇评》,上海古籍出版社,2005年版,第165页。
[6] 黄霖编著,《文心雕龙汇评》,上海古籍出版社,2005年版,第150页。
[7] 黄霖编著,《文心雕龙汇评》,上海古籍出版社,2005年版,第124页。
[8] 黄霖编著,《文心雕龙汇评》,上海古籍出版社,2005年版,第102页。

自如之美，这在骈体风靡天下的六朝时代是难能可贵的。

数字对，即以表示数字的字词构成对偶，这种对偶方法早就受到人们的重视。相传魏文帝的《诗格》中就写道："一二三四，数之对。"[1]上官仪在《论对属》中也谈到数字对："'一二三四'，数之类也。"[2]在《文心雕龙》的五十篇文章之中，数字对偶使用得特别多。首先，《文心雕龙》中经常用数字构成精工的单句对偶，如《原道》："木铎起而千里应，席珍流而万世响。"[3]《征圣》："四象精义以曲隐，五例微辞以婉晦。"[4]《宗经》："皇世《三坟》，帝代《五典》；重以《八索》，申以《九丘》。"[5]《明诗》："四始标炳，六义环深。……俪采百字之偶，争价一句之奇。"[6]《诸子》："标心于万古之上，而送怀于千载之下。"[7]《才略》："一朝综文，千年凝锦。"[8]《章句》："四字密而不促，六字格而非缓，或变之以三五，盖应机之权节也。"[9]同时，《文心雕龙》中还经常使用数字构成隔句对偶，工稳巧妙，相当精彩，如《论说》："若秦延君之注《尧典》，十余万字；朱文公之解《尚书》，三十万言。……一人之辨，重于九鼎之宝；三寸之舌，强于百万之师……"[10]《养气》："故淳言以比浇辞，文质悬乎千载；率志以方竭情，劳逸差于万里。古人所以余裕，后进所以莫追也。"[11]《章句》："至于《诗·颂》大体，以四言为正，

〔1〕 张伯伟撰，《全唐五代诗格汇考》，凤凰出版社，2002 年版，第 100 页。
〔2〕 张伯伟撰，《全唐五代诗格汇考》，凤凰出版社，2002 年版，第 65 页。
〔3〕 黄霖编著，《文心雕龙汇评》，上海古籍出版社，2005 年版，第 15 页。
〔4〕 黄霖编著，《文心雕龙汇评》，上海古籍出版社，2005 年版，第 17 页。
〔5〕 黄霖编著，《文心雕龙汇评》，上海古籍出版社，2005 年版，第 18 页。
〔6〕 黄霖编著，《文心雕龙汇评》，上海古籍出版社，2005 年版，第 28—29 页。
〔7〕 黄霖编著，《文心雕龙汇评》，上海古籍出版社，2005 年版，第 65 页。
〔8〕 黄霖编著，《文心雕龙汇评》，上海古籍出版社，2005 年版，第 156 页。
〔9〕 黄霖编著，《文心雕龙汇评》，上海古籍出版社，2005 年版，第 116 页。
〔10〕 黄霖编著，《文心雕龙汇评》，上海古籍出版社，2005 年版，第 68—69 页。
〔11〕 黄霖编著，《文心雕龙汇评》，上海古籍出版社，2005 年版，第 138 页。

唯'祈父'、'肇禋',以二言为句。寻二言肇于黄世,《竹弹》之谣是也;三言兴于虞时,《元首》之诗是也;四言广于夏年,《洛汭之歌》是也;五言见于周代,《行露》之章是也。"〔1〕本来十分简单的数字,在刘勰的手里,居然能够组成这样精美的骈语。

可见,《文心雕龙》一书中的对偶,不仅方法多样,而且艺术手法非常精湛,处处得心应手,是不可多得的范例。如果对《文心雕龙》中对偶艺术的总体特色作一个概括,那还是他自己的语言最为恰当,这就是他所说得"理圆事密"和"联璧其章"。简而言之,一是使事用典切于事理,圆通周密;二是措词对句精美工巧,如珠联璧合。

三 对于《文心雕龙》中对偶的评价

《文心雕龙》一书虽然在对偶艺术上有突出的成就,但是在历史上,人们对此则褒贬不一。

从文学史上看,较早对《文心雕龙》进行评价的是隋代的刘善经,他在《四声论》中一方面肯定《文心雕龙》在声律方面的成就,但是另一方面却对其骈偶体制提出批评:"但恨连章结句,时多涩阻,所谓能言之者也,未必能行者也。"显然对《文心雕龙》使用骈体写作,即以对偶句式为主体持有异议。其实,这是受到了隋文帝时期反对齐、梁以来骈俪文风思潮的影响,因而对骈体采取一概否定的偏激态度,这样,对偶这一骈文最主要的行文方法自然受到不公正的待遇。此后,对《文心雕龙》的对偶体制进行批评的也大有人在。如清代的纪昀,对骈文的对偶体制有一定的成见,所以在《丽辞》篇上批道"骈偶于文家为下格"〔2〕,而在《宗经》篇中则直接批曰:"此自善论文耳。如以其文论之,则不脱六代俳偶之习。"〔3〕显然

〔1〕 黄霖编著,《文心雕龙汇评》,上海古籍出版社,2005年版,第116页。
〔2〕 黄霖编著,《文心雕龙汇评》,上海古籍出版社,2005年版,第118页。
〔3〕 黄霖编著,《文心雕龙汇评》,上海古籍出版社,2005年版,第20页。

对《文心雕龙》中的对偶持批评态度,贬之为“俳偶”。再如清谨轩蓝格抄本《文心雕龙》前面的《叙目》中有言:“勰著《文心》十卷,总论文章之始末,古今之妍媸,其文虽拘于声偶,不离六朝之体,要为宏博精当,鲜丽琢润者矣。”[1]言外之意是《文心雕龙》在文体上还存在“拘于声偶,不离六朝之体”的问题。换句话说,就是该书在行文上同其他六朝骈文家一样,还受到对偶的拘束,认为这一点对《文心雕龙》一书有负面的影响。今人在谈到《文心雕龙》时,也有类似的观点,如《中国文学发展史》一书中就说:“刘勰站在‘征圣’‘宗经’的立场,对于当日的形式主义文风进行了批判,但他自己在实践中却深受这种影响,他的《文心雕龙》就是用骈体文写的。在他的《声律》《熔裁》《丽辞》《事类》《练字》《章句》一类的篇章里,对于辞藻、对偶、声律、用典、练字、修辞等技巧方面,作了详细的论述,这对于当时的形式主义文风,实际起了助长的作用。”[2]一是对《文心雕龙》一书用骈体写作,即以对偶行文进行批评,二是认为该书关于对偶等艺术技巧的论述是助长“形式主义”,显然,这是比较左的观点,不够公允。

与批评《文心雕龙》一书对偶体制及行文方式的人相比,肯定者和赞美者也大有人在。如明人杨慎,便对《文心雕龙》的骈偶体制充分肯定,他专门用五色笔评点该书,在本书《章表》篇的眉批中就赞美其对偶之精美:“骈丽语,却极工致语。”[3]其他如钟惺,对《文心雕龙》一书的对偶也特别推崇,如在《文心雕龙·诏策》篇“故授官选贤,则义炳重离之辉;优文封策,则气含风雨之润”一联下批道:“采色耀日,称之雕龙非过。”[4]还有清人刘开,其《与王子卿太守论骈体书》中有言“夫道炳而有文章,辞立而生奇偶”,“东京

[1] 黄霖编著,《文心雕龙汇评》,上海古籍出版社,2005 年版,第 6 页。
[2] 刘大杰著,《中国文学发展史》,上海人民出版社,1973 年版,第 348 页。
[3] 黄霖编著,《文心雕龙汇评》,上海古籍出版社,2005 年版,第 79 页。
[4] 黄霖编著,《文心雕龙汇评》,上海古籍出版社,2005 年版,第 41 页。

宏丽,渐骋珠玑;南朝轻艳,兼富花月","名流各尽其长,偶体于焉大备","至于宏文雅裁,精理密意,美包众有,华耀九光,则刘彦和之《文心雕龙》,殆观止矣"[1]。对《文心雕龙》的对偶体制和成就充分肯定,并且认为它是骈体的"观止"之作。此外吴鼒在其《八家四六文钞序》中也说:"夫一奇一偶,数相生而相成;尚质尚文,道日衍而日盛。旸谷幽都之名,古史工于属对;觏闵受侮之句,葩经已有俪言。……敷陈士行,蔚宗以论史;钩抉文心,彦和以谈艺。"[2]肯定刘勰使用对偶之文"谈艺"的成就。更值得注意的是,清代著名的骈文作家、理论家孙梅,对以骈文为载体的《文心雕龙》有更深刻的认识,他对该书在对偶上的成就充分肯定,赞美此书为"论说之精华,四六之能事"[3]。其中后五字特别要紧,是对《文心雕龙》对偶成就的高度概括。

其实,从文学发展的角度考察,《文心雕龙》在对偶方面的成就是应该肯定的。对偶本来是一种修辞手法,后来作家在文章写作中逐渐把它作为主要的行文方式,绝大多数的文句都以对偶出之,于是导致行文体制发生变化,骈体文便产生了。尽管在历史上,特别是六朝时期,骈文中的这种对偶因为一些作家使用不当,出现偏执、孤立、庸冗和过于雕琢、华而不实等等弊端,但是这些都不是主流,而是支流,不能以偏概全。从总体上看,由于对偶艺术的发展,到六朝时期,以对偶句式行文成为一时风气,产生一种颇具中国特色的新文体——骈体美文,它丰富了中国文学的艺术宝库,是文学艺术的进步。虽然有些作品存在弊端,但是成功地使用对偶的佳作更多,其中《文心雕龙》就是典型代表,它为人们如何在骈文创作中正确使用对偶艺术提供了典型范式。清人刘开在其《书〈文心雕

[1] 王先谦编,《骈文类纂》,任继愈主编,《中华传世文选》,吉林人民出版社,1998年版,第392页。

[2] 莫道才主编,《骈文观止》,文化艺术出版社,1997年版,第596页。

[3] 孙梅著,李金松校点,《四六丛话》,人民文学出版社,2010年版,第427页。

龙〉后》中说："昌黎为汉以后散体之杰出，彦和为晋以后骈体之大宗。"[1]通过考察《文心雕龙》在骈文对偶方面的成就，我们觉得这一评价并不过分。

第二节　《文心雕龙》关于用典的理论和实践

借古事或古语来表达今意就是用典，其中包括用古事与用成辞两个方面。用古事，就是援古以证今；用成辞，就是引古语以明己义。这是诗文创作中常用的一种方法。从现存的资料中可以看出，用典这种修辞手法不仅很早就有人使用，而且也早就有人对其进行过理论上的分析和探讨。不过，实事求是地说，《文心雕龙》在用典理论和实践上的贡献是非常杰出的，一般人难以比肩。

一　《文心雕龙》的用典理论

在《文心雕龙》一书中，涉及用典的文章不止一篇，但是最主要的篇章是《事类》篇，虽然本篇所探讨的范围不仅仅局限于用典，但是其重点无疑是用典问题。围绕这一问题，文章分多个层面进行论述：

（一）关于用典的含义、作用与类别

文中说：

> 事类者，盖文章之外，据事以类义，援古以证今也。昔文王繇《易》，剖判爻位。《既济》九三，远引高宗之伐，《明夷》六五，近书箕子之贞：斯略举人事，以征义者也。至若胤征羲和，

[1] 王先谦编，《骈文类纂》，任继愈主编，《中华传世文选》，吉林人民出版社，1998年版，第224页。

陈《政典》之训;盘庚诰民,叙迟任之言:此全引成辞以明理者也。然则明理引乎成辞,征义举乎人事,乃圣贤之鸿谟,经籍之通矩也。《大畜》之象:"君子以多识前言往行。"亦有包于文矣。[1]

这里主要说明三点:其一,关于用典这一修辞方式的含义与作用:"文章之外,据事以类义,援古以证今也。"即为文之时,引用古典,以古证今,拿古人经典的事例和言论为根据,来证明作者自己所表达的意义。当然,刘勰这里所说的"事类"比我们现在所说的用典范围要大,不过,仔细推究,其主体还是以引经据典为主旨。所以刘永济先生在其《文心雕龙校释》中说:"文家用古事以达今意,后世谓之用典,实乃修辞之法,所以使言简意赅也。"[2]李曰刚先生在《〈文心雕龙〉斟诠》一书中作了进一步的解释:"'事类'一词,原谓隶事以类相从也。……彦和用之,盖论文章之征引古事成辞,以类推事理,所谓'据事以类义,援古以证今',亦修辞之一法,即常言'用典'(或曰'引用')是也。用典其所以必证之于史实先例,或诉之于权威舆论者,乃利用世人对史实先例之尊重,及对权威舆论之崇奉心理,以加强自己言论之说服力耳。"[3]从实而论,这两位先生对《文心雕龙》中"事类"一词内含的把握是准确的。其二,关于用典的基本类别,本文明确划分为两种:一是用古事,即文中所谓"斯略举人事,以征义者也";二是用成辞,即"全引成辞以明理者也"。其实就是用古语与用古事两种。对此,黄侃先生在《文心雕龙札记》中有比较详尽的解释:"道古语以剀今,道之属也;取古事以托喻,兴之属也。意皆相类,不必语出于我;事苟可信,不必义起于今。引事引言,凡以达吾之思而已。若夫文之以喻人也,征

[1] 黄霖编著,《文心雕龙汇评》,上海古籍出版社,2005年版,第125—126页。
[2] 刘勰著,刘永济校释,《文心雕龙校释》,中华书局,1962年版,第140页。
[3] 刘勰著,詹锳义证,《文心雕龙义证》,上海古籍出版社,1989年版,第1406页。

于旧则易为信,举彼所知则易为从。"[1]"引言引事"言简意赅,是对用典类别特别简单明了的概括。其三,指出用典的地位和重要性。认为它是文章写作通用的规矩和准绳,也即"圣贤之鸿模,经籍之通矩"。所以,文中强调要"多识前言往行",以便为文之时,作为规矩和准绳。

(二)从史的角度揭示了用典的发展过程

《文心雕龙·事类》在阐释了用典的含义、作用与类别之后,又清晰地描述了用典的发展过程,指出:"观夫屈宋属篇,号依诗人,虽引古事,而莫取旧辞。唯贾谊《鹏赋》,始用鹖冠之说;相如《上林》,撮引李斯之书,此万分之一会也。及扬雄《百官箴》,颇酌于《诗》《书》;刘歆《遂初赋》,历叙于纪传;渐渐综采矣。至于崔、班、张、蔡,遂捃摭经史,华实布濩,因书立功,皆后人之范式也。"[2]以具体的作家与作品为例,按照历史的发展线索,具体描述了战国至东汉这一漫长历史过程中文学创作中的用典状况,揭示出各个历史时期文中用典的差别,显示出用典发展的总趋势是由少到多:屈原、宋玉之作,虽用典故,但是尽量不用原文;而从贾谊、司马相如开始,则引用原文,但是却非常少,只是"万分之一会";到了扬雄、刘歆之手,渐渐综合采用各书,用典开始加密;再到东汉的崔骃、班固、张衡、蔡邕,采摘经史之言,用典十分繁富,成为后人用典的典范。其中特别值得注意的是扬雄、刘歆二人,他们是用典明显变化的分水岭。对于这一问题,《文心雕龙·才略》篇中也有所说明,有助于我们加深理解:"卿(司马相如)渊(王褒)以前,多役才而不课学;雄(扬雄)向(刘向)以后,颇引书以助文,此取与之大际,其分不可乱者也。"[3]强调扬、刘为用典明显转化之关节点,意思很清楚:

[1] 黄侃撰,《文心雕龙札记》,上海古籍出版社,2000年版,第187页。
[2] 黄霖编著,《文心雕龙汇评》,上海古籍出版社,2005年版,第126页。
[3] 黄霖编著,《文心雕龙汇评》,上海古籍出版社,2005年版,第154页。

在司马相如、王褒以前，多是以才为文；而在扬雄、刘向以后，则注意了以学助文。

（三）论证才学与文章写作之关系

首先，文章对才与学的不同属性作了解释："才自内发，学以外成。"然后论证二者在文章写作中的作用："有学饱而才馁，有才富而学贫。学贫者迍邅于事义，才馁者劬劳于辞情。"[1]说明才与学是为文的必要条件，直接影响到文章的写作效果。接下来，作者进一步说明在文章写作之中才与学的特殊关系："才为盟主，学为辅佐。"说明才与学是主从关系，但是又密不可分，缺一不可。与此同时，文章又阐释了才、学与文章写作之间的关系，其要点在于是否相辅相成，直接影响到文章的写作效果："主佐合德，文采必霸；才学褊狭，虽美少功。"[2]这样，文章水到渠成地总结出处理才学关系的准则，那就是"主佐合德"，"表里相资"。简而言之，就是既要分清主次，又要注意相辅相成。

除《事类》篇之外，《文心雕龙》的其他篇章中，也有涉及才、学与文章写作关系问题的，如《神思》篇中强调"积学以储宝"，又说："难易虽殊，并资博练。若学浅而空迟，才疏而徒速，以斯成器，未之前闻。"[3]指出先天之才虽然重要，但是后天的学识也是不可缺少的，只有两者相辅相成，才能写出好文章。另外，在《杂文》篇的赞辞中，作者又说："伟矣前修，学坚才饱；负文余力，飞靡弄巧。"[4]也是在说明才学对于文章写作的特殊作用。

（四）揭示了增长才学的途径与使事用典的方法

既然才、学对于文章写作如此重要，那么，如何增长自己的才、学呢？有了才、学之后，又如何在文章中展示，即如何使事用典呢？

---

〔1〕〔2〕 黄霖编著，《文心雕龙汇评》，上海古籍出版社，2005年版，第126页。
〔3〕 黄霖编著，《文心雕龙汇评》，上海古籍出版社，2005年版，第94—95页。
〔4〕 黄霖编著，《文心雕龙汇评》，上海古籍出版社，2005年版，第55页。

《文心雕龙·事类》中首先举出两个前提:其一,指出“经典沉深,载籍浩瀚,实群言之奥区,而才思之神皋也”;其二,列举扬雄、班固以下作者无一不取资经典与书籍的成功经验。在此基础之上,作者顺理成章地推出“将赡才力,务在博见”〔1〕的观点,其实,这便指明了增长才力的路径——博见。紧接着,文章又以此为前提继续推论驭学之道与用典的方法和原则:“是以综学在博,取事贵约,校练务精,捃理须核,众美辐辏,表里发挥。刘劭《赵都赋》云:‘公子之客,叱劲楚令歃盟;管库隶医,呵强秦使鼓缶。’用事如斯,可称理得而义要矣。故事得其要,虽小成绩,譬寸辖制轮,尺枢运关也。或微言美事,置于闲散,是缀金翠于足胫,靓粉黛于胸臆也。”〔2〕很清楚,作者认为“综学在博”是驭学之道,也是使事用典的前提和最重要的基础。那么,具体的用典方法和原则是什么呢?作者进行了总结,主要是下面几点:

第一是“取事贵约”,即选取古事重在精简;

第二是“校练务精”,即对典故考核提炼务求精当;

第三是“捃理须核”,即使事用典必须认真核实;

第四是“众美辐辏,表里发挥”,即聚集众长,使才与学都充分发挥作用。

不仅如此,作者又特别强调用典必须把握要领,放置恰当,虽然小事也能见大的效果,否则便适得其反。在这方面,仅仅是博还是不行的,用典之时必须要精简、恰当,还要认真核实。祖保泉先生在其《〈事类〉谈屑》中对这段文字作了这样的解释:“博学是前提;所见不博,则没有多少典故可出之于笔下;在文中用典要简约,堆垛典故,则文章必然流于滞涩;选择要精确,要完全符合表情达意的要求,否则必然产生乖谬;由典故所表明的道理,应该经过核

〔1〕〔2〕 黄霖编著,《文心雕龙汇评》,上海古籍出版社,2005年版,第127页。

实是合用的,否则将无益于'据事以类义,援古以证今'。"[1]应该说,这一解释是准确的,把握了《文心雕龙·事类》的精髓。

(五)指出用典的标准境界和主要弊端

《文心雕龙·事类》的最后一段,有两项重要内容:

其一,明确提出了用典的标准境界,即"凡用旧合机,不啻自其口出"。这是对用典比较高的要求,其实包括两个方面:一是要准确恰当,二是要不着痕迹,像从作者自己口中说出来的一样。黄春贵先生对此作了具体、细致的解读:"大约用典之佳者,贵能推陈出新,无异于出自一己之创作,譬如水中著盐,运化无迹,不使人觉。文章乃日新之物,若食古不化,拾人牙慧,一派陈腔滥调,岂不令人生厌!故原本古事成辞,用典时却须重加铸造,别出心裁。否则邯郸学步,未得古人之旨,亦忘自我之能矣。……夫善纫者无隙缝,工绘者无渍痕,用典若斯,紧著题意,融化而不涩,用事而不为事使,则面目精神,方能一新。"[2]客观地说,这一解读深得要领。

其二,指出用典的主要弊端,即"引事乖谬,虽千载而为瑕"。文中又列举事实,进一步进行分析:"陈思,群才之英也,《报孔璋书》云:'葛天氏之乐,千人唱,万人和,听者因以蔑《韶》、《夏》矣。'此引事之实谬也。按葛天之歌,唱和三人而已。相如《上林》云:'奏陶唐之舞,听葛天之歌,千人唱,万人和。'唱和千万人,乃相如推之。然而滥侈葛天,推三成万者,信赋妄书,致斯谬也。陆机《园葵》诗云:'庇足同一智,生理合异端。'夫葵能卫足,事讥鲍庄;葛藟庇根,辞自乐豫。若譬葛为葵,则引事为谬;若谓庇胜卫,则改事失真:斯又不精之患。夫以子建明练,士衡沉密,而不免于谬。曹洪之谬高唐,又曷足以嘲哉!"[3]通过对曹植、司马相如、陆机三人用

[1] 刘勰著,詹锳义证,《文心雕龙义证》,上海古籍出版社,1989年版,第1428页。
[2] 刘勰著,詹锳义证,《文心雕龙义证》,上海古籍出版社,1989年版,第1433页。
[3] 黄霖编著,《文心雕龙汇评》,上海古籍出版社,2005年版,第127—128页。

事乖谬的事实所作的分析，强调用典必须审慎仔细。其中曹植、司马相如之错主要错在把《吕氏春秋·古乐》中“昔葛天氏之乐，三人操牛尾，投足以歌八阙”改为“千人唱，万人和”，于是便造成乖谬失真；陆机之误是错把“卫足”写成“庇足”。“卫足”与“庇足”两典都出自《左传》，前者见于《左传·成公十七年》，书中载鲍庄子被齐灵公判罪，截去两足，孔子以“葵犹能卫其足”为喻嘲笑他；后者见于《左传·文公七年》，宋昭公要把宋国的许多公子赶走，乐豫不同意，并以“葛犹能庇其本根”为喻进行劝谏。陆机不慎改动古典，造成失真。从该文的写作布局来说，作者在这里也是有意照应前面关于用典的方法和原则，即“校练务精，捃理须核”，强调用典之时务必审慎抉择，不能粗心大意。对此，清人纪晓岚批道：“此一段以曹、陆为鉴，言用事宜审。”[1]黄春贵也看到这一点，所以他指出：“自古博学宏才，用典误者多矣。情不相类，则枉情以就事；义不符辞，则害义以徇辞，于是削足适履，张冠李戴之弊，相因而生。……考其弊端，乃用典而不抉择有以致之。”[2]这样的解读是非常确切的。

上述这几个方面，就是《文心雕龙》关于用典问题的基本论述，总体看来，论证周详，系统完整，有方法论的意义。

从中国文学理论史上看，在刘勰的《文心雕龙》产生以前，文学批评家们就谈到过用典问题；以后，也有人对这一问题进行探讨。但是其深度、广度、系统性、完整性都不能与刘勰相比。

《文心雕龙》产生以前，探讨用典的言论就经常见于篇什。如东汉时期王充的《论衡·别通》中便谈到这方面的问题：“人不博览者，不闻古今，不见事类，不知然否。”袁康的《越绝书·越绝篇叙外传记》中也写道：“因事类以晓后世。”应邵的《风俗通·正失》：“推

[1] 黄霖编著，《文心雕龙汇评》，上海古籍出版社，2005 年版，第 127 页。

[2] 刘勰著，詹锳义证，《文心雕龙义证》，上海古籍出版社，1989 年版，第 1438 页。

事类,似不及太宗之事。”魏时曹丕在其《答卞兰教》中也论及事类:“赋者,言事类之所附也。”晋代挚虞在其《文章流别论》中有更为具体的分析:“古诗之赋以情义为主,以事类为佐。今之赋,以事形为本,以义正为助。情义为本,则言省而文有例矣;事形为本,则言富而辞无常矣。文之繁省,辞之险易,盖由于此。夫假象过大,则与类相远;逸辞过壮,则与事相违;辩言过理,则与义相失;丽靡过美,则与情相悖。此四者,所以背大本而害政教,是以司马迁割相如之浮说,扬雄疾词人之赋丽以淫也。”〔1〕南朝宋范晔的《后汉书·陈宠传》中也谈到事类问题:“时司徒辞讼,久者数十年,事类溷错。易为轻重,不良吏得生因缘。宠为司徒鲍昱撰《辞讼比》七卷,决事科条,皆以事类相从。”〔2〕到了齐、梁时期,用典问题受到人们更多的关注,如梁代钟嵘在其《诗品序》中指出:“夫属词比事,乃为通谈,若乃经国文符,应资博古;撰德驳奏,宜穷往烈。至乎吟咏情性,亦何贵于用事?‘思君如流水’,既是即目;‘高台多悲风’亦唯所见;‘清晨登陇首’,羌无故实;‘明月照积雪’,讵出经史!观古今胜语,多非补假,皆由直寻。颜延、谢庄,尤为繁密,于时化之。故大明、泰始中,文章殆同书钞。近任昉、王元长等,词不贵奇,竞须新事,尔来作者,寖以成俗。遂乃句无虚语,语无虚字,拘挛补衲,蠹文已甚。但自然英旨,罕值其人。词既失高,则宜加事义,虽谢天才,且表学问,亦一理乎!”〔3〕其他如萧子显,也对当时文学创作中大量用典的利弊进行分析:“今之文章,作者虽众,总而为论,略有三体。……次则缉事比类,非对不发;博物可嘉,职成拘制。或全借古语,用申今情,崎岖牵引,直为偶说。唯睹事例,顿失清采。此则傅咸五经,应璩指事;虽不全似,可以类从。”〔4〕深入分析了当时诗文在用典问题上的弊端。

---

〔1〕〔3〕 刘勰著,詹锳义证,《文心雕龙义证》,上海古籍出版社,1989年版,第1404页。
〔2〕 范晔撰,《后汉书》,中华书局,1965年版,第1548—1549页。
〔4〕 萧子显撰,《南齐书》,中华书局,1972年版,第908页。

《文心雕龙》产生以后，谈用典的人更多。

首先如宋人王铚，其《四六话》卷上中说："四六有伐山语，有伐材语。伐材语者，如已成之柱桷，略加绳削而已；伐山语者，则搜山开荒，自我取之。伐材，谓熟事也；伐山，谓生事也。生事必对熟事，熟事必对生事。若两联皆生事，则伤于奥涩；若两联皆熟事，则无工，盖生事必用熟事对出也。"[1]典故有生熟之分，王铚认为用典之时，皆用生典则伤于奥涩，都用熟典又不工巧，所以他主张"生事必对熟事，熟事必对生事"，既不奥涩，又有工巧之致。应该说这是科学的方法，也是经验之谈。再如南宋谢伋，其《四六谈麈》中说："四六全在编类古语，唐李义山有《金钥》，宋景文有一字至十字对，司马文正亦有《金桴》，王岐公最多。"[2]意思很明显：由唐及宋，诸多骈文大家如李义山、宋景文、司马文正公，特别是王岐公都有专门为用典准备的后备材料，因此，掌握典故是创作骈文的必备条件。

同时，金、元、明、清文学批评家都对诗文中的用典问题有所论述。

金人王若虚，也曾谈到用典问题，他倡导用典实要平易，指出："凡为文章，须是典实过于浮华，平易多于奇险，始为知本末。世之作者，往往致力于其末而终身不返，其颠倒亦甚矣。"[3]刘祁的《归潜志》卷九也对此有所说明："（王若虚）不喜出奇，下字止欲如家人语言，尤以助辞为尚。"

元人陈绎曾在其《四六附说》中对用典问题作了具体的表述，

---

〔1〕 王铚撰，《四六话》，王水照编，《历代文话》，复旦大学出版社，2007年版，第8页。

〔2〕 谢伋撰，《四六谈麈》，王水照编，《历代文话》，复旦大学出版社，2007年版，第35页。

〔3〕 王若虚著，胡传志、李定乾校注，《滹南遗老集校注》，辽海出版社，2006年版，第427页。

指出:“故为四六之本,一曰约事,二曰分章,三曰明意,四曰属辞,务欲辞简意明而已。此唐人四六故规,而苏子瞻氏之所取则也。后世益以文华,加之工致,又欲新奇,于是以用事亲切为精妙,属对巧的为奇崛。此宋人四六之新规,而王介甫氏之所取法也。变而为法凡二,一曰剪截,二曰融化。能者得之,则兼古通今,信奇法也;不能者用之,则贪用事而晦其意,务属对而涩其辞,四六之本意失之远矣,又何以文为哉?”〔1〕十分清楚,陈氏在骈文创作上推崇的是唐人的“故规”和宋人的“新规”,认为这是“为四六之本”,“信奇法也”,用得好则“兼古通今”,用不好则失去四六之本意。不仅如此,他还把唐、宋两代骈文的创作方法界定为“古法”和“今法”,并且进行了深入、系统的分析和阐述。

明代文学批评家对用典也有所论列,如杜浚,其《杜氏文谱》对用典进行了专门的说明:“正用:故事与题事正同者也。反用:故事与题事正相反也。借用:故事与题事初不相类,以一端近似而借用之。暗用:用故事之语意,而不显其名迹,此善用事者也。对用:经题用经事,子史用子史事,汉用汉,三国用三国事,韩柳佛老题,亦各用其事,此正法也。援用:子史百家题用经事,三国题用周汉事,此援前证后,亦一法也。比用:庄子题用列子事,前汉题用后汉事,柳文题用韩文事,此正用之变也。倒用:经题用子史事,汉题用三国事,此非大笔力者不能之,此非正法也。泛用:于正题中乃用稗官小说、谚语戏谈、异端鄙事为证者,非大笔力者不可,此变之又变也。凡用事,但可用其意,而以新语融化入吾文,三语以上不可全写。”〔2〕相较前人,说得更为具体。

清人如孙梅,其《四六丛话》中有言:“惟作家主于用意,不主于

〔1〕 陈绎曾撰,《四六附说》,王水照编,《历代文话》,复旦大学出版社,2007年版,第1266—1267页。

〔2〕 杜浚撰,《杜氏文谱》,王水照编,《历代文话》,复旦大学出版社,2007年版,第2456页。

用事,当其下笔,若自抒胸臆,谛加玩味,则字字有来处,浑然天成,此杜诗韩笔所以妙绝古今也。不知此者,不可与言四六。”“用事有意,则活泼泼地,如贾生厄于绛灌,以致时宰,岂复佳事,然翻传说来,弥见属对之长,此丹成九转,点铁成金手也。”讲究用典要“主于用意”,强调“自抒胸臆”,“浑然天成”。

此外,近人也有论述用典问题的,如孙德谦就是一例。他在其《六朝丽指》中,对六朝骈文作家用典的方法作了专门的阐释,主要包括两个方面。

其一,具体论证六朝骈文用典的方式和作用:

> 梁简文《叙南康简王薨上东宫启》:“伏惟殿下,爱睦恩深,常棣天笃。北海云亡,骑传余稿;东平告尽,驿问留书。呜乎此恨,复在兹日。”此陈古况今,并以足其文气也。倘无北海两人故事,文至“爱睦”二语,不将穷于辞乎?故古典不可不谙习也。有此古典,藉以收束,而文气亦充满矣。卢子行《为百官贺甘露表》:“昔魏明仙掌,竟无灵液;汉武金盘,空望云表。岂若神浆可挹,流味九户之前;天酒自零,凝照三阶之下。”此借以衬托,用彰今美也。故典实不必确切,犹“仙掌”等事,虽亦可以比拟,尚不如今之甘露,真为瑞应也。庾子山《为齐王进赤雀表》:“南阳雉飞,尚论秦霸;建章鹄下,犹明汉德。当今天不爱宝,地必呈祥,自应长乐观符,文昌启瑞。”此别引他物,取以佐证也。题为“赤雀”,而偏举秦之“雉飞”,汉之“鹄下”,来相附丽,是明知其不类,故用“尚论”、“犹明”以申说之。凡事有无从数典,而行旁证之法者,于斯表可睹矣。刘孝仪《从弟丧上东宫启》:“虽每想南皮,书忆阮瑀;行径北馆,歌悼子侯。不足辈此深仁,齐兹旧爱。”此义颇相符,反若未称者也。启文既上东宫,引“南皮”、“北馆”,亦极典雅。犹有“不足”云云,可见他文中所谓“方之蔑如,曾何足逾”,皆是伸此,所以屈彼。然后知罗列旧典,贵能变化,否则何不择切合者从之乎?江总

《为陈六宫谢表》:“借班姬之扇,未掩惊羞;假蔡琰之文,宁披悚戴。”此无涉本题,尽力描摹者也。班姬、蔡琰,虽略贴六宫,然文于此,盖是借其扇以写“惊羞”,假其文以形“悚戴”。上句言谢,下句言表,故至此亦遂终篇,又足征文中随拈往典,与题无关,可以供我驱遣,特在善用之耳。[1]

孙氏结合具体作品谈到了多种用典方法,归纳起来主要是五种,即“陈古况今,并以足其文气”;“借以衬托,用彰今美”;“别引他物,取以佐证”;“义颇相符,反若未称”;“无涉本题,尽力描摹”。

其二,专门论证引用古典,以虚作实的方法:

梁武帝《申饬选人表》有“后门以过立试吏”、“八元立年”等语。“过立”与“立年”,循诵其上下文,有“甲族以二十登仕”,乃知此“立”字,即《论语》“三十而立”义也。傅季友《为宋公修张良庙教》、任彦升《为范始兴求立太宰碑表》,一则言“冠德如仁”,一则言“道被如仁”。所谓“如仁”者,亦本《论语》孔子之称管仲有“如其仁,如其仁”之说,盖以“如仁”隐切管仲也。何以知“如仁”之隐切管仲?观傅氏文上云“参轨伊望”,则此“如仁”两字,岂非就管仲而言乎?不明称管仲,以“如仁”代之者,两家文中,或云“微管之叹”,或云“功参微管”,所以避复出,亦其运典之新奇,但取暗合也。……读六朝文字,此等隶事之法须知之。[2]

就具体的用典方法而言,这样的分析和论证都是可取的,有一定见地,不过与上述各家一样,还是显得琐碎、单调,与《文心雕龙》相比,在系统性、完整性,以及理论深度上确实还有相当大的差距。

---

〔1〕 孙德谦撰,《六朝丽指》,王水照编,《历代文话》,复旦大学出版社,2007年版,第8451—8452页。

〔2〕 孙德谦撰,《六朝丽指》,王水照编,《历代文话》,复旦大学出版社,2007年版,第8475页。

从中国文学史上看,不仅骈文中经常用典,其他很多文体中也经常使用这种修辞方法。不过,我们不能不说,用典对骈文来说,更有特殊的地位,它是骈体文的四大要素之一。所以袁枚在其《胡稚威骈体文序》中说:“散行可蹈空,而骈文必征典。”[1]从这个意义上说,《文心雕龙》一书中全面深入地阐述用典之道,为诗文写作,特别是骈文写作中如何用典提供了很重要的理论依据,开启了重要的法门,具有方法论的意义。正是从这个意义上着眼,很多《文心雕龙》研究者在解读《事类》篇时,自然把它与骈文创作联系起来。首先如黄侃先生,其《文心雕龙札记》在《事类》篇下指出:“逮及汉魏以下,文士撰述,必本旧言,始则资于训诂,继而引录成言,终则综辑故事。爰至齐梁,而后声律对偶之文大兴,用事采言,尤关能事。其甚者,捃拾细事,争疏僻典,以一事不知为耻,以字有来历为高,文胜而质渐以漓,学富而才为之累,此则末流之弊,故宜去甚去奢,以节止之者也。……且夫文章之事,才学相资,才固为学之主,而学亦能使才增益。故彦和云:‘将赡才力,务在博见。’”[2]揭示出在齐、梁时代,即骈文的鼎盛时期,用典之风的盛行及其弊端。其他如祖保泉先生的《〈事类〉谈屑》一文,也指出《事类》篇是针对骈文中的用典问题而作:“在骈文中以典故、成辞为装点,已成为一个不可忽视的因素。但是在文章中用典故、引成辞有它的两面性:运用得当,借古事以申今情,则‘不啻自其口出’;运用不当,则纰缪丛生。刘勰注意到了这个创作上的实际问题,试图加以解决,撰《事类》篇。”[3]所以,我们不能不说,《文心雕龙·事类》是对文学理论批评,特别是骈文理论批评的巨大贡献之一。

---

〔1〕 袁枚著,王英志主编,《袁枚全集》,江苏古籍出版社,1993年版,第198页。
〔2〕 黄侃撰,《文心雕龙札记》,上海古籍出版社,2000年版,第188页。
〔3〕 刘勰著,詹锳义证,《文心雕龙义证》,上海古籍出版社,1989年版,第1407页。

二 《文心雕龙》的用典实践

在用典的问题上,《文心雕龙》一书具有特殊的意义:一方面,本书从理论的高度,系统地总结、归纳出了有关用典的主张和方法;另一方面,在本书的写作实践中,在用典方面也进行了非常成功的尝试,取得了突出的成就。

关于用典,刘永济先生在《文心雕龙校释》中的一段话特别值得重视:"文学用典,亦修辞中一法,用典之要,不出以少字明多意。其大别有二:一用古事,二用成辞。用古事者,援古事以证今情者也;用成辞者,引彼语以明此义也。"[1]明确把用典划分为两类。其实,有的时候还有语典与事典混合使用的现象,所以我们可以分三个方面考察。《文心雕龙》中用典,有语典、事典、语典与事典混合使用这三种类型,不仅方法多样,而且成就非凡。

第一,事典

使用事典是最常见的用典方式之一,《文心雕龙》五十篇文章之中,使用事典的地方随处可见。如《史传》之赞:"辞宗丘明,直归董、南。"[2]其中"董、南"就是巧用南史氏和董狐敢于秉笔直书,书法不隐之事典。《春秋左传》襄公二十五年:"太史书曰:'崔杼弑其君。'崔子杀之。其弟嗣书而死者,二人。其弟又书,乃舍之。南史氏闻大史尽死,执简以往。闻既书矣,乃还。"[3]这是"直归董、南"中南史氏秉笔直书,不惧杀头之事,为《文心雕龙》用典所本;《春秋左传》宣公二年:"乙丑,赵穿攻灵公于桃园。宣子未出山而复。太史书曰:'赵盾弑其君。'以示于朝。宣子曰:'不然。'对曰:'子为正卿,亡不越竟,反不讨贼,非子而谁?'宣子曰:'乌呼,"我之怀矣,自诒伊戚",其我之谓矣!'孔子曰:'董狐,古之良史也,书法不隐。

---

〔1〕 刘勰著,刘永济校释,《文心雕龙校释》,中华书局,1962年版,第146页。
〔2〕 黄霖编著,《文心雕龙汇评》,上海古籍出版社,2005年版,第62页。
〔3〕 杨伯峻编著,《春秋左传注》,中华书局,1990年版,第1099页。

赵宣子，古之良大夫也，为法受恶。惜也，越竟乃免。'"〔1〕这是"直归董、南"中董狐之事的出处。《定势》："枉辔学步，力止寿陵。"〔2〕这是借邯郸学步的事典嘲笑那些放弃自己的特点、一味模仿别人的愚蠢行为。此事典出自《庄子·秋水》："且子独不闻夫寿陵余子之学行于邯郸与？未得国能，又失其故行矣，直匍匐而归耳。今子不去，将忘子之故，失子之业。……"〔3〕再如《原道》："若乃《河图》孕乎八卦，《洛书》韫乎九畴。"〔4〕《易·系辞上》："是故天生神物，圣人则之。天地变化，圣人效之。天垂象，见吉凶，圣人象之。河出图，洛出书，圣人则之。"〔5〕这里边"河出图，洛出书"就是刘勰《河图》《洛书》之事所本；《尚书·洪范》："……鲧则殛死，禹乃嗣兴，天乃锡禹《洪范》九畴，彝伦攸叙。'初一曰五行；次二曰敬用五事；次三曰农用八政；次四曰协用五纪；次五曰建用皇极；次六曰乂用三德；次七曰明用稽疑；次八曰念用庶征；次九曰响用五福，威用六极。'"〔6〕这是"九畴"所本。此外如《神思》篇："伊挚不能言鼎，轮扁不能语斤，其微矣乎！"〔7〕前者出自《吕氏春秋》，汤得伊尹，"明日设朝而见之，说汤以至味……对曰：'……鼎中之变，精妙微纤，口弗能言，志弗能喻。'"后者出自《庄子·天道》，也是著名的事典，表达的是言不尽意的意思："桓公读书于堂上，轮扁斫轮于堂下，释椎凿而上，问桓公曰：'敢问，公之所读者何言邪？'公曰：'圣人之言也。'曰：'圣人在乎？'公曰：'已死矣。'曰：'然则君之所

〔1〕杨伯峻编著，《春秋左传注》，中华书局，1990年版，第662—663页。

〔2〕黄霖编著，《文心雕龙汇评》，上海古籍出版社，2005年版，第107页。

〔3〕郭庆藩撰，王孝鱼点校，《庄子集释》，中华书局，1961年版，第601页。

〔4〕黄霖编著，《文心雕龙汇评》，上海古籍出版社，2005年版，第14页。

〔5〕李学勤主编，《十三经注疏·周易正义》，北京大学出版社，1999年版，第290页。

〔6〕孔安国传，孔颖达正义，黄怀信整理，《十三经注疏·尚书正义》，上海古籍出版社，2007年版，第448—450页。

〔7〕黄霖编著，《文心雕龙汇评》，上海古籍出版社，2005年版，第96页。

读者,古人之糟粕已夫!'桓公曰:'寡人读书,轮人安得议乎!有说则可,无说则死。'轮扁曰:'臣以臣之事观之。斫轮,徐则甘而不固,疾则苦而不入。不徐不疾,得之于手而应于心,口不能言,有数存焉于其间。臣不能以喻臣之子,臣之子亦不能受之于臣,是以行年七十而老斫轮。'"〔1〕总之,事典是《文心雕龙》中使用较多的类型,几乎篇篇都有。

第二,语典

使用语典也是常见的用典方式,这种类型在《文心雕龙》之中随处可见。如《原道》:"熔钧六经,必金声而玉振。"〔2〕上句语出《汉书·董仲舒传》:"夫上之化下,下之从上;犹泥之在钧,唯甄者之多为;犹金之在熔,唯冶者之所铸。"〔3〕下句出自《孟子·万章章句下》:"孟子曰:'伯夷,圣之清者也;伊尹,圣之任者也;柳下惠,圣之和者也;孔子,圣之时者也。孔子之谓集大成。集大成也者,金声而玉振之也。金声也者,始条理也;玉振之也者,终条理也。'"〔4〕再如《征圣》:"夫作者曰圣,述者曰明。"〔5〕这两句典出《礼记·乐记》:"故知礼乐之情者能作,识礼乐之文者能述。作者之谓圣,述者之谓明。明圣者,述作之谓也。乐者,天地之和也。礼者,天地之序也。和,故百物皆化;序,故群物皆别。乐由天作,礼以地制。过制则乱,过作则暴。明于天地,然后能兴礼乐也。"〔6〕其他如《明诗》:"子夏监绚素之章,子贡悟琢磨之句,故商、赐二子,可与言诗。"〔7〕这几句皆出于《论语》。《论语·八佾》:

---

〔1〕 郭庆藩撰,王孝鱼点校,《庄子集释》,中华书局,1961年版,第490—491页。
〔2〕 黄霖编著,《文心雕龙汇评》,上海古籍出版社,2005年版,第15页。
〔3〕 班固撰,《汉书》,中华书局,1962年版,第2501页。
〔4〕 杨伯峻编著,《孟子译注》,中华书局,1960年版,第233页。
〔5〕 黄霖编著,《文心雕龙汇评》,上海古籍出版社,2005年版,第16页。
〔6〕 李学勤主编,《十三经注疏·礼记正义》,北京大学出版社,1999年版,第1089—1090页。
〔7〕 黄霖编著,《文心雕龙汇评》,上海古籍出版社,2005年版,第28页。

“子夏问曰：‘巧笑倩兮，美目盼兮，素以为绚兮。何谓也？’子曰：‘绘事后素。’曰：‘礼后乎？’子曰：‘起予者商也，始可与言《诗》已矣。’”《论语·学而》：“子贡曰：‘贫而无谄，富而无骄，何如？’子曰：‘可也。未若贫而乐道，富而好礼者也。’子贡曰：‘《诗》云：如切如磋，如琢如磨。其斯之谓与？’子曰：‘赐也！始可与言《诗》已矣，告诸往而知来者也。’”[1]所有这些都是使用语典，使文章生色不少。

第三，语典与事典混合使用

有时古事和古语不能截然分开，或者是征引之时语言与事件都为作者所需，这样，有的文章在用典之时，常常是二者相互牵连，语典与事典混合使用。考察《文心雕龙》一书，这种现象也比较普遍。如《征圣》：“郑伯入陈，以文辞为功。”[2]这是典型的语典与事典混合使用的例证。《春秋左传》襄公二十五年：“郑子产献捷于晋，戎服将事。晋人问陈之罪，对曰：‘……今陈忘周之大德，蔑我大惠，弃我姻亲，介恃楚众，以凭陵我敝邑，不可亿逞。……陈知其罪，授手于我，用敢献功。’晋人曰：‘何故侵小？’对曰：‘先王之命，唯罪所在，各致其辟。且昔天子之地一圻，列国一同，自是以衰。今大国多数圻矣，若无侵小，何以至焉？’晋人曰：‘何故戎服？’对曰：‘我先君武、庄为平、桓卿士。城濮之役，文公布命，曰：“各复旧职。”命我文公戎服辅王，以授楚捷——不敢废王命故也。’士庄伯不能诘，复于赵文子。文子曰：‘其辞顺，犯顺，不祥。’乃受之。冬十月，子展相郑伯如晋，拜陈之功。子西复伐陈，陈及郑平。仲尼曰：‘《志》有之：“言以足志，文以足言。”不言，谁知其志？言之无文，行而不远。晋为伯，郑入陈，非文辞不为功。慎辞哉。’”[3]其中郑国子产献捷于晋，晋人问陈之罪，子产以娴熟的外交辞令反击晋人的诘难，是“郑伯入陈”一句所本，是事典；而仲尼之评是语典，

[1] 杨伯峻译注，《论语译注》，中华书局，1980年版，第25页；第9页。
[2] 黄霖编著，《文心雕龙汇评》，上海古籍出版社，2005年版，第16页。
[3] 杨伯峻编著，《春秋左传注》，中华书局，1990年版，第1104—1106页。

特别是"非文辞不为功"是"以文辞为功"之句所本。更典型的是《谐隐》中的"昔还社求拯于楚师，喻眢井而称麦麹；叔仪乞粮于鲁人，歌佩玉而呼庚癸；伍举刺荆王以大鸟，齐客讥薛公以海鱼；庄姬托辞于龙尾，臧文谬书于羊裘"〔1〕一段，连续用典，又都是事典与语典混合使用：《春秋左传》宣公十二年："冬，楚子伐萧，宋华椒以蔡人救萧。萧人囚熊相宜僚及公子丙。……还无社与司马卯言，号申叔展。叔展曰：'有麦麹乎？'曰：'无。''有山鞠穷乎？'曰：'无。''河鱼腹疾奈何？'曰：'目于眢井而拯之。''若为茅绖，哭井则已。'明日，萧溃。申叔视其井，则茅绖存焉，号而出之。"〔2〕这一则记载萧大夫向楚国求救之事及双方用隐语对话的情景，既记事，又载言，是"昔还社求拯于楚师，喻眢井而称麦麹"二句所本；《春秋左传》哀公十三年："吴申叔仪乞粮于公孙有山氏，曰：'佩玉繠兮，余无所系之；旨酒一盛兮，余与褐之父睨之。'对曰：'粱则无矣，粗则有之。若登首山以呼曰"庚癸乎"，则诺。'"〔3〕此一则记载吴国的申叔仪向鲁大夫公孙有山乞粮之事以及当时所使用的隐语，事与言齐备，事典与语典混合使用，是"叔仪乞粮于鲁人，歌佩玉而呼庚癸"两句所本；《韩非子·喻老》："楚庄王莅政三年，无令发，无政为也。右司马御座，而与王隐曰：'有鸟止南方之阜，三年不翅，不飞不鸣，嘿然无声，此为何名？'王曰：'三年不翅，将以长羽翼；不飞不鸣，将以观民则。虽无飞，飞必冲天；虽无鸣，鸣必惊人。子释之，不穀知之矣。'处半年，乃自听政。……"〔4〕这一则记载右司马用隐语劝谏楚庄王之事，事与言俱载，为"伍举刺荆王以大鸟"之句所本；《战国策·齐策》："靖郭君将城薛，客多以谏。靖郭君谓谒者：'无为客通。'齐人有请者，曰：'臣请三言而已矣。益一言，臣请

〔1〕 黄霖编著，《文心雕龙汇评》，上海古籍出版社，2005 年版，第 56 页。
〔2〕 杨伯峻编著，《春秋左传注》，中华书局，1990 年版，第 748—750 页。
〔3〕 杨伯峻编著，《春秋左传注》，中华书局，1990 年版，第 1679 页。
〔4〕 王先慎撰，钟哲点校，《韩非子集解》，中华书局，1998 年版，第 168 页。

烹。'靖郭君因见之。客趋而进曰:'海大鱼。'因反走。君曰:'客有于此!'客曰:'鄙臣不敢以死为戏。'君曰:'亡,更言之。'对曰:'君不闻大鱼乎?网不能止,钩不能牵,荡而失水,则蝼蚁得意焉。今夫齐,亦君之水也。君长有齐阴,奚以薛为?夫齐,虽隆薛之城到于天,犹之无益也。'君曰:'善。'乃辍城薛。"〔1〕此一则记载齐人用隐语谏靖郭君城薛之事,言事融合为一,为"齐客讥薛公以海鱼"之句的出处;《列女传》卷六《辨通传·楚处庄侄》:"初,顷襄王好台榭,出入不时。……侄持帜,伏南郊道旁。……王曰:'女何为者也?'侄对曰:'……欲言隐事于王……'王曰:'子何以戒寡人?'侄对曰:'大鱼失水,有龙无尾,墙欲内崩而王不视。'王曰:'不知也。'侄对曰:'"大鱼失水"者,王离国五百里也,乐之于前,不思祸之起于后也;"有龙无尾"者,年既四十,无太子也,国无强辅,必且殆也;"墙欲内崩而王不视"者,祸乱且成而王不改也。'"〔2〕此则记载庄侄谏顷襄王之事,语典与事典混而为一,为"庄姬托辞于龙尾"一句所本;《列女传》卷三《列女仁智·鲁臧孙母》:"文仲将为鲁使至齐……齐果拘之,而兴兵欲袭鲁。文仲微使人遗公书,恐得其书,乃谬其辞曰:'敛小器,投诸台;食猎犬,组羊裘;琴之合,甚思之;臧我羊,羊有母;食我以同鱼;冠缨不足带有余。'公召大夫,相与议之,莫能知之。人有言:'臧孙母者,世家子也,君何不试召而问焉?'于是乃召而语之曰:'吾使臧子之齐,今持书来,云尔何也?'臧孙母泣下襟曰:'吾子拘有木治矣。'公曰:'何以知之?'对曰:'"敛小器,投诸台"者,言取郭外萌内之于城中也;"食猎犬,组羊裘"者,言趣飨战斗之士而缮甲兵也;"琴之合,甚思之"者,言思妻也;"臧我羊,羊有母"者,告妻善养母也;"食我以同鱼",同者其文错,错者所以治锯,锯者所以治木也,是有木治系于狱矣;"冠缨不足带有余"

〔1〕 张清常、王延栋笺注,《战国策笺注》,南开大学出版社,1993年版,第209页。
〔2〕 张涛译注,《列女传译注》,山东大学出版社,1990年版,第244—245页。

者,头乱不得梳,饥不得食也。故知吾子拘而有木治矣。'”[1]此则记载臧文仲被囚齐国,母亲解读他从齐国用隐语写的家书一事,事件与人物语言都交代得非常清楚,是“臧文谬书于羊裘”一句所本。

从上面三种用典情况的分析可以看出《文心雕龙》一书在用典方面的丰富性和多样性,也显示出骈文成熟时期在用典方面的特有风貌。

如果再从艺术方法的角度进行考察,我们发现《文心雕龙》一书在用典上更有非凡之处。前面,我们已经对《事类》篇中所阐述的用典方法有所说明,归纳起来,其要点是:在博学的前提下,“取事贵约,校练务精,捃理须核”;“理得而义要”[2]。概括起来就是:用典要简约,选择要精确,理论要核实;既合理又要抓住要点,用在适当的地方。其标准就是“用旧合机,不啻自其口出”,即用典恰如其分,水乳交融,如同自己口中流出的胸臆语,从而达到“合机”的境界。认真考察《文心雕龙》一书的写作实践,我们发现刘勰不仅在理论层面对用典问题有清醒的认识和把握,而且落实到了自己的文章写作实际之中,取得了杰出的成就。

从方法论的角度上看,用典其实就是以古事类比、借喻、隐喻今事,启人联想、发人幽思,借他人之酒杯,以消自己胸中之块垒。其作用主要有三:其一,用典起着论据的作用,可以加强文章的说服力,使自己的观点牢不可破。所以刘勰在《文心雕龙·事类》中就指出:“事类者,盖文章之外,据事以类义,援古以证今者也。”[3]因为作者在阐发自己的思想观点之时,光靠直白平淡的大道理是不行的,不仅干瘪抽象,苍白无力,又不易透辟,很难使人信服。而使事用典,引用古人权威性的言论或典型范例来申诉说明,则生动有力,易于使人信服。所以黄侃在其《文心雕龙札记》一书中进一

[1] 张涛译注,《列女传译注》,山东大学出版社,1990年版,第107页。
[2] 黄霖编著,《文心雕龙汇评》,上海古籍出版社,2005年版,第127页。
[3] 黄霖编著,《文心雕龙汇评》,上海古籍出版社,2005年版,第125页。

步指出:“意皆相类,不必语出于我;事苟可信,不必义起于今,引事引言,凡以达吾思而已。若夫文之以喻人也,征于旧则易为信,举彼所知则易为从。”[1]其二,用典可以使文章语言精练,言简意赅,以一当十,畅达明快。通常,人们在说明这一件事时,还必须说明那一件事,而要说清那件事,还得说明另一件事,旁枝斜蔓,头绪纷繁,拉扯太多。如果使事用典,用一两句古圣前贤权威性言论或一两件典型事例便可一石三鸟,条分缕析,不枝不蔓,简捷干脆,意思又十分明确。其三,用典的最大妙处是使文章含蓄典雅,启人联想,发人深思,耐人寻味。而这一点正是骈文的突出特征,虽不能说独擅其美,但这确实是骈文作家的拿手好戏,因而使骈文以其含蓄典雅之美称盛于青史。

就用典的具体艺术方法而言,清人陈仅在其《竹林答问》中进行了全面的总结,他说:“用事之法,实事虚用,死事活用,常事翻用,旧事新用,两事合用,旁事借用。事过繁则裁之以简约,事过苦则出之以和平,事近亵则持之以矜庄,事近怪则寄之以淡雅。写神仙事除铅汞语,写僧佛事除蔬笋味,写儒者事除头巾气,写仕宦事除冠带样。本余事也,或用之作正面;本正事也,或用之作余波。甚且名作在前,人避我犯,目中且无千古,何至人云亦云邪?”[2]此外,朱庭珍在其《筱园诗话》中说得更为清楚、具体:“大抵用典之法,在融化剪裁,运古语若己出,毫无费力之痕,斯不受古人束缚矣。正用不如反用,明用不如暗用。或借宾以定主,或托虚以衬实。死事则用之使活,熟事则用之使生,渲染则波澜迭翻,熔铸则炉锤在握。驱之以笔力,驭之以才情,行之以气韵,俾自在流出,如鬼斧神工,不可思议,而一归于天然,斯大方家手笔矣。杜陵句云:‘美人细意熨贴平,裁缝灭尽针线迹。’放翁云:‘天机云锦用在我,

---

〔1〕 黄侃撰,《文心雕龙札记》,上海古籍出版社,2000年版,第187页。

〔2〕 陈仅撰,《竹林答问》,清道光己亥年(1839年)抄本,第59页。

剪裁妙处非刀尺。'皆个中精诣也,学者详之。"[1]从这些论述之中,我们大致可以总结、归纳出用典的基本方法:从语言形式上,可以分为明用和暗用;从思想内容上,则可以分为正用、反用、借用。从实而论,关于这些问题,《文心雕龙》一书还没有具体论述,不过,仔细观察,我们发现在本书的写作实践中却有所运用,而且手法高妙,成就突出。上面我们提到的几种用典方法在《文心雕龙》一书中都可以见到成功的范例:

第一,明用

在中国古代诗文之中,明用是最常见的用典方法,仔细考察《文心雕龙》一书的用典情况,明用所占的比例最大。如《丽辞》:"《易》之《文》《系》,圣人之妙思也。序《乾》四德,则句句相衔;龙虎类感,则字字相俪;乾坤易简,则宛转相承;日月往来,则隔行悬合:虽句字或殊,而偶意一也。"[2]这几个明典,皆出《周易》。《易·文言》:"《文言》曰:元者善之长也;亨者嘉之会也;利者义之和也;贞者事之干也。君子体仁足以长人,嘉会足以合礼,利物足以和义,贞固足以干事。君子行此四德者,故曰:'乾,元、亨、利、贞。'"这是"序《乾》四德"之句所本;《易·文言》:"九五曰:'飞龙在天,利见大人。'何谓也?子曰:'同声相应,同气相求。水流湿,火就燥,云从龙,风从虎,圣人作而万物睹,本乎天者亲上,本乎地者亲下,则各从其类也。'"[3]这是"龙虎类感"之句所本;《易·系辞上》:"乾道成男,坤道成女。乾知大始,坤作成物。乾以易知,坤以简能。易则易知,简则易从。易知则有亲,易从则有功。有亲则可久,有功则可大。可久则贤人之德,可大则贤人之业。易简而天

---

[1] 郭绍虞编选,富寿荪校点,《清诗话续编》,上海古籍出版社,1983年版,第2333页。

[2] 黄霖编著,《文心雕龙汇评》,上海古籍出版社,2005年版,第118页。

[3] 李学勤主编,《十三经注疏·周易正义》,北京大学出版社,1999年版,第12、17页。

下之理得矣。天下之理得,而成位乎其中矣。”这是“乾坤易简”之句所本;《易·系辞下》:“天下何思何虑?……日往则月来,月往则日来,日月相推而明生焉。寒往则暑来,暑往则寒来,寒暑相推而岁成焉。往者屈也,来者信也,屈信相感而利生焉。”[1]这是“日月往来”之句所本。四句语典,都明白说出,毫无生涩之感。再如《风骨》:“相如赋仙,气号凌云。”[2]也是明用典故。《史记·司马相如传》:“司马相如拜为孝文园令。天子既美子虚之事,相如见上好仙道,因曰:‘上林之事未足美也,尚有靡者。臣尝为《大人赋》,未就,请具而奏之。’……乃遂就《大人赋》。其辞曰:……相如既奏《大人之颂》,天子大悦,飘飘有凌云之气,似游天地之间意。”[3]这就是“相如赋仙,气号凌云”二句所本。其他如《辨骚》:“依彭咸之遗则,从子胥而自适。”[4]上下两句都是明用典故,不用曲笔。上句直接取自屈原《离骚》:“虽不周于今之人兮,愿依彭咸之遗则。”[5]下句典出《九章·悲回风》:“浮江淮而入海兮,从子胥而自适。”[6]《史记·伍子胥传》载,吴王将北伐齐,伍子胥谏王释齐而先越,而吴王不听。太宰嚭既与子胥有隙,因谗之。吴王使使赐伍子胥属镂之剑曰:“子以此死。”伍子胥乃仰天叹,告其舍人曰:“必抉吾眼悬吴东门之上,以观越寇之入灭吴也。”乃自刭死。吴王闻之大怒,乃取子胥尸,盛以鸱夷革,浮之江中。这就是“从子胥而自适”一句所本。通读全书,这样的例子随处可见,所以,实事求是地说,明用古典是《文心雕龙》在用典方面最常用的方法。

---

〔1〕 李学勤主编,《十三经注疏·周易正义》,北京大学出版社,1999年版,第259—260、304页。

〔2〕 黄霖编著,《文心雕龙汇评》,上海古籍出版社,2005年版,第100页。

〔3〕 司马迁撰,《史记》,中华书局,1963年版,第3056—3063页。

〔4〕 黄霖编著,《文心雕龙汇评》,上海古籍出版社,2005年版,第25页。

〔5〕 金开诚、董洪利、高路明校注,《屈原集校注》,中华书局,1996年版,第27页。

〔6〕 金开诚、董洪利、高路明校注,《屈原集校注》,中华书局,1996年版,第660页。

第二，暗用

相比明用，暗用古典是用典的更高层次。清人朱庭珍在《筱园诗话》中指出：“明用不如暗用。”说的就是这个道理。《文心雕龙》一书中也特别注意暗用古典，其突出特征是用典不着痕迹，与自己的语言水乳交融，如果读者不仔细品味，还感觉不到是在用典，说明该书在暗用古典方面有不凡的成就。如《隐秀》：“斫卉刻葩，有同乎神匠矣。”〔1〕“斫卉刻葩”初看不像是用典，但是其实却有来处，《列子·说符》：“宋人有为其君以玉为楮叶者，三年而成。锋杀茎柯，毫芒繁泽，乱之楮叶中而不可别也。此人遂以巧食宋国。子列子闻之，曰：‘使天地之生物，三年而成一叶，则物之有叶者寡矣。故圣人恃道化而不恃智巧。’”〔2〕这便是“斫卉刻葩”所本，因此周振甫先生在其《文心雕龙今译》的注释中说：“这里暗用这典。”〔3〕再如《丽辞》：“至于诗人偶章，大夫联辞，奇偶适变，不劳经营。”〔4〕从字面上看不出用典，但是仔细分析，发现“诗人偶章，大夫联辞”确实有出处。其中“诗人偶章”学者们大都认为指《诗》三百篇。如范文澜先生《文心雕龙注》：“‘诗人偶章’指《诗》三百篇。”〔5〕周振甫先生在其《文心雕龙注》中还举例说：“诗人偶章：……如《召南·行露》‘谁谓雀无角？何以穿我屋？谁谓女无家，何以速我狱？虽速我狱，室家不足！谁谓鼠无牙，何以穿我墉？谁谓女无家，何以速我讼？虽速我讼，亦不女从！’”〔6〕对“大夫联辞”，范文澜先生在其《文心雕龙注》中明确认定：“‘大夫联辞’，指《左传》《国语》所记

〔1〕 黄霖编著，《文心雕龙汇评》，上海古籍出版社，2005 年版，第 133 页。
〔2〕 杨伯峻撰，《列子集释》，中华书局，1979 年版，第 243—244 页。
〔3〕 周振甫著，《文心雕龙今译》，中华书局，1986 年版，第 354 页。
〔4〕 黄霖编著，《文心雕龙汇评》，上海古籍出版社，2005 年版，第 118 页。
〔5〕 刘勰著，范文澜注，《文心雕龙注》，人民文学出版社，1958 年版，第 591 页。
〔6〕 刘勰著，周振甫注，《〈文心雕龙〉注释》，人民文学出版社，1981 年版，第 387 页。

列国大夫朝聘应对之辞。"[1]牟世金在《范注补正》中举出《国语》中的实证进行说明:"'大夫联辞'中的丽辞如:'不有外患,必有内忧。'(《国语·晋语六》)'臣闻国君服宠以为美,安民以为乐,听德以为聪,致远以为明。'(《国语·楚语上》)"[2]周振甫先生在其《文心雕龙今译》注释中又以《左传》为例加以说明:"大夫联辞:如《左传·僖公四年》管仲对楚使说:'昔召康公命我先君太公曰:五侯九伯,汝实征之,以夹辅周室。赐我先君履:东至于海,西至于河,南至于穆陵,北至于无棣。'前几句不对,东西南北四句对偶。"[4]日本学者斯波六郎在《〈文心雕龙〉范注补正》中认为:"此句应指《楚辞》。大夫即三闾大夫,谓屈原也,或亦宜解为含宋玉在内。"[3]虽然学者们的意见有所不同,但是大都认为有出处。其实,学者意见不一,正说明《文心雕龙》暗用典故之巧,如同己出,使人不易准确认定。其他如《神思》:"窥意象而运斤。"[5]明用与暗用相互映衬:"运斤"是明用。《庄子·徐无鬼》:"郢人垩慢,其鼻端若蝇翼,使匠石斫之。匠石运斤成风,听而斫之,尽垩而鼻不伤,郢人立不失容。宋元君闻之,召匠石曰:'尝试为寡人为之。'匠石曰:'臣则尝能斫之。虽然,臣之质死久矣。'自夫子之死也,吾无以为质矣,吾无与言之矣。"[5]这就是庄子"运斤成风"的典故。"窥意象"是暗用,不易察觉。《易·系辞上》:"子曰:'书不尽言,言不尽意。'然则圣人之意,其不可见乎?子曰:'圣人立象以尽意,设卦以尽情伪,系辞焉以尽其言……'"[6]王弼《周易略例·明象》篇:

---

〔1〕 刘勰著,范文澜注,《文心雕龙注》,人民文学出版社,1958年版,第591页。
〔2〕〔3〕 刘勰著,詹锳义证,《文心雕龙义证》,上海古籍出版社,1989年版,第1300页。
〔4〕 周振甫著,《文心雕龙今译》,中华书局,1986年版,第315页。
〔5〕 黄霖编著,《文心雕龙汇评》,上海古籍出版社,2005年版,第94页。
〔5〕 郭庆藩撰,王孝鱼点校,《庄子集释》,中华书局,1961年版,第843页。
〔6〕 李学勤主编,《十三经注疏·周易正义》,北京大学出版社,1999年版,第291页。

“夫象者,出意者也。言者,明象者也。尽意莫若象,尽象莫若言。言生于象,故可寻言以观象;象生于意,故可寻象以观意。意以象尽,象以言著。”[1]这应该是“窥意象”一词所本,只是如水中着盐,不易察觉。所以,我们不能不说,《文心雕龙》一书在暗用古典方面成就突出,非常人所能及。

第三,正用

所谓正用,就是指使用古典之时,不改变典故原意,直接引入为己所用的用典方式。从文学史上看,这种用典方式在古诗文中特别常见。同样,在《文心雕龙》一书之中,这种用典方法也是最多见的。如《原道》:“庖牺画其始,仲尼翼其终。”[2]便是正面使用古典。《易·系辞下》:“古者包牺氏之王天下也,仰则观象于天,俯则观法于地,观鸟兽之文,与地之宜,近取诸身,远取诸物,于是始作八卦,以通神明之德,以类万物之情。”[3]这是包牺氏作八卦之事,为“庖牺画其始”一句之本;《史记·孔子世家》:“孔子晚而好《易》,序《彖》《系》《象》《说卦》《文言》。”[4]《汉书·艺文志》:“至于殷、周之际,纣在上位,逆天暴物,文王以诸侯顺命而行道,天人之占可得而效,于是重《易》六爻,作上下篇。孔子为之《彖》、《象》、《系辞》、《文言》、《序卦》之属十篇。故曰《易》道深矣,人更三圣,世历三古。”[5]这是记载孔子作《十翼》之事,为“仲尼翼其终”一句之本。两句话都是从正面引经据典,是正用典故的好例。再如《明诗》:“人禀七情,应物斯感,感物吟志。”[6]也是正面用典。

---

〔1〕 王弼著,楼宇烈校释,《王弼集校释》,中华书局,1980年版,第609页。
〔2〕 黄霖编著,《文心雕龙汇评》,上海古籍出版社,2005年版,第14页。
〔3〕 李学勤主编,《十三经注疏·周易正义》,北京大学出版社,1999年版,第298页。
〔4〕 司马迁撰,《史记》,中华书局,1963年版,第1937页。
〔5〕 班固撰,《汉书》,中华书局,1964年版,第1704页。
〔6〕 黄霖编著,《文心雕龙汇评》,上海古籍出版社,2005年版,第27页。

《礼记·礼运》:“何谓人情？喜、怒、哀、惧、爱、恶、欲,七者,弗学而能。”[1]此为“人禀七情”一句之本;《礼记·乐记》:“凡音之起,由人心生也。人心之动,物使之然也。感于物而动,故形于声。……人生而静,天之性也。感于物而动,性之欲也。物至知知,然后好恶形焉。好恶无节于内,知诱于外,不能反躬,天理灭矣。夫物之感人无穷,而人之好恶无节,则是物至而人化物也。人化物也者,灭天理而穷人欲者也。……夫民有血气心知之性,而无哀乐喜怒之常,应感起物而动,然后心术形焉。”[2]这是“应物斯感,感物吟志”之所本。其他如《原道》:“高卑定位,故两仪既生矣。”[3]典出《易·系辞上》:“天尊地卑,乾坤定矣。卑高以陈,贵贱位矣。动静有常,刚柔断矣。……是故《易》有太极,是生两仪,两仪生四象,四象生八卦,八卦定吉凶,吉凶生大业。”[4]这样正面用典,以古为信,以圣为尊,有理有据,增强了文章的权威性和说服力,提高了表达效果。

第四,反用

所谓反用,就是在使用古典之时,反其意而用之,收到特殊的表达效果,在一定的条件下,强于正用。清人朱庭珍在《筱园诗话》中曾经指出:“正用不如反用。”这就是从用典的效果上所得出的结论。不过,事情经常是具有两面性的,反用效果虽然好,但是其难度也明显大于正用。究其原因,主要是由于用典之时,既要把握古典本意,又要反其意而用之,达到相反相成的艺术效果,这便不是简单的问题了,而是对作者的学问和才力的严峻考验,没有深厚的

---

[1] 李学勤主编,《十三经注疏·礼记正义》,北京大学出版社,1999年版,第689页。

[2] 李学勤主编,《十三经注疏·礼记正义》,北京大学出版社,1999年版,第1074—1083页。

[3] 黄霖编著,《文心雕龙汇评》,上海古籍出版社,2005年版,第13页。

[4] 李学勤主编,《十三经注疏·周易正义》,北京大学出版社,1999年版,第257页。

学力和才力难以做到这一点。但是,恰恰是在这方面,显示出《文心雕龙》在用典方面的高超之处。如《宗经》:“若禀经以制式,酌《雅》以富言,是即山而铸铜,煮海而为盐也。”[1]其中“即山而铸铜,煮海而为盐”典出《史记》和《汉书》,原来是贬义,揭露吴王刘濞肆意妄为,无所顾忌。《史记·吴王濞传》:“乃益骄溢,即山铸钱,煮海水为盐。”[2]《汉书·晁错传》:“上曰:吴王即山铸钱,煮海为盐,诱天下豪杰,白头举事,此其计不百全,岂发虖?”[3]又《史记·吴王濞传》:“错为御史大夫,说上曰:……今吴王前有太子之隙,诈称病不朝,于古法当诛。……当改过自新。乃益骄恣,即山铸钱,煮海水为盐,诱天下亡人,谋作乱。”[4]但是在《文心雕龙》这里,“即山而铸铜,煮海而为盐”则是褒义,用来形容经书的宝贵价值,意思是经书是作文取之不尽、用之不竭的宝库。文理自然,又很贴切,确实是反用典故的成功的范例。再如《情采》:“质待文也。”[5]刘勰此语有所本。《韩非子·解老》:“礼为情貌者也,文为质饰者也。夫君子取情而去貌,好质而恶饰。夫恃貌而论情者,其情恶也;须饰而论质者,其质衰也。何以论之?和氏之璧,不饰以五采;隋侯之珠,不饰以银黄;其质至美,物不足以饰之。夫物之待饰而后行者,其质不美也。”[6]由“夫物之待饰而后行者,其质不美也”可知韩非子是反对文饰的。但是刘勰此处则主张文饰,即“质待文”。所以,这是明显的反其意而用之,在用典方式上是典型的反用。有鉴于此,詹锳先生在其《文心雕龙义证》中指出:“刘勰用语虽出于此,但论点不同。”[7]《情采》中还有一处:“韩非云‘艳乎

〔1〕 黄霖编著,《文心雕龙汇评》,上海古籍出版社,2005年版,第20页。
〔2〕〔4〕 司马迁撰,《史记》,中华书局,1963年版,第2825页。
〔3〕 班固撰,《汉书》,中华书局,1964年版,第2301页。
〔5〕 黄霖编著,《文心雕龙汇评》,上海古籍出版社,2005年版,第108页。
〔6〕 王先慎撰,钟哲点校,《韩非子集解》,中华书局,1998年版,第133页。
〔7〕 刘勰著,詹锳义证,《文心雕龙义证》,上海古籍出版社,1989年版,第1150页。

辩说’,谓绮丽也。”[1]从用典方法上看,也是反用。《韩非子·外储说左上》:“范且、虞庆之言,皆文辩辞胜而反事之情。人主说而不禁,此所以败也。夫不谋治强之功,而艳乎辩说文丽之声,是却有术之士而任坏屋折弓也。故人主之于国事也,皆不达乎工匠之构屋张弓也。然而士穷乎范且、虞庆者,为虚辞,其无用而胜;实事,其无易而穷也。人主多无用之辩,而少无易之言,此所以乱也。今世之为范且、虞庆者不辍,而人主说之不止,是贵败折之类,而以知术之人为工匠也。不得施其技巧,故屋坏弓折。知治之人不得行其方术,故国乱而主危。”[2]显然,韩非子这里是反对“艳乎辩说”与“文丽之声”的,并且把它与国家命运和君主安危联系起来,“艳乎辩说”四字本身也表出贬意;但是刘勰此处要表达的则是不弃美,不排斥绮丽,文章需要文采的意思,与韩非子的本意正好相反,在用典方式上,是反用的典型例证。由此可见,《文心雕龙》一书在反用古典方面成就特别突出,表现出作者深厚的学养和非凡的艺术才力。

第五,借用

所谓借用,又称活用,是古诗文中用典的一种特殊方式。其要点是在原典本义的基础上进一步加以发挥,或是实事变虚事,或是死事变活事,或是平常事变成特殊事,或是旧事翻成新事,或是两事合为一事,或是旁事借用于本事。总而言之,就是翻新出奇,让读者感到既在情理之中,又出乎意料之外,新奇巧妙,意味丰厚。清人陈仅在《竹林答问》中谈到用典的时候指出:“实事虚用,死事活用,常事翻用,旧事新用,两事合用,旁事借用。”指的主要是借用。认真考察《文心雕龙》一书,不仅借用古典之处很多,而且多是新奇巧妙,句新意美,让人叹服。如《定势》,本来是谈文的,但是里

〔1〕 黄霖编著,《文心雕龙汇评》,上海古籍出版社,2005年版,第108页。
〔2〕 王先慎撰,钟哲点校,《韩非子集解》,中华书局,1998年版,第273页。

边好多地方借用《孙子兵法》之语典，新颖独到。《定势》中在谈势的时候说："势者，乘利而为制也。"[1]典出《孙子·计篇》："计利以听，乃为之势，以佐其外。势者，因利而制权也。"[2]《定势》中又有"如机发矢直，涧曲湍回，自然之趣也"[3]数语，典出《孙子·势篇》："激水之疾，至于漂石者，势也；鸷鸟之疾，至于毁折者，节也。是故善战者，其势险，其节短。势如彍弩，节如发机。"[4]又包含《孙子·虚实篇》的语意："夫兵形象水，水之形，避高而趋下；兵之形，避实而击虚。水因地而制流，兵因敌而制胜。故兵无常势，水无常形；能因敌变化而取胜者，谓之神。故五行无常胜，四时无常位，日有短长，月有死生。"[5]再如《定势》中谈文章体势时指出："圆者规体，其势也自转；方者矩形，其势也自安。"[6]同样来源于《孙子兵法》。《孙子·势篇》："故善战者，求之于势，不责于人，故能择人而任势。任势者，其战人也如转木石。木石之性，安则静，危则动，方则止，圆则行。故善战人之势，如转圆石于千仞之山者，势也。"[7]以武比文，令人耳目一新。对于《文心雕龙》借用兵书《孙子兵法》之语典论文一事，詹锳先生有过说明："按：《程器》篇说：'孙武《兵经》，辞如珠玉，岂以习武而不晓文也？'刘勰不仅欣赏《孙子兵法》的文章，而且学习《孙子兵法》中朴素的辩证观点，并把它运用于文学理论。《孙子》十三篇中有《势篇》，曹操注：'用兵任势也。'《孙子兵法》对'形''势'的分析是《文心雕龙·定势》篇的主要来源。"[8]詹先生的这一评价是非常准确的。《孙子兵法》之

---

〔1〕〔3〕〔6〕 黄霖编著，《文心雕龙汇评》，上海古籍出版社，2005年版，第105页。

〔2〕 骈宇骞等译注，《孙子兵法·孙膑兵法》，中华书局，2006年版，第6页。

〔4〕 骈宇骞等译注，《孙子兵法·孙膑兵法》，中华书局，2006年版，第32页。

〔5〕 骈宇骞等译注，《孙子兵法·孙膑兵法》，中华书局，2006年版，第42—43页。

〔7〕 骈宇骞等译注，《孙子兵法·孙膑兵法》，中华书局，2006年版，第34页。

〔8〕 刘勰著，詹锳义证，《文心雕龙义证》，上海古籍出版社，1989年版，第1112—1113页。

外,《文心雕龙》还借用其他古典,也非常成功。如《神思》:“形在江海之上,心存魏阙之下。”〔1〕语出《庄子·让王》:“中山公子牟谓瞻子曰:‘身在江海之上,心居乎魏阙之下,奈何!’”〔2〕两句的本意是说,身在民间,心在朝廷,想做官。但是这里刘勰则借以论文,讲的是神思。所以周振甫先生在其《文心雕龙今译》的注释中说:“这里是借用。”〔3〕其他如《体性》篇:“夫才有天资,学慎始习;斫梓染丝,功在初化。”〔4〕其中“斫梓染丝,功在初化”也是借用。《墨子·所染》:“子墨子言见染丝者而叹,曰:染于苍则苍,染于黄则黄,所入者变,其色亦变。五入必,而已则为五色矣。故染不可不慎也。”〔5〕墨子的原意是说习染的作用和影响,而刘勰则借以说明学慎始习,始习一定,难以更改。手法巧妙,翻新出奇,不愧为大手笔。

综上所述,我们可以看出,在用典方面,无论是明用、暗用,还是正用、反用、借用,等等,《文心雕龙》一书都达到了很高的艺术境界,概括起来说,其突出特点是既恰如其分,又玲珑巧妙,旧而能新,平而能奇;或兴象活泼,或化合无痕,为后世文章家树立了楷模。清朱庭珍在其《筱园诗话》卷三中对用典的方法进行了总结,指出:“使事运典,最宜细心,第一须有取义,或反或正,用来贵与题旨相浃洽,则文生于情,非强为比附,味同嚼蜡也。次则贵有剪裁融化,使旧者翻新,平者出奇,板重化为空灵,陈闷裁为巧妙。如是则笔势玲珑,兴象活泼。用典征书,悉具天工,有神无迹,如镜花水

〔1〕 黄霖编著,《文心雕龙汇评》,上海古籍出版社,2005年版,第94页。
〔2〕 郭庆藩撰,王孝鱼点校,《庄子集释》,中华书局,1961年版,第979页。
〔3〕 周振甫著,《文心雕龙今译》,中华书局,1986年版,第247页。
〔4〕 黄霖编著,《文心雕龙汇评》,上海古籍出版社,2005年版,第98页。
〔5〕 吴毓江撰,孙启治点校,《墨子校注》,中华书局,1993年版,第16页。

月矣。所以多多逾善，虽用书卷，而不觉为才情役使故也。”[1]这是对使事用典艺术标准的高度概括，也可以说是用典的准则。对照朱庭珍之论，我们可以说《文心雕龙》在用典上特别符合这一标准，也确实达到了这种境界。为了说明问题，我们从以下三个方面进行分析和概括：

其一，准确精练，恰如其分。

如前所述，《文心雕龙》一书在用典上有系统的主张，其中要点是强调用典要精练、恰当、准确、核实，在本书具体的篇章写作方面，作者也确实把这些理论原则落实到了写作实践之中，大体说来，全书五十篇文章，篇篇都有典故，从艺术角度观察，大都精当准确，恰如其分。如其《议对》中一段用典的文字：

> 文以辨洁为能，不以繁缛为巧；事以明核为美，不以环隐为奇：此纲领之大要也。若不达政体，而舞笔弄文，支离构辞，穿凿会巧，空骋其华，固为事实所摈，设得其理，亦为游辞所埋矣。昔秦女嫁晋，从文衣之媵，晋人贵媵而贱女；楚珠鬻郑，为薰桂之椟，郑人买椟而还珠。若文浮于理，末胜其本，则秦女楚珠，复存于兹矣。[2]

这是明用典故，直接使用古事来说明事理，紧贴作者自己所要表达的意旨，恰如其分，又十分精练。如文中以“晋人贵媵而贱女”“郑人买椟而还珠”这类舍本逐末之事来比拟、阐发“文浮于理”、华过其实的弊端，以古比今，形象鲜明，生动恰切，具有特殊的说服力。再如《情采》：

> 圣贤书辞，总称文章，非采而何？夫水性虚而沦漪结，木

---

[1] 朱庭珍撰，《筱园诗话》，郭绍虞编选，富寿荪校点，《清诗话续编》，上海古籍出版社，1983年版，第2381页。

[2] 黄霖编著，《文心雕龙汇评》，上海古籍出版社，2005年版，第86—87页。

体实而花萼振：文附质也。虎豹无文，则鞟同犬羊；犀兕有皮，而色资丹漆：质待文也。若乃综述性灵，敷写器象；镂心鸟迹之中，织辞鱼网之上；其为彪炳，缛采名矣。〔1〕

这是使用语典的典型例证，文章主要论证文质关系，巧妙地使用古人成辞，援古证今。其中"虎豹无文，则鞟同犬羊；犀兕有皮，而色资丹漆"一联隔句对，上联出自《论语·颜渊》："文犹质也，质犹文也；虎豹之鞟，犹犬羊之鞟。"〔2〕集解云："孔曰：皮去毛曰鞟。虎豹与犬羊别，正以毛文异耳。"下联出自《春秋左传》宣公二年："宋城，华元为植，巡功。城者讴曰……（华元）使其骖乘谓之曰：'牛则有皮，犀兕尚多，弃甲则那？'役人曰：'从其有皮，丹漆若何？'"〔3〕文中巧妙地使用这两个典故，非常深刻地说明了文采的重要性：虎豹如果去掉毛与花纹，其皮就同狗皮与羊皮没有什么区别了；犀牛虽然有皮，但是只有靠涂上丹漆等等色彩才漂亮、精神；同理，文章如果不讲究辞采就不美。以生动形象的比喻说明事理，鲜明贴切，深刻有味，令人信服。所以刘法立在其《关于〈文心雕龙〉的注解》中解释说："牛皮涂上丹漆，不仅使甲具有色彩之美，并且使甲更加坚韧，不怕刀砍箭穿，而且甲色彩斑斓，穿戴起来，威武雄壮，在战场上又能起到威慑敌人的精神作用。刘勰此语，形象地说明了内容要通过一定的形式表现出来，完美的形式不仅能正确地表现内容，而且还有加强内容的积极作用。"〔4〕应该说这一解释是相当准确和恰当的，把握住了文章的奥妙。

其二，把握要领，措置得当。

用典的重要前提一是要把握原典的要领，这样才能与自己的

〔1〕 黄霖编著，《文心雕龙汇评》，上海古籍出版社，2005年版，第108页。

〔2〕 杨伯峻译注，《论语译注》，中华书局，1980年版，第126页。

〔3〕 杨伯峻编著，《春秋左传注》，中华书局，1990年版，第653—654页。

〔4〕 刘勰著，詹锳义证，《文心雕龙义证》，上海古籍出版社，1989年版，第1149页。

意愿相符合;二是要选好位置,这样才能放置适当,否则,用典会适得其反。从汉、魏,一直到齐、梁时代,文人创作在用典上不得要领的现象普遍存在,甚至有些大家之作也不能幸免。在这方面,司马相如、曹植、陆机都曾在用典上出现过问题,《文心雕龙·事类》中所说他们在用典上"引事乖谬"就是明显的例子。与前人相比,《文心雕龙》一书中的各篇文章用典很多,篇篇都有,与其他人不同的是:《文心雕龙》一书中用典,不仅都抓住了要点,而且放置适当,恰到好处,既"理得而义要",又能"譬寸辖制轮,尺枢运关"。仔细考察全书的五十篇文章,没有发现"微言美事,置于闲散"的问题,也没有发现"缀金翠于足胫,靓粉黛于胸臆"的问题。在这方面,下面两段文字就是典型:

> 练才洞鉴,剖字钻响,识疏阔略,随音所遇;若长风之过籁,南郭之吹竽耳。古之佩玉,左宫右徵,以节其步,声不失序。音以律文,其可忽哉![1]
>
> ——《声律》

> 若两言相配,而优劣不均,是骥在左骖,驽为右服也。若夫事或孤立,莫与相偶,是夔之一足,趻踔而行也。若气无奇类,文乏异采,碌碌丽辞,则昏睡耳目。必使理圆事密,联璧其章。迭用奇偶,节以杂佩,乃其贵耳。类此而思,理斯见也。[2]
>
> ——《丽辞》

这两段文字堪称用典的典范。其中第一段中"识疏阔略,随音所遇;若长风之过籁,南郭之吹竽耳"是用典句,在类型上是语典与

[1] 黄霖编著,《文心雕龙汇评》,上海古籍出版社,2005年版,第115页。
[2] 黄霖编著,《文心雕龙汇评》,上海古籍出版社,2005年版,第120页。

事典合用。《淮南子·齐俗》:"若风之过箫,忽然感之,各以清浊应矣。"[1]许注:"箫,籁也。"《韩非子·内储说上七术》:"齐宣王使人吹竽,必三百人。南郭处士请为王吹竽,宣王说之,廪食以数百人。宣王死,湣王立,好一一听之,处士逃。"[2]在这段文字里,作者的本意是揭示见识浅薄、不学无术之人缺乏自主性,所以只能盲目地随音所遇,没有办法掌握音律。为了清楚地说明问题,作者用长风过籁之盲目、南郭吹竽之尴尬与之作比,既把握了原典的要领,又切中了问题的要害,说理深刻,又鲜明生动,语典与事典确实都用得其所。对此,后来不少批评家都给予了肯定。如范文澜先生在其《文心雕龙注》中评价说:"剖字钻响,谓调声有术;随音所遇,谓偶然而调。长风过籁,南郭吹竽,皆以喻无术驭声者。"[3]朱星先生在其《〈文心雕龙〉的修辞论》中也指出:"练才洞鉴之人,必能剖字,研究其声韵;至于识疏阔略之人,盲目地随音所遇,不知掌握,必然如长风过籁,发生许多杂音;东郭吹竽,不谙宫商,为识者所笑。"[4]无疑,这样的解释是非常准确的。第二段中"若夫事或孤立,莫与相偶,是夔之一足,趻踔而行也"主要是用语典。《韩非子·外储说左下》:"鲁哀公问于孔子曰:'吾闻古者有夔一足,其果信有一足乎?'孔子对曰:'不也,夔非一足也。夔者忿戾恶心,人多不说喜也。虽然,其所以得免于人害者,以其信也。人皆曰独此一足矣。夔非一足也,一而足也。'哀公曰:'审而是,固足矣。'一曰:哀公问于孔子曰:'吾闻夔一足,信乎?'曰:'夔,人也,何故一足?彼其无他异,而独通于声。尧曰夔一而足矣。使为乐正。故君子曰夔有一之,非一足也。'"[5]《庄子·秋水》:"夔谓蚿曰:吾以一

[1] 顾迁译注,《淮南子》,中华书局,2009年版,第179页。
[2] 王先慎撰,钟哲点校,《韩非子集解》,中华书局,1998年版,第232页。
[3] 刘勰著,范文澜注,《文心雕龙注》,人民文学出版社,1958年版,第562页。
[4] 刘勰著,詹锳义证,《文心雕龙义证》,上海古籍出版社,1989年版,第1242页。
[5] 王先慎撰,钟哲点校,《韩非子集解》,中华书局,1998年版,第297页。

足跉踔而行,予无如矣。”[1]我们清楚地发现,刘勰取的是夔有一足,即一只脚这一义项,没有取孔子夔一个就足够这一义项。他这里是在讲对偶中的事对问题,意思是说如果事对只有孤立的一件事,而没有与之相匹配的另一件事为对,那就很不协调,就像夔只有一只脚,只好跳着走路一样,极不舒服。用这样的典故来比喻、说明对偶中的事对不能孤立无对,非常得体,把抽象的道理形象化,增强了语言的表现力。所以也是把握要领,放置恰当的典型例证。读过《文心雕龙》的文章,我们发现:每到文章的紧要之处,作者便恰如其分地用上一二典故,援古证今,鲜明生动,说理透彻,说服力强。

其三,水乳交融,如同己出。

使事用典,讲究自然浑成,经常出现的毛病一是生涩,二是隔膜。前者晦涩难懂,不知所云,又味同嚼蜡;后者让人感觉与其所表达的情感与内容总隔一层,或者显得生硬,不够妥帖。仔细分析,问题的关键是不善于融化,把握失度。在这方面,《文心雕龙》是成功的典型。该书各篇文章用典,善于把握分寸,尤其妙于融化。无论是使用语典还是使用事典,都能做到自然妥帖,如同己出,同自己的文章水乳交融,绝无生涩古奥之病,真正做到了他自己所说的“用旧合机,不啻自其口出”。读起来确实有水中着盐的感觉,如果不是仔细品味,往往不知是用典。如《物色》:

是以诗人感物,联类不穷。流连万象之际,沉吟视听之区。写气图貌,既随物以宛转;属采附声,亦与心而徘徊。故“灼灼”状桃花之鲜,“依依”尽杨柳之貌,“杲杲”为日出之容,“瀌瀌”拟雨雪之状,“喈喈”逐黄鸟之声,“喓喓”学草虫之韵。“皎日”、“嘒星”,一言穷理;“参差”、“沃若”,两字连形:并以

[1] 郭庆藩撰,王孝鱼点校,《庄子集释》,中华书局,1961年版,第592页。

少总多,情貌无遗矣。[1]

读过这段文章,感觉特别自然、特别顺畅,似乎都是作者自己的语言。但是仔细品味,才知道这段文章的主体是由典故构成的,而且都是句典,推究起来,都出自《诗经》。其中"'灼灼'状桃花之鲜"见《诗·周南·桃夭》:"桃之夭夭,灼灼其华。""'依依'尽杨柳之貌"见《诗·小雅·采薇》:"昔我往矣,杨柳依依。""'杲杲'为日出之容"见《诗·卫风·伯兮》:"其雨其雨,杲杲日出。""'瀌瀌'拟雨雪之状"见《诗·小雅·角弓》:"雨雪瀌瀌,见晛曰消。""'喈喈'逐黄鸟之声"见《诗·周南·葛覃》:"(黄鸟)其鸣喈喈……归宁父母。""'喓喓'学草虫之韵"见《诗·召南·草虫》:"喓喓草虫……未见君子,忧心忡忡。""皎日"见《诗·王风·大车》:"谓予不信,有如皦日。""嘒星"见《诗·召南·小星》:"嘒彼小星……实命不同。""参差"见《诗·周南·关雎》:"参差荇菜,左右流之;窈窕淑女,寤寐求之。""沃若"见《诗·卫风·氓》:"桑之未落,其叶沃若。"[2]如果不仔细品味推究,还感觉不到是在用典。可见其融化得确实是太巧妙了,如同作者的自家语,与文章水乳交融。再看《养气》:

且夫思有利钝,时有通塞,沐则心覆,且或反常;神之方昏,再三愈黩。是以吐纳文艺,务在节宣。清和其心,调畅其气,烦而即舍,勿使壅滞,意得则舒怀以命笔,理伏则投笔以卷怀;逍遥以针劳,谈笑以药倦;常弄闲于才锋,贾余于文勇,使刃发如新,腠理无滞;虽非胎息之万术,斯亦卫气之一方也。[3]

---

[1] 黄霖编著,《文心雕龙汇评》,上海古籍出版社,2005年版,第150页。
[2] 程俊英、蒋见元著,《诗经注析》,中华书局,1991年版,第16、468、187、713、6—8、34、215、50、4、173页。
[3] 黄霖编著,《文心雕龙汇评》,上海古籍出版社,2005年版,第139页。

初读这段文字,也觉得都是作者的自家语,其实里边也多处用典,但是都融入文中,使人浑然不觉。现在我们仔细考察,发现至少有四处是用典。其一,“沐则心覆,且或反常”源于《左传》僖公二十四年:晋文公的一个小使,名叫头须,前来求见,文公不见,说自己在洗头。小使说:“沐则心覆,心覆则图(打算)反,宜吾不得见也。”〔1〕意思是文公洗头时心的位置不正,思想颠倒了,所以才不肯见我。其二,“贾余于文勇”源于《左传》成公二年:齐国的高固冲入晋军之中,夺取对方兵车,并且带着俘虏回来,对将士们说:“欲勇者贾余余勇。”〔2〕意思是要勇敢地来购买我的多余的勇敢吧。其三,“使刃发如新”源于《庄子·养生主》庖丁解牛的故事:“今臣之刀十九年矣,所解数千牛矣,而刀刃若新发于硎。彼节者有间,而刀刃者无厚,以无厚入有间,恢恢乎其于游刃必有余地矣。是以十九年而刀刃若新发于硎。”〔3〕意思是说他的刀用了十九年,宰了数千头牛,可是刀口还像新磨过似的。其四,“腠理”:皮肤的纹理,中医指皮下肌肉之间的空隙和皮肤的纹理。这个句典也有来历,源于《韩非子·喻老》:“扁鹊见蔡桓公,立有间,扁鹊曰:‘君有疾在腠理,不治将恐深。’桓侯曰:‘寡人无疾。’……居十日,扁鹊望桓侯而还走。桓侯故使人问之,扁鹊曰:‘疾在腠理,汤熨之所及也;在肌肤,针石之所及也;在肠胃,火齐之所及也;在骨髓,司命之所属,无奈何也。今在骨髓,臣是以无请也。’”〔4〕就这四个典故而言,因为作者善于融化,如同己出,与自己的语言浑然一体,我们只有经过仔细分析,才能察觉。

可见,在《文心雕龙》一书中,刘勰不仅系统地论证、阐释了自己的用典理论和主张,而且还在本书的写作中进行了成功的尝试。

---

〔1〕 杨伯峻编著,《春秋左传注》,中华书局,1990年版,第416页。
〔2〕 杨伯峻编著,《春秋左传注》,中华书局,1990年版,第791页。
〔3〕 郭庆藩撰,王孝鱼点校,《庄子集释》,中华书局,1961年版,第119页。
〔4〕 王先慎撰,钟哲点校,《韩非子集解》,中华书局,1998年版,第161页。

从某种程度上说，既为用典提供了方法论，又提供了典型范式。

第三节 《文心雕龙》关于声律的理论和实践

声律是诗、词、曲的要素之一，也是骈文的四大要素之一。在中国古代文体之中，除了诗、词、曲之外，骈文是特别讲究声律的文学体制。本来，中国的汉字有一个特别突出的特点，就是每个字可以孤立，而且又单音独义，还可以分平、上、去、入四声，由于具备了这一特点，我们在使用汉字创作诗文之时，一方面可以取义对比，另一方面又可以声分阴阳，还可以平仄搭配，使诗文语音协调，创造出优美和谐的艺术境界。不过，从文学史上看，发现汉字的这种特殊功能，创造出系统的声律理论，使中国诗文走上声律化的道路，确实经历了一个漫长的历史过程，是经过众多的文字学家和文学理论家的努力以后完成的，在这方面，可以肯定地说，刘勰所做的贡献是非常巨大的，一般人无法比拟。一是他在《文心雕龙》一书中承前启后，继往开来，总结、归纳出了比较系统、比较完整的声律理论；二是他又把这种理论应用到了《文心雕龙》一书的写作实际，在理论和实践两个层面，为人们在文学创作中使用声律开启了门径。

一 《文心雕龙》之前声律理论的发展状况

追溯起来，中国的诗文很早就有声韵和谐之美，但是最初却不是声律起的作用，那时的声律还处于自然状态，而没有形成“独立的自觉的意识"[1],更没有系统的规则,从总体上说,还处于依附于乐律的状态。作者在进行诗文创作之时,要取得声韵和谐之美,主要的办法就是按乐律选词,也就是依照曲调的高低安排字调。关于这一点,汉代的《毛诗序》中有所说明:"情发于声,声成文谓之音。"郑玄《笺》曰:"声谓宫商角徵羽也。'声成文'者,宫商上下相应。""宫商角徵羽"为古时候的"五声",它们本来是音乐的比较音高,但是在当时也为诗文创作所用,于是在没有具体的声律规则的条件下,依据音乐的声律规则,也能使文学作品,尤其是诗歌"字字可宫可商,以为高下之节,抑扬之叙"。在这方面,《诗经》和汉乐府就是典型代表,实际上处于诗乐一体的状态,其音律就是乐律。所以,李调元在其《诗话》中说:"古人乐府,非如今人有曲谱而后填词,然亦照定十二律赋为词,付之乐工,叶以音律。"[2]这是符合历史实际的。

中国古代诗文追求自身的声律、开始与乐律分道扬镳,契机出现在东汉。当时,随着佛学之东渐和当时翻译佛经的需要,促进了汉语音韵学的发展,声律理论也慢慢萌芽、滋长,诗文中对声律的讲求逐渐成为文人独立自觉的意识。从此以后,中国的诗文与乐律渐行渐远,到后来完全摆脱了乐律,走向独立。

从文学史上看,较早开始探讨汉语本身声律的人物是三国时期的曹植。对此,范文澜先生在《文心雕龙注》中有所说明:"古代竹帛繁重,学术传授,多凭口耳,故韵语杂出,藻绘纷陈,自《易》之《文言》《系辞》,以及百家诸子,大率如此。西汉盛行章句,训说一经,往往数十万言,苟以博依曼衍为高,文采声韵,殆匙措意。能文之士,类皆深湛儒术;而守经儒生,则未必能文。流至东汉,儒林与文苑分途,文士制作,力有所专,制作益广。今其辞失传者众,考其

〔1〕 詹福瑞著,《"四声八病"与声律的自觉》,《中古文学理论范畴》,河北大学出版社,1997年版,第148—149页。

〔2〕 李调元撰,《诗话》,商务印书馆,1935年版,第1页。

篇目，固泰半有韵之文也。韵文既极恢宏，自须探求新境，以驭无穷。自佛教东流，中国文学，受其薰染，释慧皎《高僧传》十三《经师论》云：'始有魏陈思王曹植深爱声律，属意经音，既通般遮之瑞响，又感鱼山之神制；于是删治《瑞应本起》，以为学者之宗，传声则三千有余，在契则四十有二。'又云：'昔诸天赞呗，皆以韵入弦管，五众与俗违，故宜以声曲为妙。原夫梵呗之起，亦肇自陈思。始著《太子颂》及《睒颂》等。因为之制声，吐纳抑扬，并法神授，今之皇皇顾惟，盖其风烈也。'夫制梵呗者，必精达经旨，洞晓音律，三位七声，次而无乱；五言四句，契而莫爽。其间起掷荡举，平折放杀；游飞却转，反迭娇哢；动韵则揄靡弗穷，张喉则变态无尽；故能超畅微言，令人乐闻者也（此亦《经师论》语）。曹植既首唱梵呗，作《太子颂》《睒颂》，新声奇制，焉有不扇动当世文人者乎！故谓作文始用声律，实当推原于陈王也。或疑陈王所制，出自僧徒依托，事乏确证，未敢苟同。况子建集中如《赠白马王彪》云：'孤魂翔故域，灵柩寄京师。'《情诗》：'游鱼潜绿水，翔鸟薄天飞；始出严霜结，今来白露晞。'皆音节和谐，岂尽出暗合哉。……"[1]指出曹植不仅"属意经音"，而且开始探讨汉语本身声律，又在其创作实践中进行尝试，所以，曹植在诗文声律方面的贡献是不容置疑的。

此外，还有几人在这方面作出了突出的贡献：其一是三国时曹魏的孙炎著《尔雅音义》一书，使音韵学的发展更进一步。本书用反切注音，有韵书的作用，在音韵发展史上具有特殊意义。用黄侃先生的话说，"音韵学从此可言，声有声类可归，韵有韵类可归，而后始有韵书矣"[2]。其二是魏人李登，他撰有《声类》十卷，也是音韵学方面具有开创性的著作。其三是晋人吕静，他在李登《声类》的基础之上，作《韵集》五卷，已分清浊、判宫商，这是巨大的进步。

---

[1] 刘勰著，范文澜注，《文心雕龙注》，1962 年版，人民文学出版社，第 554 页。

[2] 黄侃述，黄焯编，《文字声韵训诂笔记》，上海古籍出版社，1983 年版，第 117 页。

不过,韵书还没有提出四声之名,更没有用于文学创作,也没有条件用于诗文创作。

诗文声律真正达到实用阶段,与文学创作发生直接关系是在宋、齐以后。在这一时期,随着佛教的盛行,佛经转读成为迫切的现实需要,其原因是:读经不仅诵其字句,还要传其音节。咏经为转读,歌赞为梵音,汉字单奇而梵音重复,为适应转读歌赞,于是就要求参照梵语拼音,求得汉语之转变,这种现实需要促使音韵学中反切方法的产生,导致四声之学的出现。于是,中国诗文的面貌发生了前所未有的变化。陈寅恪在其《四声三问》一文中对此作过说明:"所以适定为四声,而不为其他数之声者,以除去本易分别,自为一类之入声,复分别其余之声为平上去三声。……其所以分别其余之声为三者,实依据及摹拟中国当日转读佛经之三声。而中国当日转读佛经之三声又出于印度古时声明论之三声也。……于是创为四声之说,并撰作声谱,借转读佛经之声调,应用于中国之美化文。"[1]自从竺法获41字母之说一出,周颙著《四声切韵》,沈约著《四声谱》,王斌著《四声论》,于是平、上、去、入四声之说正式形成并创为四声八病之说。这样声律之学有了可以实际操作的规则,被应用到了文学创作实际。《南史·陆厥传》中说:

> 永明时,盛为文章,吴兴沈约、陈郡谢朓、琅邪王融,以气类相推毂。汝南周颙,善识声韵。为文皆用宫商,以平、上、去、入为四声,以此制韵,有平头、上尾、蜂腰、鹤膝,五字之中,音韵悉异,两句之内,角徵不同,不可增减,世呼为永明体。[2]

《宋书·谢灵运传论》中也指出:

> 夫五色相宣,八音协畅,由乎玄黄律吕,各适物宜,欲使宫

〔1〕陈寅恪著,《陈寅恪文集之二·金明馆丛稿初编》,上海古籍出版社,1982年版,第328—329页。

〔2〕李延寿撰,《南史》,中华书局,1975年版,第1195页。

羽相变,低昂舛节,若前有浮声,则后须切响。一简之内,音韵尽殊;两句之中,轻重悉异。妙达此旨,始可言文。[1]

可见,声律理论的诞生在中国古代文学史上具有划时代的意义:古体诗演变为今体诗,骈体文演变为四六规范之文,中国诗文之面目为之一新。在这样的情况下,即使是杂文、小品文也都出现声律化、骈偶化的趋势。刘师培在其《中国中古文学史讲义》中指出:"(永明声律论)影响所及,迄于隋、唐,文则悉成四六,诗则别为近体,不可谓非声律论开其先也。"[2]

实事求是地说,上述声律理论的产生和发展,为《文心雕龙》中的声律理论导夫先路,不仅提供了借鉴和参照,而且也打下了坚实的基础。

二 《文心雕龙》中的声律理论

从史的角度考察,《文心雕龙》的声律理论是在永明声律理论出现后产生的,显示出承前启后、继往开来的特征:一方面,它借鉴、继承了前人与时人的研究成果,另一方面,它又有自己的独立见解。既不是一空依傍,又不是兼收并蓄,总体上是折衷的产物。"有同乎旧谈者,非雷同也,势自不可异也;有异乎前论者,非苟异也,理自不可异也"[3]。通观全书,《文心雕龙》一书中的声律理论主要包含在《声律》中,该篇专门探讨声律问题,其内容主要如下:

(一)阐述音律本源及其与人声之关系

《声律》一文中首先指出:

夫音律所始,本于人声者也。声合宫商,肇自血气,先王

---

〔1〕 沈约撰,《宋书》,中华书局,1974年版,第1779页。

〔2〕 刘师培著,陈引弛编校,《刘师培中古文学论集》,中国社会科学出版社,1997年版,第99—100页。

〔3〕 黄霖编著,《文心雕龙汇评》,上海古籍出版社,2005年版,第164页。

因之,以制乐歌。故知器写人声,声非学器者也。故言语者,文章关键,神明枢机,吐纳律吕,唇吻而已。[1]

文章认为:音律起源于人的声音:“夫音律所始,本于人声者也。”同时一方面说明言语本身已经具有宫商,即音律的因素,另一方面又进一步指出言语在文章表情达意之时的关键作用,并且说明要恰当地使用言语,吐辞发音符合音律,其要点就在于调节好唇吻等发音机关。唐人孔颖达在其《诗大序》之疏中指出:“原夫作乐之始,乐写人音,人音有小大高下之殊,乐器有宫徵商羽之异,依人音而制乐,托乐器以写人,是乐本效人,非人效乐。”应该说,这是对音律本源及其与人声之关系非常明确的解释,也可以说是《文心雕龙》一书中关于音律本源及其与人声之关系论述的最好注脚。所以黄侃先生在其《文心雕龙札记》中说:“案冲远此论,与彦和有如合符矣。”[2]确实目光敏锐。

(二)论述文章和律之难与内听和外听之难易

文章接下来说:

古之教歌,先揆以法,使疾呼中宫,徐呼中徵。夫宫商响高,徵羽声下;抗喉矫舌之差,攒唇激齿之异,廉肉相准,皎然可分。今操琴不调,必知改张,摛文乖张,而不识所调。响在彼弦,乃得克谐,声萌我心,更失和律,其故何哉?良由外听易为察,内听难为聪也。故外听之易,弦以手定;内听之难,声与心纷;可以数求,难以辞逐。[3]

文中以乐律比文章之声律,以外听(乐音)比较内听(心声),说明乐声易辨,而诗文要合律则十分困难,点出通晓声律的重要性。其中关于声音自然之准的论述吸收了前人的论断,《韩非子·外储

[1][3] 黄霖编著,《文心雕龙汇评》,上海古籍出版社,2005年版,第113页。
[2] 黄侃撰,《文心雕龙札记》,上海古籍出版社,2000年版,第119页。

说右上》曰:“夫教歌者,使先呼而诎之,其声反清徵者乃教之。一曰,教歌者先揆以法,疾呼中宫,徐呼中徵。疾不中宫,徐不中徵,不可谓教。”[1]当然,刘勰不是完全照搬韩非之论。黄侃先生对此作了说明:“案,韩非之言,乃验声之术,彦和引用以为声音自然之准,意与韩子微异。”[2]同时,他还引经据典,对“廉肉”一词作了解释:“《乐记》云:‘使其曲直繁瘠,廉肉节奏,足以感动人之善心而已矣。注曰:曲直,歌之曲折也,繁瘠廉肉,声之鸿杀也;节奏,阕作进止所应也。’《正义》曰:‘曲谓声音回曲,直谓声音放直,繁谓繁多,瘠谓省约,廉谓廉棱,肉谓肥满。’案:从郑注,廉肉属乐器言,不属人声言。”[3]对于“外听(乐音)”与“内听(心声)”的问题,范文澜、郭绍虞、刘永济三位先生都有所阐释。范文澜先生侧重阐释“内听之难”四字:“内听之难,由于声与心纷,故欲求声韵之调谐,可设律数以得之,徒骋文辞,难期切合也。”[4]郭绍虞先生在《蜂腰鹤膝解》一文中说:“‘外听’指乐声言,‘内听’则指诗文的声律言。乐声之高下有定,所以错误易别;诗文声律之标准无定,一向没有固定的标准,所以‘内听难为聪’。”[5]刘永济先生在其《文心雕龙校释》中对刘勰“内听”之说大加赞赏:“舍人‘内听’之说最精。盖言为心声,言之疾徐高下,一准乎心。文以代言,文之抑扬顿挫,一依乎情。然而心纷者言失其条,情浮者文乖其节。此中机杼至微,消息至密,而理未易明。故论者往往归之天籁之自然,不知临文之际,苟作者襟怀澄澈,神定气定,则情发肺腑,声流唇吻,自如符节之相合。……作者用得其宜,则声与情符,情以声显。文章感物之

---

〔1〕 王先慎撰,钟哲点校,《韩非子集解》,中华书局,1998年版,第326页。
〔2〕 黄侃撰,《文心雕龙札记》,上海古籍出版社,2000年版,第119页。
〔3〕 黄侃撰,《文心雕龙札记》,上海古籍出版社,2000年版,第120页。
〔4〕 刘勰著,范文澜注,《文心雕龙注》,人民文学出版社,1958年版,第557页。
〔5〕 刘勰著,詹锳义证,《文心雕龙义证》,上海古籍出版社,1989年版,第1217页。

力,亦因而更大。然其本要在乎澄神养气,不可外求,故曰‘内听’。”[1]这三种解释虽然侧重点不同,但是合起来则大致把握了刘勰“内听”与“外听”的基本内容,对我们有很大的启发作用。

(三)阐述声律规则和协调之法

这一部分在全文之中具有重要地位,是《文心雕龙》声律理论的核心。文中采取正反对比的方式进行阐释:

> 凡声有飞沉,响有双叠。双声隔字而每舛,叠韵杂句而必睽;沉则响发而断,飞则声飏不还,并辘轳交往,逆鳞相比,迕其际会,则往蹇来连,其为疾病,亦文家之吃也。夫吃文为患,生于好诡,逐新趣异,故喉唇纠纷;将欲解结,务在刚断。左碍而寻右,末滞而讨前,则声转于吻,玲玲如振玉;辞靡于耳,累累如贯珠矣。是以声画妍蚩,寄在吟咏,滋味流于下句,风力穷于和韵。异音相从谓之和,同声相应谓之韵。韵气一定,则余声易遣;和体抑扬,故遗响难契。属笔易巧,选和至难,缀文难精,而作韵甚易。虽纤意曲变,非可缕言,然振其大纲,不出兹论。[2]

这段论述主要包含两方面内容:其一,阐述声律的基本规则和方法。文中首先指出声调有飞声、沉声之别,音响有双声、叠韵两类,然后采取对比的方法,指出声律的基本规则,这就是:两个双声字不能间隔,两个叠韵字中间不能夹杂别的字;不能都用下沉的音,也不能都用上扬的音;关键是要讲究声调的变化与和谐统一,概括起来就是“辘轳交往,逆鳞相比”,不遵循这样的规则,其结果就是“双声隔字而每舛,叠韵杂句而必睽”;一味用“沉”,“则响发而断”;一味用“飞”,“则声飏不还”;如果两者配合不当,读起来绕口,就像文章家口吃一样。其二,分析文章声律失调之病。文中由

[1] 刘勰著,刘永济校释,《文心雕龙校释》,中华书局,1962年版,第124页。
[2] 黄霖编著,《文心雕龙汇评》,上海古籍出版社,2005年版,第113—114页。

文章中的“口吃”现象，即不合声律的状况入手进行分析，指出其原因就是违背基本的声律规则和方法，盲目地喜欢怪异和追求新奇。那么，该怎样解决这一弊端呢？作者提出总的原则就是“刚断”，即态度坚决。具体的技术方法是“左碍而寻右，末滞而讨前”。一旦这样做了，便会收到声音悦耳、圆转如珠的艺术效果：“声转于吻，玲玲如振玉；辞靡于耳，累累如贯珠。”所以作者认为：文章声韵的好坏，关键在和谐与押韵。所谓和谐就是“异音相从”，也就是不同的声调巧妙地配合；所谓押韵就是“同声相应”，即相同的韵字之间巧妙地配合，也就是各收句之末字要同韵。通过上述分析和论证，作者指出：在诗文创作中，押韵容易，音响配合则困难；措辞工巧容易，使音调和谐则比较困难。因为刘勰既是理论家，又是作家，所以这是他的甘苦之论。刘永济先生在《文心雕龙校释》中对这一段话进行了解释，指出：“舍人此篇于双叠之用，飞沉之别，和韵之理，皆言之至精，研留韵文者所当遵守。其论双声不宜隔字，叠韵不宜离句者，双声之字，如芬芳、玲珑，用时本相联缀，自无隔字之病。然有非联缀词亦为双声者，如用之而中隔他字，则声调不美。……叠韵之字，如徘徊、周流，用时亦本相联缀，然有非联缀字而为叠韵者，或同居一句而隔字，或分在两句而离句，皆不流美。……飞沉之异，即阴阳清浊之分。四声之中，平声有阴阳，阴声清而扬上，阳声浊而抑下，文中用之，贵能相间，如数字皆阴则亢，皆阳则卑，故曰‘辘轳交往，逆鳞相比’也。……和韵之理，舍人谓和难而韵易。盖和者，一句之中，平仄有相间相重之美也。韵者，各句之末，同用一韵之字也。用韵者，一韵既定，余句从之，如首韵用东，则余句自可用同、从、童、红等字，虽无韵书，而口吻易调，故曰易也。至于平仄相间，变化甚多，齐梁之际，四声始分，韵书未定，作者每苦不能分别，故曰难也。平仄以相间相重为美，苟一句之中，平声太多，或两句之内，平仄不协，则诵之不能谐适。此事必在四声既定之后，古人不知也。"[1]这段阐释,对于我们正确理解《文心雕龙》的声律理论大有助益。

(四)论述自然声韵与非自然声韵之别

文章采取比较之法,对自然声韵与非自然声韵之间的差别进行论证和分析:

> 若夫宫商大和,譬诸吹籥;翻回取均,颇似调瑟。瑟资移柱,故有时而乖贰;籥含定管,故无往而不壹。陈思、潘岳,吹籥之调也;陆机、左思,瑟柱之和也。概举而推,可以类见。[2]

这段话的重点是要说明自然音律与人工音律之差别,比较之中又加比喻之法:以吹籥比喻陈思、潘岳之文;以调瑟比喻陆机、左思之文,说明陈思、潘岳之文能够自然和节,而陆机、左思之文不能自然和节,于是高下、优劣自见。纪晓岚在这段话之后有这样的评语:"此又深入一层,言宫商虽和,又有自然勉强之分。"[3]黄侃先生在其《文心雕龙札记》中有更具体的阐释:"'宫商大和'至'可以类见',案此谓能自然合节与不能自然合节者之分。曹潘能自然合节者也,陆左不能自然合节者也。"[4]刘永济先生在《文心雕龙校释》中解释得尤为详尽:"舍人以吹籥喻陈思、潘岳之文,以调瑟譬陆机、左思之作。一则曰'宫商大和',一则曰'翻回取均',于曹潘、陆左,分别极清。其释籥瑟之异,则曰'籥含定管,瑟资移柱'。盖籥管有定,无往不协,瑟柱无常,时或乖调,以喻曹潘篇篇谐适,左陆每有乖贰也。其意扬曹潘而抑左陆。按潘陆齐名,常时论者,每喜并举,无所优劣。惟孙绰谓'潘文烂若披锦,无处不善;陆文若排沙简金,往往见宝。'论同舍人,可证吹籥调瑟之义。潘陆之优劣既

---

〔1〕 刘勰著,刘永济校释,《文心雕龙校释》,中华书局,1962年版,第124—125页。

〔2〕〔3〕 黄霖编著,《文心雕龙汇评》,上海古籍出版社,2005年版,第114页。

〔4〕 黄侃撰,《文心雕龙札记》,上海古籍出版社,2000年版,第120页。

明,曹左之异同斯见。而舍人论文不贵繁缛之旨,亦缘此而愈显。"[1]从这一解释之中,我们能够加深对刘勰关于自然音律与人工音律之间差别的认识。

(五)论正音讹音之别及声律协调与作者才识之关系

在这一部分里,作者着重从创作实际出发,结合前人的作品进行分析和论证:

> 又诗人综韵,率多清切,《楚辞》辞楚,故讹韵实繁。及张华论韵,谓士衡多楚,《文赋》亦称不易,可谓衔灵均之余声,失黄钟之正响也。凡切韵之动,势若转圜;讹音之作,甚于枘方。免乎枘方,则无大过矣。练才洞鉴,剖字钻响,识疏阔略,随音所遇,若长风之过籁,南郭之吹竽耳。古之佩玉,左宫右徵,以节其步,声不失序。音以律文,其可忽哉![2]

文中首先从《诗经》和《楚辞》入手,进行比较和分析,指出《诗经》为正声,而《楚辞》为讹声,也即多方言。二者之间的区别是:《诗经》的正声之韵,圆转自如;《楚辞》多用方言,则比方木装入圆孔还别扭。很明显,刘勰这里意在说明诗文用韵,不能杂进方言。因此纪晓岚批道:"此一段又言韵不可参以方音。"[3]黄侃先生在《文心雕龙札记》中也指出:"此言文中用韵,取其谐调,若杂以方言,反成诘诎。"[4]接着,作者又进一步分析有才识与无才识对声律效果的影响:有才识,即"练才洞鉴",其文则"剖字钻响";缺乏才识,即"识疏阔略,随音所遇",其文则"若长风之过籁,南郭之吹竽耳"。简而言之就是:作者才识精深,作文就会剖析字的音韵;才识粗疏,则驭音无术,为识者所笑。在此基础上,作者以"古之佩玉"

---

〔1〕 刘勰著,刘永济校释,《文心雕龙校释》,中华书局,1962 年版,第 126 页。
〔2〕 黄霖编著,《文心雕龙汇评》,上海古籍出版社,2005 年版,第 114—115 页。
〔3〕 黄霖编著,《文心雕龙汇评》,上海古籍出版社,2005 年版,第 114 页。
〔4〕 黄侃撰,《文心雕龙札记》,上海古籍出版社,2000 年版,第 121 页。

为喻，得出全文的结论，着重强调文章之中讲究声律的重要性："古之佩玉，左宫右徵，以节其步，声不失序。音以律文，其可忽哉！"很明显，刘勰认为声律是用来律文的，是文学创作中不可忽视的问题。

以上五个方面就是《文心雕龙》中关于声律问题的基本主张。如果对其中的成分作进一步的分析，我们发现：刘勰上述这些有关声律的理论主张既有继承的一面，又有创新的一面，包括了借鉴与独创两个方面。

所谓借鉴，主要是指《文心雕龙》吸收、借鉴前人，特别是齐、梁同时代文学家的有关声律的理论成果，最后形成自己的声律理论。

借鉴前人的声律理论成果，细读《文心雕龙·声律》我们很容易发现，如文中"古之教歌，先揆以法，使疾呼中宫，徐呼中徵"数语，显然借鉴了《韩非子·外储说右上》："夫教歌者，使先呼而诎之，其声反清徵者乃教之。一曰，教歌者先揆以法，疾呼中宫，徐呼中徵。疾不中宫，徐不中徵，不可谓教。"所以黄侃先生说："彦和引用以为声音自然之准，意与韩子微异。"〔1〕此外如文中"左碍而寻右，末滞而讨前"两句，显然借鉴陆机《文赋》中"暨音声之迭代，若五色之相宣"之说，所以黄侃先生在其《文心雕龙札记》中说："此与士衡'音声迭代，五色相宣'之说同旨，究其治之之术，亦用口耳而已，无他妙巧也。"〔2〕

当然，《文心雕龙·声律》借鉴、吸收"永明声律"创造者们的理论成果更为突出。如此文中"声含宫商，肇自血气"之说，便与王融的声律理论有渊源关系。钟嵘《诗品·下》中说："齐有王元长者，常谓余云：'宫商与二仪俱生，自古词人不知用之。……'王元长创其首，谢朓、沈约扬其波，三贤咸贵公子孙，幼有文辨。于是士流景慕，务为精密。擗绩细微，专相凌架。故使文多拘忌，伤其真

〔1〕 黄侃撰，《文心雕龙札记》，上海古籍出版社，2000年版，第119页。
〔2〕 黄侃撰，《文心雕龙札记》，上海古籍出版社，2000年版，第120页。

美。”[1]无庸讳言,钟嵘对当时极力追求声律的作法颇有微词,但是这段话中却透露出“声含宫商,肇自血气”一说的来历,这一点早就被人发现。如郭绍虞先生在其《声律说考辨》一文中就明确指出:“在这儿,‘声含宫商,肇自血气’即王融所谓‘宫商与二仪并生’之意。”[2]可见,刘勰的声律理论显然借鉴了王融之说。其他如《文心雕龙·声律》中的“故言语者,文章关键,神明枢机,吐纳律吕,唇吻而已”几句也有来处,通过考察和分析,我们发现此论显然受萧子显文学理论的影响。萧氏在其《南齐书·文学传论》中说:“文章者,盖情性之风标,神明之律吕也。”[3]无疑,刘勰借鉴了萧氏之说,所以詹锳先生在其《文心雕龙义证》中就专门标出了这一点。不仅如此,经过仔细分析,我们发现:《文心雕龙·声律》中有关声律规则和方法的理论主张,从一定程度上看,基本上就是对沈约等人“四声八病”之说的诠释。为了说明问题,我们不妨将两者加以比较:

> 夫五色相宣,八音协畅,由乎玄黄律吕,各适物宜。欲使宫羽相变,低昂互节,若前有浮声,则后须切响。一简之内,音韵尽殊;两句之中,轻重悉异。妙达此旨,始可言文。[4]
>
> ——沈约《宋书·谢灵运传论》

> 凡声有飞沉,响有双叠。双声隔字而每舛,叠韵杂句而必睽;沉则响发而断,飞则声飏不还,并辘轳交往,逆鳞相比,迕其际会,则往蹇来连,其为疾病,亦文家之吃也。[5]
>
> ——《文心雕龙·声律》

---

[1] 钟嵘著,曹旭集注,《诗品集注》,上海古籍出版社,1994年版,第337—340页。
[2] 刘勰著,詹锳义证,《文心雕龙义证》,上海古籍出版社,1989年版,第1211页。
[3] 萧子显撰,《南齐书》,中华书局,1974年版,第907页。
[4] 沈约撰,《宋书》,中华书局,1974年版,第1779页。
[5] 黄霖编著,《文心雕龙汇评》,上海古籍出版社,2005年版,第113—114页。

细读之后，我们不难发现，二者如出一辙。所以，黄侃先生在其《文心雕龙札记》中指出："此即隐侯所云'前有浮声，后须切响；两句之中，轻重悉异'者也。"[1]点出两者之间的内在联系。郭绍虞先生也看出了这一点，并且进行了说明："'凡声有飞沉'这一段，正是解释'八病'之说。……他不过因为'纤意曲变，非可缕言'，所以不必列举'八病'之目。'然振其大纲，不出兹论'，所以又只举'和体抑扬'之论。""他是以'声有飞沉'去说明八病中的前四病的，而'响有双叠'之语，则是用来解释八病中之后四病的。正因'声有飞沉'，所以可说'和体抑扬'。不有飞沉之声，哪来抑扬之和？其实这正是沈约'轻重悉异'说的发挥。"[2]除此之外，在《中国文学批评史》第一版中，郭先生又作了更为具体、更为深入的阐释，他说："在沈约说是声病，照刘勰说是韵和。四声即是韵的问题，刘勰所谓'同声相应谓之韵'也。怎样使之同声相应呢？此即'永明体'的条件，所谓'以平、上、去、入为四声，以此制韵，不可增减'者是。……八病即是'和'的问题，此又刘勰所谓'异音相从谓之和'者。怎样又是异音相从呢？则又'永明体'的条件，所谓'五字之中，音韵悉异；两句之内，角徵不同'者是矣。"[3]此外，王运熙先生对此也有说明："(《声律》篇)第二段提出运用声律的原则和方法。指出声调有飞声、沉声之区分。飞声、沉声与沈约《宋书·谢灵运传论》中的'浮声'、'切响'相当，大约'飞声'、'浮声'指平声，'沉声'、'切响'指上、去、入三声，即后世所谓仄声。认为'飞声'、'沉声'要'辘轳交往'，间隔运用，以取得声调的变化与和谐。又指出如果一句中运用不相连的双声字、叠韵字(即沈约所谓八病中的旁纽和大韵、小韵三种病)，就会造成声律的不和谐。……可见，刘勰论声律，虽未明确提出'四声'、'八病'等名称，但他对沈约

[1] 黄侃撰，《文心雕龙札记》，上海古籍出版社，2000年版，第120页。
[2] 刘勰著，詹锳义证，《文心雕龙义证》，上海古籍出版社，1989年版，第1231页。
[3] 刘勰著，詹锳义证，《文心雕龙义证》，上海古籍出版社，1989年版，第1229页。

所提倡的声律说实际是赞同的。”[1]由此可见,《文心雕龙》借鉴沈约等人的声律理论是客观存在的事实。

所谓独创,是说刘勰对前人或同时人关于声律问题的理论成果不是兼收并蓄、无所创造的,而是在吸收、借鉴的同时,又特别注意有所创造,有所前进。这从以下几个方面可以看得出来:

(一)《文心雕龙》对字音的阐释超越了永明声律的创立者。字音的剖析是声律的基础,《文心雕龙》声律理论首先是在这一方面超过他人,其突出的表现是:在喉音、牙音、舌音、齿音、唇音的分析上比他人,特别是永明声律的创立者更进一步。《文心雕龙·声律》中指出:“古之教歌,先揆以法,使疾呼中宫,徐呼中徵。夫宫商响高,徵羽声下;抗喉矫舌之差,攒唇激齿之异;廉肉相准,皎然可分。”音韵学家顾炎武注意到刘勰的这一划分,所以在《音论》卷中“古人四声一贯”条下说:“五方之音,有迟疾轻重之不同。……注家多有疾言徐言之解;而刘勰《文心雕龙》谓‘疾呼中宫,徐呼中徵’(原注:《韩非子·外储说右上》篇有此语)。夫一字而可以疾呼徐呼,此一字两音三音之所繇昉已。”[2]黄侃先生也注意到这一点,所以他在《文心雕龙札记》中说:“‘抗喉’二句,此言声所从发,非蒙上为言。”又在解释“廉肉相准”的时候指出:“《乐记》云:‘使其曲直繁瘠,廉肉节奏,足以感动人之善心而已矣。’注曰:‘曲直,歌之曲折也;繁瘠廉肉,声之鸿杀也;节奏,阕作进止所应也。’《正义》曰:‘曲谓声音回曲,直谓声音放直,繁谓繁多,瘠谓省约,廉谓廉棱,肉谓肥满。’案从郑注,廉肉属乐器言,不属人声言。”[3]詹锳先生在其《文心雕龙义证》中说:“按上文既言‘抗喉矫舌之差,攒唇激齿之异’,则此处所谓‘廉肉’仍指人声,即语言的洪细。”这个解释

---

〔1〕 王运熙著,《文心雕龙探索》,上海古籍出版社,2005年版,第355页。

〔2〕 刘勰著,詹锳义证,《文心雕龙义证》,上海古籍出版社,1989年版,第1213—1214页。

〔3〕 黄侃撰,《文心雕龙札记》,上海古籍出版社,2000年版,第120页。

又进了一步,点出语言的洪细问题。此外朱星的解读更详尽,不仅阐释细密,而且从史的角度指出其开创性意义:"'抗喉'是喉音,'矫舌'是舌章,'攒唇'是唇音,'激齿'是齿音,这正是声纽分五音:喉、牙、舌、齿、唇的分析。只是把牙音与齿音合并了,或者因限于四个排句,故意未提。至于'廉肉相准',正是韵部的基本分析。'廉'是瘦,'肉'是肥,也就是宽、窄音。在语音学上说,正是韵部中元音的洪细之别。《切韵》的反切下一字,即分元音洪细,这个秘密到宋元等韵学家才揭发出来,分韵部元音为四等,即一等、二等、三等、四等。而宋元的四等的意义,又到清江永才给解释出来,说:'一等洪大,二等次大,三四皆细,而四尤细。'这个解释正是高元音、低元音、前元音、后元音的区别。如此,刘勰在这数句中,把字音的三方面——声、韵、调,都作扼要的分析了。"〔1〕总之,《文心雕龙》在字音研究方面的贡献可以概括为这样两点:其一,揭示出语音的洪细之别,对语音的分析更加精细;其二,对字音的声、韵、调三个方面作了简要的阐释,远超前人和时人。

(二)提出解决声律病犯问题的具体方法。随着声律理论的产生和发展,在诗文创作中如何解决病犯问题便成为焦点。针对这一问题,刘勰在其《文心雕龙·声律》中提出了自己的解决方法:"将欲解结,务在刚断。左碍而寻右,末滞而讨前,则声转于吻,玲玲如振玉;辞靡于耳,累累如贯珠矣。"从实而论,这一方法对陆机的《文赋》有所借鉴,所以詹锳先生特别指出:"《文赋》云:'或仰逼于先条,或俯侵于后章;或辞害而理比,或言顺而义妨。离之则双美,合之则两伤。考殿最于锱铢,定去留于毫芒。苟铨衡之所裁,固应绳其必当。'殆为此节命意之所本。"〔2〕说明刘勰师其意,未师其辞。黄侃先生在其《〈文心雕龙〉札论》中也指出:"'左碍而寻

〔1〕 刘勰著,詹锳义证,《文心雕龙义证》,上海古籍出版社,1989年版,第1215页。
〔2〕 刘勰著,詹锳义证,《文心雕龙义证》,上海古籍出版社,1989年版,第1225页。

右'二句，此与士衡'音声迭代，五色相宣'之说同旨。"[1]不过，公平地说，刘勰此论虽然受陆机《文赋》之启发和影响，但是又不是简单照搬，而是有所发展，有所创新。这一点突出表现在救病之法方面。在这方面，刘勰借鉴陆机的是不因辞害意的主张，而其创新之处在于：他把这种思想主张变为具体的救病之方，其中要点是本句中相救，对句之间相救。从音韵学史和文学史上看，这一方法的提出意义非凡：它下启唐、宋文人的拗救之法，在声律史上起到了继往开来的重要作用。对这一点，朱星先生作了比较准确的解读："当然刘勰并没有强调到'宁声毋意'。实在不好变换的还有一个补救办法，即'左碍而寻右，末滞而讨前'。这正是唐宋诗人拗救一法所本。如果掌握了声律，就可自由变化。拗救正分本句救，即一句中上下字相救；对句救，即二句中相对互救。"[2]所以，对于解决声律中的病犯问题，《文心雕龙》在继承前人成果的基础上，有突出的创新之处。

（三）《文心雕龙》的声律论更为科学合理。总的说来，《文心雕龙》的声律论侧重于自然声律，其主要目标是追求"和"，与沈约等"八病"的人为限制有明显的不同，细读《文心雕龙·声律》一文，我们发现刘勰明确反对"好诡"和"逐新趣异"，揭示由此造成"喉唇纠纷"，也就是"文家之吃"的毛病，并且明确指出这种毛病的根本点就在于不循自然，过于讲究病犯，人为的限制太多。所以，《文心雕龙》声律论的主要倾向是讲究自然声律。关于这一点，朱恕之先生在其《〈文心雕龙〉研究》第七节《自然音律说》中作了清楚的解释："彦和所讲的音律只是'和律'，那就是要看字句是否流畅，音调是否和谐。在吟咏诵读之间来分辨它的'声画妍蚩'。所以创作文学，是应该力求语句之自然，声调之和谐，要如同'林籁结响'之

---

[1] 黄侃撰，《文心雕龙札记》，上海古籍出版社，2000年版，第120页。

[2] 刘勰著，詹锳义证，《文心雕龙义证》，上海古籍出版社，1989年版，第1225页。

'调如竽瑟','泉石激韵'之'和若球锽',那自然就可以达到'声转于吻,玲玲如振玉;辞靡于耳,累累如贯珠'了。"〔1〕指出《文心雕龙》的声律论"求和"与追求"自然"的特征。罗根泽先生也有这样的认识,其《中国文学批评史》中指出:"刘勰于'吃'之外,又提出所谓'和'、'韵'。后人之研究《文心雕龙》者,好以此与四声八病之说相缘附。其实刘勰所谓'韵',就是韵文的韵脚,所谓'和'就是文章的声调。'韵'有规律,譬如用东韵,则任意选择东韵之字,所以说'韵气一定,故余声易遣'。'和'是自然的,并没有一定的规律,所以说'和体抑扬,故遗响难契'。这也足以证明刘勰的音律说是一种自然的音律说,和沈约等人的人为的音律说,并不全同(自然也有相同的地方)。"〔2〕应该说,这两位先生都把握住了《文心雕龙》声律论的精髓。

实际上,以"四声八病"为核心的声律论一问世就不是一家独尊,当时就出现明显的分歧,根据历史资料,具体说来可以划分为三个派别:其一,力主派。这一派极力倡导并推行以"四声八病"为核心的声律论,其中代表人物当然是沈约等"永明体"文士;其二,反对派。这一派以钟嵘为代表,认为"四声八病"限制太多,其主要观点见于钟嵘的《诗品》,在本书中,作者明确指出沈约等人的声律"使文多拘忌,伤其真美"。其三,折衷派。这一派以刘勰为代表,既不反对声律,又不赞成沈约等那种限制太严的声律规则,有扬有弃,折衷其论,形成自己科学的声律论,其特点就是侧重于自然,追求于"和",即强调平仄抑扬,调配得当。从历史的角度进行客观的考察,应该说《文心雕龙》声律论在追求自然韵律这一点上贡献是巨大的,不仅比沈约诸人的声律理论更为科学、合理,而且更重要的是:它在中国古代诗文律化的道路上发挥了重要作用,产生了巨

〔1〕 刘勰著,詹锳义证,《文心雕龙义证》,上海古籍出版社,1989年版,第1227—1228页。

〔2〕 刘勰著,詹锳义证,《文心雕龙义证》,上海古籍出版社,1989年版,第1229页。

大的影响。郭绍虞先生曾对这一点有过专门的论述，其《蜂腰鹤膝解》一文中说："作家所注意的只在去病，理论家所注意的则在求和。求和的方法一时虽不能逐条举出，但只须注意'抑扬'两个字，自会达到求和的目的。这就是刘勰比沈约更高一着之处。此后发明平仄的抑扬律，就是朝这条路线进行所获得的成就。于是，很自然地从'永明体'演进为律体了。律体既规定了求和之法，也自然简化而易于奉行了。"[1]周振甫先生也是从这个角度出发，指出刘勰这种声律理论对后世，特别是对唐诗格律的影响，从中可以看出《文心雕龙》在中国声律发展史上的特殊意义和刘勰作为文学理论家的远见卓识："刘勰又说：'气力穷于和韵，异音相从谓之和，同声相应谓之韵。韵气一定，故余声易遣；和体抑扬，故遗响难契。属笔易巧，选和至难；缀文难精，而作韵甚易。'这是说，解决格律诗的问题主要在和与韵，韵就是句末押韵，这是容易解决的，有了一部韵书，照韵书押韵，问题就解决了。和是一句中的平仄抑扬要调配得当，还有句和句之间的平仄抑扬也要调配得当，这就很困难。后来唐代格律诗的形成，也是符合这个原则的。唐代格律诗，主要解决了和的问题，上引的平仄相间，就是解决了一句和一联中的和，也就是在一句中要求一扬一抑，平仄搭配得当，使音调和谐，这是句中的和。在一联中，两句的平仄要交错，也就是上句和下句的平仄大体相反，这是一联中的和。联与联之间平仄也要交错，即第一句平起的，第三句要仄起，这是联与联之间的和。和的问题这样解决了，唐代的格律诗也就形成了。从唐代格律诗的形成符合刘勰所提出的原则看，不仅证明刘勰确实是杰出的文学理论家，也说明正确的理论指导对格律诗的形成是有帮助的。"[2]应该说，这两位先生对刘勰声律理论的解读，尤其是对其地位和作用的阐释是精

[1] 刘勰著，詹锳义证，《文心雕龙义证》，上海古籍出版社，1989年版，第1231页。
[2] 周振甫著，《周振甫讲〈文心雕龙〉》，江苏教育出版社，2005年版，第156—157页。

当准确的。

所以,关于《文心雕龙》的声律理论,我们可以这样说:它一方面继承了前人的成果,吸收了同时人的合理成分;另一方面,它在前人和时人的基础之上又有自己的创造,形成了比较系统,比较完整,又非常科学的声律理论体系,总体成就超越了前人,也超越了时人,在中国古代音韵学史和文学史上都具有特殊的地位。

从文体的角度上看,不同体裁对声律的要求当然有所不同。一般说来,韵文,尤其是诗歌对声律的要求更高。但是,在中国历史上,文也有声律化趋势。如在六朝时期,受当时声律理论思潮的影响,骈文在齐、梁时期也明显走上声律的道路,很多骈文都是讲究声韵的。对于这一现象,谢无量在其《骈文指南》中有专门的阐释:"盖永明文学,始精研声律,不惟用之于诗,亦用之于文,至是以后,文体务为音节清丽,是骈文之极盛时代。"刘师培在论述南朝文学之时,也指出这一点:"音律由疏而密,实本自然,非由强致。试即南朝之文审之,四六之体,粗备于范晔、谢庄,成于王融、谢朓,而王、谢诗亦复渐开律体,影响所及,迄于隋唐,文则悉成四六,诗则别为近体,不可谓非声律论开其先也。"〔1〕所以,《文心雕龙》的声律理论不仅对其他讲究声律的文体有十分重要的理论指导意义,对走上声律道路的骈文,当然也有指导意义。这样,我们在论及《文心雕龙》与骈文之关系时,不能不谈到它的声律理论。概而言之,声律理论是《文心雕龙》骈文理论中不可忽视的一个方面。因为声律是骈文四大要素之一,没有它,无论是谈骈文理论还是谈骈文创作,都是不完整的。

---

〔1〕 刘师培著,陈引弛编校,《刘师培中古文学论集》,中国社会科学出版社,1997年版,第99—100页。

三 《文心雕龙》在运用声律方面的成就

骈文是带有明显的中国特色的文体,其标准的作品大都是在汉语声韵的基础上,发挥其音色美的长处来组成文章。首先,从文字学的角度考察,中国汉字的突出特征是孤立单音,同时又有飞沉双叠之差、单复鲜素之别,又分平、上、去、入四声,于是便产生了这样几种功能:其一,可取义对比;其二,可以声分阴阳清浊;其三,宜于平仄搭配。正是因为有这样的特性,所以在文章创作之时,则宜于语音的协调。其次,从音韵学的角度考察,汉语每一个音节大都由声母、韵母和声调这三个要素构成。声母为字音之起始,韵母则有韵头、韵腹、韵尾之别,而韵尾更是特具音乐性的部分。韵头、韵腹、韵尾的灵活组合,常常构成音乐性的美感,特别是加上声调之后,汉语的音乐性特色就更为突出了。仔细推究,其中主要的原因是:汉字是单音文字,它有平、上、去、入四个声调,如果没有了声调,特别是没有四声,则易于呆板,调声配韵也难以精细准确;有了这四种声调,便产生了高低之分、强弱之别、轻重之异、缓促之差。于是便可以自由变化、调节,使语言产生抑扬顿挫之美。特别是构成平仄相间的组合之后,更产生出强烈的节奏感、音乐美。可见,如果没有汉语本身单文独义、一字一音、语法变化灵活等等特性,也就难以协调平仄,构成语言形、音、义的真正对仗,因而也便不可能产生格律诗、骈体文等韵文那种鲜明的节奏感、音乐美。就骈文而言,其真正的成熟完备时期的作品,正是根据汉字的这些语音条件,采用协调平仄、讲究声律的手法,充分发挥其抑扬顿挫、纡徐婉转等各种艺术表现力,使之达到统一、和谐的艺术境地。当然,骈文中的用韵,与格律诗有所不同:有的在句末用韵,而句中不用韵;有的则在句中用韵,而句末不用韵;有的在句中句末都用韵。所以,从总体上看,骈文不像格律诗用韵那样严格。但是一般说来都有相辅相成、高下相应、抑扬顿挫、节奏明快的特征,产生声乐般的艺术效果,使人较为充分地感受到和谐之美。从声律的角度考察

《文心雕龙》一书,我们发现:全书中的五十篇文章,因为侧重点不同,讲究声律的程度也有所不同。不过,总的说来,每篇都是比较标准的骈体文,都有骈文特有的声韵和谐之美,与其他骈文家相比,在用韵上具有明显的独到之处。

(一)《文心雕龙》在声律方面的成就

通过前面的介绍和分析,我们基本了解了刘勰的声律主张,其要点主要是这样几个方面:第一,提出调和声律的规则。简而言之就是要求诗文的上下句之间要相互搭配,关键之处是"并辘轳交往,逆鳞相比",即声韵圆转和谐,两两相比,搭配得当。同时还有"左碍而寻右,末滞而讨前"的特殊规则,即在出现滞碍的情况下如何挽救的规则,实质上类似于后来诗歌上的拗救规则。第二,提出调和声律的基本方法。其中关键是两个方面:一是声音协调之法,一是用韵之法。声音协调之法就是"和","和"就是句中文字的"异音相从";用韵之法主要就是指句末韵脚字"同声相应",押脚韵。第三,崇尚自然声律,指出勉强和律之弊。第四,提出文章声律的基本美学标准。其要点就是玉润珠圆,和谐悦耳。用《文心雕龙·声律》篇的话说就是"声转于吻,玲玲如振玉;辞靡于耳,累累如贯珠"。

考察《文心雕龙》中的五十篇文章,我们可以看出,刘勰在其骈文创作实践中,确实比较好地实践了自己的主张。其具体表现是:《文心雕龙》中的文章大都对声律规则把握适度,恰到好处。既调声用韵,又不拘泥于声律规则,画地为牢,作茧自缚。以下几个方面就是具体的例证:

其一,讲究对句末尾的平仄搭配。从创作实际上看,《文心雕龙》中的文章在调声方面,总体上不是在句中协调平仄,而是在对句的末尾讲究协调和搭配,虽然不如"永明体"诗那样格律严密,但是,句末的一平一仄、一起一伏,同样产生出抑扬顿挫之美。如《程器》:

> 相如窃妻而受金，扬雄嗜酒而少算，敬通之不修廉隅，杜笃之请求无厌，班固谄窦以作威，马融党梁而黩货，文举傲诞以速诛，正平狂憨以致戮，仲宣轻锐以躁竞，孔璋偬恫以粗疏，丁仪贪婪以乞货，路粹餔啜而无耻，潘岳诡祷于愍怀，陆机倾仄于贾、郭，傅玄刚隘而詈台，孙楚狠愎而讼府。[1]

仔细分析这段文字，我们发现：在连续八个对句之中，除了第六联末尾收字未调平仄之外，其余七联末尾收字都是异音相从，平仄搭配，抑扬起伏，节奏感比较强，颇具抑扬顿挫之美。再看下面两段文字：

> 陆机肇始而未备，王韶续末而不终，干宝述《纪》，以审正得序；孙盛《阳秋》，以约举为能。按《春秋经传》，举例发凡；自《史》《汉》以下，莫有准的。[2]
>
> ————《史传》

> 孟轲膺儒以磬折，庄周述道以翱翔。墨翟执俭确之教，尹文课名实之符，野老治国于地利，驺子养政于天文，申商刀锯以制理，鬼谷唇吻以策勋，尸佼兼总于杂术，青史曲缀于街谈。承流而枝附者，不可胜算，并飞辩以驰术，餍禄而余荣矣。[3]
>
> ————《诸子》

对这两段文字进行认真分析，我们不难发现：文中所有对句的末尾收字都注意异音相从，即平仄协调，抑扬起伏。显而易见，这绝不是无意为之，而是有意为之，所以一经诵读，马上感觉到起伏抑扬，非常上口，产生和谐婉转之美。实际上，我们再作进一步考察，会发现：在《文心雕龙》一书中，不仅成段落的文章如此，还有相

[1] 黄霖编著，《文心雕龙汇评》，上海古籍出版社，2005 年版，第 160 页。
[2] 黄霖编著，《文心雕龙汇评》，上海古籍出版社，2005 年版，第 60 页。
[3] 黄霖编著，《文心雕龙汇评》，上海古籍出版社，2005 年版，第 63—64 页。

当一部分文章,全篇绝大多数的对句都注意到了末尾收字的平仄搭配,如《物色》:

春秋代序,阴阳惨舒,物色之动,心亦摇焉。盖阳气萌而玄驹步,阴律凝而丹鸟羞;微虫犹或入感,四时之动物深矣。若夫珪璋挺其惠心,英华秀其清气;物色相召,人谁获安?是以献岁发春,悦豫之情畅;滔滔孟夏,郁陶之心凝。天高气清,阴沉之志远;霰雪无垠,矜肃之虑深。岁有其物,物有其容;情以物迁,辞以情发。一叶且或迎意,虫声有足引心。况清风与明月同夜,白日与春林共朝哉!

是以诗人感物,联类不穷。流连万象之际,沉吟视听之区。写气图貌,既随物以宛转;属采附声,亦与心而徘徊。故"灼灼"状桃花之鲜,"依依"尽杨柳之貌;"杲杲"为出日之容,"瀌瀌"拟雨雪之状,"喈喈"逐黄鸟之声,"喓喓"学草虫之韵。"皎日"、"嘒星",一言穷理;"参差"、"沃若",两字连形:并以少总多,情貌无遗矣。虽复思经千载,将何易夺?及《离骚》代兴,触类而长,物貌难尽,故重沓舒状,于是嵯峨之类聚,葳蕤之群积矣。及长卿之徒,诡势瑰声,模山范水,字必鱼贯,所谓诗人丽则而约言,辞人丽淫而繁句也。

至如《雅》咏棠华,"或黄或白";《骚》述秋兰,"绿叶"、"紫茎"。凡摛表五色,贵在时见,若青黄屡出,则繁而不珍。

自近代以来,文贵形似。窥情风景之上,钻貌草木之中。吟咏所发,志惟深远;体物为妙,功在密附。故巧言切状,如印之印泥;不加雕削,而曲写毫芥。故能瞻言而见貌,即字而知时也。然物有恒姿,而思无定检,或率尔造极,或精思愈疏。且《诗》、《骚》所标,并据要害,故后进锐笔,怯于争锋。莫不因方以借巧,即势以会奇;善于适要,则虽旧弥新矣。是以四序纷回,而入兴贵闲;物色虽繁,而析辞尚简;使味飘飘而轻举,情晔晔而更新。古来辞人,异代接武,莫不参伍以相变,因革以为功，物色尽而情有余者，晓会通也。若乃山林皋壤，实文思之奥府，略语则阙，详说则繁。然屈平所以能洞监《风》、《骚》之情者，抑亦江山之助乎？[1]

经过认真统计，本文单句对与隔句对加起来共37联，对这些对句进行考察和分析，我们发现：其中只有3联左右末尾收字没有进行平仄协调，其余绝大多数都注意了这一点，所以抑扬起伏，节奏明快，富于音韵美，读起来朗朗上口，显示出骈文成熟时期的特殊风貌。

其二，用韵灵活。在用韵方面，《文心雕龙》一书别具一格。特别值得注意的是两个方面。

第一，篇末用韵多，篇中用韵少。经过考察，我们发现：《文心雕龙》中的每篇文章的结尾赞语都使用韵语，全书五十篇文章都是如此。我们看下面三段赞语：

赞曰：

辞之所哀，在彼弱弄。苗而不秀，自古斯恸。虽有通才，迷方失控。千载可伤，寓言以送。[2]

——《哀吊》

赞曰：

史肇轩黄，体备周、孔。世历斯编，善恶偕总。腾褒裁贬，万古魂动。辞宗丘明，直归南、董。[3]

——《史传》

---

〔1〕 黄霖编著，《文心雕龙汇评》，上海古籍出版社，2005年版，第149—151页。

〔2〕 黄霖编著，《文心雕龙汇评》，上海古籍出版社，2005年版，第52页。

〔3〕 黄霖编著，《文心雕龙汇评》，上海古籍出版社，2005年版，第62页。

赞曰：

文藻条流，托在笔札。既驰金相，亦运木讷。万古声荐，千里应拔。庶务纷纶，因书乃察。[1]

——《书记》

上面这些赞语，都是用韵的，而且多是一韵到底，具有明显的节奏感和音乐美，使文章生色不少。同时，我们发现，有的时候，个别篇章也在句中用韵，虽然同篇末用韵相比数量要少得多，但是在语言形式上则更加灵活。从总体上看，《文心雕龙》全书篇末用韵都是采取四言八句的形式，相比之下篇中用韵则句式多样：有四言韵语，如《神思》："夫神思方运，万涂竞萌；规矩虚位，刻镂无形。"[2]《正纬》："盖纬之成经，其犹织综；丝麻不杂，布帛乃成。"[3]《明诗》："人禀七情，应物斯感；感物吟志，莫非自然。"[4]有六言韵语，如《序志》："五礼资之以成文，六典因之致用。君臣所以炳焕，军国所以昭明。"[5]有七言韵语，如《程器》："相如窃妻而受金，扬雄嗜酒而少算，敬通之不修廉隅，杜笃之请求无厌。""文举傲诞以速诛，正平狂憨以致戮，仲宣轻锐以躁竞，孔璋偬恫以粗疏。"[6]有杂言韵语，如《征圣》："或简言以达旨，或博文以该情；或明理以立体，或隐义以藏用。故《春秋》一字以褒贬，《丧服》举轻以包重……"[7]《隐秀》："古诗之'离别'，乐府之《长城》；词怨旨深，而复兼比兴。"[8]除了这些单句对中有韵语之外，间隔对中也有韵语，如《论说》："陈

〔1〕 黄霖编著，《文心雕龙汇评》，上海古籍出版社，2005年版，第93页。
〔2〕 黄霖编著，《文心雕龙汇评》，上海古籍出版社，2005年版，第94页。
〔3〕 黄霖编著，《文心雕龙汇评》，上海古籍出版社，2005年版，第22页。
〔4〕 黄霖编著，《文心雕龙汇评》，上海古籍出版社，2005年版，第27页。
〔5〕 黄霖编著，《文心雕龙汇评》，上海古籍出版社，2005年版，第163页。
〔6〕 黄霖编著，《文心雕龙汇评》，上海古籍出版社，2005年版，第60页。
〔7〕 黄霖编著，《文心雕龙汇评》，上海古籍出版社，2005年版，第16—17页。
〔8〕 黄霖编著，《文心雕龙汇评》，上海古籍出版社，2005年版，第133页。

政,则与议说合契;释经,则与传注参体;辨史,则与赞评齐行;铨文,则与叙引共纪。”[1]由此可见,《文心雕龙》中的文章,虽然句中用韵的数量不多,而且远不如篇末用韵整齐,但是其句式灵活多样,具有特殊的艺术效果,极大地丰富了骈文中的用韵方法。

第二,《文心雕龙》中的文章在用韵上比较自由。考察《文心雕龙》全书,我们可以看到,书中的文章有的在用韵上特别精细,不差毫厘;有的比较浑朴,不求一律。有的一韵到底,有的适当换韵。如下面这几则用韵就比较自由,不追求精密:

> 赞曰:
>
> 容体底颂,勋业垂赞。镂影摛声,文理有烂。年积愈远,音徽如旦。降及品物,炫辞作玩。[2]
>
> ——《颂赞》

> 赞曰:
>
> 神用象通,情变所孕。物以貌求,心以理应。刻镂声律,萌芽比兴。结虑司契,垂帷制胜。[3]
>
> ——《神思》

> 赞曰:
>
> 文场笔苑,有术有门。务先大体,鉴必穷源。乘一总万,举要治繁。思无定契,理有恒存。[4]
>
> ——《总术》

在上面三则之中,第一则中的“赞”“烂”“旦”都属“翰”韵,但

[1] 黄霖编著,《文心雕龙汇评》,上海古籍出版社,2005年版,第67页。

[2] 黄霖编著,《文心雕龙汇评》,上海古籍出版社,2005年版,第40页。

[3] 黄霖编著,《文心雕龙汇评》,上海古籍出版社,2005年版,第96页。

[4] 黄霖编著,《文心雕龙汇评》,上海古籍出版社,2005年版,第144页。

是第四个韵脚字“玩”则属“换”韵。很明显,这是押大致相近的韵。第二则中的第一韵脚字“孕”属“证”韵,第二韵脚字“应”与第三韵脚字“兴”、第四韵脚字“胜”则同属“蒸”韵,也没有强求一律;第三则更不甚讲究,“门”为“魂”韵,“源”与“繁”同为“元”韵,而第四字“存”则又归为“魂”韵。可以看出,在这几则中,作者在用韵上比较自由,并没有执行严格的声律标准,只是追求大体的和谐,具有比较自然的音韵效果。

那么,是不是说《文心雕龙》全书都是这样不执行严格的声律标准呢? 不是。事实上,书中的有些篇章,用韵也很精细,一韵到底,不转不换,几乎近于格律诗的用韵状态,我们看下面这几篇文章的赞辞:

赞曰:

民生而志,咏歌所含。兴发皇世,风流《二南》。神理共契,政序相参。英华弥缛,万代永耽。[1]

——《明诗》

赞曰:

断章有检,积句不恒。理资配主,辞忌失朋。环情革调,宛转相腾。离合同异,以尽厥能。[2]

——《章句》

赞曰:

妙极生知,睿哲惟宰。精理为文,秀气成采。鉴悬日月,辞富山海。百龄影徂,千载心在。[3]

——《征圣》

[1] 黄霖编著,《文心雕龙汇评》,上海古籍出版社,2005 年版,第 30 页。
[2] 黄霖编著,《文心雕龙汇评》,上海古籍出版社,2005 年版,第 117—118 页。
[3] 黄霖编著,《文心雕龙汇评》,上海古籍出版社,2005 年版,第 17—18 页。

认真考察上面这三段赞辞，我们可以看出作者在用韵方面是特别讲究的，其突出特点是一韵到底，没有转换，这在骈文中是比较少见的。上面三则中的第一则是八句四韵，“含”“南”“参”“耽”四个韵脚字同属“覃”韵，无一出韵；第二则也是八句四韵，“恒”“朋”“腾”“能”四个韵脚字都属“登”韵，也无一处出韵；第三则同样是八句四韵，“宰”“采”“海”“在”同属“海”韵，同样没有一处出韵。显然，这是作者精心追求的结果，表现出在音韵声律方面的深湛功力。

值得注意的是：《文心雕龙》中的某些篇章，押的是入声韵，而且也是一韵到底，如下面两段文字就是如此：

> 赞曰：
>
> 篇统间关，情数稠迭。原始要终，疏条布叶。道味相附，悬绪自接。如乐之和，心声克协。[1]
>
> ————《附会》

> 赞曰：
>
> 瞻彼前修，有懿文德。声昭楚南，采动梁北。雕而不器，贞干谁则。岂无华身，亦有光国。[2]
>
> ————《程器》

这两段文字都使用入声韵：其中第一则中四个韵脚字“迭”“叶”“接”“协”都是入声，第二则中“德”“北”“则”“国”也都是入声字。这种现象进一步说明：《文心雕龙》一书的作者虽然在用韵上总体比较自由，但是有时也很精细，往往是不同的文章，讲究的程度有所不同。

读过《文心雕龙》之后，细心人会发现：书中不少文章的赞语讲

---

〔1〕 黄霖编著，《文心雕龙汇评》，上海古籍出版社，2005年版，第141—142页。

〔2〕 黄霖编著，《文心雕龙汇评》，上海古籍出版社，2005年版，第162页。

究声律,尤其是一韵到底之时,就产生出特殊的美感,在某种程度上显示出诗化的特征,具有类似于四言诗的意蕴,如《定势》:

> 赞曰:
>
> 形生势成,始末相承。湍回似规,矢激如绳。因利骋节,情采自凝。枉辔学步,力止寿陵。[1]

细读这段赞语,我们有读诗一样的感觉:一方面这段文字借物喻文,使事用典,意味丰足,颇具诗意;另一方面,从用韵上看,其严格程度类似于诗。其中"承""绳""凝""陵"四个韵脚字同属"蒸"韵,是地道的"同声相应",与后世律诗严守韵部、韵脚字必须为同一韵部没有多大差别,就是在六朝诗歌之中,这也是不多见的。如果按照格律诗的标准考察,我们发现其不足之处就是没有注意到第三句、第五句、第七句与第二句、第四句、第六句相粘的问题,但是这显然是苛求于古人了。在《文心雕龙》一书中,像这样的赞语不止这一则,我们再看其他两则:

> 赞曰:
>
> 不有屈原,岂见《离骚》。惊才风逸,壮志烟高。山川无极,情理实劳。金相玉式,艳溢锱毫。[2]
>
> ——《辨骚》

> 赞曰:
>
> 文隐深蔚,余味曲包。辞生互体,有似变爻。言之秀矣,万虑一交。动心惊耳,逸响笙匏。[3]
>
> ——《隐秀》

---

〔1〕 黄霖编著,《文心雕龙汇评》,上海古籍出版社,2005 年版,第 107 页。
〔2〕 黄霖编著,《文心雕龙汇评》,上海古籍出版社,2005 年版,第 26 页。
〔3〕 黄霖编著,《文心雕龙汇评》,上海古籍出版社,2005 年版,第 134—135 页。

这两则赞语也类似于四言诗,从诗歌的角度考察,上面第一则情理与物象相融为一,构成意味深长的意境,而“骚”“高”“劳”“毫”都属“豪”韵,韵脚字安排非常精到,自然生出和谐的韵味,所以同一首优秀的四言诗并无二致;第二则阐明隐秀之理,又以比喻出之,句新意美,而四个韵脚字“包”“爻”“交”“匏”又都属“肴”韵,安排得体,有鲜明的乐感,也不减诗之妙处。再仔细推敲,这几段赞语与格律诗的差别也就是没有注意到第三句与第二句、第五句与第四句、第七句与第六句之间相粘的问题,其他各个方面都与格律诗十分接近。

上面,我们从声律理论及其应用实践两个方面对《文心雕龙》进行了比较全面的考察,从中不难看出:刘勰既提倡在诗文创作之中讲究声律,但是又不像沈约等人那样过于严苛,被动地规避声病,人为地限制作者的才思。所以,《文心雕龙》中的骈文既有讲究声律、并且非常精密的时候,同时又讲究自然之致,有比较浑朴的篇章。这样,从声律的角度来看,本书中的骈文,既有声韵之美,又有自然之致。詹锳先生在其《文心雕龙义证》中指出:“刘勰在原则上是支持沈约的四声论的,所以《文心雕龙》中有《声律》篇,专门讨论这个问题。从《声律》篇来看,刘勰并不完全赞成沈约所设的‘八病’的人为限制。过去有人诽谤刘勰,说他巴结权贵,为了迎合沈约的心理,才故意写了《声律》篇,来投其所好,因而《文心雕龙》一书得到沈约的赞赏,这显然是不符合事实的。”[1]结合詹先生的论断,再分析《文心雕龙》在声律方面的理论和创作实践,可以看出刘勰确实“并不完全赞成沈约所设的‘八病’的人为限制”,也可以证明刘勰写《声律》篇,完全不是“为了迎合沈约的心理”,他在理论上和创作实践上的倾向性明显表明他一方面“不完全赞成沈约所设的‘八病’的人为限制”,但是另一方面又追求文章的声律之美,显

〔1〕 刘勰著,詹锳义证,《文心雕龙义证》,上海古籍出版社,1989年版,第1209页。

然，这就是折衷的态度，用刘勰自己的话说就是“擘肌分理，唯务折衷”（《文心雕龙·序志》）。

（二）《文心雕龙》声律理论和实践在骈文史上的地位

客观地说，骈体文从其产生的时候起，作家们就注意到了声韵和谐之美。如三国时期曹植的《七启》，不仅已经骈化，而且讲究声律：“镜机子曰：……显朝惟清，王道遐均，民望如草，我泽如春。河滨无洗耳之士，乔岳无巢居之民。是以俊乂来仕，观国之光，举不遗才，进各异方。赞典礼于辟雍，讲文德于明堂，正流俗之华说，综孔氏之旧章。散乐移风，国富民康，神应休徵，屡获嘉祥。故甘露纷而晨降，景星宵而舒光。观游龙于神渊，聆鸣凤于高冈。……”[1]这是比较早的骈体文，从行文上看，首先是词采华丽，偶对工致，追求平衡对称之美；其次是在句末用韵，几句一转，虽然不是一韵到底，但是却具备了声韵和谐、音节铿锵的美感。更突出的是曹植的《洛神赋》，我们看其正文中的一段文字：

> 余告之曰：其形也，翩若惊鸿，婉若游龙。荣曜秋菊，华茂春松。仿佛兮若轻云之蔽月，飘飖兮若流风之回雪。远而望之，皎若太阳升朝霞；迫而察之，灼若芙蓉出绿波。秾纤得中，修短合度。肩若削成，腰如约素。延颈秀项，皓质呈露。芳泽无加，铅华弗御。云髻峨峨，修眉连娟。丹唇外朗，皓齿内鲜。明眸善睐，辅靥承权。瑰姿艳逸，仪静体闲。柔情绰态，媚于语言。奇服旷世，骨像应图。披罗衣之璀粲兮，珥瑶碧之华琚。戴金翠之首饰，缀明珠以耀躯。践远游之文履，曳雾绡之轻裾。微幽兰之芳蔼兮，步踟蹰于山隅。[2]

从文体学的角度分析，可以看出：这是一篇地道的骈赋，为骈文的一类，骈文对偶、用典、藻饰、声律几种要素，此文大体具备。

---

〔1〕 曹植著，赵幼文校注，《曹植集校注》，人民文学出版社，1998年版，第12页。
〔2〕 曹植著，赵幼文校注，《曹植集校注》，人民文学出版社，1998年版，第283页。

不过，从总体上说，最突出的是两点：一是本文上承屈、宋香草美人的比兴传统，悱恻缠绵，志深笔长，是缘情而发之作，所以曹植自己在《序》中说："黄初三年，余朝京师，还济洛川。古人有言，斯水之神名曰宓妃。感宋玉对楚王说神女之事，遂作斯赋。"[1]二是本文在声律方面比较讲究，应该说是词采与声偶并美之作，如文中描写洛神的形态，既富词色之美，又有和谐之致：论其词色，文中从远望到近察；从五官到服饰；从神情到仪态；精雕细刻，浓墨重彩，极具词采华茂之致。论其声律，文章句式平衡对称，音调和谐铿锵，玲玲如振玉，累累如贯珠，尽收和谐之美。《文心雕龙·章表》中说：曹植之文，"体赡而律调，辞清而志显"，"繁约得正，华实相胜，唇吻不滞"[2]。"体赡而律调""唇吻不滞"应该说这一评价把握住了曹植此文的主要特色，是不移之论。

到了晋代，骈文家在理论和实践方面，注意到了声律问题。如陆机的《文赋》中指出："其为物也多姿，其为体也屡迁。其会意也尚巧，其遣言也贵妍。暨音声之迭代，若五色之相宣。虽逝止之无常，故崎锜而难便。苟达变而识次，犹开流以纳泉。如失机而后会，恒操末以续颠。谬玄黄之秩叙，故淟涊而不鲜。"[3]其中"暨音声之迭代，若五色之相宣"就是对文章声律之美的高度概括。在骈文创作中，陆机也注意讲究声韵的和谐之美，我们看他《文赋》中的两段文字：

伫中区以玄览，颐情志于《典》《坟》。遵四时以叹逝，瞻万物而思纷。悲落叶于劲秋，喜柔条于芳春。心懔懔以怀霜，志眇眇而临云。咏世德之骏烈，诵先人之清芬。游文章之林府，

---

〔1〕 曹植著，赵幼文校注，《曹植集校注》，人民文学出版社，1998年版，第282页。

〔2〕 黄霖编著，《文心雕龙汇评》，上海古籍出版社，2005年版，第81页。

〔3〕 陆机著，张少康集释，《文赋集释》，人民文学出版社，2002年版，第132页。

嘉丽藻之彬彬。慨投篇而援笔,聊宣之乎斯文。[1]

其始也,皆收视反听,耽思傍讯,精骛八极,心游万仞。其致也,情曈昽而弥鲜,物昭晰而互进。倾群言之沥液,漱六艺之芳润。浮天渊以安流,濯下泉而潜浸。于是沉辞怫悦,若游鱼衔钩而出重渊之深;浮藻联翩,若翰鸟缨缴而坠层云之峻。收百世之阙文,采千载之遗韵。谢朝华于已披,启夕秀于未振。观古今于须臾,抚四海于一瞬。[2]

《文选》李善注引臧荣绪《晋书》之言说:"机……天才绮练,当时独绝,新声妙句,系踪张、蔡。机妙解情理,心识文体,故作《文赋》。"[3]瞿兑之在《骈文概论》中也说到,"陆机的作品之中,最值得称述的,是他二十岁时候所作的《文赋》。这篇《文赋》,可以说是文学批评中最精粹的文章。《文心雕龙》洋洋数十篇的理论,几乎全被陆氏包罗在这一二千字里面"[4]。我们这里要说明的是:本文不仅是中国古代文学理论中十分重要的名篇,而且还是骈体文中的声偶兼到之作。第一,本文通篇多以双行行文,词少单设,句少单行;精工妥帖,巧妙绝论。如其"精骛八极,心游万仞……收百世之阙文,采千载之遗韵。谢朝华之已披,启夕秀于未振。观古今之须臾,抚四海于一瞬"等句,不仅精美工丽,而且以四字对与六字对为主体,树立了四六式对偶的法式。第二,本文的声韵效果非常突出,确实有他自己所标榜的"暨音声之迭代,若五色之相宣"的音乐般效果。仔细考察,本文普遍运用隔句押脚韵的方法,几乎通篇有韵,其声韵和谐之美不亚于诗。我们再看其论述文章剪裁的一

〔1〕 陆机著,张少康集释,《文赋集释》,人民文学出版社,2002 年版,第 20 页。
〔2〕 陆机著,张少康集释,《文赋集释》,人民文学出版社,2002 年版,第 36 页。
〔3〕 萧统编,李善注,《文选》,上海古籍出版社,1986 年版,第 761 页。
〔4〕 瞿兑之著,《骈文概论》,海南出版社,1994 年版,第 23 页。

段文字:“或仰逼于先条,或俯侵于后章;或辞害而理比,或言顺而义妨。离之则双美,合之则两伤。考殿最于锱铢,定去留于毫芒;苟铨衡之所裁,固应绳其必当。”[1]词采与对偶暂且不谈,就其声韵之美来说,确实是中国古代骈文史上极为少见的精品。一方面,这段文字中每联对句的下句都是同声相应,极具和谐之美;另一方面,其用韵又自然而然,没有丝毫的牵强之感,读过之后,确实让人感到抑扬起伏、节奏明快、铿锵悦耳。

此后由刘宋而至齐、梁时期,骈文更进入鼎盛时期,达到了对偶、藻饰、用典、声律通体完备的阶段,这时骈文中对声律的讲究超过以往任何时代。不仅讲究句末用韵,而且有的还讲究句中的平仄协调,同当时的“永明体”新体诗同一风气。其中句末用韵更为讲究,如下面两段文字:

> 是以别方不定,别理千名。有别必怨,有怨必盈。使人意夺神骇,心折骨惊。虽渊云之墨妙,严乐之笔精。金闺之诸彦,兰台之群英。赋有凌云之称,辩有雕龙之声。谁能摹暂离之状,写永诀之情者乎?[2]
>
> ——江淹《别赋》

> 水毒秦泾,山高赵陉。十里五里,长亭短亭。饥随蛰燕,暗逐流萤。秦中水黑,关上泥青。于时瓦解冰泮,风飞雹散。浑然千里,淄、渑一乱。雪暗如沙,冰横似岸。逢赴洛之陆机,见离家之王粲。莫不闻陇水而掩泣,向关山而长叹。况复君在交河,妾在清波。石望夫而逾远,山望子而逾多。才人之忆代郡,公主之去清河。栩阳亭有离别之赋,临江王有愁思之歌。别有飘飖武威,羁旅金微。班超生而望返,温序死而思

[1] 陆机著,张少康集释,《文赋集释》,人民文学出版社,2002年版,第145页。
[2] 萧统编,李善注,《文选》,上海古籍出版社,1986年版,第756页。

归。李陵之双凫永去,苏武之一雁空飞。[1]

——庾信《哀江南赋》

细读以上两段文字,我们会发现它们在声律的密度、精度上远非以前骈文家可比,其中特别突出的是对偶句上下两句的末尾字多是一平一仄,更加注意到抑扬起伏的节奏,表现出在声律方面的进步。除此之外,我们还发现当时句中用韵,协调平仄的作品,如下面两段文字:

云	师	火	帝,	非	无	战	阵	之	风;
(—)	(—)	(丨)	(丨)	(—)	(—)	(丨)	(丨)	(—)	(—)
尧	誓	汤	征,	咸	用	干	戈	之	道。
(—)	(丨)	(—)	(—)	(—)	(丨)	(—)	(—)	(—)	(丨)[2]

——徐陵《劝进元帝表》

章	华	之	下,	必	有	思	子	之	台;
(—)	(—)	(—)	(丨)	(丨)	(丨)	(—)	(丨)	(—)	(—)
云	梦	之	傍,	应	多	望	夫	之	石。
(—)	(丨)	(—)	(—)	(—)	(—)	(丨)	(—)	(—)	(丨)[3]

——庾信《拟连珠》

上面两段文章中的对偶,就不是一般意义上的对偶了,它包含两层:其一,讲究语意相对,十分精严;其二,讲究上下两句之间的平仄协调,于是便产生抑扬起伏之感,增加了骈文的声律之美。

从文体学的角度上看,《文心雕龙》是齐、梁时期的骈文作品,它在声律理论和创作实践上的成就不仅以前的骈文家不能企及,

[1] 庾信撰,倪璠注,许逸民校点,《庾子山集注》,中华书局,1980年版,第162页。

[2] 徐陵撰,许逸民校笺,《徐陵集校笺》,中华书局,2008年版,第264页。

[3] 庾信撰,倪璠注,许逸民校点,《庾子山集注》,中华书局,1980年版,第605页。

而且同时代的骈文家也不能望其项背。其中关键是两点：一是在声律理论方面，一是在声律实践方面。

从声律理论上看，首先，在刘勰以前，还没有人提出如此具体的调和声律的规则；与刘勰同时代的人，虽然如"永明体"诗人提出了自己的规则，但是，与刘勰相比，还不够科学和实用。其次，在刘勰以前，还没有人如此具体地提出调和声律的基本方法，即声音协调之法和用韵之法，前者就是"和"，即句中文字的"异音相从"；后者主要就是指句末韵脚字"同声相应"，也就是押脚韵。与刘勰同时代的人，如"永明体"诗人提出了自己的规则，但是，与刘勰相比，也是不够科学和实用。再次，刘勰崇尚自然声律，在他以前，还没有人提出如此科学的主张；与刘勰同时代的"永明体"诗人虽然提出了具体的规则，但是却有勉强和律之弊，人为束缚太重。此外，刘勰提出文章声律的基本美学标准即《文心雕龙·声律》篇中所说的"声转于吻，玲玲如振玉；辞靡于耳，累累如贯珠"。无论是他以前的声律理论，还是同时人的声律理论，都还没有达到这样的高度。

从声律实践上看，刘勰在其《文心雕龙》的写作中，比较好地实践了自己的声律理论和主张。一方面，他的骈文作品注意到了声律的协调，不但在正文中追求声韵和谐之美，而且在每篇文章后的赞词中都讲究声律的协调，有的一韵到底，特别精美；另一方面，刘勰虽然讲究声律，但是又不是死守声律规则，而是灵活自由，追求自然之致：有时转韵，有时一韵到底，不同的文章，不同的情况，采取的用韵方式也有所不同。

所以，可以得出这样的结论：无论是在理论上，还是在实践上，刘勰在声律方面都有其独特性，其突出表现是折衷态度：既讲究声律之美，又注意不受声律束缚。

第四节 《文心雕龙》关于藻饰的理论和实践

骈文是特别讲究形式美的文体，这种美，主要体现在它的四个要素，即讲究对偶、用典、声律、藻饰。其中对偶追求的是语言形式上的平衡对称之美，用典追求的是典雅含蓄之美，声律追求的是语言上的声韵和谐之美。藻饰，更多的是追求语言上的色泽之美，特别重视视觉上的美感，所以被称为"美文"，甚至又称作"美术之文"。有人还把它形容为"俪白妃黄"，如蒋允焄序《声律启蒙》曰："自骈偶之体兴，而著述家多捃摭故实，俪白妃黄，以为能事，若《编珠》、《岁华》、《丽记》之类，洵为征引宏博，穷计《四库》矣！"清人岳无声也正是从这个角度，概括六朝骈文的主要特征，其《四六宙函序》中指出："原夫六朝骈俪之章，云蒸霞灿；三唐雕琢之句，璧合珠连。大都光景芳妍，如入万花之谷；神情辉映，似登群玉之峰。"[1]着重指出其词色之美。郑好事在其所编的《骈文丛话》中更以骈散对比的方式，阐释骈文侧重词色之美的文体特征："散文似古董，而骈文似油画；散文之澹逸如隐士，而骈文之艳冶如美人；散文之苍劲如古树，而骈文之妍丽如名花；散文如须发皆古之华颠老宿，骈文如风流竞赏之惨绿少年；散文如布帛菽粟，淡而弥香；骈文如金玉锦绣，潜且发光。散文如古佛寺钟声，逾远逾韵；骈文如新嫁娘妆奁，逾近逾华。散文之古处如幽燕老将气横秋，骈文之妙处如豆蔻女郎春试马。散文之气盛言宜，如三峡源泉，沛然莫御；骈文之流霞散绮，如七襄云锦，斐然成章。昔曾子宾谷之言曰：'古文丧真，反逊骈体；骈体脱俗，即是古文。迹似两歧，道当一贯。'若是乎

〔1〕 岳无声撰，《四六宙函序》，明天启六年(1626年)本。

骈散文之相似,洵所谓《西京》、《三都》,异曲同工也。”[1]通过骈文与散文的对比,充分显示出骈文在词采色泽上的特殊之处。所以,在文学创作,特别是骈文创作中,藻饰是一个重要环节。那么,怎样才能把握好这一环节呢?《文心雕龙》一书在理论和创作实践两个方面为藻饰问题提供了方法论和典型范式,既有普遍的理论指导意义,又有实践意义。

一 《文心雕龙》关于藻饰的理论主张

《文心雕龙》关于藻饰的理论主张,主要见于其《情采》篇,该文从多个层次、多个角度,对文采藻饰及其相关问题进行了深入、全面的阐述:

其一,论证文质关系,强调文采的价值与必要性。文章开门见山,一开头便从文章之称缘于采绘出发,论证文质关系与文采藻饰的作用及其必要性:“圣贤书辞,总称文章,非采而何?夫水性虚而沦漪结,木体实而花萼振:文附质也。虎豹无文,则鞟同犬羊;犀兕有皮,而色资丹漆:质待文也。若乃综述性灵,敷写器象,镂心鸟迹之中,织辞鱼网之上,其为彪炳缛采名矣。”[2]其中“文附质也”,“质待文也”,论证文质之间是互相依赖、不可或缺的关系,也即文采藻饰与文章的思想内容不能偏废,特别是要“综述性灵,敷写器象”——抒情与描写就更需要藻饰了:“其为彪炳缛采名矣。”虽然是论证文质关系,但是其重点则是强调文采藻饰在文章中的重要地位和作用。

其二,分析和论证构成文采的几种方式。文中指出:“故立文之道,其理有三:一曰形文,五色是也;二曰声文,五音是也;三曰情文,五性是也。五色杂而成黼黻,五音比而成《韶》、《夏》,五性发而

---

〔1〕 郑好事撰,《骈文丛话》,上海图书馆藏民国油印本,第5页。
〔2〕 黄霖编著,《文心雕龙汇评》,上海古籍出版社,2005年版,第108页。

为辞章,神理之数也。”[1]从文学史上看,齐、梁以前,文学理论家们也曾论及文采问题;齐、梁时期,谈到这一点的也不乏其人。不过,把文采的构成作了这么具体的划分,还是刘勰首创,发他人之所未发。其中“形文”主要指视觉上的文采之美;“情文”是指心灵感应上的情感动人之美,“形”“声”“情”三者是藻饰为文的要素,这三种创造文采藻饰之美的方法的划分与确认,无论是从理论上,还是从创作实践上看,都有特殊的意义。

其三,从史的角度进一步论证文质之间的主从关系。文学创作的根本问题,也即立文之本是什么?主要就是要解决好文质之间的主次关系问题。以此为基点,作者指出:“《孝经》垂典,丧言不文;故知君子常言,未尝质也。老子疾伪,故称‘美言不信’,而五千精妙,则非弃美矣。庄周云‘辩雕万物’,谓藻饰也;韩非云‘艳乎辩说’,谓绮丽也。绮丽以艳说,藻饰以辩雕,文辞之变,于斯极矣。研味《李》、《老》,则知文质附乎性情;详览《庄》、《韩》,则见华实过乎淫侈。若择源于泾渭之流,按辔于邪正之路,亦可以驭文采矣。夫铅黛所以饰容,而盼倩生于淑姿;文采所以饰言,而辩丽本于情性。故情者文之经,辞者理之纬;经正而后纬成,理定而后辞畅:此立文之本源也。”[2]以文学史实为依据,深刻阐述了文学的思想内容与文采藻饰之间的关系:一方面,文章从史的角度切入,论证文章确实离不开文采藻饰,即使《孝经》说“丧言不文”,但是在实际上,君子平时言语未尝无文;老子虽然说“美言不信”,可是他的《老子》一书洋洋五千字却精美巧妙,并不厌异文采藻饰之美;另一方面,文章详细考察庄子、韩非之说,指出当时文章也确实存在浮夸的一面,也即藻饰过度的一面。说到这里,文章水到渠成,自然导出本文的核心问题:到底该怎样处理藻饰与文章内容的关系呢?

---

[1] 黄霖编著,《文心雕龙汇评》,上海古籍出版社,2005年版,第108页。
[2] 黄霖编著,《文心雕龙汇评》,上海古籍出版社,2005年版,第108—109页。

接下来文章以人之“铅黛饰容”为喻，揭示了立文之本，也即文质之间的主次关系：情理为经，辞采为纬；情理为主，辞采为次；先情理，后辞采。一言以蔽之：文采藻饰受文章的思想内容支配。应该说，这是本文的根本宗旨。所以纪晓岚评之曰：“此一篇之大旨。”[1]詹锳先生在其《文心雕龙义证》中对这一段文字作了精当的概括，指出：“文学作品必须有文采，但文和采是由质和情决定的，文采只起修饰作用，所以说‘情者文之经，辞者理之纬’。”[2]二人都把握了这一论断的精髓，其实，这也是中国古代文学思想史上对文质关系的最好的阐释之一。

其四，阐述文与情之间的关系问题。在论述了文质关系之后，文章又更进一步，着重在文与情之间的关系问题上展开论述。文中先从史的角度分析“为情而造文”与“为文而造情”之间的差异：“昔诗人什篇，为情而造文；辞人赋颂，为文而造情。何以明其然？盖风雅之兴，志思蓄愤，而吟咏情性以讽其上，此为情而造文也；诸子之徒，心非郁陶，苟驰夸饰，鬻声钓世，此为文而造情也。故为情者要约而写真，为文者淫丽而烦滥。而后之作者，采滥忽真，远弃风雅，近师辞赋，故体情之制日疏，逐文之篇愈盛。故有志深轩冕，而泛咏皋壤；心缠几务，而虚述人外。真宰弗存，翩其反矣。夫桃李不言而成蹊，有实存也；男子树兰而不芳，无其情也。夫以草木之微，依情待实；况乎文章，述志为本。言与志反，文岂足征？”[3]清楚地揭示出“为情而造文”与“为文而造情”两种创作方式的源头、生成原因以及不同特征，又特别指出“为文造情”的华而不实之风对后世的不良影响。文章的用意很明显，就是要人们在创作上继承风雅传统，缘情而发，不要虚构浮夸，以华丽的文采沽名钓誉。其实，从史的角度考察，这段文字应该说描述出了从先秦到魏晋以

[1] 黄霖编著，《文心雕龙汇评》，上海古籍出版社，2005年版，第109页。
[2] 刘勰著，詹锳义证，《文心雕龙义证》，上海古籍出版社，1989年版，第1158页。
[3] 黄霖编著，《文心雕龙汇评》，上海古籍出版社，2005年版，第109—120页。

来文学的升降变化，有文学史论的意义，所以范文澜先生在其《文心雕龙注》中说："彦和'诗人什篇，为情而造文；辞人赋颂，为文而造情'，寥寥数语，古今文章变迁之迹，盛衰之故，尽于此矣。"[1]而黄春贵先生在《〈文心雕龙〉之创作论》中，则从创作动机的角度解读这段文章："舍人认为创作之动机有二：一则已蓄积愤悱情感而进行创作者，谓之'为情而造文'。'为情而造文'，乃诚中形外，心口如一，由于情感之激动而述作，其为文必然精要简约而抒写真实。一则徒用华丽辞藻而奉行故事者，谓之'为文而造情'。'为文而造情'，则采滥忽真，欺世盗名，《情采》篇所谓'志深轩冕，而泛咏皋壤；心缠几务，而虚述人外。'其所创作，口是心非，仅为辞藻之堆砌而已。"[2]这样的解读，应该说是比较准确的，符合刘勰文章的本意。概括起来说，刘勰这一段论述的主旨就是主张"为情而造文"，反对"为文而造情"，强调"写真"。

从实而论，刘勰的这一主张还是有其局限性的。应该说，他要求"为情而造文"，吐真情，作美文；情真辞美，文如其人，愿望是好的。但是，在事实上，文章与真人真性情之间不能总是一致的。对此，钱锺书先生在其《谈艺录》中有专门的分析，有助于我们对这个问题的理解和认识："夫虚说游词，如《史通·典笔》《书事》两篇所纠者，固无论矣。即志存良直，言有征信，而措词下笔，或轻或重之间，每事迹未讹，而隐几微动，已渗漏走作，弥近似而大乱真。……至遗山绝句云：'心画心声总失真，文章宁复见为人！高情千古《闲居赋》，争识安仁拜路尘？'则视此又进一解。非特纪载之出他人手者，不足尽据。即词章宜若自肺腑中流出，写心言志，一本诸已，顾亦未必见真相而征人品。吴处厚《青箱杂记》卷八云：'文章纯古，不害为邪；文章艳丽，不害为正。世或见人文章铺张仁义道德，便

[1] 刘勰著，范文澜注，《文心雕龙注》，人民文学出版社，1958年版，第541页。
[2] 刘勰著，詹锳义证，《文心雕龙义证》，上海古籍出版社，1989年版，第1163页。

谓之君子;及花草月露,便谓之邪人,兹亦不尽也。'因举宋广平、张乖崖、韩魏公、司马温公所作侧艳词赋为证。魏叔子《杂说》卷二谓:'文章自魏晋以降,不与世运递降。古人能事已备,有格可肖,有法可学,日夕揣摩,大奸能为大忠之文,至拙能袭至巧之语。虽孟子知言,亦不能以文章观人。'此二者则与遗山诗相发明。吴氏谓正人能作邪文,魏氏及遗山皆谓邪人能作正文。……固不宜因人而斥其文,亦只可因文而惜其人,何须固执有言者必有德乎?"[1]由此可见,"为情而造文","述志为本"是正确的,但是要让作家在文章中都"写真",文如其人,则不是都能做到的,也不必都这样做。我们在分析《文心雕龙》关于情文之关系的论断之时,应该清楚这一点。

其五,指明文采藻饰的目的和原则。文中指出:"是以联辞结采,将欲明理,采滥辞诡,则心理愈翳。固知翠纶桂饵,反所以失鱼。'言隐荣华',殆谓此也。是以'衣锦褧衣',恶文太章;《贲》象穷白,贵乎反本。"[2]其中"联辞结采"即指文采藻饰,"将欲明理"指的是藻饰的目的。接下来是从相反方面入手,进行分析:如果文采淫滥,即藻饰过度,反而会使文章内容模糊,就像用翡翠装饰鱼线,用肉桂做钓饵钓不到鱼一样,言语的含义为浮华之词所遮蔽,达不到明理的目的。据此,文章自然得出结论,文采藻饰是有原则的,这个原则就是"《贲》象穷白,贵乎反本"。简而言之,就是要归之于自然,保持本色。刘永济先生在其《文心雕龙校释》中对这几句话作了这样的解读:"文之有采,亦非故为雕琢也。盖人情物象,往往深赜幽杳,必非常言能尽其妙,故赖有敷设之功,亦如治玉者必资琢磨之益,绘画者端在渲染之能,迳情直言,未可谓文也;雕文伤质,亦未可谓文也,必也参酌文质之间,辨别真伪之际,权衡深浅

[1] 刘勰著,詹锳义证,《文心雕龙义证》,上海古籍出版社,1989年版,第1167页。
[2] 黄霖编著,《文心雕龙汇评》,上海古籍出版社,2005年版,第110页。

之限，商量浓淡之分，以求其适当而不易，而后始为尽职。"[1]一方面阐明藻饰的必要性，另一方面又阐述了藻饰的基本原则，要点是"参酌文质"，"辨别真伪"，"权衡深浅"，"商量浓淡"，关键是"适当而不易"，即藻饰必须适度。《文论选》对"《贲》象穷白"作了专门的解释，指出："穷白即返本之意。这里用以说明华丽的文辞要归之于自然。"[2]詹锳先生在其《文心雕龙义证》中引杜甫诗句作解："杜甫《虢国夫人》：'却嫌脂粉污颜色，淡扫蛾眉朝至尊。'这种打扮就是合乎'《贲》象穷白，贵乎反本'的原理的。"[3]认为刘勰此论的要点在于：藻饰要保持自然、本色，应该说是非常准确的。

其六，总结了文采藻饰的基本法则与理想境界。文章在结尾部分指出："夫能设模以位理，拟地以置心，心定而后结音，理正而后摛藻，使文不灭质，博不溺心，正采耀乎朱蓝，间色屏于红紫，乃可谓雕琢其章，彬彬君子矣。"[4]其中前八句侧重说明文采藻饰的基本法则，大体上可以分为四个方面：第一，首先设定行文模式，安排写作思路，即"设模以位理，拟地以置心"；第二，确定情理，端正思想之后再进行文采藻饰，即"心定而后结音，理正而后摛藻"；第三，把握好藻饰的尺度，不能淹没思想内容和情感，即"文不灭质，博不溺心"；第四，明确本末，屏弃杂芜，即"正采耀乎朱蓝，间色屏于红紫"。概括起来，主要就是思想内容为先，文采藻饰在后；情理内容为主，文采藻饰为辅。最后两句阐明藻饰的最终标准和理想境界，要点是文质兼备，两全其美，即"雕琢其章，彬彬君子"的境界。台湾学者张立斋先生在其《〈文心雕龙〉注订》中对这段话作了这样的概括和总结："按自'夫能'句以下至末，明一篇主义在心定

---

[1] 刘勰著，詹锳义证，《文心雕龙义证》，上海古籍出版社，1989年版，第1170—1171页。

[2][3] 刘勰著，詹锳义证，《文心雕龙义证》，上海古籍出版社，1989年版，第1170页。

[4] 黄霖编著，《文心雕龙汇评》，上海古籍出版社，2005年版，第110页。

理正,而后无灭质溺心之病,方可谓彬彬者矣。"[1]黄侃先生在其《文心雕龙札记》中指出:"盖闻修辞立诚,大《易》之明训;无文不远,古志之嘉谟。称情立言,因理舒藻,亦庶几彬彬君子,孰谓中庸不可能哉?"[2]其中"称情立言,因理舒藻"二句尤为精审,点出文采藻饰的根本法则,是对刘勰上述观点非常准确的解读。

除了《情采》篇之外,《文心雕龙》其他的篇章中,有时也谈到藻饰问题。有的谈文采的重要性,如《原道》:"傍及万品,动植皆文:龙凤以藻绘呈瑞,虎豹以炳蔚凝姿;云霞雕色,有逾画工之妙;草木贲华,无待锦匠之奇。夫岂外饰,盖自然耳。至于林籁结响,调如竽瑟;泉石激韵,和若球锽:故形立则章成矣,声发则文生矣。夫以无识之物,郁然有采;有心之器,其无文欤?"[3]有的谈藻饰过度的问题,如《养气》:"夫三皇辞质,心绝于道华;帝世始文,言贵于敷奏。三代春秋,虽沿世弥缛,并适分胸臆,非牵课才外也。战代技诈,攻奇饰说,汉世迄今,辞务日新,争光鬻采,虑亦竭矣。故淳言以比浇辞,文质悬乎千载;率志以方竭情,劳逸差于万里。古人所以余裕,后进所以莫遑也。"[4]有的侧重论证文与质的主从关系,认为质为主,文为从。如《通变》:"夫青生于蓝,绛生于蒨,虽逾本色,不能复化。桓君山云:'予见新进丽文,美而无采;及见刘、扬言辞,常辄有得。'此其验也。故练青濯绛,必归蓝蒨;矫讹翻浅,还宗经诰。斯斟酌乎质文之间,而隐括乎雅俗之际,可与言通变矣。"[5]再如《附会》:"夫才童学文,宜正体制,必以情志为神明,事义为骨髓,辞采为肌肤,宫商为声气;然后品藻玄黄,摛振金玉,献

---

〔1〕 刘勰著,詹锳义证,《文心雕龙义证》,上海古籍出版社,1989年版,第1174页。

〔2〕 黄侃撰,《文心雕龙札记》,上海古籍出版社,2000年版,第113页。

〔3〕 黄霖编著,《文心雕龙汇评》,上海古籍出版社,2005年版,第14页。

〔4〕 黄霖编著,《文心雕龙汇评》,上海古籍出版社,2005年版,第138页。

〔5〕 黄霖编著,《文心雕龙汇评》,上海古籍出版社,2005年版,第103页。

可替否,以裁厥中:斯缀思之恒数也。"[1]还有《熔裁》:"昔谢艾、王济,西河文士,张骏以为'艾繁而不可删,济略而不可益'。若二子者,可谓练熔裁而晓繁略矣。至如士衡才优,而缀辞尤繁;士龙思劣,而雅好清省。及云之论机,亟恨其多,而称'清新相接,不以为病',盖崇友于耳。夫美锦制衣,修短有度,虽玩其采,不倍领袖。巧犹难繁,况在乎拙?而《文赋》以为'榛桔勿剪,庸音足曲',其识非不鉴,乃情苦芟繁也。夫百节成体,共资荣卫。万趣会文,不离辞情。若情周而不繁,辞运而不滥,非夫熔裁,何以行之乎?"[2]

其中特别应该指出的是:在文采问题上,关于自然美与人工美的问题,《情采》篇中没有具体论列,而《隐秀》篇则有明确的表述,文中指出:"若远山之浮烟霭,娈女之靓容华。然烟霭天成,不劳于妆点;容华格定,无待于裁熔;深浅而各奇,秾纤而俱妙。若挥之则有余,而揽之则不足矣。"这里表现出对自然天成之美的推崇。所以纪昀眉批中指出:"纯任自然,彦和之宗旨,即千古之定论。"[3]同时,该文还指出:"譬诸裁云制霞,不让乎天工;斫卉刻葩,有同乎神匠矣。……故自然会妙,譬卉木之耀英华;润色取美,譬缯帛之染朱绿。朱绿染缯,深而繁鲜;英华曜树,浅而炜烨。"[4]这是对人工藻饰之美的重视,说明刘勰既崇尚自然天成之美,又重视人工藻饰之美。当然,关于藻饰及其文采与文章思想内容之关系的问题,从总体上看,还是《情采》篇的表述最为完整,思想内容也最为丰富。

以上几个方面,虽然还不能完全反映出《文心雕龙·情采》的思想内容,更不能充分反映全书藻饰方面的全部内容,但是,就这六点也足以见出刘勰文采藻饰理论主张的系统性和完整性。

---

[1] 黄霖编著,《文心雕龙汇评》,上海古籍出版社,2005年版,第140页。
[2] 黄霖编著,《文心雕龙汇评》,上海古籍出版社,2005年版,第112页。
[3] 黄霖编著,《文心雕龙汇评》,上海古籍出版社,2005年版,第133页。
[4] 黄霖编著,《文心雕龙汇评》,上海古籍出版社,2005年版,第133—134页。

二 《文心雕龙》在藻饰方面的成就

从创作实践上看，《文心雕龙》作为骈体之作，基本上体现了刘勰有关文采藻饰的理论主张，既讲究藻饰，具有突出的词采色泽之美，又有充实的思想内容，华实相扶、情文兼备，是美文的典范之作。

（一）自然之美与人工藻饰之美兼顾

如前所述，在藻饰问题上，刘勰讲究自然之美与人工之美兼顾。具体说来，他既推崇“自然会妙”的自然朴素之美，又肯定“润色取美”的人工雕饰之美。考察其骈文创作实践，我们发现，这种主张在其创作中得到了比较充分的体现。《文心雕龙》五十篇文章之中，有的具有明显的自然天成之意趣，虽然带有美丽的词采，但是不尚雕琢，自然天成，似从胸中自然流出，如《原道》：“文之为德也大矣，与天地并生者何哉？夫玄黄色杂，方圆体分；日月叠璧，以垂丽天之象；山川焕绮，以铺理地之形：此盖道之文也。仰观吐曜，俯察含章；高卑定位，故两仪既生矣。惟人参之，性灵所钟，是谓三才。为五行之秀，实天地之心；心生而言立，言立而文明，自然之道也。傍及万品，动植皆文：龙凤以藻绘呈瑞，虎豹以炳蔚凝姿；云霞雕色，有逾画工之妙；草木贲华，无待锦匠之奇。夫岂外饰，盖自然耳。至于林籁结响，调如竽瑟；泉石激韵，和若球锽：故形立则章成矣，声发则文生矣。夫以无识之物，郁然有采；有心之器，其无文欤？”[1]清词丽句，文采斐然。不能否认，这样的骈体美文不经过藻饰是不可能产生的。但是，值得注意的是，我们读过之后，确实看不出多少雕琢之痕，行文措词显得非常自然，如行云流水一般轻松自如，展示出自然天成之美。曹学佺说《征圣》篇“可谓云霞焕绮、泉石吹籁之文”[2]。其实，《文心雕龙》不少篇章都是如此。同

---

〔1〕 黄霖编著，《文心雕龙汇评》，上海古籍出版社，2005年版，第13—14页。

〔2〕 黄霖编著，《文心雕龙汇评》，上海古籍出版社，2005年版，第18页。

时，又有一些文章，明显是“润色取美”，注意藻饰与润色，是地道的骈体美文，如《诸子》：“研夫孟、荀所述，理懿而辞雅；管、晏属篇，事核而言练；列御寇之书，气伟而采奇；邹子之说，心奢而辞壮；墨翟、随巢，意显而语质；尸佼、尉缭，术通而文钝；鹖冠绵绵，亟发深言；鬼谷眇眇，每环奥义；情辨以泽，文子擅其能；辞约而精，尹文得其要；慎到析密理之巧，韩非著博喻之富；吕氏鉴远而体周，淮南泛采而文丽：斯则得百氏之华采，而辞气之大略也。”〔1〕整齐工致，精美异常，让人目不暇接。再如《诠赋》：“观夫荀结隐语，事数自环；宋发夸谈，实始淫丽。枚乘《菟园》，举要以会新；相如《上林》，繁类以成艳；贾谊《鹏鸟》，致辨于情理；子渊《洞箫》，穷变于声貌；孟坚《两都》，明绚以雅赡；张衡《二京》，迅发以宏富；子云《甘泉》，构深玮之风；延寿《灵光》，含飞动之势：凡此十家，并辞赋之英杰也。及仲宣靡密，发篇必遒；伟长博通，时逢壮采；太冲、安仁，策勋于鸿规；士衡、子安，底绩于流制；景纯绮巧，缛理有余；彦伯梗概，情韵不匮：亦魏、晋之赋首也。”〔2〕显然，这样精美工丽、整齐妥帖的对偶是经过精心推敲，用力打磨出来的，没有人为的功力是不行的。令人惊异的是：作者如此精心藻饰，文章如此精美，丽辞云簇，佳句联绵，可是却看不出华而不实之态，以意为主，以辞采为辅，内容与形式达到比较完美的统一。同时，从其行文和措词上看，有自然流转之致，无穷力雕琢的劳苦之态。刘勰在《文心雕龙·隐秀》篇中谈到人工藻饰辞采的理想境界是：“譬诸裁云制霞，不让乎天工；斫卉刻葩，有同乎神匠矣。”对照其理论主张，考察《文心雕龙》中的五十篇骈体美文，我们觉得刘勰之骈文在藻饰手法上，接近他所倡导的这种境界，既具有“自然会妙”的自然朴素之美，又在“润色取美”方面达到很高的水准，是骈体美文的典型作品。

---

〔1〕 黄霖编著，《文心雕龙汇评》，上海古籍出版社，2005 年版，第 65 页。
〔2〕 黄霖编著，《文心雕龙汇评》，上海古籍出版社，2005 年版，第 36—37 页。

（二）为情理而造文

如前所述，刘勰特别重视文采与情理之关系，强调为情理而造文，不能为文而造情。其《诠赋》篇曾以赋为例，说明这一问题："原夫登高之旨，盖睹物兴情。情以物兴，故义必明雅；物以情观，故词必巧丽。丽词雅义，符采相胜，如组织之品朱紫，画绘之著玄黄。文虽新而有质，色虽糅而有本，此立赋之大体也。然逐末之俦，蔑弃其本，虽读千赋，愈惑体要。遂使繁华损枝，膏腴害骨，无贵风轨，莫益劝戒，此扬子所以追悔于雕虫，贻诮于雾縠者也。"[1]当然，说得更清楚的是前面已经提到的《情采》篇，其中要点是"文附质"，"质待文"，"情者文之经，辞者理之纬；经正而后纬成，理定而后辞畅"；"心定而后结音，理定而摛藻"，强调"为情而造文"，反对"为文而造情"。分析、考察《文心雕龙》中的五十篇文章，应该说刘勰确实把自己的主张落实到骈文创作实践中了。这些文章都是有为而作，或因理，或缘情；总体上都是为情理而造文，不是为文而造情。如《序志》：

> 夫宇宙绵邈，黎献纷杂，拔萃出类，智术而已。岁月飘忽，性灵不居，腾声飞实，制作而已。夫人肖貌天地，禀性五才，拟耳目于日月，方声气乎风雷，其超出万物，亦已灵矣。形同草木之脆，名逾金石之坚，是以君子处世，树德建言，岂好辩哉？不得已也！[2]

这是为情而造文的典型，本质上是缘情而发。作者情动于中，思考人生，感慨宇宙之无穷，叹息人生之短暂；表达自己意欲名垂后世，以求不朽，为此要树德建言的远大志向。显然，这是直抒胸臆，情理动于中而形于言，出于"不得已"。不是无病呻吟，为文造情，而是有志之士真实情感的自然流露。当年曹丕在其《典论·论

[1] 黄霖编著，《文心雕龙汇评》，上海古籍出版社，2005年版，第37页。
[2] 黄霖编著，《文心雕龙汇评》，上海古籍出版社，2005年版，第162—163页。

文》之中早就发出这样的感叹:"盖文章经国之大业,不朽之盛事。年寿有时而尽,荣乐止乎一身,二者必至之常期,未若文章之无穷。"[1]人同此心,心同此理,这种共鸣在千百年后,又在清人袁守定身上出现,他在《谈文》中说:"刘舍人曰:'岁月飘忽,性灵不居,腾声飞实,制作而已。'……若既无补于国家,又无与于斯道……与蜉蝣之朝生暮死何异?"[2]张立斋先生在《〈文心雕龙〉注订》中指出:"此节言人为万物之灵,然其易朽如草木之脆弱,必树德建言以垂美名于后世,则人之精神可永,此为《文心》作者之主旨。"[3]叶长青在《〈文心雕龙〉杂记》中也看出刘勰的这种心志:"……太上立德,其次立言,百姓之群居,苦纷杂而莫显;君子之处世,疾名德之不彰。唯英才特达,则炳耀垂文,腾其姓氏,悬诸日月。"[4]所以,此文无疑是为情理造文的典型。同时,就其因情理而生之文而言,也确实不乏精美。细读此文,我们感觉有这样几点值得注意:其一,文采藻饰特别精美,如其中"宇宙绵邈,黎献纷杂","岁月飘忽,性灵不居","拟耳目于日月,方声气乎风雷","形同草木之脆,名逾金石之坚"几联,不是妙手偶得,而是精心结撰而成,极为工致。其中"宇宙"对"黎献"、"岁月"对"性灵"、"耳目"对"声气"、"日月"对"风雷"、"草木"对"金石",词色特别精美,显示出高超的藻饰水准。其二,整齐之中,又见错综灵动之美。文中先是一联长隔对,然后变换句式,以一联四言对过渡;接着是整齐的六言单句对。同时,为了防止板滞,又注意以几行奇句单行承转文气,紧接着又是精美的六字单对,最后用散行收束。所以,读过此文,人们自然感觉到有整有散,有起有伏,长短错落,跌宕多姿,极具灵动之美。不仅此篇,其他如《正纬》《神思》《体性》《风骨》《情采》《物

[1] 魏宏灿校注,《曹丕集校注》,安徽大学出版社,2009年版,第313页。

[2][4] 刘勰著,詹锳义证,《文心雕龙义证》,上海古籍出版社,1989年版,第1904页。

[3] 刘勰著,詹锳义证,《文心雕龙义证》,上海古籍出版社,1989年版,第1907页。

色》等等,都是这方面的代表作。

(三)文质彬彬的美学境界

《文心雕龙》讲究藻饰,追求词采色泽之美,但是并没有像当时其他人那样走向唯美主义的邪路,出现华而不实的病态。关键是刘勰在本质上崇尚华实相扶、文质彬彬的艺术境界,这就是他在《情采》篇中所强调的"设模以位理,拟地以置心,心定而后结音,理正而后摛藻,使文不灭质,博不溺心,正采耀乎朱蓝,间色屏于红紫,乃可谓雕琢其章,彬彬君子矣"[1]。其实,本书的其他篇章中,也经常见到类似的言论,如《才略》:"马融鸿儒,思洽识高,吐纳经范,华实相扶。王逸博识有功,而绚采无力。延寿继志,瑰颖独标,其善图物写貌,岂枚乘之遗术欤!张衡通赡,蔡邕精雅,文史彬彬,隔世相望。是则竹柏异心而同贞,金玉殊质而皆宝也。"[2]列举文质相扶的正面典型,强调其重要性。有的提出反面教训,如《夸饰》,便从史的角度入手,从创作实际出发,总结藻饰方面的历史教训:"自宋玉、景差,夸饰始盛;相如凭风,诡滥愈甚。故上林之馆,奔星与宛虹入轩;从禽之盛,飞廉与鹪鹩俱获。及扬雄《甘泉》,酌其余波。语瑰奇则假珍于玉树;言峻极则颠坠于鬼神。至《西都》之比目,《西京》之海若,验理则理无可验,穷饰则饰犹未穷矣。又子云《羽猎》,鞭宓妃以饷屈原;张衡《羽猎》,困玄冥于朔野。娈彼洛神,既非魍魉;惟此水师,亦非魑魅;而虚用滥形,不其疏乎?此欲夸其威而饰其事,义暌剌也。至如气貌山海,体势宫殿,嵯峨揭业,熠耀焜煌之状,光采炜炜而欲然,声貌岌岌其将动矣。莫不因夸以成状,沿饰而得奇也。于是后进之才,奖气挟声,轩翥而欲奋飞,腾掷而羞跼步,辞入炜烨,春藻不能程其艳;言在萎绝,寒谷未足成其凋;谈欢则字与笑并,论戚则声共泣偕;信可以发蕴而飞滞,

[1] 黄霖编著,《文心雕龙汇评》,上海古籍出版社,2005 年版,第 110 页。
[2] 黄霖编著,《文心雕龙汇评》,上海古籍出版社,2005 年版,第 154—163 页。

披瞽而骇聋矣。然饰穷其要,则心声锋起;夸过其理,则名实两乖。若能酌《诗》、《书》之旷旨,翦扬马之甚泰,使夸而有节,饰而不诬,亦可谓之懿也。"[1]其中要点还是强调文质相扶,所以纪昀眉批:"文质相扶,点染在所不免。若字字摭实,有同史笔,实有难于措笔之时。彦和不废夸饰,但欲去泰去甚,持平之论也。"[2]其他如《征圣》:"颜阖以为:'仲尼饰羽而画,徒事华辞。'虽欲訾圣,弗可得已。然则圣文之雅丽,固衔华而佩实者也。"[3]《辨骚》:"若能凭轼以倚《雅》、《颂》,悬辔以驭楚篇,酌奇而不失其贞,玩华而不坠其实,则顾盼可以驱辞力,欬唾可以穷文致,亦不复乞灵于长卿,假宠于子渊矣。"[4]《章表》:"必使繁约得正,华实相胜。"《通变》:"斯斟酌乎质文之间,而隐括乎雅俗之际。"[5]等等都是如此,说明刘勰对文质相扶这一点是特别重视的。从创作实践上考察,应该说,刘勰之骈文达到了这样的境界。如《神思》:

> 文之思也,其神远矣。故寂然凝虑,思接千载;悄焉动容,视通万里;吟咏之间,吐纳珠玉之声;眉睫之前,卷舒风云之色:其思理之致乎!故思理为妙,神与物游。神居胸臆,而志气统其关键;物沿耳目,而辞令管其枢机。枢机方通,则物无隐貌;关键将塞,则神有遁心。
>
> 是以陶钧文思,贵在虚静,疏瀹五藏,澡雪精神。积学以储宝,酌理以富才,研阅以穷照,驯致以怿辞,然后使元解之宰,寻声律而定墨;独照之匠,窥意象而运斤:此盖驭文之首术,谋篇之大端。
>
> 夫神思方运,万途竞萌,规矩虚位,刻镂无形。登山则情

[1] 黄霖编著,《文心雕龙汇评》,上海古籍出版社,2005年版,第124—125页。
[2] 黄霖编著,《文心雕龙汇评》,上海古籍出版社,2005年版,第125页。
[3] 黄霖编著,《文心雕龙汇评》,上海古籍出版社,2005年版,第17页。
[4] 黄霖编著,《文心雕龙汇评》,上海古籍出版社,2005年版,第26页。
[5] 黄霖编著,《文心雕龙汇评》,上海古籍出版社,2005年版,第103页。

满于山，观海则意溢于海；我才之多少，将与风云而并驱矣。方其搦翰，气倍辞前，暨乎篇成，半折心始。何则？意翻空而易奇，言征实而难巧也。是以意授于思，言授于意，密则无际，疏则千里。或理在方寸而求之域表，或义在咫尺而思隔山河。

……

若情数诡杂，体变迁贸，拙辞或孕于巧义，庸事或萌于新意；视布于麻，虽云未贵，杼轴献功，焕然乃珍。至于思表纤旨，文外曲致，言所不追，笔固知止。至精而后阐其妙，至变而后通其数。伊挚不能言鼎，轮扁不能语斤，其微矣乎！[1]

从骈文史的角度考察，此文不仅在议论说理方面堪称杰作，而且在词采藻饰上也有非凡的成就，可以说是华实相扶、文质彬彬的典范之作：从质——文章内容上考察，此文论析艺术思维活动，明白洞达，透彻深刻，识见高远。所以纪晓岚有多处眉批，大加赞扬：其一曰："甘苦之言。"其二曰："'虚静'二字，妙入微茫。"其三曰："及思入希夷，妙绝蹊径，非笔墨所能摹写一层，神思之理，乃括尽无余。"[2]李安民旁批中说："非深知甘苦者不能道。"[3]黄叔琳之眉批赞曰："词人所心苦而口不能言者，被君直指其所以然。"[4]这些评价表明，此文在质——思想内容上非常精彩。从文——辞采藻饰上说，此文词色精美，斐然可观。如"寂然凝虑，思接千载；悄焉动容，视通万里"，"思理为妙，神与物游。神居胸臆，而志气统其关键；物沿耳目，而辞令管其枢机。枢机方通，则物无隐貌；关键将塞，则神有遁心"，"是以意授于思，言授于意，密则无际，疏则千里。或理在方寸而求之域表，或义在咫尺而思隔山河"等等，妙语连珠，

---

[1][2] 黄霖编著，《文心雕龙汇评》，上海古籍出版社，2005年版，第94—96页。
[3][4] 黄霖编著，《文心雕龙汇评》，上海古籍出版社，2005年版，第95页。

精美无比。尤其精彩的是：作者把抽象的艺术思维活动诉诸于人的直觉，化为生动可感的形象，如同耳闻目睹一般，如“吟咏之间，吐纳珠玉之声；眉睫之前，卷舒风云之色”，“神思方运，万途竞萌，规矩虚位，刻镂无形。登山则情满于山，观海则意溢于海”等等，确实精妙非常。同时，文章虽然以工致整齐的骈语行文，但是句式多变，单对、隔对、长对、短对，不断变化，所以灵活自如，任意驰骋。明人钟惺批道：“淋漓酣畅。”“文章能事于此，思过半矣。”〔1〕可见，说这篇文章是文质彬彬之作应该不是夸大其辞。其实，《文心雕龙》中这样的文章并不少见。再如《物色》：“物色相召，人谁获安？是以献岁发春，悦豫之情畅；滔滔孟夏，郁陶之心凝。天高气清，阴沉之志远；霰雪无垠，矜肃之虑深。岁有其物，物有其容；情以物迁，辞以情发。一叶且或迎意，虫声有足引心。况清风与明月同夜，白日与春林共朝哉！是以诗人感物，联类不穷。流连万象之际，沉吟视听之区。写气图貌，既随物以宛转；属采附声，亦与心而徘徊。故‘灼灼’状桃花之鲜，‘依依’尽杨柳之貌……若乃山林皋壤，实文思之奥府，略语则阙，详说则繁。然屈平所以能洞监《风》《骚》之情者，抑亦江山之助乎？”〔2〕这是一篇情理与文采彬彬之盛、充满诗情画意的佳作，其理精微，其情动人，如“物色相召，人谁获安？是以献岁发春，悦豫之情畅；滔滔孟夏，郁陶之心凝。天高气清，阴沉之志远；霰雪无垠，矜肃之虑深”，说出人们心中共有的情思与感受；“岁有其物，物有其容；情以物迁，辞以情发”更道出文学创作缘情而发的普遍规律。文中辞采之美更不待言，如“清风与明月同夜，白日与春林共朝”“写气图貌，既随物以宛转；属采附声，亦与心而徘徊。故‘灼灼’状桃花之鲜，‘依依’尽杨柳之貌”等等，虽然有的是化自古人，但是同样精美异常。正因为本文华实兼胜，

〔1〕 黄霖编著，《文心雕龙汇评》，上海古籍出版社，2005年版，第94页。

〔2〕 黄霖编著，《文心雕龙汇评》，上海古籍出版社，2005年版，第150—151页。

文质彬彬，如诗如画，所以受到众多文士的好评：李安民旁批曰：“诗情毕露。”叶绍泰的眉批说：“伤时忧怀，古今诗人同此幽抱。”钟惺眉批：“写得景物悠然，会心诗人，妙矣。又宛出诗人之外。”并称其《赞》为“神来之语。”[1]纪晓岚眉批：“‘随物宛转，与心而徘徊’八字，极尽流连之趣。”[2]又在结尾处说：“拖此一尾，烟波不尽。”[3]由此可知本文情采之胜，足可当作者自己所崇尚的文质彬彬之境。其他如《原道》，也是丽辞雅义，符采相胜。曹学佺评曰：“其原道以心，即运思于神也。沈休文谓其深得文理，大抵理非深入不能跃然。惟彦和义炳而采流，故取重于休文也。”[4]“义炳而采流”说到点子上了，其实就是文质彬彬的状态。刘勰本人在《辨骚》篇中提出了处理文质关系的标准境界，说是“酌奇而不失其真，玩华而不坠其实”。应该说他的骈文创作，达到了这一步，总体上是华实相扶、情文兼至、理精词畅，一句话：文质彬彬，这是《文心雕龙》作为骈体美文最突出的特色和最美的境界。

（四）多样化的藻饰艺术

藻饰，是美化、修饰，或者装饰的意思。《晋书·嵇康传》：“身长七尺八寸，美词气，有风仪，而土木形骸，不自藻饰。”[5]指的是修饰、打扮。用在文学创作方面，主要指修饰文词，使之美丽。晋葛洪《抱朴子·黄白》：“且此内篇，皆直语耳，无藻饰也。”[6]刘勰《文心雕龙·情采》：“庄周云‘辩雕万物’，谓藻饰也。”[7]指的都是这一含义。如前所述，骈体文是特别讲究文采藻饰之美的，《文

---

〔1〕 黄霖编著，《文心雕龙汇评》，上海古籍出版社，2005年版，第150—151页。
〔2〕 黄霖编著，《文心雕龙汇评》，上海古籍出版社，2005年版，第150页。
〔3〕 黄霖编著，《文心雕龙汇评》，上海古籍出版社，2005年版，第151页。
〔4〕 黄霖编著，《文心雕龙汇评》，上海古籍出版社，2005年版，第15—16页。
〔5〕 房玄龄等撰，《晋书》，中华书局，1974年版，第1369页。
〔6〕 王明著，《抱朴子内篇校释》，中华书局，1986年版，第283页。
〔7〕 黄霖编著，《文心雕龙汇评》，上海古籍出版社，2005年版，第108页。

心雕龙》中的文章都是标准的骈体文，其藻饰手段是比较丰富的，根据初步考察，主要有以下几个方面：

其一，鲜明突出的色彩藻饰

色彩藻饰是对文章词采色泽方面的修饰，目的是追求语言外在的色泽之美，是骈文最常用的藻饰方法之一。从正面说，它往往使文章产生词色上的美感，即通过文字符号，引起人们在直觉上对色彩的感官效果。有些批评者虽然是批评的语言，但是却从反面揭示出骈文的这一美学特征："初唐四杰"之一的杨炯在其《王勃集序》中批评骈体文"糅之以金玉龙凤，乱之以朱紫青黄"，虽然是批评的语言，但是却从反面指出骈文的词色特征；刘知幾在《史通·内篇》中批评唐人修《晋书》用骈体是"加粉黛于壮夫，服绮纨于高士"，也从反面点出骈文词色上的特点；柳宗元在《乞巧文》里概括骈文的特征更为精练，其中有关骈文词色的两句是"抽黄对白"与"锦心秀口"，实际上这确实是骈文注重色彩藻饰的文体特征之一。不过，公平地说，藻饰，特别是色彩藻饰恰当与否，关键不在于文体和藻饰方法，而在于作家的才力高低，在于作家把握色彩藻饰与文章内容之关系的尺度和分寸。如果能够恰当地进行色彩藻饰，不但不会出现华而不实之弊，而且还会增加文章的美学效果。这一点，《文心雕龙》确实把握得当，恰到好处，是色彩藻饰的典范之作。如《情采》中论证文章情理与文采之关系时指出："夫能设模以位理，拟地以置心，心定而后结音，理正而后摛藻，使文不灭质，博不溺心，正采耀乎朱蓝，间色屏于红紫。"[1]其中"正采耀乎朱蓝，间色屏于红紫"就是明显的色彩藻饰，从词色上看，确实鲜明突出，增强了文章的表达效果。其他如《知音》"白日垂其照，青眸写其形"[2]；《正纬》"尧造绿图，昌制丹书"，"白鱼赤乌之符，黄金紫玉

[1] 黄霖编著，《文心雕龙汇评》，上海古籍出版社，2005年版，第110页。
[2] 黄霖编著，《文心雕龙汇评》，上海古籍出版社，2005年版，第158页。

之瑞"[1];《通变》"练青濯绛,必归蓝蒨;矫讹翻浅,还宗经诰"[2];《体性》"雅丽黼黻,淫巧朱紫"[3],等等,都是色彩藻饰的例子,一方面确实形成了词色鲜明的特色,确如钟惺所说:"采色耀目,称之'雕龙'非过。"[4]给读者比较强烈的感官刺激,收到很好的艺术效果;但是又用得自然,恰到好处,总体上像他自己在《诠赋》中所说的那样"丽词雅义,符采相胜","文虽新而有质,色虽糅而有本"[5],达到了骈体文中色彩藻饰上比较理想的境界,没有像与他同时的有些齐、梁骈文家那样过分浓艳,文过其质,出现华而不实的弊病。

其二,生动形象的形态藻饰

形态藻饰主要是对事物外在形态的刻画和描写,是文学创作,特别是骈文创作中普遍使用的藻饰手段之一,其表现范围主要是两个方面:一是人物的外貌、装束、神情、意态等方面的刻画与描写,二是自然景物的刻画与描写,如山光水色、草长莺飞等等,无论是叙事,还是抒情,都少不了写景状物,因为它是抒情说理的媒介。所以《文心雕龙·物色》中说:"若乃山林皋壤,实文思之奥府,略语则阙,详说则繁。然屈平所以能洞监《风》《骚》之情者,抑亦江山之助乎?"[6]从积极的意义上讲,形态藻饰就是要使文章达到《文心雕龙·物色》中所说的境界:"写气图貌,既随物以宛转;属采附声,亦与心而徘徊。……巧言切状,如印之印泥;不加雕削,而曲写毫芥。故能瞻言而见貌,即字而知时也。"[7]简而言之,就是穷形尽

[1] 黄霖编著,《文心雕龙汇评》,上海古籍出版社,2005年版,第22—23页。
[2] 黄霖编著,《文心雕龙汇评》,上海古籍出版社,2005年版,第103页。
[3] 黄霖编著,《文心雕龙汇评》,上海古籍出版社,2005年版,第99页。
[4] 黄霖编著,《文心雕龙汇评》,上海古籍出版社,2005年版,第72页。
[5] 黄霖编著,《文心雕龙汇评》,上海古籍出版社,2005年版,第37页。
[6] 黄霖编著,《文心雕龙汇评》,上海古籍出版社,2005年版,第151页。
[7] 黄霖编著,《文心雕龙汇评》,上海古籍出版社,2005年版,第150—151页。

相的境界，应该说，这是文学作品，特别是骈文作品形态藻饰的理想境界。然而，从负的方面上说，过分讲究形态藻饰，也会产生华而不实之弊，像隋朝李谔在《上隋高祖革文华书》中所说的那样："连篇累牍，不出月露之形；积案盈箱，唯是风云之状。"[1]宋人石介在其《怪说》中也揭示过这种弊病："穷妍极态，缀风月，弄花草；淫巧侈丽，浮华纂组。"[2]从总体上看，《文心雕龙》中绝大多数篇章都有形态藻饰的成分，但是却没有"淫巧侈丽，浮华纂组"的弊端，相反，无论是刻画人物，还是描写自然风物，都达到了生动形象的艺术效果，增强了文章的可读性和感染力，甚至有传神之处。客观地说，《文心雕龙》是一部文学理论论著，其中所有的文章都侧重于说理，形态藻饰本来不是其主要任务。但是，全书五十篇文章之中，不时显露出作者在形态藻饰方面的特殊本领。第一，书中的一些篇章在涉及人物描写之时，时常展示人物的形态特征，给人以生动鲜活的感觉，如《神思》中描写、形容作家神思之形态，生动形象，活灵活现："文之思也，其神远矣。故寂然凝虑，思接千载；悄焉动容，视通万里；吟咏之间，吐纳珠玉之声；眉睫之前，卷舒风云之色：其思理之致乎！……夫神思方运，万途竞萌，规矩虚位，刻镂无形。登山则情满于山，观海则意溢于海；我才之多少，将与风云而并驱矣。方其搦翰，气倍辞前，暨乎篇成，半折心始。"[3]"神思"是看不见、摸不着的抽象的艺术思维活动，只能体会，要想说清楚是很困难的。但是刘勰在这里通过形象化的语言，采取比喻、象征等等艺术手法，把特殊的、抽象的艺术思维直观化、形象化，使之成为具体可感的东西，诉诸人们的视觉与听觉，状难写之情、之事如在目前，

〔1〕 王先谦编，《骈文类纂》，任继愈主编，《中华传世文选》，吉林人民出版社，1998年版，第273页。

〔2〕 石介撰，《怪说》，《全宋文》卷六二六，上海辞书出版社、安徽教育出版社，2006年版，第291页。

〔3〕 黄霖编著，《文心雕龙汇评》，上海古籍出版社，2005年版，第94—95页。

确实是神来之笔。再如文中描写作家构思缓慢与快捷两种不同的状态，也生动传神："相如含笔而腐毫，扬雄辍翰而惊梦，桓谭疾感于苦思，王充气竭于思虑，张衡研《京》以十年，左思练《都》以一纪。虽有巨文，亦思之缓也。淮南崇朝而赋《骚》，枚皋应诏而成赋，子建援牍如口诵，仲宣举笔似宿构，阮禹据案而制书，祢衡当食而草奏，虽有短篇，亦思之速也。"[1]其中"含笔而腐毫""辍翰而惊梦""援牍如口诵""当食而草奏"等等形态藻饰尤为形象真切，有的真是如见其人，如闻其声。又如《总术》中谈执术驭篇，如果机入其巧，"则义味腾跃而生，辞气丛杂而至。视之则锦绘，听之则丝簧；味之则甘腴，佩之则芬芳……"[2]使用形象化的手法，把总术之功效这种只可意会的东西诉诸视觉、听觉、味觉，确实能够加深人的理解和认识，提高文章的表达效果。第二，有些文章涉及自然景物，更常常显示出作者在形态藻饰方面的特殊功力，如《原道》："夫玄黄色杂，方圆体分；日月叠璧，以垂丽天之象；山川焕绮，以铺理地之形：此盖道之文也。仰观吐曜，俯察含章；高卑定位，故两仪既生矣。……傍及万品，动植皆文：龙凤以藻绘呈瑞，虎豹以炳蔚凝姿；云霞雕色，有逾画工之妙；草木贲华，无待锦匠之奇。夫岂外饰，盖自然耳。至于林籁结响，调如竽瑟；泉石激韵，和若球锽：故形立则章成矣，声发则文生矣。"[3]其中"日月叠璧，以垂丽天之象；山川焕绮，以铺理地之形"，"林籁结响，调如竽瑟；泉石激韵，和若球锽"等句绘形，绘景，绘声，绘色，穷形尽相。最精彩的应该是《物色》：

春秋代序，阴阳惨舒，物色之动，心亦摇焉。盖阳气萌而玄驹步，阴律凝而丹鸟羞；微虫犹或入感，四时之动物深矣。若夫珪璋挺其惠心，英华秀其清气；物色相召，人谁获安？是

[1] 黄霖编著，《文心雕龙汇评》，上海古籍出版社，2005年版，第95页。
[2] 黄霖编著，《文心雕龙汇评》，上海古籍出版社，2005年版，第143页。
[3] 黄霖编著，《文心雕龙汇评》，上海古籍出版社，2005年版，第13—14页。

以献岁发春，悦豫之情畅；滔滔孟夏，郁陶之心凝。天高气清，阴沉之志远；霰雪无垠，矜肃之虑深。岁有其物，物有其容；情以物迁，辞以情发。一叶且或迎意，虫声有足引心。况清风与明月同夜，白日与春林共朝哉！……故“灼灼”状桃花之鲜，“依依”尽杨柳之貌，“杲杲”为出日之容，“瀌瀌”拟雨雪之状，“喈喈”逐黄鸟之声，“喓喓”学草虫之韵。“皎日”、“嘒星”，一言穷理；“参差”、“沃若”，两字连形……

赞曰：山沓水匝，树杂云合。目既往还，心亦吐纳。春日迟迟，秋风飒飒；情往似赠，兴来如答。[1]

就形态藻饰而言，本文特别具有典型性，无论是写景还是状物都非常精彩，一方面，巧妙地化用《诗经》的句子刻画自然风物，精切生动，极具形态美；其他如“献岁发春，悦豫之情畅；滔滔孟夏，郁陶之心凝。天高气清，阴沉之志远；霰雪无垠，矜肃之虑深”，“清风与明月同夜，白日与春林共朝”，“春日迟迟，秋风飒飒”等等刻画不同时节景色的变化也同样惟妙惟肖，有传神之效，表现出“以少总多，情貌无遗”的艺术特征。

从文学史的角度考察，刘勰的形态藻饰达到这样的艺术高度，不是偶然的，与当时文学风气的影响不无关系。中国文学发展到宋、齐之际，一个明显的变化就是很多文人把描写的对象转向山水，模山范水成为文士们重要的美学追求，而且是能力高低的标志。《世说新语》第八《赏誉》中就记载孙绰蔑视卫君长之言曰：“此子神情都不关山水，而能为文?”[2]所以陆时雍在《诗镜总论》中说是“体制一变，便觉声色俱开”。沈德潜在《说诗晬语》中说是“声色大开”。但是还是刘勰说得确切：其《明诗》中指出：“宋初文

[1] 黄霖编著，《文心雕龙汇评》，上海古籍出版社，2005 年版，第 149—152 页。

[2] 刘义庆著，刘孝标注，余嘉锡笺疏，《世说新语笺疏》，中华书局，1983 年版，第 478 页。

咏,体有因革。庄老告退,而山水方滋;俪采百字之偶,争价一句之奇;情必极貌以写物,辞必穷力而追新,此近世之所竞也。"[1]《物色》中也说得明白:"自近代以来,文贵形似。窥情风景之上,钻貌草木之中。"[2]当时,无论是诗歌还是其他文体都出现模山范水的倾向:在诗歌领域,陶渊明、谢灵运的山水诗就是代表;在骈文领域,描写山水的文章大量产生,如鲍照的《登大雷岸与妹书》、吴均的《与朱元思书》及《与顾章书》就是代表作。刘勰形态藻饰的功夫不能说不是当时模山范水、极貌写物文学思潮影响的产物。不同的是:他的骈文不是以山水为主要写作对象,只是适当地借用其藻饰手法。

其三,生动贴切的比拟藻饰

比拟是修辞手法,其中包括比喻、拟人、拟物几个方面,从实而论,这些修辞方法在各种文体中都经常见到,不是骈文的专利,但是,比较而言,在辞赋,特别是骈文作品中,这些艺术手法的使用频率更高,尤其在叙事、抒情类骈文中更是如此。因为比喻、拟人、拟物这几种修辞方法确实能够使语言鲜活生动,增加以艺术美为突出特征的骈体文的美感。《文心雕龙》虽然是以议论说理为主的理论著作,但是却特别注意文采藻饰,其中比拟手法的使用更为广泛,其效果也相当可观,突出特征是使很多本来是抽象的说理文字变得鲜活生动,妙趣横生。

仔细考察中国文学史,应该说比喻这种修辞方法历史悠久,源远流长。从现存的文献资料上看,先秦散文,特别是诸子散文,就经常以譬喻之法剖析事理。此后,历代文士相沿不绝,比喻成为文章写作中最常见的修辞手法之一。刘向《说苑》中记载了一段战国时期关于譬喻的故事:"客谓梁王曰:'惠子之言事也善譬,王使无譬,则不能言矣。'……谓惠子曰:'愿先生言事则直言耳,无譬也。'

[1] 黄霖编著,《文心雕龙汇评》,上海古籍出版社,2005年版,第29页。
[2] 黄霖编著,《文心雕龙汇评》,上海古籍出版社,2005年版,第151页。

惠子曰：'今有人于此而不知弹者，曰：'弹之状若何？'应曰：'弹之状如弹。'则谕乎？'王曰：'未谕也。''于是，更应曰：'弹之状如弓，而以竹为弦。'则知乎？'王曰：'可知矣。'惠子曰：'夫说者，固以其所知谕其所不知，而使人知之。今王曰'无譬'，则不可矣。"〔1〕从这段话中，一方面可以见出当时譬喻的流行，另一方面也把譬喻的道理说得非常清楚，这就是："以其所知谕其所不知。"其实就是要用具体的意象说出抽象的道理，这是譬喻的主要功用。此外，《淮南子·要略》中说得更明确："言天地而不引譬援类，则不能精微。"〔2〕到六朝时期，用譬喻的方式说理成为一时风气。《世说新语·文学》"殷中军（浩）为庾公长史，下都，王丞相（导）为之集。……既共清言，遂达三更。……既彼我相尽，丞相乃叹曰：'向来语，乃竟未知理源所归，至于辞喻不相负，正始之音，正当尔耳！"〔3〕《世说新语·文学》："裴成公作《崇有论》"，刘孝标注引《晋诸公赞》："（裴）頠疾世俗尚虚无之理，故著《崇有》二论以折之。才博喻广，学者不能究。后乐广与頠清闲欲说理，而頠辞喻丰博，广自以体虚无，笑而不复言。"〔4〕《晋书·艺术（王嘉）传》："好尚之士无不师宗之。问其当世事者，皆随问而对。好为譬喻，状如戏调。"〔5〕文士们对这种修辞方式更为重视，经常用于文章写作实践之中。《晋书·张华传》："初，未知名，著《鹪鹩赋》以自寄。……陈留阮籍见之，叹曰：'王佐之才也。'由是声名始著。"〔6〕《宋书·范晔传》："撰《和香方》，其序之曰：'麝本多忌，过分必害；

〔1〕 刘向撰，向宗鲁校证，《说苑校证》，中华书局，1987年版，第272页。

〔2〕 顾迁译注，《淮南子》，中华书局，2009年版，第304页。

〔3〕 刘义庆著，刘孝标注，余嘉锡笺疏，《世说新语笺疏》，中华书局，1983年版，第212页。

〔4〕 刘义庆著，刘孝标注，余嘉锡笺疏，《世说新语笺疏》，中华书局，1983年版，第202页。

〔5〕 房玄龄等撰，《晋书》，中华书局，1974年版，第2469页。

〔6〕 房玄龄等撰，《晋书》，中华书局，1974年版，第1069页。

沈实易和,盈斤无伤。零藿虚燥,詹唐黏湿。甘松、苏合、安息、郁金、柰多、和罗之属,并被珍于外国,无取于中土。又枣膏昏钝,甲煎浅俗,非唯无助于馨烈,乃当弥增于尤疾也。'此序所言,悉以比类朝士:'麝本多忌',比庾炳之;'零藿虚燥',比何尚之;'詹唐黏湿',比沈演之;'枣膏昏钝',比羊玄保;'甲煎浅俗',比徐湛之;'甘松、苏合',比慧琳道人;'沈实易和',以自比也。"[1]《宋书·隐逸(王素)传》:"素既屡被征辟,声誉甚高。山中有蚿虫,声清长,听之使人不厌,而其形甚丑。素乃为《蚿赋》以自况。"[2]《南齐书·文学(卞彬)传》:"彬又目禽兽云:'羊性淫而狠,猪性卑而率,鹅性顽而傲,狗性险而出。'皆指斥贵势。其《虾蟆赋》云:'纡青拖紫,名为蛤鱼',世谓比令仆也;又云:'科斗唯唯,群浮暗水,维朝继夕,聿役如鬼',比令史谘事也。文章传于闾巷。"[3]《南史·江禄传》:"(撰)《井絜皋木人赋》《败船咏》,并以自喻。"[4]比喻手法如此广泛地被人们使用,自然会引起文学批评家们的注意,所以在刘勰之前,有的文学批评家已经对这种修辞方法进行论列。如晋代的挚虞在其《文章流别论》中说:"比者,喻类之言也。"这是对比喻内含的解释。钟嵘在其《诗品序》中也说:"故诗有三义焉:一曰兴,二曰比,三曰赋。文已尽而意有余,兴也;因物喻志,比也;直书其事,寓言写物,赋也。"[5]这一解释更进一步。当然,同其他文学批评家相比,刘勰对比喻的内涵、效用的阐释更为深刻,更为全面:

第一,《文心雕龙》一书在其文体论部分,多次从史的角度入手,总结、揭示比喻之法在各类文体中的重要作用和效果。如《诸

〔1〕 沈约等撰,《宋书》,中华书局,1974年版,第1829页。
〔2〕 沈约等撰,《宋书》,中华书局,1974年版,第2296页。
〔3〕 萧子显撰,《南齐书》,中华书局,1974年版,第893页。
〔4〕 李延寿撰,《南史》,中华书局,1975年版,第945页。
〔5〕 钟嵘著,曹旭集注,《诗品集注》,上海古籍出版社,1994年版,第39页。

子》："韩非著博喻之富。"[1]《檄移》："相如之《难蜀老》，文晓而喻博。"[2]《书记》："刘廙谢恩，喻切以至。"[3]《论说》："邹阳之说吴、梁，喻巧而理至。"[4]实际上已经勾画出比喻之法的历史线索。

第二，《文心雕龙》在其创作论中又专设一篇专论，即《比兴》篇，专门论述比兴及其相关问题。此文开宗明义，先对比喻的含义作了解释："且何谓为比？盖写物以附意，飏言以切事者也。"又举例加以说明："故金锡以喻明德，珪璋以譬秀民，螟蛉以类教诲，蜩螗以写号呼，浣衣以拟心忧，席卷以方志固：凡斯切象，皆比义也。"[5]然后又对比喻的方法进行了总结："夫比之为义，取类不常：或喻于声，或方于貌，或拟于心，或譬于事。"大体说来就是四类：喻于声，方于貌，拟于心，譬于事。同时又举例对这四种方法加以说明："宋玉《高唐》云：'纤条悲鸣，声似竽籁。'此比声之类也；枚乘《菟园》云：'焱焱纷纷，若尘埃之间白云。'此则比貌之类也；贾生《鹏赋》云：'祸之与福，何异纠缠。'此以物比理者也；王褒《洞箫》云：'优柔温润，如慈父之畜子也。'此以声比心者也；马融《长笛》云：'繁缛络绎，范（睢）、蔡（泽）之说也。'此以响比辩者也；张衡《南都》云：'起郑舞，茧曳绪。'此以容比物者也。"在上述介绍、分析、论证的基础上，书中总结出比喻的艺术标准和基本要求："故比类虽繁，以切至为贵，若刻鹄类鹜，则无所取焉。"[6]其中关键就是"切至"两字，所谓"切至"，就是准确、贴切、恰如其分。从文学史上看，这是对文学创作中比喻之法的特点、功能、艺术准则等等最为全面的阐释之一。

---

[1] 黄霖编著，《文心雕龙汇评》，上海古籍出版社，2005年版，第65页。
[2] 黄霖编著，《文心雕龙汇评》，上海古籍出版社，2005年版，第75页。
[3] 黄霖编著，《文心雕龙汇评》，上海古籍出版社，2005年版，第90页。
[4] 黄霖编著，《文心雕龙汇评》，上海古籍出版社，2005年版，第69页。
[5] 黄霖编著，《文心雕龙汇评》，上海古籍出版社，2005年版，第121页。
[6] 黄霖编著，《文心雕龙汇评》，上海古籍出版社，2005年版，第121—122页。

从创作实践上考察,《文心雕龙》一书中比喻藻饰的方法十分多见,其理论主张得到了很好的尝试。全书五十篇文章之中,几乎篇篇有比喻,从总体上看,大都达到了“切至”的地步,既生动形象,又恰如其分,本来是抽象的议论说理文章,在刘勰的笔下却活泼生动,不乏形象感。如书中的《诏策》篇,阐释的是一种庙堂上的公用文,文章的主旨是说理,但是因为作者善于藻饰文辞,特别是多处使用比喻之法,这样文章便增加了活气:“故授官选贤,则义炳重离之辉;优文封策,则气含风雨之润;敕戒恒诰,则笔吐星汉之华;治戎燮伐,则声有洊雷之威;眚灾肆赦,则文有春露之滋;明罚敕法,则辞有秋霜之烈:此诏策之大略也。”〔1〕文中概括多种文体的功用、风格,不是抽象说理,而是多用比喻手法出之,鲜明生动,突出其特有的文体特征,确实达到了“切至”的境界,便于人们的理解和把握。再如《论说》:“是以论如析薪,贵能破理。斤利者,越理而横断;辞辨者,反义而取通;览文虽巧,而检迹知妄。……暨战国争雄,辨士云涌;从横参谋,长短角势;转丸骋其巧辞,飞钳伏其精术。一人之辨,重于九鼎之宝;三寸之舌,强于百万之师。”〔2〕《声律》:“则声转于吻,玲玲如振玉;辞靡于耳,累累如贯珠矣。”〔3〕《隐秀》:“彼波起辞间,是谓之秀。纤手丽音,宛乎逸态。若远山之浮烟霭,娈女之靓容华。然烟霭天成,不劳于妆点;容华格定,无待于裁熔……譬诸裁云制霞,不让乎天工;斫卉刻葩,有同乎神匠矣。”〔4〕既有形似,又有神似,抓住比体与喻体之间的相似点,再画龙点睛,使人感到特别贴切,从而把好多本来难以言传的义理形象化,具体化,可以直觉去感受与把握。我们再看《风骨》篇:“夫翚翟备色,而翾翥百步,肌丰而力沉也;鹰隼乏采,而翰飞戾天,骨劲而气猛也。

〔1〕 黄霖编著,《文心雕龙汇评》,上海古籍出版社,2005年版,第72页。
〔2〕 黄霖编著,《文心雕龙汇评》,上海古籍出版社,2005年版,第68—69页。
〔3〕 黄霖编著,《文心雕龙汇评》,上海古籍出版社,2005年版,第114页。
〔4〕 黄霖编著,《文心雕龙汇评》,上海古籍出版社,2005年版,第133页。

文章才力,有似于此。若风骨乏采,则鸷集翰林;采乏风骨,则雉窜文囿;唯藻耀而高翔,固文笔之鸣凤也。”〔1〕钟惺在其《合刻五家言本〈文心雕龙〉》的眉批中说:“比喻之妙,使人会心甚远。”〔2〕李安民在《批点本〈文心雕龙〉》的旁批中说:“比喻入神。”〔3〕其他如《定势》“湍回似规,矢激如绳”,《宗经》“然而道心惟微,圣谟卓绝;墙宇重峻,而吐纳自深。譬万钧之洪钟,无铮铮之细响矣”,《养气》“若夫器分有限,智用无涯;或惭凫企鹤,沥辞镌思。于是精气内销,有似尾闾之波;神志外伤,同乎牛山之木”〔4〕等等,都是采用十分精彩的比喻手法析事议理,鲜明深刻,说服力强,给读者留下深刻的印象。

除了比喻手法之外,《文心雕龙》还大量使用拟人与拟物之法进行文采藻饰,也收到了很好的艺术效果。其中拟人之法如《附会》:“夫才童学文,宜正体制,必以情志为神明,事义为骨髓,辞采为肌肤,宫商为声气;然后品藻玄黄,摛振金玉,献可替否,以裁厥中:斯缀思之恒数也。”〔5〕这段文章的主旨是阐述情志、事义、辞采、宫商(声律)各项在文章中的地位,重在说理,但是作者没有采取抽象的、纯理论说教的表达方式,而是以拟人之法出之:情志——神明,事义——骨髓;辞采——肌肤,宫商——声气。让人们通过鲜明生动的形象,直接把握四者在文章中的地位和作用,深入浅出,具体可感;又使文章语言生色,可读性增强。再如《风骨》“故辞之待骨,如体之树骸;情之含风,犹形之包气”,《体性》“辞为肌肤,志实骨髓”,《辨骚》“观其骨鲠所树,肌肤所附;虽取熔《经》

〔1〕 黄霖编著,《文心雕龙汇评》,上海古籍出版社,2005年版,第100—101页。
〔2〕〔3〕 黄霖编著,《文心雕龙汇评》,上海古籍出版社,2005年版,第101页。
〔4〕 黄霖编著,《文心雕龙汇评》,上海古籍出版社,2005年版,第105、19、138页。
〔5〕 黄霖编著,《文心雕龙汇评》,上海古籍出版社,2005年版,第140页。

旨,亦自铸伟辞"[1]等等,都是使用拟人藻饰之法,变抽象为具体,化死板为鲜活,提高了文章的表达效果。拟物之法如《声律》:"瑟资移柱,故有时而乖贰;籥含定管,故无往而不壹。陈思、潘岳,吹籥之调也;陆机、左思,瑟柱之和也。"[2]也是变抽象的说理为形象化的显示,把陈思、潘岳之风格说成吹籥之调,赞扬其合律;把陆机、左思之风格说成瑟柱之和,极言其勉强之态。通过这样的拟物之法,把两类作家、两种风格及其差异——这本来不能用直觉把握的东西诉诸人的听觉,变得具体可感,这样读者便容易判断和把握了,艺术效果特别突出。

其四,浓墨重彩的铺排藻饰

铺陈排比也是常见的修辞手法,在文采藻饰中具有特殊的作用,其特点是侧重于横向展示与渲染,造成特殊的气氛与格调。从文学史上看,这种方法主要在赋中使用,可以说是赋家的看家本事。《文心雕龙·诠赋》中说得好:"赋者,铺也,铺采摛文,体物写志也。"[3]从文体学的角度上看,骈文与赋的亲缘关系最近,赋中的好多表现手法,都为骈文所继承,其中尤以铺排藻饰之法为突出。《文心雕龙》中的文章都是比较典型的骈体文,其中好多篇章都采用铺陈排比的方法进行藻饰,也收到了很好的艺术效果。如《体性》:

> 若总其归途,则数穷八体:一曰典雅,二曰远奥,三曰精约,四曰显附,五曰繁缛,六曰壮丽,七曰新奇,八曰轻靡。典雅者,熔式经诰,方轨儒门者也;远奥者,馥采曲文,经理玄宗者也;精约者,核字省句,剖析毫厘者也;显附者,辞直义畅,切

---

[1] 黄霖编著,《文心雕龙汇评》,上海古籍出版社,2005年版,第100、98—99、25页。

[2] 黄霖编著,《文心雕龙汇评》,上海古籍出版社,2005年版,第114页。

[3] 黄霖编著,《文心雕龙汇评》,上海古籍出版社,2005年版,第35页。

理厌心者也；繁缛者，博喻酿采，炜烨枝派者也；壮丽者，高论宏裁，卓烁异采者也；新奇者，摈古竞今，危侧趣诡者也；轻靡者，浮文弱植，缥缈附俗者也。故雅与奇反，奥与显殊，繁与约舛，壮与轻乖，文辞根叶，苑囿其中矣。……是以贾生俊发，故文洁而体清；长卿傲诞，故理侈而辞溢；子云沉寂，故志隐而味深；子政简易，故趣昭而事博；孟坚雅懿，故裁密而思靡；平子淹通，故虑周而藻密；仲宣躁锐，故颖出而才果；公幹气褊，故言壮而情骇；嗣宗俶傥，故响逸而调远；叔夜俊侠，故兴高而采烈；安仁轻敏，故锋发而韵流；士衡矜重，故情繁而辞隐。触类以推，表里必符，岂非自然之恒资，才气之大略哉！〔1〕

此文的写作目的非常清楚，就是要揭示众多作家由于才性不同所形成的不同风格，头绪纷繁，涉及面广，不易把握。但是作者恰当地利用铺排藻饰之法，效果甚佳：文中先是八个数字排比，已经造成飞扬开张之气；然后紧接着用铺陈风格，连用八个相同的句式构成四联长联间隔对，句式整齐，气势非凡；后面以人物及其创作特色再进行排比，一浪高过一浪，一层胜过一层。既产生出雄俊畅达的气势，又呈现出多姿多彩的特殊意象，增加了文章的感染力。再如《乐府》："至于涂山歌于候人，始为南音；有娀谣乎飞燕，始为北声；夏甲叹于东阳，东音以发；殷整思于西河，西音以兴：音声推移，亦不一概矣。"〔2〕文章从方位上落笔，南、北、东、西，着重于横向的空间和方位拓展，纯为赋体家法，不但使语言显得精美工致，整齐匀称，而且还造成特殊的空间感。其他如《时序》："春秋以后，角战英雄，六经泥蟠，百家飙骇。方是时也，韩魏力政，燕赵任权；五蠹六虱，严于秦令；唯齐、楚两国，颇有文学。齐开庄衢之第，楚广兰台之宫，孟轲宾馆，荀卿宰邑，故稷下扇其清风，兰陵郁其茂

〔1〕 黄霖编著，《文心雕龙汇评》，上海古籍出版社，2005 年版，第 97—98 页。
〔2〕 黄霖编著，《文心雕龙汇评》，上海古籍出版社，2005 年版，第 31 页。

俗，邹子以谈天飞誉，驺奭以雕龙驰响，屈平联藻于日月，宋玉交彩于风云。”[1]也是铺采摛文，极尽排比藻饰之能事，所以，陈仁锡在眉批中说：“一时名士风流。”[2]李安民旁批为：“滔滔衮衮，气称其辞。”[3]比较准确地把握了这篇文章的行文特征。

通过上面的介绍与分析，我们可以看出，《文心雕龙》的文采藻饰理论与其创作实践是统一的，既为文采藻饰提供了方法论，又为后世作家提供了华实相扶、文质彬彬的美文范式。所以，无论是从六朝骈文史，还是从整个骈文史上进行考察，都具有特殊的意义。

三 《文心雕龙》关于藻饰理论和创作实践的历史地位

上面，我们比较系统地介绍了《文心雕龙》在藻饰理论和创作实践上的成就，从中可以看出其贡献是非凡的。但是，我们不能不说，《文心雕龙》关于文章藻饰的理论和实践也不是一空依傍，完全是自己独造出来的。事实上，无论是其藻饰理论，还是其创作实践，都是在继承前人优秀成果的基础之上产生的。

首先，从理论的角度考察，强调和追求辞采之美的思想观念，在很久以前就已经产生。考察现有的历史文献，早在先秦时期，人们就注意研究和探讨文采与修辞的问题了。如《左传》襄公二十五年便引孔子之言说：“志有之，言以足志，文以足言。不言谁知其志？言之无文，行而不远。”[4]一方面指出人的心志与情感需要语言来表达，另一方面又特别强调文采的重要性：有没有文采直接影响到语言的表达效果。特别值得注意的是《论语》，该书多次谈到文采与修饰问题。如《论语·宪问》第十四：“子曰：为命，裨谌草创之，世叔讨论之，行人子羽修饰之，东里子产润色之。”[5]显然，孔

[1][2][3] 黄霖编著，《文心雕龙汇评》，上海古籍出版社，2005年版，第145页。
[4] 杨伯峻编著，《春秋左传注》，中华书局，1990年版，第1106页。
[5] 杨伯峻译注，《论语译注》，中华书局，1980年版，第147页。

夫子特别赞赏郑国辞命经四人之手而成的做法，其中“润色”自然是指文采与藻饰。对此，清人袁枚在《与祝芷塘太史书》中有很好的解释：“圣人修辞，尚且不避巧字，而况今之为文章者乎？是以春秋时郑国辞命，先草创，后讨论，再修饰而润色之，亦不过求巧求人爱而已。”又在《与孙俌之秀才书》中说：“圣人论为命，尚且重修饰润色，所谓‘言之不文，行之不远’也。”从总体上考察《论语》一书，我们可以发现，孔子及其门徒主张文采之美与文章思想内容不可偏废，主体上追求的是“文质彬彬”的境界，如《论语·雍也》：“质胜文则野，文胜质则史。文质彬彬，然后君子。”[1]很清楚，孔夫子是主张文质并重，两全其美的。实际上，这是他中庸思想在文章学上的表现，不偏不倚，恰到好处。《论语》之外，《礼记·表记》中对文质问题也有所阐释，其中有云：“情欲信，辞欲巧。”其实也就是“文质彬彬”的意思，所以唐人孔颖达对这两句话的解释是：“言君子情貌欲得信实，言辞欲得和顺美巧。不违逆于理，与巧言令色者异。”[2]《论语·颜渊》中还记载卫国大夫棘子成与孔子门生子贡的对话，其内容也是文质关系问题：“棘子成曰：‘君子质而已矣，何以文为？’子贡曰：‘惜乎，夫子之说君子也！驷不及舌。文犹质也，质犹文也；虎豹之鞟犹犬羊之鞟。’”[3]意思是文与质都很重要，如果不讲文采，就如同虎豹之皮去掉了毛，那样它们与犬羊之皮就没有好坏之分与美丑之别了，显然，这与孔子“文质彬彬”的观点一脉相承。

此外，荀子在文质问题上也有类似的观点，他也强调文采与内容不可偏废。如《荀子·非相》中说：“凡人莫不好言其所善，而君子为甚。故赠人以言，重于金石珠玉；观人以言，美于黼黻文章；听

---

〔1〕 杨伯峻译注，《论语译注》，中华书局，1980年版，第61页。

〔2〕 李学勤主编，《十三经注疏·礼记正义》，北京大学出版社，1999年版，第1495页。

〔3〕 杨伯峻译注，《论语译注》，中华书局，1980年版，第126页。

人以言，乐于钟鼓琴瑟。故君子之于言无厌。鄙夫反是，好其实，不恤其文，是以终身不免埤汙傭俗。”〔1〕很明显，他特别注意文采的作用，对于“不恤其文”的错误观点进行批评，主张文质兼备。

到了两汉时期，文质关系问题进一步受到人们的关注和重视，出现文学自觉的征兆。首先是西汉大儒董仲舒，他在文与质的理论观念上继承孔、孟的思想又有所发展，其《春秋繁露·玉杯第二》中有言：“志为质，物为文。文著于质，质不居文，文安施质？质文两备，然后其礼成。文质偏行，不得有我尔之名。俱不能备而偏行之，宁有质而无文。虽弗予能礼，尚少善之，介葛庐来是也。有文不质，非直不子，乃少恶之，谓州公实来是也。然则《春秋》之序道也，先质而后文，右质而左物。”〔2〕一方面，其“质文两备”，不能“文质偏行”的观点与孔子等人的“文质彬彬”思想同出一辙，另一方面，在文与质的地位和关系上董仲舒则有自己的主张，不全与孔、孟雷同，这就是“文”附于“质”，“质”为主，“文”为从，二者不能“两备”之时，则“宁质而无文”。可以看出，董仲舒的文质论，在孔子“文质彬彬”的理论基础上又有所发展。此外，西汉时期的辞赋家们也对文采藻饰与文章内容之关系特别关注，并且提出了自己的主张。《西京杂记》卷二记载司马相如在回答友人盛览提出的如何作赋的问题时说：“合纂组以成文，列锦绣而为质；一经一纬，一宫一商，此赋家之迹也。”在汉代，谈到文质问题，不能不提到扬雄、王符、王充几人。说起扬雄，自然要提到他对讲究文采藻饰的批评，认为是“雕虫篆刻”，并且在《法言·吾子》中称重文轻质为“羊质而虎皮”〔3〕。不过，从总体上考察，他并没有主张彻底抛弃文采与藻饰，他基本上还是遵从孔子之说，文质并重，所以他在《法言·修

〔1〕王先谦撰，沈啸寰、王星贤点校，《荀子集解》，中华书局，1988 年版，第 83—84 页。

〔2〕苏舆撰，钟哲点校，《春秋繁露义证》，中华书局，1992 年版，第 27 页。

〔3〕汪荣宝撰，陈仲夫点校，《法言义疏》，中华书局，1987 年版，第 45、71 页。

身》中说："实无华则野，华无实则贾，华实副则礼。"《法言·寡见》中又说："玉不雕，玙璠不作器；言不文，典谟不作经。"[1]从实而论，他的"华实相副"与孔子的"文质彬彬"并无二致，都是文质并重。到了东汉时期，文学自觉的趋势更为明显，追求文采藻饰之美的风气更盛于世，甚至出现华而不实的倾向，当时就受到文艺家们的批评，但是，批评归批评，并没有因此而否定文采藻饰之美。在这方面，王符的观点特别值得注意，他对当时"雕丽"之文和"求见异于世"的文风进行批评，其《潜夫论·务本》中说："辞语者，以信顺为本，以诡丽为末。……今学问之士，好语虚无之事，争著雕丽之文，以求见异于世，品人鲜识，从而高之，此伤道德之实，而或矇夫之大者也。"[2]但是从总体上考察，他并不因为当时有过重文采藻饰之弊而全盘否定，还是同先儒孔、孟一样，文质并重，其《潜夫论·交际》中说："士贵有辞，亦憎多口。故曰：'文质彬彬，然后君子。'与其不忠，刚毅木讷，尚近于仁。"[3]同时代的另一位思想家王充显然也有类似的主张，其《论衡·书解》中说："龙鳞有文，于蛇为神；凤羽五色，于鸟为君；虎猛，毛纷纶；龟知，背负文。四者体不质，于物为圣贤。且夫山无林，则为土山；地无毛，则为泻土；人无文，则为朴人。"[4]同时他继承孔子的"文质彬彬"之说，用生动的比喻表达自己文质并重的主张，其《论衡·超奇》中有言："有根株于下，有荣叶于上；有实核于内，有皮壳于外。文墨辞说，士之荣叶，皮壳也。实诚在胸臆，文墨著竹帛；外内表里，自相副称。意奋而笔纵，故文现而实露也。人之有文也，犹禽之有毛也。毛有五

[1] 汪荣宝撰，陈仲夫点校，《法言义疏》，中华书局，1987年版，第97、221页。
[2] 王符著，汪继培笺，彭铎校正，《潜夫论笺校正》，中华书局，1985年版，第16—19页。
[3] 王符著，汪继培笺，彭铎校正，《潜夫论笺校正》，中华书局，1985年版，第354页。
[4] 王充著，黄晖撰，《论衡校释》，中华书局，1990年版，第1149—1150页。

色，皆生于体。苟有文无实，则是五色之禽，毛妄生也。"[1]显然也是文质并重论者。

魏晋时期是中国文学思想发展的重要历史阶段，其重要标志是文学自觉的思潮方兴未艾。一方面，追求文采藻饰之美的风习更变本加厉；另一方面，对文采藻饰问题的理论认识更加深入，其中特别值得注意的是曹丕、陆机、皇甫谧、葛洪等人有关文采藻饰问题的论述。曹丕在《典论·论文》中说："夫文本同而末异。盖奏议宜雅，书论宜理，铭诔尚质，诗赋欲丽。"[2]其中"欲丽"显然是追求文采藻饰之美。晋之陆机在《文赋》中也明确表达了讲究藻饰的主张："诗缘情而绮靡，赋体物而浏亮。碑披文以相质，诔缠绵而凄怆。铭博约而温润，箴顿挫而清壮。颂优游以彬蔚，论精微而朗畅。奏平彻以闲雅，说炜晔而谲狂。"又说："其会意也尚巧，其遣言也贵妍。暨音声之迭代，若五色之相宣。"[3]其中"绮靡""披文"就是求美、求丽，而"尚巧""贵妍""五色之相宣"更是明显地讲究藻饰之美的意思。其他如皇甫谧、葛洪等人也有类似的表述。皇甫谧在其《三都赋序》中就指出："然则赋也者，所以因物造端，敷弘体理，欲人不能加也。引而申之，故文必极美；触类而长之，故辞必尽丽。然则美丽之文，赋之作也。"[4]以赋为例，主张文章应该文辞美丽。葛洪是东晋时期的重要思想家，在文学理论上，他本身有自相矛盾之处：一方面他贵功用而轻藻饰，所以在《抱朴子》外篇《应嘲》中说："立言者贵于助教，而不以偶俗集誉为高。若徒阿顺谄谀，虚美隐恶，岂所匡失弼违，醒迷补过者乎？……余无取焉。非不能属华艳以取悦，非不知抗直言之多吝，然不忍违情曲笔，错滥真伪，欲令心口相契，顾不愧景，冀知音之后也。……而著书者

[1] 王充著，黄晖撰，《论衡校释》，中华书局，1990年版，第609页。
[2] 魏宏灿校注，《曹丕集校注》，安徽大学出版社，2009年版，第313页。
[3] 陆机著，张少康集释，《文赋集释》，人民文学出版社，2002年版，第99、132页。
[4] 萧统编，李善注，《文选》，上海古籍出版社，1986年版，第2038页。

徒饰弄华藻，张磔迂阔，属难验无益之辞，治靡丽虚言之美。”〔1〕但是他又不能不受当时重文学特质、讲究文采藻饰之风的影响，所以又以发展的眼光看待藻饰，认为文辞的华美是文学发展的必然结果。《抱朴子·钧世》指出：“且夫古者事事醇素，今则莫不雕修饰，时移世改，理自然也。”又肯定今文胜于古文：“且夫《尚书》者，政事之集也，然未若近代之优文、诏、策、军书、奏、议之清富赡丽也。《毛诗》者，华彩之辞也，然不及《上林》、《羽猎》、《二京》、《三都》之汪涉博富也。”“若夫俱论宫室，而奚斯‘路寝’之颂，何如王生之赋《灵光》乎？同说游猎，而《叔畋》、《卢铃》之诗，何如相如之言《上林》乎？并美祭祀，而《清庙》、《云汉》之辞，何如郭氏《南郊》之艳乎？等称征伐，而《出车》、《六月》之作，何如陈琳《武军》之壮乎？则举条可以觉焉。近者夏侯湛、潘安仁并作《补亡诗》：《白华》、《由庚》、《南陔》、《华黍》之属，诸硕儒高才之赏文者，咸以古诗三百，未有足以偶二贤之所作也。”〔2〕同时，他又把文采与道德等量齐观，认为其重要性不分高下，如《抱朴子·尚博》：“筌可以弃，而鱼未获，则不得无筌；文可以废，而道未行，则不得无文。……且文章之与德行，犹十尺之与一丈。谓之余事，未之前闻。夫上天之所以垂象，唐、虞之所以为称，大人虎炳，君子豹蔚，昌、旦定圣谥于一字，仲尼从周之郁，莫非文也。八卦生鹰隼之所被，六甲出灵龟之所负。文之所在，虽贱尤贵。犬羊之鞟，未得比焉。且夫本不必皆珍，末不必悉薄。譬若锦绣之因素地，珠玉之居蚌、石，云雨生于肤寸，江河始于咫尺。尔则文章虽为德行之弟，未可呼为余事也。”〔3〕又如《抱朴子·循本》：“或曰：‘著述虽繁，适可以骋辞耀藻，无补救于得失，未若德行不言之训，故颜、闵为上，

〔1〕 杨明照撰，《抱朴子外篇校笺》，中华书局，1991 年版，第 414—416 页。
〔2〕 杨明照撰，《抱朴子外篇校笺》，中华书局，1991 年版，第 77、69—70、75 页。
〔3〕 杨明照撰，《抱朴子外篇校笺》，中华书局，1991 年版，第 109—113 页。

而游、夏乃次四科之格，学本而行末。然则缀文固为余事，而吾子不褒崇其源，而独贵其流，可乎？'抱朴子答曰：'德行为有事，优劣易见；文章微妙，其体难识。夫易见者，粗也；难识者，精也。夫唯粗也，故铨衡有定焉；夫唯精也，故品藻难一焉……'"[1]显然，这是把文采藻饰与德行并列起来了。通观他关于文质问题的言论，虽然对过度文采藻饰有所批评，但是总体上也不忽视其作用。

与汉魏时期相比，南北朝时期的文士对文采藻饰的讲究有过之而无不及，可以说是唯美主义文学极度发展的时代，也可以说是文学自觉的黄金时代。其中对文采藻饰问题的理论阐述更胜以往。如沈约，其《宋书·谢灵运传论》中从文学史的角度总结出"以情纬文，以文被质"之说，并且特别强调文采与藻饰的作用，有"五色相宣，八音协畅"之说，甚至说"妙达此旨，始可言文"。再如萧统，虽然在《答湘东王求文集及诗苑英华书》中说："夫文，典则累野，丽亦伤浮，能丽而不浮，典而不野，文质彬彬，有君子之致。"[2]不过在其《文选·序》中则表现出更重文采藻饰的倾向："若夫椎轮为大辂之始，大辂宁有椎轮之质？增冰为积水所成，积水曾微增冰之凛。何哉？盖踵其事而增华，变其本而加厉。物既有之，文亦宜然。"[3]认为应该在文采藻饰上多下功夫。其他如钟嵘，在其《诗品》中也强调文学作品应"干之以风力，润之以丹采"。也表现出对文采藻饰的重视。特别值得注意的是：当时不仅南北政治对立，思想文化与地理环境也有很大的差异，但是文学自觉的思潮却大致同风，其中一个特殊形象是：北朝文学理论家也注意到文采与藻饰的问题，如北周的颜之推就对文质关系进行过科学的论述，如其《颜氏家训·文章》："凡为文章，犹人乘骐骥，虽有逸气，当以衔勒制之，勿使流乱轨躅，放意填坑岸也。文章当以理致为心肾，气调

---

[1] 杨明照撰，《抱朴子外篇校笺》，中华书局，1991年版，第106—107页。
[2] 刘勰著，詹锳义证，《文心雕龙义证》，上海古籍出版社，1989年版，第1174页。
[3] 萧统编，李善注，《文选》，上海古籍出版社，1986年版，第1页。

为筋骨,事义为皮肤,华丽为冠冕。今世相承,趋末弃本,率多浮艳。辞与理竞,辞胜而理伏;事与才争,事繁而才损。放逸者流宕而忘归,穿凿者补缀而不足。时俗如此,安能独违?但务去泰去甚耳。必有盛才重誉,改革体裁者,实吾所希。古人之文,宏材逸气,体度风格,去今实远;但缉缀疏朴,未为密致耳。今世音律谐靡,章句偶对,讳避精详,贤于往昔者多矣。宜以古之制裁为本,今之辞调为末,并须两存,不可偏弃也。"[1]很明显,颜之推认为太重质与太重文都不行,太重质则"疏朴","未为密致",不可取;太重文则"率多浮艳",是"趋末弃本",也不足取;应该是文质并重,既有充实的思想内容,又有华美的辞采,"并须两存,不可偏弃"。其实,这还是与孔夫子所说的"文质彬彬"一脉相承,与南朝文学批评家的主流意识基本相同。

总之,从先秦一直到刘勰生活的南北朝时期,有关文采藻饰问题、文质关系问题一直有人关注和探讨,形成了一定的思想观念,为刘勰在这方面继续研究和探索打下了比较好的理论基础。所以,《文心雕龙》就是在此基础之上形成自己的藻饰理论的,具体表现在如下几个方面:

第一,刘勰关于藻饰的作用和必要性的论述继承了前人的理论成果。

《文心雕龙·序志》篇中说:"古来文章,以雕缛成体。"《附会》:"必以情志为神明,事义为骨髓,辞采为肌肤。"《征圣》:"然则志足而言文,情信而辞巧,乃含章之玉牒,秉文之金科矣。"《诠赋》:"情以物兴,故义必明雅;物以情观,故辞必巧丽。"[2]仔细分析、对照,我们会发现,这些论述是有来处的,不是一空依傍的。如《情采》中的"虎豹无文,则鞟同犬羊"明显继承了子贡与葛洪的主张。

---

〔1〕 王利器撰,《颜氏家训集解》,中华书局,1993年版,第266—269页。

〔2〕 黄霖编著,《文心雕龙汇评》,上海古籍出版社,2005年版,第162、140、16、37页。

《论语·颜渊》中载子贡回答棘成子关于君子与文的关系问题时,有"文犹质也,质犹文也;虎豹之鞟犹犬羊之鞟"。晋葛洪《抱朴子·尚博》中说:"筌可以弃,而鱼未获,则不得无筌;文可以废,而道未行,则不得无文。……文之所在,虽贱尤贵,犬羊之鞟,未得比焉。"[1]前后的继承关系比较明显。所以,罗宗强先生指出:"我们又看到了后来刘勰论文之原的一个来源。"[2]从实而论,罗先生的洞察力确实不凡。

第二,刘勰的文质论从主体上看也是以继承前人的理论成果为主。

从前面的分析中我们可以看出:刘勰文质关系论的主体包括两个层面:一是文质相互依存,《文心雕龙·情采》中说:"夫水性虚而沦漪结,木体实而花萼振:文附质也。虎豹无文,则鞟同犬羊;犀有皮,而色资丹漆:质待文也。"《熔裁》:"万趣会文,不离情辞。"[3]很明显,这是儒家传统文质观的延续。《论语·颜渊》早就有言曰:"文犹质也,质犹文也;虎豹之鞟犹犬羊之鞟。"董仲舒也早就在其《春秋繁露·玉杯》中指出:"质文两备,然后其礼成。文质偏行,不得有我尔之名。俱不能备而偏行之,宁有质而无文。虽弗予能礼,尚少善之,介葛卢来是也。有文无质,非直不予,乃少恶之,谓州公实来是也。"[4]前后之间的继承关系是非常明显的。二是文与质不是等量齐观,而是主从关系,即质为主,文为从;质为本,文为末。《文心雕龙·情采》中说得清楚:"夫铅黛所以饰容,而盼倩生于淑姿;文采所以饰言,而辩丽本于情性。故情者文之经,辞者理之纬;经正而后纬成,理定而后辞畅:此立文之本源也。"《议对》中有言:"若文浮于理,末胜其本,则秦女楚珠,复存于兹矣。"

---

〔1〕 杨明照撰,《抱朴子外篇校笺》,中华书局,1991年版,第109—113页。
〔2〕 罗宗强著,《魏晋南北朝文学思想史》,中华书局,1996年版,第161页。
〔3〕 黄霖编著,《文心雕龙汇评》,上海古籍出版社,2005年版,第108、112页。
〔4〕 苏舆撰,钟哲点校,《春秋繁露义证》,中华书局,1992年版,第27页。

《体性》中也写道:"夫情动而言形,理发而文见。"《定势》中又十分肯定地说:"情固先辞。"[1]其实,董仲舒已经说过:"志为质,物为文。文著于质。……然则《春秋》之序道也,先质而后文,右志而左物。"[2]所以,推究起来,刘勰此论是从董仲舒的"文"附于"质","质"为主、"文"为从的思想观念演化而来的。

第三,刘勰关于处理文质关系的标准和原则的论述也主要是吸收前人的理论成果。

在《文心雕龙》一书中,多次阐释处理文质关系的标准和原则问题,其观点上承孔子,强调的是华实相符,文质彬彬。如其《章表》篇:"繁约得正,华实相胜,唇吻不滞,则中律矣。"《才略》篇评价作家时也以此为词:"荀况学宗,而象物名赋;文质相称,固巨儒之情也。""马融鸿儒,思洽识高,吐纳经范,华实相扶。"又说:"张衡通赡,蔡邕精雅;文史彬彬,隔世相望。"《征圣》:"然则圣文之雅丽,固衔华而佩实者也。"当然,比较起来说,还是《情采》中阐述得更为明确:"夫设模以位理,拟地以置心,心定而后结音,理正而后摛藻,使文不灭质,博不溺心,正采耀乎朱蓝,间色屏于红紫,乃可谓雕琢其章,彬彬君子矣。"[3]黄侃先生在其《文心雕龙札记》中解读这段话时说:"盖闻修辞立诚,大《易》之明训;无文不远,古志之嘉谟。称情立言,因理舒藻,亦庶几彬彬君子,孰谓中庸不可能哉?"[4]点出"文质彬彬"即中庸之境界,不偏不倚,文质兼备。《〈文心雕龙〉注订》中也说:"按自'夫能'句以下至末,明一篇主义在心定理正,

---

[1] 黄霖编著,《文心雕龙汇评》,上海古籍出版社,2005年版,第109、87、97、107页。

[2] 苏舆撰,钟哲点校,《春秋繁露义证》,中华书局,1992年版,第27页。

[3] 黄霖编著,《文心雕龙汇评》,上海古籍出版社,2005年版,第81、153—154、17、110页。

[4] 黄侃撰,《文心雕龙札记》,上海古籍出版社,2000年版,第113页。

而后无灭质溺心之病，方可谓彬彬者矣。”[1]很显然，刘勰此处的“彬彬君子”与孔夫子“文质彬彬，然后君子”一脉相承，同出一辙。

从上面的分析和介绍中，我们可以看出：《文心雕龙》关于文采藻饰与文章内容之关系的论述确实不是他的独立创造，而是在前人理论成果的基础之上完成的。但是，我们不能由此便得出这样的结论：刘勰在文质理论方面缺乏独创性。从实而论，刘勰在文采藻饰及其与文章思想内容之关系方面的贡献和创造，或者说是超越，主要表现在他对已有的、局部和零散的观点进行归纳和综合，并从史的角度进行探讨和阐述，揭示了文质升降、演化的发展流程，并且画出了清晰的轨迹，由已有的支言片语和局部、单一的看法发展成科学、完整的理论体系。而这一点，在《情采》篇中体现得非常充分，这篇文章，应该说是中国古代文学理论史上有关文采藻饰及其与文章思想内容之关系的最为系统，最为全面的论述之一。在此之前，在文采藻饰理论上，没有这样完整、系统的专题论文；与其同时的其他文学理论家也没有写出这样全面、深刻的理论文章。所以，刘勰在文采藻饰理论方面确实既有继承，又有超越，贡献非凡，这是我们必须注意的问题。

同时，从创作实践上考察，追求藻饰之美的创作倾向也由来已久，而骈文尤其如此。究其原因，一是文体本身的因素，因为骈文较其他文体更讲究文采藻饰，以形式美为重要特征。二是汉语言文字的特殊性造成的。与其他文字相比，汉字有这样几种特征：第一，单文独义；第二，以表意文字为主；第三，一字一音；第四，单音词丰富；第五，区别“四声”；第六是言文分离。由于具备了这样六种特性，汉语言文字便有了几种特殊功能：自由伸缩，任意分合；随机变化，得心应手，其灵活机动的弹性举世无匹。这样便为文字的藻饰提供了非常好的物质基础，并产生了引导机制，其具体表现，

[1] 刘勰著，詹锳义证，《文心雕龙义证》，上海古籍出版社，1989 年版，第 1174 页。

一是汉字作为方块文字,象形特点极为突出,不像拼音文字那样是抽象干瘪的字母,而能由形而见物,为文章的形态藻饰提供了方便,骈体文正是利用汉字这种象形的特点,构成词藻精美、形象生动的骈语。二是汉字以表意为主,其字形与字义间紧密联系:花卉的颜色之别,服饰的色彩之异,自然、人世中各种事物五彩缤纷的色调都通过方块汉字显示出来,这就为骈体"妃白粟黄""抽黄对白"提供了方便条件。尽管有时存在杨炯《王子安集序》中所说的"糅之以金玉龙凤,乱之以朱紫青黄"的过甚之病,但用得恰到好处,确实容易形成词色绚丽之美。骈文家们正是将表意文字以蒙太奇似的方式奇妙组合,构成鲜明的意象,引起读者无穷的联想。另外,从语法和修辞的角度上看,汉语句法机动灵活,尤其在修辞手段上又多种多样,也为骈文藻饰提供了基础,使得骈文词语更为精美。诚然,用典、对偶、调声、配韵等都属于藻饰的范畴,不过,对骈体文而言,所谓藻饰之美,主要表现在语言文字上的色泽之美,突出视觉上的美感。通过前面的分析和介绍,我们已经看到,《文心雕龙》一书恰恰是充分利用了汉语言文字的这些特殊优势,在文采藻饰方面取得了杰出的成就,应该说是骈文藻饰之美方面的楷模。

从骈文史的角度上看,在《文心雕龙》产生之前,从汉、魏、晋、宋,一直到刘勰本人所生活的齐、梁时期,骈文在藻饰方面经过了长足的发展过程,积累了丰富的经验,也有深刻的历史教训。

首先,汉、魏时期,是文学走向自觉的时代,骈文也恰好处于初级阶段,虽然还带有当时那个特定时代所特有的通脱之风,但是最突出的特点是追求藻饰之美。我们看下面两段文字:

惟遐方之珍草兮,产昆仑之极幽。受中和之正气兮,承阴阳之灵休。扬丰馨于西裔兮,布和种于中州。去原野之侧陋兮,植高宇之外庭。布萋萋之茂叶兮,挺冉冉之柔茎。色光润而采发兮,似孔翠之扬精。[1]

————王粲《迷迭赋》

云髻峨峨,修眉联娟。丹唇外朗,皓齿内鲜。明眸善睐,靥辅承权。瑰姿艳逸,仪静体闲。柔情绰态,媚于语言。奇服旷世,骨像应图。披罗衣之璀粲兮,珥瑶碧之华琚。戴金翠之首饰,缀明珠以耀躯。践远游之文履,曳雾绡之轻裾。微幽兰之芳蔼兮,步踟蹰于山隅。[2]

————曹植《洛神赋》

上面两段文字有一个共同的特征,那就是在辞采上都表现出求美求丽的倾向,尤其是曹植的作品,精雕细刻,浓墨重彩,艳美异常,几乎无以复加,给人的视觉效果特别突出。当然,作者是情动于中而后成文,又受当时世积乱离的社会生活影响,所以文采藻饰与其情感内容相互统一,没有华而不实之弊。虽然文章色泽鲜丽,但是兼具风骨,气疏而辞畅,不失通脱之致,应该说是文质彬彬之作。

到了晋宋时期,随着文学的进一步自觉,求美求丽的趋势更为强劲,骈文在这方面最为突出。当时,其藻饰趋势朝着两个方向发展:一是追求用典,一是追求繁缛与丽密。后一点表现更为明显,是晋、宋骈文创作中最为普遍的现象。其中西晋的陆机和刘宋时期的颜延之就是这种创作倾向的代表人物。

就文采藻饰而言,陆机堪称大手笔,这在其骈文创作中有充分的体现。通观其作品,突出的特点是才高辞赡,宏丽华美;文采沃若,含英咀华;声光奕奕,繁缛丽密。在文学形式美的创造上,上承汉魏,下开齐梁,是中国骈体美文的一代宗师。当然,其骈文的不

---

〔1〕 俞绍初校点,《王粲集》,中华书局,1980年版,第23—24页。

〔2〕 曹植著,赵幼文校注,《曹植集校注》,人民文学出版社,1998年版,第283页。

足也很明显，就是有时辞采偏多，产生冗繁芜蔓之病。《晋书·陆机陆云传论》中对他的评价很高："古人云：'虽楚有才，晋实用之。'观夫陆机、陆云，实荆衡之杞梓，挺珪璋于秀实，驰英华于早年，风鉴澄爽，神情骏迈。文藻宏丽，独步当时；言论慷慨，冠乎终古。高词迥映，如朗月之悬光；叠意回舒，若重岩之积秀。千条析理，则电坼霜开；一绪连文，则珠流璧合。其词深而雅，其义博而显，故足远超枚马，高蹑王刘，百代文宗，一人而已。"[1]极力赞美其文学创作，特别肯定的是他的文采与才华。仔细考察其作品，其《吊魏武帝文》便可以代表他的总体风格："援贞吝以惎悔，虽在我而不臧。惜内顾之缠绵，恨末命之微详。纡广念于履组，尘清虑于余香。结遗情之婉娈，何命促而意长！陈法服于帷座，陪窈窕于玉房。宣备物于虚器，发哀音于旧倡。矫戚容以赴节，掩零泪而荐觞。物无微而不存，体无惠而不亡。庶圣灵之响像，想幽神之复光。苟形声之翳没，虽音景其必藏。……登雀台而群悲，眝美目其何望。既晞古以遗累，信简礼而薄葬。彼裘绂于何有，贻尘谤于后王。嗟大恋之所存，故虽哲而不忘。览遗籍以慷慨，献兹文而凄伤。"[2]这篇吊文不失为声情并茂的佳作，既抒发了沉郁凄怆的情感，又展示出精美的词采。当然，客观地说，文章确实有辞采偏多、冗繁芜蔓之累，所以刘勰在《文心雕龙·哀吊》中说："序巧而文繁。"又在《才略》篇中指出："陆机才欲窥深，辞务索广，故思能入巧，而不制繁。"[3]这些评价都是非常中肯的。

同陆机相似，颜延之也是文采藻饰的高手，在文学形式美的创造上有特殊的贡献。其骈文创作最突出的特点是雕琢极甚，词采具有惊人之艳。《南史·颜延之传》中记载鲍照在回答颜延之关于他本人同谢灵运相比谁优谁劣的问话时指出："谢五言如初发芙

[1] 房玄龄等撰，《晋书》，中华书局，1974年版，第1487页。
[2] 金涛声点校，《陆机集》，中华书局，1982年版，第117—118页。
[3] 黄霖编著，《文心雕龙汇评》，上海古籍出版社，2005年版，第51、155页。

蓉，自然可爱；君诗若铺锦列绣，亦雕缋满眼。”[1]比较客观地点出他雕琢藻饰过度的弊病。此外，钟嵘《诗品》中也说他的作品“体裁绮密。然情喻渊深，动无虚发；一句一字，皆致意焉。”[2]考察他的骈文创作，也是这种倾向，最显著的特征是铺锦列绣，词采绮丽。我们看其《三月三日曲水诗序》中的一段文字，以见一斑：“既而帝晖临幄，百司定列，凤盖俄轸，虹旗委旆。……妍歌妙舞之容，衔组树羽之器。三奏四上之调，六茎九成之曲。竞气繁声，合变争节。龙文饰辔，青翰侍御。华裔殷至，观听骛集。扬袂风山，举袖阴泽。靓庄藻野，袨服缛川。……怅钧台之未临，慨酆宫之不县。方且排凤阙以高游，开爵园而广宴。并命在位，展诗发志。则夫诵美有章，陈信无愧者欤?”[3]实在是浓墨重彩，精雕细刻；镂金错采，滴粉搓酥。一方面，在行文上以四六句式为主体，整齐工致，精美异常；另一方面在词采上则浓郁艳丽，烂若披锦。同时，又使事用典，工丽妥帖。难怪李兆洛在其《骈体文钞》中评价说：“隶事之富，始于士衡；织词之缛，始于延之。”[4]考察其骈文创作实际，我们觉得这一评价恰如其分。

进入齐、梁时期，对文学形式美的追求达到登峰造极的境地，可以说，这是文学史上唯美主义表现最为突出的一个时期。其中最能体现这种风气的无疑是当时的骈体文。考察这一时期的骈文，最主要的特征是在藻饰方面变本加厉，登峰造极。不过，这种美已经带有明显的弊端，突出的特点是追求新巧，喜欢色泽浓艳，辞藻华丽，结果造成文章内容空虚之病，华而不实，成为病态美文。刘勰在《文心雕龙 · 定势》中说：“自近代辞人，率好诡巧，原其为体，讹势所变，厌黩旧式，故穿凿取新，察其讹意，似难而实无他术

[1] 李延寿撰，《南史》，中华书局，1975 年版，第 881 页。
[2] 钟嵘著，曹旭集注，《诗品集注》，上海古籍出版社，1994 年版，第 270 页。
[3] 萧统编，李善注，《文选》，上海古籍出版社，1986 年版，第 2053—2054 页。
[4] 李兆洛选辑，《骈体文钞》，上海书店，1988 年版，第 64 页。

也,反正而已。故文反正为乏,辞反正为奇。效奇之法,必颠倒文句,上字而抑下,中辞而出外,回互不常,则新色耳。"[1]从创作实际上看,鲍照、江淹就是这方面的代表人物。如鲍照《芜城赋》中"东都妙姬,南国丽人;蕙心纨质,玉貌绛唇"数句,正常的说法应当是"兰心蕙质",但是因为爱奇之故,所以写成"蕙心纨质",以求色新。所以《文选》李善注中说:"左九嫔《武帝纳皇后颂》曰:'如兰之茂。'《好色赋》曰:'腰如束素。'兰蕙同类,纨素兼名,文士爱奇,故变文耳。"[2]再如江淹《恨赋》之"孤臣危涕,孽子坠心"一联,正常的语序应该是"孤臣危心""孽子坠涕",作者有意标新立异,所以这样写。《文选》李注云:"心当云危,涕当云坠,江氏爱奇,故互文以见义。"[3]其他如庾信《梁东宫行雨山铭》中有句:"草绿衫同,花红面似。"[4]正常的语序应该是"衫同草绿,面似花红",也是因为偏爱新奇,所以写成这个样子。另外如孔德璋《北山移文》中"泪翟子之悲,恸朱公之哭",郦道元《水经注》之"青崖翠发",都是如此,前者正常语序应该是"翟子之悲泪,朱公之恸哭",后者应该是"青崖发翠"。对这种创作倾向,《南齐书·文学传论》中早有客观的评价,指出其主要弊端是"发唱惊挺,操调险急,雕藻淫艳,倾炫心魄。亦犹五色之有红紫,八音之有郑、卫"[5]。除此之外,齐、梁时期还有另一种弊病,就是内容低下的宫体之风又大行于世。唐杜确在《岑嘉州诗序》中揭示说:"梁简文帝及庾肩吾之属,始为轻浮绮靡之词,名曰宫体。自后沿袭,务为妖艳。"[6]梁简文帝自己在《诫当阳公大心书》中便露骨地说:"立身之道,与文章异;立身先须谨重,

[1] 黄霖编著,《文心雕龙汇评》,上海古籍出版社,2005年版,第107页。
[2] 萧统编,李善注,《文选》,上海古籍出版社,1986年版,第505—506页。
[3] 萧统编,李善注,《文选》,上海古籍出版社,1986年版,第747页。
[4] 庾信撰,倪璠注,许逸民校点,《庾子山集注》,中华书局,1980年版,第701页。
[5] 萧子显撰,《南齐书》,中华书局,1972年版,第908页。
[6] 岑参撰,廖立笺注,《岑嘉州诗笺注》,中华书局,2004年版,第1页。

文章且须放荡。”〔1〕在这样的风气之下，文章藻饰确实走入歧途，骈文作为最讲藻饰之美的文体，自然不能幸免。所以近人刘师培在《文章源始》中说：“齐、梁以下，四六之体渐兴；以声色相矜，以藻绘相饰，靡曼纤冶，文体亦卑。”〔2〕所以，齐、梁时代既是文学藻饰之美高度发展的时代，又是文采藻饰方面弊端特别严重的时代，功过是非，众说纷纭，莫衷一是。

在上述历史环境和历史背景之下，刘勰在其《文心雕龙》写作中，一方面继承了前人在文采藻饰方面的优秀遗产，吸收了同时代的理论成果，又加进自己的创造，形成了比较系统的文采藻饰理论。另一方面，他在自己的写作实践中，顺应了文学追求形式之美的大趋势，尤其是继承了前人在骈文形式美方面的创作经验和方法，使其文在文采藻饰上特别成功，极具词色之美。更为难能可贵的是：他不为当时特别盛行的过于追求词色之美、华而不实的习气所染，在文章的文采和思想内容的关系上也取折衷态度，讲究华实相符、情文兼至，创作出文质彬彬的骈体美文，成为这种文体的一大宗师，在中国古代骈文史上占有重要的地位。

第五节 《文心雕龙》关于骈散结合的理论和实践

骈文、散文本来都是在中国文学史上长期流行的文体，二者在功用上各有所长，同时也各有所短。如何处理这两种文体之间的

〔1〕 严可均校辑，《全上古三代秦汉三国六朝文》，中华书局，1958 年版，第 3010 页。

〔2〕 刘师培著，陈引弛编校，《刘师培中古文学论集》，中国社会科学出版社，1997 年版，第 215 页。

关系呢？历史上主要有三种主张，并且由此划分为三个派别：一是尊散抑骈派，认为散体古文为文章正宗，反对骈文；二是尊骈抑散派，认为骈文为文章正宗，把散文排除在文学范畴之外；三是骈散结合派，认为骈散各有所宜，所以应该相互结合。从历史的角度考察，刘勰是骈散结合派的开山祖师，他在《文心雕龙》一书中，明确提出了骈散结合的理论和方法，并且在本书的写作中实践了自己的主张，取得了杰出的成就。

一 《文心雕龙》中有关骈散结合的理论

《文心雕龙》关于骈散结合的理论论述主要集中在《丽辞》篇，该篇有两处侧重论述这一问题：一是在文章开头，一是在文章结尾。前者于骈文、散文两持其平，强调骈散各有所宜，用骈用散要顺其自然；后者着重从创作上提出自己的理论主张，强调骈散结合。我们先看开头部分：

> 唐虞之世，辞未极文，而皋陶赞云："罪疑惟轻，功疑惟重。"益陈谟云："满招损，谦受益。"岂营丽辞，率然对尔。《易》之《文》、《系》，圣人之妙思也。序《乾》四德，则句句相衔；龙虎类感，则字字相俪；乾坤易简，则宛转相承；日月往来，则隔行悬合：虽句字或殊，而偶意一也。至于诗人偶章，大夫联辞，奇偶适变，不劳经营。[1]

这段文字包含三层意思：一是从史的角度揭示唐虞之世，即上古之时文章的自然状况，虽然有丽辞骈语存在，但是却不是刻意经营的结果，而是率意为之的产物，用作者的话说就是"岂营丽辞，率然对尔"，即不经意中自然而成。这实际上是其文学自然观的延伸。二是阐述"《易》之《文》、《系》"这类圣人之文中丽辞骈语的状

〔1〕 黄霖编著，《文心雕龙汇评》，上海古籍出版社，2005年版，第118页。

况,其突出特点是不大讲究句度之整齐与否,主要是"偶意",即意义上相偶。黄侃先生在其《文心雕龙札记》中解释说:"三曰'句字或殊,偶意一也。'明对偶之文,但取配俪,不必比其句度,使语律齐同也。"[1]台湾学者李曰刚在《〈文心雕龙〉斟诠》中说:"意能相偶,亦谓丽辞也。"[2]其实两人讲的都是《易》之《文》《系》中骈语侧重意义上对偶的粗朴状况。三是说明周至春秋战国时期骈语与散语的存在状况,独具只眼,发人之所未发,在文章学理论上可以说有破天荒的意义:在周至春秋战国这一漫长的历史阶段中,文学方面的主要作品无论是《诗经》《左传》,还是《国语》等等,不管是用骈语,还是用散语,都是适应实际情况的变化,有什么需要就有什么样的语言,或奇或偶,视情况而定,并不是刻意追求,用作者自己的话说就是"奇偶适变,不劳经营"。意在说明骈散各有所宜,所以用骈用散要顺其自然。这在骈体文如日中天的齐、梁时代,确实是难能可贵的,说其具有划时代的意义也不过分。对于《文心雕龙》的这一理论主张,有些富有卓识的学者已经进行了深入的解读。黄侃先生在《文心雕龙札记》中说:"四曰'奇偶适变,不劳经营'。明用奇用偶,初无成律,应偶者不得不偶,犹应奇者不得不奇也。"[3]《文论讲疏》则直接点出骈散问题:"此论骈散之各有所宜也。"[4]台湾学者李曰刚在其《〈文心雕龙〉斟诠》中的解释,侧重于自然观:"言其辞句或散行或骈俪,随机应变,不须刻意经营也。此二句承上《诗》与《左》《国》而言,只证秦汉以上偶言,并出自然也。彦和言外之意,示人不必扬偶抑奇。此节所以举扬马张蔡者,以见辞意并偶之渐也。盖文之用奇用偶,初无定则,可奇者不能不奇,可偶者不能不偶,固无事乎勉强,任其自然可耳。"[5]郭晋稀先

[1][3] 黄侃撰,《文心雕龙札记》,上海古籍出版社,2000年版,第162页。
[2] 刘勰著,詹锳义证,《文心雕龙义证》,上海古籍出版社,1999年版,第1299页。
[4][5] 刘勰著,詹锳义证,《文心雕龙义证》,上海古籍出版社,1999年版,第1300—1301页。

生在其《〈文心雕龙〉注释》中还从《左传》中找出实例进行说明："如《左氏》宣公三年，楚子问鼎，王孙满对辞中有云：'商纣暴虐，鼎迁于周。德之休明，虽小重也；其奸回昏乱，虽大轻也。天祚明德，有所底止。成王定鼎于郏鄏，卜世三十，卜年七百，天所命也。周德虽衰，天命未改，鼎之轻重，未可知也。'便是骈散兼行。"〔1〕应该说这几位学者都把握住了《文心雕龙》骈散结合理论的精髓，是刘勰的知音。

文章的结尾部分，通过对骈文创作中利弊得失的深入分析，顺理成章地提出骈散结合的结论：

> 若气无奇类，文乏异采，碌碌丽辞，则昏睡耳目。必使理圆事密，联璧其章。迭用奇偶，节以杂佩，乃其贵耳。类此而思，理斯见也。〔2〕

这一小段文字包含非常深刻的内容：

第一层，作者在这里揭示出骈文创作中的弊端及其成因。骈文的弊端关键就是堆砌、庸碌之病，即"碌碌丽辞，则昏睡耳目"。什么原因造成这种弊端呢？主要是缺乏骨气与辞采，即所谓"气无奇类，文乏异采"。所以纪晓岚批道："言对偶虽合法，而无骨采亦不可。"〔3〕刘大杰《中国文学批评史》中持同样看法："'若气无奇类……则昏睡耳目'，是针对堆砌辞藻，缺乏风骨的作品而发。"〔4〕张立斋在《〈文心雕龙〉注订》中也是这样认定的："若'气无'云云以下，是指修辞立言，宜求精巧有异采，不可碌碌乏味也。"〔5〕李曰刚《〈文心雕龙〉斟诠》则作了更进一步的解读："此四句总论言事二对庸冗之病。盖彦和就四对推进一层，以为对偶虽称合度，若无骨采，亦不谓之工。……无论言对或事对，若辞气既无瑰奇事类相

〔1〕 刘勰著，詹锳义证，《文心雕龙义证》，上海古籍出版社，1999年版，第1300页。
〔2〕〔3〕 黄霖编著，《文心雕龙汇评》，上海古籍出版社，2005年版，第120页。
〔4〕〔5〕 刘勰著，詹锳义证，《文心雕龙义证》，上海古籍出版社，1999年版，第1323页。

与配偶，文句又乏特殊丹采可资点染，而一味饤饾、帮凑，勉强骈丽其辞，则读之者必感耳昏目眩，沉沉欲睡矣。此盖犯'庸冗'之弊，有以致之。"〔1〕"庸冗"二字是点睛之笔，这是当时骈体文最常见的毛病。

第二层，作者提出了解决问题的具体办法，共三条：一是解决"骨"的问题，方法是"理圆事密"；二是解决"采"的问题，方法是"联璧其章"；三是解决"气"的问题，方法是"迭用奇偶，节以杂佩"，并且强调这是特别好的办法，即所谓"乃其贵耳"。

先说"理圆事密"。其实，这主要是就文章的思想内容而言的，因为必须以思想内容作为骨骼，没有这种骨骼，文章无法生成。黄海章在《中国文学批评简史》中指出："'辞之待骨，如体之树骸'，人无骸骨，则形不能自树，文无骨干，则辞不能自树。骨是什么？在内容方面说，就是充实的思想，真挚的感情，丰富的想象，有了这些才能构成文学，好像人身的骨干一样。在形式方面说，则为结构严整，文辞精练。"〔2〕虽然对刘勰之"骨"，人们的理解还不尽一致，但是"充实的思想，真挚的感情"却是文章之中不可或缺的骨骼，"理圆事密"就是要先植好骨。

再说"联璧其章"。其实这就是解决"采"的问题。刘勰在《文心雕龙·情采》中说得好："圣贤书辞，总称文章，非采而何？"〔3〕那么，什么是"联璧其章"呢？就是要使文章的各个部分，特别是对偶句子之间珠联璧合，构成美丽的辞采。这里的关键是强调要有"异采"，所以非珠联璧合般的辞采不能胜任。

继说"迭用奇偶，节以杂佩"。其实这就是要骈散结合，交替使用，以避免单纯骈词俪语即"碌碌丽辞"造成文章气势阻塞，板滞不畅之弊。在中国文学史上，这一方法的提出，意义非凡：首先，它切

〔1〕 刘勰著，詹锳义证，《文心雕龙义证》，上海古籍出版社，1999年版，第1323页。
〔2〕 刘勰著，詹锳义证，《文心雕龙义证》，上海古籍出版社，1999年版，第1049页。
〔3〕 黄霖编著，《文心雕龙汇评》，上海古籍出版社，2005年版，第108页。

中当时骈体之积弊，因为齐、梁骈文虽然不乏名家与佳作，但是文章气势阻塞，板滞不畅，是比较普遍的毛病；其次，在刘勰以前和以后相当长的历史时期之内，还没有谁像他这样明确提出骈散结合的主张。

那么，刘勰的这一剂药方科学吗？非常科学。虽然当时的骈文家没有意识到这一点，但是，后世的骈文家在总结骈文创作的历史经验和教训之后，充分认识到这种方法的重要性。清人包世臣在《艺舟双楫·文谱》中说："讨论体势，奇偶为先：凝重多出于偶，流美多出于奇。体虽骈，必有奇以振其气势；虽散，必有偶以植其骨，仪厥错综，致为微妙。"[1]近人孙德谦则结合六朝骈文的创作实际进行总结："文章之分骈、散，余最所不信。何则？骈体之中使无散行，则其气不能疏逸，而叙事亦不清晰。……若六朝则犹守中郎矩矱，王仲宝、沈休文外，以庾子山为最长。观其每叙一事，多用单行先将事略说明，然后援引故实作成联语，此可为骈散兼行之证。夫骈文之中苟无散句，则意理不显。吾谓作为骈体，均当如此，不独碑志为然，譬之撰诗赋者，往往标明作意，列序于前，所以用序者，盖序即散体，而诗赋正文则为骈矣。使诗赋语极浓丽而无序言冠于其首，读至终篇竟不知其旨趣何在，犹骈偶文字通体属对，甚至其人事实亦从藻饰，将何免博士买驴之诮乎？病之所在，由未识寓散于骈也。故子山碑志诸文述及行履，出之以散，而骈俪之句则接于其下。推之别种体裁，亦应骈中有散，如是则气既舒缓，不伤平滞，而辞义亦复轩爽。……要之，骈散合一乃为骈文正格。倘一篇之内始终无散行处，是后世书启体，不足与言骈文矣。"[2]这确实是经验之谈，因为结合骈文创作实际，所以特别有说服力。

---

〔1〕 刘勰著，詹锳义证，《文心雕龙义证》，上海古籍出版社，1999年版，第1325页。

〔2〕 孙德谦撰，《六朝丽指》，《骈文研究与历代四六话》，辽海出版社，2006年版，第515、519页。

上述诸位学者结合六朝以来骈文创作的实践经验进行论证、分析,充分说明了刘勰的骈散结合主张不仅是正确的,而且是可行的,是解决骈体滞涩不畅、气势不舒的不二法门。在骈文极胜的时代,刘勰能够提出这样的文学理论主张,有这样的远见卓识,实在难能可贵。如果从骈文发展史的角度来评价,我们不能不这样说:刘勰是骈散结合理论的开山祖师。

二 《文心雕龙》骈散结合理论的思想渊源

在《文心雕龙》有关骈文的理论之中,骈散结合的主张无疑是相当重要的。其重要意义不仅为解决两种文体——骈文和散文的矛盾和纷争提供了科学的理论依据,而且还为两种文体如何扬长避短提供了科学的方法,具有方法论的意义。然而仔细考察,我们发现:《文心雕龙》中骈散结合的主张也不是一空依傍,而是有思想渊源的。

如前所述,《文心雕龙》中有关骈散结合的理论主要体现在《丽辞》篇中,其基本内容主要包含两个层次:一是“奇偶适变,不劳经营”,即该骈则骈,该散则散;二是“迭用奇偶,节以杂佩”,即骈语散语交替使用,相互结合,以便调节文章的语言节奏和气势。应该说,“奇偶适变”与“迭用奇偶”是《文心雕龙》中有关骈散结合理论的核心,其关键就是“适变”与“迭用”四个字,这是有关骈散结合理论的非常精当的概括。如果认真追溯,恰恰是这四个字的关键词给我们探索《文心雕龙》中有关骈散结合理论的思想渊源提供了重要的线索。

其实,在刘勰之前,骈散结合的文学主张虽然没有出现,但是这种“适变”与“迭用”,又相辅相成的思维方式和思想方法在《周易》之中早已存在,而且确实对《文心雕龙》的骈文理论产生了影响。从历史上考察,《周易》应该说是《文心雕龙》一书重要的思想渊源。根据初步统计,《文心雕龙》上篇中有十篇文章、下篇中有十二篇文章引用了《周易》原文或在实际上以《周易》的思想为理论依据，同时又取有《易经》二十余卦象，涉及《易传》十篇。而在《原道》与《宗经》两篇重要的文章中，又直接表达对《周易》地位和功用的重视，前者说："幽赞神明，《易》象为先。"后者说："《易》惟谈天，入神致用。"[1]

那么，《周易》一书是怎样影响到《文心雕龙》中有关"奇偶适变"与"迭用奇偶"理论的呢？我们知道，《周易》是以阴阳两爻为最基本的范畴，由此构成八经卦，然后又由八经卦重复为六十四别卦，这样便形成了一个井然有序、发展变化的二元对称的辩证体系，这个体系中有两点非常重要：一个是发展变化，一个是迭用柔刚。

说到"变"，这是《周易》的主要思想之一。一卦之中，刚柔之爻相易，上下周流，爻以时行而等位变，这就叫"爻象动乎内"，"贞夫一者也"。更明白的说法就是"爻者，言乎变者也"，"刚柔相推，变在其中"。《周易·系辞下》："子曰：'乾坤，其《易》之门邪？'乾，阳物也；坤，阴物也。阴阳合德，而刚柔有体。""道有变动，故曰爻；爻有等，故曰物；物相杂，故曰文；文不当，故吉凶生焉。"[2]爻者，交也；道变使阴阳交，有阴阳交才生万物，而群物相杂则谓之文。由此可见，"文"是由于道变从而运动阴阳所导致的结果。在《易》道中，阳为奇数，阴为偶数。刘勰由此出发，以《易》学的这一原理论文，认为骈文中的骈体句式要有变化，即所谓"奇偶适变"，如果不变，那就是"碌碌丽辞，则昏睡耳目"。所以，《文心雕龙》中"奇偶适变"的思想显然受到《周易》的启发，前后的渊源关系非常明显。

再说"迭用奇偶"。《说卦》中说：

> 是以立天之道曰阴与阳，立地之道曰柔与刚，立人之道，

[1] 黄霖编著，《文心雕龙汇评》，上海古籍出版社，2005 年版，第 14、19 页。
[2] 《十三经注疏》，中华书局，1982 年版，第 86、77、85、89—90 页。

> 曰仁与义。兼三才而两之,故《易》六画而成卦。分阴分阳,迭用柔刚,故《易》六位而成章。[1]

在《周易》的卦象之中,每卦共有六爻,构成天、地、人三个方面,其实代表着三才之道。而这三才之道又各有阴阳、柔刚、仁义之区别,所以说《周易》的卦象是“兼三才而两之”,“六画而成卦”。六画就其位次而言,可以“分阴分阳”,具体说来就是以初位与二之位为地之阳、阴,以三与四之位为人之阳、阴,以五、六之位为天之阳、阴。仔细观察这阴阳之位,其突出特点就是阴阳刚柔的辩证统一,即一方为阴,一方为阳;六画之中三阴三阳,从卦象上看又正好是“迭用柔刚”,即阴爻与阳爻迭用,一刚对一柔,彼此交错,相杂迭用,构成了易卦的根本组成规律。《文心雕龙》正是根据这一规律,提出骈语与散语一阴柔对一阳刚这样“迭用奇偶”的文学主张,把《易》学应用于文章学,明确提出骈散结合、相辅相成的主张。

从文学史上看,骈散结合的理论主张及其与《周易》的亲缘关系,其他人也曾谈及,只是时间在刘勰之后。如清人李兆洛在其《骈体文钞·序》中就指出:“天地之道,阴阳而已。奇偶也,方圆也,皆是也。阴阳相并俱生,故奇偶不能相离,方圆必相为用。道奇而物偶,气奇而形偶,神奇而识偶。孔子曰:‘道有变动,故曰爻;爻有等,故曰物;物相杂,故曰文。’又曰:‘分阴分阳,迭用柔刚。’故易六位而成章,相杂而迭用。文章之用,其尽于此乎!”[2]看清了骈散结合的理论主张与《周易》的亲缘关系。再有刘师培在其《文说·耀采四》中也指出:“昔《大易》有言:‘道有变动故曰爻,爻有等故曰物,物相杂,故曰文。’《考工》亦有言:‘青与白谓之文,白与黑谓之章。’盖伏羲画卦,即判阴阳;隶首作数,始分奇偶。一阴一阳谓之道,一奇一偶谓之文。故刚柔交错,文之垂于天者也;经纬

---

[1] 《十三经注疏》,中华书局,1982年版,第93—94页。

[2] 李兆洛选辑,《骈体文钞》,岳麓书社,1992年版,第4页。

天地,文之列于谥者也。"[1]可以看出,这两人对于骈散结合理论与《周易》的渊源关系也有明确的理解和认识,与刘勰是"英雄所见略同",但是,比较而言,刘勰要早一千多年。由此可知,《文心雕龙》关于骈散结合的理论确实难能可贵。

三 《文心雕龙》骈散结合理论对后世文学批评家的影响

《文心雕龙》中的骈散结合理论对后世文学批评家影响很大,很多人在谈到骈散问题时,都对刘勰的这种理论和方法有所师法。这在古代、近代、现代都可以找到显著的例证。

古代如初唐时期的上官仪,其《笔札华梁·论对属》中有云:"凡为文章,皆须对属,诚以事不孤立,必有配匹而成。……若又专对不移,便成大拘执。可于义之际会,时时散之。"[2]这段话中的前一部分,论证骈文的产生因于自然,从义理上考察,与《文心雕龙·丽辞》"造化赋形,支体必双;神理为用,事不孤立"[3]一脉相承,虽然没有照搬文词,但是神理一致;后一部分讲骈散结合,相互为用,义理取自《文心雕龙·丽辞》"若气无奇类,文乏异采,碌碌丽辞,则昏睡耳目。必使理圆事密,联璧其章,迭用奇偶,节以杂佩,乃其贵耳"[4]一段,虽然没有直接使用原词,但是义理是一样的。再如皎然《诗议·论文意》:"或云:今人所以不及古者,病于俪词。予曰:不然。《六经》时有俪词。扬、马、张、蔡之徒始盛。'云从龙,风从虎'非俪耶?'昔我往矣,杨柳依依。今我来思,雨雪霏霏'非俪耶?但古人后于语,先于意。因意成语,语不使意;偶对则对,偶

---

〔1〕 刘师培著,陈引弛编校,《刘师培中古文学论集》,中国社会科学出版社,1997年版,第205页。

〔2〕 [日]遍照金刚著,周维德校点,《文镜秘府论》,人民文学出版社,1975年版,第225—227页。

〔3〕 黄霖编著,《文心雕龙汇评》,上海古籍出版社,2005年版,第118页。

〔4〕 黄霖编著,《文心雕龙汇评》,上海古籍出版社,2005年版,第120页。

散则散。若力为之,则见斤斧之迹:故有对不失浑成,纵散不关造作,此古手也。"[1]这段文字主要有两点源自《文心雕龙》:第一,文中阐述对偶之滥觞与发展之时指出:"《六经》时有俪辞。扬、马、张、蔡之徒始盛。"又举经书中"云从龙,风从虎"为证,其意、其辞明显源于《文心雕龙·丽辞》:"唐虞之世,辞未极文,而皋陶赞云:'罪疑惟轻,功疑惟重。'益陈谟云:'满招损,谦受益。'岂营丽辞,率然对尔。《易》之《文》、《系》,圣人之妙思也。序《乾》四德,则句句相衔;龙虎类感,则字字相俪;乾坤易简,则宛转相承;日月往来,则隔行悬合:虽句字或殊,而偶意一也。至于诗人偶章,大夫联辞,奇偶适变,不劳经营。自扬、马、张、蔡,崇盛丽辞,如宋画吴冶,刻形镂法,丽句与深采并流,偶意共逸韵俱发。至魏晋群才,析句弥密,联字合趣,剖毫析厘。然契机者入巧,浮假者无功。"[2]特别是"扬、马、张、蔡之徒始盛"一句,讲自觉追求骈俪之始,更是直接取自《文心雕龙·丽辞》中"自扬、马、张、蔡、崇盛俪辞"之句。第二,论述骈散关系之语如"因意成语,语不使意;偶对则对,偶散则散。若力为之,则见斤斧之迹:故有对不失浑成,纵散不关造作"也正是从《文心雕龙·丽辞》"奇偶适变,不劳经营"化来,意思是该骈则骈,该散则散;既不苦心为骈,也不刻意作散,讲究自然与浑成。由此可见,皎然受《文心雕龙》的影响是比较深的。其他如清代的刘开,其《与王子卿太守论骈体书》一文有言:"夫文辞一术,体虽百变,道本同源。经纬错以成文,元黄合而为采。故骈之与散,并派而争流,殊途而合辙。千枝竞秀,乃独木之荣;九子异形,本一龙之产。故骈中无散,则气壅而难疏;散中无骈,则辞孤而易瘠。两者但可相成,不能偏废。且夫乌生于东,兔没于西者,两曜各用其光照也;狐不得南,豹无以北者,一水独限其方域也。物之然否因乎地,言之等

〔1〕 张伯伟撰,《全唐五代诗格汇考》,江苏古籍出版社,2002年版,第207—208页。
〔2〕 黄霖编著,《文心雕龙汇评》,上海古籍出版社,2005年版,第118—19页。

量判乎人。世儒执墟曲之见,腾埳井之波。宗散者鄙俪词为俳优,宗骈者以单行为薄弱,是犹恩甲而仇乙,是夏而非冬也。夫骈散之分,非理有参差,实言殊浓淡,或为绘绣之饰,或为布帛之温,究其要归,终无异致,推厥所自,俱出圣经。"[1]仔细推究,这种融合骈散之说最早见于《文心雕龙·丽辞》:"若气无奇类,文乏异采,碌碌丽辞,则昏睡耳目。必使理圆事密,联璧其章,迭用奇偶,节以杂佩,乃其贵耳。"[2]很显然,刘开受到刘勰理论主张的启发和影响,不然,二者不会如此神似。

近代如孙德谦,其《六朝丽指》中有云:"夫论文之制,托始子桓。厥后宏范谓之翰林,仲洽条其流别;士衡诠赋,曲尽于能言;……""东莞雕龙,可云殆庶。……夫迭相奇偶,前良所崇。虽简文嗤其懦钝,士恢訾其华伪,尔时气格,或不免文胜之叹。然其缛旨星稠,逸情云上,缀字通苍雅之学,驭篇运骚赋之长:骈丽之文,此焉归趣。……骈体文字,以六朝为极则。作斯体者,当取法于此,亦犹诗学三唐,词宗两宋,乃为得正传也。《易·系辞》云:'物相杂,故曰文。'盖言文须奇偶相生,方成为文。然则文章之道,语其原始,岂转以骈偶为体要乎?"[3]从史的角度入手,论证骈散结合问题,其核心思想是"迭相奇偶",而恰恰是这一点,他坦率地承认出自前人:"夫迭相奇偶,前良所崇。""前良"为谁?他在前面已经说了:"东莞雕龙,可云殆庶。"可见,他的骈散结合的思想源头来自刘勰的《文心雕龙》。再如李详,在论述骈散关系时也以《文心雕龙》的骈散结合理论为准的。在《答江都王翰棻论文书》一文中,李详指出:"文章自六经周秦两汉六代以及三唐,皆奇偶相参,错综而成。六朝俪文,色泽虽殊,其潜气内转,默默相通,与散文无异旨

〔1〕王运熙、顾易生主编,《中国历代文论选·清代文论选》,人民文学出版社,1999年版,第727—728页。

〔2〕黄霖编著,《文心雕龙汇评》,上海古籍出版社,2005年版,第120页。

〔3〕孙德谦撰,《六朝丽指》,中华书局,1923年版,第1—2页。

也。……盖误以雕琢视之，而未知其自然高妙也。”[1]在《骈文学自序》中他说得更加明确：“古之文皆偶也。自六经以及诸子，何尝不具偶体。魏晋之后，稍事华腴之间，积而为骈四俪六，然犹或散或整，畅所欲言，情随境生，韵因文造。昭明所谓沉思翰藻，诚据自然之势，文为奇偶相生之制。昭明之前，则有陆机《文赋》，稍示梗概；至刘勰《文心》，则尽泄秘藏，独标宗旨，如父兄之诏子弟，如匠石之督绳墨。大矣，至矣，蔑以加矣！”[2]不仅以文学史为据，深入论证了骈散结合的合理性，而且特别提到刘勰《文心雕龙》在这方面的地位和贡献，极力推崇，无以复加。

现代人如张严，他在《文心雕龙文术论诠》中说：“大抵文章气势，系乎句法。而句之奇偶，影响气势极巨。奇句比较流美，偶句比较凝重，奇所以振其气，偶所以植其骨。故散文不得独奇，骈体未许独偶也，二者必奇偶兼用，三五其变，始成统一谐和之致。观彦和《文心》五十篇，莫不奇偶迭用。譬如以《情采》篇为例：‘圣贤书辞，总称文章，非采而何？’（奇句）‘夫水性虚而沦漪结，木体实而华萼振：文附质也。’（奇句）‘虎豹无文，则鞟同犬羊，犀兕有皮，而色资丹漆：质待文也。’（奇句）‘若乃综述性灵，敷写器象，镂心鸟迹之中，织辞鱼网之上：其为彪炳缛采名矣。’（奇句）由此可知，奇句之用，在乎引发下文，或结束上文，其功用不惟辞气矣。惟奇句力弱，偶句气王，偏于偶者板滞，偏于奇者缓散。奇偶互用，可以成雄奇变化之文。故曰‘迭用奇偶，节以杂佩，乃其贵耳’。”[3]一方面以《文心雕龙》中的骈文作品为例，论证骈散结合的必要性，另一方面又以《文心雕龙》中的原话作结论，既师其意，又师其辞。

更值得注意的是著名骈文批评家钱基博，其《骈文通义》中

---

〔1〕 李详著，李稚甫编校，《李审言文集》，江苏古籍出版社，1989年版，第754页。
〔2〕 李详著，李稚甫编校，《李审言文集》，江苏古籍出版社，1989年版，第1页。
〔3〕 刘勰著，詹锳义证，《文心雕龙义证》，上海古籍出版社，1999年版，第1325页。

有云：

> 夫一阴一阳之谓道，用偶用奇以成文。湘乡曾国藩涤生《送周荇农南归序》曰："天地之数，以奇而生，以偶而成。一则生两，两则复归于一；一奇一偶，互为其用，是以无息焉。物无独，必有对。太极生两仪，倍之为四象，重之为八卦；此一生两之说也。……一者阳之变，两者阴之化。故曰一奇一偶者，天地之用也。文字之道，何独不然！"《文心雕龙》探溯皇初，以明反本修古之指，谓："唐虞之世，辞未极文。而皋陶赞云：'罪疑惟轻，功疑惟重。'益陈谟云：'满招损，谦受益。'岂营丽辞，率然对尔。《易》之《文》《系》，圣人之妙思也；序《乾》四德，则句句相衔；龙虎类感，则字字相俪；乾坤易简，则宛转相承；日月往来，则隔行悬合；虽句字或殊，而偶意一也。"……而《文心雕龙》则颇致戒于"气无奇类，文乏异采，碌碌丽辞，则昏睡耳目。必使理圆事密，联璧其间，迭用奇偶，节以杂佩，乃其贵耳"……隘堪以为："骈体之中，使无散行，则其气不能疏逸，而叙事亦不清晰。故庾子山（信）碑志诸文，述及行履，出之以散，每叙一事，多用单行；先将事略说明，然后援行故实，作成骈语以接其下；推之别种体裁，亦应骈中有散也。倘一篇之内，始终无散行处，是后世书启体，不足与言骈文矣！"呜呼！此彦和《文心》所为致叹于"气无奇类，文乏异采，则碌碌丽辞，昏睡耳目"者乎！[1]

从《易》之阴阳相杂、刚柔迭用之论入手，清楚地阐释了刘勰之《文心雕龙》在骈散结合方面的理论主张，并且以此为骈散结合理论的基本原则。很明显，在论证的关键之处，主要使用的是刘勰的原话和关键词，师其意，又师其辞。

---

〔1〕 钱基博撰，《骈文通义》，上海大华书局，1934年版，第9—11页。

除此之外，在中国文学史上，还有一些人也受到《文心雕龙》骈散结合理论的影响，这里不再赘述。

以上便是本文对《文心雕龙》有关骈散结合理论所作的探讨，虽然不可能十分完善，但是可以肯定的是：《文心雕龙》中的这一理论在中国文学批评史，特别是如何处理骈散关系的问题上具有特别重要的意义。

四 《文心雕龙》在骈散结合上的实践

《文心雕龙》中有关骈散结合的理论，前面已经有所说明，其关键主要是两条：一是识文章之体要，顺其自然，该骈则骈，该散则散；既不苦心为骈，也不刻意作散，用刘勰自已的话说就是"奇偶适变，不劳经营"〔1〕；二是充分认识骈散两体各自的长处与短处，合其两长，去其所短；骈散结合，交替使用，用刘勰的话讲就是"迭用奇偶，节以杂佩"〔2〕。刘勰在理论上是这样说的，在其骈文创作实践中也是这样做的，《文心雕龙》无疑是骈散结合成功的范例，该书的五十篇文章，从多方面显示出骈散结合高超的艺术水平。

（一）叙事多用散，铺陈多用骈

这种骈散结合的方式在《文心雕龙》中经常使用，如《程器》的开头部分："《周书》论士，方之梓材，盖贵器用而兼文采也。是以朴斫成而丹雘施，垣墉立而雕杇附。而近代词人，务华弃实。故魏文以为：'古今文人，类不护细行。'韦诞所评，又历诋群才。后人雷同，混之一贯，吁可悲矣！"〔3〕很明显，以散行为主，轻快流利，文气舒畅。接下来铺陈文士之疵，则主要以骈偶出之："相如窃妻而受金，扬雄嗜酒而少算，敬通之不修廉隅，杜笃之请求无厌，班固谄窦以作威，马融党梁而黩货，文举傲诞以速诛，正平狂憨以致戮，仲宣

〔1〕 黄霖编著，《文心雕龙汇评》，上海古籍出版社，2005 年版，第 118 页。
〔2〕 黄霖编著，《文心雕龙汇评》，上海古籍出版社，2005 年版，第 120 页。
〔3〕 黄霖编著，《文心雕龙汇评》，上海古籍出版社，2005 年版，第 160 页。

轻锐以躁竞，孔璋偬恫以粗疏，丁仪贪婪以乞货，路粹餔啜而无耻，潘岳诡祷于愍怀，陆机倾仄于贾、郭，傅玄刚隘而詈台，孙楚狠愎而讼府。”〔1〕纯用双行，句式整齐。这里突出的是横向的展示，虽然人物众多，但是却严整有序，眉目清晰，造成特殊的语言气氛，给人的感觉特别强烈。再如《论说》：“圣哲彝训曰经，述经叙理曰论。论者，伦也；伦理无爽，则圣意不坠。昔仲尼微言，门人追记，故抑其经目，称为《论语》。盖群论立名，始于兹矣。自《论语》以前，经无‘论’字。《六韬》二论，后人追题乎！详观论体，条流多品：陈政，则与议说合契；释经，则与传注参体；辨史，则与赞评齐行；铨文，则与叙引共纪。故议者宜言，说者说语，传者转师，注者主解，赞者明意，评者平理，序者次事，引者胤辞：八名区分，一揆宗论。”〔2〕开篇叙述说明论之含义与其渊源，主要使用散行，文气通畅，语言明快；接下来铺陈、历数论之体类，则主要使用骈偶，条分缕析，层次清楚。还有《书记》篇，文章一开始以散行出之：“大舜云：‘书用识哉！’所以记时事也。盖圣贤言辞，总为之书，书之为体，主言者也。扬雄曰：‘言，心声也；书，心画也。声画形，君子小人见矣。’故书者，舒也。舒布其言，陈之简牍，取象于夬，贵在明决而已。”〔3〕叙述书之源起、功用、含义，明白透彻，让人一目了然；然后历数各个时期书之创作情况，重点介绍主要的作家与作品，因为头绪纷繁，又人物众多，所以又出以骈语：“三代政暇，文翰颇疏。春秋聘繁，书介弥盛。绕朝赠士会以策，子家与赵宣以书，巫臣之遗子反，子产之谏范宣，详观四书，辞若对面。又子叔敬叔进吊书于滕君，固知行人挈辞，多被翰墨矣。及七国献书，诡丽辐辏；汉来笔札，辞气纷纭。观史迁之《报任安》，东方之《谒公孙》，杨恽之《酬会宗》，子

〔1〕黄霖编著，《文心雕龙汇评》，上海古籍出版社，2005年版，第160页。
〔2〕黄霖编著，《文心雕龙汇评》，上海古籍出版社，2005年版，第66—67页。
〔3〕黄霖编著，《文心雕龙汇评》，上海古籍出版社，2005年版，第89页。

云之《答刘歆》，志气盘桓，各含殊采；并杼轴乎尺素，抑扬乎寸心。"[1]由于骈散兼行，各取所长，所以文章气势流转，迭宕有致。《文心雕龙》五十篇文章之中，几乎篇篇都有这样的行文方法。

（二）以散语引起下文，以骈语承接上文

这是《文心雕龙》骈散结合的又一方法。其突出特点是整散相应，节奏感强。如《原道》："傍及万品，动植皆文：龙凤以藻绘呈瑞，虎豹以炳蔚凝姿；云霞雕色，有逾画工之妙；草木贲华，无待锦匠之奇。"[2]一散一整，文章摇曳生姿。再如《杂文》："详夫汉来杂文，名号多品：或典诰誓问，或览略篇章，或曲操弄引，或吟讽谣咏。总括其名，并归杂文之区；甄别其义，各入讨论之域。类聚有贯，故不曲述也。"[3]先之以散，后变为整；一单一复，节奏明快。还有《丽辞》："故丽辞之体，凡有四对：言对为易，事对为难；反对为优，正对为劣。言对者，双比空辞者也；事对者，并举人验者也；反对者，理殊趣合者也；正对者，事异义同者也。"[4]虽然前后句已经变化了，但是意脉相连，气势贯通，又横生起伏跌宕之态，避免了单一句式的呆板平庸之气。此外如《比兴》："夫比之为义，取类不常：或喻于声，或方于貌，或拟于心，或譬于事。"[5]《练字》："是以缀字属篇，必须拣择：一避诡异，二省联边，三权重出，四调单复。"[6]都是以散语引起下文、以骈语承接上文的突出例证。

（三）以骈语铺叙、议论，以散语总结、收束

在《文心雕龙》中，以骈语铺叙、议论，以散语总结、收束之法占据着非常重要的地位，其效果也相当明显，其主要表现是：第一，改

---

〔1〕 黄霖编著，《文心雕龙汇评》，上海古籍出版社，2005 年版，第 89 页。
〔2〕 黄霖编著，《文心雕龙汇评》，上海古籍出版社，2005 年版，第 14 页。
〔3〕 黄霖编著，《文心雕龙汇评》，上海古籍出版社，2005 年版，第 54 页。
〔4〕 黄霖编著，《文心雕龙汇评》，上海古籍出版社，2005 年版，第 119 页。
〔5〕 黄霖编著，《文心雕龙汇评》，上海古籍出版社，2005 年版，第 121—122 页。
〔6〕 黄霖编著，《文心雕龙汇评》，上海古籍出版社，2005 年版，第 130 页。

变文章的行文语气,避免单调;及时总结、收束、归纳、提示,便于读者理解;第二,有时在总结、收束之时,画龙点睛,使文章的主旨更加鲜明、突出。第一方面的功能如《诠赋》:“观夫荀结隐语,事数自环;宋发夸谈,实始淫丽。枚乘《菟园》,举要以会新;相如《上林》,繁类以成艳;贾谊《鹏鸟》,致辨于情理;子渊《洞箫》,穷变于声貌;孟坚《两都》,明绚以雅赡;张衡《二京》,迅发以宏富;子云《甘泉》,构深玮之风;延寿《灵光》,含飞动之势:凡此十家,并辞赋之英杰也。及仲宣靡密,发篇必遒;伟长博通,时逢壮采;太冲、安仁,策勋于鸿规;士衡、子安,底绩于流制;景纯绮巧,缛理有余;彦伯梗概,情韵不匮:亦魏、晋之赋首也。”[1]文章先是以骈语铺叙、议论,双行行文,句式整齐,对偶工稳;中间有两次以散行总结收束,一方面提示,一方面转换语气:前者是“凡此十家,并辞赋之英杰也”,后者是“亦魏、晋之赋首也”。两次收束、总结,既避免了骈语的呆板单调,又对读者有提示作用。其他如《体性》:“若夫八体屡迁,功以学成,才力居中,肇自血气;气以实志,志以定言;吐纳英华,莫非情性。是以贾生俊发,故文洁而体清;长卿傲诞,故理侈而辞溢;子云沉寂,故志隐而味深;子政简易,故趣昭而事博;孟坚雅懿,故裁密而思靡;平子淹通,故虑周而藻密;仲宣躁锐,故颖出而才果;公幹气褊,故言壮而情骇;嗣宗俶傥,故响逸而调远;叔夜俊侠,故兴高而采烈;安仁轻敏,故锋发而韵流;士衡矜重,故情繁而辞隐。触类以推,表里必符,岂非自然之恒资,才气之大略哉!”[2]《定势》:“是以括囊杂体,功在铨别,宫商朱紫,随势各配。章表奏议,则准的乎典雅;赋颂歌诗,则羽仪乎清丽;符檄书移,则楷式于明断;史论序注,则师范于核要;箴铭碑诔,则体制于宏深;连珠七辞,则从事于巧艳:此循体而成势,随变而立功者也。虽复契会相参,节文互杂,

---

〔1〕 黄霖编著,《文心雕龙汇评》,上海古籍出版社,2005年版,第36—37页。
〔2〕 黄霖编著,《文心雕龙汇评》,上海古籍出版社,2005年版,第98页。

譬五色之锦,各以本采为地矣。"[1]不仅是在骈语铺叙、议论之后用散语总结、收束,改变行文语气,而且也是点睛之笔,使文章的思想、观点更加鲜明突出。在这方面,《情采》篇更突出一些,如"夫水性虚而沦漪结,木体实而花萼振:文附质也。虎豹无文,则鞟同犬羊;犀兕有皮,而色资丹漆:质待文也"[2]。"研味《李》、《老》,则知文质附乎性情;详览《庄》、《韩》,则见华实过乎淫侈。若择源于泾渭之流,按辔于邪正之路,亦可以驭文采矣。夫铅黛所以饰容,而盼倩生于淑姿;文采所以饰言,而辩丽本于情性。故情者文之经,辞者理之纬;经正而后纬成,理定而后辞畅:此立文之本源也"[3]。行文方式特别明显:前面先用骈语铺叙或议论,到了水到渠成之时,便用散语画龙点睛,指出要点:"文附质也","质待文也","此立文之本源也"。其骈散结合之匠心,于此可见一斑。

(四)以散行领起,骈语展开;或铺叙,或议论;再由散行总结、收束

这种骈散结合之法,增加了文章的起伏灵动之感,使文气更为舒畅自如。如《原道》:"文之为德也大矣,与天地并生者何哉?夫玄黄色杂,方圆体分;日月叠璧,以垂丽天之象;山川焕绮,以铺理地之形:此盖道之文也。仰观吐曜,俯察含章;高卑定位,故两仪既生矣。惟人参之,性灵所钟,是谓三才。为五行之秀,实天地之心;心生而言立,言立而文明:自然之道也。"[4]文中先由散语开始,为下文作好铺垫;然后由精美的骈语承接,正式展开,横向铺陈;而后面的总结、收束还是由散语来承担。这样,文章行文更多起伏,富于变化,避免了平淡与呆板。再如《论说》:"详观论体,条流多品:陈政,则与议说合契;释经,则与传注参体;辨史,则与赞评齐行;铨

〔1〕 黄霖编著,《文心雕龙汇评》,上海古籍出版社,2005年版,第106页。
〔2〕 黄霖编著,《文心雕龙汇评》,上海古籍出版社,2005年版,第108页。
〔3〕 黄霖编著,《文心雕龙汇评》,上海古籍出版社,2005年版,第109页。
〔4〕 黄霖编著,《文心雕龙汇评》,上海古籍出版社,2005年版,第13—14页。

文,则与叙引共纪。故议者宜言,说者说语,传者转师,注者主解,赞者明意,评者平理,序者次事,引者胤辞:八名区分,一揆宗论。论也者,弥纶群言,而研精一理者也。"[1]《附会》:"何谓附会?谓总文理,统首尾,定与夺,合涯际,弥纶一篇,使杂而不越者也。若筑室之须基构,裁衣之待缝缉矣。夫才童学文,宜正体制,必以情志为神明,事义为骨髓,辞采为肌肤,宫商为声气;然后品藻玄黄,摛振金玉,献可替否,以裁厥中:斯缀思之恒数也。"[2]结构非常清楚:以散语领起,引出下文;以骈语承接,铺陈、议论;后面再以散语收束、提示。其他如《风骨》:"《诗》总六义,风冠其首,斯乃化感之本源,志气之符契也。是以怊怅述情,必始乎风;沉吟铺辞,莫先于骨。故辞之待骨,如体之树骸;情之含风,犹形之包气。结言端直,则文骨成焉;意气骏爽,则文风清焉。若丰藻克赡,风骨不飞,则振采失鲜,负声无力。是以缀虑裁篇,务盈守气,刚健既实,辉光乃新。其为文用,譬征鸟之使翼也。"[3]文中首先以散语提出自己的论点:风为"化感之本源,志气之符契";然后以骈语承接,并且就此展开议论,连续使用三联隔句对偶,又加两联单句对,阐述"风骨"的特殊地位和作用。在此基础之上,作者顺理成章地得出结论:"其为文用,譬征鸟之使翼也。"细读其文,我们就会发现,不仅其语言气势上有抑扬起伏的节奏,而且文理自然,逻辑性强,说理深刻透辟。如果纯用骈语,说理难以这样细密;纯用散语,也不会产生这样的节奏感。

(五)描绘用骈语,领起或总结、收束用散语

《文心雕龙》虽然是说理文章,但是行文手段丰富多样,不仅有议论、铺陈、排比、叙述,而且还有刻画描绘性的语言。多数情况之下,作者都是用骈语描绘,而领起或者收束、总结用散语。如《明

[1] 黄霖编著,《文心雕龙汇评》,上海古籍出版社,2005年版,第67页。
[2] 黄霖编著,《文心雕龙汇评》,上海古籍出版社,2005年版,第140页。
[3] 黄霖编著,《文心雕龙汇评》,上海古籍出版社,2005年版,第99—100页。

诗》:

> 暨建安之初,五言腾踊,文帝、陈思,纵辔以骋节;王、徐、应、刘,望路而争驱;并怜风月,狎池苑,述恩荣,叙酣宴,慷慨以任气,磊落以使才;造怀指事,不求纤密之巧;驱辞逐貌,唯取昭晰之能:此其所同也。及正始明道,诗杂仙心;何晏之徒,率多浮浅。唯嵇志清峻,阮旨遥深,故能标焉。若乃应璩《百一》,独立不惧,辞谲义贞,亦魏之遗直也。晋世群才,稍入轻绮。张、潘、左、陆,比肩诗衢,采缛于正始,力柔于建安。或析文以为妙,或流靡以自妍,此其大略也。江左篇制,溺乎玄风,嗤笑徇务之志,崇盛忘机之谈;袁、孙已下,虽各有雕采,而辞趣一揆,莫与争雄,所以景纯仙篇,挺拔而为隽矣。宋初文咏,体有因革。庄老告退,而山水方滋;俪采百字之偶,争价一句之奇;情必极貌以写物,辞必穷力而追新,此近世之所竞也。[1]

很明显,作者在这里给骈语和散语作了分工:介绍、描绘建安、正始、西晋、东晋,以及刘宋各个时期的诗歌创作,亦人,亦诗,以骈体出之,不仅其创作风格生动形象地展现出来,而且诗人的创作活动、风采神态也跃然纸上,如:"怜风月,狎池苑,述恩荣,叙酣宴,慷慨以任气,磊落以使才","唯嵇志清峻,阮旨遥深","嗤笑徇务之志,崇盛忘机之谈"等等,人物的活动和形态都很鲜活;而总结、收束,则由散语来完成,如总结建安诗歌创作之用语为"此其所同也",正始为"此其大略也",刘宋为"此近世之所竞也"。不但使文章气势起伏舒畅,而且句式也显得错综有致。《神思》的写法则先主要出以散,后出以骈:"古人云:'形在江海之上,心存魏阙之下。'神思之谓也。文之思也,其神远矣。故寂然凝虑,思接千载;悄焉

〔1〕 黄霖编著,《文心雕龙汇评》,上海古籍出版社,2005年版,第29页。

动容，视通万里；吟咏之间，吐纳珠玉之声；眉睫之前，卷舒风云之色：其思理之致乎！故思理为妙，神与物游。神居胸臆，而志气统其关键；物沿耳目，而辞令管其枢机。枢机方通，则物无隐貌；关键将塞，则神有遁心。”〔1〕文中“古人云：‘形在江海之上，心存魏阙之下。’神思之谓也。文之思也，其神远矣”数语，以散行为主，在说明什么是“神思”的同时，引出下文；而接下来则以精美工丽的骈语承接上文，展开生动形象的描绘。从实而论，人的艺术思维活动是非常抽象的，其形态更不易把握；可是在刘勰的笔下却如此生动、形象、直接、可感，其骈文的艺术水准于此可知。其他如《诸子》：“研夫孟、荀所述，理懿而辞雅；管、晏属篇，事核而言练；列御寇之书，气伟而采奇；邹子之说，心奢而辞壮；墨翟、随巢，意显而语质；尸佼、尉缭，术通而文钝；鹖冠绵绵，亟发深言；鬼谷眇眇，每环奥义；情辨以泽，文子擅其能；辞约而精，尹文得其要；慎到析密理之巧，韩非著博喻之富；吕氏鉴远而体周，淮南泛采而文丽：斯则得百氏之华采，而辞气之大略也。”〔2〕《檄移》：“奋其武怒，总其罪人，征其恶稔之时，显其贯盈之数，摇奸宄之胆，订信慎之心，使百尺之冲，摧折于咫书；万雉之城，颠坠于一檄者也。观隗嚣之檄亡新，布其三逆；文不雕饰，而意切事明，陇右文士，得檄之体矣！陈琳之《檄豫州》，壮有骨鲠，虽奸阉携养，章实太甚，发丘摸金，诬过其虐；然抗辞书衅，皦然露骨矣，敢撄曹公之锋，幸哉免袁党之戮也。锺会檄蜀，征验甚明；桓温檄胡，观衅尤切：并壮笔也。”〔3〕首先都是绘声绘色的描写，不仅对偶工致妥帖，而且词色特别精美，这是骈体的拿手好戏；然后再以奇句单行承转或收束，及时调节文气，改变节奏，不但不呆板，反收起伏抑扬之美，特别是作者有时以散语画龙点睛，更有义理上的启发作用，如上面《诸子》后面的“斯则得百

〔1〕 黄霖编著，《文心雕龙汇评》，上海古籍出版社，2005 年版，第 94 页。
〔2〕 黄霖编著，《文心雕龙汇评》，上海古籍出版社，2005 年版，第 65 页。
〔3〕 黄霖编著，《文心雕龙汇评》，上海古籍出版社，2005 年版，第 74—75 页。

氏之华采,而辞气之大略也”,《檄移》后面的“并壮笔也”,都有一定的提示、启发作用。

(六)议论用骈语,总结、过渡、承转等用散语

使用骈语议论说理,本来为骈文家所忌惮,所以李申耆评陆士衡《五等论》时说:“运思极密,细意极多,然亦以此累气。”〔1〕孙松友在《四六丛话》卷三一中也指出:“四六长于敷陈,短于议论。盖比物远类,驰骋上下,譬之蚁封盘马。鲜不踬矣。”〔2〕同书卷一三又说:“自陈隋以迄唐初,词学大兴,掞才差广,则百官抗疏,今体不多。至于辨析天人,极言得失,犹循正鹄,罔饰雕虫。盖奏疏一类,下系民瘼,上关政本,必反复以申其说,切磋以究其端。论冀见从,多浮靡而失实;理唯共晓,拘声律而难明。此沈、任所以栖毫,徐、庾因之避席也。”〔3〕但是,《文心雕龙》全书以议论为主,是地道的议论说理之作,其文章主体又纯粹是骈偶,这在中国骈文史上是十分罕见的。不过,《文心雕龙》使用骈偶议论,也确实不是简单地以骈偶行文,而是采取特殊手法,其中主要的是议论用骈语,而总结、过渡、承转等等用散语,如《附会》:“夫才童学文,宜正体制,必以情志为神明,事义为骨髓,辞采为肌肤,宫商为声气;然后品藻玄黄,摛振金玉,献可替否,以裁厥中:斯缀思之恒数也。”〔4〕前面议论主要用骈语,后面总结、提示用散语。再如《论说》:“原夫论之为体,所以辨正然否;穷于有数,究于无形,钻坚求通,钩深取极;乃百虑之筌蹄,万事之权衡也。故其义贵圆通,辞忌枝碎,必使心与理合,弥缝莫见其隙;辞共心密,敌人不知所乘:斯其要也。”〔5〕《隐秀》:“夫立意之士,务欲造奇,每驰心于玄默之表;工辞之人,必欲臻美,

〔1〕 李兆洛选辑,《骈体文钞》,岳麓书社,1992年版,第385页。
〔2〕 孙梅著,李金松校点,《四六丛话》,人民文学出版社,2005年版,第625页。
〔3〕 孙梅著,李金松校点,《四六丛话》,人民文学出版社,2005年版,第267页。
〔4〕 黄霖编著,《文心雕龙汇评》,上海古籍出版社,2005年版,第140页。
〔5〕 黄霖编著,《文心雕龙汇评》,上海古籍出版社,2005年版,第68页。

恒匿思于佳丽之乡。呕心吐胆,不足语穷;锻岁炼年,奚能喻苦?故能藏颖词间,昏迷于庸目;露锋文外,惊绝乎妙心。使酝藉者蓄隐而意愉,英锐者抱秀而心悦。譬诸裁云制霞,不让乎天工;斫卉刻葩,有同乎神匠矣。若篇中乏隐,等宿儒之无学,或一叩而语穷;句间鲜秀,如巨室之少珍,若百诘而色沮:斯并不足于才思,而亦有愧于文辞矣。"[1]两文都是骈散结合的好例子,而且结构也十分近似:前面使用骈语议论说理,后面用散语总结、收束,也有提示的意味在里面。如"斯其要也","斯并不足于才思,而亦有愧于文辞矣",不是简单的收束,而有提示、强调之意在里边。我们再看《议对》:

> 夫动先拟议,明用稽疑,所以敬慎群务,弛张治术。故其大体所资,必枢纽经典,采故实于前代,观通变于当今。理不谬摇其枝,字不妄舒其藻。又郊祀必洞于礼,戎事必练于兵,佃谷先晓于农,断讼务精于律。然后标以显义,约以正辞,文以辨洁为能,不以繁缛为巧;事以明核为美,不以环隐为奇:此纲领之大要也。若不达政体,而舞笔弄文,支离构辞,穿凿会巧,空骋其华,固为事实所摈,设得其理,亦为游辞所埋矣。昔秦女嫁晋,从文衣之媵,晋人贵媵而贱女;楚珠鬻郑,为薰桂之椟,郑人买椟而还珠。若文浮于理,末胜其本,则秦女楚珠,复存于兹矣。[2]

这段文字的主体是骈偶,而且辞采、对偶又十分讲究,最后还使用典故,应该说是规范的骈体文。但是文章没有因为讲究对偶、辞采、用典而产生行文上的单调和气势上的板滞,其中主要原因就是兼用奇句单行文字,如:"此纲领之大要也",用散语总结;"亦为

---

〔1〕 黄霖编著,《文心雕龙汇评》,上海古籍出版社,2005年版,第133页。
〔2〕 黄霖编著,《文心雕龙汇评》,上海古籍出版社,2005年版,第86—87页。

游辞所埋矣”，用散语承转文气；“则秦女楚珠，复存于兹矣”，用散语提示。正因为这样，文章才在精美的同时，仍具流畅自如之态。

（七）举证多骈，结论多散

从文章体制上说，骈散各有所宜。章太炎先生在《文学略说》中指出：“骈文、散文，各有短长。言宜单者，不能使之偶；语合偶者，不能使之单。”〔1〕又举例证明说：“《周礼》《仪礼》，同出周公，而《周礼》为偶，《仪礼》则单。盖设官分职，种别类殊，不偶则头绪不清；入门上阶，一人所独，为偶则语必冗繁。又《文言》《春秋》同出孔子，《文言》为偶，《春秋》则单。以阴阳刚柔，非偶不优；年经月纬，非单莫属也。同是一人之作，而不同若此，则所谓辞尚体要矣。”〔2〕然后又进一步申之曰：“头绪纷繁者，当用骈；叙事者，止宜用散；议论者，骈散各有所宜。”〔3〕“今以口说衡之，历举数事，不得不骈；单述一理，非散不可。”〔4〕这里，太炎先生认为“种别类殊”“头绪纷繁”之事当以骈体出之，否则头绪不清；议论之时，“历举数事”，作为事证，也以骈体为宜。应该说，这种说法比较科学。因为头绪纷繁之事，种别类殊之物，用骈体排列组合，易于条理化，使之眉目清晰。至于议论说理中的引用事证，虽时有散体出之，但用骈体更为允当。令人感到惊奇的是：早在一千多年前，刘勰在其《文心雕龙》中已经这样做了。如《征圣》：“夫作者曰圣，述者曰明。陶铸性情，功在上哲。夫子文章，可得而闻，则圣人之情，见乎文辞矣。先王圣化，布在方册，夫子风采，溢于格言。是以远称唐世，则焕乎为盛；近褒周代，则郁哉可从：此政化贵文之征也。郑伯入陈，

〔1〕 章太炎讲演，《文学略说》，《章太炎国学讲演录》，中华书局，2013年版，第289页。

〔2〕 章太炎讲演，《文学略说》，《章太炎国学讲演录》，中华书局，2013年版，第289页。

〔3〕 章太炎讲演，《文学略说》，《章太炎国学讲演录》，中华书局，2013年版，第290页。

〔4〕 章太炎讲演，《文学略说》，《章太炎国学讲演录》，中华书局，2013年版，第290页。

以文辞为功；宋置折俎，以多文举礼：此事迹贵文之征也。褒美子产，则云‘言以足志，文以足言’；泛论君子，则云‘情欲信，辞欲巧’：此修身贵文之征也。”[1]这里介绍和叙述，特别是提出问题，以散行为主，接下来列举事证则主要以骈语为主。如为证明“夫子风采，溢于格言”，则举语典为证：“远称唐世，则焕乎为盛”（此典出自《论语·泰伯》：“焕乎其有文章！”）“近褒周代，则郁哉可从”（此典出自《论语·八佾》：“郁郁乎文哉！吾从周。”）还有“郑伯入陈，以文辞为功”（典出《春秋左传》襄公二十五年，郑国子产献捷于晋，晋人问陈之罪，子产以娴熟的外交辞令反击晋人的诘难，因而得到孔子的赞美：“仲尼曰：‘《志》有之：言以足志，文以足言。不言，谁知其志？言之无文，行而不远。晋为伯，郑入陈，非文辞不为功。慎辞哉！’”）“情欲信，辞欲巧”（此典出自《礼记·表记》：“子曰：‘情欲信，辞欲巧。’”）这些典故确实头绪纷繁，如果用散语来一一介绍说明，既复杂啰嗦，条理不清，又会使文章成为掉书袋，让人颇费精神。所以作者以三联隔句对偶便解决了问题，而且语言整饰，眉目清晰，并且在每联对偶之后都用一句散语进行概括和总结，一曰“此政化贵文之征也”，二曰“此事迹贵文之征也”，三曰“此修身贵文之征也”。这样骈散结合，确实相得益彰：既说理深刻信而有征，又语言流畅避免烦琐。不识文章之体要，不深通骈散各有所宜之理，难以达到这样的境界。再如《辨骚》：“将核其论，必征言焉。故其陈尧舜之耿介，称禹汤之祗敬，典诰之体也；讥桀纣之猖披，伤羿浇之颠陨，规讽之旨也；虬龙以喻君子，云蜺以譬谗邪，比兴之义也；每一顾而掩涕，叹君门之九重，忠怨之辞也：观兹四事，同于《风》《雅》者也。至于托云龙，说迂怪，丰隆求宓妃，鸩鸟媒娀女，诡异之辞也；康回倾地，夷羿弹日，木夫九首，土伯三目，谲怪之谈也；依彭咸之遗则，从子胥以自适，狷狭之志也；士女杂坐，乱而不分，

[1] 黄霖编著，《文心雕龙汇评》，上海古籍出版社，2005年版，第16页。

指以为乐;娱酒不废,沉湎日夜,举以为欢:荒淫之意也。摘此四事,异乎经典者也。"[1]文章主要是对淮南王、班固、王逸、扬雄四家关于《离骚》的评价进行考核、论证,所以要列举《离骚》中的众多语言材料为证,如果以散语为之,则头绪纷乱,语言冗繁,影响文章的条理,阻塞文章的气势,所以作者便以隔句对偶进行铺排,结构明晰,条理清楚;证据充分而不庞杂,说理透彻又不烦琐。同时,文章或以散语领起,或又适当地以散语进行总结和提示,于是文章气势通达,富有节奏感。如"将核其论,必征言焉"是用散语领起,"观兹四事,同于《风》《雅》者也",是总结、提示,"摘此四事,异乎经典者也"也是总结与提示。这样做的结果,不仅在语言气势上有跌宕之致,行文上灵活自如,避免臃肿烦琐,板滞不畅,而且确实使文章层次清楚,结构严密,内容集中,义理明豁。

(八)解释之辞多用散,概述或骈或散,典型分析与方法规则的阐述多用骈语

这几种方式在文体论中表现突出,其中特别明显的是解释之辞用散的现象。结合《文心雕龙》本身的话来解释,"释名以章义"多是散语;"原始以表末"时骈时散;"选文以定篇"与"敷理以举统"[2]则多用骈语。我们看《书记》一文,其开头"释名以章义"主要是散语:"大舜云:'书用识哉!'所以记时事也。盖圣贤言辞,总为之书,书之为体,主言者也。扬雄曰:'言,心声也;书,心画也。声画形,君子小人见矣。'故书者,舒也。舒布其言,陈之简牍,取象于夬,贵在明决而已。"[3]仔细考察,几乎没有一联对偶,主要以散语出之;接下来"原始以表末"则主要使用骈语:"三代政暇,文翰颇疏。春秋聘繁,书介弥盛。绕朝赠士会以策,子家与赵宣以书,巫臣之遗子反,子产之谏范宣,详观四书,辞若对面。又子叔敬叔进

[1] 黄霖编著,《文心雕龙汇评》,上海古籍出版社,2005年版,第25页。
[2] 黄霖编著,《文心雕龙汇评》,上海古籍出版社,2005年版,第164页。
[3] 黄霖编著,《文心雕龙汇评》,上海古籍出版社,2005年版,第89页。

吊书于滕君,固知行人挈辞,多被翰墨矣。及七国献书,诡丽辐辏;汉来笔札,辞气纷纭。"[1]很明显,以骈偶为主体。而后来的"选文以定篇"又是骈语占主导地位:"观史迁之《报任安》,东方之《谒公孙》,杨恽之《酬会宗》,子云之《答刘歆》,志气盘桓,各含殊采;并杼轴乎尺素,抑扬乎寸心。逮后汉书记,则崔瑗尤善。魏之元瑜,号称翩翩;文举属章,半简必录;休琏好事,留意词翰,抑其次也。嵇康《绝交》,实志高而文伟矣;赵至叙离,乃少年之激切也。至如陈遵占辞,百封各意;弥衡代书,亲疏得宜:斯又尺牍之偏才也。"[2]骈词俪语,特别整齐,只是段落的最后,使用一句散语"斯又尺牍之偏才也"调节文气。以后在"敷理以举统"之时,也是多用骈语。可见,作者对其文章中的骈散结合,不是随意为之,而是颇为讲究的。何处用骈,哪里用散,作者是胸中有数的。再如此文中对笺这种文体的分析与阐述也相当具有典型性:

> 笺者,表也,表识其情也。崔寔奏记于公府,则崇让之德音矣;黄香奏笺于江夏,亦肃恭之遗式矣。公幹笺记,丽而规益,子桓弗论,故世所共遗。若略名取实,则有美于为诗矣。刘廙谢恩,喻切以至;陆机自理,情周而巧,笺之为美者也。原笺记之为式,既上窥乎表,亦下睨乎书,使敬而不慑,简而无傲,清美以惠其才,彪蔚以文其响,盖笺记之分也。[3]

此文虽小,体制比较齐全,在行文上分工特别明确:"释名以章义"纯用散语:"笺者,表也,表识其情也";"选文以定篇"则以骈为主:"崔寔奏记于公府,则崇让之德音矣;黄香奏笺于江夏,亦肃恭之遗式矣。公幹笺记,丽而规益,子桓弗论,故世所共遗。若略名取实,则有美于为诗矣。刘廙谢恩,喻切以至;陆机自理,情周而

[1] 黄霖编著,《文心雕龙汇评》,上海古籍出版社,2005年版,第89页。
[2] 黄霖编著,《文心雕龙汇评》,上海古籍出版社,2005年版,第89—90页。
[3] 黄霖编著,《文心雕龙汇评》,上海古籍出版社,2005年版,第90页。

巧;笺之为美者也”;“敷理以举统”也以骈语为主导:“原笺记之为式,既上窥乎表,亦下睨乎书,使敬而不慑,简而无傲,清美以惠其才,彪蔚以文其响,盖笺记之分也”。所以,对文章中的各个部位如何安排,《文心雕龙》的作者是很有章法的。其他如《祝盟》《论说》等等,都是这方面的典型范例,这里不再赘述。

为了便于人们从总体上了解《文心雕龙》对骈散不同功用的把握情况,我们这里专门选取“铺陈用骈”“释义用散”两项内容,列出下面两张表格,从中自然可以清楚地看出刘勰对文体分工的精确认知:

表一:《文心雕龙》铺陈用骈示例

篇　名	骈语例证	方　式
《诠赋》	枚乘《菟园》,举要以会新;相如《上林》,繁类以成艳;贾谊《鹏鸟》,致辨于情理;子渊《洞箫》,穷变于声貌;孟坚《两都》,明绚以雅赡;张衡《二京》,迅发以宏富;子云《甘泉》,构深玮之风;延寿《灵光》,含飞动之势……	铺陈
《程器》	略观文士之疵:相如窃妻而受金,扬雄嗜酒而少算,敬通之不修廉隅,杜笃之请求无厌,班固谄窦以作威,马融党梁而黩货,文举傲诞以速诛,正平狂憨以致戮,仲宣轻锐以躁竞,孔璋傯恫以粗疏……	铺陈
《诸子》	逮及七国力政,俊乂蜂起。孟轲膺儒以磬折,庄周述道以翱翔。墨翟执俭确之教,尹文课名实之符,野老治国于地利,驺子养政于天文,申商刀锯以制理,鬼谷唇吻以策勋,尸佼兼总于杂术,青史曲缀于街谈。	铺陈
《体性》	是以贾生俊发,故文洁而体清;长卿傲诞,故理侈而辞溢;子云沉寂,故志隐而味深;子政简易,故趣昭而事博;孟坚雅懿,故裁密而思靡;平子淹通,故虑周而藻密……	铺陈
《定势》	章表奏议,则准的乎典雅;赋颂歌诗,则羽仪乎清丽;符檄书移,则楷式于明断;史论序注,则师范于核要;箴铭碑诔,则体制于宏深;连珠七辞,则从事于巧艳……	铺陈

续表

篇　名	骈语例证	方　式
《论说》	详观论体,条流多品:陈政,则与议说合契;释经,则与传注参体;辨史,则与赞评齐行;铨文,则与叙引共纪。故议者宜言,说者说语,传者转师,注者主解,赞者明意,评者平理,序者次事,引者胤辞……	铺陈
《杂文》	及傅毅《七激》,会清要之工;崔骃《七依》,入博雅之巧;张衡《七辨》,结采绵靡;崔瑗《七厉》,植义纯正;陈思《七启》,取美于宏壮;仲宣《七释》,致辨于事理。	铺陈
《风骨》	是以怊怅述情,必始乎风;沉吟铺辞,莫先于骨。故辞之待骨,如体之树骸;情之含风,犹形之包气。结言端直,则文骨成焉;意气骏爽,则文风清焉。若丰藻克赡,风骨不飞,则振采失鲜,负声无力。	铺陈
《时序》	齐开庄衢之第,楚广兰台之宫,孟轲宾馆,荀卿宰邑,故稷下扇其清风,兰陵郁其茂俗,邹子以谈天飞誉,驺奭以雕龙驰响,屈平联藻于日月,宋玉交彩于风云。	铺陈
《物色》	是以献岁发春,悦豫之情畅;滔滔孟夏,郁陶之心凝。天高气清,阴沉之志远;霰雪无垠,矜肃之虑深。岁有其物,物有其容;情以物迁,辞以情发。一叶且或迎意,虫声有足引心。况清风与明月同夜,白日与春林共朝哉!	铺陈

表二:《文心雕龙》释义用散示例

篇　名	散语例证	方　式
《书记》	故谓谱者,普也。注序世统,事资周普,郑氏谱《诗》,盖取乎此。	释义
	籍者,借也。岁借民力,条之于版,《春秋》司籍,即其事也。	释义
	簿者,圃也。草木区别,文书类聚,张汤、李广,为吏所簿,别情伪也。	释义

续表

篇　名	散语例证	方　式
《书记》	故谓谱者，普也。注序世统，事资周普，郑氏谱《诗》，盖取乎此。	释义
	籍者，借也。岁借民力，条之于版，《春秋》司籍，即其事也。	释义
	簿者，圃也。草木区别，文书类聚，张汤、李广，为吏所簿，别情伪也。	释义
	录者，领也。古史《世本》，编以简策，领其名数，故曰录也。	释义
	方者，隅也。医药攻病，各有所主，专精一隅，故药术称方。	释义
	术者，路也。算历极数，见路乃明，《九章》积微，故以为术，《淮南》《万毕》，皆其类也。	释义
	占者，觇也。星辰飞伏，伺候乃见，登观书云，故曰占也。	释义
	式者，则也。阴阳盈虚，五行消息，变虽不常，而稽之有则也。	释义
	律者，中也。黄钟调起，五音以正；法律驭民，八刑克平，以律为名，取中正也。	释义
	令者，命也。出命申禁，有若自天，管仲下令如流水，使民从也。	释义
	法者，象也。兵谋无方，而奇正有象，故曰法也。	释义
《明诗》	诗者，持也，持人情性；三百之蔽，义归"无邪"。持之为训，有符焉尔。	释义
《铭箴》	箴者，针也，所以攻疾防患，喻针石也。斯文之兴，盛于三代。夏商二箴，余句颇存。	释义
《史传》	史者，使也。执笔左右，使之记也。古者左史记事者，右史记言者。	释义
《论说》	论者，伦也；伦理无爽，则圣意不坠。昔仲尼微言，门人追记，故抑其经目，称为《论语》。	释义

续表

篇　名	散语例证	方　式
《章表》	章者,明也。《诗》云"为章于天",谓文明也。其在文物,赤白曰章。	释义
	表者,标也。《礼》有《表记》,谓德见于仪。其在器式,揆景曰表。章表之目,盖取诸此也。	释义

通观上面两表及其前面所举例证,我们不能不承认,刘勰确实深明骈散之体要,不仅是文章学理论的大师级人物,而且也是骈散结合这一文章写作方法的杰出人物,他在中国骈文史上的这种重要性,到目前为止,人们的认识还不到位,研究也有待深入。

第六节　《文心雕龙》在议论文体制方面的因革

《文心雕龙》是文学理论巨著,以探讨文理为主要目的。其中的五十篇文章都是用骈体写成的,从其成就上看,应该说是用骈偶议论说理的典范之作。所以,后世骈文批评家多把它当作议论类骈文的范本。如清代的王先谦,在其《骈文类纂》论说类中,就把《文心雕龙》的五十篇文章全部作为典范作品收入。其他如清代著名骈文批评家孙松友也对《文心雕龙》倍极推崇,在《四六丛话》中,他先从文体的角度指出骈散二者在议论方面的利弊:"原夫今体之文,尤工笺奏;词林之选,雅善颂铭。占辞著刻楮之能,叙事美贯珠之目。质缘文而见巧,情会景以呈奇。尚矣!夫文采葩流,枝叶横生,此骈体之长也。师其意不师其辞,为时似不为恒似,此古文所尚也。若乃命微言以藻思,责奥义于腴词,以妃青媲白之文,求辨博纵横之用。譬之蚁封奔骋,佩玉走趋。舌本闲强,恐类文家之吃;笔端繁拥,终滋腹笥之贫。固难以作致其情,工用所短也已。”认为议论说理是散体之长,骈体之短。然后由此出发,赞美《文心雕龙》在议论说理上难能可贵的成就:“赋家之心,包括天地;文人之笔,涵茹古今。高下在心,渊微莫识。尔其征家法,正体裁;等才情,标风会;内篇以叙其体,外篇以究其用;统二千年之汗牛充栋,归五十首之掐肾擢肝;捶字选和,屡参解悟;宗经正纬,备著源流——此《文心》所以探作家之旨,而上下其议论也。”[1]那么,同样是骈体议论文,为什么《文心雕龙》会取得如此突出的成就呢?原因应该是很多的,其中对议论文论证方式与体制的因革尤疑是一个重要因素。

一 骈体文论证方式与体制溯源

从文体的角度考察,《文心雕龙》是规范的骈体议论文,这种文体有比较独特的议论方式,而这种议论方式和体制在刘勰之前就已经存在了。

考察中国古代骈文发展的历史,我们会发现,在各类骈体文之中,议论说理类骈文最先成熟,其标志就是连珠体文章的出现。这种文章虽然体制短小,但是其议论说理的体制和模式可以说是骈体论说文的远祖。

仔细追溯,早在汉代,连珠体就已产生,而且已经骈俪化,其功能主要就是议论说理,如下面几例就是如此:

> 臣闻天下有三乐,有三忧焉。阴阳和调,四时不忒;年谷丰遂,无有夭折;灾害不生,兵戎不作:天下之乐也。圣明在上,禄不遗贤,罚不偏罪;君子小人,各处其位:众臣之乐也。吏不苟暴,役赋不重;财力不伤,安土乐业:民之乐也。乱则反

[1] 孙梅著,李金松校点,《四六丛话》,人民文学出版社,2010年版,第426页。

焉,故曰三忧。[1]

——扬雄《连珠》

臣闻听决价而资玉者,无楚和之名;因近习而取士者,无伯王之功。故玙璠之为宝,非驵侩之术也;伊吕之为佐,非左右之旧。[2]

——班孟坚《连珠》

臣闻媚上以市利者,臣之常情,主之所患;忘身以忧国者,臣之所难,主之所愿。是以忠臣背利而修所难,明主排患而获所愿。[3]

——潘勖《拟连珠》

上面三段文字,都是以议论说理为主,属于论说文的范畴。从体制上进行考察,其追求骈偶的趋势特别明显。其中扬雄之作虽然还有些粗朴,但是,班固、潘勖之作已经是成熟的骈体了。关于连珠体的来源问题,文学史上说法不一。首先,晋傅玄《连珠序》中说:"兴于汉章帝之世,班固、贾逵、傅毅三子受诏作之,而蔡邕、张华之徒又广焉。其文体,辞丽而言约,不指说事情,必假喻以达其旨,而贤者微悟,合于古诗劝兴之义。欲使历历如贯珠,易观而可悦,故谓之连珠也。班固喻美辞壮,文章弘丽,最得其体。蔡邕似论,言质而辞碎,然其旨笃矣。贾逵儒而不艳,傅毅文而不典。"[4]认为此体"兴于汉章帝之世"。此后《北史·李先传》:"(魏帝)召

[1][2][3] 李兆洛选辑,《骈体文钞》,上海书店,1988年版,第648页。
[4] 严可均校辑,《全上古三代秦汉三国六朝文》,中华书局,1958年版,第1724页。

先,读韩子《连珠论》二十二篇,《太公兵法》十一事。"[1]《魏书·李先传》中也说:"(魏帝)俄而召先读《韩子》《连珠》二十二篇、《太公兵法》十一事。"[2]又认为源于韩非。此外,梁沈约则认为源于扬雄,其《注制旨连珠表》中有曰:"窃闻连珠之作,始自子云,放易象论,动模经诰。班固谓之命世,桓谭以为绝伦。连珠者,盖谓辞句连续,互相发明,若珠之结排也。虽复金镳互骋,玉轪并驰;妍蚩优劣,参差相间;翔禽伏兽,易以心威;守株胶瑟,难与适变。水镜芝兰,随其所遇;明珠燕石,贵贱相悬。"[3]清代骈文批评家李兆洛认定此体源于先秦人韩非。其《骈体文钞》中说:"此体,昉于韩非之内外《储说》、淮南之《说山》。傅休奕谓连珠兴于汉章帝之世,班固、贾逵、傅毅三子,受诏作之。而《艺文类聚》所载,有扬子云,恐非其实。"[4]从实而论,李兆洛否定扬雄为连珠体的开创者有误,其证不仅是《艺文类聚》载有扬雄连珠体作品,而且刘勰在《文心雕龙·杂文》中已经阐述清楚了:"扬雄覃思文阁,业深综述,碎文琐语,肇为《连珠》,其辞虽小而明润矣。"[5]所以,扬雄作为连珠体的开创者,应该是没有问题的。晚清王先谦在其《骈文类纂序》中就同意刘勰的说法:"彦和论杂文曰:宋玉始造《对问》,东方广为《客难》,扬班之徒,迭相祖述,枚乘首制《七发》,子云肇为《连珠》,凡此三者,文章之枝派也。统以杂文之目,今依而次焉。"[6]

另外,还应该说明的是:认为连珠体来自"韩非之内外《储说》、淮南之《说山》"也与事实相去甚远。仔细考察先秦文章,尤其是诸

---

[1] 李延寿撰,《北史》,中华书局,1974年版,第978页。
[2] 魏收撰,《魏书》,中华书局,1974年版,第790页。
[3] 严可均校辑,《全上古三代秦汉三国六朝文》,中华书局,1958年版,第3109页。
[4] 李兆洛选辑,《骈体文钞》,上海书店,1988年版,第648页。
[5] 黄霖编著,《文心雕龙汇评》,上海古籍出版社,2005年版,第53页。
[6] 王先谦编,《骈文类纂》,任继愈主编,《中华传世文选》,吉林人民出版社,1998年版,第6页。

子文章,类似于后来连珠体的议论说理方式不仅存在于韩非文章之中,其他人的文章中也时而有之,如老子、荀子、孙子、墨子等人的论文之中,也可以见到类似于连珠体的议论说理方式。其中《老子》之中如:“天长地久。天地所以能长且久者,以其不自生,故能长生。是以圣人后其身而身先,外其身而身存。非以其无私邪?故能成其私。”有前提,有结论,逻辑推理非常严密。再如:“不尚贤,使民不争;不贵难得之货,使民不为盗;不见可欲,使民心不乱。是以圣人治,虚其心,实其腹,弱其志,强其骨。常使民无知无欲,使夫智者不敢为也。为无为,则无不治。”〔1〕不但逻辑推理严密,而且大量使用对偶,句式比较整齐。《孙子兵法》如:“昔殷之兴也,伊挚在夏;周之兴也,吕牙在殷。故惟明君贤将,能以上智为间者,必成大功。此兵之要,三军之所恃而动也。”先列举事实,然后作出结论。再如:“凡用兵之法,全国为上,破国次之;全军为上,破军次之;全旅为上,破旅次之;全卒为上,破卒次之;全伍为上,破伍次之。是故百战百胜,非善之善者也;不战而屈人之兵,善之善者也。”〔2〕先有前提,后有结论,不但讲究对偶,而且比较工整,骈化特征明显。《墨子》如:“大国累百器,小国累十器,前方丈,目不能遍视,手不能遍操,口不能遍味。……人君为饮食如此,故左右象之。是以富贵者奢侈,孤寡者冻馁,虽欲无乱,不可得也。”先前提,后结论,也有比较严密的推理过程。再如:“古之民未知为舟车时,重任不移,远道不至。故圣王作为舟车,以便民之事。其为舟车也,完固轻利,可以任重致远。其为用财少而为利多,是以民乐而利之。故法令不急而行,民不劳而上足用,故民归之。”〔3〕不仅逻辑严密,也有骈偶倾向。相比之下,荀子类似的议论说理方式更

〔1〕 任继愈译著,《老子新译》,上海古籍出版社,1985年版,第74—75、66—67页。

〔2〕 骈宇骞等译注,《孙子兵法·孙膑兵法》,中华书局,2006年版,第103、17页。

〔3〕 吴毓江撰,孙启治点校,《墨子校注》,中华书局,1993年版,第47页。

多,请看下面几例:

积土成山,风雨兴焉;积水成渊,蛟龙生焉;积善成德,而神明自得,圣心备焉。故不积跬步,无以至千里;不积小流,无以成江海。

昔者瓠巴鼓瑟而流鱼出听,伯牙鼓琴而六马仰秣。故声无小而不闻,行无隐而不形;玉在山而草木润,渊生珠而崖不枯。为善不积邪,安有不闻者乎?

仁义礼善之于人也,譬之若货财粟米之于家也,多有之者富,少有之者贫,至无有者穷。故大者不能,小者不为,是弃国捐身之道也。[1]

文章逻辑性很强,其论证方式多是先举事证作为前提,后作出结论。有的采取类比的方式进行推论,逻辑也非常严密。同时,荀子文章中的骈语也相当多,对偶更加精工,有些对偶句与后世骈文相比也不逊色,如"积土成山,风雨兴焉;积水成渊,蛟龙生焉""不积跬步,无以至千里;不积小流,无以成江海"都是明显的例证。公平地说,韩非的论说类文章确实讲究逻辑推理,也有许多骈词俪语。如:"观听不参则诚不闻,听有门户则臣壅塞。其说在侏儒之梦见灶,哀公之称'莫众而迷'。故齐人见河伯,与惠子之言'亡其半'也。其患在竖牛之饿叔孙,而江乞之说荆俗也。嗣公欲治不知,故使有敌。是以明主推积铁之类,而察一市之患""小信成则大信立,故明主积于信。赏罚不信,则禁令不行。说在文公之攻原与箕郑救饿也。是以吴起须故人而食,文侯会虞人而猎。故明主信,

〔1〕 王先谦撰,沈啸寰、王星贤点校,《荀子集解》,中华书局,1988 年版,第 7—8、11、515 页。

如曾子杀彘也。患在尊厉王击警鼓与李悝谩两和也"[1]。有前提,有结论,其中逻辑关系非常明显,已经是成熟的论说文体制。除此之外,韩非文章中的对偶句式也比较多,如"事起而有所利,其尸主之;有所害,必反察之。是以明主之论也,国害则省其利者,臣害则察其反者。其说在楚兵至而陈需相,黍种贵而廪吏覆。是以昭奚恤执贩茅,而不僖侯谯其次;文公发绕炙,而穰侯请立帝",再如"爱多者,则法不立;威寡者,则下侵上。是以刑罚不必,则禁令不行"[2],句式整齐,对偶不仅精美,与后世的骈文相去不远。但是,问题在于:在先秦时期的文章之中,特别是诸子文章中,这种现象比较常见,不是他一个人所独有,所以说他是连珠体始祖不合适。

到了汉代,以及魏晋南北朝时期,连珠体经过了一个成熟和不断精美化的过程,其突出特点是以骈偶行文,其议论方式也显示出自己的独特性。我们看下面这些例证:

> 盖闻琴瑟高张则哀弹发,节士抗行则荣名至。是以申胥流音于南极,苏武扬声于朔裔。
>
> 盖闻四节异气以成岁,君子殊道以成名。故微子奔走而显,比干剖心而荣。
>
> 盖闻驽蹇服御,良乐咨嗟,铅刀剖截,欧冶叹息。故少师幸而季梁惧,宰嚭任而伍员忧。[3]
>
> ——魏曹丕《连珠三首》

> 臣闻积实虽微,必动于物;崇虚虽广,不能移心。是以都人冶容,不悦西施之影;乘马班如,不辍太山之阴。

---

[1] 王先慎撰,钟哲点校,《韩非子集解》,中华书局,1998年版,第211—212、265页。

[2] 王先慎撰,钟哲点校,《韩非子集解》,中华书局,1998年版,第242、212页。

[3] 魏宏灿校注,《曹丕集校注》,安徽大学出版社,2009年版,第357页。

臣闻任重于力，才尽则困；用广其器，应博则凶。是以物胜权而衡殆，形过镜则照穷。故明主程才以效业，贞臣底力而辞丰。[1]

——晋陆机《演连珠》

盖闻修己知足，虑得其逸；贪荣昧进，志忘其审。是以饮河满腹，求安愈泰；缘木务高，畏下滋甚。[2]

——南朝宋谢惠连《连珠》

盖闻匹夫履顺，则天地不违；一物投诚，则神明可交。事有微而愈著，理有暗而必昭。是以鲁阳倾首，离光为之反舍；有鸟沸波，河伯为之不朝。[3]

——南朝宋颜延年《范连珠》

盖闻王佐之才虽远，岂必见采于当世；凌云之气徒盛，无以自致于云间。是以魏人捐玉于外野，和氏泣血于荆山。[4]

——南朝宋王俭《畅连珠》

臣闻鸣籁布响，非有志于要风；涓流长迈，宁厝心于归海。是以万窍怒号，不叩而咸应；百川是纳，用卑而为宰。[5]

——南朝梁沈约《连珠》

盖闻意气难干，非资扛鼎；风神自勇，无待翘关。是以曹

〔1〕 陆机撰，金涛声点校，《陆机集》，中华书局，1982 年版，第 93、91 页。

〔2〕 李兆洛选辑，《骈体文钞》，上海书店，1988 年版，第 654 页。

〔3〕 王先谦编，《骈文类纂》，任继愈主编，《中华传世文选》，吉林人民出版社，1998 年版，第 917 页。

〔4〕〔5〕 李兆洛选辑，《骈体文钞》，上海书店，1988 年版，第 654 页。

刿登坛，汶阳之田遽反；相如睨柱，连城之璧更还。

盖闻君子无其道，则不能有其财；忘其贫，则不能耻其食。是以颜回瓢饮，贤庆封之玉杯；子思银佩，美虞公之垂棘。

盖闻十室之邑，忠信在焉；五步之内，芬芳可录。是以日南枯蚌，犹含明月之珠；龙门死树，尚抱《咸池》之曲。[1]

——北周庾信《拟连珠》

仔细考察上面这些连珠体文，我们发现，其议论方式与前面所举的先秦诸子文章在议论方式上有非常明显的相似之处，其中特别值得注意的是推理模式，有非常明显的继承关系。大体说来，不外这样几种模式：其一，先明义理，后举事证；其二，先譬喻明理，再举事证；其三，先举事证，再明义理；其四，将义理寓于譬喻之中。当然，与先秦诸子文章相比，差别也是明显的，其中突出的是在逻辑层次上，魏晋南北朝时期的连珠要比先秦诸子文章单一得多，结构也相对稳定，总体上看来，多数连珠体分为两层，第一层为前提，第二层为结论，形成比较标准的逻辑推理：根据初步统计，一般是一个前提，推出一个结论；当然也有个别的是几个前提推出一个结论。从逻辑顺序上看，有的先举事，后结论；有的先明理，后举事证或物证；有的又以譬喻代替事例作推理的媒介。从论证方式或者说推理方式上看，情况也有所不同：有的是多种事例推出一个结论，基本上属于归纳法；有的是由一个公理推出一个结论，基本上属于演绎法；有的是同例得同果，基本上是类比法。从史的角度分析，连珠体的基本法式在先秦诸子的文章中已经常见，不局限于韩非一人。到了汉朝后期，特别是魏晋南北朝时期，连珠体的议论方式已经固定，而且更加精美，其中骈化的倾向尤其突出。

除此之外，我们还应该注意的是：在其他议论文体及其包含议

---

〔1〕 庾信撰，倪璠注，许逸民校点，《庾子山集注》，中华书局，1980 年版，第 617、619、613 页。

论成分的文章中,类似连珠体的议论方式也成了比较固定的模式,虽然不像连珠体那样句式整齐、逻辑严密,但是却有相同之处,看清这些,对我们研究《文心雕龙》的议论说理方式是很有帮助的。请看下面这些文章段落:

> 臣闻:悲者不可为累欷,思者不可为叹息。故高渐离击筑易水之上,荆轲为之低而不食;雍门子壹微吟,孟尝君为之于邑。今臣心结日久,每闻幼眇之声,不知涕泣之横集也。[1]
>
> ——汉中山靖王《闻乐对》

> 臣闻盛饰入朝者,不以私污义;砥砺名号者,不以利伤行。故里名胜母,曾子不入;邑号朝歌,墨子回车。[2]
>
> ——汉邹阳《狱中上书自明》

> 夫不勤勤,则前人不当;不悬悬,则觉德不恺。是以发秘府,览书林,遥集乎文雅之囿,翱翔乎礼乐之场,胤殷周之失业,绍唐虞之绝风。[3]
>
> 汉扬雄《剧秦美新》

> 臣闻尧登稷、契,治隆太平;舜用皋陶,政致雍熙。殷周虽有高宗、昌、发之君,犹赖傅说、吕望之策,故能克崇其业,允协大中。[4]
>
> ——汉班固《为第五伦荐谢夷吾疏》

---

〔1〕 王先谦编,《骈文类纂》,任继愈主编,《中华传世文选》,吉林人民出版社,1998年版,第333页。

〔2〕 萧统编,李善注,《文选》,上海古籍出版社,1986年版,第1772页。

〔3〕 萧统编,李善注,《文选》,上海古籍出版社,1986年版,第2153页。

〔4〕 王先谦编,《骈文类纂》,任继愈主编,《中华传世文选》,吉林人民出版社,1998年版,第275页。

盖君子耻当年而功不立,疾没世而名不称,故曰:“学如不及,犹恐失之。”是以古之志士,悼年齿之流迈,而惧名称之不建也。勉精厉操,晨兴夜寐,不遑宁息。经之以岁月,累之以日力。若宁越之勤,董生之笃,渐渍德义之渊,栖迟道艺之域。[1]

——东吴韦曜《博奕论》

光武秉朱光之巨钺,震赫斯之隆怒。……尔乃庙谋而后动众,计定而后行师,故攻无不陷之垒,战无奔北之卒。是以群下欣欣,归心圣德。宣仁以和众,迈德以来远。……故窦融闻声而景附,马援一见而叹息。[2]

——魏曹植《汉二祖优劣论》

夫为稼于汤之世,偏有一溉之功者,虽终归燋烂,必一溉者后枯,然则一溉之益,固不可诬也。而世常谓一怒不足以侵性,一哀不足以伤身,轻而肆之,是犹不识一溉之益,而望嘉谷于旱苗者也。是以君子知形恃神以立,神须形以存,悟生理之易失,知一过之害生。[3]

——魏嵇康《养生论》

夫治乱,运也;穷达,命也;贵贱,时也。故运之将隆,必生圣明之君。圣明之君,必有忠贤之臣。其所以相遇也,不求而自合;其所以相亲也,不介而自亲。[4]

——魏李康《运命论》

---

〔1〕 萧统编,李善注,《文选》,上海古籍出版社,1986年版,第2283页。
〔2〕 曹植著,赵幼文校注,《曹植集校注》,人民文学出版社,1998年版,第103—104页。
〔3〕 萧统编,李善注,《文选》,上海古籍出版社,1986年版,第2288—2289页。
〔4〕 萧统编,李善注,《文选》,上海古籍出版社,1986年版,第2295页。

汉矫秦枉，大启侯王，境土踰溢，不遵旧典，故贾生忧其危，晁错痛其乱。是以诸侯阻其国家之富，凭其士民之力，势足者反疾，土狭者逆迟。六臣犯其弱纲，七子衢其漏纲，皇祖夷于黥徒，西京病于东帝。是盖过正之灾，而非建侯之累也。[1]

——晋陆机《五等论》

盖崇德莫大乎安身，安身莫尚乎存正，存正莫重乎无私，无私莫深乎寡欲。是以君子安其身而后动，易其心而后语，定其交而后求，笃其志而后行。然则动者，吉凶之端也；语者，荣辱之主也；求者，利病之几也；行者，安危之决也。[2]

——晋潘尼《安身论》

盖闻在昔圣王，承天御世，殷荐明德，思和人神，莫不崇典谟以教思，兴礼学以陶远。是以帝尧昭焕，而道协人天；西伯质文，而周隆二代。[3]

——晋陆云《移书太常府荐张瞻》

臣闻古之圣明，原始以要终，体本以正末。故忧法度之不当，而不忧人物之失所；忧人物之失所，而不忧灾害之流行。诚以法得于此，则物理于彼；人和于下，则灾消于上。其有日月之眚，水旱之灾，则反听内视，求其所由，远考诸物，近验诸

〔1〕 萧统编，李善注，《文选》，上海古籍出版社，1986年版，第2336—2337页。
〔2〕 莫道才主编，《骈文观止》，文化艺术出版社，1997年版，第73页。
〔3〕 陆云撰，黄葵点校，《陆云集》，中华书局，1988年版，第179页。

身。耳目听察,岂或有蔽其聪明者乎?[1]

——晋挚虞《日食水旱对》

臣闻太朴既亏,则高尚之标显;道丧时昏,则忠贞之义彰。故有洗耳投渊,以振玄邈之风;亦有秉心矫迹,以敦在三之节。是故上代之君,莫不崇重斯轨,所以笃俗训民,静一流竞。[2]

——东晋桓玄《荐谯元彦表》

抱朴子曰:骋逸策迅者,虽遗景而不劳;因风凌波者,虽济危而不倾。是以元凯分职,而则天之勋就;伊、吕既任,而革命之功成。[3]

——东晋葛洪《抱朴子·博譬》

是以信陵之贤,简在高祖之心;望诸之道,复获隆汉之封。观史叹古,钦兹盛美,岂谓荣渥,近沾微躬。[4]

——南朝宋谢灵运《谢封康乐公表》

臣闻陵雪袖颖,贞柯必振;尊风赏流,清源斯挹。是以衣囊挥誉于西京,折辕延高于东帝。[5]

——南朝宋陆徽《荐朱万嗣表》

---

〔1〕 王先谦编,《骈文类纂》,任继愈主编,《中华传世文选》,吉林人民出版社,1998年版,第333页。

〔2〕 萧统编,李善注,《文选》,上海古籍出版社,1986年版,第1720—1721页。

〔3〕 杨明照撰,《抱朴子外篇校笺》,中华书局,1991年版,第237—238页。

〔4〕 王先谦编,《骈文类纂》,任继愈主编,《中华传世文选》,吉林人民出版社,1998年版,第320页。

〔5〕 王先谦编,《骈文类纂》,任继愈主编,《中华传世文选》,吉林人民出版社,1998年版,第276页。

臣闻：匠万物者，以绳墨为正；驭大国者，以理法为本。是以古之圣王临朝思理，远防邪萌，深杜奸渐，莫不资法理以成化，明刑赏以树功者也。[1]

——南朝齐孔稚珪《上新定律注表》

昔者贱臣叩心，飞霜击于燕地，庶女告天，振风袭于齐台。下官每读其书，未尝不废卷流涕。何者？士有一定之论，女有不易之行。信而见疑，贞而为戮，是以壮夫义士、伏死而不顾者此也。[2]

——南朝梁江淹《诣建平王上书》

臣闻天地顺动，则雷出为豫；圣人成功，则风行有节。故六德在《咸池》之宫，山谷可调；八风入《承云》之奏，人神不杂。[3]

——北周庾子山《贺新乐表》

以上所举是汉代至魏晋南北朝时期连珠体以外骈体议论文的代表作品，从总体上看，其说理方式当然没有连珠体那样结构严谨，逻辑严密。不过，仔细观察，可以发现，其基本的论证模式还是非常相近的，其中特别是葛洪的文章与连珠体更为接近。这充分说明：在骈体议论文的发展过程中，其议论说理方式受连珠体议论说理模式影响很大，许多议论说理的骈文都可以看到类似于连珠体的说理模式。因此，王瑶先生在《徐庾与骈体》一文中说："连珠和骈体的演进历史过程是完全一致的；这种推论说理的方式因为

---

〔1〕 王先谦编，《骈文类纂》，任继愈主编，《中华传世文选》，吉林人民出版社，1998年版，第281页。

〔2〕 莫道才主编，《骈文观止》，文化艺术出版社，1997年版，第132页。

〔3〕 倪璠注，许逸民校点，《庾子山集注》，中华书局，1980年版，第511页。

需要设喻使事，又因为从来的习惯是用偶句，正符合于骈文所要求的形式条件，所以就成了骈体指事述意的普通方式了。"[1]认真考察骈文发展演化的历史，应该说王先生的话是符合实际的。刘勰生活在连珠体盛行的齐、梁时代，《文心雕龙》又是典型的骈体议论文，所以，它受连珠体说理方式的影响便是十分自然的了。

二 《文心雕龙》在骈文论证方式和体制上的继承与创新

仔细考察《文心雕龙》一书，我们发现：该书作为骈体议论文的集成，在说理模式上取法连珠体是自觉的，而且是有其内部动因的。我们先看《文心雕龙·丽辞》中对骈偶艺术标准的论述：

> 若气无奇类，文乏异采，碌碌丽辞，则昏睡耳目。必使理圆事密，联璧其章。[2]

这里的"理圆事密"就是义理圆通，逻辑严密；"联璧其章"就是要求文辞珠联璧合，不能琐碎，不生枝蔓，成为有机的整体。

这是对骈文的整体艺术要求。此外，刘勰还对议论文的写作目的和艺术标准进行了精彩的说明。《文心雕龙·论说》中指出：

> 原夫论之为体，所以辨正然否；穷于有数，究于无形，钻坚求通，钩深取极；乃百虑之筌蹄，万事之权衡也。故其义贵圆通，辞忌枝碎，必使心与理合，弥缝莫见其隙；辞共心密，敌人不知所乘：斯其要也。[3]

显然，本文的"义贵圆通"与《丽辞》中的"理圆事密"同出一辙，都是要求文章义理圆通，逻辑严密；"辞忌枝碎"同《丽辞》中的"联璧其章"相近，都是强调文辞要珠联璧合，不能枝蔓或琐碎；"必

---

〔1〕 王瑶著，《中古文学史论集》，上海古籍出版社，1982年版，第166页。
〔2〕 黄霖编著，《文心雕龙汇评》，上海古籍出版社，2005年版，第120页。
〔3〕 黄霖编著，《文心雕龙汇评》，上海古籍出版社，2005年版，第68页。

使心与理合,弥缝莫见其隙;辞共心密,敌人不知所乘"与《丽辞》之"理圆事密"更是一致的,就是要求文章逻辑严密,无懈可击。再仔细考察,我们发现,《丽辞》与《论说》两篇文章在艺术标准方面的一致性,在《杂文》篇中表现得更加突出:文中谈到连珠体之时,首先说扬雄"碎文琐语,肇为联珠",即把琐碎文辞集结排列起来,创造成珠联璧合之文。接下来关于连珠体制特点的分析尤其值得我们注意:

> 夫文小易周,思闲可赡。足使义明而词净,事圆而音泽,磊磊自转,可称珠耳。[1]

其一,这里特别强调的是"赡""事圆""义明",这是针对义理而言,就是要求说理周密、严谨、圆通,逻辑性强。其二,同时又强调"词净""磊磊自转",显然,这是就形式,特别是文辞而言,其中关键就是要求文章干净而不杂芜,珠联璧合而不枝不蔓,更不琐碎,一句话,既要义理清楚,又要词采精美,逻辑严密。这既是连珠体的主要特征,也是刘勰在作骈体议论文时之所以要借鉴与取法连珠体的内在因素。清人章学诚在评价《文心雕龙》时,有特别精当的五个字:"体大而虑周"[2]。确实把握了神髓。其所以"虑周",与其严密的逻辑思维不无关系,而这种严密的逻辑,更与其取法连珠体的逻辑推理方式密不可分。读过《文心雕龙》一书,我们发现其中很多文章在逻辑推理上与连珠体的推理方式非常相似,后者的推理方式在书中随处可见。如书中频繁采用连珠体常用的归纳推理方式论文:

> 若乃羲农轩皞之源,山渎锺律之要,白鱼赤乌之符,黄金紫玉之瑞,事丰奇伟,辞富膏腴,无益经典而有助文章。是以

[1] 黄霖编著,《文心雕龙汇评》,上海古籍出版社,2005年版,第54页。
[2] 章学诚著,叶瑛校注,《文史通义校注》,中华书局,1985年版,第559页。

后来辞人，采摭英华。[1]

——《正纬》

昔齐威酣乐，而淳于说甘酒；楚襄宴集，而宋玉赋《好色》。意在微讽，有足观者。及优旃之讽漆城，优孟之谏葬马，并谲辞饰说，抑止昏暴。是以子长编史，列传《滑稽》，以其辞虽倾回，意归义正也。[2]

——《谐隐》

若乃汤之问棘，云蚊睫有雷霆之声；惠施对梁王，云蜗角有伏尸之战；《列子》有移山跨海之谈，《淮南》有倾天折地之说，此踳驳之类也。是以世疾诸子，混洞虚诞。[3]

——《诸子》

昔黄帝神灵，克膺鸿瑞，勒功乔岳，铸鼎荆山。大舜巡岳，显乎《虞典》；成康封禅，闻之《乐纬》。及齐桓之霸，爰窥王迹；夷吾谲谏，拒以怪物。固知玉牒金镂，专在帝皇也。然则西鹣东鲽，南茅北黍，空谈非征，勋德而已。是以史迁八书，明述封禅者，固禋祀之殊礼，铭号之秘祝，祀天之壮观矣。[4]

——《封禅》

《诗》刺谗人，投畀豺虎；《礼》疾无礼，方之鹦猩。墨翟非儒，目以羊彘；孟轲讥墨，比诸禽兽。《诗》、《礼》儒墨，既其如兹；奏劾严文，孰云能免。是以世人为文，竞于诋诃，吹毛取

---

〔1〕 黄霖编著，《文心雕龙汇评》，上海古籍出版社，2005年版，第23页。
〔2〕 黄霖编著，《文心雕龙汇评》，上海古籍出版社，2005年版，第56页。
〔3〕 黄霖编著，《文心雕龙汇评》，上海古籍出版社，2005年版，第64页。
〔4〕 黄霖编著，《文心雕龙汇评》，上海古籍出版社，2005年版，第77页。

瑕，次骨为戾，复似善骂，多失折衷。[1]

——《奏启》

这些文字都有严密的逻辑，首先是列举数证，然后归纳、总结，得出结论，显得水到渠成，说服力强，令人信服，初看起来，就是连珠体。除了归纳推理之外，《文心雕龙》在说理方面还常用类比推理：

夫铅黛所以饰容，而盼倩生于淑姿；文采所以饰言，而辩丽本于情性。故情者文之经，辞者理之纬；经正而后纬成，理定而后辞畅：此立文之本源也。[2]

——《情采》

若辞失其朋，则羁旅而无友；事乖其次，则飘寓而不安。是以搜句忌于颠倒，裁章贵于顺序；斯固情趣之指归，文笔之同致也。[3]

——《章句》

凡操千曲而后晓声，观千剑而后识器。故圆照之象，务先博观。阅乔岳以形培塿，酌沧波以喻畎浍。无私于轻重，不偏于憎爱，然后能平理若衡，照辞如镜矣。是以将阅文情，先标六观：一观位体，二观置辞，三观通变，四观奇正，五观事义，六观宫商。斯术既行，则优劣见矣。[4]

——《知音》

这些文字都是先设喻，后类比，连类而及，逻辑严密，结构紧

[1] 黄霖编著，《文心雕龙汇评》，上海古籍出版社，2005年版，第83页。
[2] 黄霖编著，《文心雕龙汇评》，上海古籍出版社，2005年版，第109页。
[3] 黄霖编著，《文心雕龙汇评》，上海古籍出版社，2005年版，第116页。
[4] 黄霖编著，《文心雕龙汇评》，上海古籍出版社，2005年版，第158页。

凑,但是又自然舒畅,毫无牵强附会之感。至于连珠体常用的演绎推理方式,在《文心雕龙》一书中也频繁出现:

> 夫王言崇秘,大观在上,所以百辟其刑,万邦作孚。故授官选贤,则义炳重离之辉;优文封策,则气含风雨之润;敕戒恒诰,则笔吐星汉之华;治戎燮伐,则声有洊雷之威;眚灾肆赦,则文有春露之滋;明罚敕法,则辞有秋霜之烈:此诏策之大略也。[1]
>
> ——《诏策》

> 傍及万品,动植皆文:龙凤以藻绘呈瑞,虎豹以炳蔚凝姿;云霞雕色,有逾画工之妙;草木贲华,无待锦匠之奇。夫岂外饰,盖自然耳。至于林籁结响,调如竽瑟;泉石激韵,和若球锽:故形立则章成矣,声发则文生矣。[2]
>
> ——《原道》

> 是以括囊杂体,功在铨别,宫商朱紫,随势各配。章表奏议,则准的乎典雅;赋颂歌诗,则羽仪乎清丽;符檄书移,则楷式于明断;史论序注,则师范于核要;箴铭碑诔,则体制于宏深;连珠七辞,则从事于巧艳:此循体而成势,随变而立功者也。虽复契会相参,节文互杂,譬五色之锦,各以本采为地矣。[3]
>
> ——《定势》

> 夫设文之体有常,变文之数无方,何以明其然耶?凡诗、

〔1〕 黄霖编著,《文心雕龙汇评》,上海古籍出版社,2005 年版,第 72 页。
〔2〕 黄霖编著,《文心雕龙汇评》,上海古籍出版社,2005 年版,第 14 页。
〔3〕 黄霖编著,《文心雕龙汇评》,上海古籍出版社,2005 年版,第 106 页。

赋、书、记，名理相因，此有常之体也；文辞气力，通变则久，此无方之数也。名理有常，体必资于故实；通变无方，数必酌于新声；故能骋无穷之路，饮不竭之源。然绠短者衔渴，足疲者辍途，非文理之数尽，乃通变之术疏耳。故论文之方，譬诸草木，根干丽土而同性，臭味晞阳而异品矣。[1]

——《通变》

显而易见，连珠体的许多种推理方式，在《文心雕龙》中都能找到。虽然我们从中也可以看到其他骈体议论文对《文心雕龙》论证方式的影响，不过，比较起来说，成熟更早的特殊骈体文——连珠体的影响显然更为突出。大体说来，《文心雕龙》受连珠体的影响，主要表现在推理方式上；而受其他议论文的影响，主要表现在论证的结构和层次上，即在结构上已经不再是两步二层的简单结构方式，而是三层或更多层次，这是我们研究该书时应该注意的。

需要进一步指出的是，全面考察《文心雕龙》的议论方式，我们会发现，虽然有对连珠体及其他议论文的方式和体制继承的一面，但是更主要的是创新，这种创新主要表现在如下几方面：

（一）对连珠体的发展与创新

《文心雕龙》中的骈体论文具有大体相同的特征：有连珠式的严密逻辑，但是层次更多，篇幅更大，这是对连珠体发展与创新的结果。从连珠类骈体议论文的形式上看，虽然逻辑严密，短小精悍，但是总体上还属于语段性质，没有形成完整的文章体制。《文心雕龙》吸收了连珠体逻辑推理方面的长处，又加以发展，加深了层次，扩大了体制，各个逻辑推理之间又有机地连接贯穿，构成精密严谨的骈体议论文体制，如《定势》篇开头便以一个完整的演绎推理出之，其大前提是：文章“因情立体”，“即体成势”。小前提以比喻作媒介，“如机发矢直，涧曲湍回，自然之趣也。圆者规体，其

---

[1] 黄霖编著，《文心雕龙汇评》，上海古籍出版社，2005年版，第102—103页。

势也自转;方者矩形,其势也自安”,结论:“文章体势,如斯而已”,即“自然之趣也”。这一推论过程与连珠很相似,但是本文并没有就此打住,而是以这一结论为前提,进一步总结、归纳:“是以模经为式者,自入典雅之懿;效《骚》命篇者,必归艳逸之华;综意浅切者,类乏酝藉;断辞辨约者,率乖繁缛:譬激水不漪,槁木无阴。”尔后推出更深刻的结论:文章之势乃“自然之势也”。后面接下来的段落先是“是以绘事图色,文辞尽情;色糅而犬马殊形,情交而雅俗异势。熔范所拟,各有司匠;虽无严郛,难得逾越。然渊乎文者,并总群势;奇正虽反,必兼解以俱通;刚柔虽殊,必随时而适用。若爱典而恶华,则兼通之理偏;似夏人争弓矢,执一不可以独射也;若雅郑而共篇,则总一之势离;是楚人鬻矛誉盾,两难得而俱售也”。在这以后又是“是以括囊杂体,功在铨别,宫商朱紫,随势各配。章表奏议,则准的乎典雅;赋颂歌诗,则羽仪乎清丽;符檄书移,则楷式于明断;史论序注,则师范于核要;箴铭碑诔,则体制于宏深;连珠七辞,则从事于巧艳:此循体而成势,随变而立功者也。虽复契会相参,节文互杂,譬五色之锦,各以本采为地矣”〔1〕。都是以上段推出的结论为下段推论的前提,层层推演,步步深入,形成严谨精密的论证说理体制。我们再看《体性》:

> 夫情动而言形,理发而文见,盖沿隐以至显,因内而符外者也。然才有庸俊,气有刚柔,学有浅深,习有雅郑,并情性所铄,陶染所凝,是以笔区云谲,文苑波诡者矣。故辞理庸俊,莫能翻其才;风趣刚柔,宁或改其气;事义浅深,未闻乖其学;体式雅郑,鲜有反其习:各师成心,其异如面。若总其归途,则数穷八体:一曰典雅,二曰远奥,三曰精约,四曰显附,五曰繁缛,六曰壮丽,七曰新奇,八曰轻靡。典雅者,熔式经诰,方轨儒门者也;远奥者,馥采曲文,经理玄宗者也;精约者,核字省句,剖

---

〔1〕 黄霖编著,《文心雕龙汇评》,上海古籍出版社,2005年版,第105—106页。

析毫厘者也；显附者，辞直义畅，切理厌心者也；繁缛者，博喻酿采，炜烨枝派者也；壮丽者，高论宏裁，卓烁异采者也；新奇者，摈古竞今，危侧趣诡者也；轻靡者，浮文弱植，缥缈附俗者也。故雅与奇反，奥与显殊；繁与约舛，壮与轻乖；文辞根叶，苑囿其中矣。

若夫八体屡迁，功以学成，才力居中，肇自血气；气以实志，志以定言，吐纳英华，莫非情性。是以贾生俊发，故文洁而体清；长卿傲诞，故理侈而辞溢；子云沉寂，故志隐而味深；子政简易，故趣昭而事博；孟坚雅懿，故裁密而思靡；平子淹通，故虑周而藻密；仲宣躁锐，故颖出而才果；公幹气褊，故言壮而情骇；嗣宗倜傥，故响逸而调远；叔夜俊侠，故兴高而采烈；安仁轻敏，故锋发而韵流；士衡矜重，故情繁而辞隐。触类以推，表里必符，岂非自然之恒资，才气之大略哉！

夫才由天资，学慎始习，斫梓染丝，功在初化；器成采定，难可翻移。故童子雕琢，必先雅制，沿根讨叶，思转自圆。八体虽殊，会通合数，得其环中，则辐辏相成。故宜摹体以定习，因性以练才，文之司南，用此道也。〔1〕

从单个语段来说，文中好多段落类似于连珠式的推理方式，但是从总体上看，全篇却是一个严密的逻辑体系。文章大体上可分三个层次：第一层开始便是一个演绎推理，其大前提：文章是情理的显现；小前提：人之才气、性情、习染不同；结论：因此造成文坛波诡云谲，作品形态各异，总体上可以分为八种风格。第二层开头部分既承上，又启下；承上即沿八种风格的因素——才气、学力，关键是性情展开议论，同时又为下面的推理论证提出了前提，这就是启下，即由此推出一个个具体结论：贾谊才气英俊，所以文洁体清；司马相如性情狂傲，所以其文夸饰虚构；扬雄性情沉静，所以其文心

〔1〕 黄霖编著，《文心雕龙汇评》，上海古籍出版社，2005年版，第97—98页。

志隐晦而意味深沉……接着又以这一结论为前提，进一步推论，说明作者的性情与文章“表里必符”，照应文章开头“情动而言形”，“理发而文见”，“因内而符外者也”，前后呼应，逻辑极为严密，结构非常紧凑。第三层也是由类似连珠体的逻辑推理构成，但又不是孤立于全文之外。所以还是从才性与习染谈起，又落实到如何使“八体”辐辏相成的问题，由此构成严密的逻辑推理：前提——“学慎始习”，“功在初化”；结论：必先雅制，融会贯通，掌握通变原则。然后又以此为前提，得出全文最终的结论，也即指出文章写作的指南：“摹体以定习，因性以练才。”可见，全文是层层推进，环环相扣，层次分明，逻辑严密，远非简短的连珠体可比。请看下面示意图：

第一层｛
文章是情理的显现（大前提）
↓
人之才气、性情、学力、习染不同（小前提）
↓
所以文坛波诡云谲，作品形态各异，可分八种风格（结论）

↓（承上）

第二层｛
由于八体变迁，才气、学力，尤其性情的制约（前提、启下）
↓
因而贾生俊发，故文洁体清；长卿傲诞，故理侈辞溢；子云沉寂，故志隐味深……（结论）

（触类以推，表里必符，照应开头：“因内而符外”）

↓（承上）

第三层｛
因为“学慎始习”，“功在初化”（前提、启下）
↓
所以“必先雅制”，“沿根讨叶”
↓
融会贯通，把握通变原则（结论）
↓

总之,文章写作指南是“摹体以定习,因性以练才”(总结)

黄侃先生在其《文心雕龙札记》中对本篇进行了这样的概括:“体斥文章形状,性谓人性气有殊,缘性气之殊而所为文异状。然性由天定,亦可人力辅助之,是故慎于所习。此篇大恉在斯。”[1]点出了本文的精髓,也展示出它特有的逻辑关系。叶绍泰在《汉魏别解本〈文心雕龙〉》中评曰:“次第分属,体格严正。”[2]也是中肯之评。

(二)在文章体制和行文方式等方面的创新

读过《文心雕龙》一书,我们会感觉到:与其他骈体议论文相比,《文心雕龙》中的文章体制更加灵活,行文特别自如,文气特别舒畅,析理更加深刻,这是刘勰在议论文体制和行文方式上改造、创新的结果。在骈体之中,议论类骈文产生较早,数量众多,然而经过考察我们发现,从剖事析理的深度上看,没有谁能与刘勰相比;尤其是论文之作,更没有能与《文心雕龙》相提并论的。究其原因,主要在于刘勰在文体上更有自觉意识:既有理论上的自觉,又有创作上的自觉。

其一,刘勰在文体上的自觉,首先表现在识骈、散之体要,了解各自的长处和短处,在中国文学史上,第一个提出了“迭用奇偶,节以杂佩”[3]这种骈散结合的主张,并付诸骈文创作实践,因而克服了骈体本身的一些局限,提高了文章的表现力,关于这一点,前面已经有专门论述,此处不再重复。

其二,刘勰在文体上的自觉,还表现在对骈文句法的调整上。刘勰认识到文章,特别是骈体,如果句式单调,容易出现“碌碌丽辞,则昏睡耳目”[4]的弊端,因此,他曾专门论证过文章的句式与措辞的调节问题。《文心雕龙·章句》中指出:“夫人之立言,因字

---

[1] 黄侃撰,《文心雕龙札记》,上海古籍出版社,2000年版,第96页。
[2] 黄霖编著,《文心雕龙汇评》,上海古籍出版社,2005年版,第99页。
[3][4] 黄霖编著,《文心雕龙汇评》,上海古籍出版社,2005年版,第120页。

而生句,积句而为章,积章而成篇。篇之彪炳,章无疵也;章之明靡,句无玷也;句之清英,字不妄也。……夫裁文匠笔,篇有大小;离章合句,调有缓急;随变适会,莫见定准。句司数字,待相接以为用;章总一义,须意穷而成体。其控引情理,送迎际会,譬舞容回环,而有缀兆之位;歌声靡曼,而有抗坠之节也。……若夫章句无常,而字有条数;四字密而不促,六字格而非缓;或变之以三五,盖应机之权节也。……若乃改韵从调,所以节文辞气。"[1]值得注意的是:这里不仅指出了句子作为语言单位在文章中的特殊地位和作用,而且特别提出了变换句式,调节文章节奏与文气的方法,这就是"四字密而不促,六字格而非缓,或变之以三五,盖应机之权节也","改韵从调,所以节文辞气"。不但理论上如此,刘勰自己也注意把这种理论应用于创作实践,创造出灵活多变、开合自如的骈文句法,如《章句》:"夫设情有宅,置言有位;宅情曰章,位言曰句。故章者,明也;句者,局也。局言者,联字以分疆;明情者,总义以包体。区畛相异,而衢路交通矣。"[2]二言,三言,四言,五言,灵活多变。再如《附会》:"何谓附会?谓总文理,统首尾;定与夺,合涯际;弥纶一篇,使杂而不越者也。若筑室之须基构,裁衣之待缝缉矣。夫才童学文,宜正体制,必以情志为神明,事义为骨髓,辞采为肌肤,宫商为声气;然后品藻玄黄,摛振金玉;献可替否,以裁厥中:斯缀思之恒数也。"[3]三言,四言,五言,六言,长短变化,参差错落,语言流利,文气畅达。

其三,刘勰在文体上的自觉,又表现在虚词的使用方面。骈体文在语言上以双行为文,平衡对称为其主要特征,如果全篇都是这样单一的行文方式,千篇一律,必然拘板滞涩,气壅难舒。对此,刘勰不但使用骈散结合与调节句式的办法,克服弊端,而且还注意使

---

〔1〕 黄霖编著,《文心雕龙汇评》,上海古籍出版社,2005年版,第115—117页。
〔2〕 黄霖编著,《文心雕龙汇评》,上海古籍出版社,2005年版,第115页。
〔3〕 黄霖编著,《文心雕龙汇评》,上海古籍出版社,2005年版,第140页。

用虚词来调节。清人孙德谦在其《六朝丽指》中,曾用实例说明虚词在骈文中的作用:“作骈文而全用排偶,文气易致窒塞,即对句之中,亦当少加虚字,使之动宕。六朝文如傅季友《为宋公求加赠刘前军表》:‘俾忠贞之烈,不泯于身后;大赉所及,永秩于后人。’任彦升《宣德皇后令》:‘客游梁朝,则声华籍甚;荐名宰府,则延誉自高。’丘希范《永嘉郡教》:‘才异相如,而四壁徒立;高惭仲蔚,而三泾没人。’或用‘于’字,或用‘则’字,或用‘而’字,其句法乃栩栩欲活。至庾子山《谢滕王集序启》:‘譬其毫翰,则风雨争飞;论其文采,则鱼龙百变。’更觉跃然纸上矣。然使去此虚字,将‘譬其’、‘论其’,易为藻丽之字,则必平板,而不能如此流利矣。于是知文章贵有虚字旋转其间,不可落入滞相也。”[1]

其实,早在六朝时期,刘勰已经在理论上有明确的阐述:《文心雕龙·章句》中说:“又诗人以‘兮’字入于句限,《楚辞》用之,字出于句外。寻‘兮’字承句,乃语助余声。舜咏《南风》,用之久矣,而魏武弗好,岂不以无益文义耶! 至于‘夫惟盖故’者,发端之首唱;‘之而于以’者,乃札句之旧体;‘乎哉矣也’者,亦送末之常科。据事似闲,在用实切。巧者回运,弥缝文体,将令数句之外,得一字之助矣。外字难谬,况章句欤!”[2]文中一方面对历史上《诗》与《楚辞》中虚词“兮”的“益文”功效进行明确的说明;另一方面又对十二个虚词的作用进行具体的剖析。首先,对常用的发语词“夫”、“惟”、“盖”、“故”进行明确的界定,指出其作用是“发端之首唱”;同时,对语中常用的虚词“之”、“而”、“于”、“以”也有所说明,认为是“札句之旧体”;另外对经常用于句末的语尾助词“乎”、“哉”、“矣”、“也”也进行科学认定,即“送末之常科”。并且进一步阐述这几类虚词的功用,指出这些虚词,看起来似乎闲而无用,而其实

[1] 孙德谦撰,《六朝丽指》,王水照编,《历代文话》,复旦大学出版社,2007年版,第8435页。

[2] 黄霖编著,《文心雕龙汇评》,上海古籍出版社,2005年版,第117页。

“在用实切”，具体说来就是“弥缝文体，将令数句之外，得一字之助矣”。在骈文创作实践中，刘勰也确实自觉地使用这些虚词来调节文章的气势和节奏，收到了很好的效果，句首、句中、句尾的虚词都运用得相当成功。

第一，发语词的恰当使用，有助于文章的气势与节奏。如《铭箴》：“夫箴诵于官，铭题于器，名目虽异，而警戒实同。箴全御过，故文资确切；铭兼褒赞，故体贵弘润。其取事也必核以辨，其摛文也必简而深，此其大要也。然矢言之道盖阙，庸器之制久沦，所以箴铭寡用，罕施后代，惟秉文君子，宜酌其远大焉。”〔1〕这里边“夫”“惟”“故”等发语词的恰当使用，不仅引领下文，揭举事物，又有提示作用，而且增添了语言的活气，对于调节文章的气势与节奏大有帮助，避免了文章语言形式上的板滞之累。再如《体性》：“夫情动而言形，理发而文见，盖沿隐以至显，因内而符外者也。然才有庸俊，气有刚柔，学有浅深，习有雅郑，并情性所铄，陶染所凝，是以笔区云谲，文苑波诡者矣。故辞理庸俊，莫能翻其才；风趣刚柔，宁或改其气；事义浅深，未闻乖其学；体式雅郑，鲜有反其习：各师成心，其异如面。”〔2〕此处“夫”“盖”“故”等发语词的正确使用，也有助于文章中语言的转换，语气的调节。

第二，句中助词的使用同样有助于文章的气势与节奏。如《通变》：“夫设文之体有常，变文之数无方，何以明其然耶？凡诗、赋、书、记，名理相因，此有常之体也；文辞气力，通变则久，此无方之数也。名理有常，体必资于故实；通变无方，数必酌于新声；故能骋无穷之路，饮不竭之源。……是以九代咏歌，志合文则。黄歌‘断竹’，质之至也；唐歌‘在昔’，则广于黄世；虞歌《卿云》，则文于唐时；夏歌‘雕墙’，缛于虞代；商周篇什，丽于夏年。至于序志述时，

〔1〕 黄霖编著，《文心雕龙汇评》，上海古籍出版社，2005年版，第46页。
〔2〕 黄霖编著，《文心雕龙汇评》，上海古籍出版社，2005年版，第97页。

其揆一也。暨楚之骚文，矩式周人；汉之赋颂，影写楚世；魏之篇制，顾慕汉风；晋之辞章，瞻望魏采。搉而论之，则黄、唐淳而质，虞、夏质而辨，商、周丽而雅，楚、汉侈而艳，魏、晋浅而绮，宋初讹而新。”[1]其中多用“之”字、“于”字、“而”字衔接，使语气连贯顺畅，否则语势不会这样通达。再如《诸子》：“孟轲膺儒以磬折，庄周述道以翱翔。墨翟执俭确之教，尹文课名实之符，野老治国于地利，驺子养政于天文，申商刀锯以制理，鬼谷唇吻以策勋，尸佼兼总于杂术，青史曲缀于街谈。承流而枝附者，不可胜算，并飞辩以驰术，餍禄而余荣矣。”[2]其中“以”字、“之”字、“于”字、“而”字交替使用，前后衔接，文章显得文从字顺，气势舒逸。

第三，句末语尾助词的使用更有助于文章的气势与节奏。如《知音》：“知音其难哉！音实难知，知实难逢，逢其知音，千载其一乎！夫古来知音，多贱同而思古。所谓‘日进前而不御，遥闻声而相思’也。昔《储说》始出，《子虚》初成；秦皇汉武，恨不同时；既同时矣，则韩囚而马轻。岂不明鉴同时之贱哉！”[3]十几句的文字，五次使用语尾助词：有“乎”“也”“矣”三字和两个“哉”字，以此抒发感慨，一方面调节了文章的气势节奏，另一方面又使文气活动，打破骈偶句式堆积所造成的枯燥和沉闷，增加了文章的生气。再如《风骨》：“故练于骨者，析辞必精；深乎风者，述情必显。捶字坚而难移，结响凝而不滞，此风骨之力也。若瘠义肥辞，繁杂失统，则无骨之征也。思不环周，牵课乏气，则无风之验也。昔潘勖锡魏，思摹经典，群才韬笔，乃其骨髓峻也。相如赋仙，气号凌云，蔚为辞宗，乃其风力遒也。”[4]整个段落之中，多数句子使用“也”字收尾，因而行文显得轻松自如，文气更从容舒缓，文章平添自得之趣。

---

〔1〕 黄霖编著，《文心雕龙汇评》，上海古籍出版社，2005年版，第102—103页。
〔2〕 黄霖编著，《文心雕龙汇评》，上海古籍出版社，2005年版，第63—64页。
〔3〕 黄霖编著，《文心雕龙汇评》，上海古籍出版社，2005年版，第157页。
〔4〕 黄霖编著，《文心雕龙汇评》，上海古籍出版社，2005年版，第100页。

从骈文史上看,无论是魏、晋,还是宋、齐、梁三代骈文家,其文体意识,文体理论,都远不及刘勰深刻,更不要说创作上的自觉了。魏之曹丕,晋之陆机、葛洪,梁之沈约等,虽然都有论文之作,有的还论及文体问题,如曹丕之《典论·论文》、陆机之《文赋》、葛洪之《抱朴子》,但是其理论深度和创作成就都不如《文心雕龙》。这里,我们不妨把几个人的骈体论文之作加以比较,其中优劣,自然可知:

> 体有万殊,物无一量,纷纭挥霍,形难为状。辞程才以效伎,意司契而为匠。在有无而僶俛,当浅深而不让。虽离方而遁员,期穷形而尽相。故夫夸目者尚奢,惬心者贵当。言穷者无隘,论达者唯旷。诗缘情而绮靡,赋体物而浏亮。碑披文以相质,诔缠绵而凄怆。铭博约而温润,箴顿挫而清壮。颂优游以彬蔚,论精微而朗畅。奏平彻以闲雅,说炜晔而谲诳。虽区分之在兹,亦禁邪而制放。要辞达而理举,故无取乎冗长。[1]
>
> ——陆机《文赋》

> 抱朴子答曰:"筌可以弃,而鱼未获,则不得无筌;文可以废,而道未行,则不得无文。若夫翰迹韵略之宏促,属辞比事之疏密,源流至到之修短,蕴藉汲引之深浅。其悬绝也,虽天外、毫内,不足以喻其辽邈;其相倾也,虽三光、熠耀,不足以方其巨细;龙渊、铅铤,未足譬其锐钝;鸿羽、积金,未足比其轻重。清浊参差,所禀有主,朗昧不同科,强弱各殊气。而俗士唯见能染毫画纸者,便概之一例。斯伯牙所以永思钟子,郢人所以格斤不运也。盖刻削者比肩,而班、狄擅绝手之称;援琴者至众,而夔、襄专知音之难;厩马千驷,而骐骥有邈群之价;美人万计,而威、施有超世之容。盖有远过众者也。且文章之

[1] 陆机著,张少康集释,《文赋集释》,人民文学出版社,2002年版,第99页。

与德行,犹十尺之与一丈。谓之余事,未之前闻。夫上天之所以垂象,唐、虞之所以为称,大人虎炳,君子豹蔚;昌、旦定圣谥于一字,仲尼从周之郁,莫非文也。……”[1]

——葛洪《抱朴子·尚博》

若夫敷衽论心,商榷前藻,工拙之数,如有可言。夫五色相宣,八音协畅,由乎玄黄律吕,各适物宜。欲使宫羽相变,低昂互节,若前有浮声,则后须切响。一简之内,音韵尽殊;两句之中,轻重悉异。妙达此旨,始可言文。至于先士茂制,讽高历赏,子建函京之作,仲宣霸岸之篇;子荆零雨之章,正长朔风之句,并直举胸情,非傍诗史,正以音律调韵,取高前式。自《骚》人以来,多历年代,虽文体稍精,而此秘未睹。至于高言妙句,音韵天成,皆暗与理合,匪由思至。张、蔡、曹、王,曾无先觉;潘、陆、谢、颜,去之弥远。世之知音者,有以得之,知此言之非谬。如曰不然,请待来哲。[2]

——沈约《宋书·谢灵运传论》

文之为德也大矣,与天地并生者何哉?夫玄黄色杂,方圆体分,日月叠璧,以垂丽天之象;山川焕绮,以铺理地之形:此盖道之文也。仰观吐曜,俯察含章;高卑定位,故两仪既生矣。惟人参之,性灵所钟,是谓三才。为五行之秀,实天地之心,心生而言立,言立而文明,自然之道也。傍及万品,动植皆文:龙凤以藻绘呈瑞,虎豹以炳蔚凝姿;云霞雕色,有逾画工之妙;草木贲华,无待锦匠之奇。夫岂外饰,盖自然耳。至于林籁结响,调如竽瑟;泉石激韵,和若球锽:故形立则章成矣,声发则

---

[1] 杨明照撰,《抱朴子外篇校笺》,中华书局,1991年版,第109—113页。
[2] 沈约撰,《宋书》,中华书局,1974年版,第1779页。

文生矣。夫以无识之物,郁然有采;有心之器,其无文欤?[1]

——刘勰《文心雕龙·原道》

很明显,《文心雕龙》作为骈体议论文,在体制上因为自觉进行调整、改进,不但在句式上讲究灵活多变,在虚词上注意调节,而且在骈散结合上更为自觉,或用散句领起下文,如:"文之为德也大矣,与天地并生者何哉?""傍及万品,动植皆文。"或用散语总结前文,如:"此盖道之文也。""夫岂外饰,盖自然耳。"这样就使其文章语言灵活自如,行文流利畅达,当行于所当行,当止于不可不止;纵横驰骋,无不如意;这样自然为其反复深入地剖析事理打下了坚实的基础,是《文心雕龙》在议论说理的深度上超过他人的重要原因之一。反观陆机、葛洪、沈约等人的骈体议论文,尽管也不失为名篇,但是与《文心雕龙》相比,语言缺少变化,文气还不够舒畅;句式还有些呆板,行文还欠自如之致。

由此可见,刘勰在骈体议论文议论方式和文章体制上的创新是颇有成效的。

第七节　《文心雕龙》作为骈体文的主要特征

《文心雕龙》是骈体议论文的典范之作,但是它同齐、梁时代通行的骈体文明显不同。当时的骈文,虽然处于巅峰状态,总体成就突出,但是弊端也十分严重。《南齐书·文学传论》中写到:"今之文章,作者虽众,总而为论,略有三体:一则启心闲绎,托辞华旷,虽存巧绮,终致迂回。宜登公宴,本非准的,而疏慢阐缓,膏肓之病,典正可采,酷不入情,此体之源出灵运而成也。次则缉事比类,非

[1] 黄霖编著,《文心雕龙汇评》,上海古籍出版社,2005年版,第13—14页。

对不发，博物可嘉，职成拘制。或全借古语，用申今情，崎岖牵引，直为偶说。唯睹事例，顿失清采。此则傅咸五经，应璩指事，虽不全似，可以类从。次则发唱惊挺，操调险急，雕藻淫艳，倾炫心魂，亦犹五色之有红紫，八音之有郑、卫，斯鲍照之遗烈也。”[1]这里的“今之文章”就是指齐、梁文学，其主体当然是骈体文。其中第一体指谢灵运及其追随者一派的骈文。谢文以清新巧丽见长，结构布局不大严密，“颇以繁芜为累”[2]，其文虽“酷不入情”，但是对后来的文士影响不小，学之者自成风气，在齐、梁堪称一体。第二体是指数典隶事之风，这在齐、梁骈文中已变本加厉，是当时骈体中普遍的倾向。其第三体以“雕藻淫艳”“倾炫心魂”为特征，柔靡婉丽，有的甚至偏向宫闱私情，笔重轻倩，词归华美，摄魄勾魂，回肠荡气，宫体之风，初露端倪。一言以蔽之，就是华而不实，文质两乖。但是，就是在这样的环境和风气之下，《文心雕龙》作为骈体文却独标风韵，不同流俗，显示出特殊的风貌和特征，在中国古代骈文史上具有特殊的地位。如果对其主要风貌和特征加以概括，大致有这样几点值得我们特别注意：

一 体制创新

从总体上看，《文心雕龙》作为议论文，其体制是由骈体文构成的，但是它的体制构成又不是单一的，包含多种文体的基因；在以对偶为主要行文方式的同时，又吸收了其他文体在表现方法上的长处，为我所用。这样，在体制上《文心雕龙》便呈现出一个与众不同的特征：极具兼容性和灵活性。

通过认真考察，我们发现：《文心雕龙》移植了散体、连珠、史传、赋、诗歌等多种文体的基因，形成了别具一格的文章体制，其突

---

〔1〕 萧子显撰，《南齐书》，中华书局，1972 年版，第 908 页。

〔2〕 钟嵘著，曹旭集注，《诗品集注》，上海古籍出版社，1994 年版，第 160 页。

出特征是“文备众体”。

其一，为了提高文章的表达效果，行文通畅自如，《文心雕龙》在骈体文的机制中，适当引入一些散语，或用之总结上文，或用之启发下文，或用之承转文气，或用之释名释义，于是同样是骈体议论文，《文心雕龙》却比其他人的作品更加流利畅达。关于这一点，前面已经有所说明，这里不再重复。

其二，为了曾强文章的逻辑性，《文心雕龙》在一定程度上移入了连珠的文章机制，特别是形式逻辑机制，所以其作品大都逻辑严密，结构紧凑。对于这一点，前面也已经有所说明，这里不再赘述。

其三，为了文章表达的需要，《文心雕龙》借鉴了史书等文体的体制结构，五十篇文章的最后结尾都有“赞”，用来总结全文。史书如《史记》，其本纪、世家、列传之后都有“太史公曰”总结全篇，如《史记·孔子世家》之后：“太史公曰：《诗》有之：‘高山仰止，景行行止。’虽不能至，然心向往之。余读孔氏书，想见其为人。适鲁，观仲尼庙堂车服礼器，诸生以时习礼其家，余只迴留之不能去云。天下君王至于贤人众矣，当时则荣，没则已焉。孔子布衣，传十余世，学者宗之。自天子王侯，中国言《六艺》者折中于夫子，可谓至圣矣！”[1]通过文后的赞语，对孔子的一生及其历史地位进行总结、概括，从行文方式上看，用的是散语。到了《汉书》，在“论曰”之后专门加“赞曰”，其作用也是总结全文，如《汉书·武帝纪》之后：“赞曰：汉承百王之弊，高祖拨乱反正，文景务在养民，至于稽古礼文之事，犹多阙焉。孝武初立，卓然罢黜百家，表章《六经》。遂畴咨海内，举其俊茂，与之立功。兴太学，修郊祀，改正朔，定历数，协音律，作诗乐，建封坛，礼百神，绍周后，号令文章，焕然可述。后嗣得遵洪业，而有三代之风。如武帝之雄材大略，不改文景之恭俭以

---

〔1〕 司马迁撰，《史记》，中华书局，1959年版，第1947页。

济斯民,虽《诗》《书》所称何有加焉!"[1]总的看来,其作用和性质没有多大变化,不过与《史记》相比,语言要整齐得多。到了《后汉书》,同样用"赞"总结全文,其作用和性质与《史记》《汉书》没有多大区别,不过从行文体制上看,变化比较明显:首先是语言上变成四言,句式特别整齐;其次是开始讲究用韵,有的甚至一韵到底。如《后汉书·吴盖陈臧列传》八句四韵,四个韵脚字都属阳韵:"赞曰:吴公鸷强,实为龙骧。电扫群孽,风行巴、梁。虎牙猛力,功立睢阳。宫、俊休休,是亦鹰扬。"[2]有的中间换韵,如《窦融列传》:"悃悃安丰,亦称才雄。提挈河右,奉图归忠。孟孙明边,伐北开西。宪实空漠,远兵金山。听笳龙庭,镂石燕然。虽则折鼎,王灵以宣。"[3]更值得注意的是,在《后汉书》的赞语中还出现八句四韵的用韵样式,虽然没有固定,但是出现的频率较高,已经不是偶然现象。在《文心雕龙》的五十篇文章中,后面都有加"赞",在功用上与《史记》《汉书》《后汉书》没有多大差别,都是总结全文,概括要点。其中特别值得注意的是,它在句式和用韵方面与《后汉书》更为接近,显示出明显的师法和借鉴的痕迹,这一点,只要我们稍加比较,就非常清楚了。

> 赞曰:
> 安德不升,秕我王度。降夺储嫡,开萌邪蠹。
> 冯石承欢,杨公逢怒。彼日而微,遂祲天路。[4]
>
> ——《后汉书·孝安帝纪》

[1] 班固撰,《汉书》,中华书局,1962年版,第212页。
[2] 范晔撰,李贤等注,《后汉书》,中华书局,1965年版,第698页。
[3] 范晔撰,李贤等注,《后汉书》,中华书局,1965年版,第822—823页。
[4] 范晔撰,李贤等注,《后汉书》,中华书局,1965年版,第243页。

赞曰：

阳夏师克，实在合德。胶东盐吏，征南宛贼。奇锋震敌，远图谋国。[1]

——《后汉书·冯岑贾列传》

赞曰：

不有屈原，岂见《离骚》。惊才风逸，壮志烟高。
山川无极，情理实劳。金相玉式，艳溢锱毫。[2]

——《文心雕龙·辨骚》

赞曰：

文律运周，日新其业。变则可久，通则不乏。
趋时必果，乘机无怯。望今制奇，参古定法。[3]

——《文心雕龙·通变》

初看起来，二者在用韵上如出一辙，没有多大差别。《后汉书》的两处赞词之中，前一处八句四韵，全属"暮"韵，一韵到底；后一处三韵，全押入声韵。《文心雕龙》中的《辨骚》，八句四韵，全属"豪"韵，一韵到底；《通变》也是八句四韵，但是都是以入声字为韵脚字。如果细究两者之间的差别，主要是二者在用韵的细密程度上还有所不同。具体说来就是：《后汉书》还没有形成八句四韵脚的固定格式，而在《文心雕龙》中，八句四韵脚已经定格。应该说，将史书中的论赞机制移入议论说理的文章之中，是刘勰的一大创造，在文章学史上具有特殊的意义。

其四，为了增强文章的声韵效果，吸收了诗歌的部分基因，《文

〔1〕 范晔撰，李贤等注，《后汉书》，中华书局，1965年版，第668页。
〔2〕 黄霖编著，《文心雕龙汇评》，上海古籍出版社，2005年版，第26页。
〔3〕 黄霖编著，《文心雕龙汇评》，上海古籍出版社，2005年版，第104页。

心雕龙》中的不少篇章在某种程度上具有诗一样的美感。其突出表现是在篇末之赞语上。我们仔细阅读这些赞语,感觉到不仅仅是对文章思想内容的总结、概括,而且还朗朗上口,具备声韵美。同时,有的赞语还注意讲究意境的营造。这样,《文心雕龙》中不少文章的结尾都具有诗一样的特性:第一,讲究声韵和谐,读起来悦耳动听;第二,意味深厚,有诗的境界和情韵。经过认真考察,我们感觉这些赞语与魏晋六朝的四言诗有相似之处。下面我们不妨作一下比较:

仰彼朔风,用怀魏都。
愿骋代马,倏忽北徂。
凯风永至,思彼蛮方。
愿随越鸟,翻飞南翔。[1]

——曹植《朔风诗》

良马既闲,丽服有晖。
左揽繁弱,右接忘归。
风驰电逝,蹑景追飞。
凌厉中原,顾盼生姿。[2]

嵇康《赠秀才入军》

赞曰:
妙极生知,睿哲惟宰。
精理为文,秀气成采。
鉴悬日月,辞富山海。
百龄影徂,千载心在。[3]

——《文心雕龙·征圣》

---

[1] 曹植著,赵幼文校注,《曹植集校注》,人民文学出版社,1998年版,第173页。
[2] 戴明扬校注,《嵇康集校注》,人民文学出版社,1962年版,第10页。
[3] 黄霖编著,《文心雕龙汇评》,上海古籍出版社,2005年版,第17—18页。

赞曰：
山沓水匝，树杂云合。
目既往还，心亦吐纳。
春日迟迟，秋风飒飒。
情往似赠，兴来如答。[1]

——《文心雕龙·物色》

两相比较，可以看出：二者不仅体制非常相似，都以四言出之；而且用字、造境、讲究声韵也非常相似。细观曹植、嵇康之诗，都是采取因物寓志之法，以抒情为主，又讲究声韵，情味深长，又和谐动听。相比之下，刘勰的赞语重点在论文说理，写作目的有所不同，但是其文却没有抽象枯燥之感，更不缺少情韵之美，境界鲜明，意味隽永。特别值得注意的是后一赞语，完全是诗歌的笔法，因物明理，借物抒情，情、景、理融为一体，富有诗的情韵和境界，因此颇受好评：陈仁锡的眉批是"四言之佳者"，很明显是从诗的角度置评；钟惺的眉批是"神来之语"，着重赞美其措语之妙；纪晓岚的眉批是"诸赞之中，此为第一"，并且说明原因："政因题目佳耳。"此外，李安民的旁批也很精当："在诸赞之中最为清旷。"[2]用"清旷"二字特别确切，很明显是从风格与意境上着眼，其实这正好点出《文心雕龙》某些篇章结尾的诗化特征。可见，《文心雕龙》在体制和方法上吸收诗歌的某些基因早就受到文艺批评家们的注意了。

其五，为了表达的需要，移入赋法。刘勰本人对赋的表现功能深有体会，其《文心雕龙·诠赋》中说得明白："赋者，铺也。"认识到赋体讲究横向的铺张、拓展，便于铺陈渲染气氛，产生特殊的气势和效果。如班固的《西都赋》："汉之西都，在于雍州，是曰长安。左据函谷、二崤之阻，表以太华、终南之山。右界褒斜、陇首之险，带

---

[1] 黄霖编著，《文心雕龙汇评》，上海古籍出版社，2005年版，第151—152页。
[2] 黄霖编著，《文心雕龙汇评》，上海古籍出版社，2005年版，第152页。

以洪河、泾渭之川。众流之隈，汧涌其西。华实之毛，则九州之上腴焉；防御之阻，则天地之隩区焉。是故横被六合，三成帝畿。周以龙兴，秦以虎视。及至大汉受命而都之也，仰悟东井之精，俯协《河图》之灵。奉春建策，留侯演成。天人合应，以发皇明。乃眷西顾，是惟作京。……”[1]通过空间上的铺排夸饰，产生特殊的境界和气氛。不但体物之赋具有这样的艺术效果，论文之赋也是如此。如陆机的《文赋》：“虽离方而遁员，期穷形而尽相。故夫夸目者尚奢，惬心者贵当。言穷者无隘，论达者唯旷。诗缘情而绮靡，赋体物而浏亮。碑披文以相质，诔缠绵而凄怆。铭博约而温润，箴顿挫而清壮。……”[2]铺张排比，尽显赋体之长。《文心雕龙》作为论文之作，为了表达的需要，有时也采用赋法，特别注意横向的时空拓展，达到很好的艺术效果。如《乐府》：“至于涂山歌于候人，始为南音；有娀谣乎飞燕，始为北声；夏甲叹于东阳，东音以发；殷整思于西河，西音以兴：音声推移，亦不一概矣。”[3]发挥赋体的优势，注意横向的铺排与展示，极具时间感和空间感。再如《体性》：“若总其归途，则数穷八体：一曰典雅，二曰远奥，三曰精约，四曰显附，五曰繁缛，六曰壮丽，七曰新奇，八曰轻靡。典雅者，熔式经诰，方轨儒门者也；远奥者，馥采曲文，经理玄宗者也；精约者，核字省句，剖析毫厘者也；显附者，辞直义畅，切理厌心者也；繁缛者，博喻酿采，炜烨枝派者也；壮丽者，高论宏裁，卓烁异采者也；新奇者，摈古竞今，危侧趣诡者也；轻靡者，浮文弱植，缥缈附俗者也。……”[4]也是典型的赋体手法，极尽铺排藻饰之能事，给人的感觉特别强烈。还有《物色》：“盖阳气萌而玄驹步，阴律凝而丹鸟羞；微虫犹或入感，四时之动物深矣。……是以献岁发春，悦豫之情畅；滔滔孟

〔1〕 萧统编，李善注，《文选》，上海古籍出版社，1986年版，第5—6页。
〔2〕 陆机著，张少康集释，《文赋集释》，人民文学出版社，2002年版，第99页。
〔3〕 黄霖编著，《文心雕龙汇评》，上海古籍出版社，2005年版，第31页。
〔4〕 黄霖编著，《文心雕龙汇评》，上海古籍出版社，2005年版，第97页。

夏,郁陶之心凝。天高气清,阴沉之志远;霰雪无垠,矜肃之虑深。岁有其物,物有其容;情以物迁,辞以情发。一叶且或迎意,虫声有足引心。况清风与明月同夜,白日与春林共朝哉!"[1]铺采摛文,体物写志,有南朝山水赋的风概。不仅析事写物之文如此,有时涉及人物描写,以及创作情况的介绍,《文心雕龙》也不时地使用赋法,如《神思》:"相如含笔而腐毫,扬雄辍翰而惊梦,桓谭疾感于苦思,王充气竭于思虑,张衡研《京》以十年,左思练《都》以一纪。虽有巨文,亦思之缓也。淮南崇朝而赋《骚》,枚皋应诏而成赋,子建援牍如口诵,仲宣举笔似宿构,阮禹据案而制书,祢衡当食而草奏,虽有短篇,亦思之速也。"[2]刻画描写,神情毕显;铺陈渲染,鲜明生动。所以,《文心雕龙》移植赋体入其骈体是相当成功的,进一步提高了文章的表现力。

从上面的分析和介绍中,我们可以看出,《文心雕龙》作为骈体议论文,其文章体制虽然以骈偶为主,但是确实融入了其他文体的基因,进而组合成一种新的文章体制,从总体上看,确实具有"文备众体"的特征。因为具有这种特殊的文章机制,所以便自然导致其表现方法的多样性,灵活性:总体上以对偶为主体,同时有横向的铺陈排比,有纵向的单行描述与叙述、总结,又有层层推进的形式逻辑;有抑扬起伏的对句,又有朗朗上口的韵语。错综变化,触处生春,极尽灵活自如之致。因此叶绍泰说"彦和深明体格,尽文章之类者也"[3],确实很有眼力,点出了《文心雕龙》文章体制上的突出特点。

二 情理兼胜

《文心雕龙》是体大思周的文学理论著作,其写作目的主要是

---

[1] 黄霖编著,《文心雕龙汇评》,上海古籍出版社,2005年版,第150页。
[2] 黄霖编著,《文心雕龙汇评》,上海古籍出版社,2005年版,第95页。
[3] 黄霖编著,《文心雕龙汇评》,上海古籍出版社,2005年版,第52页。

“破理”[1]，即阐发文理。不过，我们在读过本书之后，都感觉到其中很多文章特别具有情味，往往情理兼备，耐人寻味。如《物色》：“春秋代序，阴阳惨舒；物色之动，心亦摇焉。盖阳气萌而玄驹步，阴律凝而丹鸟羞；微虫犹或入感，四时之动物深矣。若夫珪璋挺其惠心，英华秀其清气；物色相召，人谁获安？是以献岁发春，悦豫之情畅；滔滔孟夏，郁陶之心凝。天高气清，阴沉之志远；霰雪无垠，矜肃之虑深。岁有其物，物有其容；情以物迁，辞以情发。一叶且或迎意，虫声有足引心。况清风与明月同夜，白日与春林共朝哉！”[2]一读此文，我们不仅被其深刻的道理所折服，而且又被其强烈的感情色彩所感染。再看《知音》：“知音其难哉！音实难知，知实难逢，逢其知音，千载其一乎！夫古来知音，多贱同而思古。所谓‘日进前而不御，遥闻声而相思’也。昔《储说》始出，《子虚》初成，秦皇汉武，恨不同时；既同时矣，则韩囚而马轻。岂不明鉴同时之贱哉！至于班固、傅毅，文在伯仲，而固嗤毅云‘下笔不能自休’。及陈思论才，亦深排孔璋，敬礼请润色，叹以为美谈；季绪好诋诃，方之于田巴，意亦见矣。故魏文称‘文人相轻’，非虚谈也。至如君卿唇舌，而谬欲论文，乃称‘史迁著书，谘东方朔’，于是桓谭之徒，相顾嗤笑。彼实博徒，轻言负诮，况乎文士，可妄谈哉！”[3]文章不仅入理，而且入情，有一唱三叹之致，读后确实让人顿生感慨。所以叶绍泰评论说：“至若知己之难，千载同慨。彦和有如此才，惟沈休文以为奇绝，未闻梁帝宠而异之也。以文臣遇文主，竟等寻常，况不得其主，不际其时者乎！感慨系之。”[4]“感慨系之”四字确实恰如其分，是《文心雕龙》读者的共鸣，显示出该书情理动人的表达效果。

---

〔1〕 黄霖编著，《文心雕龙汇评》，上海古籍出版社，2005 年版，第 68 页。
〔2〕 黄霖编著，《文心雕龙汇评》，上海古籍出版社，2005 年版，第 149—150 页。
〔3〕 黄霖编著，《文心雕龙汇评》，上海古籍出版社，2005 年版，第 157 页。
〔4〕 黄霖编著，《文心雕龙汇评》，上海古籍出版社，2005 年版，第 159 页。

如果作一下分析，我们发现，《文心雕龙》作为骈体议论文有如此强烈的感情色彩，不是偶然的，是内外因素相互作用的结果。

其一，这里所说的外因，主要是指六朝时期特殊的社会风气和文学风气。从历史上看，六朝时期是人的生命意识进一步觉醒的时期，而生命意识觉醒的标志，不仅局限于对生命的长度、生命的质量和生命的意义的认识，更突出地表现在对人们内心情感的认知，形成重情、动情、富于情感的社会风习。对于这一点，很多文献都有所记载。《三国志·魏志·钟繇传》注引《魏略》钟繇答曹丕书中有言："臣同郡故司空荀爽言：'人当道情，爱我者一何可爱！憎我者一何可憎！'"〔1〕《三国志·荀彧传》注引何劭《荀粲传》中记载了这样一件事：荀粲娶曹洪之女为妇，"妇病亡，未殡，傅嘏往唁粲；粲不哭而神伤"。后来更是"痛悼不能已，岁余亦亡，时年二十九"〔2〕。因妇亡而伤心过度，以致于殉情，可见其重情的程度。还有《世说新语·伤逝》记载王献之和王徽之兄弟二人"俱病笃，而子敬(献之)先亡，子猷(徽之)问左右：'何以都不闻消息？此已丧矣！'语时了不悲，便索舆来奔丧，都不哭，子敬素好琴，便径入坐灵床上，取子敬琴弹，弦既不调，掷地云：'子敬，子敬！人琴俱亡。'因恸绝良久，月余亦卒"。于此可见兄弟情深。《世说新语》注引《幽明录》载王徽之要代献之去死的情节，"泰元中，有一师从远来，莫知所出。云：'人命应终，有生人乐代者，则死者可生矣。……'子猷谓之曰：'吾才不如弟，位亦通塞，请以余年代弟。'师曰：'夫生代死者，以己年限有余，得以足亡者尔。今贤弟命既应终，君侯算亦当尽，复何所代！"〔3〕从中更可见其重手足之情的程度。《世说新语》中还记载："王戎丧儿万子，山简往省之。王悲不自胜。简曰：

〔1〕 陈寿撰，陈乃乾校点，《三国志》，中华书局，1959年版，第396页。
〔2〕 陈寿撰，陈乃乾校点，《三国志》，中华书局，1959年版，第320页。
〔3〕 刘义庆著，刘孝标注，余嘉锡笺疏，《世说新语笺疏》，中华书局，1983年版，第645页。

‘孩抱中物，何至于此？’王曰：‘圣人忘情，最下不及情；情之所钟，正在我辈。’简服其言，更为之恸。”“桓子野每闻清歌，辄唤奈何。谢公闻之，曰：子野可谓一往而有深情。”[1]“人当道情”“情之所钟，正在我辈”“一往而有深情”……这些记载充分说明，六朝人不仅对情感有深刻的体认，而且特别重情。社会上比较流行的重情之风，自然要影响到文学创作。一般谈到六朝文学，都会关注当时文坛上重形式之美的风气，其实，这只是问题的一个方面。客观地考察当时的文坛，重形式之美的风气和重情之风都很流行。如在西晋时期，陆机在其《文赋》中就强调：“诗缘情而绮靡。”萧纲在其《与湘东王论文书》中对不重情感的创作倾向进行批评：“未闻吟咏情性，反拟内则之篇。”[2]其他如萧绎在《金楼子·立言》中特别指出：“至如文者，惟须绮縠纷披，宫徵靡曼，唇吻遒会，情灵摇荡。”萧子显在《南齐书·文学传论》中说：“文章者，盖情性之风标，神明之律吕也。”[3]萧统在《答晋安王书》中也指出：“触兴自高，睹物兴情，更向篇什。”[4]南朝梁代的钟嵘更进一步，他在《诗品序》一文中对情感进行分类：“若乃春风春鸟，秋月秋蝉；夏云暑雨，冬月祁寒，斯四候之感诸诗者也。嘉会寄诗以亲，离群托诗以怨。至于楚臣去境，汉妾辞宫；或骨横朔野，或魂逐飞蓬；或负戈外戍，杀气雄边；塞客衣单，孀闺泪尽；又士有解佩出朝，一去忘返；女有扬蛾入宠，再盼倾国：凡斯种种，感荡心灵，非陈诗何以展其义，非长歌何以骋其情？”[5]如果再进一步考察，我们还会发现：六朝时期，不仅

〔1〕 刘义庆著，刘孝标注，余嘉锡笺疏，《世说新语笺疏》，中华书局，1983年版，第638、757页。
〔2〕 王先谦编，《骈文类纂》，任继愈主编，《中华传世文选》，吉林人民出版社，1998年版，第343页。
〔3〕 萧子显撰，《南齐书》，中华书局，1972年版，第907页。
〔4〕 严可均校辑，《全上古三代秦汉三国六朝文》，中华书局，1958年版，第3064页。
〔5〕 钟嵘著，曹旭集注，《诗品集注》，上海古籍出版社，1994年版，第47页。

状物言情之文追求情致，议论说理之文也讲究情感的表现。在这方面，比较典型的例子是刘峻的《辨命论》，该文本为析事论理之文，但是却极具感情色彩，所以《文选》李善注中称之为“辞多愤激”。此外，他的《与齐尚书仆射杨遵彦书》，就思想内容而言，主要也是说理，但是也具有浓厚的感情色彩，注重在议论说理中抒发情感，晓之以理，动之以情，是情理兼备之作。其他如丘迟《与陈伯之书》、梁元帝《郑重论》等等也是这方面的代表作。勿庸置疑，这些就是影响《文心雕龙》一书写作的外部因素，即特别重情的社会风气和文学风气。

其二，从作者本身的内部因素，也即刘勰本人的主观因素上考察，他明显受到当时社会风气和文学风气的影响，对文章中的情感因素特别重视。这一点在《文心雕龙》一书中有充分的体现：

> 至若夫子继圣，独秀前哲，熔钧六经，必金声而玉振；雕琢性情，组织辞令；木铎起而千里应，席珍流而万世响，写天地之辉光，晓生民之耳目矣。[1]
>
> ——《原道》

> 陶铸性情，功在上哲。夫子文章，可得而闻，则圣人之情，见乎文辞矣。……褒美子产，则云“言以足志，文以足言”；泛论君子，则云“情欲信，辞欲巧”：此修身贵文之征也。然则志足而言文，情信而辞巧，乃含章之玉牒，秉文之金科矣。[2]
>
> ——《征圣》

> 义既埏乎性情，辞亦匠于文理，故能开学养正，昭明有融。然而道心惟微，圣谟卓绝，墙宇重峻，而吐纳自深。譬万钧之

[1] 黄霖编著，《文心雕龙汇评》，上海古籍出版社，2005年版，第15页。
[2] 黄霖编著，《文心雕龙汇评》，上海古籍出版社，2005年版，第16页。

洪钟,无铮铮之细响矣。[1]

——《宗经》

原夫登高之旨,盖睹物兴情。情以物兴,故义必明雅;物以情观,故词必巧丽。丽词雅义,符采相胜,如组织之品朱紫,画绘之著玄黄。[2]

——《诠赋》

夫情动而言形,理发而文见,盖沿隐以至显,因内而符外者也。然才有庸俊,气有刚柔,学有浅深,习有雅郑,并情性所铄,陶染所凝,是以笔区云谲,文苑波诡者矣。[3]

——《体性》

夫铅黛所以饰容,而盼倩生于淑姿;文采所以饰言,而辩丽本于情性。故情者文之经,辞者理之纬;经正而后纬成,理定而后辞畅:此立文之本源也。[4]

——《情采》

夫情致异区,文变殊术,莫不因情立体,即体成势也。势者,乘利而为制也。……是以绘事图色,文辞尽情;色糅而犬马殊形,情交而雅俗异势。[5]

——《定势》

〔1〕 黄霖编著,《文心雕龙汇评》,上海古籍出版社,2005年版,第19页。
〔2〕 黄霖编著,《文心雕龙汇评》,上海古籍出版社,2005年版,第37页。
〔3〕 黄霖编著,《文心雕龙汇评》,上海古籍出版社,2005年版,第97页。
〔4〕 黄霖编著,《文心雕龙汇评》,上海古籍出版社,2005年版,第109页。
〔5〕 黄霖编著,《文心雕龙汇评》,上海古籍出版社,2005年版,第105页。

情理设位,文采行乎其中。……是以草创鸿笔,先标三准:履端于始,则设情以位体;举正于中,则酌事以取类;归余于终,则撮辞以举要。……万趣会文,不离辞情。若情周而不繁,辞运而不滥,非夫熔裁,何以行之乎?〔1〕

——《熔裁》

夫才量学文,宜正体制,必以情志为神明,事义为骨髓,辞采为肌肤,宫商为声气;然后品藻玄黄,摛振金玉,献可替否,以裁厥中:斯缀思之恒数也。〔2〕

——《附会》

夫缀文者情动而辞发,观文者披文以入情,沿波讨源,虽幽必显。世远莫见其面,觇文辄见其心。岂成篇之足深,患识照之自浅耳。〔3〕

——《知音》

上面这些段落,虽然都是论事析理的文字,但是,我们从中可以看出刘勰对情感的重视,首先,他指出文章要"雕琢性情""情信而辞巧""埏乎性情""情以物兴""物以情观";同时,他又特别强调"情动而言形""辩丽本于情性""因情立体""设情以位体""以情志为神明""情动而辞发"。其中特别值得注意的是《熔裁》,在这篇文章中,刘勰从创作实际出发,把文章的写作流程划分为三个部分,确定了情感在整个流程中的首要地位:其中第一部分是"履端于始,则设情以位体";第二是"举正于中,则酌事以取类";第三是"归余于终,则撮辞以举要"。其实,就是强调为文要先有情感,再

〔1〕 黄霖编著,《文心雕龙汇评》,上海古籍出版社,2005年版,第111—112页。
〔2〕 黄霖编著,《文心雕龙汇评》,上海古籍出版社,2005年版,第140页。
〔3〕 黄霖编著,《文心雕龙汇评》,上海古籍出版社,2005年版,第158页。

将其融合于事理之中,然后借助于文辞把它表达出来。概而言之,其要点是三个方面,即情感——事理——文辞,显而易见,其中情感居于首要地位。对刘勰的这一论断,后世有许多文学理论家进行过解读,其中朱光潜先生之论特别精当确切,他在《谈文学·情与辞》中指出:"情感和思想通常被人认为是对立的两种心理活动。文字所表现的不是思想,就是情感。其实情感和思想常互相影响,互相融会。除掉惊叹语和谐声语之外,情感无法直接表现于文字,都必借事理物烘托出来,这就是说,都必须化成思想。这道理在中国古代有刘彦和说得最透辟。《文心雕龙》的《熔裁》篇里有这几句话:'草创鸿笔,先标三准。履端于始,则设情以位体;举正于中,则酌事以取类;归余于终,则撮辞以举要。'用现代话来说,行文有三个步骤,第一步要心中先有一种情致,其次要找出具体的事物可以烘托出这种情致,这就是思想分内的事,最后要找出适当的文辞把这内在的情思化合体表达出来。近代美学家克罗齐的看法恰与刘彦和的一致。文艺先须有要表现的情感,这情感必融会于一种完整的具体意象(刘彦和所谓"事"),即借那个意象得表现,然后用语言把它记载下来。"[1]从《文心雕龙》一书的写作实践上看,刘勰不但深刻认识到情感在文章写作中的重要地位,而且在其写作中有所体现,所以即使专门议论说理之文,他也特别注意情的作用。如《论说》中,他一方面赞扬班彪《王命》、严尤《三将》"敷述昭情,善入史体","范雎之言疑事,李斯之止逐客,并顺情入机,动言中务,虽批逆鳞,而功成计合,此上书之善说也"。另一方面又特别强调"论之为体","必使心与理合,弥缝莫见其隙;辞共心密,敌人不知所乘:斯其要也"。此外还特别强调"说之枢要",在于"披肝胆以献主,飞文敏以济辞,此说之本也"[2]。"披肝胆"当然是要在晓之以

[1] 朱光潜著,《朱光潜全集》,安徽教育出版社,1988年版,第269—270页。
[2] 黄霖编著,《文心雕龙汇评》,上海古籍出版社,2005年版,第67—69页。

理的同时,必须动之以情,强调情的作用。

所以,说到这里,我们便不难看出,《文心雕龙》作为骈体议论文,之所以情理并重,很多文章颇具感情色彩,主要是他本人特别重视情感在文章中作用的结果,这是内因,是起主导作用的,而六朝时期特殊的社会风气和文学风气只是外因,虽然有一定的影响作用,但不是主要的。

三 形象生动

除了情理兼备之外,我们读过《文心雕龙》之后,还感觉到本书中的很多文章颇具形象性,生动感人,可读性强。很多看起来比较抽象的道理,经常以形象化的语言出之,给人的印象特别深刻。经过考察,我们发现刘勰在《文心雕龙》一书的写作中,经常采取下面这些表现方法:

其一,常用比拟之法。《文心雕龙》中的五十篇文章都是说理文字,但是在议论说理之时,刘勰一般不作抽象的纯理论的说教,经常采取形象化的方法,或比喻,或拟人,或拟物,借助生动鲜明的形象剖事析理,评论是非。因为在前面的《〈文心雕龙〉在藻饰方面的成就》一节中,我们对这一问题已经有所论列,所以这里不再赘述。简而言之,经常使用比拟之法阐发事理,是《文心雕龙》中的文章生动形象的一个重要原因。

其二,常用赋法。刘勰在《文心雕龙·诠赋》中指出:"赋者,铺也;铺采摛文,体物写志也。"一方面说明铺排夸饰是赋的主要表现方法,另一方面指出赋的特殊功能,那就是体物写志。什么是"体物"呢?主要就是随物赋形,对描写的对象进行细致入微的刻画描写。对此,《文心雕龙·诠赋》中还有进一步的解释:"赋自诗出,分歧异派;写物图貌,蔚似雕画。"[1]除此之外,在《物色》篇中还有更

---

〔1〕 黄霖编著,《文心雕龙汇评》,上海古籍出版社,2005年版,第35、37页。

加清楚的解释:“吟咏所发,志惟深远;体物为妙,功在密附。故巧言切状,如印之印泥;不加雕削,而曲写毫芥。故能瞻言而见貌,即字而知时也。”〔1〕所有这些都说明刘勰对赋的表现方法不仅高度重视,而且还有准确的把握。从实而论,《文心雕龙》中的文章,都是以议论说理为主要目的的议论文,但是也经常涉及外物以至于人物形象等等问题,为此刘勰便经常使用赋的铺陈刻画之法,从而使说理的文章具有鲜明生动的形象,具体可感。如《原道》:“夫玄黄色杂,方圆体分,日月叠璧,以垂丽天之象;山川焕绮,以铺理地之形:此盖道之文也。仰观吐曜,俯察含章,高卑定位,故两仪既生矣。……傍及万品,动植皆文:龙凤以藻绘呈瑞,虎豹以炳蔚凝姿;云霞雕色,有逾画工之妙;草木贲华,无待锦匠之奇。夫岂外饰,盖自然耳。至于林籁结响,调如竽瑟;泉石激韵,和若球锽:故形立则章成矣,声发则文生矣。”〔2〕采用赋的手法刻画外物,通过非常形象化的语言说明文章源于自然的道理,增强了文章的可读性和表达效果。再如《物色》:“是以献岁发春,悦豫之情畅;滔滔孟夏,郁陶之心凝。天高气清,阴沉之志远;霰雪无垠,矜肃之虑深。”〔3〕也是采用赋的手法,体物写志,通过一系列的铺陈与刻画,形象地揭示出“情以物迁,辞以情发”的道理,其实就是寓理于形象刻画之中。同时,我们还应该注意的是:有时涉及与人物相关的问题时,《文心雕龙》还以赋法表现人物的形象及其创作状况。如《体性》:“是以贾生俊发,故文洁而体清;长卿傲诞,故理侈而辞溢;子云沉寂,故志隐而味深;子政简易,故趣昭而事博;孟坚雅懿,故裁密而思靡;平子淹通,故虑周而藻密;仲宣躁锐,故颖出而才果;公幹气褊,故言壮而情骇;嗣宗倜傥,故响逸而调远;叔夜俊侠,故兴高而采烈;安仁轻敏,故锋发而韵流;士衡矜重,故情繁而辞隐。……”

〔1〕 黄霖编著,《文心雕龙汇评》,上海古籍出版社,2005年版,第151页。
〔2〕 黄霖编著,《文心雕龙汇评》,上海古籍出版社,2005年版,第13—14页。
〔3〕 黄霖编著,《文心雕龙汇评》,上海古籍出版社,2005年版,第150页。

显然，这是采取赋的表现方法，铺陈、刻画人物性情及其创作风格，生动形象，给人留下深刻的印象，所以受到后世文学批评家们的好评。李安民旁批："读其文，如见其人，知言之明，不差一字。"黄叔琳眉批："由文辞得其情性，虽并世犹难之，况异代乎？如此裁鉴，千古无两。"叶绍泰评价说："知人品物，莫此为确。"〔1〕纵观《文心雕龙》全书，在其五十篇文章之中，采用赋的表现方法不是偶一为之的孤立形象，而是经常使用的表现方法，所以，应该说是其文形象生动的又一重要原因。

四 文质彬彬

前面，我们已经从各个角度对《文心雕龙》进行了分析和论证，那么，从骈文的角度考察，《文心雕龙》总体的艺术特征是什么呢？确实，前人早已注意到这一问题，并且有很多人进行过概括和评价。如明人杨慎的评价是："骈俪语，却极工致语。"〔2〕钟惺的评价是："采色耀目，称之雕龙非过。"〔3〕清谨轩本更从各个角度进行评价：第一，说《文心雕龙》"较之《文赋》，更博，更腴，诚丽笔也"〔4〕。第二，说"古今论文之家，殊无此典博妍秀之作"〔5〕。第三，说该书"论必该至，乃足见其澜丽"〔6〕。第四，说该书之文"纤密赡腴，作者何其核而练也"〔7〕。第五，说该书中的文章"清新赡丽"〔8〕。曹

〔1〕 黄霖编著，《文心雕龙汇评》，上海古籍出版社，2005年版，第98、98、98、99页。
〔2〕 黄霖编著，《文心雕龙汇评》，上海古籍出版社，2005年版，第79页。
〔3〕 黄霖编著，《文心雕龙汇评》，上海古籍出版社，2005年版，第72页。
〔4〕 黄霖编著，《文心雕龙汇评》，上海古籍出版社，2005年版，第38页。
〔5〕 黄霖编著，《文心雕龙汇评》，上海古籍出版社，2005年版，第156页。
〔6〕 黄霖编著，《文心雕龙汇评》，上海古籍出版社，2005年版，第52页。
〔7〕 黄霖编著，《文心雕龙汇评》，上海古籍出版社，2005年版，第85页。
〔8〕 黄霖编著，《文心雕龙汇评》，上海古籍出版社，2005年版，第152页。

学佺的总体评价是:“惟彦和义炳而采流,故取重于休文也。”[1]“可谓云霞焕绮,泉石吹籁之文。”[2]其中清人刘开的评价尤其值得注意,他在《书〈文心雕龙〉后》中说:

> 示人以璞,探骊得珠。华而不汩其真,炼而不亏于气,健而不伤于激,繁而不失之芜,辨而不逞其偏,核而不邻于刻。文犀骇目,万舞动心,诚旷世之宏材,轶群之奇构也。[3]

比较而言,这是前人对《文心雕龙》艺术特征最为全面的评价之一,也是最为准确的评价之一。其可贵之处主要是从文与质两个方面入手,把握住了《文心雕龙》的精髓。当然,这个评价也不是完美无缺的,稍嫌不足的是还显得有些概念化,不够具体。其实,作为骈体文的《文心雕龙》,其艺术特征主要包括三个方面:其一,它具有骈体文所具有的共同美,也即平衡对称之美、含蓄典雅之美、声韵和谐之美、辞采色泽之美。这是它作为骈体文的基本标志。其二,它又具有区别于其他人骈体文的独特之美,即灵活自如、多姿多彩、错综变化,让人目不暇接。形成这种状态的主要原因是:本书之文,不拘一格,不泥于一体;广泛吸收,熔合百家,自铸伟辞。其三,本书虽然是以骈语行文,又特别重视形式技巧之美,但是更为注意情感内容,都是以情理为主,以词采为辅,没有六朝骈文华而不实的通病。如果对《文心雕龙》的总体特征进行高度概括,主要是八个字:兼具众美,文质彬彬。其中“兼具众美”,清人刘开在其《与王子卿太守论骈体书》中已经作了精当的概括:“至于宏文雅裁,精理密意,美包众有,华耀九光,则刘彦和之《文心雕龙》,

---

〔1〕 黄霖编著,《文心雕龙汇评》,上海古籍出版社,2005年版,第15—16页。

〔2〕 黄霖编著,《文心雕龙汇评》,上海古籍出版社,2005年版,第18页。

〔3〕 刘开撰,《书〈文心雕龙〉后》,《刘孟涂集》,道光六年(1826年)刊本,第427页。

殆观止矣。"[1]"文质彬彬"更是《文心雕龙》一书的最突出的风貌。刘勰在文章内容和形式上首先强调二者相互依存、不可分割的关系,始终主张华与实、文与质相互统一,同时又指出二者是主从关系,正像他在《情采》篇中所说的,情理为经,辞采为纬,"经正而后纬成,理定而后辞畅:此立文之本源也"。并且在《情采》篇中标举出为文最理想的境界:"夫能设谟以位理,拟地以置心,心定而后结音,理正而后摛藻,使文不灭质,博不溺心,正采耀乎朱蓝,间色屏于红紫,乃可谓雕琢其章,彬彬君子矣。"[2]一言以蔽之,就是文质彬彬,这不仅是刘勰心目中为文的最高标准,也是作为骈体文的《文心雕龙》最突出的特征。

---

[1] 王先谦编,《骈文类纂》,任继愈主编,《中华传世文选》,吉林人民出版社,1998年版,第392页。

[2] 黄霖编著,《文心雕龙汇评》,上海古籍出版社,2005年版,第109—110页。

第三章 《文心雕龙》在骈文史上的地位

自从《文心雕龙》诞生以来，受到不少文学批评家的关注。但是，绝大多数人都是从文学理论的角度入手，单纯地把本书作为理论批评著作进行分析和研究，而从文学创作的角度，把它作为文学作品来研究，特别是作为骈文作品来研究的则特别薄弱。通过前面的介绍和分析，我们知道，《文心雕龙》不仅是一部理论批评著作，而且也是一部骈文作品的集合。其中骈文批评和创作的成就都相当高，所以，我们有必要考察一下它在中国骈文史上的地位。

第一节 《文心雕龙》在骈文创作上的历史地位

仔细考察《文心雕龙》研究的历史，我们发现，隋代的刘善经是较早地从文学创作的角度对《文心雕龙》进行评价的人物，其《四声论》中一方面肯定《文心雕龙》在声律方面的成就，特别指出《声律》篇“理到优华，控引弘博；计其幽趣，无以间然”；另一方面又从文体的角度对《文心雕龙》的创作提出批评：“但恨连章结句，时多涩阻,所谓能言之者也,未必能行者也。"[1]态度很明确:对《文心雕龙》使用骈体写作提出批评。从实而论,这是一种偏见。究其原因,隋文帝时期曾兴起反对齐、梁以来骈俪文风的思潮,并且出现过激的现象,即对骈体采取一概否定的偏激态度,所以刘善经之论显然是这种思潮影响的结果。到了清代,清谨轩蓝格抄本《文心雕龙》前面的《叙录》中有类似的观点,文中说:"勰著《文心》十卷,总论文章之始末,古今之妍媸,其文虽拘于声偶,不离六朝之体,要为宏博精当,鲜丽琢润者矣。"[2]很明显,论者肯定《文心雕龙》"宏博精当,鲜丽琢润"的一面,但是对其"拘于声偶,不离六朝之体"的一面则持批评态度,同样暴露出对骈体文的偏见。

不过,从总体上看,明、清时期,从文学创作的角度对《文心雕龙》进行评价,肯定其创作成就的也大有人在。

明人如杨慎就充分肯定《文心雕龙》在骈文创作方面的成就,他在评点《文心雕龙》的时候指出:"骈丽语,却极工致语。"[3]再如钟惺,在评点《文心雕龙》的时候曾说此书"淋漓酣畅"[4]"采色耀目,称之雕龙非过"[5]。此外,曹学佺对《文心雕龙》的创作成就也给予充分的肯定:"惟彦和义炳而采流。"[6]"可谓云霞焕绮,泉石吹籁之文。"[7]不过,从总体上考察,我们不能不说,上述这些评价还比较空泛,不够具体,缺乏从骈文史的角度进行的分析和定位。

在清代,《文心雕龙》更加受到重视,尤其是它的骈文创作成就,受到人们更多的关注,在这方面,刘开、王先谦两人的评价特别

〔1〕[日]遍照金刚著,周维德校点,《文镜秘府论》,人民文学出版社,1975年版,第29页。
〔2〕黄霖编著,《文心雕龙汇评》,上海古籍出版社,2005年版,第6页。
〔3〕黄霖编著,《文心雕龙汇评》,上海古籍出版社,2005年版,第79页。
〔4〕黄霖编著,《文心雕龙汇评》,上海古籍出版社,2005年版,第94页。
〔5〕黄霖编著,《文心雕龙汇评》,上海古籍出版社,2005年版,第72页。
〔6〕黄霖编著,《文心雕龙汇评》,上海古籍出版社,2005年版,第15—16页。
〔7〕黄霖编著,《文心雕龙汇评》,上海古籍出版社,2005年版,第18页。

值得注意。

首先,刘开对《文心雕龙》的评价,着重从骈文创作的角度切入,总体上侧重三个方面:其一,从整体上肯定《文心雕龙》在骈文创作上的成就,他在《与王子卿太守论骈体书》中指出"夫道炳而有文章,辞立而生奇偶","东京宏丽,渐骋珠玑;南朝轻艳,兼富花月","名流各尽其长,偶体于焉大备","至于宏文雅裁,精理密意,美包众有,华耀九光,则刘彦和之《文心雕龙》,殆观止矣"[1]。认为《文心雕龙》为骈体之"观止",其评价之高超过以往任何时代。其二,采取比较之法,充分肯定刘勰在骈文史上的地位,其《书〈文心雕龙〉后》一文中说:"昌黎为汉以后散体之杰出,彦和为晋以下骈体之大宗。"认为刘勰是晋以后骈文之大宗,在骈文史上具有特殊地位。其三,对囿于文体偏见,轻视《文心雕龙》的行为进行批评:"自韩退之崛起于唐,学者宗法其言,是书几为所掩。然彦和之生,先于昌黎,而其论相合,识见已卓于古人,但体未脱夫时习耳。墨子锦衣适荆,无损其俭;子路鼎食于楚,岂足为奢?夫文亦取其是而已,奚得以其俳而弃不重哉!"其实,就是对那些认为《文心雕龙》不该以骈体行文的谬论进行批评。刘开对《文心雕龙》进行这样的定位,既是空前的,也是符合实际的。

与刘开相近,王先谦对《文心雕龙》的评价,也是从骈文创作的角度切入。王氏编定《骈文类纂》一书,《文心雕龙》一书的五十篇文章,被他全部选入,并且位列全书之首,作为议论说理类骈文的典型。不仅如此,他还在书前的《序》中对《文心雕龙》的骈文创作进行了总体评价,肯定该书在骈文史上的特殊地位。《序》中说:"斯文肇兴,体随时变,趣尚偏异,流失遂生。""彦和、子玄,冠绝伦辈。"这是对《文心雕龙》骈文创作成就的公允评价。

---

[1] 王先谦编,《骈文类纂》,任继愈主编,《中华传世文选》,吉林人民出版社,1998年版,第392页。

不过，有一点应该说明：刘、王二人对《文心雕龙》骈文创作成就的评价，特别是对它在骈文史上的地位的确认还是有局限的。即刘开评价《文心雕龙》在骈文创作上的成就及其历史地位是就骈文的整体而言，没有进行科学的归类，不够严密。王先谦与此不同，他把《文心雕龙》放在论说类骈文之中，作了比较科学的归类，然后在这一范围内进行评价、分析，遗憾的是分析还不够深入、不够具体，说服力不强。从骈文史上看，北朝庾信的骈文，晚唐李商隐的骈文，都是抒情见长，总体上是以情纬文，以文披质，情文兼胜，总体成就不在刘勰之下，因此，刘开没有对骈文进行分类，笼统地说《文心雕龙》为骈文之“观止”还欠考究。如果把《文心雕龙》放在论说类骈体文中加以审视和考察，并且进行深入、具体的分析和比较，则会得出更加科学、更加合理的结论。

在论说类骈文中，《文心雕龙》是典型代表，我们无论是纵向考察，还是横向比较，都很难找到可以同它相提并论的作品，确实是难以企及的高峰。前乎此者，陆机之《文赋》、葛洪之《抱朴子》都是骈体文论之杰作，但是与《文心雕龙》相比，都不能同日而语。一方面，其思想内容上的深度、广度、系统性、完整性远不及《文心雕龙》之“体大而虑周”〔1〕；另一方面，从骈体文的角度考察，其文章体制也不如《文心雕龙》成熟、完备，在对偶、用典、藻饰、骈散结合等等艺术形式和技巧方面更不能与《文心雕龙》比肩。特别是在文气上，《文心雕龙》虽然以骈体行文，但是却气势洞达，从容舒畅，如行云流水般轻快自如，远非陆机、葛洪二人所及，对此，我们在前面已经作了比较和分析，这里不再赘述。后乎此者，唐人刘知幾、陆贽，都以骈体议论文擅名一时，在骈文史上也有重要的地位，不过其总体成就也不如刘勰。为了说明问题，我们不妨比较一下三人的作品：

昔诗人什篇，为情而造文；辞人赋颂，为文而造情。何以

〔1〕 章学诚著，叶瑛校注，《文史通义校注》，中华书局，1985年版，第559页。

明其然？盖风雅之兴，志思蓄愤，而吟咏情性以讽其上，此为情而造文也；诸子之徒，心非郁陶，苟驰夸饰，鬻声钓世，此为文而造情也。故为情者要约而写真，为文者淫丽而烦滥。而后之作者，采滥忽真，远弃风雅，近师辞赋，故体情之制日疏，逐文之篇愈盛。故有志深轩冕，而泛咏皋壤；心缠几务，而虚述人外。真宰弗存，翩其反矣。夫桃李不言而成蹊，有实存也；男子树兰而不芳，无其情也。夫以草木之微，依情待实；况乎文章，述志为本。言与志反，文岂足征？……夫能设模以位理，拟地以置心，心定而后结音，理正而后摛藻，使文不灭质，博不溺心，正采耀乎朱蓝，间色屏于红紫，乃可谓雕琢其章，彬彬君子矣。[1]

——《文心雕龙·情采》

盖枢机之发，荣辱之主，言之不文，行之不远，则知饰词专对，古之所重也。夫上古之世，人惟朴略，言语难晓，训释方通。是以寻理则事简而意深，考文则词难而义释，若《尚书》载伊尹之立训，皋陶之谟，《洛诰》、《康诰》、《牧誓》、《泰誓》是也。周监二代，郁郁乎文。大夫、行人，尤重词命，语微婉而多切，言流靡而不淫，若《春秋》载吕相绝秦，子产献捷，臧孙谏君纳鼎。魏绛对戮杨干是也。……是以好丘明者，则偏模《左传》；爱子长者，则全学史公。用使周、秦言辞见于魏、晋之代，楚、汉应对行乎宋、齐之日。而伪修混沌，失彼天然，今古以之不纯，真伪由其相乱。故裴少期讥孙盛录曹公平素之语，而全作夫差亡灭之词。虽言似《春秋》而事殊乖越者矣。……盖善为政者，不择人而理，故俗无精粗，咸被其化；工为史者，不选事而书，故言无美恶，尽传于后。若事皆不谬，言必近真，庶几

[1] 黄霖编著，《文心雕龙汇评》，上海古籍出版社，2005年版，第109—110页。

可与古人同居，何止得其糟粕而已。[1]

——《史通·言语》

动人以言，所感已浅；言又不切，人谁肯怀？昔成汤遇灾，而祷于桑野；躬自髡剔，以为牺牲。古人所谓割发宜及肤，剪爪宜侵体；良以诚不至者物不感，损不极者益不臻。今兹德音，亦类于是，悔过之意，不得不深；引咎之辞，不得不尽。……窃以知过非难，改过为难；言善非难，行善为难。假使赦文至精，止于知过言善，犹愿圣虑更思所难。《易》曰："圣人感人心而天下和平。"夫感者，诚发于心而形于事，人或未谕，而宣之以言。言必顾心，心必副事，三者符合不相越踰。本于至诚乃可求感，事或未致，则如勿言；一亏其诚，终莫之信。伏惟陛下先断厥志，乃施于辞；度其可行而宣之，其不可者措之；无苟于言，以重其悔；言克诚而人心必感，人心既感而天下必平；事何可不详言，何可不务罄？[2]

——《奉天论赦书事条状》

上面是刘勰、刘知幾、陆贽三人骈体议论文的节录，无论是从形式上还是内容上考察都有可比性：从形式上考察，这三篇文章都以骈体行文，是典型的骈体论说文，在保持了骈体文的基本框架的同时，又都采取了骈散结合的方式，注意到了文气的调节；从内容上考察，三篇文章都在"真""诚"二字上下了工夫：刘勰的文章特别强调文章应该"要约而写真""为情而造文"，也就是要表达真性情，反对"真宰弗存""为文而造情"，尤其是"志深轩冕，而泛咏皋壤；心缠几务，而虚述人外"的虚伪行为；刘知幾之文着重说明为文应

---

[1] 刘知幾撰，浦起龙释，《史通通释》，上海古籍出版社，1978年版，第149—153页。

[2] 董诰等编，《全唐文》，中华书局，1983年版，第4791页。

该"事皆不谬,言必近真",对"今古以之不纯,真伪由其相乱"的行文状态进行批评,这一点与刘勰之论如出一辙。陆贽之文以"真诚"二字为要点,以"言克诚而人心必感","一亏其诚,终莫之信"为前提,强调文章应该以真恳感动人心,其精神实质与两位刘氏之文大同小异。但是,我们如果再进一步仔细分析,会发现三者之间的差异:其一,同《文心雕龙》相比,刘知幾之文在议论说理的深刻性和总体思想见识方面相差无几,然而从骈体文的特性方面考察,其文在总体形式美方面远不及《文心雕龙》,其对偶、用典、藻饰等技巧也不及《文心雕龙》,特别应该指出的是:《史通》在语言和措词上显得杂芜,与《文心雕龙》相比,更逊一筹。所以明人胡应麟在其《少室山房笔丛》中说:"《史通》之为书,其文刘勰也,而藻绘弗如。"[1]清人孙梅也看出这一点,所以在《四六丛话》中指出:"观其纵横辨博,固足并雄;而丽藻遒文,犹或未逮。"[2]王先谦在《骈文类纂序》中也指出了这一点:"彦和书宜全读,子玄颇有芟取。"[3]从实而论,这些评论都抓住了要害。唐人陆贽上承"燕许",下启"欧苏",是著名的骈文革新家,其骈体论说文明白洞达,流畅自如,说理周详细密又切于实用,与《文心雕龙》之文的表现力相比,并不逊色,所以罗宗强先生在《隋唐五代文学思想史》中说,"就其明白流畅而言,可以说,只差一步,就可与散体完全合而为一了"[4]。但是,我们不能不说,陆氏骈文虽然自然流畅,实用性强,克服了传统骈文的华而不实之弊,使之由特具形式美的文体,一变而为素淡质朴的实用之文。可是,我们也发现,陆贽对骈文的改革有得也有失:所得是增强了骈文的实用功能,所失是在很大程度上丧失了骈

[1] 胡应麟撰,《少室山房笔丛》,中华书局,1958 年版,第 176 页。

[2] 孙梅著,李金松校点,《四六丛话》,人民文学出版社,2010 年版,第 644 页。

[3] 王先谦编,《骈文类纂》,任继愈主编,《中华传世文选》,吉林人民出版社,1998 年版,第 1 页。

[4] 罗宗强著,《隋唐五代文学思想史》,中华书局,1984 年版,第 221 页。

文特有的审美特性,降低了美感,类似于素淡的散体古文,没有达到《文心雕龙》形式与内容两全其美的境界。因此,《文心雕龙》在论说类骈文的范围内前无古人,后难为继,达到了巅峰状态,这就是它在中国古代骈文史上的独特地位。

第二节 《文心雕龙》在骈文批评史上的地位

通观中国古代骈文发展的历史,我们发现:骈文的理论批评总体上远远落后于骈文创作的实践,像《文心雕龙》这样的骈文理论批评可以说是前无其伦,后少来者。其实,在《文心雕龙》产生以前,骈文早已经产生了,并且经历了长期的发展过程,但是骈文批评却迟迟没有跟进。即使在骈文达到巅峰状态的六朝时期,骈文批评仍然远远落后于骈文创作。直到《文心雕龙》产生,才在一定程度上弥补了这一缺憾,堪称骈文理论批评的开山之作。此书产生后的一千多年,骈文创作又经历了无数次的起伏变化,骈体本身也发生了多次演变,可是,骈文理论批评依然落后于骈文创作的实际,能与《文心雕龙》的骈文理论批评相提并论者还是十分罕见。关于这一点,只要我们认真考察和分析,就十分清楚了。

一 隋唐五代的骈文批评状况

隋朝国祚虽短,但是骈文创作依然延续六朝之风,没有中断。李唐在诸多方面承袭了六朝的文化遗产,尤其是骈文,经过隋代的过渡之后,更在初唐和盛唐时期再度出现繁荣昌盛的局面。后来,经过中唐时期古文创作思潮的冲击,骈文的地位有所下降,退居古文之次,但也一直流行,尤其在庙堂公牍文上,还占有相当大的优势地位。特别是到了晚唐五代时期,骈文又再度复兴,创作又出现上升的势头。但是,认真总结隋唐五代的骈文理论批评,无论深度和广度,都不能与《文心雕龙》相比,远远落后于骈文创作的发展与演变的实际。在几百年的时间里,主要停留在三个层面,其中还存在诸多偏差:

(一)对六朝骈体文风的批判。这种批判,多是从政教的得失出发,从政治上干预文学创作,特别是骈文创作。这一点,从隋朝就已经开始了。如隋代李谔在其《上隋高祖革文华书》中说:"降及后代,风教渐薄。魏之三祖,更尚文词,忽君人之大道,好雕虫之小艺。下之从上,有同影响,竞骋文华,遂成风俗。江左齐、梁,其弊弥甚;贵贱贤愚,唯务吟咏。遂复遗理存异,寻虚逐微;竞一韵之奇,争一字之巧。连篇累牍,不出月露之形;积案盈箱,唯是风云之状。世俗以此相高,朝廷据兹擢士。禄利之路既开,爱尚之情愈笃。……以傲诞为清虚,以缘情为勋绩;指儒素为古拙,用词赋为君子。故文笔日繁,其政日乱。良由弃大圣之轨模,构无用以为用也。损本逐末,流遍华壤;递相师祖,久而愈扇。"〔1〕这样的批评明显过激,不仅否定以"三曹"为代表的建安文章,而且否定文学的"缘情"特征,根本没有考虑文学本身的特性。可笑的是,这样的批判文章还是用骈体写成的,其句式之整齐工致,词采之华丽富艳,笔致之轻倩秀雅,基本不离六朝骈文之习气,确实是莫大的讽刺。在这方面,初唐时期的太宗及其重臣令狐德棻、李延寿等表现得更为突出,他们多是从政治教化的得失出发,批判六朝骈体文风。先看太宗,《贞观政要·文史》中就记载了他这方面的言论:"只如梁武帝父子及陈后主、隋炀帝,亦大有文集,而所为多不法,宗社皆须臾倾覆。凡人主惟在德行,何必要文章耶?"〔2〕再如令狐德棻,他在《周书·庾信传论》中指出:"然则子山(庾信)之文,发源于宋

〔1〕 王先谦编,《骈文类纂》,任继愈主编,《中华传世文选》,吉林人民出版社,1998年版,第273页。

〔2〕 吴兢编著,《贞观政要》,上海古籍出版社,1978年版,第222页。

末，盛行于梁季。其体以淫放为本，其词以轻险为宗。故能夸目侈于红紫，荡心逾于郑卫。昔扬子云有言：'诗人之赋丽以则，词人之赋丽以淫。'若以庾氏方之，斯又词赋之罪人也。"〔1〕还有李延寿，他在《北史·文苑传序》中说："梁自大同之后，雅道沦缺，渐乖典则，争驰新巧。简文、湘东启其淫放；徐陵、庾信分路扬镳。其意浅而繁，其文匿而彩，词尚轻险，情多哀思，格以延陵之听，盖亦亡国之音也。"〔2〕毫无疑问，这些都是从政治得失出发来考虑文学问题，批判六朝文学中，特别是骈文中的浮华倾向，是政治干预文学的典型言论。这种过激的文学批评态度在中唐也有表现，如独孤及在其《检校尚书吏部员外郎赵郡李公中集序》中，就以这种态度和角度批评骈体文："志非言不形，言非文不彰，是三者相为用，亦犹涉川者假舟楫而后济。自典谟缺，雅颂寝，世道陵夷，文亦下衰。故作者往往先文字，后比兴，其风流荡不返。乃至有饰其辞而遗其意者，则润饰愈工，其实愈丧。及其大坏也，俪偶章句，使枝对叶比，以八病四声为梏拳，拳拳守之，如奉法令，闻皋繇史克之作，则呷然笑之。天下雷同，风驱云趋。……公之作，本乎王道。大抵以五经为泉源，抒情性以托讽，然后有咏歌；美教化，献箴谏，然后有赋颂；悬权衡以辨天下公是非，然后有议论。"〔3〕过度强调文章的载道与教化作用，不顾文学自身的特性，更没有客观地分析文章的体制，盲目地否定骈体文。

（二）出于功利目的，将骈文与散文对立起来，提倡散体古文，反对骈体文。这一层面主要从明道和载道的目的出发，倡导古文，反对骈文，与第一层面之间有一定的内在联系，为一定的政治和教化目的服务，但是不同的是目标更加明确，目的性也更强。在这方面，韩愈是最突出的代表人物。《旧唐书·韩愈传》中记载："（韩

〔1〕 令狐德棻等撰，《周书》，中华书局，1971 年版，第 744 页。
〔2〕 李延寿撰，《北史》，中华书局，1974 年版，第 2782 页。
〔3〕 董诰等编，《全唐文》，中华书局，1983 年版，第 3945—3946 页。

愈)常以为自魏、晋以还,为文者多拘偶对,而经诰之指归,迁、雄之气格,不复振起矣。故愈所为文,务反近体,抒意立言,自成一家新语。后学之士,取为师法。当时作者甚众,无以过之,故世称'韩文'焉。"[1]韩愈提倡古文,反对骈文的根本目的在于复兴儒家之道,维护唐中央王朝的大一统。因为他明确表示自己"好古道",即好孔子、孟轲、扬雄之道,而要学古道和宣扬古道,就必须通其辞,即学好古道的载体——古文,基于这一目的,他极力主张以古文代替骈文。对这一点,韩愈自己在《题欧阳生哀辞后》一文中说得再明白不过了:"愈之为古文,岂独取其句读不类于今邪?思古人而不得见,学古道则欲兼通其辞;通其辞者,本志乎古道也。"[2]出于某种政治目的,不顾文学本身的个性,不顾文体本身的存在价值,主观、人为地打压一种文体,扶持另一种文体,脱离文学发展的实际,理论的局限和思想上的偏颇显而易见。同时,又矫枉过正,为避免骈偶而刻意复古求奇,诡其词又怪其语,其末流更进入歧途,佶屈聱牙,晦涩难懂,所以当时就受到人们的批评,最后走到穷途末路。对此,当时人裴度在《寄李翺书》中批评得相当深刻:"董仲舒、刘向之文,通儒之文也,发明经术,究极天人。其实擅美一时,流誉千载者多矣,不足为弟道焉。然皆不诡其词,而词自丽,不异其理,而理自新。若夫典、谟、训、诰、《文言》、《系辞》、国风、雅颂,经圣人之笔削者,则又至易也,至直也。虽大弥天地,细入无间,而奇言怪语,未之或有。意随文而可见,事随意而可行。此所谓文可文,非常文也。……观弟近日制作,大旨常以时世之文,多偶对俪句,属缀风云,羁束声韵,为文之病甚矣,故以雄词远志,一以矫之,则是以文字为意也。且文者,圣人假之以达其心,达则已,理穷则已,非故高之、下之、详之、略之也。愚欲去彼取此,则安步而不可

[1] 刘昫等撰,《旧唐书》,中华书局,1975年版,第4203—4204页。
[2] 刘昫等撰,《旧唐书》,中华书局,1975年版,第5741页。

及,平居而不可逾,又何必远关经术,然后骋其材力哉?昔人有见小人之违道者,耻与之同形貌、共衣服,遂思倒置眉目,反易冠带以异也,不知其倒之反之之非也。虽非于小人,亦异于君子矣。故文之异,在气格之高下,思致之浅深,不在其磔裂章句,隳废声韵也;人之异,在风神之清浊,心志之通塞,不在于倒置眉目,反易冠带也。"其一,批评以韩愈为首的复古派强分古文和今文,为了回避骈文,故意"磔裂章句,隳废声韵",如同一个人"倒置眉目,反易冠带",出现奇怪和反常的现象,让人不可思议。其二,直接批评韩愈本人的作文之法:"昌黎韩愈,仆识之旧矣,中心爱之,不觉惊赏。然其人信美材也!近或闻诸侪类云:恃其绝足,往往奔放,不以文立制,而以文为戏。可矣乎,可矣乎?今之作者,不及则已;及之者当大为防焉耳。"〔1〕可见,韩愈等古文家的骈文批评因为脱离了文学本身的规律性和特殊性,完全服务于政治目的,所以其影响力不能持久,与《文心雕龙》的骈文批评相比,科学性和影响力要差得多。

(三)骈文家的骈文批评。这方面的批评主要集中在两个方面:其一,对骈文的根本要素——对偶进行理论探讨。如上官仪的《笔札华梁》中有《论对属》一文,专门阐述对偶产生的原因及对偶方式问题,同时还具体地介绍了多种对偶方法。此外,如日僧遍照金刚编辑的《文镜秘府论》一书,比较全面地总结了对偶的方法,总计达二十九种之多,成就超过前人;其他如《文笔式》一书,虽然作者不可考,但是书中专有《属对》一项,以具体作品为例,介绍了十三种对偶方法,也有一定的理论价值,这些都说明唐人在骈文的根本要素——对偶方面的研究有明显的进展。其二,对骈、散两种文体分工的探讨。在这方面,史学家刘知幾是突出的代表,他在《史通》中明确指出史书之文不宜用骈体,批评以骈文修史如同箫笛杂

〔1〕 董诰等编,《全唐文》,中华书局,1983年版,第5461—5462页。

鼙鼓,脂粉饰壮士。其《史通·论赞第九》中有云:“子长淡泊无味,承祚懦缓不切,贤才间出,隔世同科。孟坚辞惟温雅,理多惬当。其尤美者,有典诰之风,翩翩奕奕,良可咏也。仲豫义理虽长,失在繁富。自兹以降,流宕忘返,大抵皆华多于实,理少于文,鼓其雄辞,夸其俪事。……大唐修《晋书》,作者皆当代人,远弃史、班,近宗徐、庾。夫以饰彼轻薄之句,而编为史籍之文,无异加粉黛于壮夫,服绮纨于高士者矣。”[1]在《史通·叙事第二十二》中又说:“昔古文义,务却浮词。……洎班、马二史,虽多谢《五经》,必求其所长。……自兹已降,史道陵夷,作者芜音累句,云蒸泉涌。其为文也,大抵编字不只,捶句皆双;修短取均,奇偶相配。故应以一言蔽之者,辄足为二言;应以三句成文者,必分为四句。弥漫重沓,不知所裁。”[2]刘知幾这样反对史文用骈体,主要基于他对骈、散二体文体功能的认识:在他看来,史书为叙事体,修史之文是以叙事为主,而叙事则以散体为宜,不宜用骈体。所以他又指出:“夫国史之美者,以叙事为工。……夫叙事者,或虚益散辞,广加闲说,必取其所要,不过一言一句耳。苟能同夫猎者、渔者,既执而置钓必收,其所留者唯一筌一目而已,则庶几骈枝尽去,而尘垢都捐;华逝而实存,滓去而沉在矣。”[3]可以看出,刘知幾识骈散之体要,对两者的不同功能有清楚的认识,所以其批评更为科学、合理,在骈文批评史上具有特殊的意义。

不过,我们也不能不承认,上述这些理论探讨,虽然具有一定的理论价值,但是存在的问题也是非常明显的。第一,这些批评大都比较零碎,不够系统,又缺乏严密、科学的论证。其中上官仪的

---

[1] 刘知幾撰,浦起龙释,《史通通释》,上海古籍出版社,1978年版,第82页。

[2] 刘知幾撰,浦起龙释,《史通通释》,上海古籍出版社,1978年版,第173—174页。

[3] 刘知幾撰,浦起龙释,《史通通释》,上海古籍出版社,1978年版,第170—171页。

《论对属》虽然有超过时人之处,然而仔细考察,我们发现它是直接承袭《文心雕龙·丽辞》篇,缺乏独创性;刘知幾《史通》中关于骈散功能的论断,虽然值得重视,不过也没有超出《文心雕龙》的范围,基本上是承袭刘勰"奇偶适变"的思想。因此,从总体上看,隋唐五代的骈文批评,在深度和广度上都不能与《文心雕龙》相比。

二 宋、金、元的骈文批评状况

与隋唐五代相比,宋、金、元时期的骈文批评有明显的进展,有一定的理论建树,但是局限性也比较明显。

(一)宋代骈文批评状况。在宋、金、元三朝,骈文批评的发展很不平衡,比较而言,宋代的骈文批评发展更快一些,成就也相对突出。宋代骈文批评的主要载体是四六话,客观地说,这种批评方式是宋人的一种创造,其长处是形式比较灵活,对骈文的体制、功能、思想内容、表现形式,以及艺术技巧如对偶、用典、声律、藻饰四要素等等进行了广泛的分析和探讨,更多的是对作家作品,特别是名句的评点,往往三言两语,点中要害,颇有启发性。其中的代表作如王铚之《四六话》、谢伋的《四六谈麈》、杨囦道的《四六余话》等等。不过,从骈文批评的角度考察,宋代四六话还带有明显的缺陷:其一,从体制上看,四六话的形式因为缺乏系统性和完整性,言语随意,行文零碎,散漫,有时又比较轻率,所以大都缺乏深入的分析和全面的概括,理论价值有限。其二,缺乏宏扩的视野和格局。宋代四六话一般视角都比较狭小,有明显的局限性,这主要表现在两个方面:第一,其范围上主要局限于两宋,少许涉及唐代,所以内容有限;第二,从着眼点上看,主要关注的是艺术技巧,局限于细枝末节问题的评点和分析,理论上的建树不高。清代的四库馆臣们在《四库全书总目》中,以王铚的《四六话》为例,作出了中肯的评价:"故铚之所论,亦但较胜负于一联一字之间,至周必大等,承其余波,转加细密,终宋之世,唯以隶事切合为工。组织繁碎而文格日卑，皆铚等之论导之也。”〔1〕阮元在其《四六丛话后序》中作了进一步的分析：“王铚《选》话，惟纪两宋；谢伋《谈麈》，略有万言：虽创体裁，未臻美备。况夫学如沧海，必沿委以讨原；词比邓林，在揣本而达末。”〔2〕点出了宋四六话的两大不足：一是体制不够完备，二是缺乏关于骈文源流演变和本末问题的深度研究。其他如柯敦伯的《宋文学史》，对于宋四六话也作过分析和评价，其中对《四六话》《四六谈麈》《辞学指南》等书的评价尤其值得注意。例如书中在评王铚的《四六话》时就曾指出：“然斯时号为四六者，不过笺题表启应用之文而已。其所谓与时高下者，易辞言之，即国家政令足以左右之耳。其立说似囿于场屋，亦足以传示北宋一部分学士大夫对于四六文之见解。”〔3〕还应该注意的是瞿兑之的《中国骈文概论》和刘麟生的《中国骈文史》，两书对宋四六话的评价都很中肯。前者说：“这种议论，未免太尖巧了。宋四六的好处，自然是清空质直而疏快，但是宋人只有两联精警的句子，而没有整篇出色的大文章。”〔4〕指出其明显的局限；后者以具体著作为例，进行分析和评价，指出：“《四六话》《四六谈麈》《辞学指南》，亦多讨论四六之方法，惟不免失之琐碎。”〔5〕所以，从骈文批评史的角度考察，以四六话为代表的宋代骈文批评与《文心雕龙》相比，实在不成比例。

（二）金、元两朝的骈文批评状况。金、元两朝骈文创作相对宋朝有些衰落，骈文批评的著作也不多，但是却有特殊之处，大体上分成两种倾向。一种是明确反对骈体，有文体偏见，多偏激之论。其中金人王若虚和元人祝尧就是代表人物。王若虚非常鄙视骈体文，在《文辨》中指出：“四六，文章之病也。而近代以来，制诰表章，

〔1〕 永瑢等撰，《四库全书总目》，中华书局，1965年版，第1783页。
〔2〕 孙梅著，李金松校点，《四六丛话》，人民文学出版社，2010年版，第3—4页。
〔3〕 柯敦伯著，《宋文学史》，商务印书馆，1934年版，第56—57页。
〔4〕 瞿兑之著，《骈文概论》，海南出版社，1994年版，第114页。
〔5〕 刘麟生著，《中国骈文史》，东方出版社，1996年版，第92页。

率皆用之。君臣上下之相告语,欲其诚意相孚,而骈语浮辞不啻如俳优之鄙,无乃失体耶?后有明王贤大臣,一禁绝之,亦千古之快也。"[1]把骈体文看成"文章之病","俳优之鄙",甚至要动用行政命令来禁止骈体文,其偏激态度可想而知。其实,这也不是王若虚的独创,历史上西魏时期的苏绰、隋代的李谔等人在反对骈体文时,都曾鼓吹采取行政手段加以革除,其文体偏见同出一辙。所以,其骈文批评的价值实在不高。元人祝尧对骈文的态度与此相类,他在《古赋辨体》中指出:"建安七子,独王仲宣辞赋有古风;至晋陆士衡辈《文赋》等作,已用俳体;流至潘岳,首尾绝俳;迨沈休文等出,四声八病起,而俳体又入于律矣。徐、庾继出,又复隔句对联,以为骈四俪六;簇事对偶,以为博物洽闻;有辞无情,义亡体失,此六朝之赋所以益远于古。"[2]本书的主旨本来是谈赋体的,不是论述骈体文的,但是涉及赋体的骈化问题,祝尧却借此对骈文大加批判,全盘否定,表现出很深的文体成见。另一种是对骈文和散文两持其平,不加轩轾,其代表人物是元代的陈绎曾。陈氏专有《四六附说》一文,在骈文批评方面具有十分特殊的意义。该文对骈文的创作方法、类别划分、典型范式、结构方式、行文方式、基本风格等等问题都作了比较系统的阐释和说明,其总体成就远远超过唐、宋以来的骈文批评家。不过,总的说来,金、元的骈文批评并不发达,不仅王若虚和祝尧的偏激之见不足以同《文心雕龙》的骈文批评相比,而且陈绎曾的《四六附说》一文在理论深度上也不及《文心雕龙》。

三 明代骈文批评的发展状况

在明代,骈文创作比金、元两代有所发展,关注骈文创作、总结

---

[1] 王若虚撰,《文辨》,王水照编,《历代文话》,复旦大学出版社,2007年版,第1149—1150页。

[2] 祝尧撰,《古赋辨体》,上海古籍出版社,1993年版,第100—101页。

经验教训的骈文批评也有明显的进步,尤其在中期和后期更是如此。

无庸讳言,明代前期、中期的文坛,主要被复古思潮笼罩,古文大行于世,骈文备受打压。明初有茶陵派开复古之先声,其代表人物李东阳在其《叶文庄公集序》中就提倡文章要"通经学古"。尔后"前七子"在复古的道路上走得更远,其代表人物李梦阳就大倡"文必秦汉,诗必盛唐,非是弗道"(《明史》本传)。接下来的"后七子"在复古的道路上与"前七子"一脉相承,推波助澜。其代表人物王世贞在其《艺苑卮言》中就说:"文必西汉,诗必盛唐,大历以后书勿读。"[1]期间唐宋派又崛起于文坛,其文学主张虽然与前后"七子"有所不同,但是也以复古为本,只不过师法的对象不同而已:前者主张"文必秦汉",后者主张师法唐、宋。关于这一点,唐宋派代表人物归有光在《与沈敬甫》一文中说得明白:"文字难作……世无韩、欧二公,当从何处言之?"此外,王慎中在其《寄道原第九书》中也曾指出:"学《六经》《史》《汉》,最得旨趣根领者,莫如韩、欧、曾、苏诸名家。"在这种情况下,古文如日中天,骈文则是被批判的对象。如刘基就在其《苏平仲文集序》中指出:"文以理为主,而气以摅之。理不明为虚文,气不足则理无所驾,文之盛衰实关时之泰否。……下逮魏晋,降及于隋,驳杂不一,而其大概惟日趋于绮靡而已。"[2]显然,这是以宋儒道统之理和韩欧文统之气作为文章的标准,而六朝骈文则被斥为"绮靡"。其他如方孝孺,在其《张彦辉文集序》中也对骈文加以贬抑:"下此魏晋至隋,流丽浮靡,浮急促数,殆欲无文。"将六朝以来骈文一概斥为"流丽浮靡"。更有甚者,将骈文视为俳谐。如宋濂的《剡溪集序》:"辞章至于宋季,其敝甚

---

[1] 张廷玉等撰,《明史》,中华书局,1974年版,第7381页。

[2] 钱仲联主编,《刘基文选》,《明清八大家文选丛书》,苏州大学出版社,2001年版,第135—136页。

久,公卿大夫视应用为急,俳谐以为体,偶俪以为奇,靦然自负其名高。"[1]言语过激,态度偏颇。

本来,吴讷的《文章辨体》与徐师曾的《文体明辨》算是明代比较重要的文学理论著作,其中骈文批评占有相当大的比例。然而,由于当时复古思潮的影响,在骈文批评上也出现明显的偏颇。所以彭时在《文章辨体序》中说:"海虞吴先生有见于此,谓文辞宜以体制为先。因录古今之文入正体者,始于古歌谣辞,终于祭文,釐为五十卷;其有变体若四六、律诗、词曲者,别为外集五卷附其后:名为《文章辨体》。"[2]看出吴讷轻视骈体的倾向。其实,吴讷本人也毫不隐晦,他自己在《文章辨体·诏》中就不加掩饰地说:"按三代王言,见于《书》者有三:曰诰、曰誓、曰命。至秦改之曰诏,历代因之。然唯两汉诏辞深厚尔雅,尚为近古。至偶俪之作兴,而去古远矣。东莱吕氏云:'近代诏书,或用散文,或用四六。散文以深纯温厚为本;四六须下语浑全,不可尚新奇华巧而失之大体。'"[3]认为诏用四六就"去古远矣",尚新奇华巧就会失之大体,崇古面目非常明显。其实,本书在体例安排上就以散体为正宗,以四六为流别,暴露出对骈文的轻视态度。基于这种偏见,所以本书在骈文批评方面贡献不大,其他文体批评又多沿袭《文心雕龙》和真德秀的《文章正宗》,总体成就也比较有限。因此清代的四库馆臣在《四库全书总目》中对此书的评价不高:"内集凡四十九体,大旨以真德秀《文章正宗》为蓝本;外集凡五体,则皆骈偶之词也。程敏政作《明文衡》,特录其叙录诸体,盖意颇重之。陆深《溪山余话》亦称《文章辨体》一书,号为精博,自真文忠《文章正宗》以后,未有能过之者。今观所论,大抵剽掇旧文,罕能考核源委,即文体亦未能甚辨。如

[1] 宋濂撰,《剡溪集序》,《文宪集》卷六,《四库全书》第1223册,第402页。
[2] 吴讷著,于北山点校,《文章辨体序说》,人民文学出版社,1962年版,第7页。
[3] 吴讷著,于北山点校,《文章辨体序说》,人民文学出版社,1962年版,第35页。

《内集》纯为古体矣，然如陆机《文赋》、谢惠连《雪赋》、谢庄《月赋》，已纯为骈体，但不隔句对耳。至骆宾王《讨武曌檄》，纯为四六，而列之《内集》；又孔稚圭《北山移文》，亦附之古赋，是皆何说也？”[1]一针见血地指出《文章辨体》在文体处理上的偏颇，又特别点出该书在骈散之分上的毛病。如果分析其中的原因，主要有两点：一是因为吴讷对古文和骈文的态度不够公正，尊散体古文而贬抑骈体。二是与他本人的文学观念有关。吴讷自己在其《文章辨体·凡例》中说：“作文以关世教为主。……凡文辞必择辞理兼备、切于世用者取之；其有可为法戒而辞未精，或辞甚工而理未莹，然无害于世教者，间亦收入。至若悖理伤教，及涉淫放怪僻者，虽工弗录。”[2]很明显，他有重道轻文的倾向，以是否有助于世教为选文标准：重视教化的文章，虽文辞不工也收入；无助于伦理教化者，文章再好也不录。书中叙述赋的流变时，还沿袭元人祝尧的观点，对于赋体的骈化大加批判，进一步显示出他的文体偏见。

徐师曾在吴讷《文章辨体》的基础之上作《文体明辨》，骈文批评是本书的重要内容之一。但是，其中很多观点沿袭吴氏之说，在骈文批评方面更是如此，总体倾向是尊散抑骈。这在本书的文体论中表现得最为突出。如其论诏时说：“夫诏者，昭也，告也。古之诏词，皆用散文，故能深厚尔雅，感动乎人。六朝而下，文尚偶俪，而诏亦用之，然非独用于诏也。后代渐复古文，而专以四六施诸诏、诰、制、敕、表、笺、简、启等类，则失之矣。然亦有用散文者，不可谓古法尽废也。其词有散文，有四六，故今分古、俗二体而列之。……今制，诸臣差遣，多予敕行事，详载职守，申以勉词，而褒奖责让亦用之，词皆散文。又六品已下官赠封，亦称敕命，始兼四六，亦可以见古文兴复之渐云。”论状时说：“状有二体，散文、俪语

[1] 永瑢等撰，《四库全书总目》卷一九一，中华书局，1965年版，第62页。
[2] 吴讷著，于北山点校，《文章辨体序说》，人民文学出版社，1962年版，第9页。

是也。……今制:论政事者曰题,陈私情者曰奏,皆谓之本,以及让官谢恩之类,并用散文,间为俪语,亦同奏格。至于庆贺,虽仿表词,而首尾亦与奏同;唯史馆进书,全用表式。然则当今进程之目,唯本与表而已。革百王之杂称,减中世之俪语,此我朝之所以度越前代者也。"〔1〕文中的倾向性非常明显:对公牍文如诏、诰、制、敕等用骈偶都有意见,对判词用骈体更是完全否定,甚至连陆宣公那样明白畅达的骈体应用文也大加排斥。与此相反,凡是用散体的他都全盘肯定,不加分析。其骈文批评之偏颇可见一斑,与《文心雕龙》在骈散问题上的公允态度相比,有霄壤之别。

不过,从明代中期开始,文学风气逐渐发生变化。其中一个重要倾向是:与"前七子""后七子"和"唐宋派"不同,有人开始把目光转向六朝文学,对骈体文不再排斥。如杨慎在其《选诗拾遗序》中就指出:"汉代之音可以则,魏代之音可以诵,江左之音可以观,虽则流利参差,散偶互分,音节尺度粲如也。有唐诸子效法于斯,取材于斯。昧者顾或尊唐而卑六代,是以枝笑干、从潘非渊也,而可乎哉?"〔2〕对六朝文学持肯定态度。其他如王文禄也有类似的表述,其《文脉》中有云:"皇陵碑文体用六朝,气雄两汉。文华也实见,六朝后不足法也。夫六朝之文,风骨虽怯,组织甚劳,研覃心精,累积岁月,非若后代率意疾书,顷刻盈幅,皆俚语也。"〔3〕

到了晚明时期,文学风气变化更大,骈文出现复兴的势头,骈文批评也随之发展起来。其中特别突出的倾向是一些文学批评家开始清算韩愈以来古文之文统,对六朝骈文作出客观的评价。如屠隆在其《文论》中就指出:"由建安下逮六朝,鲍、谢、颜、沈之流,

〔1〕徐师曾著,罗根泽点校,《文体明辨序说》,人民文学出版社,1962 年版,第 112—113、124 页。

〔2〕杨慎撰,《选诗拾遗序》,《明代文论选》,人民文学出版社,1993 年版,第 128 页。

〔3〕王文禄撰,《文脉》,王水照编,《历代文话》,复旦大学出版社,2007 年版,第 1692 页。

盛粉泽而掩质素，绘面目而失神情，繁枝叶而离本根，周、汉之声，荡焉尽矣，然而裱华色泽，比物连汇，亦种种动人。譬之南威、西子，丽服靓妆，虽非姜、姒之雅，端人庄士，或弃而不睨，其实天下之丽，洵美且都矣！”〔1〕态度公正：一方面指出六朝骈体的弊病，另一方面又肯定其动人之处，进而批评其他人对六朝文“弃而不睨”的错误态度。更为值得注意的是，他把批判的矛头指向了散体古文的大宗师韩愈：“文体靡于六朝，而唐昌黎氏反之，然而文至于昌黎氏大坏焉。……昌黎氏盖所谓‘文起八代之衰’者，今读其文，仅能摧骈俪为散文耳。妍华虽去，而淡乎无采也；醲腴虽除，而索乎无味也；繁音虽削，而喑乎无声也。其气弱，其格卑，其情缓，其法疏，求之六经、诸子，是遵何以哉？世人厌六朝之骈俪，而乐昌黎之疏散，翕然相与宗师之……昌黎氏之所以为当时宗师而名后世者，徒散文耳。……今第观其文，卑者单弱而不振，高者诘屈而聱牙，多者装缀而繁芜，寡者率略而简易，虽有他美，吾不得而知之矣，尚焉取风骨格力于其间哉？”〔2〕直接指出了韩愈古文的负面影响，确实非同凡响。在这种风气之下，明代后期的骈文批评更为兴盛，其中突出的表现是骈文选本大量出现，成为明代骈文批评的一大景观。如蒋一葵的《尧山堂偶隽》，许以忠的《车书楼汇辑各名公四六争奇》，李日华的《四六类编》《四六全书》，钟惺的《新镌选注名公四六云涛》，马朴的《四六雕虫》，王明敖、黄金玺编辑的《宋四六丛珠汇选》，以及王志坚《四六法海》等。其中《尧山堂偶隽》《宋四六丛珠汇选》《四六法海》等都具有一定的代表性，其中最有代表性的是王志坚的《四六法海》。本书虽然如编者在《凡例》中所说，“大抵为举业而作”，不过认真考察，我们发现它在骈文批评上有多方面

〔1〕 屠隆撰，《文论》，王水照编，《历代文话》，复旦大学出版社，2007 年版，第 2299 页。

〔2〕 屠隆撰，《文论》，王水照编，《历代文话》，复旦大学出版社，2007 年版，第 2299—2300 页。

的贡献。

其一，在骈文史研究方面的贡献。《四六法海》一书主体上是以选达旨，即通过所选的骈文作品来表现自己的主张和态度。但是，书中还对骈文的形成、发展、鼎盛、衰落的基本轨迹进行了比较清晰的描述，对我们研究骈文发展史很有启发。《四六法海·自序》中说："魏晋以来，始有四六之文，然其体犹未纯。渡江而后，日趋缋藻。休文出，渐以声韵约束之。至萧氏兄弟、徐庾父子，而斯道始盛。唐文皇以神武定天下，在宥三十余年，而文体一遵陈隋，盖时未可变耳。永徽中，人主优礼词臣，时则有燕许鸿轩，崔李豹别，而英公一檄，竟出自草泽手。当时人才何其盛欤！至于沿习既久，遂成蹊径，文酒宴集，宾主谈谐，辄用偶语，此亦天地间不得不变之势矣。然昌黎文初出，裴晋公亦骇而弗许。盖习尚之渐人也如此。河东之为文，则异于是。"[1]基本勾勒出了骈文发展演变的轨迹，并且大体符合实际。

其二，独特的批评方式。《四六法海》不同于一般的骈文批评，它采取的是以选达旨的方式，在选文上表现出骈散兼容的倾向，书中不但选录了正宗骈文家的作品，而且还特意选录了韩、柳、欧、苏、王等古文大家的骈文作品，意在说明：骈散不仅可以并行不悖，相互为用，而且对文章家来说，二者还可以集于一身。对于这一选文倾向，陆符在《四六法海序》中有所说明："先秦两汉之文，至六朝而一变。六朝骈偶之作，至韩柳而再变。一变而秦汉之体更，再变而秦汉之法出。故唐以后称大家者，无不以韩柳为宗，乃昌黎固所称起八代之衰，振绮靡之习者也。柳州则始泛滥于六朝，而既溯洄于秦汉，由是称两家者，率略其四六，而特重其古文之辞。其古文辞历传为欧、苏、曾、王，迨读其四六制作，则又无不足谢六代之华，而启一时之秀焉。然四六固古文辞所不得轻以意退昔矣！彼以古

---

[1] 王志坚撰，《四六法海序》，明天启七年（1627年）戴德堂刻本。

文辞睥睨当世而抗谈秦汉，唾弃唐宋，薄六朝纨粉而不为，亦何足以语文章之原委也哉！”这一评论把握住了《四六法海》的精髓，其实就是骈文和散文两者并重，不加轩轾。正是因为有这样的思想基础，所以该书选录了韩愈、柳宗元、欧阳修、苏轼、王安石等公认的古文大家的大量四六文，从创作实绩的角度证明骈散可以集于一身，并行不悖。对王志坚的这种批判态度，清代四库馆臣在《四库全书总目》中给予了高度的评价：“志坚此编所录，下迄于元而能上溯于魏晋，如敕则托始宋武帝，册文则托始《宋公九锡文》，表则托始陆机、桓温、谢灵运，书则托始于魏文帝、应玚、应璩、陆景、薛综、阮籍、吕安、陆云、习凿齿，序则托始陆机，论则托始谢灵运。大抵皆变体之初，俪语、散文相兼而用。其齐梁以至唐人，亦多取不甚拘对偶者。裨读者知四六之文，运意遣词，与古文不异，于兹体深为有功。至于每篇之末，或笺注其本事，或考证其异同，或胪列其始末，亦皆原原本本，语有实征，非明代选本所可及。据其凡例，虽为举业而作，实则四六之源流正变，具于是编矣。未可以书肆刊本忽之也。”[1]第一，从骈文发展史的角度入手，肯定《四六法海》选文的准确性、代表性；第二，肯定该书对骈文与散文相兼而用的包容态度，并且特别赞赏其“裨读者知四六之文，运意遣词，与古文不异”的融合观点；第三，结合当时的文化学术背景，肯定其实证学风，对该书笺注本事、考证异同、胪列始末等做法也十分赞许。

其三，其他方面的贡献。除了上述几点之外，《四六法海》的批评范围还包括对骈文作家及其作品之内容、风格、艺术特色等等诸方面的评点，以及对作品的历史事实和创作背景方面的介绍等等，在以选达旨的同时，又注意到知人论世的批评方式，确实值得称道。

不过，《四六法海》毕竟只是一部骈文总集，从理论批评的角度

[1] 永瑢等撰，《四库全书总目》，中华书局，1965年版，第1719页。

考察,还有明显的局限性:第一,因为受到选本本身的局限,所以对选录作品的批评不够深入,尤其是关于骈文作品的内容、风格、特色,以及作家作品在骈文史上所处的地位等等方面的批评都比较肤浅,更缺乏系统和完整的论断。第二,其史实考辩虽然有其可取之处,但是也存在一些问题,主要是对某些简单的史事缺乏考证,沿用谬说。对此,清人李慈铭在《越缦堂读书记》中专门提出批评:"按:其书中如辨死姚崇能算生张说事,谓崇卒时,说方在并州,无由得往吊,颇有见地。至王勃作《滕王阁序》,时勃已以罪废,往省其父于交趾,途径南昌,遂有此作,旋即渡海溺死,年二十九,传记甚明,而志坚犹仍十四岁之妄说。是误始于王定保《摭言》,岂知其称童子者,乃对都督尊官言之,谦辞云尔。村学究造为此说,遂相传讹,志坚亦未能正也。"[1]应该说,这样的批评是很中肯的。

综合上面的分析和介绍,可以看出:在整个明代,骈文批评方面的著述确实不少,在数量上超过以往各个时代。但是,从其成就上看,还没有哪一部著作可与《文心雕龙》的骈文批评并驾的。

四 清代骈文批评的发展状况

清代骈文延续了晚明的势头,进一步走向繁荣。一方面是骈文创作更加活跃,佳作频出;另一方面骈文批评也空前发展,与骈文创作同步前进,出现了难得的自觉现象。从中国骈文批评史的角度上看,清代是骈文批评的高峰期,也是集大成的时期。这主要表现在三个方面:其一,从量上考察,清代骈文批评著作超过以往任何时代,大小文章更不胜枚举;其二,从批判方式上考察,评点、考据、以选达旨、专题论述、背景分析、作家作品分析等等,各种批评方式几乎应有尽有;其三,从质量上考察,清代的骈文批评更加

[1] 李慈铭著,《越缦堂读书记》,上海书店出版社,2000年版,第1189页。

完整、更加系统，其深度、广度前所未有，如《四库全书总目》《四六丛话》《骈体文钞》《六朝丽指》等著作就是代表。其中《四库全书总目》既是目录学的代表作，又是文学批评的代表作，同时也是骈文批评的重镇；《四六丛话》是《文心雕龙》之后骈文理论批评的专著，也是骈文批评的集大成之作；《骈体文钞》堪称中国骈文史上影响最大的骈文选本之一；而《六朝丽指》则是六朝骈文研究方面的专门著作。

如果从整体上进行比较，清代骈文批评的成就是其他朝代不能比拟的；但是，就一人一书而言，还是没有哪个人、哪部书超过《文心雕龙》。下面，我们不妨作一下比较：

（一）《四库全书总目》

该书是目录学的重镇，在骈文批评上有以下几方面的贡献：

其一，书中对历代骈文的总集和别集及其理论著作之版本，源流进行考辨、梳理，概述作者的生平经历与其著述的思想内容，起到了辨章学术、考镜源流、知人论世的作用，为骈文批评打下了坚实的基础。

其二，清晰地描述出骈文萌芽、产生、发展、演变、衰落、复兴的历史轨迹，无论是总集、别集、总论、断代论，还是作家作品批评，都是以史的眼光和视角，放到骈文史的大视野中进行考察、批评，这一点在《四六法海》《四六标准》《橘山四六》等书的提要中都有所体现。如《四六法海》之提要："秦汉以来，自李斯《谏逐客书》始点缀华词；自邹阳《狱中上梁王书》始叠陈故事，是骈体之渐萌也。符命之作，则《封禅书》《典引》；问对之文，则《答宾戏》《客难》，骎骎乎偶句渐多。沿及晋、宋，格律遂成；流迨齐、梁，体裁大判，由质实而趋丽藻，莫知其然而然。然实皆源出古文，承流递变，犹四言之诗至汉而为五言，至六朝而有对句，至唐而遂为近体。面目各别，神理不殊，其原本风雅则一也。厥后辗转相沿，逐其末而忘其本，故周武帝病其浮靡，隋李谔论其佻巧，唐韩愈亦龂龂有古文时文之辨。降而愈坏,一滥于宋人之启、札,再滥于明人之表判;剿袭皮毛,转相贩鬻,或涂饰而掩情,或堆砌而伤气,或雕镂纤巧而伤雅;四六遂为作者所诟厉。宋姚铉撰《唐文粹》,至尽黜俪偶,宋祁修《新唐书》,至全删诏令。而明之季年,豫章之攻云间者,亦以沿溯六朝相诋。岂非作四六者不知与古体同源,愈趋愈下,有以启议者之口乎?"[1]从史的角度切入,因枝振叶,寻源溯流,描述出骈体文发展、演化的整体流程,其见识远远超过唐、宋、元、明诸家。其他如《四六话》的提要,也是以历史的眼光进行考察:"六代及唐,词虽骈偶,而格取浑成;唐末五代,渐趋工巧,如罗隐《代钱塘贺昭宗更名表》所谓'右则虞舜之全文,左则姬昌之半字'者,当时以为警策是也。宋代沿流,弥竞精切。故铚之所论,亦但较胜负于一联一字之间。至周必大等,承其余波,转加细密。终宋之世,惟以隶事切合为工,组织繁碎,而文格日卑,皆铚等之论导之也。"[2]虽然这段文字不多,但是其内容含量是特别丰富的,它清晰地描述出了骈体文从六朝到唐宋千百年间的发展、演化,不仅指出创作方法上的变化,而且揭示出骈文风格上的变迁。其中特别值得关注的有两点:一是六朝、隋至唐末五代骈文体制与风格明显变化;二是宋承唐末五代风气之后,骈体的新变。从历史上看,六朝骈文虽然也曾极力追求形式技巧,但与宋代四六相比,还是要浑成或者说自然一些,不像宋四六那样拘谨,那样大量使用成语和典故,所以,四库馆臣的这段评论是合乎实际的。

其三,对骈文批评的再批评。一方面是对以往的骈文话进行再批评,如书中批评宋四六片面追求对偶的新巧、细密,及使用长句,主张应以命意遣词为创作旨归。基于这样的认识,所以在提要中便批评王铚的《四六话》"亦但较胜负于一联一字之间。至周必

---

〔1〕 永瑢等撰,《四库全书总目》,中华书局,1965年版,第1719页。
〔2〕 永瑢等撰,《四库全书总目》,中华书局,1965年版,第1783页。

大等，承其余波，转加细密。终宋之世，惟以隶事切合为工，组织繁碎，而文格日卑，皆铚等之论导之也”，将宋四六“惟以隶事切合为工”“组织繁碎，而文格日卑”的种种弊病都归罪于王铚，认为他是始作俑者。与此相反，对于《四六谈麈》，书中则大加肯定，一则称赞该书“其论四六，多以命意遣词分工拙，视王铚《四六话》所见较深”，二则称赞该书“又谓四六之工在于剪裁。若全句对全句，何以见工，尤切中南宋之弊。其中所摘名句，虽与他书互见者多，然实自具别裁，不同剿袭”[1]。另一方面是对各种骈文选本的批评。如对骈文总集《四六法海》的批评，前面已经谈到，这里不再重复。其他对骈文别集的批评还有很多，如《浮溪集》的提要评价南宋汪藻骈文，《橘山四六》的提要评价南宋李廷忠骈文；《钱塘集》的提要评价宋人韦骧骈文，《林蕙堂集》的提要评价本朝吴绮的骈文，《陈检讨四六》的提要评价本朝人陈维崧的骈文。从总体上考察这些批评，都具有一个共同的特点，就是多层次、多角度，一方面注意作家本身的评价，另一方面又注意把个人放在骈文史的大环境中加以评价和定位；此外还经常对已有的评价进行辨析，也是一种再批评，带有总结的性质和拨乱反正的意义。

但是，我们也不能不承认：《四库全书总目》的骈文批评还是具有明显的局限性的，其突出特点是：书中多是提要式的介绍与评点，无法展开，所以便缺乏系统、深入的论证和分析，与《文心雕龙》分专题的专门论证尚有明显的差距，尤其是在理论思辨的深度与识见的高度上，更不能相提并论。

（二）《四六丛话》

孙梅的《四六丛话》是骈文批评的专著，不仅是清代骈文理论批评方面最系统的著作，而且也是中国古代骈文批评史上最重要的著作之一，其突出特点是集六朝以来骈文理论批评之大成，范围

---

〔1〕 永瑢等撰，《四库全书总目》，中华书局，1965年版，第1786页。

广泛，内容丰富。本书共分三十三卷。其中前二十八卷专门论述元代以前骈文，并按文体分为十九目，又有“总论”一目，共二十目。十九目的文体论基本上涵盖了中国古代的主要文体类别。总的说来，全书最有价值的就是文体论部分，其成就主要表现在两个方面：其一，骈文史的价值。在论述每种文章类别之时，前面都有叙论，着重阐释该类骈文之体制、原委、流变，及其骈化过程，其实就是该类文章的骈化史，对整个骈文史是很好的补充；其二，对各个类别的骈文特殊的写作规范和方法进行探讨，具有很高的理论价值和实践价值。如对章疏类骈文的探讨就是典型的例证。书中首先阐释章疏类骈文的体制、原委与流变：“《文心》叙书思之作曰‘章表’、曰‘奏启’。盖章表与奏疏殊科，献替与拜扬异义。汉京初肇人文，厥体亦未划一。倪宽、终军，表章之选也；公孙、吾邱，奏疏之长也。魏、晋以来，渐趋排偶。而臣工言事之文，剀切尚遵古式，未尝不直抒胸臆，刊落陈言。丹陛陈情，妍华足尚；皂囊封事，风力弥遒。自陈、隋以迄唐初，词学大兴，掞才差广，则百官抗疏，今体亦多。至于辨析天人，极言得失；犹循正鹄，罔饰雕虫。盖奏疏一类，下系民瘼，上关政本，必反覆以伸其说，切磋以究其端，论冀见从，多浮靡而失实；理惟共晓，拘声律而难明。此任、沈所以栖毫，徐、庾因之避席者也。不习无不利，畴是通变以尽神；有能有不能，孰则得心而应手？若夫擅场挟两，摛藻为春，要可自成一家，不必人所应有。辞无险易，洒翰即工；文无精粗，敷言辄俪，惟陆宣公为集大成也。”[1]这段论述非常精彩，不但揭示出了奏疏这一类文体演变的历史，特别是其骈化的历史，源流明晰，正变清楚；而且还以具体的作家与作品为依据，着重分析了奏疏一类文章的基本创作规范和原则，持论公允，精当不移。同时，书中还汇辑了大量有关骈文的文献资料，主要是前人有关骈文的论述以及骈文家的逸事趣

---

〔1〕 孙梅著，李金松校点，《四六丛话》，人民文学出版社，2010年版，第267页。

闻,为人们从事骈文研究和骈文创作打下了基础。本书最后五卷也不容忽视,其内容是历代骈文家小传,其中多摘录史书所载的作者生平介绍,相当一部分作家小传之后还附有按语,专门评论其骈文创作,为骈文作家的研究提供了极大的方便。总之,全书对骈散关系,骈文的形成、发展、演变,以及各类骈文体制的源流、作法,主要骈文家的创作成就、地位、风格等等都有比较精到的论述,还在文献资料上下了很大工夫,包括了骈文研究的各个方面,既有深度,又有广度,确实是一部力作。

客观地说,本书优点和缺点都比较明显:优点上面已经说过,不必赘言;缺点有这样几点:一是兼综之功虽伟,而独创性不足。书中许多论断都是取法《文心雕龙》等前人之作,而自己独得之见较少。二是有些文体的叙论比较空泛,文不对题,如讲颂的源流演变之时,一语不及骈文,游离主题;论及铭箴赞也是如此,没有谈到其骈化过程,与本书主旨不合。三是在作家论中,有的评价空泛,有的比较草率。如卷三评王维:"赋仅见《白鹦鹉》,神格回绝,轶舞鹤而上矣。"过于空泛。再如卷三十二:"刘(禹锡)、吕(吕温)皆柳州死友,其文笔警逸,亦足相羽翼。如昌黎之有籍、湜矣。"流于轻率,与事实不尽相符,所以钱基博在《骈文通义》中便批评说:"惜其辞涉曼衍。"四是附录的文献资料没有次第,杂乱无章,有的前后重复,有的主次颠倒,总体上又比例失调。五是名实不符。从文体学的角度上看,"四六"是骈体文在某个时期的名称,不能涵盖整个骈体,类似于律诗只是诗中一枝,不能代表诗的整体。但是孙梅在《四六丛话》中,把宋以前骈文皆以"四六"概之,显然与事实相左。清人谭献在其《复堂日记》中就专门指出这一错误,他说:"《四六丛话》,称名与所采不悉协。""《四六丛话》卅二卷阅毕。采撷甚富,而宗旨无闻。大都以宋人说部饤饾稗贩,其心光目力及唐而止。骈俪之学,既知探源《骚》《选》,而目曰'四六',称名已乖,正不得以王铚为借口也。"[1]一方面批判该书采撷资料多而宗旨不够明确的问题,另一方面,也是最重要的,是批评其名实不符,脱离骈文创作的实际。此外,李慈铭在《越缦堂读书记》中对本书的批评更加严厉:"《四六丛话》,乾隆中乌程孙松友所辑,凡三十三卷,附《选诗丛话》一卷,捋集各家之说,如宋人《苕溪渔隐丛话》例也。胡元任亦居湖州,故以苕溪名书,其体本之阮闳体(注:阮阅)《诗话总龟》,而孙氏此书序例未尝及之。其论四六,推重欧、苏而薄徐、庾,其序以骈行之,亦不工,盖非深知此事者矣。"[2]主要是说孙梅在骈文方面不是行家里手,所以本书的体例和观点都有问题,总体价值不高。由此可见,《四六丛话》尽管内容丰富,规模宏大,但是在质量上与《文心雕龙》不在一个档次。

(三)《骈体文钞》

李兆洛的《骈体文钞》是明人王志坚《四六法海》之后最著名的骈文总集,是以选达旨的典型。本书的编选宗旨非常明确,重在表达自己骈散同源、骈散合一的主张,与桐城派领袖姚鼐所编辑的《古文辞类纂》相抗衡。本书共收录战国至隋的文章 774 篇,其中还特别收入司马迁《报任安书》、诸葛亮《出师表》一类文章,引起其他人的批评:"以'骈体'为名,不当入此文。"[3]实际上是没有领会李兆洛的用心。李兆洛自己在《答庄卿珊书》中指出:"《报任安书》,谢朓、江淹诸书蓝本也;《出师表》,晋宋诸奏疏之蓝本也。所收秦汉诸文,大率皆如此,可篇篇以此意求之也。"这里,李兆洛把古文家们认定为古文范本的秦汉文当作骈体的蓝本,认为古文、骈文本为同一祖宗,确实不同凡响。还是他的弟子蒋彤对老师的做法深有会心,在《李申耆先生兆洛年谱》中特别指出:"先生以为唐

---

〔1〕 谭献著,范旭仑、牟晓明整理,《复堂日记》,河北教育出版社,2001 年版,第 327、328 页。

〔2〕 李慈铭著,《越缦堂读书记》,上海书店出版社,2000 年版,第 1220 页。

〔3〕 李兆洛选辑,《骈体文钞》,岳麓书社,1992 年版,第 366 页。

以下始有古文之称，而别对偶之文曰骈体，乃更选先秦、两汉以及于隋，为《骈体文钞》，欲使学者沿流而溯，知其一源。"[1]他这一席话，明白无误地说出了李兆洛编《骈体文钞》的真正目的，主要是两个方面：其一，要借此书证明骈散同源，从而打通骈散的人为壁垒，为自己倡导的骈散合一提供依据。其二，为提高骈体文的地位张本。自唐、宋古文运动以来，一直到清代，骈文的地位受到贬抑，李兆洛编辑此书，证明骈、散同源，自然有利于提高骈文的地位。为达此目的，他自己还以庄绶甲之名义写下《骈体文钞序》，进一步申述这种思想："欲人知骈之本出于古也，为是选以式之，而名之曰《骈体文钞》，亦欲使人知古者之未离乎骈也。"其实，他的这番言论针对性很强，一方面，他把批评的矛头指向了古文派的文章观念和做法，抨击他们孤行一意，一空依傍，不求词工，不讲隶事，"开蔑古而便枵腹"，造成文章贫弱的弊端；另一方面又批评骈文家中以齐梁为宗、而不知秦汉为源的错误行为。

当然，本书作为骈文总集，以选文为主，以评点为辅，除序文以外，多是三言两语，总体上比较零散、琐碎。受此局限，所以在理论批评上没有大的建树，与《文心雕龙》的批评深度相去甚远。

（四）《六朝丽指》

孙德谦的《六朝丽指》是中国骈文批评史上比较少见的断代骈文批评的专著，在骈文批评史上有特殊的意义和地位。大体说来，其贡献主要有以下几个方面：

其一，从理论的高度，概括了六朝骈文的成就、特色和历史地位。其《六朝丽指序》中指出："丽辞之兴，六朝称极盛焉。夫沿波者讨源，理枝者循干。作为斯体，不知上规六朝，非其至焉者矣。……六朝之气韵幽闲，风神散荡，飙流所始，真赏殆希。亦由任、陆楷模，得世缵而显；魏、邢优劣，唯孝征则知。……然其缛旨

[1] 转引自曹虹《阳湖文派研究》，中华书局，1996年版，第103页。

星稠，逸情云上，缀字通《苍》《雅》之学，驭篇运骚、赋之长：骈俪之文，此为归趣。……余少好斯文……见其气转于潜，骨植于秀；振采则清绮，凌节则纡徐。缉类新奇，会比兴之义；穷形抒写，极渲染之能。至于异地隽才，刚柔昭其性；并时其誉，希数观其微。”[1]这段论述内涵丰富：一是指出了六朝骈文的历史地位，认为它是骈文的极盛时期，作骈文必须“上规六朝”；二是概括了六朝骈文的总体特征，这就是“气韵幽闲，风神散荡”等等；三是揭示出六朝骈文的特有风格，即“气转于潜，骨植于秀；振采则清绮，凌节则纡徐。缉类新奇，会比兴之义；穷形抒写，极渲染之能。”考察六朝骈文的创作实际，可以看出，孙德谦的这几点概括和分析是有见地的。

其二，结合具体的作家作品，多方面分析和探讨了六朝骈文的表现方法和艺术技巧：一是总结和探讨了六朝骈文的对偶艺术，得出“句对宜工，但不可失之凑合，或有斧凿痕”的结论。二是探讨了六朝骈文的音律问题，一方面指出：“古人为文，本不拘于音律也。”另一方面又批评了后人不讲音律的过左行为：“乃后人明知有韵书，而故使之平仄不调，则失之易矣。姑余论骈文，平仄欲其协，对切欲其工。”大体说来，他强调的是以六朝用韵之法为法。三是结合具体作品，总结、分析了六朝骈文用典方法与技巧，具体归纳出五个方面，即“陈古况今，足其气势”“借以衬托，用彰今美”“别引他物，取以佐证”“义颇相符，反若未称”“无涉本题，尽力描摹”。用典是骈文的四大要素之一，孙德谦对六朝骈文的用典方法和技巧作出这样深入的分析，不仅对我们认识和了解六朝骈文具有很大的启发性，而且从骈文批评史上看，也有特殊的意义。四是分析和探讨了六朝骈文中行文、措词、造语等各个方面的问题，如以江淹《齐太祖诔》和《为萧拜太尉扬州牧表》为例，说明在当时尚古炫

[1] 孙德谦撰，《六朝丽指》，王水照编，《历代文话》，复旦大学出版社，2007年版，第8422—8423页。

博的文学创作中,借代之法的使用情况就属此类。五是揭示出了小学在骈文创作中的作用,这在骈文批评中是不多见的,表现出孙氏在骈文批评方面的独特视角。六是阐释了六朝骈文具体的创作方法,其中特别精彩之处是以六朝骈文家的具体作品为典型范例,说明骈文创作应该骈散结合,既要使用散语,又要恰当地使用虚字来调节文气等等,并且特别强调骈中有散,文气才能舒缓;稍加虚字,对偶句子才能有流动跌宕之致。这是在骈文批评史上不多见的精彩论述。七是对六朝骈文中的比兴、烘托、夸饰等等修辞方法也有所论列,使人们对这一时段的骈文创作有了更加深入和细致的了解。

在看到《六朝丽指》一书突出成就的同时,我们也发现了它的不足和偏差:其一,沿袭朱一新之说,把丰富多彩的骈文风格定于一尊。朱氏在其《无邪堂答问》中说:"晋宋力弱,特多韵致,由清谈之故;其体较疏,犹有东汉遗意。至永明则变而日密,故骈文之有任沈,犹诗家之有李杜也。李存古意,杜开今体,任、沈亦然。任体疏,沈体密,梁陈尤密,遂日趋于绮靡。"[1]以自己的偏好为准的,过于推重任、沈骈文,定位一尊。孙德谦自己也承认这一点,其《复王方伯论骈文书》中便夫子自道:"然以言骈文,则阴柔为贵。何者?竞学浮疏,争为阐缓;梁简文与湘东王书,虽病乎当时文体失之懦钝,实则六代作者,疏逸有致,简缓为节,此其所长也。……骈偶之中,任、沈为杰,皆气体散朗,纡余生妍。生平慕悦,在兹弥笃。……"[2]孙德谦继承朱氏之论,强调以"阴柔之美为宗",以"疏逸散朗"为骈文的最高标准,以"任、沈"骈文为最高代表,也强调:"骈文之有任、沈,犹诗家之有李、杜。"确实有些极端化、简单化,不符合实际。其二,作为一部骈文批评专著,理应具备一定的

---

〔1〕 朱一新著,《无邪堂答问》,中华书局,2000年版,第89页。

〔2〕 孙德谦撰,《复王方伯论骈文书》,《四益宧骈文稿》,民国上海瑞华印务局刊本,第5页。

逻辑性,结构和层次也应该讲究。但是,《六朝丽指》全书结构松散杂芜,层次不清,系统性和逻辑性都存在问题。从总体上看无章无节,无纲无目,信马由缰,随意所之。系统性、完整性、逻辑性与《文心雕龙》的骈文批评相形见绌。

上面我们把《文心雕龙》的骈文批评与六朝以后,一直到清代的骈文批评著作进行了比较和分析,总体上我们可以得出这样的结论:《文心雕龙》既是中国骈文批评的开山,又是后世众多的骈文批评家们无法超越的巅峰,在中国骈文批评史上具有无法替代的地位。

第四章 《文心雕龙》在骈文史上的影响

刘勰自己在《文心雕龙·知音》篇中感慨万千地说:“知音其难哉!音实难知,知实难逢,逢其知音,千载其一乎!”明朝人叶绍泰又颇为同情地说:“彦和有如此才,惟沈休文以为奇绝,未闻梁帝宠而异之也。以文臣遇文主,竟等寻常,况不得其主,不际其时者乎!感慨系之。”[1]

刘勰的感慨是有理由的,他的《文心雕龙》在骈文创作与骈文理论上的成就,在以后漫长的历史岁月中,由于时代的变化,社会风气的转换,尤其是文学思潮的不同,所处的地位,得到的待遇,产生的影响也不一样,有时受到重视,有时又被冷落,但是经过受众们一代又一代不断深化的理解和认识,最后终于获得了它应有的历史地位,显示出不朽的魅力,产生出刘勰自己根本无法想象的巨大而又深远的影响。

第一节 《文心雕龙》在骈文创作上的影响

《文心雕龙》是用骈体写成的文学理论专著,书中的五十篇文

---

〔1〕 黄霖编著,《文心雕龙汇评》,上海古籍出版社,2005年版,第159页。

章都是杰出的骈体佳作。所以本书对后世的影响,不仅仅局限于文学理论的层面,还包括骈文创作的层面。实际上,后世不少骈文家都曾经在骈文写作上取法《文心雕龙》,其中比较突出的是唐人刘知幾、清代孙梅、民国时期的刘师培和黄侃,从这几位骈文作家和理论家的骈文创作上,反映出《文心雕龙》作为骈文作品,在骈文史上深远的影响力。

一 《文心雕龙》与《史通》

在中国骈文史上,用骈体写成的议论文中,刘知幾的《史通》是《文心雕龙》之后的典范之作,人们也常把二者相提并论。清人臧琳在《经义杂记》中说:"刘勰《文心雕龙》之论文章……刘知幾《史通》之论史,可称千古绝作。"王先谦在其《骈文类纂》中也说"彦和、子玄,冠绝伦辈"〔1〕。在他所编的《骈文类纂》中《史通》位列第二。如果从骈文创作的角度考察,二者之间更有明显的继承关系。对此,清代骈文理论家孙梅在其《四六丛话》中已经指明:"案:《史通》一书所心摹手追者,《文心雕龙》也。"〔2〕

刘知幾师法《文心雕龙》,有其内在的思想基础:一是二者在文章体要的认识上有共同点;二是刘知幾对继承前人文化遗产、师法古人的必要性有深刻的理解和认识。首先,如前所述,刘知幾识骈散之体要,对二者的功用有深刻的理解和把握,所以他认为史书以叙事为主,不应用骈,其《论赞》中认为史书用骈,"无异加粉黛于壮夫,服绮纨于高士者矣"。从刘知幾的《史通》来看,作为以议论说理为主的文章,与以叙述为主的史书不同,所以他沿袭《文心雕龙》之文体,以骈体出之。在这个问题上,章太炎先生在《文学略说》中的解释最为详切:"宋子京《笔记》谓作史不应有骈语;刘子玄亦云:

〔1〕 王先谦编,《骈文类纂》,任继愈主编,《中华传世文选》,吉林人民出版社,1998年版,第1页。

〔2〕 孙梅著,李金松校点,《四六丛话》,人民文学出版社,2010年版,第644页。

史文用骈,似箫笛杂鼙鼓,脂粉饰壮士。此谓叙事不宜用骈也。不仅宋子京、刘子玄知此,六朝人作史,亦无用骈语者。”“由今观之,骈散二者本难偏废。头绪纷繁者,当用骈;叙事者,止宜用散;议论者,骈散各有所宜。”[1]刘知幾对骈、散二体的不同功用也是胸中有数的,其见解与刘勰“奇偶适变,不劳经营”“迭用奇偶,节以杂佩”的主张是一致的。同时,刘知幾对师法古人有理论上的自觉性。《史通·序例》中说:“夫事不师古,匪说攸闻;苟模楷曩贤,理非可讳。”[2]《史通·模拟》中又写道:“夫述者相效,自古而然。”“若不仰范前哲,何以贻厥后来。”[3]基于这种认识,他自己也直言不讳地说出《史通》一书对《文心雕龙》等前人之作的师法与模仿。其《自叙》中说:“词人属文,其体非一,譬甘辛殊味,丹素异彩,后来祖述,识昧圆通,家有诋诃,人相掎摭,故刘勰《文心》生焉。若《史通》之为书也,盖伤当时载笔之士,其义不纯。思欲辨其指归,殚其体统。夫其书虽以史为主,而余波所及,上穷王道,下掞人伦,总括万殊,包吞千有。自《法言》已降,迄于《文心》而往,固以纳诸胸中,曾不蒂芥者矣。”[4]仔细考察两书的文章体制与行文方式,后者确实有仿效前者的痕迹。

其一,两书的整体结构非常相似:《文心雕龙》大致由四个部分构成:一为总论,即书中前五篇,也即“文之枢纽”;二为文体论,原始表末,释名章义,选文定篇,敷理举统,重在论述各种文体的源流演变、体制特征、写作原则等等;三为创作论,着重讨论创作方法问题;四为文学批评,主要论述文学批评方法、标准,以及作家作品的

---

〔1〕 章太炎讲演,《文学略说》,《章太炎国学讲演录》,中华书局,2013年版,第290页。
〔2〕 刘知幾撰,浦起龙释,《史通通释》,上海古籍出版社,1978年版,第88页。
〔3〕 刘知幾撰,浦起龙释,《史通通释》,上海古籍出版社,1978年版,第219页。
〔4〕 刘知幾撰,浦起龙释,《史通通释》,上海古籍出版社,1978年版,第291—292页。

评论等。《史通》大体上也可划分为四部分：一为总论，如《六家》《二体》《史官建置》《古今正史》，着重讨论史学起源、发展，编年、纪传两大史体之利弊得失，历代史学之发展、演变状况，以及史官设置等等；二为史体论，即内篇中论述各种史书之体制、源流、利弊得失；三为作法论，即内篇中关于史学家个人修养与史书写作方法的论述；四为史学批评，即外篇中对史学批评方法、标准，及其存在弊端的论述。很明显，《史通》是有意师法《文心雕龙》，否则，何其相似乃尔？

其二，从行文方法上看，二者也有明显的相似之处。我们看下面两段文字：

> 夫设情有宅，置言有位；宅情曰章，位言曰句。故章者，明也；句者，局也。局言者，联字以分疆；明情者，总义以包体。区畛相异，而衢路交通矣。夫人之立言，因字而生句，积句而为章，积章而成篇。篇之彪炳，章无疵也；章之明靡，句无玷也；句之清英，字不妄也。振本而末从，知一而万毕矣。夫裁文匠笔，篇有大小；离章合句，调有缓急；随变适会，莫见定准。句司数字，待相接以为用；章总一义，须意穷而成体。其控引情理，送迎际会；譬舞容回环，而有缀兆之位；歌声靡曼，而有抗坠之节也。[1]
>
> ——《文心雕龙·章句》

> 夫饰言者为文，编文者为句，句积而章立，章积而篇成。篇目既分，而一家之言备矣。古者行人出境，以词令为宗；大夫应对，以言文为主。况乎列以章句，刊之竹帛，安可不励精雕饰，传诸讽诵者哉？自圣贤述作，是曰经典，句皆韶、夏，言尽琳琅，秩秩德音，洋洋盈耳。譬夫游沧海者，徒惊其浩旷；登

[1] 黄霖编著，《文心雕龙汇评》，上海古籍出版社，2005年版，第115—116页。

太山者，但嗟其峻极。必摘以尤最，不知何者为先。然章句之言，有显有晦。显也者，繁词缛说，理尽于篇中；晦也者，省字约文，事溢于句外。然则晦之将显，优劣不同，较可知矣。夫能略小存大，举重明轻，一言而巨细咸该，片语而洪纤靡漏，此皆用晦之道也。[1]

——《史通·叙事》

很明显，二者在文体上都是比较典型的骈体议论文，不仅意思相近，而且有些句式上还有清楚的模仿之痕迹或化用之迹，如刘知幾文中的“句积而章立，章积而篇成”几句显然源于刘勰文中的“夫人之立言，因字而生句，积句而为章，积章而成篇”数语。其他如《史通·浮词》中关于发语词和语尾助词等论述也有师法《文心雕龙》的痕迹：“是以伊、惟、夫、盖，发语之端也；焉、哉、矣、兮，断句之助也。去之则言语不足，加之则章句获全。而史之叙事，亦有时类此。故将述晋灵公厚敛雕墙，则且以不君为称；欲云司马安四至九卿，而先以巧宦标目。所谓说事之端也。又书重耳伐原示信，而续以一战而霸，文之教也；载匈奴为偶人象郅都，令驰射莫能中，则云其见惮如此。所谓论事之助也。”[2]也是源于《文心雕龙·章句》：“至于‘夫惟盖故’者，发端之首唱；‘之而于以’者，乃札句之旧体；‘乎、哉、矣、也’者，亦送末之常科。据事似闲，在用实切。巧者回运，弥缝文体，将令数句之外，得一字之助矣。外字难谬，况章句欤！”[3]当然，《史通》师法《文心雕龙》主要还不在字句模拟，也不在师其成句，更主要的是师其行文之“道术”。《史通·模拟》中说得好：“其所拟者非如图画之写真，熔铸之象物，以此而似也。其所

[1] 刘知幾撰，浦起龙释，《史通通释》，上海古籍出版社，1978年版，第173页。
[2] 刘知幾撰，浦起龙释，《史通通释》，上海古籍出版社，1978年版，第158页。
[3] 黄霖编著，《文心雕龙汇评》，上海古籍出版社，2005年版，第117页。

以为似者,取其道术相会,义理玄(一作'互')同,若斯而已。"[1]就骈文来说,刘知幾与刘勰"义理互同"之处主要是二者都深识骈、散之体要,对这两种文体的功能和长短了如指掌:一长于叙事,一长于渲染夸饰,所以在文学主张即"义理"上自然"互同"。因此刘知幾继承刘勰的主张,在骈文创作上二人达到了"道术相会",即都采取骈散结合的行文方式,因此二人之骈文都有流利畅达的共同特征。如《文心雕龙·原道》:"文之为德也大矣,与天地并生者何哉?夫玄黄色杂,方圆体分,日月叠璧,以垂丽天之象;山川焕绮,以铺理地之形:此盖道之文也。仰观吐曜,俯察含章,高卑定位,故两仪既生矣。惟人参之,性灵所钟,是谓三才。为五行之秀,实天地之心,心生而言立,言立而文明,自然之道也。"[2]《史通·载文》:"夫观乎人文,以化成天下;观乎国风,以察兴亡。是知文之为用,远矣大矣。若乃宣、僖善政,其美载于周诗;怀、襄不道,其恶存乎楚赋。读者不以吉甫、奚斯为谄,屈平、宋玉为谤者,何也?盖不虚美,不隐恶故也。是则文之将史,其流一焉,固可以方驾南、董,俱称良直者矣。爰洎中叶,文体大变。树理者多以诡妄为本,饰辞者务以淫丽为宗。譬如(一作'以')女工之有绮縠,音乐之有郑、卫。盖语曰:不作无益害有益。至如史氏所书,固当以正为主。是以虞帝思理,夏后失御,《尚书》载其元首、禽荒之歌;郑庄至孝,晋献不明,《春秋》录其大隧、狐裘之什。其理说而切,其文简而要,足以惩恶劝善,观风察俗者矣。若马卿之《子虚》《上林》,扬雄之《甘泉》《羽猎》,班固《两都》,马融《广成》,喻过其体,词没其义,繁华而失实,流宕而忘返,无裨劝奖,有长奸诈,而前后《史》《汉》皆书诸

[1] 刘知幾撰,浦起龙释,《史通通释》,上海古籍出版社,1978 年版,第 221—222 页。

[2] 黄霖编著,《文心雕龙汇评》,上海古籍出版社,2005 年版,第 13—14 页。

列传,不其谬乎!”[1]细观其行文,二者都是“迭用奇偶”,骈、散结合,以骈为主,以散为辅,或在对偶句式中间加进奇句单文字,以承转、疏通文气,如刘勰文中的“惟人参之,性灵所钟,是谓三才”,刘知幾文中的“是知文之为用,远矣大矣”。或者以单行奇句总结前文,如刘勰文中的“此盖道之文也”,刘知幾文中的“是则文之将史,其流一焉,固可以方驾南、董,俱称良直者矣”。或用散文单句领起,如刘勰文中“文之为德也大矣,与天地并生者何哉?”刘知幾文中“爰洎中叶,文体大变”。正因为二人如此灵活地使用散语,骈散互补,所以其骈体议论文才有行云流水般的自如通达之态。这里,我们不能不说,刘知幾师法《文心雕龙》“迭用奇偶”之法确实得其神髓,不是单纯袭用皮毛之辈。

当然,我们也不能不承认,刘知幾虽然师法《文心雕龙》以骈体议论说理之法,但是二者之文还是存在着明显的差异的,突出之点是文采上有所不同:《文心雕龙》词采精美,而《史通》则相对素淡。如果推究这种差异的成因,应该说不仅是才性的问题,还有时代风气的影响作用。在刘知幾生活的初唐中后期,朝野反对齐、梁以来华丽文风的文学思潮愈演愈烈,刘知幾当然也受此影响。刘知幾本人在《史通》中就多次表现出反对雕琢文采的倾向,如《论赞》中批评有些人“苟炫文彩,嘉辞美句”;《叙事》中更批评“虚加练饰,轻事雕彩”,认为此种文章“词类俳优”。所以《史通》语言素淡,文采不及《文心雕龙》便不足为怪了。

二 《文心雕龙》与《四六丛话》

孙梅是骈文作家、理论家,对以骈文为载体的《文心雕龙》自然

[1] 刘知幾撰,浦起龙释,《史通通释》,上海古籍出版社,1978 年版,第 123—124 页。

有深刻的认识,认为该书是“论说之精华,四六之能事”[1]。阮元在《旧言堂集后序》中说:“吾师乌程孙松友先生,学博文雅,尤深《选》学,摰虞、刘勰,心志实同。”指出孙梅对《文心雕龙》的推崇。从总体上说,孙梅在骈文理论和创作实践上都对《文心雕龙》有所师法。有关其骈文理论上受《文心雕龙》影响的问题前面已经有所阐述,所以不再重复,这里,我们着重探讨孙梅在骈文创作上与《文心雕龙》的关系问题。

孙梅平生著述甚富,但是成就最为突出,对后世影响最大的是他的《四六丛话》一书。同时,无论从骈文理论还是从骈文创作实践上说,他的著述之中也惟有《四六丛话》与《文心雕龙》的关系最为密切。该书不但在骈文理论批评上深受《文心雕龙》的影响,在骈文创作上也深受其影响。

从骈文创作的角度上看,《四六丛话》中的文体论部分,与《文心雕龙》的文体论部分十分相似,无论是内容还是形式都有明显的继承关系。

从内容上说,《四六丛话》在论述各种文体时,大都以《文心雕龙》中的文体论为基础,如《四六丛话·杂文》部分就是如此:“能文之士,无施不可。多或累幅,少即数言。修短不可以加损,珠玉倏成于咳唾。盖物相杂而其文以生,亦体屡迁而惟变所适。虽无当于赋颂铭赞之流,亦未始非著作文章之任,则《雕龙》有“杂文”一目,《丛话》仍之。……《文心》所综,厥有三焉:一曰答问。始于宋玉假物送难,托喻申怀。至《解嘲》,肆其波澜;《宾戏》,严其旗鼓。此后踵述虽多,莫之能尚。若韩昌黎《进学解》,则雄奇杰出,前无古人矣。一曰《七发》。始于枚乘,原本七情,故名《七发》。观涛之作,浩瀚纵横,词涌涛波,气轶江海,信乎奇作。自后拟作甚多,傅咸为辑《七林》,然惟柳子厚《晋问》一篇,精刻独造,追轶枚叟。他

[1] 孙梅著,李金松校点,《四六丛话》,人民文学出版社,2010年版,第644页。

若子建、孟阳,亦同尘土矣。其一则猗彼连珠,委同繁露。珠以喻其辉之灼灼,连以言其琲之累累。参差结韵,比兴为长。倘兴与情罔寄,则圆折而未见走盘;比义不深,则夜光而犹非缀烛。惟士衡、子山,意趣渊妙,径寸呈姿,阑干溢目矣。此三者,《文心》之所列也。"[1]文中论述杂文之源流、类别、写作方法、体制特征等等,基本延续《文心雕龙·杂文》的内容,前后之间有明显的继承关系。再如《四六丛话·表》也是如此:"表以道政事,达辞情,《文心》论之详矣。粤自孔明《出师》,忠恳而纯笃;刘琨《劝进》,慷慨而壮激:并倾写素志,不由缘饰。羊祜《让开府》,婉转以明衷;庾亮《让中书》,雍容而叙致。夫惟大雅,卓尔不群。自尔以后,虽雕华相尚,手笔踵增,树干立桢,其则不远已。……"[2]同样以《文心雕龙·章表》为基础,而且所举六朝时期的典范作品也大体一致,因袭之迹非常明显。其他文体的论述也多是这种情况。

当然,我们必须承认,《四六丛话》在内容上并不是亦步亦趋地因袭《文心雕龙》,也有一些创新之处:一是补充了六朝以后文体发展、演化的状况,如《檄露布》:"夫檄与露布,六朝不甚区别,故《文心》合而为一。唐、宋以后,则檄文在启行之先,露布当克敌之后,名实分矣。至于敌忾,本属同途,故彦和以皦然为先,西山谓少粗无害。若达心而懦,无乃失辞;即美秀而文,犹为不称。必其胸藏武库,抵十万之甲兵;律中奇音,振五声之金石。斯不特推倚马之才,并可继摩崖之迹尔。"[3]指出两种文体在六朝以后,特别是唐、宋以来的变化。还有《四六丛话·判》:"江东才秀如云,判名不立;《文选》雕缋满眼,判缺有间。惟《文心》略举厥义,附之契券,曰其字半分曰判。按《周礼·媒氏》之判,实男女之婚籍。后世之判,乃

〔1〕 孙梅著,李金松校点,《四六丛话》,人民文学出版社,2010年版,第483页。
〔2〕 孙梅著,李金松校点,《四六丛话》,人民文学出版社,2010年版,第205页。
〔3〕 孙梅著,李金松校点,《四六丛话》,人民文学出版社,2010年版,第454—455页。

州郡之爰书，亦名同而实异耳。李元纮曰：'南山可移，判不可改。'则其时才吏见美，判牍争鸣。奋笔峥嵘，其泉流而朗镜；敷词精切，偕象魏以俱悬矣。唐以此试士，俾习法律，重其入彀，参之身、言、书之长。苟谢不能，不获与俊造选之列。……"[1]指出判这种文体在《文心雕龙》以后的发展、演变，对《文心雕龙》有关判这种文体的论述有所补充。二是在论述各种文体的发展、演变之时，特别注意到文体的骈化过程。如《四六丛话·赋》："左、陆以下，渐趋整炼；齐、梁而降，益事妍华；古赋一变而为骈赋。江、鲍虎步于前，金声玉润；徐、庾鸿骞于后，绣错绮交。固非古音之洋洋，亦未如律体之靡靡也。"[2]十分清晰地描述出赋体的骈化过程。再如《四六丛话·制敕诏册》："文、景宽仁，太和在抱；武、宣严峻，督责时加。应张弛之异用，乃温肃之迭乘。东京诏辞，矩矱未失；永平、永元之间，辟雍养老更，白虎述经义。披艺观之，礼意备矣。魏晋而下，华缛递增，然琢句弥新，而遒文间发。下及陈隋，益事排偶矣。"[3]也非常清楚地描述出这几种文体渐趋骈俪的发展轨迹。应该说，这类描述，从某种程度上说，有骈文发展史的意义。

从表现形式上说，《四六丛话》师法《文心雕龙》的痕迹也比较明显：《四六丛话》中各种文体的叙论都同《文心雕龙》中的文体论一样，以骈体出之，而且其中的一些行文方法也十分相近：

> 文之时义远矣。侈言博物，积卷征长。刻意为文，清言入妙。尚心得者遗雕伪，以为堆垛无工；富才情者忽神思，则曰空疏近陋。各竞所长，人更相笑。仆以为齐既失之，而楚亦未为得也。夫一画开先，有奇必有偶；三统递嬗，尚质亦尚文。剪采为花，色香自别；惟白受采，真宰有存。西汉之初，追踪三

[1] 孙梅著，李金松校点，《四六丛话》，人民文学出版社，2010年版，第386页。
[2] 孙梅著，李金松校点，《四六丛话》，人民文学出版社，2010年版，第69页。
[3] 孙梅著，李金松校点，《四六丛话》，人民文学出版社，2010年版，第131页。

古，而终军有“奇木白麟”之对，倪宽摅“奉觞上寿”之词。胎息微萌，俪形已具。迨乎东汉，更为整赡，岂识其为四六而造端欤？踵事而增，自然之势耳。六朝以来，风格相承，妍华务益。其间刻镂之精，昔疏而今密；声韵之功，旧涩而新谐：非不共欣于斧藻之工，而亦微伤于酒醴之薄矣。……极而论之：行文之法，用辞不如用笔，用笔不如用意。虎头传神，添毫欲活；徐熙没骨，著手成春：此用笔之妙也。言对为易，事对为难；反对为优，正对为劣：此用意之长也。隶事之方，用史不如用子，用子不如用经。九经苞含万汇，如仰日星；诸子总集百灵，如探洞壑：此子不如经之说也。南朝之盛，三史并有专门。隋唐以来，诸子束之高阁。而挦撦稍广，理趣不深，此史不如子之辨也。苟非笔意是求，而惟辞之尚，非无纤秾，谓之剿说可也。若非经史是肄，而杂引虞初，非不博奥，谓之哇响可也。[1]

——《四六丛话·总论》

很明显，作为骈体议论文，与《文心雕龙》在体制和行文上大体相近，与那些专事偶对、死守双行的骈文家不同：以骈为主，以散为辅；既不苦心为骈，也不刻意作散。自刘勰在《文心雕龙·丽辞》中明确提出“奇偶适变，不劳经营”“迭用奇偶，节以杂佩”这一骈散结合的主张之后，后代许多骈文家都继承这一行文方式，而到孙梅，不仅理论上受这一主张的影响，提出“有奇必有偶”的观点，而且在骈文创作中也有充分的体现。如刘勰《文心雕龙》一书中大部分文章总结前文多用散行，例如《征圣》：“此政化贵文之征也。”“此修身贵文之征也。”[2]再如《丽辞》：“虽句字或殊，而偶意一也。”[3]

---

〔1〕 孙梅著，李金松校点，《四六丛话》，人民文学出版社，2010年版，第532—533页。

〔2〕 黄霖编著，《文心雕龙汇评》，上海古籍出版社，2005年版，第16页。

〔3〕 黄霖编著，《文心雕龙汇评》，上海古籍出版社，2005年版，第118页。

孙梅之文中总结前文也多用散行,如“此用笔之妙也”“此用意之长也”“此子不如经之说也”“此史不如子之辨也”,等等。刘勰《文心雕龙》提起下文多用散语,如《原道》:“文之为德也大矣,与天地并生者何哉?”再如《丽辞》:“故丽辞之体,凡有四对:……”孙梅文中提起下文,也多用散句,如“极而论之:……”“善夫!东坡之论曰:……”等等。有时刘勰在整齐的对句中间以散行承转文气,如《文心雕龙·丽辞》篇使用精美的对偶,论证各种对偶方法的优劣之后,以“又以事对,各有反正,指类而求,万条自昭然矣”[1]这几句散语进行承转调节,使文气归于朗畅。孙梅之文也是如此,如在“烟墨之滓,千洗而无痕;芍药之和,一啜而毕散”与后面“画家有南北二宗,禅门有顿渐二义”中间用“所以一著一字者,愈征博极群书也”这样的散语进行承转,使文气舒畅自如。其他如“仆以为齐既失之,而楚亦未为得也”也是此种用法。此外,文中叙述语言,刘勰多以散行为之,如《文心雕龙·丽辞》“《易》之《文》、《系》,圣人之妙思也”“自扬、马、张、蔡,崇盛丽辞”等等,都是明显的例子。孙梅骈文中叙事之时,也不大讲究对偶,如“西汉之初,追踪三古”“迨乎东汉,更为整赡”等等,便是以奇句行文。不仅如此,《四六丛话》在对偶句上也有师法《文心雕龙》的痕迹,如上文中“言对为易,事对为难;反对为优,正对为劣”明显取自《文心雕龙·丽辞》,表明《四六丛话》在骈文写作上受《文心雕龙》的影响是相当大的。

三 《文心雕龙》与《文说》

刘师培是中国近、现代史上杰出的骈文作家、骈文理论家,“龙学”是其家学渊源之一。其祖父刘毓崧考定《文心雕龙》成书于齐代,他自己便很早就受之习染。所以,在文学主张上,特别是有关骈文理论方面,他受《文心雕龙》影响很深,这一点,我们在前面已

---

[1] 黄霖编著,《文心雕龙汇评》,上海古籍出版社,2005年版,第119页。

经有所论述。同时,他又特别强调文笔之辨,认为“偶语韵词谓之文,凡非偶语韵词概谓之笔”[1]“非偶词俪语弗足言文”[2]。在文学创作上,他既作散文,又作骈文。就其骈文来说,基本上属于正统派的传统家法。刘师培生活在清末至民国时期,经受过白话文运动的冲击,但他认为文章在语言形式上应分为两派:“盖文言合一,则识字者日益多。以通俗之文,推行书报,凡世之稍识字者,皆可家置一编,以助觉民之用,此诚近今中国之急务也。然古代文词,岂宜骤废?故近日文词,宜区二派:一修俗语,以启瀹齐民;一用古文,以保存国学,庶前贤矩范,赖以仅存。”[3]所以,他的骈文是地道的文言文范围之内的骈体,而恰恰在这样的骈文创作中,他有意师法《文心雕龙》,其骈文作品明显受其影响。在这方面,他的《文说》一书尤其如此,对此,他本人也直言不讳,《文说·序》中有言:“幽居多暇,撰《文说》一书,篇章分析,隐法《雕龙》,庶修词之士,得所取资,非曰竞胜前贤,特以启瀹后学耳。”[4]

那么,刘师培之《文说》是怎样师法《文心雕龙》的呢?他不同于一般人的简单模拟,盲目因习。在《汉魏六朝专家文研究》十二《神似与形似》中他有明确的说明:“近人论文,谓模拟一代或一家之文,不主形似,但求神似。此实虚无缥渺,似是而非之论。盖形体不全,神将奚附?必须形似乃能羼然不辨,此固非工候未至者所能赞一词也。夫杼轴篇章,岂为易事?章法句法既宜讲求,转折贯串犹须注意。逮至色泽匀称,声律调谐,然后乃能略得形似。形似

[1] 刘师培著,陈引弛编校,《刘师培中古文学论集》,中国社会科学出版社,1997年版,第6页。

[2] 刘师培著,陈引弛编校,《刘师培中古文学论集》,中国社会科学出版社,1997年版,第3页。

[3] 刘师培著,陈引弛编校,《刘师培中古文学论集》,中国社会科学出版社,1997年版,第226页。

[4] 刘师培著,陈引弛编校,《刘师培中古文学论集》,中国社会科学出版社,1997年版,第189页。

既具,精神自生。学班、蔡之文者,不独应留意句法章法,且须善于转折。李申耆有拟东汉碑铭各篇,规模略具矣。凡模拟古人文学,须从短篇及单纯之意思入手,而徐进于长篇及复杂之意思。至镕各家为一炉之语,殆空谈耳。"[1]总体上是既讲究形似,又讲究神似;先求形似,再求神似;既要师其章法句法,又要学其转折贯串。同时,他又特别强调"模拟古人之文须先沟通其性情之相近者,若不可沟通,则无妨恝置"[2]。在师法《文心雕龙》的过程中,他比较好地实践了这种主张。首先,因为他作骈文以六朝为正宗,又对《文心雕龙》特别崇尚,常以之为理论武器,如其《中国中古文学史讲义》《汉魏六朝专家文研究》《文说》等等多处以《文心雕龙》为理论依据,可以说是"性情之相近者"。同时,在师法之时,他也确实从"章法句法"到"转折贯串",从形似到神似。关于章法,《文说》中着重师法《文心雕龙》的文体论部分,如《耀采》中,先"释名以彰义":"昔《大易》有言:'道有变动故曰爻,爻有等故曰物,物相杂故曰文。'《考工》亦有言:'青与白谓之文,白与黑谓之章。'盖伏羲画卦,即判阴阳;隶首作数,始分奇偶。一阴一阳谓之道,一奇一偶谓之文。故刚柔交错,文之垂于天者也;经纬天地,文之列于谥者也。三代之时,一字数用,凡礼乐法制,威仪言辞,古籍所载,咸谓之文。是则文也者,乃英华发外秩然有章之谓也。"[3]再"原始以表末":"东周以降,文体日工:屈、宋之作,上如二《南》;苏、张之词,下开《七发》。韩非著书,隐肇连珠之体;荀卿《成相》,实为对偶之文。莫不振藻简策,耀采词林。西汉文人,追踪三古,而终军有奇木白

---

〔1〕 刘师培著,陈引弛编校,《刘师培中古文学论集》,中国社会科学出版社,1997年版,第133页。

〔2〕 刘师培著,陈引弛编校,《刘师培中古文学论集》,中国社会科学出版社,1997年版,第226页。

〔3〕 刘师培著,陈引弛编校,《刘师培中古文学论集》,中国社会科学出版社,1997年版,第205页。

麟之对，倪宽摅奉觞上寿之辞；胎息微明，俪形已具。迨及东汉，文益整赡，盖踵事而增，自然之势也。故敬通、平子之伦，孟坚、伯喈之辈，撰厥所作，咸属偶文，用字必宗故训，摛词迥脱恒溪；或掇丽字以成章，或用骈音以叶韵；观雍容揄扬之颂，明堂清庙之诗；不少篇章，胥关体制。若夫当涂受箓，正始开基。洛中则七子无双，吴下则联翩竞爽；才思虽弱于西京，音律实开夫典午。六朝以来，风格相承。刻镂之精，昔疏而今密；声韵之叶，旧涩而新谐。凡江、范之弘裁，沈、任之巨制，莫不短长合节，追琢成章。故《文选》勒于昭明，屏除奇体；《文心》论于刘氏，备列偶词。体制谨严，斯其证矣。厥后《选》学盛行，词华聿振，徐、庾迁声于河朔，燕、许振采于关中；排偶之文，于斯为盛。赵宋初业，崇实黜华，或运陈言，或标远致；虽丽词务去，然科律未更。”〔1〕又“选文以定篇”，历数各种文体之典型与正宗：“是则骈文之一体，实为文类之正宗：故《三都》、《两京》、《甘泉》、《籍田》，金声玉润，绣错绮交，赋体之正宗也；宣公兴元之诏，文饶《会昌》之集，文赡义精，句奇语重，制敕之正宗也；刘琨《劝进》，庾让《辞官》，婉转以陈词，雍容以叙致，书表之正宗也；中郎《太邱》之碑，魏公《李密》之志，流郁以运气，俊伟以佐才，碑志之正宗也；玄晏扬太冲之文，彦昇述文宪之作，以及‘曲水流觞’之叙，‘落霞孤鹜’之文，序文之正宗也；赵至《入关》之作，鲍照《大雷》之篇，叔庠擢秀于桐庐，士龙吐奇于鄮县，游记之正宗也；班彪《王命》，叔夜《养生》，干宝《论晋》，贾生《过秦》，论体之正宗也；颂则《出师》《中兴》，铭则《燕然》《剑阁》，箴则子云《百官》，赞则刘向《列女》，莫不音中群雅，语异聱牙，颂铭箴赞之正宗也；孔璋《檄魏》，宾王《讨周》，檄文之正宗也；士季之《酹诸葛》，义山之《祭伏波》，祭文之正宗也。

〔1〕 刘师培著，陈引弛编校，《刘师培中古文学论集》，中国社会科学出版社，1997年版，第206页。

……"[1]最后"敷理以举统",以名家作品为例,阐述写作方法与规则:"盖文之为体,各自成家,言必齐偕,事归镂绘,以妃青媲白之词,助博辨纵横之用。故'立诚'之词,著于《周易》;'交错'之训,载于许书。况复苍后翠妫,鸟兽纪远蹄之迹;赤文绿字,龟龙阐《河洛》之精。川岳绚其光采,钟球播其铿锵。盖浑噩之风既革,巍焕之运斯开。"[2]其他如《宗骚》《记事》《析字》都是如此,在章法上明显取法《文心雕龙》。关于句法,刘师培之《文说》主要师法《文心雕龙》骈散结合之法,具体说来,主要有这样几个方面:

其一,总结上文用散,如《记事篇》:"孔子卒已数年,而《论语》记'磨磷涅淄'之喻;吴王浚邗,夏代实无此水,而《孟子》有'排淮注江'之文:书籍舛误,经典犹然。若夫颜阖对君,载为颜渊;阚我作乱,移之宰我;《列子》书论尼父,而曰与郑穆同时;扁鹊医疗虢公,而曰为赵简治疾。又如莒仅弹丸,而孟坚称为大国(《五行志》);秦非小弱,而荣绪称为小邦(臧荣绪《晋书》曰:'苻秦地劣于赵。'):苟非别加研核,何以判别是非?"[3]其中"书籍舛误,经典犹然"与"苟非别加研核,何以判别是非"便是以散行总结前文。其他如《耀采篇》:"盖伏羲画卦,即判阴阳;隶首作数,始分奇偶。一阴一阳谓之道,一奇一偶谓之文。故刚柔交错,文之垂于天者也;经纬天地,文之列于谥者也。……是则文也者,乃英华发外秩然有章之谓也。"[4]《宗骚》:"上纪开辟,下纪后王,忠臣孝子,贞女烈士,贤愚成败,罔不毕举;推之思古情深,忧时志切,怀五子之英风,抉

[1] 刘师培著,陈引弛编校,《刘师培中古文学论集》,中国社会科学出版社,1997年版,第206—207页。

[2] 刘师培著,陈引弛编校,《刘师培中古文学论集》,中国社会科学出版社,1997年版,第207页。

[3] 刘师培著,陈引弛编校,《刘师培中古文学论集》,中国社会科学出版社,1997年版,第194页。

[4] 刘师培著,陈引弛编校,《刘师培中古文学论集》,中国社会科学出版社,1997年版,第205页。

目忆西门之痛，表介推之大节，封田传绵上之踪，莫不进贤退恶，据事直陈：此《春秋》之精义也。”[1]论述铺陈多用骈，总结前文多用散；这里最典型的是“是则文也者，乃英华发外秩然有章之谓也”与“此《春秋》之精义也”两句，同《文心雕龙》骈散结合的方式，即总结前文多用散之法一般无二。

其二，引起下文多用散，如《析字篇》：“且上古造字，以类物情，极意形容，有如图绘：……”[2]便是以散行引起下文；再如《和声篇》：“且古用韵文，厥有二故：一则创字之原，音先义后；解字之用，音近义通。……隋、唐之际，韵学日精：易四声为五音……然欲精文韵，厥有三端：……”[3]其中的“且古用韵文，厥有二故”就是以散启下。《耀采篇》：“东周以降，文体日工：屈、宋之作，上如二《南》；苏、张之词，下开《七发》。……是则骈文之一体，实为文类之正宗：故《三都》、《两京》，《甘泉》、《籍田》，金声玉润，绣错绮交……”[4]其中“东周以降，文体日工”也是以散行启下的明证。

其三，有时《文说》模仿、化用《文心雕龙》的原句，我们看下面两段文字：

> 是以诗人感物，联类不穷。流连万象之际，沉吟视听之区。写气图貌，既随物以宛转；属采附声，亦与心而徘徊。故“灼灼”状桃花之鲜，“依依”尽杨柳之貌，“杲杲”为出日之容，“瀌瀌”拟雨雪之状，“喈喈”逐黄鸟之声，“喓喓”学草虫之韵。

---

[1] 刘师培著，陈引弛编校，《刘师培中古文学论集》，中国社会科学出版社，1997年版，第208页。

[2] 刘师培著，陈引弛编校，《刘师培中古文学论集》，中国社会科学出版社，1997年版，第190页。

[3] 刘师培著，陈引弛编校，《刘师培中古文学论集》，中国社会科学出版社，1997年版，第195—201页。

[4] 刘师培著，陈引弛编校，《刘师培中古文学论集》，中国社会科学出版社，1997年版，第205—206页。

“皎日”“彗星”，一言穷理；“参差”“沃若”，两字连形：并以少总多，情貌无遗矣。[1]

——《文心雕龙·物色》

象态既殊，名称即别，古代鸿文，皆沿此例。流连万象之际，沉吟视听之区；言必象物，音必附声。故“参差”状荇菜之名，“沉浮”尽扬舟之态，“杲杲”为日出之容，“霏霏”拟雪飞之状，“依依”绘杨柳之情，“呦呦”学鹿鸣之韵。可谓国门可悬，一字莫易者矣。[2]

——《文说·析字篇第一》

很明显，后者有意师法前者，模仿、化用的辙迹十分清晰。《析字篇》之中还有这样的例子：“夫作文之法，因字成句，积句成章；欲侈工文，必先解字……”[3]这几句显然是从《文心雕龙·章句》中“夫人之立言，因字而生句，积句而为章，积章而成篇”等句化来。还有《和声篇》：“中唐以降，竞尚倚声，繁促相宣，短长互用，按律造谱，由词制调。故声转于吻，则辘轳交往；辞靡于耳，亦修短互叶。”[4]其中后两联对句很明显化自《文心雕龙·声律》中“左碍而寻右，末滞而讨前，则声转于吻，玲玲如振玉；辞靡于耳，累累如贯珠矣”[5]。当然，这些模仿、化用不仅“形似”，而且“神似”，不是简单因袭。

其四，承转文气多用散行。如《析字篇》：“昔西汉词赋，首标

[1] 黄霖编著，《文心雕龙汇评》，上海古籍出版社，2005年版，第150页。
[2] 刘师培著，陈引弛编校，《刘师培中古文学论集》，中国社会科学出版社，1997年版，第191页。
[3] 刘师培著，陈引弛编校，《刘师培中古文学论集》，中国社会科学出版社，1997年版，第190页。
[4] 刘师培著，陈引弛编校，《刘师培中古文学论集》，中国社会科学出版社，1997年版，第201页。
[5] 黄霖编著，《文心雕龙汇评》，上海古籍出版社，2005年版，第114页。

卿、云,摛词贵当,隶字必工;此何故哉?则辨名正词之效也。观司马《凡将》、子云《训纂》,详征字义,旁及物名,分别部居,区析昭明;及撮其单词,俪为偶语,故撷择精当,语冠群英。则字学不明,奚能出言有章哉?"⑤文气转折之处"此何故哉?则辨名正词之效也"与"则字学不明,奚能出言有章哉"皆以散行出之,以承转文气。其他如《和声篇》:"是以表章之文,雍容而叙致;碑诔之笔,凄怆而缠绵;书启之作,必朗畅以陈词;颂赞之篇,必琳琅而入诵。论说擅纵横之笔,词必类于苏、张;箴铭以清壮为工,声必谐乎金奏。……其故何哉?则用字不同之故也。况复应制之文,多黄钟、大吕之音;吊古之篇,传《麦秀》、《黍离》之怨。赋物之篇,响逸而调远;逞词之作,锋发而韵流。作者集字以成章,诵者循声而得貌。此朱氏所由作《骈雅》,宋人所由辑《汉隽》也。综斯三义,方可言文。"[1]精美的大段对偶之中,以"其故何哉?则用字不同之故也"承转文气,避免了一味用骈的呆板之气,其方法与《文心雕龙》如出一辙。细读其文,这样的例证所在多有,说明刘师培《文说》在句法上师法《文心雕龙》是相当普遍的。

其五,《文说》的主体构架也显然以《文心雕龙》为参照物。请看下面简表:

书　　名	《文心雕龙》	《文说》
篇　　名	原道第一	析字篇第一
	征圣第二	记事篇第二
	宗经第三	和声篇第三
	正纬第四	耀采篇第四
	辨骚第五	宗骚篇第五

[1] 刘师培著,陈引弛编校,《刘师培中古文学论集》,中国社会科学出版社,1997年版,第203页。

虽然从整体规模上看,《文说》不及《文心雕龙》"体大而虑周"[1],但是在整体建构上,两者之间确实很相似,这不是偶然的现象,是刘师培自觉师法《文心雕龙》的结果。所以,正像刘师培自己在《文说·序》中所说的那样,他在作此书之时,"隐法《雕龙》",由此才造成这么多的相似点。

四 黄侃与《文心雕龙》

黄侃是杰出的骈文作家和理论家,其骈文理论深受《文心雕龙》的影响,对此,前面我们已经有所说明;就其骈文创作而言,实为中国近代一大家,而且同样受到《文心雕龙》的影响。

从总体上考察,黄侃于各类文体之中,比较重视骈文,曾言:"吾国文章,素重声律,对偶,局度。"[2]作为骈文高手,其创作主要追踪八代,特别是六朝骈体,而其最为钦慕,并精心师法者,实为《文心雕龙》。徐英说:"(黄侃)骈文自汪容甫入而上追八代之奇,尔雅渊懿,安详合度,与刘先生申叔同为近代名家。"[3]这是从总体上着眼,探讨其骈文渊源及其风格。乃师章太炎先生对其高足才学文章体察更深,所以其评价自然更为精当准确:"季刚清通练要之学,幼眇安雅之辞,并世吾未见有比也。"[4]并且明确指出其文章风格特征和渊源:"文章自有师法,研精彦和《文心》,施之实事。为文单复兼施,简雅有法,不涉方、姚、恽(敬)、张(惠言)之藩,亦与汪、李殊派。至其朴质条达,虽与之异趣亦无间言。"[5]文中特别点出黄侃"研精彦和《文心》,施之实事",说明其文师法刘勰,应该说是切中肯綮之语。这一点,只要我们认真考察其骈文作品,

---

[1] 章学诚著,叶瑛校注,《文史通义校注》,中华书局,1985年版,第559页。
[2] 武酉山撰,《追忆黄季刚师》,载《制言》1935年第5期。
[3] 转引自柯淑龄的博士论文《黄季刚先生之生平及其学术》,第689页。
[4] 转引自张仁青《六十年来之骈文》,台湾文史哲出版社,1977年版,第39页。
[5] 转引自柯淑龄的博士论文《黄季刚先生之生平及其学术》,第689页。

便会认同。

在骈文创作上，黄侃信奉《文心雕龙》的骈散结合之说，在《文心雕龙札记》中对此多有阐发，如《丽辞》篇札记中说“用奇用偶，初无成律，应偶者不得不偶，犹应奇者不得不奇也”；“于用奇用偶，勿师成心，或舍偶用奇，或专崇俪对，皆非为文之正轨也”；“总之，偏于文者好用偶，偏于质者善用奇；文质无恒，则偶奇亦无定，必求分畛，反至拘墟”〔1〕。他不但在理论上有如此通达之识，而且还把这一主张落实到骈文创作的实践之中。通观其骈文作品，行文上最突出的特征是骈散结合，以骈为主，以散为辅；该骈则骈，该散则散。如其《朱母涂太夫人诔》便是如此。文中叙述事情多以散行出之：“太夫人潜江旧族，涂氏之子，父州判君，家世余财，恶盈好谦。”“州判相攸，以适同县处士朱君。爰初来嫁，君舅夙丧，仰事兹姑，暨庶祖母。婉娈供养，不遑有愆，处士敬之，家道以正，生子五人，其仪如一……”描写与议论则多以骈偶：“太夫人受过庭之训，体季兰之姿；学《窈窕》之篇，躬烦辱之事”；“感于俗论刲臂和汤之事，远迹介推刓股奉君之故；竟以匹妇忘身爱亲之行，而齐扁鹊能生死人之效”；“虽敬姜之知礼，孟母之三迁，不是过矣……”〔2〕所以，太炎先生说他“为文单复兼施”〔3〕，确实是当评。

然而，就黄侃的骈文作品而言，受《文心雕龙》影响最深的，莫过于《文心雕龙札记》中针对《隐秀》篇所写的文字〔4〕。此文不但是一篇规范的骈体文，而且从文章体制风格，到行文措词各个方面都深深打上了《文心雕龙》的烙印：从文章体制上说，本文与《文心

〔1〕 黄侃撰，《文心雕龙札记》，上海古籍出版社，2000 年版，第 162 页。
〔2〕 黄侃撰，《朱母涂太夫人诔》，张仁青，《六十年来之骈文》，台湾文史哲出版社，1955 年版，第 41 页。
〔3〕 转引自柯淑龄的博士论文《黄季刚先生之生平及其学术》，第 689 页。
〔4〕 黄侃撰，《文心雕龙札记》，上海古籍出版社，2000 年版，第 195—197 页。

雕龙》中的文章一般无二：正文以骈为主，同时引入其他文体的行文方法。其一，引进赋体铺排之法，如："自屈宋以降，世有名篇，略指二三，以明隐秀：若夫《离骚》依诗以取兴，《九辩》述志以谏君；贾谊《吊屈》以自伤，扬雄《剧秦》以寓讽。王粲《登楼》，叹匏悬之不用，子期闻笛，愍麦秀于为墟。令升《晋纪》之论，明金德之异包桑，元卿《高帝》之颂，诮炀失而思鱼藻。他若《古诗》十有九章，皆含深旨；《咏怀》八十二首，悉寓悲思。陈思有离析之哀，则托情于黄发；公幹含卓荦之气，故假喻于青松；……以意逆志，亦可得其依稀焉。"其二，与《文心雕龙》一样，引进史传之法，以赞的形式总结全篇："赞曰：意存言表，婉而成章。川含珠玉，澜显圆方。苕发颖竖，托响非常。千金一字，历久逾芳。"[1]不仅有诗一样的节奏与韵味，更主要的是画龙点睛，总结全篇。

其三，本文最突出的还是师法其骈散结合之法：一是多用散行承转文气，如："至若禹拜昌辞，不过慎身数语，孔明诗旨，蔽以无邪一言，《书》引迟任之词，只存三句，《传》叙大武之颂，惟取卒章，是则举彼话言，标为殊义，于经有例，亦非后世创之也；孟子之释《书》文，《武成》一篇，洵多隐义，谢安之举经训，讦谟二语，偏有雅音；举例而思，则隐秀之在六经，如琅玕之盈玉府，更仆难数，钻仰焉穷者矣。"其中"是则举彼话言，标为殊义，于经有例，亦非后世创之也"与"更仆难数，钻仰焉穷者矣"就是以散行来承转文气。再如"他若《古诗》十有九章，皆含深旨，《咏怀》八十二首，悉寓悲思；陈思有离析之哀，则托情于黄发，公幹含卓荦之气，故假喻于青松，虽世远人遐，本怀难尽昭皙，以意逆志，亦可得其依稀焉"里边的"虽世远人遐，本怀难尽昭皙，以意逆志，亦可得其依稀焉"也是以散行承转。二是总结前文多用散，如："如今古篇章，充盈箧笥，求其隐秀，希若凤麟。"又如文章结尾处："古来隐秀之作，谁云其不可复继哉？"皆

[1] 黄侃撰，《文心雕龙札记》，上海古籍出版社，2000年版，第196—197页。

以散语总结前文。三是引发下文多用散语,如:“自屈、宋以降,世有名篇,略指二三,以明隐秀:……”还有“然隐秀之原,存乎神思:……”如此之类,与《文心雕龙》中骈散结合之法有明显的继承关系〔1〕。

当然,从总体上看,其行文措词还是以六朝体制为主,除对偶之外,又讲究用典、藻饰、声律,骈体之四大要素齐备,应该说是正规的骈体文,同《文心雕龙》一样,总体上不离六朝骈文的基本风貌。如文章中有这样一段:“又如先士茂制,讽高历赏,屈赋之青青秋兰,小山之萋萋春草,班姬之团团明月,嵇生之浩浩洪流。子荆《陟阳》之章,用晨风为高唱,兴公《天台》之赋,叙瀑布而擅场。彦伯《东征》,溯流风以尽写送之致,景纯《幽思》,述川林以寄萧瑟之怀。至若云横广阶,月照积雪,吴江枫落,池塘草生,并自昔胜言,至今莫及。且其为秀,亦不限于图貌山川,摹写物色。故所遇无故物,王恭以为佳言,思君若流水,宋帝拟其音调,延年疏诞,咏古有自寓之辞,曹公古直,乐府有悲凉之句,故知叙事叙情,皆有秀语,岂必连篇累牍,不出月露之形,积案盈箱,唯是风云之状,争奇一字,竞巧一韵,然后为秀哉?盖闻玉瀿琼敷,等中原之有菽,错金镂采,异芙蕖之出波,隐秀之篇,可以自然求,难以人力致。”〔2〕词采精美,偶对工致,是六朝本色,也是《文心雕龙》所具有的形式特点。

总而言之,本文从各个方面都是有意师法《文心雕龙》的。关于这一点,黄侃先生自己在文前序言中也曾有所说明,即“仰窥刘旨,旁缉旧闻,作此一篇,以备搴采”〔3〕。“仰窥刘旨”不仅是师其意,也师其辞。所以,黄侃先生无论是在骈文理论上,还是在骈文创作上,师法《文心雕龙》都是自觉的,其骈文创作上带有《文心雕龙》的辙迹,实在是顺理成章的事情。

---

〔1〕 黄侃撰,《文心雕龙札记》,上海古籍出版社,2000年版,第196—197页。
〔2〕 黄侃撰,《文心雕龙札记》,上海古籍出版社,2000年版,第197页。
〔3〕 黄侃撰,《文心雕龙札记》,上海古籍出版社,2000年版,第195页。

从整个骈文史上看，骈文创作中受《文心雕龙》影响的，当然不仅仅是上述几人。然而，上述各家，由唐代而至于近、现代，历时一千多年，足可以说明《文心雕龙》在骈文创作上的影响也是非常深远的。

第二节 《文心雕龙》有关骈文理论对后世的影响

《文心雕龙》产生之后，由隋唐五代直至清末及民国时期，其影响一直不断，而且愈到后来，影响愈大，其骈文理论也是如此。

一 《文心雕龙》有关骈文理论在隋唐五代时期的影响

隋朝是紧承六朝之后的封建王朝，从政治、文化，特别是文学艺术等方面考察，它都是由南北朝向唐代发展过程中的一个过渡时期，既有六朝余韵，又有发展新机，既有《文心雕龙》及其骈文理论产生影响的环境，但是条件又不十分理想。

有隋开国之初，统治者总结前朝覆亡的历史教训，特别是陈叔宝、北周静帝恣情声色，荒淫误国的教训，将君主溺情文艺视为亡国的原因之一，因而轻视、排斥文艺的审美娱乐作用，表现出尚简、尚质、尚用的倾向。例如隋文帝时一再下诏崇雅乐，黜新声，对流行的新乐特别反感。《隋书·音乐志》记载他曾对群臣说："闻公等皆好新变，所奏无复正声，此不祥之大也。自家形国，化成人风。勿谓天下方然，公家家自有风俗矣。存亡善恶，莫不系之。乐感人深，事资和雅。公等对亲宾宴饮，宜奏正声；声不正，何可使儿女闻也！”[1]在日用服饰器具等等东西上他也力倡节俭，反对文饰和奢华。据《隋书》本纪记载，相州刺史豆卢通进贡绫文布，他命人焚之于朝堂；太子杨勇文饰铠甲，他告诫说：“历观前代帝王，未有奢华而得长久者。”[2]他本人“居处服玩，务存节俭，令行禁止，上下化之。开皇、仁寿之间，丈夫不衣绫绮，而无金玉之饰。常服率多布帛，装带不过以铜铁骨角而已”[3]。对物品尚且如此，对文学文帝更反对华藻与雕润。《隋书·文学传序》中写道：“高祖（文帝）初统万机，每念斫雕为朴，发号施令，咸去浮华。然时俗词藻，犹多淫丽。故宪台执法，屡飞霜简。”[4]又在公元584年诏令“公私文翰，并宜实录”[5]。并且惩罚了文表写得华艳的泗州刺史马幼之。不过，虽然《隋书·高祖纪下》记载隋文帝作为开国之主，本人“不悦诗书”，“素无学术”[6]，沿袭北周复古守旧的文化政策，以一种偏颇代替另一种偏颇，对六朝文学在艺术美方面的追求及其成果彻底否定，使文学成为单纯的封建政治教化的工具，但南北文学的相互影响则不可避免，也是必然的趋势。因此文帝的长子杨勇、次子杨广都好学能文，引致文学之士。尤其炀帝杨广更是一位颇具审美感受能力和文学创作才能的人物。早期，他也有过改革文风的行动。《隋书·文学传序》中写道：“炀帝初习艺文，有非轻侧之论，暨乎即位，一变其风。其《与越公书》、《建东都诏》、《冬至受朝诗》及《拟饮马长城窟》，并存雅体，归于典制。虽意在骄淫，而词无浮荡，故当时缀文之士，遂得依而取正焉。所谓能言者未必能行，盖

[1] 魏征、令狐德棻撰，《隋书》，中华书局，1973年版，第378—379页。
[2] 魏征、令狐德棻撰，《隋书》，中华书局，1973年版，第1230页。
[3] 魏征、令狐德棻撰，《隋书》，中华书局，1973年版，第54页。
[4] 魏征、令狐德棻撰，《隋书》，中华书局，1973年版，第1730页。
[5] 魏征、令狐德棻撰，《隋书》，中华书局，1973年版，第1545页。
[6] 魏征、令狐德棻撰，《隋书》，中华书局，1973年版，第54页。

亦君子不以人废言也。"〔1〕《隋书·柳䛒传》中写道:"王(指炀帝为晋王时)好文雅,招引才学之士诸葛颍、虞世南、王胄、朱玚等百余人以充学士,而䛒为之冠。王以师友处之,每有文什,必令其润色,然后示人。尝朝京师还,作《归藩赋》,命䛒为序,词甚典丽。"〔2〕所以,炀帝在位期间,尽管政治上纷乱,但南北文学融合的氛围较浓,特别是骈文艺术技巧仍然受到当时作家们的重视,因而,以总结和概括骈文写作经验与方法为主要内容之一的《文心雕龙》自然有一定的地位,引起人们的注意,产生一定的影响。在这方面,当时人刘善经的《四声论》就是明证。本书直接引用《文心雕龙》有关声律的论述入文:

> 又吴人刘勰著《雕龙篇》云:"音有飞沉,响有双叠,双声隔字而每舛,叠韵离句其必睽,沉则响发如断,飞则声飏不还,并鹿卢交往,逆鳞相批,迕其际会,则往謇来替,其为疹病,亦文家之吃也。"又云:"声尽妍嗤,寄在吟咏,滋味流于下句,风力穷于和韵。异音相慎谓之和,同声相应谓之韵,韵气一定,则余声易遣,和体抑扬,故遗响难契矣。"此论,理到优华,控引弘博,计其幽趣,无以间然。但恨连章结句,时多涩阻,所谓能言之者也,未必能行者也。〔3〕

虽然声律只是骈文的四大要素之一,但是我们还是可以看出《文心雕龙》特别是其骈文理论在当时的影响。

隋朝之后,在唐五代时期,随着社会历史条件的变化,《文心雕龙》也经历了显晦与起伏,得到过相当的关注,也受到过冷落;产生过一定的影响,也曾有所寂寞。

---

〔1〕 魏征、令狐德棻撰,《隋书》,中华书局,1973年版,第1730页。
〔2〕 魏征、令狐德棻撰,《隋书》,中华书局,1973年版,第1423页。
〔3〕 [日]遍照金刚著,周维德校点,《文镜秘府论》,人民文学出版社,1975年版,第28—29页。

李唐王朝建立之初,太宗君臣从政教得失出发,批判以骈文为主体的齐、梁文风,总结经验教训。如前所述,《贞观政要·文史》中就记载太宗之言曰:“凡人主惟在德行,何必要文章耶!”〔1〕令狐德棻在《周书·庾信传》中称庾信为“词赋之罪人”〔2〕;李延寿在《北史·文苑传序》中又说徐、庾之文为“亡国之音”〔3〕。然而,唐太宗既是政治家,又是文艺内行,骈文创作上也是高手,他在考虑文艺问题时,并没有因为齐、梁文学的弊端而否定文学自身的特性;在反对淫丽文风之时,并没有否定六朝文学、尤其是六朝骈文在形式技巧方面的成就。《贞观政要·尊敬师傅》中记载,贞观十六年(642年),散骑常侍刘洎给太宗皇帝上书,其中便透漏出一些消息:“陛下……暂屏机务,即寓雕虫。纡宝思于天文,则长河韬映;摛玉华于仙札,则流霞成彩。固以锱铢万代,冠冕百王,屈、宋不足以升堂,钟、张何阶于入室。”〔4〕太宗对文学形式技巧之热衷,于此可知。由于热衷于文学形式美与技巧美,自然导致他师法六朝文章,尤其骈体。今观其文,可以看出他受六朝骈文影响颇深。《新唐书·文艺传序》中就说:“高祖、太宗,大难始夷,沿江左余风,絺句绘章,揣合低昂。”〔5〕高步瀛在《唐宋文举要》中也指出:“唐初文体,沿六朝之习,虽以太宗之雄才,亦学庾子山为文,此一时风气使然,殊不关政治污隆。欧阳永叔讥其不能革五代之余习,郑毅夫讥其文纤浮靡丽,不与其功业相称,皆书生之见,实亦囿于风气而为此言耳。”〔6〕高步瀛所说完全属实,只是他对太宗受六朝骈文影响,师法庾信文章持有否定态度,没有认清唐太宗对待六朝文学,

〔1〕 吴兢编著,《贞观政要》,上海古籍出版社,1978年版,第222页。
〔2〕 令狐德棻等撰,《周书》,中华书局,1971年版,第744页。
〔3〕 李延寿撰,《北史》,中华书局,1974年版,第2782页。
〔4〕 吴兢编著,《贞观政要》,上海古籍出版社,1978年版,第122页。
〔5〕 欧阳修、宋祁等撰,《新唐书》,中华书局,1975年版,第5725页。
〔6〕 高步瀛选注,《唐宋文举要》,上海古籍出版社,1982年版,第1133页。

尤其是骈文所持的态度是科学而公允的。其实，太宗对六朝骈文并非兼收并蓄，而是有扬有弃，其文不但有六朝骈文精美的艺术形式与技巧，而且内容充实，风格雄健，充满英风浩气，脱尽六朝骈文中浮靡卑弱、华而不实之弊。其《晋书·陆机传论》《答魏徵诏》等便是明证。之所以如此，是因为他在文艺观上提倡文质并重，其《帝京篇序》中便强调作文要“节之于中和”，反对淫放，反对“释实求华”。在《荐举贤能诏》中更把刘勰作为人伦楷模和文学楷模加以表彰：“宁容仲舒、伯起之流，偏钟美于往代；彦和、广基之侣，独绝响于今辰。”[1]在《晋书·艺术传序》中还引用《文心雕龙·辨骚》篇之“真虽存矣，伪亦凭焉”来论说文艺。

正因为这样，唐代初期，尽管太宗及其重臣反对齐、梁华而不实的文风，但是并没有像宇文泰、隋文帝那样彻底否定骈体，没有轻视文学自身的艺术形式之美，这就为以骈文为载体的《文心雕龙》提供了接受和产生影响的条件。所以，比较而言，《文心雕龙》之骈文理论在初唐，直至盛唐，影响还是比较明显的。

首先，唐初主要文士之一上官仪，对《文心雕龙》中有关骈文的理论有所师法，其重要著作《笔札华梁·论对属》在讨论对偶的问题上，明显取法《文心雕龙》：

> 凡为文章，皆须对属，诚以事不孤立，必有配匹而成。至若上与下，尊与卑，有与无，同与异，去与来，虚与实，出与入，是与非，贤与愚，悲与乐，明与暗，浊与清，存与亡，进与退，如此等状，名为反对者也。事义各相反，故以名焉。除此以外，并须以类对之：一二三四，数之类也；东西南北，方之类也；青赤玄黄，色之类也；风雪霜露，气之类也；鸟兽草木，物之类也；耳目手足，形之类也；道德仁义，行之类也；唐、虞、夏、商，世之类也；王侯公卿，位之类也。及于偶语重言，双声叠韵，事类甚

[1] 董诰等编，《全唐文》，中华书局，1983年版，第68页。

众,不可备叙。[1]

其中"凡为文章,皆须对属,诚以事不孤立,必有配匹而成"明显化自《文心雕龙·丽辞》"造化赋形,支体必双;神理为用,事不孤立",阐发骈偶产生的原因,理论上一脉相承,而且里边"事不孤立"更是直接使用原词。同篇还有多处师法《文心雕龙》,如讨论文章体势之时有"然文无定势"一语,其神理源于《文心雕龙》的《定势》:"夫情致异区,文变殊术,莫不因情立体,即体成势也。势者,乘利而为制也。如机发矢直,涧曲湍回,自然之趣也。圆者规体,其势也自转;方者矩形,其势也自安:文章体势,如斯而已。是以模经为式者,自入典雅之懿;效《骚》命篇者,必归艳逸之华;综意浅切者,类乏酝藉;断辞辨约者,率乖繁缛:譬激水不漪,槁木无阴,自然之势也。"[2]讲文章通变有"体有变通"一语,源于《文心雕龙》的《通变》篇:"夫设文之体有常,变文之数无方,何以明其然耶?凡诗、赋、书、记,名理相因,此有常之体也;文辞气力,通变则久,此无方之数也。名理有常,体必资于故实;通变无方,数必酌于新声;故能骋无穷之路,饮不竭之源。然绠短者衔渴,足疲者辍涂,非文理之数尽,乃通变之术疏耳。"[3]再有讲骈偶中当适当使用散行时有言:"若又专对不移,便成大拘执;可于义之际会,时时散之。"[4]此则源于《文心雕龙·丽辞》"若气无奇类,文乏异采,碌碌丽辞,则昏睡耳目","迭用奇偶,节以杂佩,乃其贵耳"[5],意思就是要骈散结合,合其两长。应该说,上官仪是《文心雕龙》提出骈散结合的理论

[1] [日]遍照金刚著,周维德校点,《文镜秘府论》,人民文学出版社,1975年版,第225页。

[2] 黄霖编著,《文心雕龙汇评》,上海古籍出版社,2005年版,第105页。

[3] 黄霖编著,《文心雕龙汇评》,上海古籍出版社,2005年版,第102页。

[4] [日]遍照金刚著,周维德校点,《文镜秘府论》,人民文学出版社,1975年版,第227页。

[5] 黄霖编著,《文心雕龙汇评》,上海古籍出版社,2005年版,第120页。

主张之后最早的响应者之一。

上官仪之外，史学家刘知幾是唐代自觉师法《文心雕龙》的人物之一。作为史学家，他对《文心雕龙》的意义和作用有自己独特的认识，《史通·自叙》中指出："词人属文，其体非一，譬甘辛殊味，丹素异彩，后来祖述，识昧圆通，家有诋诃，人相掎摭，故刘勰《文心》生焉。"〔1〕对其写作因由有比较深刻的认识。正是基于对《文心雕龙》价值的深刻认识，所以他自觉师法。关于这一点，他自己在《史通·自叙》中说得非常清楚："若《史通》之为书也，盖伤当时载笔之士，其义不纯。思欲辨其指归，殚其体统。夫其书虽以史为主，而余波所及，上穷王道，下掞人伦，总括万殊，包吞千有。自《法言》已降，迄于《文心》而往，固以纳诸胸中，曾不蒂芥者矣。"〔2〕其中"自法言已降，迄于《文心》而往，固已纳诸胸中"，说明他对《文心雕龙》已经烂熟于心，如果不是崇尚与喜爱，达不到这样的境界。所以，我们看到，在《史通》一书中，刘知幾取法《文心雕龙》的痕迹清晰可见。有的是直接引用，如《史通·杂说下第九》：

> 昔刘勰有云："自卿、渊已前，多役才而不课学；向、雄已后，颇引书以助文。"然近史所载，亦多如是。故虽有王平所识，仅通十字；霍光无学，不知一经。而述其言语，必称典诰。良由才乏天然，故事资虚饰者矣。〔3〕

直接引用《文心雕龙》阐发事理。再如《史通·杂说下第九》："扬雄《法言》，好论司马迁而不及左丘明，常称《左氏传》唯有'品藻'二言而已，是其鉴物有所不明者也。且雄哂子长爱奇多杂，又曰不依仲尼之笔，非书也，自序又云不读非圣之书。然其撰《甘泉

〔1〕刘知幾撰，浦起龙释，《史通通释》，上海古籍出版社，1978年版，第291页。
〔2〕刘知幾撰，浦起龙释，《史通通释》，上海古籍出版社，1978年版，第291—292页。
〔3〕刘知幾撰，浦起龙释，《史通通释》，上海古籍出版社，1978年版，第510页。

赋》,则云‘鞭宓妃’云云,刘勰《文心》已议之矣。”[1]有时虽然没有点明,但是一看便知其言语与理念来源于《文心雕龙》。如其《浮词》篇:“夫人枢机之发,亹亹不穷,必有余音足句,为其始末。是以伊、惟、夫、盖,发语之端也;焉、哉、矣、兮,断句之助也。去之则言语不足,加之则章句获全。而史之叙事,亦有时类此。故将述晋灵公厚敛雕墙,则且以不君为称;欲云司马安四至九卿,而先以巧宦标目。所谓说事之端也。又书重耳伐原示信,而续以一战而霸,文之教也;载匈奴为偶人象郅都,令驰射莫能中,则云其见惮如此。所谓论事之助也。”[2]很明显,这段话化自《文心雕龙·章句》:“至于‘夫惟盖故’者,发端之首唱;‘之而于以’者,乃札句之旧体;‘乎哉矣也’者,亦送末之常科。据事似闲,在用实切。巧者回运,弥缝文体,将令数句之外,得一字之助矣。外字难谬,况章句欤!”[3]其他如《史通·叙事》:“夫饰言者为文,编文者为句,句积而章立,章积而篇成。”[4]也是从《文心雕龙》中来。《文心雕龙·情采》:“文采所以饰言,而辩丽本于情性”;《章句》:“夫人之立言,因字而生句,积句而为章,积章而成篇。”[5]前后继承关系比较明显。还有《史通·言语》中的“战国虎争,驰说云踊,人持弄丸之辩,家挟飞钳之术”[6],显然源于《文心雕龙·论说》:“暨战国争雄,辨士云踊;从横参谋,长短角势;转丸骋其巧辞,飞钳伏其精术。”[7]

正因为《史通》自觉师法《文心雕龙》,所以在骈文理论上自然受到刘勰的影响。《文心雕龙》在骈文理论上有一项很重要的主

---

[1] 刘知幾撰,浦起龙释,《史通通释》,上海古籍出版社,1978年版,第519页。
[2] 刘知幾撰,浦起龙释,《史通通释》,上海古籍出版社,1978年版,第158页。
[3] 黄霖编著,《文心雕龙汇评》,上海古籍出版社,2005年版,第117页。
[4] 刘知幾撰,浦起龙释,《史通通释》,上海古籍出版社,1978年版,第173页。
[5] 黄霖编著,《文心雕龙汇评》,上海古籍出版社,2005年版,第109、115页。
[6] 刘知幾撰,浦起龙释,《史通通释》,上海古籍出版社,1978年版,第149页。
[7] 黄霖编著,《文心雕龙汇评》,上海古籍出版社,2005年版,第69页。

张——骈散结合,并在创作实践中表现出明显的倾向:叙事多用散语,极少用骈偶。《史通》受此启发,总结出史书一类"以叙事为工"的文体应该以散体出之:"夫国史之美者,以叙事为工。……夫叙事者,或虚益散辞,广加闲说,必取其所要,不过一言一句耳。苟能同夫猎者、渔者,既执而置钓必收,其所留者唯一筌一目而已,则庶几骈枝尽去,而尘垢都捐,华逝而实存,滓去而沉在矣。"[1]并且批评用骈文作史的做法。《史通·叙事》中说:"昔古文义,务却浮词……洎班、马二史,虽多谢《五经》,必求其所长。……自兹已降,史道陵夷,作者芜音累句,云蒸泉涌。其为文也,大抵编字不只,捶句皆双,修短取均,奇偶相配。故应以一言蔽之者,辄足为二言;应以三句成文者,必分为四句。弥漫重沓,不知所裁。"[2]更为著名的是《史通·内篇论赞第九》:

> 子长淡泊无味,承祚懦缓不切;贤才间出,隔世同科。孟坚辞惟温雅,理多惬当。其尤美者,有典诰之风,翩翩奕奕,良可咏也。仲豫义理虽长,失在繁富。自兹以降,流宕忘返,大抵皆华多于实,理少于文,鼓其雄辞,夸其俪事。……大唐修《晋书》,作者皆当代人,远弃史、班,近宗徐、庾,夫以饰彼轻薄之句,而编为史籍之文,无异加粉黛于壮夫,服绮纨于高士者矣。[3]

这段论述的意思很清楚:叙事之类文章如史书,应该以散语出之,不该用骈。其核心思想是该骈则骈,该散则散;其精髓就是《文心雕龙·丽辞》中的"奇偶适变,不劳经营",根据文章的实际需要,采取相应的行文方式。所以,《史通》受《文心雕龙》的影响是多方

[1] 刘知幾撰,浦起龙释,《史通通释》,上海古籍出版社,1978年版,第171页。
[2] 刘知幾撰,浦起龙释,《史通通释》,上海古籍出版社,1978年版,第173—174页。
[3] 刘知幾撰,浦起龙释,《史通通释》,上海古籍出版社,1978年版,第82页。

面的,而其在骈文方面的影响更应该引起我们的注意。

其实,初唐时期《文心雕龙》骈文理论的影响不仅在上述这种世俗社会中有明显的反映,在佛教方面也留下印记,如著名的佛学经典《六祖大师法宝坛经·付嘱品》第十中,便记载生活在初唐时期的六祖惠能说法之时的言论,其思维方式和表达方式就显示出扣其两端、支体必双的特征,义理与《文心雕龙·丽辞》有继承关系:“说一切法,莫离自性。忽有人问汝法,出语尽双,皆取对法,来去相因。究竟三法尽除,更无去处。”〔1〕并且具体指出众多对偶方式,经过考察,又多是《文心雕龙·丽辞》中特别推崇的,具有“理殊趣合”意味的反对:“对法,外境无情五对:天与地对,日与月对,明与暗对,阴与阳对,水与火对。此是五对也。法相、语言十二对:语与法对,有与无对,有色与无色对,有相与无相对,有漏与无漏对,色与空对,动与静对,清与浊对,凡与圣对,僧与俗对,老与少对,大与小对,此是十二对也。自性起用十九对:长与短对,邪与正对,痴与慧对,愚与智对,乱与定对,慈与毒对,戒与非对,直与曲对,实与虚对,险与平对,烦恼与菩提对,常与无常对,悲与害对,喜与瞋对,舍与悭对,进与退对,生与灭对,法身与色身对,化身与报身对,此是十九对也。师言:此三十六对法,若解用,即道贯一切经法,出入即离两边。……若有人问汝义,问有,将无对;问无,将有对;问凡,以圣对;问圣,以凡对。二道相因,生中道义。如一问一对,余问一依此作,即不失理也。设有人问:何名为暗?答云:明是因,暗是缘,明没则暗,以明显暗,以暗显明,来去相因,成中道义。余问悉皆如此。汝等于后传法,依此转相教授,勿失宗旨。”〔2〕很明显,这是《文心雕龙·丽辞》中有关骈偶思想的特殊显现。对这一点,我们不能不佩服钱锺书先生的眼力,他在其《管锥编》中《全陈文》卷

---

〔1〕 惠能、吉藏著,《六祖大师法宝坛经》,时代文艺出版社,2008年版,第62页。

〔2〕 惠能、吉藏著,《六祖大师法宝坛经》,时代文艺出版社,2008年版,第63—65页。

七下写道："《文心雕龙·丽辞》篇尝云'神理为用，事不孤立'，又称'反对为优'，以其'理殊趣合'；亦蕴斯旨。《六祖大师法宝坛经·咐嘱》第十：'出语尽双，皆取对法，来去相因'，不啻为骈体上乘说法。"[1]可见，六祖惠能在说佛教法理之时，也说出了骈体的基本法度。当然，从骈体的角度考察，其义理源于刘勰一宗。

但是，从盛唐后期直至整个中唐阶段，社会历史条件逐渐变化，文学思潮也随之发生很大的变化，《文心雕龙》的影响与初唐时期相比，也明显变化，在一定程度上被冷落，其有关骈文方面的理论就更被忽视了。

如前所述，从唐代初期开始，反对以骈文为主体的齐、梁文风的思潮就已经开始了，从太宗君臣到"初唐四杰"，其侧重点都是在内容和风格上面。到了陈子昂，复古思潮更甚于以往，标举"风雅兴寄""汉魏风骨"，他本人在《与东方左史虬修竹篇序》中说得明白："文章道弊，五百年矣，汉魏风骨，晋宋莫传，然而文献有可征者。仆尝暇时观齐梁间诗，彩丽竞繁，而兴寄都绝，每以咏叹，思古人，常恐逶迤颓靡，风雅不作，以耿耿也。"[2]卢藏用在《右拾遗陈子昂文集序》中对此有所说明："宋、齐之末，盖憔悴矣。逶迤陵颓，流靡忘返，至于徐、庾，天之将丧斯文也。后进之士，若上官仪者继踵而生，于是风雅之道，扫地尽矣……道丧五百岁而得陈君。……崛起江汉，虎视函夏；卓立千古，横制颓波；天下翕然，质文一变。"[3]但是，就是到了这个时候，复古思潮所否定的对象也主要停留在文章内容风格的层面，并没有否定骈文的文章体制本身。换句话说，初盛唐以来的文学革新思潮，重点主要集中在文学的内容和风格上面，批判齐、梁文学，主要是批判其华而不实之弊，并没有废弃骈体，这些批评者本身所使用的文体也大都是骈体文。但

[1] 钱锺书著，《管锥编》，中华书局，1986年版，第1475页。
[2] 彭定求等编，《全唐诗》，中华书局，1980年版，第895—896页。
[3] 董诰等编，《全唐文》，上海古籍出版社，1995年版，第2402页。

是到了盛唐后期，这种情况发生了变化，文学的复古思潮已经由文风而及于文体，倡导复古的文章家们已经明确提出反对骈体的主张。较早的是萧颖士，其《江有归舟》一诗的序文中指出："文也者，非云尚形似，牵比类；以局夫俪偶，放于奇靡。其于言也，必浅而乖矣。"〔1〕批判的矛头直接指向骈体。接下来的独孤及观点更为明确，他在《检校尚书吏部员外郎赵郡李公中集序》中明确表达了反对骈体文的立场和观点："志非言不形，言非文不彰；是二者相为用，亦犹涉川者假舟楫而后济。自典谟缺，雅颂寝，世道陵夷，文亦下衰。故作者往往先文字，后比兴，其风流荡不返。乃至有饰其辞而遗其意者，则润饰愈工，其实愈丧。及其大坏也，俪偶章句，使枝对叶比，以八病四声为梏拲，拳拳守之，如奉法令，闻皋繇史克之作，则呷然笑之。天下雷同，风驱云趋。……"〔2〕很明显，他批判的重点是骈文本身，矛头直指骈文的文章体制。

到了中唐，这种复古思潮又有了新的机运：经过"安史之乱"，唐帝国由盛而衰，一些地主阶级的智囊们为了挽救大唐帝国的没落局面，提出改革朝政、促进中兴的要求。政治上的改革思潮迅速扩展到文学领域，中国传统的经世致用、教民化世的实用主义文学思想在这种政治气候下发展到了登峰造极的地步，在大历贞元之际的文坛上占据了主导地位。在这一时期，随着政治思想上复兴儒家道统思潮的兴起，文学上复兴古文的思潮更声势浩大。首先，古文创作思潮的主将韩愈大倡古文。正如《旧唐书·韩愈传》所载，韩愈不满于"魏晋以还，为文者多拘偶对"，"所为文，务反近体"。又因为他要复兴古道，即孔子、孟轲之道，所以要兼通其词，即要以古文代替骈文。同时，古文创作思潮的另一位大家柳宗元，与韩愈相呼应，也极力倡导古文，并且比韩愈更为明确地反对骈

〔1〕 彭定求等编，《全唐诗》，中华书局，1980年版，第1594页。
〔2〕 董诰等编，《全唐文》，中华书局，1983年版，第3946页。

文。他在《乞巧文》中对骈文进行猛烈抨击，称之为“眩耀为文，琐碎排偶”“骈四俪六，锦心绣口；宫沉羽振，笙簧触手；观者舞悦，夸谈雷吼”[1]。把骈体文的主要特点和弱点概括得相当精要。在韩、柳的倡导下，古文也确实大盛一时，在当时文坛上占有很大的优势，影响所及，涉及当时的科举考试，以至于在进士策问中都表现出对骈体的轻蔑，如权德舆《进士策问五道》第五问中就写道："育材造士，为国之本，修辞待问，贤者能之，岂促速于俪偶，牵制于声病之为耶?”[2]当时的文坛状况总体上是这样的：散文为主导，骈文是批判的对象。在这样的历史条件下，在如此严峻的文学环境中，以骈文为载体的《文心雕龙》自然在一定程度上要受到冷落了，所以其地位和影响明显不如初唐和盛唐。

中唐后期直到晚唐五代，随着国势的衰微，文士们的心理发生了巨大的变化：虽然他们的政治态度不同，创作个性有别，但有一点却是相似的，那就是大势已去、朝政无可挽回、国势不可救药所造成的悲观心理。尽管有少数人或希望有所作为，但却无能为力；还有些人归隐山林，与社会不合作，但终究无补于时；又有人对时政发些议论，但大抵不切实际，空言而已。到头来大多数人还是在混乱的局面中寻找一点空隙，得过且过，纵情逸乐。更有甚者，则变本加厉地奢侈豪华，沉醉花间，出入青楼，过着风流浪子的生活。同时，文坛风气也与以往不同：补察时政、泄导人情的现实主义文艺观念早已消失于文士们的脑际，加上韩柳那样力倡复古的大师早已谢世，其后继者李翱、皇甫湜等人又人微言轻；另外，考试制度依然以骈体辞赋为定式，并没有在复古思潮中被取代；更为值得注意的是盛极一时的古文此时出现了严重的弊端：一是韩、柳古文的后继者们没有正确理解复兴古文的真正目的，背离了“文以载道”

[1] 柳宗元著，《柳宗元集》，中华书局，1979 年版，第 489 页。
[2] 董诰等编，《全唐文》，中华书局，1983 年版，第 4935 页。

的基本思想，把文当成单纯谈性论道的传声筒，忽视了文的作用，因此古文创作流入陈腐的说教，其代表人物是李翱；二是有些古文创作的后继者又片面地理解韩愈在古文写作方面的创新思想，刻意追求怪异，把古文创作引向艰涩生僻，怪怪奇奇，脱离实际需要的死胡同，其代表人物是皇甫湜。由于这两方面的弊端，古文创作思潮不可避免地衰落下去了，而骈文又慢慢复兴起来，同时对古文弊端的批评和清算也早就开始了。如据罗隐《说石烈士》记载，宪宗元和时期，韩愈用古文写的《平淮西碑》，由于被认为过多为裴度张本，被诉为“碑词不实”，碑立不久便被磨掉；可段文昌接受诏命重新撰写碑文之时，马上改用规范工丽的骈体文。不仅如此，就在韩愈等人大倡古文之时，有人便公开对其古文进行批评。如裴度就是其中比较突出的一个。裴度论文着重于气格与思致，认为文之差异，在气格之高下、思致之浅深，不在章句上的骈散。所以，他反对韩愈等人为避时文之骈俪形式而刻意追求奇异，诡其词又怪其语。他在《寄李翱书》中指出：“……故文之异，在气格之高下、思致之浅深，不在其磔裂章句，隳废声韵也；人之异，在风神之清浊，心志之通塞；不在于倒置眉目，反易冠带也。……昌黎韩愈，仆识之旧矣，中心爱之，不觉惊赏。然其人信美材也！近或闻诸侪类云：恃其绝足，往往奔放，不以文立制，而以文为戏。可矣乎，可矣乎？”[1]可见，裴度对把反对骈文作为重要目的之一的古文思潮并不苟同，而且是一针见血地指出其弊端，在骈散问题上持论比较公允。古文思潮方兴未艾之时尚且如此，到文宗大和以后，在以文明道的功利主义文学思想推动下开展的这种复古思潮，随着政治改革的失败，逐渐衰微，反功利主义的文学思想慢慢抬头，由此又带来骈体文的回升。其中令狐楚、李商隐、温庭筠、段成式、李群玉诸人，皆擅长骈体，而李商隐更是杰出的代表。李商隐反对功利主义

〔1〕 董诰等编，《全唐文》，中华书局，1983 年版，第 5462 页。

的文学思想,对韩愈等人以文明道的文学观进行修正,他在《上崔华州书》中指出:"愚生二十五年矣。五年诵经书,七年弄笔砚。始闻长者言'学道必求古,为文必有师法',常悒悒不快,退自思曰:夫所谓道,岂古所谓周公、孔子者独能邪?盖愚与周、孔俱身之耳。以是有行道不系古今,直挥笔为文,不能攘取经史,讳忌时世。百经万书,异品殊流,又岂能意分出其下哉?"[1]显然,他反对必须以文明周公、孔子之道,也反对为文必须师法前人,而主张直笔为文,任情抒写。在《容州经略使元结文集后序》中他明确提出为文应"以自然为祖,以元气为根""其疾怒急击,快利劲果;出行万里,不见其敌;高歌酣颜,入饮于朝;断章摘句,如娠始生"[2]。概括起来就是祖于自然,表现真情。在文体文风上,他更一反韩、柳,崇尚骈体,尤其喜好六朝骈体,特别是徐陵、庾信之作。所以朱鹤龄在《新编李义山文集序》一文中说:"义山四六,其源出于子山。"他自己在《樊南甲集序》中也直言不讳地说:"后又两为秘省房中官,恣展古集,往往咽噱于任、范、徐、庾之间。有请作文,时或得好对切事,声势景物,哀上浮壮,能感动人。……"[3]李商隐不仅叙述了自己学作骈文的过程,而且表现出他对此种文体的喜爱与执着,甚至不顾别人的规劝,我行我素,"未为能休"。正是由于他和温庭筠、段成式等人的喜好与倡导,晚唐反功利的文学思想兴于一时,骈体文又再度复兴,并形成一个流派,即"三十六体"。唐代的骈散之争,最终以骈体复盛为结局。

这样,尽管中、晚唐时期《文心雕龙》及其骈文理论产生影响力的条件不够理想,但是也没有完全销声匿迹,还是有人不从流俗,对该书情有独钟。特别在一些晚唐文士那里,更能够发现该书一定的影响力。如晚唐著名文学家陆龟蒙,在《酬谢袭美先辈》一诗

---

[1] 董诰等编,《全唐文》,中华书局,1983年版,第8091页。
[2] 董诰等编,《全唐文》,中华书局,1983年版,第8135页。
[3] 董诰等编,《全唐文》,中华书局,1983年版,第8136页。

中，对《文心雕龙》作了前所未有的高度评价："刻鹄尚未已，雕龙奋而为。刘生吐英辩，上下穷高卑。下臻宋与齐，上指轩从羲。岂但标八索，殆将包两仪。人谣洞野老，骚怨明湘累。立本以致诘，驱宏来抵巇。清如朔雪严，缓若春烟羸。或欲开户牖，或将饰缨緌。虽非倚天剑，亦是囊中锥。皆由内史意，致得东莞词。"〔1〕指出《文心雕龙》论述自上古至宋、齐文学，视野开阔，议论精微，犹如囊中之锥，价值非凡。还有五代时的孙光宪，也充分认识到《文心雕龙》的重要价值，所以在其《白莲集序》中给予很高的评价："风雅之道，孔圣之删备矣；美刺之说，卜商之序明矣。降自屈、宋，逮乎齐、梁，穷诗源流，权衡辞义，曲尽商榷，则成格言，其惟刘氏之《文心》乎！后之品评，不复过此。"有些人虽然没有这样直接的评价，但是在文章中也留下了师法《文心雕龙》文学思想的痕迹。如李商隐在其《献相国京兆公启》一文谈到文学创作中人情与外物之关系时有这样的言论："人禀五行之秀，备七情之动；必有咏叹，以通性灵。故阴惨阳舒，其途不一；安乐哀思，厥源数千。"〔2〕仔细考察，这段论述的内在意蕴出自《文心雕龙》，一为《原道》："惟人参之，性灵所钟，是谓三才，为五行之秀。"〔3〕一为《物色》："春秋代序，阴阳惨舒，物色之动，心亦摇焉。"〔4〕而"人禀五行之秀"与"阴惨阳舒"几乎是使用成句，其师法之迹可见。再如牛希济《文章论》的后一部分："且文者，身之饰也，物之华也。宇宙之内，微一物无文……且天以日、月、星、辰为文，地以江、河、淮、济为文；时以风、云、草、木为文……"〔5〕其义理显然借鉴了《文心雕龙·原道》："文之为德也大矣，与天地并生者何哉？夫玄黄色杂，方圆体分；日月叠璧，以垂

〔1〕 彭定求等编，《全唐诗》，中华书局，1980 年版，第 7110 页。
〔2〕 董诰等编，《全唐文》，中华书局，1983 年版，第 8115 页。
〔3〕 黄霖编著，《文心雕龙汇评》，上海古籍出版社，2005 年版，第 13 页。
〔4〕 黄霖编著，《文心雕龙汇评》，上海古籍出版社，2005 年版，第 149 页。
〔5〕 董诰等编，《全唐文》，中华书局，1983 年版，第 8878 页。

丽天之象;山川焕绮,以铺理地之形:此盖道之文也。……傍及万品,动植皆文:龙凤以藻绘呈瑞,虎豹以炳蔚凝姿;云霞雕色,有逾画工之妙;草木贲华,无待锦匠之奇。夫岂外饰,盖自然耳。至于林籁结响,调如竽瑟;泉石激韵,和若球锽:故形立则章成矣,声发则文生矣。"[1]二者的继承关系相当明显。

同时,《文心雕龙》中有关骈文的理论也还是引起了人们一定的关注。在这方面,特别值得一提的一是释皎然,一个是日僧空海。皎然在其《诗议》中论及骈体,明显有师法《文心雕龙》的痕迹。如其《论文意》:

> 或云:今人所以不及古者,病于俪词。予云:不然。《六经》时有俪词,扬、马、张、蔡之徒始盛。"云从龙,风从虎",非俪耶?"昔我往矣,杨柳依依;今我来思,雨雪霏霏",非俪耶?但古人后于语,先于意。因意成语,语不使意,偶对则对,偶散则散。若力为之,则见斧斤之迹。故有对不失浑成,纵散不关造作,此古手也。[2]

这段文字主要有两点源自《文心雕龙》。第一,文中阐述对偶之滥觞与发展之时指出:"《六经》时有俪辞,扬、马、张、蔡之徒始盛。"又举经书中"云从龙,风从虎"为证,其意、其辞明显源于《文心雕龙·丽辞》:"唐虞之世,辞未极文,而皋陶赞云:'罪疑惟轻,功疑惟重。'益陈谟云:'满招损,谦受益。'岂营丽辞,率然对尔。《易》之《文》、《系》,圣人之妙思也。序《乾》四德,则句句相衔;龙虎类感,则字字相俪;乾坤易简,则宛转相承;日月往来,则隔行悬合:虽句字或殊,而偶意一也。至于诗人偶章,大夫联辞,奇偶适变,不劳经营。自扬、马、张、蔡,崇盛丽辞,如宋画吴冶,刻形镂法,丽句与

[1] 黄霖编著,《文心雕龙汇评》,上海古籍出版社,2005年版,第13—14页。

[2] [日]弘法大师原撰,王利器校注,《文镜秘府论校注》,中国社会科学出版社,1983年版,第325页。

深采并流,偶意共逸韵俱发。至魏晋群才,析句弥密,联字合趣,剖毫析厘。然契机者入巧,浮假者无功。"[1]特别是"扬、马、张、蔡之徒始盛"一句,讲自觉追求骈俪之始,更是直接取自《文心雕龙·丽辞》中"自扬、马、张、蔡,崇盛俪辞"之句。第二,论述骈散关系之语,如"因意成语,语不使意,偶对则对,偶散则散。若力为之,则见斧斤之迹。故有对不失浑成,纵散不关造作"也正是从《文心雕龙·丽辞》"奇偶适变,不劳经营"化来,意思是该骈则骈,该散则散;既不苦心为骈,也不刻意作散,讲究自然与浑成。由此可见,皎然受《文心雕龙》的影响是比较深的。

日僧空海编成《文镜秘府论》一书,书中所收之文,多有师法《文心雕龙》之处,前面所举刘善经之《四声论》、上官仪之《笔札华梁》等等都受到《文心雕龙》及其骈文理论的影响,而这些著述又都被他收入该书,反映出他对《文心雕龙》的崇尚。

二 《文心雕龙》及其骈文理论在宋、元时代的影响

宋代的社会历史条件也曾发生显著的变化,尤其是经历了靖康之变,更是天翻地覆,一个南北统一的王朝变为一个偏安一隅的小朝廷。社会历史的变迁,在文坛上当然有所反映,一是北宋前期因袭与创新的变化,二是靖康事变引发的文学内容与风格的变化,三是南宋绍兴十一年(1141 年)宋金和议事成之后苟安之风造成的文坛风气的变化,四是南宋末期江山易主所造成的文学风气的变化。但是认真考察起来,宋代社会历史的变迁与文坛风气的变化,对《文心雕龙》并没有带来多大冲击。什么原因呢?关键在于宋代文学家们,尤其是文坛领袖们在文学变革中,较好地把握了方向,坚持科学的态度,特别在骈散问题上处理适当,没有像唐代那样,在骈散问题上起伏太大。

---

[1] 黄霖编著,《文心雕龙汇评》,上海古籍出版社,2005 年版,第 118—119 页。

宋初的柳开、石介反对骈文,尤其是石介,对西昆派骈文全盘否定,而欧、苏则不然。他们虽然也曾批评过西昆派骈体华靡的一面,但并未彻底否定。《六一诗话》中便记载欧阳修称赞杨亿等"雄文博学,笔力有余",《与石推官第一书》中又指出石介"自许太高,诋时太过","不足以为来者法"。苏轼在《议学校贡举状》中也称赞过杨亿之文,批评石介、孙复为"迂阔矫诞之士"。欧阳修在《论尹师鲁墓志》中又十分公允地肯定骈文的价值,指出:"偶俪之文,苟合于理,未必为非。"尤其对一些好的骈文大为称赏,在《试笔》"苏氏四六"条中他说:"往时作四六者多用古人语,及广引故事,以炫博学,而不思述事不畅。近时文章变体,如苏氏父子以四六述叙,委曲精尽,不减古文。自学者变格为文,迄今三十年,始得斯人。不惟迟久而后获,实恐此后未有能继者尔。自古异人间出,前后参差不相待。余老矣,乃及见之,岂不为幸哉?"〔1〕苏轼对骈文名家与佳作也十分称赏,其中对唐代骈文家陆贽其人其文尤为推重。《宋史》本传记载苏轼"比冠,博通经史,属文日数千言,好贾谊、陆贽书"〔2〕。在《答俞括书》中,苏轼说得明白:"孔子曰:'辞达而已矣',物固有是理,患不知之,知之患不能达之于口与手。辞者,达是而已矣!文人之盛,莫若近世,然私所钦慕者,独陆宣公一人。"在《乞校正陆贽奏议进御札子》一文中,他把陆贽骈文同六经三史、诸子百家等古文进行比较,指出陆文的优越性:"夫六经三史、诸子百家,非无可观,皆足为治。但圣言幽远,末学支离,譬山海之崇深,难以一二而推绎。如贽之论,开卷了然……愿陛下置之座隅,如见贽面,反复熟读,如听贽言。"〔3〕因为欧、苏都能正确对待古文与骈文,又先后为文坛领袖,所以在宋代骈散之争中产生了

〔1〕 欧阳修撰,李逸安校点,《欧阳修全集》,中华书局,2001 年版,第 1983 页。
〔2〕 脱脱等撰,《宋史》,中华书局,1977 年版,第 10801 页。
〔3〕 苏轼撰,茅维编,孔凡礼点校,《苏轼文集》,中华书局,1986 年版,第 1012—1013 页。

良好的影响。由此,宋代骈散之争的结果,并没有抛弃骈体,而是在欧、苏的带动下,使骈体进一步散化,蜕变为兼具骈散之长的新型骈文。吴子良在《林下偶谈》卷二中说:“本朝四六,以欧公为第一,苏、王次之。然欧公本工时文,早年所为四六,见别集,皆排比而绮靡。自为古文后,方一洗去,遂与初作迥然不同。他日见二苏四六,亦谓其不减古文。盖四六与古文,同一关键也。然二苏四六尚议论,有气焰,而荆公则以辞趣典雅为主。能兼之者,欧公耳。”[1]总之,欧、苏既反对华而不实的骈俪文风,也反对刻意追求古奥生涩的散体文风;对骈散二者持有公允的态度,并以其文坛领袖的特殊地位,影响当时的文学风气;应该说,这是《文心雕龙》获得应有的地位和产生影响的重要条件之一。

同时,还应该注意的是:有宋一代,虽然缘情体物类骈文不发达,但是由于当时科举制度、朝廷政务,以及社会风气的原因,骈体应用文特别盛行,为科举考试和处理政务之时必须使用之文体。在这方面,司马光辞翰林学士一事就是明证。苏轼在《司马温公行状》中记载:“神宗即位,首擢公(司马光)为翰林学士,公力辞不许。上面谕公:‘古之君子,或学而不文,或文而不学,惟董仲舒、扬雄兼之。卿有文学,何辞为?’公曰:‘臣不能为四六。’上曰:‘如两汉制诏可也。’公曰:‘本朝故事不可。’上曰:‘卿能举进士,取高等,而云不能四六,何也?’公趋出,上遣内臣至阁门强公受告,拜而不受。趋公入谢曰:‘上坐以待公。’公入至廷中,以告置公怀中,不得已乃受。”[2]可见公牍类骈文在当时还是相当有市场的,为朝廷公文所必备。

随着时间的推移,宋代关注《文心雕龙》的人比唐代也多了起来,其地位和影响虽不显著,但是与唐代相比形势渐强,根据杨明

[1] 吴子良撰,《荆溪林下偶谈》,王水照,《历代文话》,复旦大学出版社,2007年版,第554页。

[2] 曾枣庄、刘琳主编,《全宋文》,上海辞书出版社、安徽教育出版社,2006年版,第420页。

照先生的统计,有宋一代,关于《文心雕龙》,有八书著录,七家品评,十家采撷,八家因习,十一家引证,三家考订[1]。迄今为止,我们所知道的《文心雕龙》最早的注本——辛处信的《文心雕龙注》出现在宋代,只可惜没有流传下来。

北宋时期,《文心雕龙》的地位和影响便有文献可考,如欧阳修的《代人上王枢密求先集序书》中有言:"君子之所学也,言以载事,而文以饰言。"仔细考察,这些话语是从《文心雕龙》中化来的。《文心雕龙·情采》中说:"文采所以饰言,而辩丽本于情性。"这显然是欧文所本。值得注意的是黄庭坚,他在《与王立之书》中不仅直接谈论《文心雕龙》,而且还有所评论:"刘勰《文心雕龙》,刘知幾《史通》,此二书曾读否? 所论虽未极高,然讥古人,大中文病,不可不知也。"虽然没有把握《文心雕龙》一书的精髓,但毕竟认识到"不可不知",而且还看出本书"大中文病"。另外,他在《与王观复书》中也引用《文心雕龙》之言讨论问题:"刘勰尝论文章之难云:'意翻空而易奇,文征实而难工。'此语亦是沈、谢辈为儒林宗主时,好作奇语,故后生立论如此。好作奇语,自是文章病。但当以理为主,理得而辞顺,文章自然出群拔萃。"说明他对此书的地位和价值还是有一定的理解和认识的。

如果说到《文心雕龙》中有关骈文理论在当时的影响,晏殊之《类要》可为一例。本书卷三十二有《譬喻语》一门,引用《文心雕龙·事类》,阐述用典在文章中的重要作用:"故为文用事,虽小成绩,譬寸辖制轮,尺枢运关。"再如惠洪和尚之《冷斋夜话》:"世间之物未有无对者,皆自然生成之象,虽文字之语亦然,但学者不思耳。"谈对偶之成因,显然受到《文心雕龙·丽辞》"造化赋形,支体必双;神理为用,事不孤立;夫心生文辞,运裁百虑;高下相须,自然成对"数语的影响。另外,署名陈应行所编的《吟窗杂录》卷三十七

[1] 张少康等著,《文心雕龙研究史》,北京大学出版社,2001年版,第34页。

《体格》之中说：

> 丽辞之体，凡有四对。言对为易，事对为难；反对为优，正对为劣。一曰言对，谓双比空辞者也，长卿《上林赋》云："修容乎礼园，翱翔乎书圃。"此言对也；二曰事对，谓并举人验者也，宋玉《神女赋》云："毛嫱反袂，西施掩面。"此事对也；三曰反对，谓理殊趣合者也，仲宣《登楼赋》云："锺仪幽而楚奏，庄舄显而越吟。"此反对也；四曰正对，谓事异义同者也，孟阳《七哀》云："汉祖想枌榆，光武思白水。"此正对也。言对为美，贵在精巧；事对所先，务在允当。两事相对而优劣不均，是骊在左骖，驽居右服也。美事孤立，莫与为偶，是夔之一足，趻踔而行也。〔1〕

这段文章出自《文心雕龙·丽辞》篇，文字稍有变动。陈氏以此为理论准则，谈论对偶问题，足见《文心雕龙》有关骈文理论批评对其影响的深度。此外，本卷中又曰："诗有四贵：综学贵博，取事贵要；校练贵精，捃理贵核。"源出于《文心雕龙·事类》篇，也可以看出在用典问题上《文心雕龙》中的相关理论对他的影响。

南宋时期，《文心雕龙》的影响有明显上升的势头。究其原因，一方面是南宋骈文创作相较北宋时期有增无减，尤其是在公事文和一般应用文上更是如此，谢无量在《骈文指南》中说得比较清楚："宋时四六，应用之途最广，又因唐制，有博学宏词科，所试多为四六。绍兴以来，增至十二体，曰制、诰、诏书、表、露布、檄、箴、铭、记、赞、颂、序。朱文公尝谓是科习谄谀夸大之辞，竞骈俪雕刻之巧，当稍更文体，以深厚简严为主，使学者必涵咏六经之文，以培其本云。则其弊非一朝一夕之故矣。士人苟趣便利，当官但循旧贯，

〔1〕 陈应行编，王秀梅整理，《吟窗杂录》，中华书局，1997 年版，第 1036—1039 页。

于是四六之用，弥滥而不精。"[1]虽然是以批评的态度叙述，但是却从侧面反映出应用类骈文的盛行与当时政治上的需要密切相关，虽然有人反对，但是积重难返，相沿成习。另一方面，随着骈体应用文的广泛流行，特别是"以资闲谈"[2]的诗话的产生，骈文方面总结写作经验、探讨写作方法与技巧、以及人文掌故的"四六话"也开始出现，并逐渐发展成骈文方面的一种特殊的理论批评方式。南宋王铚在其《四六话·序》中便明白地说出了原委："先君子少居汝阴乡里，而游学四方。学文于欧阳文忠公，而授经于王荆公、王深父、常夷父。既仕，从滕元发、郑毅夫论作赋与四六，其学皆极先民之渊蕴。铚每侍教诲，常语以为文为诗赋之法，且言赋之兴远矣……仁宗之世太平闲暇，天下安静之久，故文章与时高下。盖自唐天宝，远讫于天圣，盛于景祐、皇祐，溢于嘉祐、治平之间。师友渊源，讲贯磨咙，口传心授，至是始克大成就者，盖四百年于斯矣，岂易得哉？岂一人一日之力哉？岂徒此也，凡学道、学文渊源从来皆然也。世所谓笺题表启号为四六者，皆诗赋之苗裔也。故诗赋盛，则刀笔盛，而其衰亦然。铚类次先子所谓诗赋法度与前辈话言附家集之末，又以铚所闻于交游间四六话事实，私自记焉。其诗话、文话、赋话各别见云。老成虽远，典刑尚存，此学者所当凭心而致力也。且以昔闻于先子者为之序，欲自知为文之难，不敢苟且于学问而已，匪欲夸诸人也。"[3]这段话不仅叙述了王铚的父亲与文坛宿老欧阳修学习做文章，并受到王安石等人的指导的事实，反映其家学渊源，又清楚明白地告诉我们：《四六话》是文人学士之间闲谈的记录，是受《六一诗话》的启示而编撰的骈文批评著作；并且是与诗话、文话、赋话有别，专门致力于骈文批评的一部书。除王铚

[1] 谢无量著，《骈文指南》，中华书局，1918 年版，第 67 页。

[2] 欧阳修撰，《六一诗话》，何文焕辑，《历代诗话》，中华书局，1981 年版，第 264 页。

[3] 王铚撰，《四六话》，王水照编，《历代文话》，复旦大学出版社，2007 年版，第 5—6 页。

本人的《四六话》外，谢伋《四六谈麈》、杨囦道《云庄四六余话》等相继产生，此外许多诗话、笔记中也留下探讨骈文，或以骈偶为戏的话语。如《彦周诗话》《容斋随笔》《辞学指南》《困学纪闻》《野客丛书》《鹤林玉露》《能改斋漫录》《攻媿集》《浩然斋雅谈》《齐东野语》《墨庄漫录》《癸辛杂识》《渑水燕谈录》《老学庵笔记》《侯鲭录》等等，都载有与骈文有关的资料。清代南昌人彭元瑞从169种文献中爬罗剔抉，集为《宋四六话》十二卷，从中可见当时文人墨客之间谈论骈偶、集联作对的风尚。如卷十二引《容斋四笔》："予初登词科，再到临安，寓于三桥西沈亮功主簿之馆，沈以予买饭于外，谓为不便，自取家馔日相供。同年汤丞相来访，扣旅食大概，具为言之。汤公笑曰：'主人亦贤矣。'因戏出一语曰：'哀王孙而进食，岂望报乎？'良久，予应之曰：'为长者而折枝，非不能也。'公大激赏而去。汪圣锡为秘书少监，每食罢会茶，一同舍辄就枕不至，及起，亦戏之曰：'宰予昼寝，于予与何诛？'众未有言，汪曰：'有一对，虽于今事不切，然却是一个出处，云：子贡方人，夫我则不暇。'同舍皆合词称美矣。"[1]再如卷十一引《齐东野语》："刘震孙长卿号朔斋，知宛陵日，吴毅夫潜丞相方闲居，刘日陪午桥之游，奉之亦甚至，尝携具开宴，自撰乐语，一联云：'入则孔明，出则元亮，副生平自许之心；兄为东坡，弟为栾城，无晚岁相违之恨。'毅夫大为击节。"[2]

这种谈论骈偶、集联作对的风尚，不仅反映出当时骈文创作的活跃，也有助于骈文理论批评的发展。在这种条件下，以骈文为载体，并且包含丰富、深刻的骈文理论批评内容的《文心雕龙》自然会引起人们更多的关注。

远的不说，宋代三大笔记《梦溪笔谈》《容斋随笔》《困学纪闻》之中，后两部都直接谈到《文心雕龙》，尤其是王应麟的《困学纪

[1] 彭元瑞撰，《宋四六话》，商务印书馆，1939年版，第256页。
[2] 彭元瑞撰，《宋四六话》，商务印书馆，1939年版，第231页。

闻》,征引特别多。据统计,该书直接征引《文心雕龙》竟达十七处,我们看下表:

《困学纪闻》征引《文心雕龙》一览表[1]

卷 数	实 例
卷二	《文心雕龙》云:"《书》摽七观。"孔子曰:"《六誓》可以观义,《五诰》可以观仁,《甫刑》可以观诫,《洪范》可以观度,《禹贡》可以观事,《皋陶谟》可以观治,《尧典》可以观美。"见《大传》。
卷二	《文心雕龙》:夏、商二《箴》,余句颇存。《夏箴》见《周书·文传篇》,《商箴》见《吕氏春秋·名类篇》。
卷五	夏侯太初《辩乐论》:伏羲有《网罟》之歌,神农有《丰年》之咏,黄帝有《龙衮》之颂。元次山《补乐歌》有《网罟》《丰年》二篇。《文心雕龙》云:"二言肇于黄世,《竹弹》之谣是也。"
卷六	刘勰《辨骚》:班固以为羿、浇、二姚与《左氏》不合。洪庆善曰:"《离骚》用羿、浇等事,正与《左氏》合。孟坚所云,谓刘安说耳。"
卷一〇	《文心雕龙》云:"《转丸》骋其巧辞,《飞钳》伏其精术。"
卷一三	《文心雕龙》谓江左篇制,溺乎玄风。《续晋阳秋》曰:"正始中,王、何好庄、老,至过江,佛理尤盛。郭璞五言,始会合道家之言而韵之,许询、孙绰转相祖尚,而诗骚之体尽矣。"
卷一七	刘勰《辨骚》:班固以为羿、浇、二姚,与《左氏》不合。洪庆善曰:"《离骚》用羿、浇等事,正与《左氏》合。孟坚所云,谓刘安说耳。"
卷一七	《文心雕龙》谓:英华出于情性。贾生俊发,则文洁而体清;子政简易,则趣昭而事博;子云沉寂,则志隐而味深;平子淹通,则虑周而藻密。
卷一七	《文心雕龙》云:"《论语》已前,经无'论'字。"晁子止云:"不知《书》有论道经邦。"

〔1〕 王应麟著,翁元圻等注,栾保群、田松青、吕宗力校点,《困学纪闻》(全校本),上海古籍出版社,2008年版。

续表

卷 数	实 例
卷一七	山谷《与王观复书》曰："刘勰尝论文章之难云：'意翻空而易奇，文征实而难工。'此语亦是沈、谢辈为儒林宗主时，好作奇语，故后生立论如此。好作奇语，自是文章病。但当以理为主，理得而辞顺，文章自然出群拔萃。"张文潜《答李推官书》可以参观。
卷一八	《文选注》：五言自李陵始。《文心雕龙》云："《召南·行露》，始肇半章；孺子《沧浪》，亦有全曲；《暇豫》优歌，远见春秋；《邪径》童谣，近在成世。"则五言久矣。
卷一八	《古诗十九首》，或云枚乘，疑不能明也。《驱马上东门》《游戏宛与洛》，辞兼东都，非尽是乘作。《文心雕龙》云："《孤竹》一篇，傅毅之词。"
卷一八	《雕龙》云："张衡《怨篇》，清典可味。"《御览》载衡《怨诗》曰："秋兰，嘉美人也。猗猗秋兰，植彼中阿。有馥其芳，有黄其葩。虽曰幽深，厥美弥嘉。之子之远，我劳如何？"
卷一八	《诗苑类格》谓：回文出于窦滔妻所作。《文心雕龙》云："回文所兴，则道原为始。"又傅咸有回文反复诗，温峤有回文诗，皆在窦妻前。
卷一八	韩文公云："六字常语一字难。"《文心雕龙》谓：善为文者，富于万篇，贫于一字。
卷一九	夏文庄表云："笔锐干将，墨含淳酖。"出《文心雕龙》。
卷二〇	《文心雕龙》云："士衡才优而缀辞尤烦，士龙思劣而雅好清省。"今观士龙《与兄书》曰："往日论文，先辞而后情，尚絜而不取悦泽。兄文章高远绝异，然犹皆欲微多，但清新相接，不以此为病耳。若复令小省，恐其妙欲不见。云今意视文，乃好清省。欲无以尚，意之至此，乃出自然。"

其他如张戎的《岁寒堂诗话》也引证《文心雕龙》："《诗序》云：'情动于中而形于言，言之不足，故嗟叹之。'子建、李、杜皆情意有余，汹涌而后发者也。刘勰云：'因情造文，不为文造情。'若他人之诗，皆为文造情耳。沈约云：'相如工为形似之言，二班长于情理之说。'刘勰云：'情在词外曰隐，状溢目前曰秀。'梅圣俞云：'含不尽

之意，见于言外；状难写之景，如在目前。’三人之论，其实一也。”[1]以《文心雕龙·情采》中的论断为理论根据，阐述因情造文的观点，表明论者对《文心雕龙》的重视。

说到《文心雕龙》有关骈文理论在南宋的影响，也有文献可证。

首先，宋代最著名的骈文批评著作之一，王铚的《四六话》就明显受《文心雕龙》骈文理论的影响，如此书在谈论对偶问题时便是如此：

> 文章有彼此相资之事，有彼此相须之对，有彼此相须而曾不及当时事，此所以助发意思也。唐人方有此格，谓之“互换格”，然语犹拙，至后人袭用讲论而意益妙。如杨汝士《陪裴晋公东雒夜宴诗》曰“昔日兰亭无艳质，此时金谷有高人”，止于此而已。至永叔《和杜岐公诗》曰：“元刘事业时无取，姚宋篇章世不知。二美惟公所兼有，后生何者欲攀追。”其后苏明允《代人贺永叔作枢密启》曰：“在汉之贾谊，谈论俊美，止于诸侯相，而陈平之属寔为三公；唐之韩愈，词气磊落，终于京兆尹，而裴度之伦实在相府。然陈平、裴度未免谓之不文，而韩愈、贾生亦尝悲于不遇。盖人之于世，美恶必自有伦；而天之于人，赋予亦莫能备。”此又何啻出蓝更青，研朱益丹也。后至荆公《贺韩魏公罢相启》略曰：“国无危疑，人以静一。周勃、霍光之于汉，能定策而终以致疑；姚崇、宋璟之于唐，善致理而未尝遭变。记在旧史，号为元功，固未有独运庙堂，再安社稷，弼亮三世，敉宁四方，崛然在诸公之先，焕乎如今日之懿。若夫进退之当于义，出入之适其时，以彼相方，又为特美。”此又

[1] 张戒撰，《岁寒堂诗话》，丁福保辑，《历代诗话续编》，中华书局，1983年版，第456页。

妙矣。[1]

很明显，这段话中的“文章有彼此相资之事，有彼此相须之对，有彼此相须而曾不及当时事”数语是从《文心雕龙·丽辞》中“夫心生文辞，运裁百虑；高下相须，自然成对”几句化来，义理一脉相承。

此外，南宋人周辉的《清波杂志》中有“为文三易”条，此条下面说道：“沈隐侯曰：‘古儒士为文，当从三易：易见事，一也；易识字，二也；易诵读，三也。’邢子才曰：‘隐侯文章，用事不使人觉，若胸臆语。’深以此服之。杜工部作诗，类多故实，不似用事者。是皆得作者之奥。樊宗师为文奥涩不可读，亦自名家，才不逮宗师者，固不可效其体。刘勰《文心雕龙》论之至矣。”[2]这段话着重谈论骈文的四大要素之一——用典问题，明确表示对《文心雕龙》用典理论的崇尚，显示出受《文心雕龙》有关骈文理论影响的痕迹。

元代骈文极度衰落，理论批评更加落伍，但是《文心雕龙》的影响却有迹可循，尤其元至正本《文心雕龙》的存在，让人们无法轻视。从元人钱惟善为至正本《文心雕龙》所作之《序》中，就可以看出当时人对此书价值的认识：“《六经》，圣人载道之书，垂统万世，折衷百氏者也。与天地同其大，与日月同其明，亘宇宙相为无穷而莫能限量；虽后有作者，弗可尚已。自孔子没，由汉以降，老佛之说兴，学者日趋于异端，圣人之道不行，而天地之大，日月之明，固自若也。当二家滥觞横流之际，孰能排而斥之？苟知以道为原，以经为宗，以圣为征，而立言著书，其亦庶几可取乎？呜呼！此《文心雕龙》所由述也。而佛之盛，莫盛于晋、宋、齐、梁之间，而通事舍人刘勰生于梁，独不入于彼而归于此，其志宁不可尚乎！故其为书也，言作文者之用心；所谓‘雕龙’，非昔之邹奭辈所能知也。勰自序

[1] 王铚撰，《四六话》，王水照编，《历代文话》，复旦大学出版社，2007年版，第10—11页。

[2] 周辉撰，刘永翔校注，《〈清波杂志〉校注》，中华书局，1994年版，第428页。

曰:‘《文心》之作也,本乎道,师乎圣,体乎经,酌乎纬,变乎《骚》。’自二卷以至十卷,其立论井井有条不紊,文虽靡而说正,其指不谬于圣人,要皆有所折衷,莫非《六经》之绪余尔。虽曰一星土之微,不可与语天地之大;一萤爝之光,不可与语日月之明;视彼畔道而陷于异教者,顾不韪矣乎!”[1]虽然以韩愈之道统观来理解《文心雕龙》,不能尽合,但是还是可以看出他对此书的认识有一定深度,并非泛泛之辈。不仅如此,在骈文理论上,也可以看到元人受《文心雕龙》影响的辙迹。如王构《修辞鉴衡》卷二《为文当从三易》中有言:“沈隐侯曰:‘古今为文,当从三易,易见事,一也;易见字,二也;易读诵,三也。’邢子才尝曰:‘沈侯文章,用事不使人觉,若胸臆语。’深以此服之。杜工部作诗,类多故实,不似用事者,是皆得作者之奥;樊宗师为文,涩不可读,亦自名家。才不逮宗师者,固不可效其体,刘勰《文心雕龙》论之至矣。”虽然此段同前面所引周辉《清波杂志》中“为文当从三易”条一样,皆出自北宋宋祁的《摘粹》,但是他汇钞于此,表明他自己对《文心雕龙》有关用典理论的认同,由此,我们便发现了《文心雕龙》有关骈文的理论批评在元代也有人响应。

三 《文心雕龙》及其骈文理论在明代的影响

《文心雕龙》及其骈文理论在明代的影响也经历了一个曲折的过程,大体说来,前期和中期影响力弱,而中期以后逐渐上扬,至晚期则比较突出。

经过元末的天下大乱之后,朱明王朝重归一统,出于维护其封建统治的需要,大力尊崇程朱理学,使其成为占统治地位的思想。这种思想反映在文学领域,就是强调文以载道,注重人伦教化,中

[1] 钱惟善撰,《文心雕龙序》,《〈文心雕龙〉资料丛书》,学苑出版社,2004年版,第155—158页。

国文学传统的原道、征圣、宗经的思想被进一步强化。同时，经过唐宋以来古文创作思潮的冲击，骈文又被视为徒具形式技巧之美的文学样式，已经被边缘化，仅仅在公牍一类应用文中占有狭小的天地，很少被用来作为载道与教化的载体；与此相反，古文则被视为当然的载道之具。到朱明王朝统治地位稳固之后，这种倾向更为严重，所以明代前期至中期，文坛上的复古思潮一浪接着一浪，而骈文则一直处于被贬抑、被歧视的地位，以骈文为代表的六朝文学一直是文士们批判的对象。此外，明代八股文凭借政治上的驱动力量，极度繁荣，更进一步挤压了骈体文的生存空间，这一点，吴伟业在《古文汇钞序》中有所说明："自魏、晋、六朝，工于四六骈偶。唐宋巨儒，始为黜浮崇雅之学，将力挽斯世之颓靡而轨之于正，古文之名乃大行。盖以自名其文之学于古耳。其于古人之曰经曰史者，未敢遽以文名之。南宋后，经生习科举之业，三百年来以帖括为时文，人皆趋今而去古，间有援古以入今。古文时文或离或合，离者病于空疏，合者病于剽窃。彼其所谓古文与时文对待而言者也，盖古学之亡久矣。"[1]明确揭示出了八股文取代四六文而与古文对等的现象。艾南英在《答夏彝仲论文书》中也指出："今之时以碑、铭、序、记、传为古文，对八股时义而言耳。"[2]从二人的言论中可以看出：古文与八股文并驾齐驱，居于当时文章领域的核心地位；而骈体则备受歧视和批判。如明初的刘基在其《苏平仲文集序》中便将魏晋及隋之文斥为"惟日趋于绮靡而已"。方孝孺在《张彦辉文集序》中也斥之为"流丽浮靡""殆欲无文"。贝琼在《张彦辉文集序》中更将其一笔抹杀："降于六朝之浮华，不论也。"其他如明代"前七子""后七子"更是有过之而无不及。而"唐宋派"尽管与前、后七子的复古对象不同，但是对六朝文学则同样持否定态

---

〔1〕 吴伟业撰，《古文汇钞序》，《梅村家藏集》卷三二，《四部丛刊初编》本。

〔2〕 黄宗羲编，《明文授读》，《四库全书存目丛书》卷二〇，齐鲁书社，1997 年版，第 29 页。

度,如唐宋派重要代表人物茅坤在其《八大家文钞总序》中就以绮靡与气弱为辞,批评六朝骈文:“崔、蔡以下,非不矫然龙骧也,然六艺之旨渐流失。魏、晋、宋、齐、梁、陈、隋、唐之间,文日以靡,气日以弱,强弩之末且不及鲁缟矣,而况于穿札乎?”〔1〕所以,明代的骈文,不像宋代那样常常和古文对举,而是受到人们相当普遍的否定。这样的社会文学环境,当然不利于以骈文为载体的《文心雕龙》发挥作用,产生影响。虽然在这一较长的历史时期内,《文心雕龙》也曾被提及,有时也被引用,以至于作为理论支撑,但用途与角度不同。

明初直接引用《文心雕龙》的应该提到宋濂,他在其《白云稿序》中说:“刘勰论文有云:‘论说辞序,则《易》统其首;诏策章奏,则《书》发其源;赋颂歌赞,则《诗》立其本;铭诔箴祝,则《礼》总其端;纪传盟檄,则《春秋》为之根。’呜呼!为此说者固知文本乎经,而濂犹谓其有未尽焉。何也?《易》之彖象有韵者,即诗之属。《周颂》敷陈而不协音者,非近于《书》欤?《书》之《禹贡》《顾命》,即序纪之宗。《礼》之《檀弓》《乐记》非论说之极精者欤?况《春秋》谨严,诸经之体,又无所不兼之欤?错综而推,则《五经》各备,文之众法,非可以一事而指名也。”〔2〕只肯定《文心雕龙·宗经》中“文本乎经”的一面,并且还认为不够,所以未免片面而不识真谛。

明初受《文心雕龙》及其骈文理论影响较为明显的是吴讷,其《文章辨体序说》一方面轻视骈体,褒扬散体,如其论述古代各种文体时多是先散体,后骈体,这一点我们在前面已经有所说明;但是另一方面,在文体辨析之时,吴讷并不回避骈体,而且时常客观地阐释文章体制,反映出骈体在公牍一类应用文中的特殊功用。如

〔1〕 茅坤撰,《唐宋八大家文钞评文》,王水照编,《历代文话》,复旦大学出版社,2007年版,第1782—1783页。

〔2〕 宋濂撰,《白云稿序》,《明代文论选》,人民文学出版社,1993年版,第17—18页。

其论露布:“唐宋虽有传者,然其命辞,全用四六,盖与当时表文无异。”论制:“宋承唐制,其曰‘制’者,以拜三公三省等职,辞必四六,以便宣读于庭;‘诰’则或用散文,以其直告某官也。”论连珠:“大抵连珠之文,穿贯事理,如珠在贯,其辞丽,其言约,不直指事情,必假物陈义以达其旨,有合古诗讽兴之义。其体则四六对偶而有韵。自士衡后,作者盖鲜。”[1]

同时,《文章辨体序说》中特别值得我们注意的是多处以《文心雕龙》为理论依据,受其理论主张的影响较大。

首先,在其《诸儒总论文法》中,直接引用《文心雕龙·定势》:“章表奏议,则准的乎典雅;赋颂歌诗,则羽仪乎清丽;符檄书移,则楷式于明断;史论序注,则轨范于核要;箴铭碑诔,则体制于宏深;连珠七辞,则从事于巧艳。此修体而成势,随变而立功者。复契会相参,节文互杂,譬五色之锦,各以本采为地矣。”[2]比较明显地反映出吴讷本人对《文心雕龙》中有关文法理论的重视。

另外,在具体论述文体之时,本书也有多处以《文心雕龙》为理论支撑,并且涉及骈体文。如论露布:“《文心雕龙》又云:‘露布者,盖露板不封,布诸视听。’近世帅臣奏捷,盖本于此。然今考之魏、晋之文,俱无传本。唐宋虽有传者,然其命辞,全用四六,盖与当时表文无异。”[3]指出其体制以骈文为常态。论檄又曰:“刘勰云:‘凡檄之大体,或述此休明,或叙彼苛虐,指天时,审人事,算强弱,角权势。故植义扬辞,务在刚健。插羽以示迅,不可使辞缓;露板以宣众,不可使义隐。’大抵唐以前不用四六,故辞直义显。昔人谓

[1] 吴讷撰,《文章辨体序说》,王水照编,《历代文话》,复旦大学出版社,2007年版,第1618、1616—1617、1634页。

[2] 吴讷撰,《文章辨体序说》,王水照编,《历代文话》,复旦大学出版社,2007年版,第1589—1590页。

[3] 吴讷撰,《文章辨体序说》,王水照编,《历代文话》,复旦大学出版社,2007年版,第1618页。

檄以散文为得体，岂不信乎？”〔1〕指出唐代前后檄文体制的变化，当然也流露出推尊散体的倾向。再如谈到论这种文体时说：“按韵书：‘论者，议也。’梁昭明《文选》所载，论有二体：一曰‘史论’，乃史臣于传末作议论，以断其人之善恶，若司马迁之论项籍、商鞅是也；二曰‘论’，则学士大夫议论古今时世人物，或评经史之言，正其讹谬，如贾生之论秦过，江统之论徙戎，柳子厚之论守道、守官是也。唐、宋取士，用以出题。然求其辞精义粹、卓然名世者，亦惟韩、欧为然。刘勰云：‘圣哲彝训曰经，述经叙理曰论。’故凡‘陈政则与议说合契，释经则与传注参体，辨史则与赞评齐行，铨文则与序引共纪’。信夫！”〔2〕也是以《文心雕龙》为理论依据。还有论颂：“《诗大序》曰：‘诗有六义，六曰颂。颂者，美盛德之形容，以告神明者也。’尝考《庄子・天运》篇称：‘黄帝张《咸池》之乐，焱氏为颂。’斯盖寓言尔。故颂之名，实出于《诗》。若商之《那》、周之《清庙》诸什，皆以告神为颂体之正。至如《鲁颂》之《駉》《駜》等篇，则当时以祝颂僖公，为颂之变。故先儒胡氏有曰：‘后世文人献颂，特效《鲁颂》而已。’颂须铺张扬厉，而以典雅丰缛为贵。《文心雕龙》云：‘敷写似赋，而不入华侈之区；敬慎如铭，而异乎规谏之域。’谅哉！”〔3〕同样是以《文心雕龙》为准的。可见，即使在古文思潮占据文坛主导地位的情况下，《文心雕龙》还是显示出它的影响力，尤其值得注意的是：论者在辨析照例以骈偶为特征的文章体制之时，常常会看到《文心雕龙》相关理论的影响。

到了明代中叶，社会历史状况有很大变化：土地兼并严重，社

〔1〕 吴讷撰，《文章辨体序说》，王水照编，《历代文话》，复旦大学出版社，2007 年版，第 1621 页。

〔2〕 吴讷撰，《文章辨体序说》，王水照编，《历代文话》，复旦大学出版社，2007 年版，第 1623 页。

〔3〕 吴讷撰，《文章辨体序说》，王水照编，《历代文话》，复旦大学出版社，2007 年版，第 1627 页。

会矛盾日趋激化,由此出现张居正倡导的改革,思想文化上的禁锢有一定的松动,反映到文学领域,尽管前、后“七子”主张宗法秦汉古文,唐宋派主张宗法唐宋古文,师法对象有所不同,但是复兴古文的总体倾向是一致的,而且是当时文坛上的主要潮流。然而与明初不同的是,推崇六朝文学的思潮也在少数人当中开始滋长,虽然同样是复古求新,但与轻视六朝文学,特别是骈体的前、后“七子”及“唐宋派”的文学主张大异其趣,为《文心雕龙》影响力的提高提供了相应的土壤。这方面的代表人物主要有杨慎、王文禄、黄省曾、朱睦㮮。而杨慎和朱睦㮮二人又特别重视《文心雕龙》,并且深受其影响。

杨慎、王文禄都不满当时复古派文章家片面宗法秦汉、唐宋之风,肯定六朝文学的成就,关于这一点,我们在前面已经有所说明。此外,黄省曾本人在碑文写作上更自觉师法六朝,在当时影响较大。王文禄在《文脉》中说“五岳出而尚六朝”。王世贞在《五岳山人集序》中也赞扬他“碑、诔出东京,间以六代”。同时,在理论主张上,黄省曾也肯定六朝文学。如其《大司马王公家藏集序》中有云:“故缀言雄高,罗搜六代之奇,绘织九流之要。”这种注重六朝文学的风气逐渐滋长,给《文心雕龙》及其骈文理论发挥作用、产生影响创造了一定的条件。所以,从明中叶起,《文心雕龙》及其骈文理论在文坛上的影响逐渐增强。在这方面,比较突出的例证一是杨慎对《文心雕龙》的评点和研究,二是朱睦㮮对《文心雕龙》有关骈文理论的师法。

对《文心雕龙》的评点,杨慎是先行者。明人闵绳初在《〈文心雕龙〉引》中说过:“若夫握五色管,点缀五色文,则吾明升庵杨先生实始基之。”还有一位《文心雕龙》的序作者顾起元,也称“升庵先生酷嗜其文”,“爰以五色之管,标举胜义,读者快焉”[1]。杨慎本人

---

[1] 黄霖编著,《文心雕龙汇评》,上海古籍出版社,2005 年版,第 28 页。

在《与张禺山书》中也对自己的评点状况有所说明："批点《文心雕龙》，颇得刘舍人精意。此本亦古，有一二误字，已正之。其用色：或红，或黄，或绿，或青，或白；自为一例，正不必说破，说破又宋人矣。盖立意一定，时有出入者，是乖其例。人名用斜角，地名用长圈。然亦有不然者，如董狐对司马，有苗对无棣，虽系人名地名，而俪偶之切，又当用青笔圈之，此岂区区宋人之所能尽，高明必契鄙言耳。"[1]仔细考察其评点之语，其中确实有比较精彩之处。如对《文心雕龙·情采》中"铅黛所以饰容，而盼倩生于淑姿；文采所以饰言，而辩丽本于情性"两联，杨慎评道："予尝戏云：'美人未尝不粉黛，粉黛未必皆美人。奇才未尝不读书，读书未必皆奇才。'"[2]同时，他还对《文心雕龙·风骨》篇有精彩的评点和发挥。如："此分风骨之异，论文之极妙者。""明即风也，健即骨也。诗有格有调。格犹骨也，调犹风也。""左氏论女色曰'美而艳'。美犹骨也，艳犹风也。文章风骨兼全，如女色之美艳两致矣。"[3]为了阐释"风骨"的内在涵意，连续使用生动形象的比喻，深入浅出，很有参考价值。

不仅如此，杨慎的有些评语关涉到骈体。如《声律》篇下评"异音相从谓之和，同声相应谓之韵"两句时说："东董是和，东中是韵。"《事类》篇下就"故魏武称张子之文为拙，以学问肤浅，所见不博，专拾掇崔、杜小文，所作不可悉难，难便不知所出"数语批道："宋人所谓用则不差，问则不知。"[4]说明用典与才学的关系问题，也有可观之处。另外，杨慎在《丹铅总录》卷六《杂识》"翠足粉胸"

[1] 杨慎撰，《与张禺山书》，黄霖编著，《文心雕龙汇评》，上海古籍出版社，2005年版，第28页。

[2] 黄霖编著，《文心雕龙汇评》，上海古籍出版社，2005年版，第109页。

[3] 黄霖编著，《文心雕龙汇评》，上海古籍出版社，2005年版，第100、101、99页。

[4] 黄霖编著，《文心雕龙汇评》，上海古籍出版社，2005年版，第114、126—127页。

条下有云："刘勰云：'缀金翠于足跗，靓粉泽于胸臆。'以喻失其所施也。"进一步阐释《文心雕龙》在用典方面的理论主张，说明用典不当的情形。

不过，当时推重《文心雕龙》，受其有关骈文理论影响更深的，当属朱睦㮮和徐师曾。朱氏在嘉靖三十四年（1555 年）所写的《刻苏文忠公表启序》中评论苏轼的骈体书启，明显是以《文心雕龙·丽辞》为理论依据，这一点，我们稍加比较便可知晓：

> 故丽辞之体，凡有四对：言对为易，事对为难；反对为优，正对为劣。言对者，双比空辞者也；事对者，并举人验者也；反对者，理殊趣合者也；正对者，事异义同者也。……凡偶辞胸臆，言对所以为易也；征人资学，事对所以为难也；幽显同志，反对所以为优也；并贵共心，正对所以为劣也。又以事对，各有反正，指类而求，万条自昭然矣。……是以言对为美，贵在精巧；事对所先，务在允当。若两言相配，而优劣不均，是骥在左骖，驽为右服也。若夫事或孤立，莫与相偶，是夔之一足，趻踔而行也。若气无奇类，文乏异采，碌碌丽辞，则昏睡耳目。必使理圆事密，联璧其章。迭用奇偶，节以杂佩，乃其贵耳。类此而思，理斯见也。[1]
>
> ——刘勰《文心雕龙·丽辞》

> 故丽词之体有四变，比兴辞者曰言对，并举故实者曰事对；理殊趣合者曰反对，事异义同者曰正对；推此而求，万条自昭矣。然四体之中，又有二难存焉。是故言对者，贵于精巧；事对者，务在允当。若两事相配而优劣不均，抑又何尚焉？有宋苏文忠公体三才之茂典，践得二之庶几；宏览载籍，博游才艺；含沉郁之思，衍黼黻之篇。或缉熙帝图，或宣达民瘼；或寄

[1] 黄霖编著，《文心雕龙汇评》，上海古籍出版社，2005 年版，第 119—120 页。

情于伐木,或托兴于采荣;其词沨沨乎可谓兼四体而备二难者矣。左使葵山郑公博闻好古,雅志述作,旬宣之暇,乃取文忠表启二卷,命余删其繁重,掇其菁要,得若干首,因为序之。[1]

——朱睦㮮《刻苏文忠公表启序》

很明显,朱氏所论,不仅神理同《文心雕龙》一脉相承,而且其文章中的主干词汇也是从《文心雕龙·丽辞》中直接移植过来的。这从一个侧面反映出当时的文艺家们在讨论骈文之时,不但注意到《文心雕龙》的相关理论,而且还用于论文实际。

徐师曾生活在明代后期,他从嘉靖三十三年(1554年)到隆庆四年(1570年),用了十七年的时间,参照吴讷的《文章辨体》,又有所损益,编成《文体明辨》一书。虽然书中叙述文体演变之时,仍然同吴讷一样持古、俗、正、变的观念,推重古文,对骈体有所轻视,把六朝、初唐骈文及陆贽公牍骈文视为异端,一概不录,但其基本的理论支柱却主要取自《文心雕龙》,而且在阐述文体正变之时,比较注意骈、散问题。该书在《文章纲领·总论》中,便标举《文心雕龙》:"梁刘勰曰:'六经,象天地,效鬼种;参物序,制人纪,洞性灵之奥区,极文章之骨髓者也。论说辞序,则《易》统其首;诏策章奏,则《书》发其源;赋颂歌赞,则《诗》立其本;铭诔箴祝,则《礼》总其端;纪传盟檄,则《春秋》为根。百家腾跃,终入环内。故文能宗经,有六善焉:情深而不诡,一也;风清而不杂,二也;事信而不诞,三也;义直而不回,四也;体约而不芜,五也;文丽而不淫,六也。'"[2]由此可见他对《文心雕龙》的重视。接下来在论述各种文体的演变之时,多数都以《文心雕龙》的相关理论为主要支柱,受其影响极深,

〔1〕朱睦㮮撰,《刻苏文忠公表启序》,朱睦㮮辑,《刻苏文忠公表启》,明嘉靖三十四年(1555年)刻本卷首。

〔2〕徐师曾著,罗根泽点校,《文体明辨序说》,人民文学出版社,1998年版,第80—81页。

而且论述经常涉及骈文、散文问题,请看下表:

《文体明辨》师法《文心雕龙》主要情况一览表

所述文体	师法例证
诏	按刘勰云:"古者王言,若轩辕、唐、虞同称为命。至三代始兼诏誓而称之,今见于《书》者是也。秦并天下,改命曰制,令曰诏,于是诏兴焉。汉初,定命四品,其三曰诏,后世因之。"夫诏者,昭也,告也。古之诏词,皆用散文,故能深厚尔雅,感动乎人。六朝而下,文尚偶俪,而诏亦用之,然非独用于诏也。后代渐复古文,而专以四六施诸诏、诰、制、敕、表、笺、简、启等类,则失之矣。然亦有用散文者,不可谓古法尽废也。〔1〕
敕	按字书云:"敕,戒敕也,亦作勅。"刘熙云:"敕,饬也,使之警饬不敢废慢也。"刘勰云:"戒敕为文,实诏之切者,周穆王命郊父受敕宪,此其事也。"汉制,天子命令有四,其四曰戒书,即戒敕也。唐制,王言有七,其四曰发敕,五曰敕旨,六曰论事敕书,七曰敕牒,则唐之用敕广矣。宋亦有敕,或用之于奖谕,岂敕之初意哉?其词有散文,有四六,故今分古、俗二体而列之。宋制或励百官,晓谕军民,别有敕榜,故以附焉。今制,诸臣差遣,多予敕行事,详载职守,申以勉词,而褒奖责让亦用之,词皆散文。又六品已下官赠封,亦称敕命,始兼四六,亦可以见古文兴复之渐云。〔2〕
教	按刘勰云:"教者,效也,言出而民效也。"李周翰云:"教,示于人也。"秦法,王侯称教;而汉时大臣亦得用之,若京兆尹王尊出教告属县是也。故陈绎曾以为大臣告众之词。今考诸集亦不多见,聊取数首列于篇。〔3〕

〔1〕 徐师曾著,罗根泽点校,《文体明辨序说》,人民文学出版社,1998年版,第112页。

〔2〕 徐师曾著,罗根泽点校,《文体明辨序说》,人民文学出版社,1998年版,第113页。

〔3〕 徐师曾著,罗根泽点校,《文体明辨序说》,人民文学出版社,1998年版,第120页。

续表

所述文体	师法例证
上书	按字书云:“书者,舒也,舒布其言而陈之简牍也。”古人敷奏谏说(音税)之辞,见于《尚书》、《春秋内外传》者详矣。然皆矢口陈言,不立篇目,故《伊训》、《无逸》等篇,随意命名,莫协于一;然亦出自史臣之手,刘勰所谓“言笔未分”,此其时也。降及七国,未变古式,言事于王,皆称上书。秦汉而下,虽代有更革,而古制犹存,故往往见于诸集之中。萧统《文选》欲其别于臣下之书也,故自为一类,而以“上书”称之。今从其例,历采前代诸臣上告天子之书以为式,而列国之臣上其君者亦以类次杂于其中。其他章表奏疏之属,则别以类列云。〔1〕
章	按刘勰云:“章者,明也。”古人言事,皆称上书。汉定礼仪,乃有四品,其一曰章,用以谢恩。及考后汉,论谏庆贺,间亦称章,岂其流之浸广欤?自唐而后,此制遂亡。〔2〕
笺	按刘勰云:“牋者,表也,识表其情也。”字亦作“笺”。古者君臣同书,至东汉始用笺记,公府奏记,郡将奏笺。若班固之说东平,黄香之奏江夏,所谓郡将奏笺者也。是时太子诸王大臣皆得称笺,后世专以上皇后太子,于是天子称表,皇后太子称笺,而其他不得用矣。其词有散文,有俪语,分为古、俗二体而列之。〔3〕
檄	其词有散文,有俪语。俪语始于唐人,盖唐人之文皆然,不专为檄也。若论其大体,则刘勰所称“植义飏辞,务在刚健。或述此休明,或叙彼苛虐。指天时,审人事;算强弱,角权势。标蓍龟于前验,悬盘铭于已然。插羽以示迅,不可使辞缓;露板以宣众,不可使义隐:此其要也。”可谓尽之矣。〔4〕

〔1〕〔2〕 徐师曾著,罗根泽点校,《文体明辨序说》,人民文学出版社,1998年版,第121页。

〔3〕 徐师曾著,罗根泽点校,《文体明辨序说》,人民文学出版社,1998年版,第123页。

〔4〕 徐师曾著,罗根泽点校,《文体明辨序说》,人民文学出版社,1998年版,第126页。

续表

所述文体	师法例证
露布	按露布者，军中奏捷之辞也。书辞于帛，建诸漆竿之上。刘勰所谓“露板不封，布诸视听”者，此其义也。……又按刘勰《檄移篇》云：“檄，或称露布。”岂露布之初，告伐告捷，与檄通用，而后始专以奏捷欤？然二文世既不传，而后人所作，皆用俪语，与表文无异，不知其体本然乎？抑源流之不同也？今不可考。〔1〕
书记	按刘勰云：“书记之用广矣。”考其杂名，古今多品，是故有书，有奏记，有启，有简，有状，有疏，有笺，有制；而书记则其总称也。……今取六者列之，而辩其体以告学者：一曰书，书有辞命、议论二体。二曰奏记。二者并用散文。三曰启，启有古体，有俗体。四曰简，简用散文。五曰状，状用俪体。六曰疏，疏用散文。然状与疏诸集不多见；见者仅有此体，故姑著之，要未可为定体也。〔2〕
策	按《说文》云：“策者，谋也。”《汉书音义》曰：“作简策难问，例置案上，在试者意投射取而答之，谓之射策。若录政化得失显而问之，谓之对策。”刘勰云：“射策者，探事而献说也，以甲科入仕。对策者，应诏而陈政也，以第一登庸。皆选贤之要术也。”〔3〕
论	按字书云：“论者，议也。”刘勰云：“论者，伦也，弥纶群言而研一理者也。论之立名，始于《论语》；若《六韬》二论，乃后人之追题耳。其为体则辩正然否，穷有数，追无形，迹坚求通，钩深取极，乃百虑之筌蹄，万事之权衡也。至其条流，实有四品：陈政则与议说合契，释经则与传注参体，辩史则与赞评齐行，铨文则与序引共记：此论之大体也。”〔4〕

〔1〕 徐师曾著，罗根泽点校，《文体明辨序说》，人民文学出版社，1998年版，第126页。

〔2〕 徐师曾著，罗根泽点校，《文体明辨序说》，人民文学出版社，1998年版，第128—129页。

〔3〕 徐师曾著，罗根泽点校，《文体明辨序说》，人民文学出版社，1998年版，第130页。

〔4〕 徐师曾著，罗根泽点校，《文体明辨序说》，人民文学出版社，1998年版，第131页。

续表

所述文体	师法例证
议	按刘勰云："议者，宜也，周爰谘谋以审事宜也。"《周书》曰："议事以制，政乃不迷"，此之谓也。昔管仲称轩辕有明台之议，则议之来远矣。[1]
杂著	按杂著者，词人所著之杂文也；以其随事命名，不落体格，故谓之杂著。然称名虽杂，而其本乎义理，发乎性情，则自有致一之道焉。刘勰所云："并归体要之词，各入讨论之域。"正谓此也。[2]
连珠	其体展转，或二，或三，皆骈偶而有韵，故工于此者，必使义明而词净，事圆而音泽，磊磊自转，乃可称珠。否则欲穿明珠，多贯鱼目，恶能免于刘勰之诮邪？今采数家，以式学者。[3]
铭	按郑康成曰："铭者，名也。"刘勰云："观器而正名也。"故曰："作器能铭，可以为大夫矣。"考诸夏商鼎彝尊卣盘匜之属，莫不有铭，而文多残缺，独《汤盘》见于《大学》，而《大戴礼》备载武王诸铭，使后人有所取法。[4]
颂	刘勰云："颂之为体，典雅清铄，揄扬汪洋。敷写似赋，而不入华侈之区；敬慎如铭，而异乎规戒之域。"[5]
赞	刘勰有言："赞之为体，促而不旷，结言于四字之句，盘桓乎数韵之辞，其颂家之细条乎。"可谓得之矣。[6]

---

[1] 徐师曾著，罗根泽点校，《文体明辨序说》，人民文学出版社，1998年版，第133页。

[2] 徐师曾著，罗根泽点校，《文体明辨序说》，人民文学出版社，1998年版，第137页。

[3] 徐师曾著，罗根泽点校，《文体明辨序说》，人民文学出版社，1998年版，第139页。

[4] 徐师曾著，罗根泽点校，《文体明辨序说》，人民文学出版社，1998年版，第142页。

[5][6] 徐师曾著，罗根泽点校，《文体明辨序说》，人民文学出版社，1998年版，第143页。

续表

所述文体	师法例证
行状	按刘勰云:"状者,貌也,体貌本原,取其事实。先贤表谥,并有行状,状之大者也。"汉丞相仓曹傅胡干始作《杨元伯行状》,后世因之。盖具死者世系、名字、爵里、行治、寿年之详,或牒考功太常使议谥,或牒史馆请编录,或上作者乞墓志碑表之类皆用之。[1]
墓碑文	按古者葬有丰碑,以木为之,树于椁之前后,穿其中为鹿庐而贯綍以窆者也。《檀弓》所载"公室视丰碑",是已。汉以来始刻死者功业于其上,稍改用石,则刘勰所谓"自庙而徂坟"者也。[2]
诔	又按刘勰云:"柳妻诔惠子,辞哀而韵长",则今私诔之所由起也。盖古之诔本为定谥,而今之诔惟以寓哀,则不必问其谥之有无,而皆可为之。至于贵贱长幼之节,亦不复论矣。[3]
祭文	按祭文者,祭奠亲友之辞也。古之祭祀,止于告飨而已。中世以还,兼赞言行,以寓哀伤之意,盖祝文之变也。其辞有散文,有韵语,有俪语;而韵语之中,又有散文、四言、六言、杂言、骚体、俪体之不同。今各以类列之。刘勰云:"祭奠之楷,宜恭且哀,若夫辞华而靡实,情郁而不宣,皆非工于此者也。"作者宜详审之。[4]

[1] 徐师曾著,罗根泽点校,《文体明辨序说》,人民文学出版社,1998 年版,第 147—148 页。

[2] 徐师曾著,罗根泽点校,《文体明辨序说》,人民文学出版社,1998 年版,第 150 页。

[3] 徐师曾著,罗根泽点校,《文体明辨序说》,人民文学出版社,1998 年版,第 154 页。

[4] 徐师曾著,罗根泽点校,《文体明辨序说》,人民文学出版社,1998 年版,第 154—155 页。

续表

所述文体	师法例证
吊文	按吊文者,吊死之辞也。刘勰云:“吊者,至也。《诗》曰:‘神之吊矣’,言神至也。”宾之慰主,以至到为言,故谓之吊。古者吊生曰唁,吊死曰吊,亦此意也。[1]
祝文	按祝文者,飨神之词也,刘勰所谓“祝史陈信,资乎文辞”者,是也。昔伊祁始蜡以祭八神,其辞云:“土反其宅(叶远各反),水归其壑;昆虫毋作,草木归其泽(叶达各反)。”此祝文之祖也。[2]

从上表可以清楚地看到:《文体明辨》对很多文体的辨析都以《文心雕龙》的文体论为理论依据,影响之深,前无其伦。虽然徐师曾对骈体有所轻视,但对《文心雕龙》中有关骈体的理论批评,有时还是认可的,如书中对连珠体这种典型骈体的辨析,还是明确遵从《文心雕龙》的理论观点:“其体展转,或二,或三,皆骈偶而有韵,故工于此者,必使义明而词净,事圆而音泽,磊磊自转,乃可称珠。否则欲穿明珠,多贯鱼目,恶能免于刘勰之诮邪?今采数家,以式学者。”很明显,这是以《文心雕龙》关于连珠体这种特殊骈文体制的论断为准绳,而且文中好多文句直接取自《文心雕龙·杂文》,请看原文:

自《连珠》以下,拟者间出。杜笃、贾逵之曹,刘珍、潘勖之辈,欲穿明珠,多贯鱼目。可谓寿陵匍匐,非复邯郸之步;里丑捧心,不关西施之颦矣。……夫文小易周,思闲可赡。足使义明而词净,事圆而音泽,磊磊自转,可称珠耳。

所以,《文心雕龙》中有关骈文的理论批评对徐师曾《文体明

[1][2] 徐师曾著,罗根泽点校,《文体明辨序说》,人民文学出版社,1998年版,第155页。

辨》的影响也是很明显的。

到了晚明时期，推重六朝文的倾向由涓涓细流发展到高潮，不但肯定、倡导六朝骈文之风盛行于世，而且公开否定延续已久的古文文统，突出表现为对韩愈以来古文的批判。进一步肯定六朝骈文者如张溥，他在《汉魏六朝百三家集题辞》中，从史的角度肯定六朝文，批评片面否定的做法："两京风雅，光并日月，一字获留，寿且亿万；魏虽改元，承流未远；晋尚清微，宋矜新巧，南齐雅丽擅长，萧梁英华迈俗；总言其概：椎轮大路（案：应为辂），不废雕几，月露风云，无伤骨气，江左名流，得与汉朝大手同立天地者，未有不先质后文，吐华含实者也。人但厌陈季之浮薄而毁颜、谢，恶周、隋之骈衍而罪徐、庾，此数家者，斯文具在，岂肯为后人受过哉？"〔1〕并且直接赞扬江文通、任彦升的骈俪之文："江南文胜，古学日微，方轨词苑，代有名人。大抵采死翟之毛，抉焚象之齿，生意尽矣。居今之世，为今之言，违时抗往，则声华不立，投俗取妍，则尔雅中绝，求其俪体行文，无伤逸气者，江文通、任彦升庶几近之。然后知僧孺所称，非尽谬也。"〔2〕大倡六朝文而公开批判韩愈古文文统者以屠龙为代表。他的理论主张在其《文论》中表现得非常充分。文中首先充分肯定了六朝文的魅力，批评所谓的"端人庄士"对六朝文的偏激态度，并且一针见血地指出："文至于昌黎氏人坏焉。"在这种大倡六朝文、反拨古文文统思潮的影响下，骈文理论批评也活跃起来，其表现方式多为评点，其载体主要是骈文选本。晚明骈文选本之多，超过以往任何时代。如前所述，其代表性选本如王志坚《四六法海》，王明嶅、黄金玺编辑的《宋四六丛珠汇选》，蒋一葵《尧山堂偶隽》，许以忠《车书楼汇辑各名公四六争奇》，李日华《四六类

〔1〕 张溥著，殷孟伦注，《汉魏六朝百三家集题辞注》，人民文学出版社，1960年版，第314页。

〔2〕 张溥著，殷孟伦注，《汉魏六朝百三家集题辞注》，人民文学出版社，1960年版，第230页。

编》《四六全书》，钟惺《新镌选注名公四六云涛》，马朴《四六雕虫》等等，都在当时和以后产生了相当大的影响。应该说，这种倡导六朝骈文，积极开展骈文理论批评的文学氛围，为《文心雕龙》，特别是其骈文理论发挥影响作用提供了非常好的机遇。因此晚明时期，《文心雕龙》大受重视，评点之人愈来愈多，其中有关骈文的理论批评影响更为显著。

首先如晚明著名文士钟惺、谭元春两人，都对《文心雕龙》有所关注。钟惺是《文心雕龙》的评点者之一，如在《文心雕龙·原道》篇中，钟惺针对文中"文之为德也大矣，与天地并生者何哉"一句批道："文章直从天地发原，岂词人小技?"〔1〕对《隐秀》篇中"隐也者，文外之重旨者也；秀也者，篇中之独拔者也"几句又批道："隐秀二字，将文章家一种幽冷之趣道出。"〔2〕大体看来，钟惺的评点多是针对《文心雕龙》的理论主张本身，并且多是肯定或赞美之词。如在《颂赞》篇"原夫颂惟典懿，辞必清铄，敷写似赋，而不入华侈之区"处批道："颂之精微，数语道尽。"〔3〕又如在《祝盟》篇"土反其宅，水归其壑，昆虫毋作，草木归其泽"处批道："二词极妙，可采入逸诗。"〔4〕在《诏策》篇"故授官选贤，则义炳重离之辉；优文封策，则气含风雨之润"处批道："采色耀目，称之雕龙非过。"〔5〕对于《文心雕龙》中有关骈文的理论主张，钟惺也有所阐释。如《丽辞》篇开头部分："造化赋形，支体必双；神理为用，事不孤立。"这是刘勰阐述骈偶产生原因的经典性的论断，钟惺对此颇有会心，于是批道："从造化说来，觉天地、日月、山川、花木、鸟兽俱似为丽辞而

〔1〕 黄霖编著，《文心雕龙汇评》，上海古籍出版社，2005年版，第13页。
〔2〕 黄霖编著，《文心雕龙汇评》，上海古籍出版社，2005年版，第132页。
〔3〕 黄霖编著，《文心雕龙汇评》，上海古籍出版社，2005年版，第39页。
〔4〕 黄霖编著，《文心雕龙汇评》，上海古籍出版社，2005年版，第41页。
〔5〕 黄霖编著，《文心雕龙汇评》，上海古籍出版社，2005年版，第72页。

设。”[1]这样的评点,对人们理解《文心雕龙》关于骈文的理论,还是有一定的启发性的。谭元春谈及《文心雕龙》的言论比钟惺少,但是也有可观之处,如其《古文澜编序》一文中有言:“故知选书者非后人选古人书,而后人自著书之道也。学者不能勤心以取之,又胜心以居之,如刘舍人所谓‘会己则嗟讽,异我则沮弃’者,往往而然。祖两汉即奴陈、隋,尊八家即退群儒,朝庙实用之言,溪山翰墨之致,甚至同年不相为语,亦其势然也。”以《文心雕龙·知音》之言为依据,阐述选文中的弊端,值得一读。

钟、谭之外,晚明的叶绍泰、曹学佺、顾炎武都十分重视《文心雕龙》,并有所论列,在有关骈文的理论批评方面,明显打上了《文心雕龙》相关理论的烙印。

叶绍泰对《文心雕龙》的大多数篇章都进行了评点,其中不乏精彩之处。如《通变》后评:“文体代变,皆由开国之初,其天子大臣,一时好尚,而后世遂以为风然,亦气运使然,不得不变者。至若豪杰之士,则能主张世运,挽回风气,如唐文竞趋靡丽,而韩愈力为芟除,八代之衰,一朝而起。信乎通变惟其人,不惟其时也。”[2]《情采》篇评语:“为情造文,为文造情。凡诗人篇什,辞人赋颂,与夫诸子之徒,莫不以情文为先后。然情经文纬,若能择源于泾渭之流,按辔于邪正之路,使华实并茂,则风雅之兴,即在今日。立文者可无意乎?”[3]更值得注意的是,叶评中有时直接或间接论及骈体,如《比兴》篇后之评:“楚骚汉赋,所以推广诗人之体而诗义以亡,至后世流于四六,极于章句,而比赋皆亡,又不独兴体也。使彦和在今日,其感叹当何如耶!”[4]虽然对骈体还有成见,持论不免偏激,但也有一定参考价值。此外如《事类》篇后评语,着重议论文

[1] 黄霖编著,《文心雕龙汇评》,上海古籍出版社,2005年版,第118页。
[2] 黄霖编著,《文心雕龙汇评》,上海古籍出版社,2005年版,第104—105页。
[3] 黄霖编著,《文心雕龙汇评》,上海古籍出版社,2005年版,第110页。
[4] 黄霖编著,《文心雕龙汇评》,上海古籍出版社,2005年版,第123页。

中用典问题,依据《文心雕龙》相关理论而加以生发:“博学之家,谬误者少,夸诞者多。盖才浮则所用之事毕浮,彼固以为于义无伤,而不知综核者议其后矣。若才学并富,文情双至,代不数人,盖难责备也。”[1]应该肯定,这类受《文心雕龙》的启发、影响而产生的有关骈文的理论批评还是有一定价值的。

曹学佺不仅对《文心雕龙》进行过认真、仔细的校勘,而且还下了很大的功夫进行深入的研究,因此对该书既有宏观上的把握,又有微观上的评点与分析,因而更具理论价值。对《文心雕龙》宏观上的整体把握,见于他评本的《序言》:“《雕龙》上廿五篇,诠次文体;下廿五篇,驱引笔术;而古今短长,时错综焉。其《原道》以心,即运思于神也;其《征圣》以情,即体性于习也;《宗经》紬纬,存乎风雅;《诠赋》及余,穷乎变通。良工苦心,可得而言。”从这段话中可以看出,曹氏对《文心雕龙》全书的总体结构、内在的逻辑联系,以及各部分之间的关系都心中有数,见地不凡。对《文心雕龙》微观上的评点与分析,书中也所在多有,识见超越钟惺、谭元春、叶绍泰诸人,如对于《文心雕龙》中“风”的解读,曹氏用功颇多,首先,在其评本的《序言》中,便对“风”进行了系统的阐释:“夫云霞焕绮,泉石吹籁,此形声之至也;然无风则不行。风者,化感之本原,性情之符契。诗贵自然,自然者,风也。辞达而已,达者,风也。纬非经匹,以其深瑕;歌同赋异,流于侈靡;郡国文计,先集太史之府;诸家诡术,不应贤王之求。以至词命动民,有取于巽;谐隐自喻,适用于时;岂非风振则本举,风微则末坠乎!故《风骨》一篇,归之于气,气属风也。文理数尽,乃尚《通变》,变亦风也。刚柔乘利而《定势》,繁简趋时而《镕裁》;律调则标清而务远,位失则飘寓而不安;风刺道丧,比兴之义已消;物色动摇,形似之工犹接;盖均一风也:袭兰转蕙,足以披襟;伐木折屋,令人丧胆。倏焉而起,不知所自;倏焉

[1] 黄霖编著,《文心雕龙汇评》,上海古籍出版社,2005年版,第128页。

而止,不知所终。善御之人,行乎八极;知音之士,程于尺幅。勰不云乎:'深于风者,其情必显。'勰之深得文理也,正与休文之好易合;而勰之所以能易也,则有风以使之者矣。”显然,他对“风”的体认包括内、外两个方面,作者内部情志为“风”之本,而作品之“风”则是情志的体现:“风者,化感之本原,性情之符契。”在《宗经》篇的眉批中,又进一步指出:“此书以心为主,以风为用,故于六义首见之,而末则归之以文。所谓'丽而不淫',即雕龙也。”[1]此处“以心为主,以风为用”是曹氏理解《文心雕龙》中“风”这一范畴的要点所在。在对《文心雕龙》各个篇章的评点中,他又多次谈到“风”,如《风骨》篇评曰:“风骨二字虽是分重,然毕竟以风为主,风可以包骨,而骨必待乎风也;故此篇以风发端,而归重于气,气属风也。”[2]《通变》篇评曰:“古今一风也。通变之术,亦主风矣。”[3]《定势》篇评曰:“势亦主风,射矢、曲湍之喻,往往见之。”[4]《时序》篇评曰:“时序者,风之递降也。观风可以知时,如薰风主夏,朔风主冬之类。”[5]这几则中的“风”之含义有所不同,有的是指朝代风貌,有的指作家作品所展示出的个性风格,显然其中有的比较牵强,但主体上一方面打上了《文心雕龙》相关理论的印迹,另一方面也有自己的心得体会,表现出文学批评上的自主意识。曹氏对《文心雕龙》的评点,有时也关涉到骈文,如关于《声律》篇的几处评语就是如此。一为篇评:“声律以风胜,知风则律调矣。”[6]另一处在“故外听之易,弦以手定;内听之难,声与心纷”之后有曰:“外听,风声也;内听,风骨也。”[7]虽不免牵强,但也表现出了对文章声律的

[1] 黄霖编著,《文心雕龙汇评》,上海古籍出版社,2005 年版,第 20 页。
[2] 黄霖编著,《文心雕龙汇评》,上海古籍出版社,2005 年版,第 99 页。
[3] 黄霖编著,《文心雕龙汇评》,上海古籍出版社,2005 年版,第 103 页。
[4] 黄霖编著,《文心雕龙汇评》,上海古籍出版社,2005 年版,第 105 页。
[5] 黄霖编著,《文心雕龙汇评》,上海古籍出版社,2005 年版,第 144 页。
[6][7] 黄霖编著,《文心雕龙汇评》,上海古籍出版社,2005 年版,第 113 页。

独特认识。

顾炎武是明末著名的音韵学家,其有关文章声律的理论也留下了《文心雕龙》影响的痕迹。如其《音论》卷中:"五方之音,有迟、疾、轻、重之不同。……故注家多有疾言徐言之解;而刘勰《文心雕龙》谓'疾呼中宫,徐呼中徵'。夫一字而可以疾呼徐呼,此一字两音三音之所繇昉也。"在阐述音韵问题之时,以《文心雕龙》的相关理论为依据。再如《日知录》卷二十九《方音》:"《荀子》每言'案',《楚辞》每言'羌',皆方音。刘勰《文心雕龙》云:'张华论韵,谓士衡多楚。可谓衔灵均之声余,失黄钟之正响也。'"也是以《文心雕龙》的声律理论为准的,可知该书对其影响之深。

总之,从大体上看,《文心雕龙》及其骈文理论在明代的影响力经历的是一个逐渐增强的发展过程,为清代"龙学"之盛打下了基础。

四 《文心雕龙》与《文通》

晚明时期,骈文创作出现复兴的趋势,骈文批评也有明显的起色,其突出特征是多元化和复杂化:有的推崇六朝,纠正秦汉派与唐宋派之失,论证骈文存在的合理性;有的主张骈散结合,相互为用;有的仍然主张复古,取消骈体。其中在崇六朝、纠正泥古的骈文批评家中,朱荃宰是一位突出的代表。

朱荃宰的文学批评主要见于其《文通》一书。该书模仿刘勰的《文心雕龙》与刘知幾的《史通》两书,其中模仿《文心雕龙》的痕迹特别明显,所以其文学批评,特别是在骈文批评方面,深受《文心雕龙》的影响。

其一,在骈文价值论方面深受《文心雕龙》的影响

朱荃宰在其《文通》中,有专门的骈文存在价值论,理论分析与创作实际相互结合,比较有说服力,从中也明显看出《文心雕龙》的影响。在《文通·启》中,朱荃宰全面地论述了骈文产生的必然性与其特殊的存在价值：

> 天地间无独必有偶。二曜列宿，其类相旋为偶；海岳木石，其类相对为偶；火水，其类相制为偶；方圆、小大、修短、有无，其类相反覆为偶；形影、声响、魂魄、性情，其类相生相合为偶；皇帝、王霸，世界相递为偶；儒、墨、释，道术相持为偶。风云、鸟蛇偶于阵；律吕、吉凶偶于礼乐。道自并行，物自并育，天地间无非偶也。上下千古，其人之遭遇有绝相似者；薄海内外，其事之希奇有巧相值者。六籍百家，鸟书龙藏，其理不相入，其言不相蒙，而连类比事，依韵偕声，合而为文，有若天降地设。大《易》文字之始，而图画爻象，阴阳纵横，无非偶俪。由此观之，物相杂曰文，成文曰章，谓骈偶之文盛，而浑噩之气衰，此何异桃源中人，不知有汉何论魏晋？率天下之人，尽去律体而从古诗，此必不可之事也。〔1〕

此论由自然界而及于人类社会，认为"天地间无独必有偶"，"道自并行，物自并育"，"有若天降地设"；又以经典为证、以古体诗与格律诗之关系作比，深入分析、论证骈文产生的必然性与其存在的合理性，批评反骈论者如桃源中人，孤陋寡闻。然后，朱荃宰又从史的角度切入，结合骈文家们的创作实际，进一步论证骈文的价值："陆敬舆疏札不废唐调，古今以为名言。而蛾眉狐媚，十世九人之词，遂使女主嗟叹，天下传诵，夫非四六体耶？大抵唐宋以下，国家训诰典册，率皆骈语，况章表通于下情，笺疏陈于宗敬，所由来矣。"〔2〕陆贽文章是古今公认的经世致用之文，而其文体是骈体；骆宾王的《为徐敬业以武后临朝移诸郡县檄》曾使武后赞叹，其文

〔1〕 朱荃宰撰，《文通》，王水照编，《历代文话》，复旦大学出版社，2007 年版，第 2802—2803 页。

〔2〕 朱荃宰撰，《文通》，王水照编，《历代文话》，复旦大学出版社，2007 年版，第 2803 页。

体也是骈体；唐宋以来，国家的诏诰典策，以及通于下情的章、表等等皆以骈体行文。因此，朱氏认为去掉骈体是“必不可之事也”。仔细分析这些论述，我们发现与《文心雕龙》的论述极其相似。《文心雕龙》一书在论述骈文产生的必然性与其特殊的存在价值时指出：“造化赋形，支体必双；神理为用，事不孤立。夫心生文辞，运裁百虑，高下相须，自然成对。”[1]前后对比，其精神实质一脉相承。

不仅如此，朱荃宰在反驳否定骈文存在价值的观点时，也是以圣哲之文为理论根据：“‘水流湿，火就燥’；‘鼓之以雷霆，润之以风雨’；‘诲尔谆谆，听我藐藐’；‘故谋用是作，而兵由此起’。非对偶与？‘锦衣狐裘，颜如渥丹’；‘火龙黼黻’‘三辰旂旗’；‘春日载阳，有鸣仓庚。女执懿筐，爰求柔桑。’非绮丽与？‘璆、铁、银、镂、砮、磬、熊、罴、狐、狸，织皮’，‘芝、栭、蔆、椇、枣、栗、榛、柿，瓜、桃、李、梅、杏、楂、梨、姜、桂’，‘司徒、司马、司空，亚旅、师氏，千夫长、百夫长’，‘庸、蜀、羌、髳、微、卢、彭、濮’，非缛积与？‘畴离祉’，‘鸱义’，‘不蠲蒸’，‘聒聒，起信险肤’，‘抑磬控忌，抑纵送忌。’‘抑释掤忌，抑鬯弓忌。’非奥涩与？‘非女封刑人杀人，无或刑人杀人。非女封又曰劓刵人，无或劓刵人。’‘人喜则斯陶，陶斯咏，咏斯犹，犹斯舞，舞斯愠，愠斯戚，戚斯叹，叹斯辟。’‘知我者谓我心忧，不知我者谓我何求？’《驷》之篇，《芣苢》之篇，《瓠叶》后之三章，非迂顿与？‘有若伊尹’，‘有若保衡’，‘有若伊陟、臣扈、巫咸’，‘有若巫贤’，‘有若甘盘’，‘有若虢叔，有若闳夭，有若散宜生，有若太颠，有若南宫适。’非故实与？‘手如柔荑，肤如凝脂，领如蝤蛴，齿如瓠犀，螓首蛾眉，巧笑倩兮，美目盼兮。’‘其谁谓其双双而俱至者与？’非艳冶与？夫彼以是为不善者也，故欲变焉。如扣之曰：斯圣哲之笔也，奈何？则必曰：无变也。彼所病者，法此而过尔，损之宜矣，

[1] 黄霖编著，《文心雕龙汇评》，上海古籍出版社，2005年版，第118页。

奈何变而反之?"[1]完全以圣哲之文为直接证据,逐一印证骈文"比偶""绮丽""缛积""故实""奥涩""迂顿""艳冶"七个要素早为圣哲之文所用,证明其存在的价值。我们再看《文心雕龙·丽辞》在论证骈偶存在的价值时,也是以经典为主要根据,其中有云:"唐虞之世,辞未极文,而皋陶赞云:'罪疑惟轻,功疑惟重。'益陈谟云:'满招损,谦受益。'岂营丽辞,率然对尔。《易》之《文》、《系》,圣人之妙思也。序《乾》四德,则句句相衔;龙虎类感,则字字相俪;乾坤易简,则宛转相承;日月往来,则隔行悬合:虽句字或殊,而偶意一也。至于诗人偶章,大夫联辞,奇偶适变,不劳经营。"[2]通过认真的比较和分析,我们发现二者在神理上是一致的,朱荃宰明显受到了《文心雕龙》的启发和影响。

其二,在文体批评方面以《文心雕龙》为主要理论基础(列表)

客观地说,朱荃宰的《文通》在取法《文心雕龙》的骈偶价值论方面还不是最突出的,最突出的是该书的文体论部分。在这一部分里,对于绝大多数文体的论述,都是以《文心雕龙》的相关论述为基础的。请看下表:

《文通》文体论取法《文心雕龙》情况统计表

文类	实例	方式
封禅	王者始受命之时,改制应天。天下太平,功成封禅,以告太平也。升封者,增高也。下禅梁甫之山,基广厚也。刻石纪号者,著己之功迹也。封者,金泥银绳,封以印玺。封者,广也;禅者,传也。梁甫者,太山旁山。三皇禅于绎绎,绎绎者,无穷之意也。五帝禅于	明用

[1] 朱荃宰撰,《文通》,王水照编,《历代文话》,复旦大学出版社,2007年版,第2712—2713页。

[2] 黄霖编著,《文心雕龙汇评》,上海古籍出版社,2005年版,第118页。

续表

文类	实例	方式
	亭亭者,制度审谡,德者明也。……刘彦和曰:夫正位北辰,向明南面,所以运天枢,毓黎献者,何尝不经道纬德,以勒皇迹者哉!《绿图》(绿元作録,从纪改)曰:"潬潬嗎嗎,棼棼雉雉,万物尽化",言至德所被也。《丹书》曰:"义胜欲则从,欲胜义则凶",戒慎之至也。则戒慎以崇其德,至德以凝其化,七十有二君,所以封禅矣。[1]	
符	《说文》曰:符,信也。汉制以竹,长六寸,分而相合。《释名》曰:符,付也。书所制命于上,符传行之。《续文献通考》曰:符,付也。书敕命于上,付使传行之也。《文心》曰:符者,孚也。征召防伪,事资中孚。三代玉瑞,汉世金竹,末代从省,易以书翰矣。信陵君用侯生言,令如姬窃魏王兵符,遂矫魏王令,夺晋鄙兵。……隋炀帝别造玉麟符,以代铜兽,赐越王,以示皇枝磐石。徐伯鲁曰:古无此体,晋以后始有之。唐世,凡上逭下,其制有六,其六曰符,尚书省下于州,州下于县,县下于乡,沿晋制也。然唐文不少概见,晋及南朝,犹可稽云。国朝符以锦为之,织马其上,名曰符验,以给九边督抚。箭曰令箭,皆发兵用之。[2]	明用
颂	《诗序》曰:颂者,美盛德之形容,以其成功告于神明也。《蒸民》,吉甫美宣王也。其诗曰:"吉甫作颂,穆如清风。"陆机《文赋》曰:颂则优游以彬蔚。[3] 四始之至,颂居其极。颂者,容也,所以美盛德而述形容也。昔帝喾之世,咸墨为颂,以歌《九韶》。自商已下,文理允备。夫化偃一国谓之风,风正四方谓之雅,容告神明谓之颂。风雅序人,事兼变正;颂主告神,义必纯美。鲁国以公旦次编,商	

〔1〕 朱荃宰撰,《文通》,王水照编,《历代文话》,复旦大学出版社,2007年版,第2738—2740页。

〔2〕 朱荃宰撰,《文通》,王水照编,《历代文话》,复旦大学出版社,2007年版,第2747—2748页。

〔3〕 朱荃宰撰,《文通》,王水照编,《历代文话》,复旦大学出版社,2007年版,第2799页。

续表

文类	实例	方式
	人以前王追录,斯乃宗庙之正歌,非宴飨之常咏也。《时迈》一篇,周公所制,哲人之颂,规式存焉。(《文心雕龙·颂赞》)〔1〕	暗用
章	《释名》曰:下言章,上言表,思之于内,施之于外也。章,秦丞相李斯作《苍颉章》。古言曰:章者,文之成;句者,辞之绝。章者,明也,总义也,包体以明情也。句者,局也,联字分疆,以局言也。联字成句,联句成章,积章成篇,积篇成帙。〔2〕 夫设官分职,高卑联事。天暗用子垂珠以听,诸侯鸣玉以朝。敷奏以言,明试以功。故尧咨四岳,舜命八元,固辞再让之请,俞往钦哉之授,并陈辞帝庭,匪假书翰。然则敷奏以言,则章表之义也;明试以功,即授爵之典也。至太甲既立,伊尹书诫,思庸归亳,又作书以赞。文翰献替,事斯见矣。周监二代,文理弥盛。再拜稽首,对扬休命,承文受册,敢当丕显。虽言笔未分,而陈谢可见。降及七国,未变古式,言事于王,皆称上书。秦初定制,改书曰奏。汉定礼仪,则有四品:一曰章,二曰奏,三曰表,四曰议。章以谢恩,奏以按劾,表以陈请,议以执异。章者,明也。《诗》云“为章于天”,谓文明也。其在文物,赤白曰章。(《文心雕龙·章表》)〔3〕	
弹文	“弹文,晋冀州刺史王深集褉弹文。”弹,按劾也,按其罪状而劾治之也。《文心雕龙》曰:按劾之奏,所以明宪清国。昔周之太仆,绳愆纠缪(谬);秦之御史,职主文法。汉置中丞,总司按劾。故位在鸷击,砥砺其气,必使笔端风振,简上凝霜者也。〔4〕	明用

〔1〕 黄霖编著,《文心雕龙汇评》,上海古籍出版社,2005年版,第38页。

〔2〕 朱荃宰撰,《文通》,王水照编,《历代文话》,复旦大学出版社,2007年版,第2801页。

〔3〕 黄霖编著,《文心雕龙汇评》,上海古籍出版社,2005年版,第79—80页。

〔4〕 朱荃宰撰,《文通》,王水照编,《历代文话》,复旦大学出版社,2007年版,第2808页。

续表

文类	实例	方式
策	策，蓍也。《史记·龟策传》："龟为卜，策为筴。"注疏云："筴以谋筴为事，言用此物以谋于前事也。或作莿，通作册。"《汉书》："万世之长册。"《说文》云："策者，谋也，筹也。策先定，则有功。"《汉书音义》曰："作简策，难问，例置案上，在试者意投射取而答之，谓之射策。若录政化得失显而问之，谓之对策。"天子临轩策士，而有司亦以策举人，其制迄今用之。……均谓之策，而体各不同。一曰制策，天子称制以问而对者也。二曰试策，有司以策试而对者也。三曰进策，著策而上进者也。唐白居易、宋曾巩有《本朝政要策》，盖当时进士帖括之类。……[1]又对策者，应诏而陈政也；射策者，探事而献说也。言中理准，譬射侯中的；二名虽殊，即议之别体也。古者造士，选事考言。汉文中年，始举贤良，晁错对策，蔚为举首。及孝武益明，旁求俊乂，对策者以第一登庸，射策者以甲科入仕，斯固选贤要术也。（《文心雕龙·议对》）[2]	暗用
论	李充曰：研玉名理，而论难生焉。论贵于允理，不求支离，若嵇康之论，文矣。《说文》云"论者，议也"，伦也。萧统选文，分区为三：设论居首，史论次之，论又次之。较刘勰说，差为未尽。惟设论则勰所未及，而乃取《答客难》、《答宾戏》、《解嘲》三首以实之。……列为八品：曰理论，曰政论，曰经论，曰史论（有评议、述赞二体），曰文论，曰讽论，曰寓论，曰设论。其题或曰某论，或曰论某，则各随作者命之，无异议也。[3] 圣哲彝训曰经，述经叙理曰论。论者，伦也；伦理无爽，则圣意不坠。昔仲尼微言，门人追记，故抑其经目，称为《论语》。盖群论立名，始于兹矣。自《论语》以前，经无"论"字。《六韬》二论，后人追题乎！	暗用

[1] 朱荃宰撰，《文通》，王水照编，《历代文话》，复旦大学出版社，2007年版，第2809页。

[2] 黄霖编著，《文心雕龙汇评》，上海古籍出版社，2005年版，第87页。

[3] 朱荃宰撰，《文通》，王水照编，《历代文话》，复旦大学出版社，2007年版，第2811页。

续表

文类	实例	方式
	详观论体,条流多品:陈政,则与议说合契;释经,则与传注参体;辨史,则与赞评齐行;铨文,则与叙引共纪。故议者宜言,说者说语,传者转师,注者主解,赞者明意,评者平理,序者次事,引者胤辞:八名区分,一揆宗论。论也者,弥纶群言,而研精一理者也。"(《文心雕龙·论说》)〔1〕	
议	《诗》云:"周爰谘谋",谓遍于咨议也。《周易·节卦》曰:"君子以制度数,议德行。"《周书》曰:"议事以制,政乃弗迷。"议贵节制,经典之体也。秦李斯上始皇帝《罢封建议》,汉韦玄成奏《罢郡国庙议》。《说文》曰:"议,语也。"又曰:"难论也。"……〔2〕"周爰咨谋",是谓为议。议之言宜,审事宜也。《易》之《节卦》:"君子以制度数,议德行。"《周书》曰:"议事以制,政乃弗迷。"议贵节制,经典之体也。昔管仲称轩辕有明台之议,则其来远矣。洪水之难,尧咨四岳,宅揆之举,舜畴五人;三代所兴,询及刍荛。《春秋》释宋,鲁桓预议。及赵灵胡服,而季父争论;商鞅变法,而甘龙交辩:虽宪章无算,而同异足观。迄至有汉,始立驳议。驳者,杂也,杂议不纯,故曰驳也。(《文心雕龙·议对》)〔3〕	暗用
牒	牒,汉临淮太守路温舒,牧羊泽中,时截蒲为牒,编用写书。《文心雕龙》曰:"议政未定,短牒咨谋。"今之官府,平行用牒文。〔4〕	明用
公移	公移者,诸司相移之词也,其名不一,故以公移括之。唐世,凡下达上,其制有六:曰状,百官于其长亦为之;曰辞,	暗用

〔1〕 黄霖编著,《文心雕龙汇评》,上海古籍出版社,2005年版,第66—67页。
〔2〕 朱荃宰撰,《文通》,王水照编,《历代文话》,复旦大学出版社,2007年版,第2820页。
〔3〕 黄霖编著,《文心雕龙汇评》,上海古籍出版社,2005年版,第85—86页。
〔4〕 朱荃宰撰,《文通》,王水照编,《历代文话》,复旦大学出版社,2007年版,第2822页。

续表

文类	实例	方式
	庶人言为辞;曰牒,有品已上公文皆称牒。诸司自相质问,其义有三:曰关,谓关通其事也;曰刺,谓刺举之也;曰移,谓移其事于他司也。……[1]移者,易也。移风易俗,令往而民随者也。相如之《难蜀老》,文晓而喻博,有移檄之骨焉。及刘歆之《移太常》,辞刚而义辨,文移之首也,陆机之《移百官》,言约而事显,武移之要者也。故檄移为用,事兼文武。其在金革,则逆党用檄,顺命资移,所以洗濯民心,坚同符契,意用小异,而体义大同,与檄参伍,故不重论也。(《文心雕龙·檄移》)[2]	
书	人臣进御之书为上书,往来之书为书,别以议论,笔之而为书也。唐李翱有《复性》、《平赋》等书,而《平赋书》法制精详,议论正大,有天下者,诚能推其说而行之,致治不难矣。《史记》八书,其书之昉也。书惟一纸八行七字。书,汉大史令司马迁《报任少卿书》。《文心雕龙》曰:书体本在尽言,以散郁陶,托风采,故宜条畅以任气,优柔以怿怀,文明从容,亦心声之献酬也。若夫尊贵差序,则肃以节文。[3]	明用
七	按词虽八首,而问对凡七,故谓之七;则七者,问对之别名,而楚词《七谏》之流也。嗣是崔瑗《七苏》,陆机《七徵》,递相摹拟,读未终篇,而欠伸作焉。唐柳宗元《晋问》,体裁虽同,辞意迥别,亦作者之变化也。[4] 及枚乘摛艳,首制《七发》,腴辞云构,夸丽风骇。盖七窍所发,发乎嗜欲,始邪末正,所以戒膏粱之子也。……自《七发》以下,作者继踵。观枚氏首唱,信独拔而伟丽矣。及傅毅《七	暗用

[1] 朱荃宰撰,《文通》,王水照编,《历代文话》,复旦大学出版社,2007年版,第2823页。

[2] 黄霖编著,《文心雕龙汇评》,上海古籍出版社,2005年版,第75页。

[3] 朱荃宰撰,《文通》,王水照编,《历代文话》,复旦大学出版社,2007年版,第2833页。

[4] 朱荃宰撰,《文通》,王水照编,《历代文话》,复旦大学出版社,2007年版,第2840页。

续表

文类	实例	方式
	激》,会清要之工;崔骃《七依》,入博雅之巧;张衡《七辨》,结采绵靡;崔瑗《七厉》,植义纯正;陈思《七启》,取美于宏壮;仲宣《七释》,致辨于事理。(《文心雕龙·杂文》)〔1〕	
连珠	《雕龙》曰:“扬雄覃思文阁,业深综述,碎文所语,肇为《连珠》,其辞虽小而明润矣。”“拟者间出,杜笃、贾逵之曹,刘珍、潘勖之辈,欲穿明珠,多贯鱼目。可谓寿陵匍匐,非复邯郸之步;里丑捧心,不关西施之嚬矣。唯士衡运思,理新文敏,而裁章置句,广于旧篇。岂慕珠仲四寸之珰乎!夫文小易周,思闲可赡。足使义明而词净,事圆而音泽,磊磊自转,可称‘珠’耳。”傅玄曰:其文辞丽而言约,不指说事情,必假喻以达其旨,而贤者微悟,合于古诗讽兴之义,欲使历历如贯珠,易睹而可悦,故谓之连珠也。沈约曰:连珠,放《易象》论,动模经诰。连珠者,谓辞句连续,互相发明,若珠之排结也。班固论美词壮,文章宏丽,最得其体。蔡邕言质辞碎,然其旨笃矣。贾逵儒而不艳,傅毅文而不典。按西汉扬雄,已有《连珠》,班固《拟连珠》,非始于固也。嗣后潘勖《拟连珠》,魏王粲有《仿连珠》,晋陆机有《演连珠》,宋颜延之有《范连珠》,齐王俭有《畅连珠》,梁刘孝仪《探物作艳体连珠》,傅玄乃云“兴于汉章之世”,误矣。〔2〕	明用
说	说,本作兑,俗作说。“解也,述也,解释义理,而以己意述之也。”说之名起于《说卦》。汉许慎作《说文》,亦祖其名以命篇。而魏晋以来,作者绝少,独《曹植集》中有二首。要之,传于经义,而更出己见,纵横抑扬,以详赡为上而已,与论无大异也。名说、字说,其名虽同,所施则异。说者,悦也。兑为口舌,故言咨悦怿,说之善者,伊尹以论味隆殷,太公以辩钓兴周,及烛武行而纾郑,端木出而存鲁,	暗用

〔1〕 黄霖编著,《文心雕龙汇评》,上海古籍出版社,2005年版,第52—54页。

〔2〕 朱荃宰撰,《文通》,王水照编,《历代文话》,复旦大学出版社,2007年版,第2840—2841页。

续表

文 类	实 例	方 式
	亦其美也。暨战国争雄,辩士云踊,纵横参谋,长短角势,《转丸》骋其巧辞,《飞钳》伏其精术。一人之辩,重于九鼎之宝;三寸之舌,强于百万之师。六印磊落以佩,五都隐赈而封。〔1〕	
赞	《释名》曰:称人之美者曰赞。赞者,纂也。纂集其美而叙之也。《尚书注疏》云:郑玄曰:“赞者以叙不分散避其名,故谓之赞。赞,明也,佐也,佐成叙义也。”《文章缘起》云:赞者明事而嗟叹,以助辞也。四字为句,数韵成章,盖约文而寓褒贬也。李充《翰林论》曰:容象图而赞立,宜使词简而义正。孔融赞杨公亦其义也。……《文心》曰:赞者,明也。昔虞舜之祀,乐正重赞,盖唱发之辞也。及益赞于禹,伊陟赞于巫咸,并飏言以明事,嗟叹以助辞也。故汉置鸿胪,以唱拜为赞,即古之遗语也。至相如属笔,始赞荆轲。及迁《史》固《书》,托赞褒贬,约文以总录,颂体以论辞,又纪传后评,亦同其名。而仲治《流别》,谬称为述,失之远矣。及景纯注《雅》,动植赞之,义兼美恶,亦犹颂之变耳。然其为义,事生奖叹,所以古来篇体,促而不旷,必结言于四字之句,盘桓乎数韵之词;约举以尽情,昭灼以送文,此其体也。发源虽远,而致用盖寡,大抵所归,其颂家之细条乎!〔2〕	明用
铭	《释名》曰:铭,名也。述其功美,使可称名也。《文章流别》曰:德勋立而铭著。《礼记·祭统》曰:铭者,论撰其先祖之有德善、功烈、勋劳、庆赏、声名,列于天下,而酌之祭器,自成其名焉,以祀其先祖者也。显扬先祖,所以崇孝也;身比焉,顺也;明示后世,教也。夫铭者,一称而上下皆得焉耳矣。是故君子之观于铭也,既美其所称,又美其	暗用

〔1〕 朱荃宰撰,《文通》,王水照编,《历代文话》,复旦大学出版社,2007 年版,第 2843 页。

〔2〕 朱荃宰撰,《文通》,王水照编,《历代文话》,复旦大学出版社,2007 年版,第 2849—2851 页。

续表

文 类	实 例	方 式
	所为。为之者,明足以见之,仁足以与之,知足以利之,可谓贤矣。贤而勿伐,可谓恭矣。《法言》曰:铭哉铭哉,有意于慎也。……昔帝轩刻舆、几以弼违,大禹勒筍簴而招谏;成汤著"日新"之规,武王题《户》、《席》之训;周公"慎言"于《金人》,仲尼"革容"于欹器:则先圣鉴戒,其来久矣。故铭者,名也,观器必也正名,审用贵乎盛德。盖臧武仲之论铭也,曰:"天子令德,诸侯计功,大夫称伐。"夏铸九牧之金鼎,周勒肃慎之楛矢,令德之事也;吕望铭功于昆吾,仲山镂绩于庸器,计功之义也;魏颗纪勋于景钟,孔悝表勤于卫鼎,称伐之类也。若乃飞廉有石椁之锡,灵公有蒿里之谥,铭发幽石,吁可怪矣!赵灵勒迹于番吾,秦昭刻博于华山,夸诞示后,吁可笑也!详观众例,铭义见矣。〔1〕	
箴	箴,汉扬雄依《虞箴》作十二州、二十五官箴。箴者,规戒以御过者也。义尚切劘,文须确至。陆士衡《文赋》曰:箴顿挫而清壮。箴者,所以攻疾防患,喻针石也。斯文之兴,盛于三代。夏、商二箴,余句颇存。及周之辛甲百官箴一篇,体义备焉。迄至春秋,微而未绝。故魏绛讽君于后羿,楚子训民于"在勤"。战代已来,弃德务功,铭辞代兴,箴文委绝。至扬雄稽古,始范《虞箴》,卿尹、州牧廿五篇。及崔、胡补缀,总称《百官》,指事配位,鞶鉴可征,信所谓追清风于前古,攀辛甲于后代者也。至于潘勖《符节》,要而失浅;温峤《传臣》,博而患繁;王济《国子》,引广事杂;潘尼《乘舆》,义正体芜:凡斯继作,鲜有克衷。至于王朗《杂箴》,乃置巾、履,得其戒慎,而失其所施。观其约文举要,宪章戒铭,而水火井灶,繁辞不已,志有偏也。〔2〕	暗用

〔1〕 朱荃宰撰,《文通》,王水照编,《历代文话》,复旦大学出版社,2007年版,第2853—2855页。

〔2〕 朱荃宰撰,《文通》,王水照编,《历代文话》,复旦大学出版社,2007年版,第2855—2856页。

续表

文 类	实 例	方 式
诫	太公金匮曰:武士曰:“五帝之诫,可得闻乎?”诫,警也,慎也。《易》曰:“小惩而大诫。”《书》曰:“戒之用休。”《诗》云:“夕惕若厉。”《孝经》云:“在上不骄。”《论语》云:“君子有三戒。”《说文》云:“戒者,警敕之辞,字本作诫。”文既有箴,而又有戒,则戒者,箴之别名欤?《淮南子》载《尧戒》曰:“战战栗栗,日谨一日,人莫踬于山,而踬于垤。”至汉杜笃遂作《女戒》,而后世因之,惜其文弗传,意必未若《尧戒》之简也。其词或散文,或韵语。《汉书》曰:诫敕刺史太守及三边营官,被敕文曰:有诏敕某官,是为诫敕。世皆名此为策书,失之甚也。《文心》曰:戒敕为文,实诏之切者,周穆命郊父受敕宪,此其事也。魏武称作敕戒……〔1〕	明用
移书	移书,汉刘歆《移书让太常博士论左氏春秋》。移,易也;让,责也。《文心雕龙》曰:“刘歆之《移太常》,辞刚而义辨,文移之首也。”〔2〕	明用
盟	《记》曰:涖牲曰盟。盟者,明也。骍毛白马,珠盘玉敦,陈辞乎方明之下,祝告于神明者也。在昔三王,诅盟不及,时有要誓,结言而退。周衰屡盟,以及要契,始之以曹沫,终之以毛遂。及秦昭盟夷,设黄龙之诅;汉祖建侯,定山河之誓。然义存则克终,道废则渝始,崇替在人,咒何预焉?若夫臧洪歃辞,气截云蜺;刘琨铁誓,精贯霏霜:而无补于晋汉,反为仇雠。故知信不由衷,盟无益也。夫盟之大体,必序危机,奖忠孝,共存亡,戮心力,祈幽灵以取鉴,指九天以为正,感激以立诚,切至以敷辞,此其所同也。然非辞之难,处辞为难。后之君子,宜在殷鉴,忠信可矣,无恃神焉!〔3〕	暗用

〔1〕 朱荃宰撰,《文通》,王水照编,《历代文话》,复旦大学出版社,2007 年版,第 2857 页。

〔2〕 朱荃宰撰,《文通》,王水照编,《历代文话》,复旦大学出版社,2007 年版,第 2863 页。

〔3〕 朱荃宰撰,《文通》,王水照编,《历代文话》,复旦大学出版社,2007 年版,第 2873—2874 页。

续表

文类	实例	方式
祝文	古者祝享,史有册祝,载所以祝之之意。册说,祝版之类也。《诗》云:“祝祭于祊,祀事孔明。”言甚备也。天地定位,祀遍群神。六宗既禋,三望咸秩,甘雨和风,是生黍稷,兆民所仰,美报兴焉。牺盛惟馨,本于明德;祝史陈信,资乎文辞。昔伊耆始蜡,以祭八神。其辞云:“土反其宅,水归其壑,昆虫无作,草木归其泽。”则上皇祝文,爰在兹矣。舜之祠田云:“荷此长耜,耕彼南亩,四海俱有。”利民之志,颇形于言矣。至于商履,圣敬曰跻,玄牡告天,以万方罪己,即郊禋之词也。素车祷旱,以六事责躬,则雩禁之文也。及周之大祝,	暗用
	掌六祝之词,是以“庶物咸生”,陈于天地之郊;“旁作穆穆”,唱于迎日之拜;“夙兴夜处”,言于祔庙之祝;“多福无疆”,布于少牢之馈;宜社类祃,莫不有文。……〔1〕	
契券	《释名》曰:“券,绻也,相约束缱绻,以为限也,大书中央中破别。契,刻也,刻识其数也。”(《太平御览》)《说文》曰:券,契也。别之书,以刀判絜其旁,故曰书契也。《汉书》曰:高帝微时,好酒及色,从王媪武负贳酒,两家常折券。《文心雕龙》曰:契,结也。上古纯质,结绳执契。今羌胡征数,负贩记缗,其遗风也。又曰:券者,束也。明白约束,以备情伪,字形半分,故周称判书。古有铁券,以坚信誓,王褒髯奴,则券之楷也。〔2〕(《文心雕龙·书记》)	暗用
碑	《释名》曰:“碑者,被也。此本葬时所设也。于其鹿卢,以绳被其上,引以下棺。臣子追述君父之功美,以书其上,后人因焉。”按周穆纪迹于弇山,秦始刻铭于邹峄,此碑之昉也。然考《士婚礼》:“八门当碑揖。”《注疏》云:“宫室有碑,以识日影,知早晚也。”	暗用

〔1〕 朱荃宰撰,《文通》,王水照编,《历代文话》,复旦大学出版社,2007 年版,第 2874 页。

〔2〕 朱荃宰撰,《文通》,王水照编,《历代文话》,复旦大学出版社,2007 年版,第 2887 页。

续表

文 类	实 例	方 式
	《祭义》云:"牲入,丽于碑。"注云:"古宗庙立于碑系牲。"是知宫庙皆有碑,为识影系牲之用,后人因纪功德其上,而依仿刻铭,则自周秦始耳。后汉以来,作者渐盛,故山川有碑,城池有碑,宫室有碑,桥道有碑,坛井有碑,神庙有碑,家庙有碑,古迹有碑,土风有碑,灾祥有碑,功德有碑,墓道有道,寺观有碑,托物有碑,皆因庸器(彝鼎之类)渐缺而后为之也。文王于叙事,其后渐以议论杂之,则非矣。其主于叙事者曰正体,主于议论者曰变体,叙事而参之以议论者,曰变而不失其正。至于托物寓意之文,其体自别,而墓碑则又自为体焉。[1] "碑者,埤也。上古帝王,纪号封禅,树石埤岳,故曰碑也。周穆纪迹于弇山之石,亦古碑之意也。又宗庙有碑,树之两楹,事止丽牲,未勒勋绩。而庸器渐缺,故后代用碑,以石代金,同乎不朽,自庙徂坟,犹封墓也。自后汉以来,碑碣云起;才锋所断,莫高蔡邕。观杨赐之碑,骨鲠训典;陈郭二文,词无择言;周、胡众碑,莫非精允。其叙事也该而要;其缀采也雅而泽。清词转而不穷,巧义出而卓立;察其为才,自然至矣。……"(《文心雕龙·诔碑》)[2]	
诔	《释名》曰:诔者,累也,累列其事而称之也。《周礼·太祝》:六辞,其六曰"诔",即此文也。今考其时,贱不诔贵,幼不诔长,故天子崩,则称天以诔之,卿大夫卒,则君诔之。鲁哀公诔孔子曰:"旻天不吊,不憗遗一老,俾屏予一人以在位,茕茕予在疚!呜呼,哀哉,尼父!"古诔之可见者止此,然亦略矣。……《文章别流》曰:诗颂箴铭之篇,皆有往古成文可放依,而惟作诔无定制,故作者多异焉。《说苑》云:柳下惠死,人将诔之。妻曰:"将述夫子之德,二三子不若忘之。如为诔曰:'夫子之不伐,夫子之不竭,	暗用

[1] 朱荃宰撰,《文通》,王水照编,《历代文话》,复旦大学出版社,2007 年版,第 2891 页。

[2] 黄霖编著,《文心雕龙汇评》,上海古籍出版社,2005 年版,第 48 页。

续表

文类	实例	方式
	谥宜为惠。'"弟子闻而从之。[1]"周世盛德,有铭诔之文。大夫之材,临丧能诔。诔者,累也,累其德行,旌之不朽也。夏商以前,其词靡闻。周虽有诔,未被于士。又贱不诔贵,幼不诔长。其在万乘,则称天以诔之。读诔定谥,其节文大矣。自鲁庄战乘丘,始及于士;逮尼父之卒,哀公作诔,观其慭遗之辞,呜呼之叹,虽非睿作,古式存焉。至柳妻之诔惠子,则辞哀而韵长矣。……"(《文心雕龙·诔碑》)[2]	
吊文	《周礼》曰:吊礼,哀祸灾,遭水火也。《诗》云:"神之吊矣。"吊,至也。神之至,犹言来格也。吊文者,吊死之辞也。古者吊生曰唁,吊死曰吊。若贾谊之《吊屈原》,初不称文,后人又称为赋,其失愈远矣。其有称祭文者,其实为吊也。滥觞于唐、宋,有《吊战场》《吊鏄钟》之作。大抵吊文之体,仿佛楚骚,以切要恻怆为尚耳。[3]"吊者,至也。诗云:'神之吊矣。'言神至也。君子令终定谥,事极理哀,故宾之慰主,以至到为言也。压溺乖道,所以不吊矣。又宋水郑火,行人奉辞,国灾民亡,故同吊也。及晋筑虒台,齐袭燕城,史赵、苏秦,翻贺为吊,虐民构敌,亦亡之道。凡斯之例,吊之所设也。或骄贵而殒身,或狷忿以乖道,或有志而无时,或美才而兼累,追而慰之,并名为吊。自贾谊浮湘,发愤吊屈。体同而事核,辞清而理哀,盖首出之作也。"(《文心雕龙·哀吊》)[4]	暗用

很明显,上面关于几十种文体的阐释都没有离开《文心雕龙》

[1] 朱荃宰撰,《文通》,王水照编,《历代文话》,复旦大学出版社,2007年版,第2899—2900页。
[2] 黄霖编著,《文心雕龙汇评》,上海古籍出版社,2005年版,第47页。
[3] 朱荃宰撰,《文通》,王水照编,《历代文话》,复旦大学出版社,2007年版,第2901页。
[4] 黄霖编著,《文心雕龙汇评》,上海古籍出版社,2005年版,第51页。

的文体论,都是从刘勰那里找到理论根据的。如果没有《文心雕龙》,《文通》不知从何作起,文体论不知如何下笔。

其三,《文通》中的骈文批评明显受到《文心雕龙》的影响

在《文通》一书中,有一点特别值得我们注意:在文体辨析之时,凡涉及骈化问题的,都是以《文心雕龙》作为理论根据。如《文通·敕》:"刘勰云:'戒敕为文,实诏之切者,周穆王命邓父受敕宪,此其事也。'汉制,天子命令,其四曰'戒书',即戒敕也。唐制,王言有七:四曰'发敕',五曰'敕旨',六曰'论事敕书',七曰'敕牒',则唐之用敕广矣。宋亦有敕,或用之于奖谕,岂敕之初意哉?其词有散文,有四六。宋制戒励百官,晓谕军民,别有敕榜。今制诸臣差遣,多予敕行事,详载职守,申以勉词,而褒奖责让亦用之。词皆散文。"[1]显然是以《文心雕龙·诏策》为其理论依据。再如《文通·露布》:"露布者,军中奏捷之辞也。刘勰所谓'露板不封,布诸视听'者,此其义也。任昉云:'汉贾弘为马超伐曹操,作《露布》。'而《世说》亦谓:'桓温北征,令袁宏倚马撰露布。'则露布之作,始于魏晋。而杜祐(佑)以为自元魏始,误矣。又按刘勰《檄移篇》云:檄'或称露布',岂露布之初,告伐、告捷,与檄通用,而后始专以奏捷欤?然二文世既不传,而后人所作,皆用俪语,与表文无异,不知其体本然乎?抑源流之不同也。"[2]显而易见,其主要的理论支柱来源于《文心雕龙·檄移》。其他如《文通·笺》:"《文心雕龙》曰:笺记之为式,既上窥乎表,亦下睨乎书,使敬而不慑,简而无傲,清美以惠其才,彪蔚以文其响,盖笺记之分也。牋者,表也,识表其情也。字亦作笺。古者君臣同书,至东汉始用笺记、公府奏记、郡将奏笺。若班固之说东平,黄香之奏江夏是也。时太子诸王大臣,皆

---

〔1〕 朱荃宰撰,《文通》,王水照编,《历代文话》,复旦大学出版社,2007年版,第2735—2736页。

〔2〕 朱荃宰撰,《文通》,王水照编,《历代文话》,复旦大学出版社,2007年版,第2744页。

得称笺,后世专以上皇后、太子,于是天子称表,皇后、太子称笺,而其他不得用矣。其词有散文,有俪语。"[1]以《文心雕龙·书记》中有关笺的论述为理论依据,阐释笺的文章体式、风格及其与其他文体的相互关系。《文通·祭文》:"祭文者,祭奠亲友之辞也。古之祭祀,止于告飨而已。中世以还,兼赞言行,以寓哀伤之意,盖祝文之变也。其辞有散文、四言、六言、七言、杂言、骚体、俪体之不同。刘勰云:'祭奠之楷,宜恭且哀。若夫辞华而靡实,情郁而不宣,皆非工于此者也。'如宋人祭马、荆川祭刀之文,是别一体。"[2]文章中对祭文的概念及其内容与形式方面的要求等问题的介绍和阐释也都是以《文心雕龙》为理论基础的。《文通·诏》:"刘勰云:古者王言,若轩辕、唐虞,同称为'命'。至三代,始兼诰誓而称之,今见于《书》者是也。秦并天下,改'命'曰'制','令'曰'诏',于是诏兴焉。汉初定四品,其三曰'诏',后世因之。古诏词皆用散文,故能深厚尔雅,感动乎人。六朝而下,文尚偶俪,而诏亦用之,然非独用于诏也。后代渐复古文,而专以四六施诏、诰、制、敕、表、笺、简、启等类,则失之矣。然亦有用散文者,不可谓古法尽废也。"[3]对于诏这种文体的观念、范畴及其文体演变的解释明显是以《文心雕龙·诏策》为依据的。《文通·檄》:"古者用兵,誓师而已。至周乃有文告之辞,而檄之名,则始见于战国。《史记》载张仪为檄以告楚相曰:'始吾从若饮,我不盗而璧,若笞我,若善守汝国,我顾且盗而城。'后人仿之,代有著作。而其词有散文,有俪语。俪始于唐,然不专为檄也。其他报答谕告,亦有称檄者焉。檄不切厉,则敌心

[1] 朱荃宰撰,《文通》,王水照编,《历代文话》,复旦大学出版社,2007年版,第2798页。

[2] 朱荃宰撰,《文通》,王水照编,《历代文话》,复旦大学出版社,2007年版,第2901页。

[3] 朱荃宰撰,《文通》,王水照编,《历代文话》,复旦大学出版社,2007年版,第2729页。

陵;言不夸壮,则军容弱。震雷始于曜电,出师先乎威声。故观电而惧雷壮,听声而惧兵威。兵先乎声,其来已久。昔有虞始戒于国,夏后初誓于军,殷誓军门之外,周将交刃而誓之。故知帝世戒兵,三王誓师,宣训我众,未及敌人也。至周穆西征,祭公谋父称:'古有威让之令,令有文告之辞';即檄之本源也。"〔1〕虽然文中没有明确标出,但是其中"震雷始于曜电,出师先乎威声。故观电而惧雷壮,听声而惧兵威。兵先乎声,其来已久。昔有虞始戒于国,夏后初誓于军,殷誓军门之外,周将交刃而誓之。故知帝世戒兵,三王誓师,宣训我众,未及敌人也。至周穆西征,祭公谋父称:'古有威让之令,令有文告之辞';即檄之本源也"。一段是直接取自《文心雕龙·檄移》,作为自己的理论支柱,并且以此作为结论。《文通·表》:"表者,标也,明也。标著事绪,使之明白,以告乎上也。古者献言于君,皆称上书。汉制其三曰表,然但用以陈请而已。后世其用寖广,有论谏,有请劝,(劝进。)有陈乞,(待罪同。)有进,(进书,如:唐萧颖士《为陈正卿进续尚书》、宋窦仪《进刑统》之类是也。)献,(献物。)有推荐,有庆贺,有慰安,有辞,(辞官。)解,(解官,如:晋殷仲文《解尚书表》是也。)有陈谢,(谢官、谢上、谢赐。)有讼理,有弹劾,(汉诸葛亮有《废李平表》。)所施既殊,其词亦异。体则汉晋多用散文,唐宋多用四六,而唐宋之体,又自不同。唐人声律,时有出入,而不失乎雄浑之风;宋人声律,极其精切,而有得乎明畅之旨,盖各有所长也。然有唐宋人而为古体者,有宋人而为唐体者,此又不可不辩。曰古体,曰唐体,曰宋体。宋人又有笏记,书词于笏,以便宣奏,盖当时面表之词也。然表文书于牍,则其词稍繁;笏记宣于廷,则其词务简,又二体之别也。《文心》:《礼》有《表记》,谓德见于仪,其在器式,揆景曰表,章表之目,盖取诸此

〔1〕 朱荃宰撰,《文通》,王水照编,《历代文话》,复旦大学出版社,2007年版,第2742页。

也。按章、表、奏、议，经国之枢机，然阙而不纂者，乃各有故事而在职司也。前汉表谢，遗篇寡存。及后汉察举，必试章奏。……”[1]文章中首先在概念与范畴上师法《文心雕龙·章表》，如“表者，标也”，即《文心雕龙·章表》“表者，标也”。同时，其结论部分也是直接使用《文心雕龙·章表》之文完成的。《文通·启》：“启者，开也。高宗云：‘启乃心，沃朕心’，取其义也。孝景讳启，故两汉无称。至魏国笺记，始云‘启闻’。奏事之末，或谨密启。自晋来盛启，用兼表奏。陈政言事，既奏之异条；让爵谢恩，亦表之别干。必敛散入规，促其音节，辩要轻清，文而不侈，亦启之大略也。又表奏确切，号为谠言。谠者，偏也。王道有偏，乖乎荡荡。其偏，故曰谠言也。孝成称班伯之谠言，贵直也。……天地间无独必有偶。二曜列宿，其类相旋为偶；海岳木石，其类相对为偶；火水，其类相制为偶；方圆、小大、修短、有无，其类相反覆为偶；形影、声响、魂魄、性情，其类相生相合为偶；皇帝、王霸，世界相递为偶；儒、墨、释，道术相持为偶。风云、鸟蛇偶于阵；律吕、吉凶偶于礼乐。道自并行，物自并育，天地间无非偶也。……大抵唐宋以下，国家训诰典册，率皆骈语，况章表通于下情，笺疏陈于宗敬，所由来矣。欧阳永叔有言：往时作四六者，多用古人语，及广引故事以衒博。近惟子瞻，述叙委曲，精尽不减古人。其对待，如双峨积雪；其层叠，如剑门隐天；其相错，如蜀锦；其转变，如巴流。炼若涪水之锋，叶若琴台之响，学以济其才，约以该其博，庶几六朝雁行矣。”[2]文章虽然也没有直接表明，但是对启的概念、范畴，以及源流、演变的阐释语言，完全取自《文心雕龙·奏启》，直接使用原文；后面论述此体的骈化过程及其典型作家与作品则是自己的语言。《文通·奏》：“其它篇

〔1〕 朱荃宰撰，《文通》，王水照编，《历代文话》，复旦大学出版社，2007年版，第2792—2793页。

〔2〕 朱荃宰撰，《文通》，王水照编，《历代文话》，复旦大学出版社，2007年版，第2802—2803页。

目,取而总列之有八:曰奏。奏者,进也。曰奏疏。疏者,布也。汉时诸王官,属于其君,亦得称疏。曰奏对。曰奏启。启者,开也。曰奏状。状者,陈也。状有二体,散文、俪语是也。曰奏札。札子者,刺也。曰封事。曰弹事。疏、对、启、状、札,皆曰奏者何?与臣下私相对札往来之词不同也。奏启入规,而忌侈文,弹事明宪,而戒善骂,世人所作,多失折衷。今制:论政事者曰题,陈私情者曰奏,皆谓之本,以及让官谢恩,并用散文,间为俪语,亦同奏格。至于庆贺,虽仿表词,而首尾亦与奏同;唯史馆进书,全用表式。然则当今进呈之目,唯本与表二者而已。革百王之杂称,减中世之俪语,此我朝之所以度越也。……昔唐、虞之臣,敷奏以言;秦、汉之辅,上书称奏。陈政事,献典仪,上急变,劾僭谬,总谓之奏。奏者,进也。言敷于下,情进于上也。秦始立奏,而法家少文。观王绾之奏勋德,辞质而义近;李斯之《奏骊山》,事略而意径:政无膏润,形于篇章矣。自汉以来,奏事或称上疏,儒雅继踵,殊采可观。……”[1]文章总体上以《文心雕龙·奏启》为理论支柱:其一,对奏的概念等方面的阐释,暗用《文心雕龙》之语:其中“奏者,进也”即《文心雕龙·奏启》中“奏者,进也”;“启者,开也”即《文心雕龙·奏启》中“启者,开也”。不仅如此,文章后面论述奏的文体演变、典型作家作品,一直到最后的结论等等,即由“昔唐虞之臣,敷奏以言”直到文章结尾,都是直接使用《文心雕龙·奏启》中的原文,可见《文通》的作者对《文心雕龙》的论断是何等推崇。《文通·书记》:“按书记之用,古今多品。有书,有奏记,有启,有简,有状,有疏,有笺,有札,而书记则其总称也。夫书者,舒也,舒布其言,而陈之简牍也。记者,志也,谓进己志也。……今辩其体:曰书,书有辞命、议论;曰奏记,二者并用散文;曰启,启有古体,有近体;曰简,简

---

〔1〕 朱荃宰撰,《文通》,王水照编,《历代文话》,复旦大学出版社,2007年版,第2804—2805页。

用散文;曰状,状用俪语;曰疏,疏用散文,然状与疏诸集不多见。见者仅此六体,然要未可为定体也。世俗施于尊者,多用俪语以为恭,则启与状、疏,大抵皆俗体也。书记之体,本在尽言,故宜条畅以宣意,优柔以怿情,乃心声之献酬也。若尊卑有叙,亲疏得宜,又存乎节文耳。《文心》曰:大舜云'书用识哉'所以记时事也。盖圣贤言辞,总为《尚书》。《尚书》之为体,主言者也。扬雄曰:'言,心声也;书,心画也。声画形,君子小人可见矣。'故书者,舒也。舒布其言,陈之简牍,取象于夬,贵在明决而已。……"[1]本文同样是以《文心雕龙》为主脑,其中解释概念和范畴,主要师法《文心雕龙》的相关论断,如"夫书者,舒也,舒布其言,而陈之简牍也",即取自《文心雕龙·书记》"故书者,舒也。舒布其言,陈之简牍,取象于夬,贵在明决而已"。"记者,志也,谓进己志也"即化自《文心雕龙·书记》"记之言志,进己志也"[2]。

另外,文章"大舜云"以后,直到结尾部分,都是直接使用《文心雕龙·书记》的原文进行论证和总结,最后得出结论。

通过上面的分析和介绍,我们可以得出这样的结论:朱氏《文通》有关骈文的文体论,主体上是以《文心雕龙》为理论依据的,这是《文通》中骈文批评的突出特征之一。

五 《文心雕龙》及其骈文理论在清代及民国时期的影响

有清一代,《文心雕龙》比以往任何时代都更受重视,尤其是在骈文理论批评方面,影响力更大。

清代初期,虽然刚刚经过朝代更替时的动乱,经过了战火与烽烟,但是,自明末以来适宜于《文心雕龙》发挥影响力的历史文化环境和特殊的文学思潮不但没有多大变化,而且还进一步向好的方

---

[1] 朱荃宰撰,《文通》,王水照编,《历代文话》,复旦大学出版社,2007年版,第2830—2831页。

[2] 黄霖编著,《文心雕龙汇评》,上海古籍出版社,2005年版,第89—90页。

向发展:一方面,明末六朝骈体文风盛行,结社交游中文体偏重骈文的风习相沿未绝。受明末骈体文风的影响,最后成为骈文大家的毛先舒在其《迦陵俪体文集序》中就介绍了这种情况:“昔黄门夫子(陈子龙)振起吴松,四六之工,语妙天下,余与其年(陈维崧)皆及师事。”吴绮在《送陈其年赴大梁携家序》中也叙及此类情况:“余自罢官菰郡,求友荆溪,始与陈子其年,听黄鸟之音,订丹鸡之好。山园听雨,出笔札以相娱;木榻眠云,叙家门而自慰。”大骈文家陈维崧在《吴园次林蕙堂全集序》中也叙及当时“高台古树,群公皆载酒而从”,其实就是以文会友的情况。另一方面,晚明骈文选本兴起,清初此风仍相沿不绝,而且势头更盛。如康熙八年、九年(1669、1670 年)黄始先后编选了《听嘤堂四六新书》和《听嘤堂四六新书广集》,还有李渔的《四六初征》、胡吉豫编选的《四六纂组》等等,促进了骈文理论批评的发展。还有一点也是相当重要的,那就是在科举考试制度上,清初改变了明代不准用四六骈偶的规则,在二场、三场的表、策考试中,勒令要求用骈偶之文。这一点,田雯在《学政条约序》中说得非常清楚:“国家取士,二场用表,三场用策,所以观士子排偶之文,考古今通达之识也。奉行既久,视为具文,遂有四六不知何体,策问不知何事。非临场倩人,即率意妄作,以为主司点策数判,无事须此。不知四书经义,止试一场,而表策独试两场。其得士苴弃之乎!夫排偶之文,莫工于崔、蔡,次则为徐、庾,又次则为郑穆,为眉山,悉有法度,可师多士。”特别是博学鸿儒科考试,更重骈体。毛际可在《陈其年文集序》中对此有所说明:“岁戊午(1678 年),国家以博学鸿词征召天下士。其文尚台阁,或者以为非骈体不为功。一时名流云集,皆意气自豪,而余内顾胸中,索然一无足恃。”沈龙翔的《邓征君传》中也有记载:“戊午春,诏举闳博科,户部郎中谈公宏宪以先生(邓汉仪)名应,力辞不获。是年秋,偕三原孙枝慰应诏入都。己未三月廷试时奉旨赋用四六序方入格,先生未用,遂不录,与枝蔚并以年老学优赐内阁中书舍人衔。”正是这种社会政治、文化上诸多有利因素的相互作用，致使《文心雕龙》在明末逐渐受到重视之后，进一步增大了影响力，而且这种影响，在骈文理论批评方面表现尤为突出。

首先，康熙年间编选《听嘤堂四六新书广集》的黄始，对《文心雕龙》便有会心之论，他在该书《自序》之中有关骈文的文体特征及其选文标准的论断，明显受到《文心雕龙》的影响：“理者，文之经也；词章者，文之纬也。文无定格而词章之用亦无定体。故可以古可以今，可以奇可以正，可以散行可以比偶，虽体用各异，而终归于理之当而已矣。余持是以选四六之文，言之既详，辨之至审。乃益叹古今人才屡进而弥上也，文章之屡变而弥新也。……两汉诏令，间用俪语，唐宋迄今，凡国家训诰典册、章奏笺疏，率皆骈对，莫不彬彬郁郁，卓然名家。……陆平原之论文也，曰：要辞达而理举，故无取乎冗长，言四六之立体也；其为物也多姿，其为体也屡迁，言四六之运意也；其会意也尚巧，其遣言也贵妍，言四六之用事也；暨音声之迭代，若五色之相宣，言四六之选词也；四者具而理备焉。轻重不轶于矩，后先不越于度；安在比偶之文，不隆隆焉踞秦汉之巅而夺唐宋诸家之席也哉！元子称诗之流二十有四，而皆本乎情，然其中自赋颂铭赞文诔歌谣著作，皆俪词体也。诗本乎性情而文本乎理，四六之作，殆合理与情而兼致之欤？取二家之论，以究心于四六之文，夫亦知所要归矣。”[1]文中“理者，文之经也；词章者，文之纬也”显然从《文心雕龙·情采》“故情者，文之经；辞者，理之纬；经正而后纬成，理定而后辞畅”化来，作为立论之本，阐述“四六之作，殆合理与情而兼致之”的观点，颇得《文心雕龙》有关文质关系理论的精髓。

其次，生活在康熙、雍正、乾隆三朝的黄叔琳，撰有《〈文心雕龙〉辑注》一书，这是《文心雕龙》研究史上的一部重要著作。书中

[1] 黄始选辑，《听嘤堂四六新书广集》，清康熙九年（1670年）刊本。

有黄氏本人对《文心雕龙》的批语，其中涉及骈文的批语，值得骈文研究者们注意。如《丽辞》篇中针对刘勰的骈文理论观点加了五处批语：其一，针对文中“故丽辞之体，凡有四对：言对为易，事对为难；反对为优，正对为劣”之论，作了这样的批语：“丁卯、浣花诗格之卑，只为正对多也。”[1]其二，针对文中“张华诗称：‘游雁比翼翔，归鸿知接翮。’刘琨诗言：‘宣尼悲获麟，西狩泣孔丘。’若斯重出，即对句之骈枝也”数句，黄氏批道：“重出之病。”[2]其三，针对文中“若两言相配，而优劣不均，是骥在左骖，驽为右服也”，黄氏批曰：“不均之病。”[3]其四，对文中“若夫事或孤立，莫与相偶，是夔之一足，趻踔而行也”，黄氏批为：“孤立之病。”[4]其五，对文中“若气无奇类，文乏异采，碌碌丽辞，则昏睡耳目”，黄氏的批语是：“庸冗之病。”[5]另外，对《声律》篇，黄氏有精练的批语，针对文中“凡声有飞沉，响有双叠。双声隔字而每舛，叠韵杂句而必睽；沉则响发而断，飞则声飏不还”，黄氏批曰：“叠韵二字，同在一韵；双声二字，同一字母。”“论声病，详尽于沈隐侯。”[6]对《事类》篇，黄氏也有所评点，如对“夫以子云之才，而自奏不学”，黄氏批道：“才禀天授，非人力所能为，故以下专论博学。”[7]针对“是以综学在博，取事贵约，校练务精，捃理须核”数句，黄氏批曰：“徒博而校练不精，其取事捃理不能约核，无当也。吾见其人矣。”[8]黄氏的这些批语，一方面反映出他对《文心雕龙》理论观点的比较准确的把握，另一方面，也包含他自己的心得，如他认为刘勰的声律论比沈约“详尽”，还有关于博学与校练问题对用典的制约性的理解和认识，都

---

〔1〕〔2〕 黄霖编著，《文心雕龙汇评》，上海古籍出版社，2005年版，第119页。

〔3〕〔4〕〔5〕 黄霖编著，《文心雕龙汇评》，上海古籍出版社，2005年版，第120页。

〔6〕 黄霖编著，《文心雕龙汇评》，上海古籍出版社，2005年版，第113页。

〔7〕 黄霖编著，《文心雕龙汇评》，上海古籍出版社，2005年版，第126页。

〔8〕 黄霖编著，《文心雕龙汇评》，上海古籍出版社，2005年版，第127页。

有自己的会心之处。

两位黄氏之外，清谨轩抄本、李安民、何焯等也特别关注《文心雕龙》，在有关骈文理论方面，也受其影响。

清谨轩蓝格抄本《文心雕龙》中，评语标“清谨轩”三字，据杨明照先生考定，此本“抄于圣祖康熙之世”，所以清谨轩之评也自然为清初所作。此书前有《〈文心雕龙〉叙目》，对《文心雕龙》有一个总的评价：“勰著《文心雕龙》十卷，总论文章之始末，古今之妍媸，其文虽拘于声偶，不离六朝之体，要为宏博精当，鲜丽琢润者矣。”〔1〕虽然对骈体文尚存偏见，但是对《文心雕龙》的价值还是积极肯定的。书中针对具体篇章的评语，也不乏精彩之处，如《风骨》篇后之评：“六朝之文莫要于骨，莫妙于风，兼而论之，得指归矣。”〔2〕《时序》后评：“古今人才，不能出其范围，论世论人而获其隽。”〔3〕不是简单地叹赏，而是有得之言，对人们理解和认识《文心雕龙》的精义颇有启发性。同时，清谨轩之评，也关涉到骈文理论批评，如《丽辞》篇后评曰：“丽辞准风骨、情采之中，则联对之要务也。”〔4〕阐释对偶与骨采之关系，别有见地。《声律》篇后评曰：“声律之不讲久矣，此故包今古之胜会。”〔5〕《事类》篇后有言：“征言之家，须知此义。”〔6〕《情采》篇后评道：“风骨之谥，宜为情采，故当表里成篇。”〔7〕这些评语对人们认识和了解骈文中对偶、声律、用典、藻饰几大要素的功能和作用，还是有参考价值的。

李安民在《文心雕龙》一书上下过很大功夫，专有其批点本传

---

〔1〕 黄霖编著，《文心雕龙汇评》，上海古籍出版社，2005 年版，第 6 页。
〔2〕 黄霖编著，《文心雕龙汇评》，上海古籍出版社，2005 年版，第 102 页。
〔3〕 黄霖编著，《文心雕龙汇评》，上海古籍出版社，2005 年版，第 149 页。
〔4〕 黄霖编著，《文心雕龙汇评》，上海古籍出版社，2005 年版，第 120 页。
〔5〕 黄霖编著，《文心雕龙汇评》，上海古籍出版社，2005 年版，第 115 页。
〔6〕 黄霖编著，《文心雕龙汇评》，上海古籍出版社，2005 年版，第 128 页。
〔7〕 黄霖编著，《文心雕龙汇评》，上海古籍出版社，2005 年版，第 110 页。

世。该书有《序》一篇,自道其批点情况,也反映出他本人对该书的崇尚:"《文心雕龙》五十篇,萧梁刘勰彦和撰。按史,彦和撰录既成,举以示沈休文。休文大重之,称为深得文理。黄涪翁云:学文者不可不读《文心雕龙》。其为先哲所珍赏如此!自著作繁多,体制各别,操觚家每恨昧其源流,乖于矩度,为有识所笑,使陈是书于几案,反复玩味,当不翅得所师授,于以驰骤古今,而考其异同得失,不亦可昭晰无疑、优游有余矣乎!是书专行益寡,惟前明杨用修稍加品骘,顾颇病其简略。又第四十篇脱误不完,余广为搜辑补之。暇余点次,庶几别其眉目,抉其英华,至于瑕瑜互见;亦谬以己意参论其间,令览者知所抉择。近因友人怂恿,取付剞劂,极知浅陋,无所发明,然汲古之思,尚冀少进,知言者幸有以箴余之阙焉。时乾隆四年嘉平月上浣临川李安民书臣氏题。"[1]同时,书中的旁批,也关涉到骈文的理论批评,一方面展示出他受《文心雕龙》有关骈文理论影响的印迹,另一方面也让人们了解到他自己的心得。如他在《丽辞》篇中对"反对为优"一语批道:"反对即不合掌之谓。"[2]对人们正确理解骈文中的对偶方式有所启发。再如《事类》篇中有几处旁批,谈用典问题,一是针对"然则明理引乎成辞,征义举乎人事"两句批道:"秦汉以前,征事之富,无过《左》、《国》。"[3]言《左传》《国语》两书用典之多。二是针对"夫经典沉深,载籍浩瀚,实群言之奥区,而才思之神皋也。扬、班以下,莫不取资,任力耕耨,纵意渔猎,操刀能割,必裂膏腴。是以将赡才力,务在博见"数语批曰:"词不足,不可以成文。"[4]言取资经典、积学储词之必要。三是针对"是以综学在博,取事贵约,校练务精,捃理

---

〔1〕 黄霖编著,《文心雕龙汇评》,上海古籍出版社,2005年版,第6—7页。
〔2〕 黄霖编著,《文心雕龙汇评》,上海古籍出版社,2005年版,第119页。
〔3〕 黄霖编著,《文心雕龙汇评》,上海古籍出版社,2005年版,第126页。
〔4〕 黄霖编著,《文心雕龙汇评》,上海古籍出版社,2005年版,第127页。

须核”数语批道:“尽文人之能事。”〔1〕言博学、约事、精校对文章写作的重要作用。四是针对文中“凡用旧合机,不啻自其口出;引事乖谬,虽千载而为瑕。陈思,群才之英也,《报孔璋书》云:‘葛天氏之乐,千人唱,万人和,听者因以蔑《韶》、《夏》矣。’此引事之实谬也。按葛天之歌,唱和三人而已”数语批曰:“古事相沿成讹者多矣。”〔2〕言用典之讹。此外,在《声律》篇中也有批语。如就文中“凡声有飞沉,响有双叠。双声隔字而每舛,叠韵杂句而必睽;沉则响发而断,飞则声飏不还”数语批曰:“‘飞’、‘沉’二字精晰。”〔3〕就“若夫宫商大和,譬诸吹籥;翻回取均,颇似调瑟。瑟资移柱,故有时而乖贰;籥含定管,故无往而不壹”数语批道:“此丝不如竹之说。”〔4〕虽无惊人之语,但也有一定参考价值,从另一个侧面反映出《文心雕龙》中有关骈文的理论批评在他身上留下的印迹。

何焯是清初著名文士,从其有关《文心雕龙》的只言片语,也可见其受此书影响之一斑。如对《丽辞》篇“故丽辞之体,凡有四对:言对为易,事对为难;反对为优,正对为劣”几句,何氏评道:“补之论诗,必取反对,读彦和此论,益叹老友根柢坚牢,必不可易。”〔5〕另外,其《义门读书记》卷四十七就沈约《应王中丞思远咏月》一诗中“高楼切思妇,西园游上才”二句议论说:“刘彦和曰:‘言对为易,事对为难;反对为优,正对为劣。’‘思妇’‘上才’一忧一乐,‘理殊趣合’者也。”对《文心雕龙》中有关骈偶的理论理解透彻,应用恰当,可见受其浸染之深,非一般人可比。

清代中期是骈文创作和骈文理论批评的黄金时期,《文心雕龙》及其骈文理论批评的影响力也达到前所未有的程度。

清代从康熙中叶开始,学术文化空气日益浓厚,尤其是到了乾

〔1〕〔2〕 黄霖编著,《文心雕龙汇评》,上海古籍出版社,2005年版,第127页。
〔3〕 黄霖编著,《文心雕龙汇评》,上海古籍出版社,2005年版,第113页。
〔4〕 黄霖编著,《文心雕龙汇评》,上海古籍出版社,2005年版,第114页。
〔5〕 刘勰著,詹锳义证,《文心雕龙义证》,上海古籍出版社,1989年版,第1305页。

嘉时期，更是达到鼎盛状态，其氛围之浓、成果之丰，为历代所罕见。一方面，由于江山一统，社会安定，经济繁荣，为文人学士们治学和创作提供了一定的条件；另一方面，由于清王朝在文化政策上采用软硬两手：一手用重开博学鸿词特科，编纂丛书、类书、史书，实行八股取士等等方式吸引、羁縻文士；一手采取高压政策，大兴文字狱，使广大文士噤若寒蝉，于是只好埋头古籍，潜心学问，不去过问政治。这样，清代中期诸多文人学士上承顾炎武、黄宗羲、王夫之等人严谨、朴实的学风，专心致志于典籍文献，由此造成以文字训诂为手段，以考订、整理古籍为特征的朴学的兴盛，形成追求博雅、以学济文的特殊风气，大大促进了以使事用典、旁征博引、讲究对偶和声韵为主要特征的骈体文的兴盛。谢无量在《骈文指南》中指出："及乾嘉之际，四方无事。在上者多方以厉文学，士人研精考索，遂往往好为沈博绝丽之文。自乾嘉来以骈文传者，不啻数十百家，极一时之盛。于是清之骈文，其高者率驾唐、宋而追齐、梁，远为元明所不能逮。"[1]确切地说，以博学、征典为特征的骈文，一遇上乾嘉汉学鼎盛，社会崇尚博学的人文环境，便找到了自己发展的合适土壤，于是达到了高潮。与此相应，骈文家之间的交游、切磋也频繁起来，这又带动着骈文理论批评，使之达到了巅峰状态：一方面，骈文别集的序跋、友人之间讨论骈体的书信、骈文选本，以及相关的目录、笔记大量出现，专门研究骈体的理论专著如《四六丛话》也已产生；另一方面，官修的《四库全书总目》中，也包含了四库馆臣们对历代骈文客观、精当的评价；此外，在文章学领域，既有骈、散之争，文、笔之辩，又有桐城派古文家与当时骈文家之间的论争，还有骈文向古文求对等、争正统与是否应该融合骈散的论争；骈文家们之间关于师法六朝，还是三唐、两宋，到底什么是骈体正宗等等论争都非常激烈。在寻找理论武器之时，很多人都把目光

[1] 谢无量著，《骈文指南》，中华书局，1918年版，第79页。

转向《文心雕龙》,因而,许多人的骈文理论都染上了《文心雕龙》的色彩,如吴宽、李调元、纪昀、孙梅、程杲、阮元、刘开、李兆洛、曾燠等人就是代表。当此之时,《文心雕龙》有关骈文的理论确实影响广泛而巨大。

吴宽是清中叶的骈文家,他在骈文理论上的重要贡献,就是倡导骈文应该有风骨。他在《棕亭古文钞序》中明确指出:"窃谓文有风骨,骈体尤尚。盖体密则易乖于风,辞缛则易伤于骨。能为其难,则振采弥鲜,负声有力。"因为骈体常有"体密"和"辞缛"的弊病,即用典过多,辞采繁密,产生呆板滞涩之累,所以吴宽便以《文心雕龙·风骨》为良方,医治骈体之病,其师法之迹,从其《棕亭古文钞序》一文中便看得非常清楚。《文心雕龙·风骨》中对"风骨"这一理论范畴有深刻的论述,现在我们将两文节录于下,以便观察:

> 是以怊怅述情,必始乎风;沈吟铺辞,莫先于骨。故辞之待骨,如体之树骸;情之含风,犹形之包气。结言端直,则文骨成焉;意气骏爽,则文风清焉。若丰藻克赡,风骨不飞,则振采失鲜,负声无力。是以缀虑裁篇,务盈守气,刚健既实,辉光乃新。其为文用,譬征鸟之使翼也。[1]
>
> ——刘勰《文心雕龙·风骨》

> 窃谓文有风骨,骈体尤尚。盖体密则易乖于风,辞缛则易伤于骨。能为其难,则振采弥鲜,负声有力。……金君钟越,学既宏博,才复肆辨……骈俪文尤卓卓可观,意气骏爽,文风清焉;结言端直,文骨成焉。其他离众绝致,美难毛举。当世名卿巨公,知钟越者,吾不知其品定为何如。以予求诸风骨

[1] 黄霖编著,《文心雕龙汇评》,上海古籍出版社,2005年版,第100页。

间，则固已叹为仲宣之鹰扬，孔璋之独步也。[1]

——吴宽《棕亭古文钞序》

两相对照，我们便发现二者之间在精神实质上是一脉相承的，而且主干语汇没有多大改变，后者受前者影响一目了然。

李调元是清代中期著名的戏曲理论家，也是赋学名家，其《赋话》一书中多处论及骈偶，仔细观察，其有关骈偶的理论深受《文心雕龙》骈文理论的影响，如《赋话》卷三中谈骈赋中的对偶方法，便以《文心雕龙·丽辞》为理论基础：

言对为易，事对为难；反对为优，正对为劣。唐白行简《澹台灭明斩龙毁璧赋》云："纷然电散，谓齐后之碎连环；驣尔星分，同亚父之撞玉斗。"张随《上将辞第赋》云："王翦请贻乎子孙，与兹难并；晏婴敢烦乎里旅，相去不遐。"宋范镇《长啸却胡骑赋》云："若楚军夜遁之时，闻歌于四面；异汉将道穷之日，振臂而一呼。"皆所谓事对也。唐蒋防《聚米为山赋》云："起自纤微，有类积尘为岳；终非奇幻，那同画地成川。"王起《辕门射戟枝赋》云："若嗤同失鹄，我艺自忝其叠双；倘妙等丽龟，尔心固宜其如一。"黄滔《周以龙兴赋》云："孟津契会，此时不愧于云从；羑里栖迟，昔日何伤于鱼服。"皆所谓反对也。……[2]

这里，李氏以实际作品为例，论证事对和反对，而其最根本的理论依据"言对为易，事对为难；反对为优，正对为劣"四句，一字不差地使用《文心雕龙·丽辞》的原文，师法之迹甚为明晰。

纪昀是《文心雕龙》评点史上用力最勤的人物之一，因而，他对刘勰的骈文理论更有会心。其中对《丽辞》《声律》《事类》诸篇的

[1] 吴宽撰，《棕亭古文钞序》，《续修四库全书》，上海古籍出版社，2001年版，第275页。

[2] 李调元撰，《赋话》，商务印书馆，1936年版，第27—28页。

评点,是比较直接的骈文理论批评,值得我们重视。关于《丽辞》篇,纪昀有四处批语,第一处就全文而发,揭示《丽辞》篇的写作动机:"骈偶于文家为下格,然其体则千古不能废。其在六代犹为时尚,故别作一篇论之。"[1]虽然说"骈偶于文家为下格"不够公允,但是对刘勰本文的写作背景、动机,以及骈体在历史上的存在状况所作的概括还是比较客观的,而且还有骈文史论的长远眼光。第二处是对文中"至魏晋群才,析句弥密,联字合趣,剖毫析厘。然契机者入巧,浮假者无功"一段论述也有精当的评价,称之曰"精论不磨"[2]。肯定与赞美兼而有之。第三处是就文中"又以事对,各有反正,指类而求,万条自昭然矣"几句有所说明,但是侧重于语言表达问题:"'又以'四句,当云'指类而求,万条自昭然矣',又言对事对,'各有反正',于文义乃顺。"[3]第四处是针对文中一大段文字所作的评论分析,是他对《丽辞》篇评点中最精彩之处。刘勰的原文如下:

> 张华诗称:"游雁比翼翔,归鸿知接翮。"刘琨诗言:"宣尼悲获麟,西狩泣孔丘。"若斯重出,即对句之骈枝也。是以言对为美,贵在精巧;事对所先,务在允当。若两言相配,而优劣不均,是骥在左骖,驽为右服也。若夫事或孤立,莫与相偶,是夔之一足,趻踔而行也。若气无奇类,文乏异采,碌碌丽辞,则昏睡耳目。必使理圆事密,联璧其章。迭用奇偶,节以杂佩,乃其贵耳。类此而思,理斯见也。

纪昀的评点和分析一方面是概括文章大意:"'张华'一段,申反对正对;'是以'以下,申言对事对。'若气无'以下,就四对推入一层,言对偶虽合法,而无骨采亦不可。"[4]另一方面又对黄叔琳

---

[1] 黄霖编著,《文心雕龙汇评》,上海古籍出版社,2005年版,第118页。

[2][3] 黄霖编著,《文心雕龙汇评》,上海古籍出版社,2005年版,第119页。

[4] 黄霖编著,《文心雕龙汇评》,上海古籍出版社,2005年版,第120页。

的评点进行辨析:“北平先生以四病并列,失其旨矣。”[1]比较而言,还是纪昀对这一段文字的评点更精当一些,基本上把握住了《文心雕龙》有关对偶理论的精髓,对人们正确理解这段文章颇有启发作用。关于《声律》篇,纪昀首先也是从史的角度进行评点:“(《声律》)即沈休文《与陆厥书》而畅之,后世近体,遂从此定制。齐梁文格卑靡,独此学独有千古,钟记室以私憾排之,未为公论也。”[2]肯定齐、梁声律的成就和地位,对钟嵘在声律问题上的观点进行批评。接下来,就文中的一些具体论述,又作了一些评点。一是就文中“左碍而寻右,末滞而讨前”两句评以四字:“妙参活法。”[3]二是就文中“韵气一定,则余声易遣;和体抑扬,故遗响难契。属笔易巧,选和至难,缀文难精,而作韵甚易”数语进行阐释,揭示出刘勰声律理论的内在依据:“句末韵脚,有谱可凭,句内声病,涉笔易犯,非精究音学者不知。故往往阅之斐然,而诵之拗格。彦和特抽出另言,以此之故。”[4]三是对文中“若夫宫商大和,譬诸吹籥;翻回取均,颇似调瑟。瑟资移柱,故有时而乖贰;籥含定管,故无往而不壹”几句进行概括,颇得要领:“此又深一层,言宫商虽和,又有自然、勉强之分。”[5]四是对“又诗人综韵,率多清切,《楚辞》辞楚,故讹韵实繁。及张华论韵,谓士衡多楚,《文赋》亦称不易,可谓衔灵均之余声,失黄钟之正响也”数句进行评点,重在概括大意:“此一段又言韵不可参以方音。”[6]五是对“凡切韵之动,势若转圜;讹音之作,甚于枘方。免乎枘方,则无大过矣”数语加以肯定:“此喻确。”[7]六是对“练才洞鉴,剖字钻响,识疏阔略,随音所

[1] 黄霖编著,《文心雕龙汇评》,上海古籍出版社,2005年版,第120页。

[2] 黄霖编著,《文心雕龙汇评》,上海古籍出版社,2005年版,第113页。

[3][4][5][6] 黄霖编著,《文心雕龙汇评》,上海古籍出版社,2005年版,第114页。

[7] 黄霖编著,《文心雕龙汇评》,上海古籍出版社,2005年版,第115页。

遇”几句的内涵进行提炼：“言自然也。”〔1〕从总体上看，纪昀对《文心雕龙》的声律理论烂熟于心，否则，不会有这些精彩的评点。关于《事类》篇，纪昀也有精彩之评。如就文中论述“引事乖谬”问题进行评点，刘勰的原文是：“凡用旧合机，不啻自其口出；引事乖谬，虽千载而为瑕。陈思，群才之英也，《报孔璋书》云：‘葛天氏之乐，千人唱，万人和，听者因以蔑《韶》、《夏》矣。’此引事之实谬也。按葛天之歌，唱和三人而已。相如《上林》云：‘奏陶唐之舞，听葛天之歌，千人唱，万人和。’唱和千万人，乃相如推之。然而滥侈葛天，推三成万者，信赋妄书，致斯谬也。”对这一段文字，纪昀有两条评语：一曰：“此一段以曹陆为鉴，言用事宜审。”这是概括文意；二曰：“千人万人，自指汉时之歌舞者，不过借陶唐、葛天点缀其事，非即指上二事也。子建固误，彦和亦未详考也。”〔2〕对刘勰之论进行客观分析，并且辨析其是非。总之，纪昀对《文心雕龙》有关骈文的理论自有心解，识见超出众人。

孙梅是清中期著名的骈文理论家，也是清代骈文理论建设的关键性人物，他积数十年之功，撰成《四六丛话》一书，本书集六朝以来骈文理论批评之大成，是清代骈文理论批评方面最系统的著作。从内容范围上看，该书对骈散关系，骈文的形成、发展、演变，各类骈文体制的源流、作法；主要骈文家的创作成就、地位、风格等等都有比较精到的论述，总体成就在清代罕有所及。然而，我们仔细考察该书，发现其中许多关于骈文的理论观点都与《文心雕龙》密切相关，受其启发和影响之迹甚明。首先，孙梅本人在其《四六丛话·凡例》中便透露出这一点：“《文选序》及《文心雕龙》所列，俱不下四十。而《雕龙》以《对问》、《七发》、《连珠》三者，入于杂文，虽创例亦其宜也。唐设宏词科，试目有十二体，则皆应用之文。

〔1〕 黄霖编著，《文心雕龙汇评》，上海古籍出版社，2005年版，第115页。
〔2〕 黄霖编著，《文心雕龙汇评》，上海古籍出版社，2005年版，第127页。

今自《选》、《骚》外,分合之为体十八,亦就援引考据所及而存之。其章疏与表,分而为二者,以宣公奏议之类,不可入表故也。碑志与铭,分为二者,碑用者广,志专纳墓,而铭则遇物能名,各有攸当。其余悉入杂文,又列谈谐,皆《雕龙》例也。"[1]表明全书在写作体例上对《文心雕龙》有所取法。此外,本书作为骈文理论专著,在总论和各种文体的叙论,以及其他地方又多以《文心雕龙》的相关理论为支撑,阐述自己的骈文理论主张,或对其表示赞美和肯定。请看下表:

《四六丛话》受《文心雕龙》影响情况一览表

部类	实例
总论	极而论之:行文之法,用辞不如用笔,用笔不如用意。虎头传神,添毫欲活;徐熙没骨,著手成春:此用笔之妙也。言对为易,事对为难;反对为优,正对为劣:此用意之长也。隶事之方,用史不如用子,用子不如用经。[2]
骚	思穷物表,一言而情貌无遗;兴寄篇中,百读而风神自得。动而愈出,职此之由。……淮南而下,规规焉,章模句仿,岂可同日语哉?又扬子曰:"事辞称则经",《文心》以之论《骚》。[3]
表	表以道政事,达辞情,《文心》论之详矣。粤自孔明《出师》,忠恳而纯笃;刘琨《劝进》,慷慨而壮激:并倾写素志,不由缘饰。[4]
章疏	《文心》叙书思之作,曰《章表》、曰《奏启》。盖表章与奏疏殊科,献替与拜扬异义。汉京初肇人文,厥体亦未画一。倪宽、终军,表章之选也;公孙、吾邱,奏疏之长也。魏、晋以来,渐趋排偶。而臣工言事之文,剀切尚遵古式,未尝不直抒胸臆,刊落陈言。[5]

[1] 孙梅著,李金松校点,《四六丛话》,人民文学出版社,2010年版,第10页。
[2] 孙梅著,李金松校点,《四六丛话》,人民文学出版社,2010年版,第532—533页。
[3] 孙梅著,李金松校点,《四六丛话》,人民文学出版社,2010年版,第46页。
[4] 孙梅著,李金松校点,《四六丛话》,人民文学出版社,2010年版,第205页。
[5] 孙梅著,李金松校点,《四六丛话》,人民文学出版社,2010年版,第267页。

续表

部 类	实 例
判	惟《文心》略举厥义，附之契券，曰其字半分曰判。按《周礼·媒氏》之判，实男女之婚籍。后世之判，乃州郡之爰书，亦名同而实异耳。〔1〕
序	彦和《序志》，梦执丹漆以南行；子玄《自序》，恐覆酱瓿而泣血。修名不立，没世无称。哲人君子，所兢兢尔。〔2〕
记	尝考萧氏《文选》，有奏记而无记；刘氏《文心》，有书记而无记：则知齐、梁以上，列记不多。〔3〕
论	赋家之心，包括天地；文人之笔，涵茹古今。高下在心，渊微莫识。尔其征家法，正体裁，等才情，标风会，内篇以叙其体，外篇以究其用，统二千年之汗牛充栋，归五十首之掐肾擢肝，捶字选和，屡参解悟。《宗经》、《正纬》，备著源流，此《文心》所以探作家之旨，而上下其议论也。〔4〕
铭、箴、赞	盖其义隆叹美，体极褒崇。故《文心》考实，与颂同原。《史通》核才，偕论合揆。懿括行间，神流简外，得赞之旨矣。〔5〕
檄、露布	夫檄与露布，六朝不甚区别，故《文心》合而为一。唐、宋以后，则檄文在启行之先，露布当克敌之后，名实分矣。至于敌忾，本属同途。故彦和以曒然为先，西山谓少粗无害。〔6〕
杂文	虽无当于赋颂铭赞之流，亦未始非著作文章之任，则《雕龙》有"杂文"一目，《丛话》仍之。……《文心》所综，厥有三焉：一曰答问。始于宋玉

〔1〕 孙梅著，李金松校点，《四六丛话》，人民文学出版社，2010年版，第386页。
〔2〕 孙梅著，李金松校点，《四六丛话》，人民文学出版社，2010年版，第399页。
〔3〕 孙梅著，李金松校点，《四六丛话》，人民文学出版社，2010年版，第418页。
〔4〕 孙梅著，李金松校点，《四六丛话》，人民文学出版社，2010年版，第426页。
〔5〕 孙梅著，李金松校点，《四六丛话》，人民文学出版社，2010年版，第436页。
〔6〕 孙梅著，李金松校点，《四六丛话》，人民文学出版社，2010年版，第454—455页。

续表

部　类	实　例
	假物送难，托喻申怀。至《解嘲》，肆其波澜；《宾戏》，严其旗鼓。此后踵述虽多，莫之能尚。若韩昌黎《进学解》，则雄奇杰出，前无古人矣。一曰《七发》。始于枚乘，原本七情，故名《七发》。观涛之作，浩瀚纵横，词涌涛波，气轶江海，信乎奇作。自后拟作甚多，傅咸为辑《七林》。然惟柳子厚《晋问》一篇，精刻独造，追轶枚叟。他若子建、孟阳，亦同尘土矣。其一则猗彼连珠，委同繁露。珠以喻其辉之灼灼，连以言其琲之累累。参差结韵，比兴为长。倘兴与情罔寄，则圆折而未见走盘；比义不深，则夜光而犹非缀烛。惟士衡、子山，意趣渊妙，径寸呈姿，阑干溢目矣。此三者，《文心》之所列也。〔1〕
其他	士衡《文赋》一篇，引而不发，旨趣跃如。彦和则探幽索隐，穷形尽状。五十篇之内，百代之精华备矣。其时昭明太子纂辑《文选》，为词宗标准。彦和此书，实总括大凡，妙抉其心。二书宜相辅而行者也。自陈、隋下讫五代，五百年间，作者莫不根柢于此。呜呼盛矣！〔2〕
	《史通》一书，心摹手追者，《文心雕龙》也。观其纵横辨博，固足并雄，而丽藻遒文，犹或未逮。至（刘）知幾《自叙》，末以子云草《玄》自况，无乃矜诩太过。〔3〕

可见《四六丛话》中许多骈文理论和主张都与《文心雕龙》有继承关系，其影响之深，自不待言。

程杲是孙梅的弟子，其有关骈文的理论主张也同乃师一样，深受《文心雕龙》的影响。程氏有关骈文的理论主要见于其《四六丛话序》，文中先论述骈文之渊源与成因，明显受到《文心雕龙·丽辞》之启发和影响：

〔1〕 孙梅著，李金松校点，《四六丛话》，人民文学出版社，2010年版，第483页。
〔2〕 孙梅著，李金松校点，《四六丛话》，人民文学出版社，2010年版，第626页。
〔3〕 孙梅著，李金松校点，《四六丛话》，人民文学出版社，2010年版，第644页。

> 四六之文，世谓创自六朝，非笃论也。《易大传》曰："坤为文。"坤为文，偶象也。文之有偶，其即坤之取象乎？在《书》："满招损，谦受益。"在《诗》："观闵既多，受侮不少。"诸如此类，谓非四六之滥觞耶？《雕龙》所引，孔子系《易》，四德句句相衔，龙虎字字相俪。乾坤易简，宛转相承；日月往来，隔行悬合。凡后世骈体对法，莫不悉肇于斯。在汉，邹阳、谷永，为文多用俳偶。而齐、梁踵事增华，遂成一体。要亦造化自然之文章，因时而显，有非人力所能与者。[1]

论骈偶之滥觞，本于《丽辞》"《易》之《文》、《系》，圣人之妙思也。序《乾》四德，则句句相衔；龙虎类感，则字字相俪；乾坤易简，则宛转相承；日月往来，则隔行悬合：虽句字或殊，而偶意一也"[2]。意谓先秦经典为骈文之源头之一；论骈偶产生的原因，则本于《丽辞》篇"造化赋形，支体必双，神理为用，事不孤立。夫心生文辞，运裁百虑，高下相须，自然成对"[3]，称之曰："要亦造化自然之文章，因时而显，有非人力所能与者。"毋庸置疑，与《文心雕龙·丽辞》一脉相承。同时，文中关于骈文对偶方法的论述也明显师法《文心雕龙·丽辞》：

> 自克树帜于文坛。四六主对，对不可以不工。《雕龙》所论，言对事对，反对正对，尽之矣。至谓言对易，事对难；反对优，正对劣。其所谓难者，若古"二十四考中书，三十六年宰辅"，"秦塞重关一百二，汉室离宫三十六"之类：比事皆成绝对，故难也。近时翻类书，举故事，往往一意衍至数十句，不惟难者不见其难，亦且劣者弥形其劣。孙夫子于《总论》篇中，有"以意为主"之说，学骈体者不可无别裁之识。[4]

---

[1] 孙梅著，李金松校点，《四六丛话》，人民文学出版社，2010年版，第5页。
[2][3] 黄霖编著，《文心雕龙汇评》，上海古籍出版社，2005年版，第118页。
[4] 孙梅著，李金松校点，《四六丛话》，人民文学出版社，2010年版，第6页。

不仅以《文心雕龙·丽辞》篇中关于对偶方法的理论为理论基础,而且还举出实例加以证明,同时又指出后世在这方面的弊病,可见其于《文心雕龙》有关骈文的理论浸染甚深,并且颇有心得。

阮元是清中期的骈文理论家,称孙梅为"我师"。其骈文理论主张主要体现在《文言说》《文韵说》《书梁昭明太子〈文选序〉后》《与友人论古文书》《四六丛话序》等几篇文章上,突出点是为骈文争正统地位,将古文排斥在"文"的范围之外,对后世影响很大。然而他在论文之时,也非常推崇《文心雕龙》,尤其在骈文理论批评上,明显受其影响。在《四六丛话后序》中,阮元指出:"昭明勒《选》,六代范此规模;彦和著书,千古传兹科律。"〔1〕在《书梁昭明太子〈文选序〉后》一文中,他又特别强调:"彦和《雕龙》,渐开四六之体,至唐而四六更卑,然文体不可谓之不卑,而文统不得谓之不正。"〔2〕可见,在阮元的眼里,《文心雕龙》是骈文之"科律"和正宗文统,而对宋人真德秀《文章正宗》所倡导的古文文统提出批评:"考夫魏文《典论》,士衡赋《文》,挚虞析其《流别》,任昉溯其《原起》,莫不谨严体制,评骘才华。岂知古调已遥,矫枉或过?莫守彦和之论,易为真氏之宗矣。"〔3〕阮元师法、借重《文心雕龙》最突出的表现是继承并发扬其"有韵者文也"之说,为骈文争正统,力图把古文排斥在"文"之外。《文心雕龙·总术》中说:"今之常言,有文有笔。以为无韵者笔也,有韵者文也。"阮元取其意而为《文韵说》,借其子阮福提出问题,对《文心雕龙》的这一观点加以发挥,扩大"韵"的范围:

> 福问曰:《文心雕龙》云:"今之常言,有文有笔。以为无韵者笔也,有韵者文也。"据此,则梁时恒言有韵者乃可谓之文,而《昭明文选》所选之文不押韵脚者甚多,何也?曰:梁时恒言

---

〔1〕〔3〕 孙梅著,李金松校点,《四六丛话》,人民文学出版社,2010年版,第3页。

〔2〕 黄侃撰,《文心雕龙札记》,上海古籍出版社,2000年版,第9页。

所谓韵者,固指押脚韵,亦兼谓章句中之音韵,即古人所言之宫羽,今人所言之平仄也。福曰:唐人四六之平仄,似非所论于梁以前。曰:此不然,八代不押韵之文,其中奇偶相生,顿挫抑扬,咏叹声情,皆有合乎音韵宫羽者。《诗》、《骚》而后,莫不皆然。而沈约矜为创获,故于《谢灵运传论》曰:"夫五色相宣,八音协畅,由乎元黄、律吕,各适物宜,欲使宫羽相变,低昂舛节,若前有浮声,则后须切响;一简之内,音韵尽殊,两句之中,轻重悉异,妙达此旨,始可言文。"又曰:"自灵均以来,此秘未睹。至于高言妙句,音韵天成,皆暗于理合,匪由思至。"又沈约《答陆厥书》云:"韵与不韵,复有精粗轮扁,不能言之,老夫亦不尽辨。"休文此说,实指各文章句之内有音韵宫羽而言,非谓句末之押脚韵也。是以声韵流变而成四六,亦只论章句中之平仄,不复有押脚韵也。[1]

这样,不仅句末押脚韵是有韵,而且句中的平仄搭配也属有韵,韵的范围扩大了,六朝骈文以及唐以后之四六都划入韵文的范畴,并就此推出"四六乃有韵文之极致"的结论,为骈文的正统地位张本,进而否定古文作为"文"的资格:"然则今人所便单行之文,极其奥折奔放者,乃古之笔,非古之文也。"[2]阮文不但自己主文、笔之分,严骈体与古文之辨,为骈文争正宗的地位,而且还教导他的儿子、学生也照此办理,所以在其学海堂课士之时也特别强调这一点,其《学海堂文笔策问》中便记载了这方面的内容:"问:六朝至唐,皆有长于文、长于笔之称,如颜延之云'竣得臣笔,测得臣文'是也。何者为文?何者为笔?何以宋以后不复分别此体?"[3]其子阮福广泛搜集南北朝时期的有关材料,证明文笔之别,但其最重要的理论根据还是出自《文心雕龙》:"刘勰《文心雕龙·总术》篇:

---

[1] 阮福撰,《文笔考》,商务印书馆,1936 年版,第 5 页。

[2][3] 阮福撰,《文笔考》,商务印书馆,1936 年版,第 7 页。

‘今之常言，有文有笔，以为无韵者笔也，有韵者文也。’按文笔之义，此最分明。”〔1〕阮福将此对策“呈家大人（阮元），家大人甚喜，曰：‘此足以明六朝文笔之分，足以证《昭明序》经、子、史与文之分，而余平日著笔不敢名曰文之情益合矣。’”阮元的学生刘天惠、侯康等所作的《文笔考》也都沿用阮元的观点。如刘天惠的《文笔考》：“或谓文莫高于昌黎，韩笔杜诗，吟自好问；孟诗韩笔，说始赵璘；犹以为笔亦文之称耳。及读刘禹锡《中山集·祭韩侍郎文》曰：‘子长在笔，我长在论；以矛陷盾，卒不能困。’是不以能文许昌黎也。梁元帝《金楼子》云：‘不便为诗如阎纂，善为章奏如伯松；若此之流，泛谓之笔。吟咏风谣，流连哀思，谓之文。’《文心雕龙》云：‘有韵者谓之文，无韵者谓之笔。’其言文与笔显然有别。始甚讶之，爰考于史传而究其名义，然后所谓文、所谓笔者，始明白可见焉。”〔2〕沿用阮元的观点，而且以《文心雕龙》为主要的理论依据。侯康的《文笔考》与刘天惠基本相同：“《老学庵笔记》：‘南朝词人谓文为笔。’历举谢元晖善为诗，任彦升工于笔。沈诗任笔。梁简文《与湘东王书》‘诗既如此，笔又如之’，‘谢朓沈约之诗，任昉陆倕之笔’数语，盖因其以笔与诗对言也。然六朝多以文笔对言者。颜延之云：‘竣得臣笔，测得臣文。’杜之伟《求解著作启》云：‘或清文赡笔，或强识稽古。’《文心雕龙·章句篇》云：‘裁文匠笔。’《序志篇》云：‘论文叙笔。’《时序篇》云：‘庾以笔才愈亲，温以文思益厚。’《才略篇》云：‘孔融气盛于为笔，祢衡思锐于为文。’是文非即笔。放翁所言误矣。又《梁书·鲍泉传》：‘兼有文笔。’《周书·刘璠传》：‘兼善文笔。’若文笔为一类，则何以云兼乎？寻其旨绪，乃文与诗为一类，非与笔为一类。文笔诗笔，字异义同。刘彦和所谓‘有韵者文，无韵者笔是也’。”〔3〕显然，其文笔之辨的主要理论依据是《文心雕

〔1〕 阮福撰，《文笔考》，商务印书馆，1936年版，第9页。
〔2〕 阮福撰，《文笔考》，商务印书馆，1936年版，第13页。
〔3〕 阮福撰，《文笔考》，商务印书馆，1936年版，第18页。

龙》。其他人如梁章钜也信从其说。梁氏本人在《学文》中讲述了自己的这一认知过程:“或疑‘文必有韵’之语为不尽然,不知此刘彦和之说也。《文心雕龙·总术》篇云:‘今之常言,有文有笔,无韵者笔,有韵者文。’彦和精于文理者,岂欺人哉! 近人中知此理者颇鲜。阮芸台先生曾详言之曰:‘所谓韵者,乃章句中之音韵,非但句末之韵脚也。’”[1]从实而论,阮元这样发挥《文心雕龙》“有韵者文也”的内涵不免有些牵强,与事实不尽相符。《梁书·任昉传》:“时人云:‘任笔沈诗。’昉闻,甚以为病。”《庾肩吾传》:“简文《与湘东王书》云:‘诗既若此,笔亦如之。’”[2]《陈书·徐陵传》:“国家有大手笔,皆陵草之。其文颇变旧体,缉裁巧密,多有新意。”[3]细查任、徐所谓“笔”,多为骈文,虽无韵,但讲骈偶,而阮元力陈骈偶为文,散行单句为笔,这就自相矛盾了,显然不能自圆其说。因此,章太炎先生在《国故论衡·文学总略》中批评说:“阮元之徒猥谓俪语为文,单语为笔,任昉、徐陵所作,可云非俪语邪?”刘师培在《中国中古文学史讲义》中经过广征博引,认真考辨,最后也得出结论:“凡文之偶而弗韵者,皆晋、宋以来所谓笔类也。”[4]也可证明阮元把笔排斥在文之外的错误。

其实,以《文心雕龙》为理论依据,加以生发,为骈文争正统,阮元还不是首创者,比他早的是凌廷堪。凌氏对好友汪中受萧统和刘勰的影响,以沉思翰藻为文,把经、史、子排除在文学之外的主张十分赞同,但是对汪氏理论和实践不相符合,论文徘徊于萧、刘和韩、柳之间的做法不甚满意,所以在乾隆四十九年(1784年),他借

---

〔1〕 梁章钜撰,《退庵随笔》,《近代中国史论丛刊》,第44辑第438册,第1025页。

〔2〕 刘师培著,陈引驰编校,《刘师培中古文学论集》,中国社会科学出版社,1997年版,第100页。

〔3〕 姚思廉撰,《陈书》,中华书局,1972年版,第335页。

〔4〕 刘师培著,陈引驰编校,《刘师培中古文学论集》,中国社会科学出版社,1997年版,第101页。

《上洗马翁覃溪师书》表达了自己的观点："今年在扬州，见汪君容甫，研经论古，偶及篇章。汪君则以为《周官》、《左传》本是经典，马《史》、班《书》亦归纪载，孟、荀之著述迥异于鸿篇，贾、孔之义疏不同于胜藻。所谓文者，屈、宋之徒，爰肇其始；马、扬、崔、蔡，实承其绪；建安而后，流风大畅；太清以前，正声未泯。是故萧统一序，已得其要领；刘勰数篇，尤征夫详备。……是说也，同学或疑之，廷堪则深信焉。……独是汪君，既以萧、刘作则，而又韩、柳是崇，良由识力未坚，以致游移莫定。"[1] 阮元与凌廷堪于乾隆四十七年(1782年)相识，阮元"因屏去旧作诗词时艺，始究心于经学，得歙凌次仲上舍为益友"[2]，彼此引为知已，所以阮元受其为骈文争正统的思想影响，只是他比凌廷堪走得更远，而且注意到以《文心雕龙》为理论武器，这从另一方面透射出《文心雕龙》在当时巨大的影响力。

刘开是刘勰的千古知音。《文心雕龙》产生后的一千多年的时间里，曾经在相当长的一段时间内受到冷落，到明末以后越来越受到重视，到清代渐渐显赫，而刘开对《文心雕龙》价值的认识超越前贤，也超越同时代的文学之士。作为骈文作品，刘开认为《文心雕龙》叹为观止，"为晋以下骈体之大宗"[3]；从其在文学理论上的贡献来说，刘开认为《文心雕龙》"示人以璞，探骊得珠，诚旷世之宏材，轶群之奇构也"[4]。他对《文心雕龙》的认识和评价，主要见于其《书〈文心雕龙〉后》一文之中。该文开头先从史的角度叙述《文心雕龙》产生的历史背景和写作缘起："自永嘉以降，文格渐弱，体密而近缛，言丽而斗新，藻绘沸腾，朱紫夸耀。虫小而多异响，木弱而有繁枝，理诎于辞，文灭其质。求其是非不谬，华实并隆，以骈俪之言，而有驰骤之势，含飞动之彩，极瑰玮之观。其惟刘彦和乎！

---

〔1〕 凌廷堪著，《校礼堂文集》，中华书局，1983 年版，第 195—196 页。

〔2〕 张鉴等撰，《阮元年谱》，中华书局，1995 年版，第 6 页。

〔3〕〔4〕 王先谦编，《骈文类纂》，任继愈主编，《中华传世文选》，吉林人民出版社，1998 年版，第 224 页。

以为钟鼓琴瑟所以理性也,而亦可以慆性;黼黻文章所以饰情也,而亦可以掩情。故名川三百,非无本之泉;宝璧十双,皆自然之质。是宜寻源经传,毓材性灵,问途古先,假径贤哲。求溢藻于神爵而后,想盛事于青龙以前。磅礴以发端,感叹以导兴,优柔以竟业,慷慨以命辞,故其为是编也。"〔1〕文中揭示了自刘宋永嘉以来文章体制与风格的变化,突出特点是华而不实,"文灭其质",唯刘勰之作"是非不谬,华实并隆,以骈俪之言,而有驰骤之势,含飞动之彩,极瑰玮之观"。正是在这种背景之下,刘勰"寻源经传,毓材性灵,问途古先,假经贤哲"。为救当时之文弊,"磅礴以发端,感叹以导兴,优柔以竟业,慷慨以命辞",写下《文心雕龙》一书。然后又深入分析全书的建构方式与体制特征:"纵意笔区,征采文囿。创局宏富之域,廓基峻爽之衢。骋节八鸾,选声七律。树骨于秋干,以立其体;津颜于春华,以丰其肤。削句郢人之斤,刻字荆山之玉。《国风》益其性情,《春秋》授以凡例,《尔雅》助其名物,骚人赠以芬芳。故能美善咸归,洪细兼纳。效妍越艳,逞博汉侈,猎奇《两京》,拾珍七子,分膏晋宋,振响齐梁,历世体制,罔不追摩,六代云英,此其总会者矣。且夫众美既出,通才实难。达于道者,或义肥而词瘠;丰于文者,或言泽而理枯。彦和则俯察仰观,宵思昼作,综括儒术,淬厉才锋,腾实于虚,挥空成有。"〔2〕要点在于揭示《文心雕龙》继承前代遗产,成一家之言,总体上是"美善咸归,洪细兼纳",为中国文学史上的集大成之作。接下来高度概括《文心雕龙》的内容和成就:"夫天文炳于日星,圣言孕于河洛,《原道》所由作也。指成周为玉律,以尼山为金科,《述圣》所由名也。伐薪必于昆邓,汲水宜从江海,《宗经》所由笃也。黄金紫玉,瑞而弗经,绿字黑书,古而非

〔1〕 王先谦编,《骈文类纂》,任继愈主编,《中华传世文选》,吉林人民出版社,1998年版,第223页。
〔2〕 王先谦编,《骈文类纂》,任继愈主编,《中华传世文选》,吉林人民出版社,1998年版,第223页。

雅,《正纬》所由严也。奇服以喻行修,芳草以表志洁。忠怨之意,与潇湘竞深;骀宕之怀,挟云龙俱远。未尝乞灵于《山鬼》,自能取鉴于《云君》,《辨骚》所由详也。故《明诗》以序四始之嫡友,《诠赋》以恢六义之属国,《乐府》以古调而黜新声,《颂赞》以神明而及人物,《杂文》以广其波,《谐隐》以穷其派,《诸子》以荡其趣,《史传》以正其裁,《诔碑》《吊引》,沉至而哀往;《箴铭》《论说》,庄赡而切今。于是渊府既充,王言攸重。《诏策》则温以雨露,《檄移》则肃以风霜,《封禅》则隆以皇王,《祝盟》则将以天日;《章表》《奏启》,飞声于廊庙;《议对》《书记》,腾誉于公卿。分之则千门森建章,合之则九面归衡岳。文家之审体,词人之用心,莫备于是焉。故论《神思》则寸心捷于百灵,《体性》则八途包乎万变,《风骨》则资力于天半之鸾凤,《情采》则借色于木末之芙蓉,《夸饰》则因山而言高,《隐秀》则耸条而独拔。"[1]这里边,刘开着重于介绍刘勰自称为"文之枢纽"的《原道》《征圣》《宗经》《正纬》《辨骚》五篇和文体论中的二十种文体,创作论中的《神思》《体性》《风骨》《情采》《夸饰》《隐秀》六篇,主次分明,详略得当;言简意赅,把握精髓,而后归纳出总体上的成就和影响:"示人以璞,探骊得珠,诚旷世之宏材,轶群之奇构也。前修言文,莫不引重。"文章最后揭示刘勰在中国文学史上的地位:"自韩退之崛起于唐,学者宗法其言,是书几为所掩。然彦和之生,先于昌黎,而其论相合,是见已卓于古人,但体未脱夫时习耳。墨子锦衣适荆,无损其俭;子路鼎食于楚,岂足为奢?夫文亦取其是而已,奚得以其俳而弃不重哉!然则昌黎为汉以后散体之杰出,彦和为晋以下骈体之大宗,才力各树其长,精气终不能掩也。"[2]把刘勰与韩愈相提并论,结论是"昌黎为汉以后散体

〔1〕 王先谦编,《骈文类纂》,任继愈主编,《中华传世文选》,吉林人民出版社,1998 年版,第 223—224 页。

〔2〕 王先谦编,《骈文类纂》,任继愈主编,《中华传世文选》,吉林人民出版社,1998 年版,第 224 页。

之杰出，彦和为晋以下骈体之大宗，才力各树其长”。

由于刘开对刘勰及其《文心雕龙》有如此深刻的认识和高度的评价，又如此崇尚其人其书，所以他在有关骈文的理论批评上受其影响便是十分自然的了。如其《与王子卿太守论骈体书》一文便明显受《文心雕龙·丽辞》的影响。文中有一段文字专门论述楚辞对后世文学的影响，明显打上了《文心雕龙》的烙印：“昔刘勰《辨骚》有云，名儒辞赋，莫不拟其仪表。是知辞者，依骚以命意者也；赋者，托骚以为体者也。后人知赋体之必宜宗骚，而文辞则置骚不论，惑矣。夫辞岂有别于古今，体亦无分于疏整。必谓西汉之彦，能工效正则之辞，东晋以还，不敢乞灵均之佩，无是理也。故良工哲匠，宜取实于楚材；落叶沧波，多问源于湘水。含愁郁志，为哀怨之宗；耀艳深华，开明丽之始。”[1]在历数楚辞对后世文学创作影响的时候，特别强调的是对骈、散二体的影响：“夫骚人情深，犹能有资于散体，岂芳草性僻，不欲助美于骈文？盖径有未窥，抑知者犹寡。宋大夫之悲秋气，孤悬此心；屈左徒之怨灵修，遂成绝诣。故欲招恨《九歌》，征游西海，通辞帝子，修问夫人，造境于幽遐，揽色于古秀，烟雨致其绵渺，云旗示以陆离，隐深意于山阿，寄摇情于木末，则《离骚》不能忽焉。”[2]认真研读则知其理论核心源于《文心雕龙·辨骚》。

再如刘开认为骈散同源，大倡骈散结合之说，其理论渊源也与《文心雕龙》有关。其《与王子卿太守论骈体书》一文有言：“夫文辞一术，体虽百变，道本同源。经纬错以成文，玄黄合而为采。故骈之与散，并派而争流，殊途而合辙。千枝竞秀，乃独木之荣；九子异形，本一龙之产。故骈中无散，则气壅而难疏；散中无骈，则辞孤

〔1〕 王先谦编，《骈文类纂》，任继愈主编，《中华传世文选》，吉林人民出版社，1998年版，第392—393页。

〔2〕 王先谦编，《骈文类纂》，任继愈主编，《中华传世文选》，吉林人民出版社，1998年版，第393页。

而易瘠。两者但可相成,不能偏废。且夫乌生于东,兔没于西者,两曜各用其光照也。狐不得南,豹无以北者,一水独限其方域也。物之然否因乎地,言之等量判乎人。世儒执墟曲之见,腾培井之波。宗散者鄙俪词为俳优,宗骈者以单行为薄弱,是犹恩甲而仇乙,是夏而非冬也。夫骈散之分,非理有参差,实言殊浓淡。或为绘绣之饰,或为布帛之温,究其要归,终无异致,推厥所自,俱出圣经。”〔1〕仔细推究,这种融合骈散之说最早见于《文心雕龙·丽辞》:“若气无奇类,文乏异采,碌碌丽辞,则昏睡耳目。必使理圆事密,联璧其章。迭用奇偶,节以杂佩,乃其贵耳。”〔2〕很显然,刘开受到刘勰理论主张的启发和影响,不然,二者不会如此神似。无论是从骈文创作还是从骈文理论批评上说,刘开都是刘勰的真正解人。

李兆洛也是清代中期重要的骈文理论家,是阳湖派的代表作家之一。大体说来,阳湖派是一个受桐城派影响而又自具特色的散文流派,其成员大多在喜爱古文的同时也喜爱骈文,而且擅长骈体,对六朝骈文尤其欣赏并吸收其营养,并逐步破除桐城派古文偏狭的藩篱,表现出折衷变通、骈散结合的倾向,而李兆洛在这方面表现得特别突出。然而,认真考察,其有关骈散结合的理论主张,我们发现也明显打上了《文心雕龙》骈文理论的烙印。如其《骈体文钞序》:

> 天地之道,阴阳而已。奇偶也,方圆也,皆是也。阴阳相并俱生,故奇偶不能相离,方圆必相为用,道奇而物偶,气奇而形偶,神奇而识偶。孔子曰:道有变动故曰爻,爻有等故曰物,物相杂故曰文。又曰分阴分阳,迭用柔刚。故易六位而成章,相杂而迭用。文章之用,其尽于此乎!六经之文,班班具存,自秦迄隋,其体递变,而文无异名。自唐以来,始有古文之目,

---

〔1〕 王先谦编,《骈文类纂》,任继愈主编,《中华传世文选》,吉林人民出版社,1998年版,第394页。

〔2〕 黄霖编著,《文心雕龙汇评》,上海古籍出版社,2005年版,第120页。

而目六朝之文为骈俪。而为其学者,亦自以为与古文殊路。既岐奇与偶为二,而于偶之中又岐六朝与唐与宋为三。夫苟第较其字句,猎其影响而已,则岂徒二焉三焉而已,以为万有不同可也。夫气有厚薄,天为之也;学有纯驳,人为之也;体格有迁变,人与天参焉者也,义理无殊途,天与人合焉者也。得其厚薄纯杂之故,则于其体格之变,可以知世焉,于其义理之无殊,可以知文焉。文之体,至六代而其变尽矣。沿其流极而泝之,以至乎其源,则其所出者一也。吾甚惜夫岐奇偶而二之者之毗于阴阳也,毗阳则躁剽,毗阴则沉膇,理所必至也,于相杂迭用之旨,均无当也。[1]

《文心雕龙·丽辞》专门讲对偶问题,在谈到对偶产生的原因时,强调自然之道的作用:"造化赋形,支体必双;神理为用,事不孤立。"李兆洛这里论骈散,也主自然说:"天地之道,阴阳而已。"一归于天地造化。《文心雕龙·丽辞》论证骈散结合之理,本之《周易》:"道有变动,故曰爻;爻有等,故曰物;物相杂,故曰文。""分阴分阳,迭用柔刚,故《易》六位而成章,相杂而迭用。"于是提出"迭用奇偶,节以杂佩"的主张,强调骈散结合,刚柔相济。李兆洛因为"甚惜夫岐奇偶而二之者之毗于阴阳也",特别是"毗阴则沉膇",即一味用骈偶,造成"碌碌丽辞,昏睡耳目"的弊端,所以继承《文心雕龙》"迭用奇偶,节以杂佩"之说,把这种"相杂迭用之旨"作为救弊之方,其受《文心雕龙》之影响于此可见。

曾燠既是一位骈文作家,又是一位骈文理论家,他不但擅长骈体,而且还编选了一部《国朝骈体正宗》,以弘扬骈体正脉,在当时和以后产生了很大影响。他对骈散二体有持平之论,反对抑此扬彼。在《国朝骈体正宗序》中他明确指出:"夫骈体者,齐、梁人之学秦汉而变焉者也,后世与古文分而为二,固已误矣。……古文丧

---

[1] 黄侃撰,《文心雕龙札记》,上海古籍出版社,2000年版,第171页。

真，反逊骈体；骈体脱俗，即是古文，迹似两歧，道当一贯。”其实，这不仅批评了古文家扬散抑骈的偏执，而且在批评方法上也相当有见地，这主要表现在他是从作品本质上着眼，而不是单从形式上的骈散来简单置论，追求一种求真、脱俗的境界。为此，他不仅揭露古文在当时“丧真”的弊端，对骈文创作中存在的问题也提出批评。如在《国朝骈体正宗序》中便批评当时骈文创作中“飞靡弄巧，瘠义肥辞”“活剥经文，生吞成语”等等弊病。同时，也正是基于这种比较科学的理论主张，他对“徐庾”“任沈”骈体大加推崇，认为这才是骈体正宗：“庾、徐影徂而心在，任、沈文胜而质存，其体约而不芜，其风清而不杂。”所以，他心目中的文章，尤其是骈体主要应该是文质彬彬、华实相扶的雅丽之作。其本质就是以六朝骈文为极则，恢复六朝之“四六”法则，不过，他在阐述自己的骈文主张之时，不由自主地显露出《文心雕龙》的影响。如其《国朝骈体正宗序》：

有如骈体之文，以六朝为极则，乃一变于唐，再坏于宋，元明二代，则等之自郐，吾无讥焉。原其流弊，盖可殚述。夫骈体者，齐、梁人之学秦汉而变焉者也。后世与古文分而为二，固已误矣。岁历绵暧，条流遂纷。……抑闻刘勰之论曰：“新奇者，摈古竞今，危侧趣诡者也；轻靡者，浮文弱植，缥缈附俗者也。”是故执柯伐柯，梓匠必循其则；以繡缘繡，珠钩岂失其度……乃有飞靡弄巧，瘠义肥辞，援旃孟为石交，笑曹刘为古拙。于是宋玉阳春，乱以巴人之和矣；相如典册，杂以方朔之谐矣。若乃苦事虫镌，徒工獭祭，莽大夫遐搜奇字，邢子才思读误书。其实树旆于晋郊，虽众而无律也；买椟于楚客，虽丽而非珍也。琐碎失统，则体类于疥驼；沈腿不飞，讵详比于鸣凤。亦有活剥经文，生吞成语。李记室之襕襦，横遭同馆之割；孙兴公之锦叚，付诸负贩之裁。掷米成丹，转自矜其狡狯；炼金跃冶，使人叹其神奇。古意荡然，新声弥甚且也。四字密而不促，六字格而非缓；变以三五，厥有定程，奚取于冗长乎！

尔乃吃文为患,累句不恒,譬如"屡舞而无缀兆之位,长啸而无抗坠之节",亦可谓不善变矣。夫画者谨发,不可以易貌;射者仪毫,不可以失墙。刻鹄类鹜,犹相近也;画虎类狗,则相远也。庾、徐影徂而心在,任、沈文胜而质存,其体约而不芜,其风清而不杂,盖有诗人之则,宁曰女工之蠹?乃染髭须而轻前辈,易刀圭以误后生,其骈体之罪人乎![1]

在他看来,骈文"乃一变于唐,再坏于宋",元明二代更为严重,其弊病主要是芜杂,特别是"冗长"。之所以如此,一方面以《文心雕龙·体性》中的理论为依据,指出其弊端出自不循骈体规则和法度;另一方面又以《文心雕龙》为理论根据,更具体地指出其所以造成弊端,就是因为不守六朝"定程",这个"定程"是什么呢?文中有言:"四字密而不促,六字格而非缓,变以三五,厥有定程。"这就是六朝骈体的基本法式。我们稍加推敲,就知道这几句关于"定程"的原则性的论述源于《文心雕龙》。《文心雕龙·章句》篇中说:"若夫章句无常,而字有条数,四字密而不促,六字格而非缓,或变之以三五,盖应机之权节也。"谈的主要是句法问题,展示出当时文章写作上句法的基本状态,而曾氏则继承此说而加以发挥,将其认定为六朝骈文之"定程",虽然理论主张上不无偏颇,但是其受《文心雕龙》之影响则确定无疑。

1840 年的鸦片战争,打破了清政府闭关自守的大门;1894 年的中日甲午战争,又以清政府的惨败而告终。中国的社会危机日益加深,一步步沦为半封建、半殖民地的社会状态。面对空前的社会危机,一些有识之士开始对中国社会的政治、经济、军事、思想、文化各个方面进行总结和反思,变法革新的思潮一浪高过一浪。文学上总结与反思、改革与求新的思潮也应运而生:诗界革命,小

[1] 曾燠撰,《国朝骈体正宗序》,《续修四库全书》,上海古籍出版社,2001 年版,第 1—2 页。

说界革命,一波未平,一波又起。同时,随着帝国主义的入侵,东西方主动与被动的接触、碰撞,西学东渐的浪潮滚滚而来,使这种总结与反思进一步向深度和广度发展。在这种形势下,中国传统的文章学样式——骈文和散文,自然受到东西方两种思潮的双重压迫和巨大的冲击。然而,这两种文体都没有在改革求新的大潮中沉沦下去。一方面,古文家在变革求新思潮的影响下,开始对古文本身进行总结与反思,如桐城派古文后劲曾国藩,不仅在学术上反思古文家单纯以宋代程朱理学为宗的偏颇,兼采汉、宋,非常聪明地把汉学实事求是的精神诠释为宋学即物穷理的思想;而且在文学上,特别是骈、散关系上,也对桐城派古文文统进行总结、反思,找出了弊端,指出姚鼐《古文辞类纂》这部被古文家奉为至宝的古文选本摒弃六朝骈文很不适当。所以特意编辑《经史百家杂钞》一书,并在《题语》中阐述了自己的主张:"近世一二知文之士,纂录古文,不复上及'六经',以云尊经也。然溯古文所以立名之始,乃由屏弃六朝骈骊之文而退之于三代两汉,今舍经而降以相求,是犹言学者敬其父祖而忘其高曾,言忠者曰我家臣耳,焉敢知国,将可乎哉?"〔1〕总体上表现出兼容骈、散的理论主张。其他人如郑献甫也不再排斥骈文,如其《与阳朔容子良书》:"仆尝谓散文若古诗,难学而不易工;骈文若律诗,易学而最难工。然散文之工不工皆自知,而骈文之工不工多不自知,何也?彼以为分段敷衍、征事填写,第凑偶句、饰藻字即可成篇耳。不知骈四俪六字句与散文异,布意、行气、义法亦与散文同,而体之高卑、韵之雅俗,又在语言文字之外,熟读八家文,再多读六朝文则自然知之矣。"〔2〕客观分析骈、散异同,在文体上大体等量齐观而不歧视。王棻在《论文》中也把骈

〔1〕 曾国藩撰,《经史百家杂钞题语》,《曾文正公文集》卷三,《续修四库全书》,上海古籍出版社,2001 年版,第 624 页。

〔2〕 郑献甫撰,《补学轩文集·外编》卷一,《近代中国史料丛刊续编》第 215 册,台北文海出版社,1974—1982 年版,第 2889 页。

文与散文并列:“文章之体三,散文也,骈文也,有韵文也。散文本于《书》《春秋》,骈文本于《周礼》《国语》,有韵文本于《诗》,而《易》兼之。文章之用三:明道也,经世也,纪事也。”[1]这种理性、科学的文章学思想是以往的文章家,特别是古文家们难以想见的。另一方面,骈文家们也在对骈体本身进行总结和反思,而且其思想取向也是骈、散结合或骈、散兼容。如谭献一方面对骈文家的创作进行总结、评点,指出其弊病:“袁子才非不诛丽,而气散神茶,音响凡猥。《贺平伊里表》‘在贞观之拒抗居,虽云量力;而建武之辞西域,终失雄图’,意曲而笔弱。《与延绥将军书》‘谁关铁牡,永靖铜驼’,下句不可通。《卞忠贞墓碑》‘见周武之封比干’,使事不合,如云‘见孝武之吊比干’,则比博矣。《于忠肃庙碑》转接处皆举场经义音节。改吴庆伯《诸葛庙碑》中言‘吴不救蜀’一段,于史事未究,向壁虚造,原本如此,亦不当袭谬。《孙公墓志铭》‘房次律曳落河中’尤不合。右皆名作语句,又当文中着力处。偶摘论之,不误来学。”[2]还有一方面就是主张不分骈散,如钱基博《复堂日记序》所说:“先以不分骈散为粗迹,为回澜。”同时,他又指出创作上不同爱好并存的事实。《复堂日记》中有云:“吾辈文字不分骈散,不能就当世古文家范围,亦未必有意决此藩篱也。不谓三十年来几成风气。约略数之,如谢枚如(章铤)、杨昕胪(传第)、庄仲求、庄中白、郭晚香、孙彦清(德祖)、褚叔寅(成亮)、樊云门(增祥)、袁爽秋(昶)、诸迟菊(可宝)皆素交,新知则有朱又笏(启勋)、范中林(钟),近日始见蔡仲吹(篪)、王子裳(咏霓)之作;所造不同,皆是物也。至赵桐孙(铭)、张玉珊(鸣珂)、沈蒙叔、张子虞(预)、许竹篔(景澄)、李亚白(恩绶)、邓石瞿(濂)则主俪体,吴子珍(怀珍)、高昭伯(炳麟)、王子庄(芬)、董觉轩(沛)、方存之(宗诚)、方涤侪

〔1〕 王棻撰,《论文》,《柔桥文抄》卷三,1914年铅印本。
〔2〕 谭献著,范旭仑、牟晓明整理,《复堂日记》,河北教育出版社,2001年版,第113页。

(昌翰)、萧敬夫(穆)、顾子鹏(云)、朱莘潜(彭年)则主单行,殆未易通彼我之怀矣。”〔1〕再如朱一新,大倡骈散合一,其《无邪堂答问》卷二中说:“容甫酝酿较深,笔敛而不敢纵,故雅洁而浓郁。但文得苍莽雄俊之气者贵,专效此体则边幅易窘,或谓由此可上窥魏、晋,合骈散而为一是也。惟魏、晋文气疏宕,容甫如深闺名媛,举止矜贵,所乏者林下风耳。至其叙事诸作,并未改八家面目,而故为大言,卑视韩、柳,此乃英雄欺人,学者毋为所吓。”〔2〕还有李详也力倡骈散相间,他在《如皋宗敬之孝忱文集序》一文中说:“文有单复奇耦之分,单奇易弱,复耦易缛。有本源之学者,为单为奇,皆雅而有劲,复耦相间,而风骨树焉。要皆就古人文从所出,别以意错综之,虽为今文,其去古不远矣。今之文人,甫学为文,即有求胜古人之心,托体虽高,抑若趋向之正,俯视一切,不知古人并不为之分别也。”〔3〕同时,作为总结、反思时期的另外一个标志就是骈文选本增多,采取“以选达旨”的方式对历代骈文或当代骈文进行总结、批评,促使骈文理论研究深入发展。其中晚清时期的骈文选本主要是六种,即张寿荣编选的《后八家四六文钞》,张寿荣整理、姚燮编目的《皇朝骈文类苑》,张鸣珂编选的《国朝骈体正宗续编》,王先谦编选的《国朝十家四六文钞》,屠寄编选的《国朝常州骈体文录》以及王先谦编选的《骈文类纂》;清末民国时期的骈文选本主要有八种,即1915年吴虞编的《骈文读本》,1917年王文濡评选的《清代骈文评注读本》,1920年李定彝、包延辉辑录的《当代骈文类纂》,1922年王仁溥编的《评注骈文笔法百篇》,1930年贺群上编的《骈体文范》,1931年古直(1885—1959年)辑录的《客人骈体文选》,1935年黄金台辑录的《国朝骈体正声》,1947年王粲辑录的

〔1〕 谭献著,范旭仑、牟晓明整理,《复堂日记》,河北教育出版社,2001年版,第192页。
〔2〕 朱一新著,《无邪堂答问》,中华书局,2000年版,第88页。
〔3〕 李详著,李稚甫编校,《李审言文集》,江苏古籍出版社,1989年版,第899页。

《滇骈体文钞》等相继刊行；并刊行别集十四种，即李详的《学制斋骈文》、孙德谦的《四益宧骈文稿》、施恺泽的《蠖屈士骈文钞》、叶德辉的《观古堂骈俪文》、张其淦的《松柏山房骈体文钞》、陈荣昌（1860—1935年）的《桐村骈文》、杨鸿年的《悲秋馆骈文稿》、潘宗鼎的《凤台山馆骈体文存》《凤台山馆骈文续集》、陆长春的《梦花亭骈体文集》、郭则沄的《龙顾山房骈体文续钞》、许桂祥的《介庵骈体文胜》、顾森书的《篁韵庵骈文稿》、杨寿枏的《云在山房骈文诗词选》等等，都在民国年间首次刊行。以后又重刊别集多种，显示出总结、反思时期的特殊景观。

《文心雕龙》是对齐、梁以前文学理论和实践的全面总结和反思，是中国文学思想史上的集大成之作。从刘勰所生活的齐、梁时代到中国最后一个封建王朝——清朝，一千多年的时间里，一方面，中国文学的主流思想虽然在各个历史时期有所侧重，但基本枝干没有太大的变化（如载道、宗经、征圣、重视人伦教化等等传统），文章体制、类别变化也不是太大。在这样的情况下，在文学理论与创作上集前人之大成，进行总结、反思的理论深度和广度，系统性和完整性都具有跨时代意义的《文心雕龙》，对晚清至民国时期文学上的总结、反思与变革、求新思潮无疑具有巨大的启迪作用和现实意义。尤其是《文心雕龙》中有关骈、散结合的思想主张正好适合于这一历史时期古文家、骈文家们骈散兼容、骈散合一的比较普遍的文学倾向，因此，晚清至民国时期思想敏锐的文学理论家们当然非常及时地意识到了这一点。如鸦片战争刚刚结束后出生的骈文理论家王先谦，便在其《骈文类纂序》中就明确指出："斯文肇兴，体随时变，趋尚偏异，流失遂生。达识雅材，掎摭利病。彦和、子玄，冠绝伦辈。""彦和书宜全读，子玄颇有芟取。"[1]认识到《文心

[1] 王先谦编，《骈文类纂》，任继愈主编，《中华传世文选》，吉林人民出版社，1998年版，第1页。

雕龙》的价值和意义。主要生活在同治、光绪时期的骈文作家和理论家李详也早就在其《骈文学自序》中指出："笔为驰驱纪事之言，文为奇偶相生之制。昭明之前，则有陆机《文赋》，稍示梗概。至刘勰《文心》，则尽泄秘藏，独标宗旨，如父兄之诏子弟，如匠石之督绳墨。大矣，至矣，蔑以加矣！"[1]把《文心雕龙》提到至高无上的地位。主要生活在民国时期的黄侃先生更从文学思想史的角度，认定《文心雕龙》的地位和价值，其《文心雕龙札记》中有言："论文之书，鲜有专籍。自桓谭《新论》、王充《论衡》，杂论篇章。继此以降，作者间出，然文或湮阙，有如《流别》、《翰林》之类；语或简括，有如《典论》、《文赋》之侪。其敷陈详核，征证丰多，枝叶扶疏，原流粲然者，惟刘氏《文心》一书耳。"[2]所以，尽管晚清一直到民国期间风雷激荡，乱象环生，文化思潮波澜起伏，但是《文心雕龙》与其骈文理论批评的影响力却有增无减，超过历史上的任何一个时期。张鸣珂、李详、王先谦、谢无量、钱基博、张廷华等都是《文心雕龙》及其骈文理论的重要解人，而孙德谦、刘师培、黄侃更是出类拔萃的"龙学"大家，受《文心雕龙》的影响也特别突出，以下依次述之：

张鸣珂是晚清时期骈文作家，崇尚六朝骈文，李慈铭在《寒松阁集序》中说他的骈文"树骨庾、徐，取材杨、骆，华而不诡，质而弥文"。他继曾燠《国朝骈体正宗》之后，编选《国朝骈体正宗续编》，其目的表面上是为收录、总结嘉、道以来有代表性的骈文，弥补曾燠《国朝骈体正宗》时间上止于嘉庆初年的缺失，但实际上也有借此倡导六朝骈体的意思，所收之文，多为六朝派骈文家之作。如王昙、董佑诚、方履篯、姚燮等人的作品就是明证。更值得注意的是，他的选文标准和基本思想与《文心雕龙》密不可分，从中可以看出刘勰对他的深刻影响。如其《国朝骈体正宗续编序》中阐述选文标

〔1〕 李详著，李稚甫编校，《李审言文集》，江苏古籍出版社，1989年版，第898页。
〔2〕 黄侃撰，《文心雕龙札记》，上海古籍出版社，2000年版，第3页。

准时说:“取时贤之作,以续曾氏之书。搜集宏富,持择谨严;约而不滥,华而不靡。风清骨峻者,非顓门而亦存;文丽义睽者,即宗匠而必汰。扶质立干,振叶寻根;郁飙起霞蔚之观,惧鸷集雉窜之诮。”[1]仔细考察,其最根本的标准“风清骨峻”源于《文心雕龙·风骨篇》,刘勰此篇中有言:“结言端直,则文骨成焉;意气骏爽,则文风清焉。”“昔潘勖锡魏,思摹经典,群才韬笔,乃其骨髓峻也。”“若能确乎正式,使文明以健,则风清骨峻,篇体光华。”[2]此外,其“惧鸷集雉窜之诮”一语则是从《风骨》篇中“若风骨乏采,则鸷集翰林;采乏风骨,则雉窜文囿”两句化来;其“约而不滥”则源于《文心雕龙·情采》“故为情者要约而写真,为文者淫丽而烦滥”[3]两句;其“振叶寻根”是从《文心雕龙·序志》篇中“振叶以寻根,观澜而索源”[4]两句化来,可见,张鸣珂从《文心雕龙》一书中受益不浅。

李详是清末有名的骈文作家兼理论家,扬州学派人物之一。在骈文创作上,他以六朝为法,谭献在《学制斋骈文序》中就指出他“远揖陵(徐陵)、信(庾信),近召孙、洪”[5]。冯煦在《学制斋骈文序》中也认定他并驾六朝。其骈文理论则以自然为宗,以骈散相间为本。他本人在《与钱基博四函》中借评价汪中等人骈文,透露出这一理论取向:“容甫先生之文,熟于范蔚宗书,而陈承祚之《国志》在前,裴松之注所采魏晋文最佳,华而不艳,质而不俚,朴而实腴,淡而弥永。容甫窥得此秘,语单复奇偶间,音节遒亮,意味深长。”[6]其《骈文学自序》中也说过:“魏晋以后,稍事华腴之词,积

[1] 张鸣珂撰,《国朝骈体正宗续编序》,《续修四库全书》,上海古籍出版社,2001 年版,第 209—210 页。

[2] 黄霖编著,《文心雕龙汇评》,上海古籍出版社,2005 年版,第 100—101 页。

[3] 黄霖编著,《文心雕龙汇评》,上海古籍出版社,2005 年版,第 109 页。

[4] 黄霖编著,《文心雕龙汇评》,上海古籍出版社,2005 年版,第 164 页。

[5] 李详著,李稚甫编校,《李审言文集》,江苏古籍出版社,1989 年版,第 749 页。

[6] 李详著,李稚甫编校,《李审言文集》,江苏古籍出版社,1989 年版,第 1050 页。

而为骈四俪六,然犹或散或整,畅所欲言,情随境生,韵因文造。昭明所谓沈思翰藻,诚据自然之势,导源流之正,而文与笔划为二曲,由是成焉。笔为驰驱纪事之言,文为奇偶相生之制。"[1]在《答江都王翰棻论文书》一文中,他也有所阐述:"文章自六经、周秦、两汉、六代,以及三唐,皆奇偶相参,错综而成。六朝俪文,色泽虽殊,其潜气内转,默默相通,与散文无异旨也。……盖误以雕琢视之,而未知其自然高妙也。"[2]其弟子蒋国榜也指出了这一点:"博学工文,有若孔巽轩、孙渊如、汪容甫、凌次仲诸子,皆能陶冶汉魏六朝,或稍涉于初唐,以自成一家之言。吾师审言先生于扬州后容甫七十余年而起,独好容甫之文,而不袭其形似。国榜稍叩先生论文之说,曰:'积材宜富,取法宜上,摄于训诂,而归之典则,防其泛滥而为堤障,使于奇耦交会之中,有往复流连之致,则筌蹄皆在所弃矣。'"[3]总体上,这种以自然为宗、以骈散相间为本的理论取向就是回归魏晋时期文章不拘骈散的风貌。基于这一点,他特别推崇刘勰之《文心雕龙》。其《骈文学自序》中明确指出:"古之文皆偶也。自六经以及诸子,何尝不具偶体。魏晋之后,稍事华腴之间,积而为骈四俪六,然犹或散或整,畅所欲言,情随境生,韵因文造。"又特别强调"至刘勰《文心》,则尽泄秘藏,独标宗旨","大矣,至矣,蔑以加矣!"正因为如此推崇《文心雕龙》,所以其骈文理论自然带有刘勰有关骈文理论批评的印迹。如其《与孙益庵三函》中论益庵之骈体,便显现出冰山一角:"骈体之作,公为健者。诚审于文章流别,溯源前古,既非从担上看花,亦无骥骖驽服之病。"[4]文中这

[1] 李详著,李稚甫编校,《李审言文集》,江苏古籍出版社,1989年版,第898页。

[2] 李详著,李稚甫编校,《李审言文集》,江苏古籍出版社,1989年版,第1061页。

[3] 李详著,李稚甫编校,《李审言文集》,江苏古籍出版社,1989年版,第754页。

[4] 李详著,李稚甫编校,《李审言文集》,江苏古籍出版社,1989年版,第1037页。

后一句显然源于《文心雕龙·丽辞》。《丽辞》篇在论述对偶方法与基本规范之时,强调两句相配,要优劣均匀:“是以言对为美,贵在精巧;事对所先,务在允当。若两言相配,而优劣不均,是骥在左骖,驽为右服也。”[1]以比喻之法,说明对偶中存在的不均之病。而李文中的“骥骖驽服之病”正是从这段话里边的后四句中化来,二者之间的继承关系非常清楚。其实,李详自己也直言不讳地承认《文心雕龙》对他的影响。在《与陈石遗四函》之第四函中有这样一段文字:

> 今人直以不用虚字作健句,王昙、姚燮之派,梦延海内,狂易之疾,无药可愈。弟所争者,即此唐法。而君云弟参以任、沈,正搔着弟之痒处,非有所歉,恐君误会,故申言之。弟尝与友人书云:“与石遗陈君共为子部杂家之学,亦即为子部杂家之诗文。”王弇州不善书,而论书自信为腕有羲之鬼,弟与先生其亦腕有钟嵘、刘勰鬼少许欤?[2]

这后一句便是夫子自道,形象地说明自己受刘勰的影响,即“腕有”“刘勰鬼少许”。

王先谦是清末古文家兼骈文家,在当时社会文化思潮的影响下,他对散文和骈文都进行了总结和反思。从学术思想上看,王先谦不墨守汉学,也不墨守宋学,而是兼采汉、宋,义理、考据、辞章三者并重。这一点,从他的《复阎季蓉书》中便可以看出来:“本朝纠正汉学者,姚姬传氏最为平允。其时掊击宋儒之风过盛,故姚氏非之以救时也,非为名也。至其论学,以义理、考据并重,无偏而不举之病。道、咸以降,两家议论渐平,界域渐泯,为学者各随其材质好

---

[1] 黄霖编著,《文心雕龙汇评》,上海古籍出版社,2005年版,第119—120页。
[2] 李详著,李稚甫编校,《李审言文集》,江苏古籍出版社,1989年版,第1046—1047页。

尚定趋向,以蕲于成而已。"[1]其弟子陈毅在《虚受堂文集序》中对此也有所说明:"先生之言曰:乾、嘉巨儒,立汉学之名,诋宋儒言义理为不足述。独惜抱以义理、考据、词章三者不可一阙。义理为干而后文有所附,考据有所归。故其为文,原流兼赅,粹然一出于醇雅。"[2]可知其义理、考据、辞章三者并重,不过不是等量齐观,而是有主有次,总体上以理为主,即"义理为干而后文有所附,考据有所归"。对此,他在《十家四六文钞序》中又以比喻之法加以说明:"夫词以理举,肉缘骨附;无骨之肉不能运其精神,寡理之辞何以发其韵采?"[3]从文学,特别是文章学上看,王氏以不分骈散为主旨,故其《复阎季蓉书》中有言:"经学之分义理、考据,犹文之有骈、散体也。文以明道,何异乎骈、散?然自两体既分,各有其独胜之处。"[4]由于他既是古文家,又是骈文家,所以其文学上的总结、反思既包括骈文,又包括散文,其总结、反思、批评方式也主要是"以选达旨"。在骈文方面,他的总结、反思主要体现在选录《国朝十家四六文钞》与《骈文类纂》两部书上;在散文方面,则具体表现为继姚鼐《古文辞类纂》之后编选《续〈古文辞类纂〉》。但是,最有代表性、受《文心雕龙》影响最深的则是《骈文类纂》。本书在体例上模仿姚鼐《古文辞类纂》,选文上参考明人王志坚《四六法海》、清人李兆洛《骈体文钞》、曾燠《国朝骈体正宗》,总体上可以说是集历代骈文选本之大成。如果从骈文理论批评上考察,该书有两点特别值得注意:

其一,他"因选达旨",不仅在文章体类上以论说类为首,分成文论、史论、杂论三类,对世俗中流行的骈文不能说理的观点进行

---

[1][4] 王先谦撰,《虚受堂文集》,《续修四库全书》,上海古籍出版社,2001年版,第494页。

[2] 王先谦撰,《虚受堂文集》,《续修四库全书》,上海古籍出版社,2001年版,第263页。

[3] 王先谦撰,《虚受堂文集》,《续修四库全书》,上海古籍出版社,2001年版,第500页。

反驳；而且独具慧眼，一改王志坚《四六法海》、李兆洛《骈体文钞》对《文心雕龙》一书的忽视，将全书五十篇文章全部选入，作为论说类骈文的典型，放在全书之首。

其二，书中对各体文章的叙论，虽然还受到其他文章家理论的一些影响，但是其理论主干主要来自《文心雕龙》的文体论，受其影响最为深刻。请看下表：

《骈文类纂》师法《文心雕龙》情况一览表

类　别	实　例
论说类	论说类三。一曰文论。斯文肇兴，体随时变；趣尚偏异，流失遂生。达识雅材，掎摭利病。彦和、子玄，冠绝伦辈。山谷之论，河间之评；二家并重，学者攸资。彦和书宜全读，子玄颇有芟取。[1]
诏令类	诏令类四。《文心雕龙》云“昔轩辕、唐虞，同称为命”，“降及七国，并称曰令”，“秦并天下，改命曰制。汉初定仪，则命有四品：一曰策书，二曰制书，三曰诏书，四曰戒敕。敕戒州部，诏诰百官，制施赦命，策封王侯”，体至晰也。……刘勰云：“戒敕为文，实诏之切者。”则敕即诏矣。汉高手敕太子，知此又不仅施州部也。殆及六朝，世异封建，禅代九锡，依仿策文……蔡邕《独断》云：“诸侯言曰教。”刘彦和云：“契敷五教，故王侯称教”，“自教以下则又有命”，“诏重而命轻者，古今之变也”。考六朝文例，有令无命，《雕龙》所称，殆谓令耳。[2]
檄移类	檄移类二。刘彦和云：“移檄为用，事兼文武。”“意用小异，而体义大同。”又云：“檄者，皦也；宣露于外，皦然明白也。”“或称露布，播诸视听也。”考文章缘起，马超伐曹操，贾宏为作露布，《雕龙》以为檄之别称，信有征验。魏晋以降，代有檄文，不名露布。彦和身居梁世，尚无殊解，然则露布为献捷专号，必在李唐之初乎？[3]

〔1〕 王先谦编，《骈文类纂》，任继愈主编，《中华传世文选》，吉林人民出版社，1998 年版，第 1 页。

〔2〕 王先谦编，《骈文类纂》，任继愈主编，《中华传世文选》，吉林人民出版社，1998 年版，第 3—4 页。

〔3〕 王先谦编，《骈文类纂》，任继愈主编，《中华传世文选》，吉林人民出版社，1998 年版，第 4 页。

续表

类　别	实　例
箴铭类	箴铭类一。《雕龙》之论铭箴也,曰:“箴全御过,故文资确切;铭兼褒赞,故体贵弘润。”又言:“战代已来,弃德务功,铭词代兴,箴文委绝。”余谓语其体,则箴峻而铭纡;言其用,则铭广而箴狭。六朝作者,竞趋辞赋,彦和当日已叹箴铭罕施。今之为铭者,时亦有焉,御过之文,宜乎鲜矣。〔1〕
颂赞类	彦和有云:“结言于四字之句,盘桓乎数韵之辞。”“其颂家之细条乎?”余谓自来赞文,先以论序前敷,宣以謦绪,不害为烦,后约举以賸词,故不伤其促。末世俪之颂文,施用弥广。子山诸赞,犹存古质,《雕龙》文赞,洋洋乎词林之盛美,非凡品所庶几焉。〔2〕
哀吊类	哀吊类三。诔与哀辞,彦和区分二事。其论诔也,曰:“传体而颂文,荣始而哀终。”论哀辞也,曰:“以辞遣哀,盖不泪之悼,故不在黄发,必施夭昏。”余谓诔与哀辞,并哀逝之作。诔以累德,施之尊长,而不嫌僭。辞以叙悲,加之卑幼,而觉其安。……《雕龙》云:“吊者,至也。诗云‘神之吊矣’,言神至也。”故吊祭为类。君道之吊庄,容甫之吊黄、马,因文寄意,并吊之别体。〔3〕
杂文类	杂文类三。彦和论杂文曰:宋玉始造《对问》,东方广为《客难》;扬班之徒,迭相祖述,枚乘首制《七发》,子云肇为《连珠》,凡此三者,文章之枝派也。统以杂文之目,今依而次焉。〔4〕

由上表可以看出,《骈文类纂》中主要文体的叙论皆以《文心雕龙》中的文体论为指导思想和理论基础,承继关系一目了然。除此之外,《骈文类纂序》中还以作家作品为例,深入分析、论证了骈文产生的原因、骈文创作上的因革与创新。以及骈文中如何用典等

〔1〕〔2〕 王先谦编,《骈文类纂》,任继愈主编,《中华传世文选》,吉林人民出版社,1998年版,第5页。

〔3〕 王先谦编,《骈文类纂》,任继愈主编,《中华传世文选》,吉林人民出版社,1998年版,第5—6页。

〔4〕 王先谦编,《骈文类纂》,任继愈主编,《中华传世文选》,吉林人民出版社,1998年版,第6页。

问题，而且这些论断都以《文心雕龙》为理论依托。如其论证骈文产生的原因、骈文创作中的因革与创新问题时有曰："文章之理，本无殊致，奇偶之生，出于自然；丽辞所肇，通变所宜；彦和辨之究矣。引其端绪，尚可略言。古今文词，递相祖述。胎化因重，具有精理。魏文赋《寡妇》，安仁拟之；朱穆论《绝交》，孝标广之：祖其题也。翰林墨客，续《子虚》以代兴；梁王、陈思，共楚襄而迭起：祖其体也。长卿《上林》云'追怪物出宇宙'，子云《校猎》云'追天宝出一方'；孟坚《西都》云：'仰悟东井之精，俯协河图之灵'，明远《河清颂》云：'仰应龙木之精，俯协龟水之灵'：祖其句也。安仁《秋兴赋》云'善夫，宋玉之言曰：悲哉！秋之为气也，草木摇落而变衰'，钱新梧《段公遗爱碑》云'昌黎韩子有言矣：事有旷世而相感者，忽不自知其何心'：祖其语也。宋玉《高唐》云'纤条悲鸣，声似竽籁；清浊相和，五变四会'……太冲《吴都》云'鸣条律畅，飞音响亮；盖像琴筑并奏，笙竽俱唱'：祖其意也。案造句但可偶摹，无滞迹象；采语缘于兴到，纯任天机。意之为用，其出不穷，贵在与古为新，因规入巧。……彦和《神思》云：'伊挚不能言鼎，轮扁不能语斤，其微矣乎！'子玄《叙事》云：'能损之又损，而玄之又玄，轮扁所不能语斤，伊挚所不能言鼎也。'则直钞成文，索然意尽矣。苟得其妙，如屈平《远游》云：'下峥嵘而无地兮，上寥廓而无天。视倏忽而无见兮，听惝恍而无闻。'长卿《大人》全祖是篇，兼取四语，而旨各有适，文无相害。此意匠工拙之辨也。诸体成章，靡不相袭。杂文一类，继者难工。"[1]文中论述骈文产生的原因主自然说，本于《文心雕龙·丽辞》"造化赋形，支体必双，神理为用，事不孤立。夫心生文辞，运裁百虑，高下相须，自然成对"[2]。所以说"彦和辨之究矣"。论述骈文创作中的因革与创新，一本于《文心雕龙·通变》之理，强调

〔1〕 王先谦编，《骈文类纂》，任继愈主编，《中华传世文选》，吉林人民出版社，1998 年版，第 6—7 页。

〔2〕 黄霖编著，《文心雕龙汇评》，上海古籍出版社，2005 年版，第 118 页。

“贵在与古为新,因规入巧”,既要继承,又要创新,在因革损益中求发展。批评照抄照搬、单纯模仿之病:“直钞成文,索然意尽矣。”总之,两方面的论证,都是以《文心雕龙》的相关理论为基础和出发点,加以生发、延伸,正如王氏本人在文章中所说的,他是“引其端绪”而“略言”之。再如有关用典方法问题,王氏也是以《文心雕龙》有关理论为依据:“至于隶事之方,则亦有说。夫人相续而代异,故文递变而日新。取载籍之纷罗,供儒生之采猎。或世祀悬隔,巧成偶俪;或事止常语,用始鲜明。譬金在炉,若舟浮水;化成之功,直参乎造物;橐竽之妙,靡间于含灵者也。汉息夫躬《劾伍宏》云:‘霍显之谋,将行于杯杓;荆轲之事,必起于帷幄。’晋钟会《檄蜀》云:‘投迹微子之踪,措身陈平之轨;则福同古人,庆流来裔。’取人隐事,而意旨跃,如此最优矣。……《檄蜀》云:‘金山擒车鼻,本文皇漏网之鱼;渭桥谒单于,慰高祖平城之憾。”“平城之憾”,《汉史》可征,“漏网之鱼”,《唐书》未见,此随笔增窜也。亦或调律太和,翻失古节;琢句凡近,便成律赋。凡此诸弊,大伤文格,鄙生沿习,未知所底。又如子山《司马裔碑铭》,赵武、李夔两见,鼎臣《武成王碑铭》,春兰秋菊重出。昔有兹式,盖不相妨;苟其效颦,实邻寒陋。若此之类,理贵善推,是故甄引旧编,取证本事;必义例允协,铢黍无爽。合之两美,则观者雀跃;拟不于伦,则读者恐卧。可以印心源于三古,通慧业于万流。《雕龙》谓‘言对为易,事对为难’,亦极思之论也。”〔1〕文中揭示出在用典问题上正反两方面的经验和教训,最后用《文心雕龙·丽辞》中的论断作结:“言对为易,事对为难。”并且赞美说:“亦极思之论也。”可见《文心雕龙》是《骈文类纂》的主要理论支柱,对其骈文理论影响至深。

谢无量是清末和民国时期的学术大家,在当时的时代风气之

〔1〕 王先谦编,《骈文类纂》,任继愈主编,《中华传世文选》,吉林人民出版社,1998年版,第7—8页。

下,他对中国传统文化的研究和总结范围更广,成就突出,不仅写出了第一部《中国哲学史》、第一部中国文学史即《中国大文学史》,而且还著有《王充哲学》《佛学大纲》《中国书法概论》《诗学入门》《词学指南》《骈文指南》《诗经研究》《朱子学派》《阳明学派》等等,堪称大师级人物。在文章学上,他认为骈、散同源,不应有骈、散之分;但是对于既成事实的骈、散之分,又认为不应有所轩轾,强调骈、散二者功用不同:一为美文,一为实用之文。其《骈文指南》第一节《骈文之渊源》中说:"《说文》训文为错画,《释名》曰:文者,会集众彩,以成锦绣;会集众字,以成辞义,如文绣然也。'故古之为文,皆主于华美,奇偶兼行,刚柔迭用,而并称曰文。晋宋以来,始有文、笔之分,盖以整丽者为文,单行者为笔。或以有韵为文,无韵为笔。唐时又别立古文之目,谓六朝之文为骈文。此后文家相承,有骈有散,如泾渭之不可逾矣。晚清文士,又有欲会骈、散以为文者,李申耆于《骈体文钞序》中尝发其意……溯文章之源,固不当有骈、散之分;及骈、散之分既定,则散文远不如骈文之美。凡为散文者,或轻骈文;为骈文者,或轻散文。此坐不知美文与实用文之殊耳。"〔1〕很明显,他同当时众多文章家一样,主骈散同源、两者兼容之说,这是当时文学批评家们对骈、散二体总结、反思的基本结论。就骈文理论批评而言,谢无量的基本主张和贡献都体现在《骈文指南》一书之中。本书的写作目的,作者自称是为"示美文之轨则"。其实,应该说是对骈文理论与创作的总结。如果我们再进一步考察、分析,会发现其主要的理论支柱也同样取自《文心雕龙》,具体情况如下:

其一,本书论述骈文产生的原因及其源头,以《文心雕龙·丽辞》为其理论基础。文中说:"《文心雕龙》叙丽辞之祖曰:'造化赋形,支体必双;神理为用,事不孤立。夫心生文辞,运裁百虑;高下

〔1〕 谢无量著,《骈文指南》,中华书局,1918年版,第1—3页。

相须,自然成对。唐虞之世,辞未极文,而皋陶赞云:“罪疑惟轻,功疑惟重。”益陈谟云:“满招损,谦受益。”岂营丽辞,率然对尔。《易》之《文》《系》,圣人之妙思也。序《乾》四德,则句句相衔;龙虎类感,则字字相俪;乾坤易简,则宛转相承;日月往来,则隔行悬合:虽句字或殊,而偶意一也。’彦和之称丽辞,远引《书》《易》,而《书》则滥及伪孔,故当《易》《系》是丽辞之宗也。至于《雕龙·原道》篇,则叙天地之文,而终之以《文言》。其辞曰:‘人文之元,肇自太极,幽赞神明,《易》象惟先。庖牺画其始,仲尼翼其终。而《乾》《坤》两位,独制《文言》。言之文也,天地之心哉!’清阮元有《文言说》……阮元之说,盖推行远之旨,以阐文言用韵之义。合以彦和所称《文言》《丽辞》,则《文言》具备美文之特质有二:一即多用偶句,一即多用韵是也。用韵用偶,咸为古今美文所不能外者矣。”[1]很清楚,谢无量受《文心雕龙》骈文成因理论的影响,同样认为骈偶源于自然造化之“支体必双”,“事不孤立”,“高下相须,自然成对”之“神理”,骈体的源头则是《书》《易》《文言》《系辞》等古代经典:“总而论之,则远溯骈文之起源,实本奇偶自然之理,而孔子《文言》,已见精密之体制,子夏复申论声音相和之理。”引述阮元的《文言说》,也主要是进一步阐述、证明《文心雕龙》的论断。

其二,书中论述骈文之研究法,也以《文心雕龙》为本:“骈文盛于六朝之际,而论其体制,较其优劣者,以《文心雕龙》之书为最备。”“刘勰《文心雕龙》讥评古今文章得失,自诗、骚、赋、颂、赞、祝、铭、箴、诔、碑、哀、吊、杂文、谐隐、史传、诸子、论说、诏策、檄移、封禅、章表、奏启、议论、书记之属,无不一一明其指要,较其利病。其中虽合诗赋杂笔而言,要以近于骈文者为多。况彦和之时,为文竞尚声音比偶,观《雕龙》之持论,则于骈文之秘奥,可以思过半

〔1〕 谢无量著,《骈文指南》,中华书局,1918 年版,第 3—4 页。

矣。”[1]不仅如此，他还从《文心雕龙》中选取十五篇文章，加以节录，适当加进自己的认知和体会，作为“研究骈文者不可不知”的必修课列于书中。为便于阅读和了解，今列表如下：

《骈文指南》引证、节录《文心雕龙》情况简表

篇　名	介绍与选段
《神思》	文之著于外者，有体貌，存于内者，则神思是也。彦和论之曰：“文之思也，其神远矣。故寂然凝虑，思接千载；悄焉动容，视通万里；吟咏之间，吐纳珠玉之声；眉睫之前，卷舒风云之色：其思理之致乎！……至精而后阐其妙，至变而后通其数。伊挚不能言鼎，轮扁不能语斤，其微矣乎！”
《体性》	彦和言文有八体：“一曰典雅，二曰远奥，三曰精约，四曰显附，五曰繁缛，六曰壮丽，七曰新奇，八曰轻靡。……故雅与奇反，奥与显殊；繁与约舛，壮与轻乖；文辞根叶，苑囿其中矣。”彦和乃谓体貌之所以异，由于才禀性情之殊。故学文者须自慎其始习，必先攻雅制。庶能“摹体以定习，因性以练才”也。
《风骨》	彦和又有《风骨》之篇，以为：“怊怅述情，必始乎风；沈吟铺辞，莫先于骨。故辞之待骨，如体之树骸；情之含风，犹形之包气。结言端直，则文骨成焉；意气骏爽，则文风清焉。若丰藻克赡，风骨不飞；则振采失鲜，负声无力。是以缀虑裁篇，务盈乎气；刚健既实，辉光乃新。其为文用，譬征鸟之使翼也。故练于骨者，析辞必精；深乎风者，述情必显。捶字坚而难移，结响凝而不滞，此风骨之力也。若瘠义肥辞，繁杂失统，则无骨之征也。思不环周，索莫乏气，则无风之验也。”末乃以气为风骨之本，必气猛而后乃能“风清骨峻”耳。
《通变》	彦和见当时文士，竞尚绮靡，陈陈相因，如出一手，故以《通变》立论曰：“夫设文之体有常，通变之数无方，何以明其然耶？凡诗、赋、书、记，名理相因，此有常之体也；文辞气力，通变则久，此无方之数也。名理有常，体必资于故实；通变无方，数必酌于新声；故能骋无穷之路，饮不竭之源。然绠短者衔渴，足疲者辍途，非文理之数尽，乃通变之术疏耳。”盖文章虽不妨袭用古语，当有所参伍因革以适变也。

[1] 谢无量著，《骈文指南》，中华书局，1918年版，第10—11页。

续表

篇　名	介绍与选段
《定势》	彦和《定势》之篇曰:“夫情致异区,文变殊术;莫不因情立体,即体成势也。……是以括囊杂体,功在铨别,宫商朱紫,随势各配。章表奏议,则准的乎典雅;赋颂歌诗,则羽仪乎清丽;符檄书移,则楷式于明断;史论序注,则师范于核要;箴铭碑诔,则体制于宏深;连珠七辞,则从事于巧艳:此循体而成势,随变而立功者也。”
《情采》	彦和论《情采》曰:“圣贤书辞,总称文章,非采而何?故立文之道,其理有三:一曰形文,五色是也;二曰声文,五音是也;三曰情文,五性是也。五色杂而成黼黻,五音比而成《韶》《夏》,五情发而为辞章,神理之数也。”乃谓文质必附乎性情,若疏于体情,徒以逐文为务。“故有志深轩冕,而泛咏皋壤;心缠几务,而虚述人外。真宰弗存,翩其反矣。”此情采二者相资之说也。
《熔裁》	又论《熔裁》曰:“规范本体谓之熔,剪截浮词谓之裁。裁则芜秽不生,熔则纲领昭畅;譬绳墨之审分,斧斤之斫削矣。”“是以草创鸿笔,先标三准:履端于始,则设情以位体;举正于中,则酌事以取类;归余于终,则撮词以举要。”“三准既定,次讨字句。句有可削,足见其疏;字不得减,乃知其密。精论要语,极略之体;游心窜句,极繁之体。谓繁与略,随分所好。引而伸之,则两句敷为一章;约以贯之,则一章删成两句。思赡者善敷,才核者善删。善删者字去而意留,善敷者辞殊而义显。”
《声律》	又论《声律》曰:“凡声有飞沈,响有双叠。双声隔字而每舛,叠韵杂句而必睽;沈则响发而断,飞则声飏不还;并辘轳交往,逆鳞相比;迂其际会,则往蹇来连;其为疾病,亦文家之吃也。”按声律之论非仅限于吟咏六朝俪文,自永明以来,咸以称协宫商相尚矣,故略著彦和之说如此。
《章句》	又论《章句》曰:“夫人之立言,因字而生句,积句而成章,积章而成篇。篇之彪炳,章无疵也;章之明靡,句无玷也;句之清英,字不妄也。振本而末从,知一而万毕矣。夫裁文匠笔,篇有小大;离章合句,调有缓急;随变适会,莫见定准。句司数字,待相接以为用;章总一义,须意穷而成体。其控引情理,送迎际会,譬舞容回环,而有缀兆之位;歌声靡曼,而有抗坠之节也。”

续表

篇　名	介绍与选段
《丽辞》	彦和以对偶为丽辞，远溯源于《易·文言》，又论之曰：“丽辞之体，凡有四对：言对为易，事对为难；反对为优，正对为劣。言对者，双比空辞者也；事对者，并举人验者也；反对者，理殊趣合者也；正对者，事异义同者也。”又论文意重出，为对句之骈枝；言对贵在精巧，事对务在允当；至若两事相配，而优劣不均，事或孤立，莫与相偶；以及气无奇类，文乏异采，皆对句之病也。
《比兴》	彦和以为比显兴隐。“比者，附也；兴者，起也。起情故兴体以立，附理故比例以生。比则畜愤以斥言，兴则环譬以托讽。”“诗刺道丧，故兴义销亡”，比体云构。“比之为义，取类不常：或喻于声，或方于貌；或拟于心，或譬于事。”“至于扬、班之伦，曹、刘以下，图状山川，影写云物，莫不织综比义，以敷其华，惊听回视，资此效绩。”然“比类虽繁，以切至为贵，若刻鹄类鹜，则无所取焉”。
《夸饰》	彦和以为“文辞所被，夸饰恒存”。“《诗》《书》雅言，而言峻则嵩高极天，论狭则河不容舠；说多则子孙千亿，称少则民靡孑遗；辞虽已甚，其义无害也。”“自宋玉、景差，夸饰始盛；相如凭风，诡滥愈甚。”
	后之文人“莫不因夸以成状，沿饰而得奇。于是后进之才，奖气挟声，轩翥而欲奋飞，腾掷而羞跼步；辞入炜烨，春藻不能程其艳；言在萎绝，寒谷未足成其凋；谈欢则字与笑并，论戚则声共泣偕；信可以发蕴而飞滞，披瞽而骇聋矣。然饰穷其要，则心声锋起；夸过其理，则名实两乖。若能酌《诗》《书》之旷旨，剪扬、马之甚泰，使夸而有节，饰而不诬，亦可谓之懿也”。
《事类》	彦和论用事之法曰：“夫经典沈深，载籍浩瀚。扬、班以下，莫不取资，任力耕耨，纵意渔猎；操刀能割，必裂膏腴。”“是以综学在博，取事贵约；校练务精，捃理须核；众美辐辏，表里发挥。刘劭《赵都赋》云：‘公子之客，叱劲楚令歃盟；管库隶臣，呵强秦使鼓缶。’用事如斯，可称理得而义要矣。故事得其要，虽小成绩，譬寸辖制轮，尺枢运关也。或微言美事，置于闲散，是缀金翠于足胫，靓粉黛于胸臆也。凡用旧合机，不啻自其口出；引事乖谬，虽千载而为瑕。”

续表

篇　名	介绍与选段
《练字》	彦和谓"缀字属篇,必须拣择:一避诡异,二省联边,三权重出,四调单复"。诡异谓字体瑰怪,联边谓半字同文,重出谓同字相犯,单复谓字形肥瘠。诡异及重出之弊,诚不可不避;而联边、单复二条,则近于无谓,亦见当时文体力求美丽,拘忌至此也。
《附会》	彦和又有《附会》之篇,言行文当使首尾相附而会于一,如后来所论章法者矣。其言曰:"何谓附会?谓总文理,统首尾;定与夺,合涯际;弥纶一篇,使杂而不越者也。若筑室之须基构,裁衣之待缝缉矣。夫才量学文,宜正体制,必以情志为神明,事义为骨髓;辞采为肌肤,宫商为声气;然后品藻玄黄,摛振金玉;献可替否,以裁厥中:斯缀思之恒数也。凡大体文章,类多枝派,整派者依源,理枝者循干。是以附辞会义,务总纲领,驱万途于同归,贞百虑于一致;使众理虽繁,而无倒置之乖;群言虽多,而无棼丝之乱。扶阳而出条,顺阴而藏迹;首尾周密,表里一体;此附会之术也。"

在这些节录之后,他又进一步指出:"《雕龙》所以发明行文之奥者,尚不止于此,兹但著其尤要者而已。《雕龙》之为书,虽以通论文章大体,要于骈文为尤切。当时固未有骈文之名,而文士所为殚精研虑、属辞振翰者,莫非骈文也。故揽《雕龙》之论,可以总会骈文之法矣。"[1]再次强调《文心雕龙》在骈文研究上无与伦比的地位和作用。所以,可以这样说:谢无量的《骈文指南》是在《文心雕龙》的影响下写成的,特别是《文心雕龙》有关骈文的理论是该书的核心思想。

钱基博先生是近现代著名学者,其学术成就是多方面的,代表作主要有《经学通志》《古籍举要》《老子解题及其读法》《周易解题及其读法》《〈孙子〉章句训义》《四书解题及其读法》《〈文心雕龙〉校读记》《版本通义》《〈文史通义〉及其读法》《国学必读》《中国文

---

〔1〕 谢无量著,《骈文指南》,中华书局,1918年版,第19页。

学史》《现代中国文学史》《骈文通义》等等。在《文心雕龙》一书上,钱先生下了很深的功夫,集中体现在《〈文心雕龙〉校读记》上。也正因为如此,他的论文之作自然受到该书的影响,尤其他的《骈文通义》一书,有多处以《文心雕龙》为理论依据。

其一,在骈文形成原因的探讨上,钱基博以《文心雕龙》为本:"《说文》:'骈,驾二马,从马,并声。'古义训併,或训并,皆谓偶也。刘勰有作,抉发文心,以为:'文之为德,与天地并生。''造化赋形,支体必双。神理为用,势不孤立。夫心生文辞,运裁百虑。高下相须,自然成对。'此见文之用偶,出于天然。而柳宗元《乞巧文》:'骈四俪六。'此文称骈俪之始。仁和毛先舒稚黄为宜兴陈维崧其年《湖海楼俪体文序》,论文之有俪体,原本两仪,亦宗经诰;其说本《文心雕龙》之《丽辞篇》。"其结论是:"文之用骈,出于天然。"应该说这是《文心雕龙·丽辞》篇中关于骈文成因论的翻版。

其二,在骈散关系上,钱基博先生两次引证《文心雕龙》,论述骈散相济之理。一则曰:"夫一阴一阳之谓道,用偶用奇以成文。……《文心雕龙》探溯皇初,以明返本修古之指,谓:'唐虞之世,辞未极文。而皋陶赞云:"罪疑惟轻,功疑惟重。"益陈谟云:"满招损,谦受益。"岂营丽辞,率然对尔。《易》之《文》《系》,圣人之妙思也;序《乾》四德,则句句相衔;龙虎类感,则字字相俪;乾坤易简,则宛转相承;日月往来,则隔行悬合;虽句字或殊,而偶意一也。'"一则谓:"而《文心雕龙》则颇致戒于'气无奇类,文乏异采,碌碌丽辞,则昏睡耳目。必使理圆事密,联璧其章,迭用奇偶,节以杂佩,乃其贵耳。'……"[1]进一步阐发骈散结合,"不相废而相济"之理,显然,《文心雕龙·丽辞》篇是其主要的理论基石。

其三,钱基博先生论骈体,又崇尚散朗疏逸,气韵天成。其《骈文通义》一书中明确指出:"主气韵,勿尚才气,则安雅而不流于驰

〔1〕 钱基博著,《骈文通义》,上海大华书局,1934年版,第9—11页。

骋，与散行疏科；崇散朗，勿矜才藻，则疏逸而无伤于板滞，与四六分疆。”[1]认定这是骈文之典型，也即六朝骈体的主体风格。为说明这一点，他特别以孙德谦、刘勰有关骈文的理论批评为其理论根据：“疏逸之道，则在寓骈于散。隘堪以为：‘骈体之中，使无散行，则其气不能疏逸，而叙事亦不清晰。故庾子山（信）碑志诸文，述及行履，出之以散，每叙一事，多用单行，先将事略说明，然后援引故实，作成骈语，以接其下。推之别种体裁，亦应骈中有散也。倘一篇之内，始终无散行处，是后世书启体，不足与言骈文矣！’呜呼！此彦和《文心》所为致叹于‘气无奇类，文乏异采。则碌碌丽辞，昏睡耳目’者乎！隘堪之作，此为精核！要删厥旨，用式多士。”[2]由此可见，《文心雕龙》确实是钱基博先生骈文理论重要的思想渊源。

张廷华在骈文理论批评方面也是不能忽视的人物。尤其应该注意的是，他的骈文理论中的核心部分是以《文心雕龙》为理论基础的。关于这一点，我们只要看一看他于民国十年（1921年）在上海广文书局出版的《新体广注骈文自修读本》就清楚了。该书开宗明义，正文中第一句话就说：“评论骈文之书，最古者为梁刘勰之《文心雕龙》。”基于这种认识，他在本书的理论批评部分便以《文心雕龙》有关骈文的理论批评为主要的理论依据。其中最突出的是关于骈文创作的十条规则，受《文心雕龙》骈文理论影响极深：

> 一曰辨体
>
> 凡作骈文，须先明各种体裁，即《四六金针》所谓“诏、诰多用散文，亦有用四六者”是也。共和时代，诏、诰已废，所通行如启，如书函，如劝募疏，如传状碑志，如序跋，如箴铭颂赞，如祭文等。箴铭颂赞，多用四言，且多押韵；祭文亦同，惟用四六者可不押韵。启有谢启、贺启等名，俱系小品，用四六不过数

---

〔1〕 钱基博著，《骈文通义》，上海大华书局，1934年版，第23页。

〔2〕 钱基博著，《骈文通义》，上海大华书局，1934年版，第9—11页。

联而已。劝募疏及序跋文，皆取达意而止，不宜冗长，叙事之长幅书函，及传状碑志等，须段落分明，间用散语衬贴之，俾适合于为某种体制可也。仅言其大概如此，学者会集各体，熟玩之自得。

二曰命意

作文之法，辞句未成而意已立。意必有所注重之处，其余所兼及者，不过枝叶鳞爪而已，于其所注重者，或用衬托法，或用翻腾法；或用借宾定主法，或用反覆伸辩法；或点明于发端之数语，或结穴于最后之一言。意之所在，百变而不离其宗，则读者自明了矣。是作文之首重命意，骈与散无异轨也。

三曰谋篇

蒋心余曰："谋篇之法以离纵开宕为上，铺叙者下矣。试观庾氏之文，类皆一虚一实，一反一侧，而正用者绝少。甫合即开，乍即旋离，而顺叙者寡。是以能向背往来，潆洄取势，夷犹荡漾，曲折生姿也。后人非信手搬演类书，即随笔自成首尾，又曷怪其拳屈壅肿，去古万里耶？"案此知四六文之谋篇法，亦全与散文同。

四曰分章

不论其为述事，为达意，如其节目蘩多，可分开各为一段以陈述之。段既分矣，或虚写，或实写；或正写，或反写；或顺叙，或逆叙，仍须前后照应，脉络贯通。而一段之中，整联散联，又须融化相串，则述事与达意，俱无杂乱之患，而已得《四六金针》中所谓串字诀矣。

五曰用事

典雅是四六正法，但引用故事，不宜过僻，亦不宜太泛。刘彦和论用事之法曰："取事贵约，校练务精。"王铚《四六话》贵切合之巧。观刘劭《赵都赋》有云："公子之客，叱劲楚令歃盟；管库隶臣，呵强秦使击缶。"用事何等切要。又如汪藻《隆祐太后布告天下手书》有云："汉家之厄十世，宜光武之中兴；献公之子九人，唯重耳之尚在。"所引故事，人人皆知，而与宋之中兴，高宗之身世，无一不切合。学者能于此等处注意，当知用事之法矣。

六曰剪裁

剪裁之法，于属对行之，择与本意相合之两故事，各择出其属对字样，以备采用，谓之剪；以所剪属对字样截取其声律谐顺，语意明白者而用之谓之裁。剪裁既定，融以神思，运以笔力，而四六之文成矣。观庾信《谢明皇帝赐丝布等启》有云："蓬莱谢恩之雀，白玉四环；汉水报德之蛇，明珠一寸。"属对何等工巧！然两事虽同出于《搜神记》，而记载情节大异，若不善剪裁者采用之，不知何如减色矣。

七曰藻丽

《四六法海》总论云："四六不可无藻丽。"然虑其为藻丽所晦，如《楚骚》，如《上林》《长杨》《三都》《两京》等赋，藻丽极矣。后之文人，无前人之真实力量，滥用生僻字面以相夸饰，必致形容过甚，使原有之意反多晦涩者，往往有之。世尝谓彭甘奇选学最深，亦颇为《选》所累。盖因挦撦太多，真气不出故也。然则如何而能适宜耶？彦和以为"文辞所被，夸饰恒存。虽《诗》《书》雅言，风俗训世，事必宜广，文亦过焉。是以言峻则嵩高极天，论狭则河不容舠；说多则子孙千亿，称少则民靡孑遗……辞虽已甚，其意无害"。又如谢庄《月赋》之以"柔祇”代地，以“圆灵”代天等，字面既不生僻，又能与题相称，方可与言藻丽，岂徒事粉饰之谓哉？

八曰声律

声律之论，不仅限于吟咏，骈文之务协宫商，自齐、梁以来尚矣。故骈文亦谓之韵文，有句末之韵，亦有句中之韵。盖句中须调平仄，故亦有韵。昔阮元曰“八代不押韵之文，其中奇偶相生，顿挫抑扬，咏叹声情，皆有合乎音韵宫羽者”，况纯乎为偶句体也？至于音节，尤贵入古。庾文“落花芝盖，杨柳春旗”一联，若删却“与”“共”字，便成俗响。又陈检讨句云：“四围皆王母灵禽，一片悉姮娥宝树。”此调殊恶，若在古人，宁以两字易“灵”“宝”二字也。此皆前人心得之言。述之以见声律之关系如此。

九曰炼字

昔刘勰云：“富于万篇，贫于一字。”盖谓一日可以千言，而一字之未安，有思之累日而不可得者，以见炼字之难也。宋范希文作《严先生祠堂记》，其末歌词云：“云山苍苍，江水泱泱；先生之德，山高水长。”李泰伯请改“德”字为“风”字，希文大服。故用字不可不炼。而在骈文，则尤为重要。《文心雕龙》中有避“诡异”，避“重出”二条，诡异谓字体瑰怪，重出谓同字相犯。美丽之文，决无此弊也。

十曰风骨

风骨二字，尤非初学所能领会。大约“辞之待骨，如体之树骸；情之含风，犹形之包气”。专事涂饰者，义瘠而辞肥，即“无骨之征也”。一味铺排者，思浅而气索，即“无风之验也”。“故练于骨者，析辞必精；深乎风者，写情如诉”。试读梁简文帝《与萧临川书》"白云在天,苍波无极;瞻之歧路,眷慨良深"数语,风骨何等翘秀。手把六朝文,不厌百回读,庶几仿佛遇之。[1]

这十条写作规则,实际上是骈文的创作论。其中直接引证《文心雕龙》作为理论依据的四条,既师其义,又师其辞;其他几条虽然字面上没有直接引用,但是理论精髓不少是来自《文心雕龙》的,如"剪裁"义理上师法《文心雕龙》之《熔裁》,"谋篇"师法《文心雕龙》之《定势》与《总术》,"分章"师法《文心雕龙》之《章句》等等,侧重师其义,未师其辞。总之,其骈文理论批评已经深深打上了《文心雕龙》的印迹。

孙德谦是清末至民国时期重要的骈文理论家、骈文作家,年龄比李详小一岁,因为二人都以骈文享誉文坛,所以时人以"李孙"并称。但是王国维对此颇有异议。王蘧常在《清故贞士元和孙隘堪先生行状》中说:"世之论骈偶文者,每与李审言明经并称曰李孙。而海宁王静安征君国维则语之曰:'审言过于雕藻,知有句法而不知有章法。君得流宕之气,我谓审言定不如君。'先生每引以自喜。"[2]但是在骈文理论主张上,二人大体相同,都崇尚六朝,只不过孙德谦的骈文理论更加系统、完备。孙德谦在《六朝丽指》中对《文心雕龙》的巨大价值有明确的认定:"《文心》一书,包举历代,上自三古,穷源竟委,成一家言,真为日月不刊之作。《时序》、《才略》,又能于一篇之中,评其得失,靡不该备。"[3]同时,在受《文心雕龙》影响上,孙德谦也比李详程度更深一些,这一点,主要体现在孙氏《六朝丽指》一书上。

《六朝丽指》是孙德谦骈文理论的代表作,是《文心雕龙》之后

---

〔1〕 张廷华编辑,《新体广注骈体文自修读本》,上海广文书局,1921年版,第1页。

〔2〕 王蘧常撰,《清故贞士元和孙隘堪先生行状》,《四益宧骈文稿》,民国上海瑞华印务局刊本。

〔3〕 孙德谦撰,《六朝丽指》,王水照编,《历代文话》,复旦大学出版社,2007年版,第8442页。

有关骈文理论批评的力作。本书论述的范围，从六朝骈文的总体气韵、风格，到具体的作家作品、形式体制、创作方法等等，内容丰富，胜义颇多。然而认真考究，我们发现其中许多论断都是以《文心雕龙》为理论支柱的，请看下表：

《六朝丽指》征引《文心雕龙》作为理论支柱一览表

论证内容	引证实例
论骈散结合	夫论文之制，托始子桓。厥后弘范谓之《翰林》，仲洽条其《流别》；士衡诠赋，曲尽于能言；……东莞《雕龙》，可云殆庶。……夫迭相奇偶，前良所崇。虽简文嗤其儒钝，士恢訾其华伪，尔时气格，或不免文胜之叹。然其缛旨星稠，逸情云上，缀字通《苍》、《雅》之学，驭篇运骚、赋之长；骈丽之文，此焉归趣。……骈体文字，以六朝为极则。作斯体者，当取法于此，亦犹诗学三唐，词宗两宋，乃为得正传也。《易·系辞》云："物相杂，故曰文。"盖言文须奇偶相生，方成为文。然则文章之道，语其原始，岂转以骈偶为体要乎？[1]
论骈体与四六之异	骈体与四六异。四六之名，当自唐始，李义山《樊南甲集序》云："作二十卷，唤曰《樊南四六》。"知文以四六为称，乃起于唐，而唐以前则未之有也。且序又申言之曰："四六之名，六博格五，四数六甲之取也。"使古人早名骈文为四六，义山亦不必为之解矣。《文心雕龙·章句篇》虽言"四字密而不促，六字格而非缓"，此不必即谓骈文，不然，彼有《丽辞》一篇，专论骈体，何以无此说乎？……彦和又云："今之常言，有文有笔，以为无韵者笔也，有韵者文也。"可见文章体制，在六朝时但有文、笔之分，且无骈、散之目，而世以四六为骈文，则失之矣。[2]

〔1〕 孙德谦撰，《六朝丽指》，王水照编，《历代文话》，复旦大学出版社，2007年版，第8422—8423、8424页。

〔2〕 孙德谦撰，《六朝丽指》，王水照编，《历代文话》，复旦大学出版社，2007年版，第8425页。

续表

论证内容	引证实例
论骈文与赋之关系	吾观《文心雕龙·诠赋》与《丽辞》各自为篇，则知骈俪之文，且不同于赋体矣。故文虽小道，体裁要在明辨也。若欲救律赋之弊，多读六朝文，必能知之，诚以律赋兴于唐，六朝尚无此体耳。[1]
论骈文之夸饰	汪容甫先生《述学》有《释三九》篇，其中篇云："若其辞则又有二焉：曰曲，曰形容。""所谓形容者，盖以辞不过其意，则不鬯，故以形容出之。"可知其深于文矣。《文心雕龙·夸饰篇》："言高则峻极于天，言小则河不容舠。"尝引《诗》以明夸饰之义。吾谓夸饰者，即是形容也。《诗经》而外，见于古人文字者，不可殚述。[2]
论骈文之事对	刘彦和云："事对者，并举人验者也。"盖言事对之法，上下当取古人姓名以作对偶耳。其下引宋玉《神女赋》："毛嫱鄣袂，不足程式；西施掩面，比之无色。"以为并举人验，所以为事对者如此。乃吾读六朝文则不然。庾子山《周柱国长孙俭神道碑》："思皇多士，既成西伯之功；俊德克明，乃定南巢之伐。"西伯，人也，南巢，则地也。以地对人，六朝自有其例，彦和"人验"之说，亦可不拘矣。至傅季友《为宋公修楚元王墓教》"甘棠犹且勿翦"，"信陵尚或不泯"，则且以人、物作对，何在必举人验哉？然而对切求工，彦和要为正论也。夫骈文之难，往往有一事可举，而贫于作对者，于是上为古人，或借地名、物名，强为之对。此则庄子所谓"无可如何"耳。[3]

[1] 孙德谦撰，《六朝丽指》，王水照编，《历代文话》，复旦大学出版社，2007年版，第8426页。

[2] 孙德谦撰，《六朝丽指》，王水照编，《历代文话》，复旦大学出版社，2007年版，第8428—8429页。

[3] 孙德谦撰，《六朝丽指》，王水照编，《历代文话》，复旦大学出版社，2007年版，第8434页。

续表

论证内容	引证实例
论文章体制	文章体制,原本六经,此说出之六朝,其识卓矣。《文心·宗经篇》:"论说辞序,则《易》统其首;诏策章奏,则《书》发其源;赋颂歌赞,则《诗》立其本;铭诔箴祝,则《礼》总其端;纪传盟檄,则《春秋》为根。"《颜氏家训·文章篇》曰:"夫文章者,原出五经:诏命策檄,生于《书》者也;序述论议,生于《易》者也;歌咏赋颂,生于《诗》者也;祭祀哀诔,生于《礼》者也;书奏箴铭,生于《春秋》者也。"所言虽有异同,而以文体为备于经教则一,可见六朝之尊经矣。[1]
论宋文喜尚新奇之风	《文心·通变篇》:"宋初讹而新。"谓之"讹"者,未有解也。及《定势篇》则释之曰:"自近代辞人,率好诡巧,原其为体,讹势所变,厌黩旧式,故穿凿取新。察其讹意,似难而实无他术也,反正而已。故文反正为乏,辞反正为奇。效奇之法,必颠倒文句,上字而抑下,中辞而出外,回互不常,则新色耳。"观此,则"讹"之为用,在取新奇也。顾彼独言"宋初"者,岂自宋以后,即不然乎?[2]
论六朝之山水文	《文心·明诗篇》云:"宋初文咏,体有因革,庄、老告退,而山水方滋。"此固言诗家之怡情山水也。以六朝文论,亦有摹写山水者。吴均《与顾章书》:"仆去月谢病,还觅薜萝。梅溪之西,有石门山者,森壁争霞,孤峰限日。幽岫含云,深溪蓄翠。蝉吟鹤唳,水响猿啼。英英相杂,绵绵成韵。既素重幽居,遂葺宇其上。幸富菊花,偏饶竹实。山谷所资,于斯已办。仁智所乐,岂徒语哉!"此等文令人读之,真有濠濮间想。均复有《与宋元思书》,亦论山水之奇异。[3]

〔1〕 孙德谦撰,《六朝丽指》,王水照编,《历代文话》,复旦大学出版社,2007年版,第8447页。

〔2〕 孙德谦撰,《六朝丽指》,王水照编,《历代文话》,复旦大学出版社,2007年版,第8453—8454页。

〔3〕 孙德谦撰,《六朝丽指》,王水照编,《历代文话》,复旦大学出版社,2007年版,第8458页。

续表

论证内容	引证实例
论六朝骈文与小学	按《隋志》，颜则撰《诂幼》，谢则撰《要字苑》，虽其书不传，可知文章之妙，必通小学。此刘彦和氏所以《练字》一篇，别用讨论乎？其言曰："善为文者，富于万篇，贫于一字。一字非少，相避为难。"然则学为骈文，其可不攻小学乎？六朝骈文之工，亦其小学擅长也。〔1〕
论骈枝	李延寿《北史·文苑传序》："曲阜之多才多艺，监二代以正其源；阙里之性与天道，修六经以维其末。""曲阜""阙里"相对，使彦和见之，必致讥也。《文心·丽辞篇》："刘琨诗言：'宣尼悲获麟，西狩泣孔丘。'若斯重出，即对句之骈枝也。"故知李氏此序，以"曲阜"对"阙里"，真是重出而骈枝矣。夫骈体重出，同于骈枝，则不足称赏。〔2〕
论六朝骈文与魏晋文关系	陶诗："奈何百世下，六籍无一亲。"观其所作诗文，蔼然有《诗》、《书》之气，宜其高出六朝也。《文心·材略篇》："宋来美谈，亦以建安为口实。"可知六朝骈偶之文，其取法在魏、晋，不在经义矣。〔3〕
论文笔	南、北史列传中，皆载"文笔若干篇"。余初不知所谓，后读《文心雕龙》，始知文笔者，为有韵、无韵之别。及读梁简文《与湘东王书》有云："近世谢朓、沈约之诗，任昉、陆倕之笔，斯实文章之冠冕，述作之楷模。"乃知自诗而外，凡文皆谓之笔也。〔4〕

〔1〕 孙德谦撰，《六朝丽指》，王水照编，《历代文话》，复旦大学出版社，2007年版，第8464页。

〔2〕 孙德谦撰，《六朝丽指》，王水照编，《历代文话》，复旦大学出版社，2007年版，第8470页。

〔3〕 孙德谦撰，《六朝丽指》，王水照编，《历代文话》，复旦大学出版社，2007年版，第8481页。

〔4〕 孙德谦撰，《六朝丽指》，王水照编，《历代文话》，复旦大学出版社，2007年版，第8482页。

续表

论证内容	引证实例
论论人之文	《文心·论说篇》:“严尤《三将》。”又“太初之《本玄》。”似汉、魏时人,早为此体,然其文则不传。吾考之六朝,梁元帝有《郑众论》。《后汉书·逸民·高凤传论》曰:“先大夫宣侯尝以讲道余隙,寓乎逸士之篇。至《高文通传》,辍而有感,以为隐者也,尝著其行事而论之”云云。宣侯者,范泰也。是泰有《高凤论》矣。窃谓论人之文,六朝作者绝少,岂以史家作传,乃有论赞,苟非载笔之士,所由论不空设乎?彦和谓:“敷述昭情,善入史体。”若然,则论实史体。[1]
论游戏文体	司马迁作《史记》,创立《滑稽列传》,而《文心雕龙》以《谐隐》为专篇。知文体之中,故有用游戏者矣。[2]
论骈文名称之始	或问曰:骈文之名始于何时?逮至国朝,别集则有孔巽轩《仪郑堂骈体文》、曾宾谷《赏雨茅屋骈体文》……选本则有李申耆《骈体文钞》、王益吾《骈文类纂》。而古人有其名乎?答之曰:是固未之深考。以《文心》言,则谓之“丽辞”,梁简文又谓之“今体”,唐以前却无骈文之称。自唐而后,李义山自题《樊南四六》……明王志坚所选之文,亦言《四六法海》,当是并以四六为名矣。其实六朝文只可名为骈,不得名为四六也。证之《说文》,“骈”训“驾二马”。由此类推,文亦独一不成。刘彦和所云“造化赋形,支体必双;神理为用,事不孤立”,即其说也。[3]

---

[1] 孙德谦撰,《六朝丽指》,王水照编,《历代文话》,复旦大学出版社,2007年版,第8488页。

[2] 孙德谦撰,《六朝丽指》,王水照编,《历代文话》,复旦大学出版社,2007年版,第8488—8489页。

[3] 孙德谦撰,《六朝丽指》,王水照编,《历代文话》,复旦大学出版社,2007年版,第8497页。

在这么多论题上都以《文心雕龙》为理论支柱，所受影响之大，自不待言。

刘师培（1884—1919年），出身于仪征一个三代传经的书香门第。幼年就以聪慧闻名。汪东在《刘师培传》中说他“秉绝人之资，泛览百家，兼综条贯”，“其所成就，足以渐被百世”[1]。蔡元培在《刘君申叔事略》中又说他“论群经及小学者二十二种，论学术及文辞者十三种，群书校释二十四种，除诗文集外，率皆民元前九年以后十五年中所作，其勤敏可惊也。向使君委身学术，不为外缘所扰，以康强其身，而尽瘁于著述，其所成就宁可限量？惜哉！”[2]清代从汪中、阮元，再到民初之李详，扬州所辖之地文风甚盛，以骈文名世者比较多。尤其刘师培的老家仪征，受阮元的影响比较大。阮元对桐城派古文雅洁有余、文采不足的局限心知肚明，所以他以《文选》为宝典，信奉其“事出于沉思，义归乎翰藻”之说；又以《文心雕龙》为其理论支柱，尊奉其《总术》中“无韵者笔也，有韵者文也”之论，以骈文为我国文学之正宗，要把散文逐出文坛。其《文韵说》中指出：“凡文者在声为宫商，在色为翰藻。”[3]其《文言说》中更强调：“凡偶皆文也。于物两色相偶而交错之，乃得名曰文，文即象其形也。”“为文章者，不务协音以成韵，修词以达远，使人易诵易记，而惟以单行之语，纵横恣肆，动辄千言万字，不知此乃古人所谓直言之言，论难之语，非言之有文者也。”[4]刘师培在文学思想上“近朱者赤”，师法阮元，突出表现是继承其衣钵，撰《广阮氏〈文言说〉》，推尊骈体，以之为文章正宗；同时又远绍《文心雕龙》，作为其

[1] 汪东撰，《刘师培传》，陈引驰编校，《刘师培中古文学论集》，中国社会科学出版社，1997年版，第278—279页。

[2] 蔡元培撰，《刘君申叔事略》，陈引驰编校，《刘师培中古文学论集》，中国社会科学出版社，1997年版，第276页。

[3] 黄侃撰，《文心雕龙札记》，上海古籍出版社，2000年版，第170页。

[4] 黄侃撰，《文心雕龙札记》，上海古籍出版社，2000年版，第8、7页。

文学理论的基石,受其影响之深,世人罕有其匹。纵观其论文之作,随处可见《文心雕龙》的影响,特别是在骈文理论批评上,更是如此。其《文说·序》中这样赞美《文心雕龙》:“昔《文赋》作于陆机,《诗品》始于钟嵘,论文之作,此其滥觞。彦和绍陆,始论《文心》;子由述韩,始言文气。后世以降,著述日繁,所论之旨,厥有二端:一曰文体;二曰文法。《雕龙》一书,溯各体之起源,明立言之有当,体各为篇,聚必以类:诚文学之津筏也。”〔1〕所以,他师法该书自有内在的动力。在其论文之时,引证《文心雕龙》五十多处。其中论及骈文之时,也多次引证。如《文说》中论声律:“刘彦和《文心雕龙》,亦曰‘声不失序,音以律文’,(近世之书,若赵秋谷《声调谱》,蒋氏《词律》,以及阮芸台《文韵说》,皆讲文韵者必读之书也。)欲求立言之工,曷以此语为法乎!”〔2〕论辞采:“六朝以来,风格相承。刻镂之精,昔疏而今密;声韵之叶,旧涩而新谐。凡江、范之弘裁,沈、任之巨制,莫不短长合节,追琢成章。故《文选》勒于昭明,屏除奇体;《文心》论于刘氏,备列偶词。”〔3〕《文章源始》中论文、笔:“刘彦和《文心雕龙》:‘今之常言,有文有笔;无韵者笔也,有韵者文也。’文笔区分,昭然不爽矣。故昭明之辑《文选》也,以沉思翰藻者为文;凡文之入选者,大抵皆偶词韵语之文;即间有无韵之文,亦必奇偶相成,抑扬咏叹,八音协唱,默契律吕之深。”〔4〕《汉魏六朝专家文研究》中论文章之音节:“古人文章中之音节,甚应研究。《文心雕龙·声律篇》即专论此事。或谓四声之说肇自齐梁,

---

〔1〕 刘师培著,陈引驰编校,《刘师培中古文学论集》,中国社会科学出版社,1997年版,第189页。

〔2〕 刘师培著,陈引驰编校,《刘师培中古文学论集》,中国社会科学出版社,1997年版,第203—204页。

〔3〕 刘师培著,陈引驰编校,《刘师培中古文学论集》,中国社会科学出版社,1997年版,第206页。

〔4〕 刘师培著,陈引驰编校,《刘师培中古文学论集》,中国社会科学出版社,1997年版,第215页。

故唐以后之四六文及律诗乃有声律可言,至古诗与汉魏之文则无须讲声律。不知所谓音节既异四声,亦非八病。"[1]可见,刘师培的文学理论,特别是骈文理论多以《文心雕龙》为主干,或在其基础之上加以生发、延伸。

黄侃幼承家学,聪明过人,又特别勤奋。为学务精,宏通严谨。更为难得的是他师出名门,先后师从国学大师章太炎、刘师培,学有本源。然而,这两位老师的文学思想颇有异同。如前所述,刘师培在文学主张上继承阮元之说,以沉思翰藻、用韵用偶者为文,把骈文作为中国文学的正宗;而章太炎则反对阮、刘之说,尤其对阮元一方面主张文必有韵,另一方面又将"韵"的范围扩大,即把文中的"宫商"(平仄)也划入"韵"之范畴的观点进行批判。他在《文学总略》中以朴学家的手法,考证字源,标举宗旨,主张凡是见之于竹帛的文字,都应归入"文"的范畴:"文学者,以有文字著于竹帛,故谓之文。论其法式,谓之文学。凡文理、文字、文辞,皆称文。言其采色发扬谓之彣,以作乐有阙,施之笔札谓之章。……今欲改'文章'为'彣彰'者,恶夫冲淡之辞,而好华叶之语,违书契记事之本矣。"进而批评阮、刘二氏:"夫有韵为文,无韵为笔,是则骈散诸体,一切是笔非文,借此证成,适足自陷。"[2]其实,刘师培主要着眼于我国汉语言文字的美学特质,强调"沉思""翰藻",尤其是音韵和对偶这两种汉语言文字特有的美感要素;而章太炎则侧重于寻本溯源,强调不能丢掉源头。黄侃在文学观念上同时受到两位老师的影响,但是又不是简单组合,更不墨守师说,而是在《文心雕龙》的启发之下,对两位老师的观点进行折衷:"窃谓文辞封略,本可弛张,推而广之,则凡书以文字,著之竹帛者,皆谓之文,非独不论有

---

[1] 刘师培著,陈引驰编校,《刘师培中古文学论集》,中国社会科学出版社,1997年版,第122页。

[2] 章太炎撰,陈平原导读,《国故论衡》,上海古籍出版社,2003年版,第49、51页。

文饰与无文饰，抑且不论有句读与无句读，此至大之范围也。故《文心·书记》篇，杂文多品，悉可入录。再缩小之，则凡有句读者皆为文，而不论其文饰与否，纯任文饰，固谓之文矣，即朴质简拙，亦不得不谓之文。此类所包，稍小于前，而经传诸子，皆在其笼罩。若夫文章之初，实先韵语；传久行远，实贵偶词；修饰润色，实为文事；敷文摛采，实异质言；则阮氏之言，良有不可废者。即彦和泛论文章，而《神思》篇已下之文，乃专有所属，非泛为著之竹帛者而言，亦不能遍通于经传诸子。然则拓其疆宇，则文无所不包；揆其本原，则文实有专美。"[1]很显然，其见解是以《文心雕龙》为理论支柱，再折衷师说，以文学史家的眼光，把中国文学放在历史发展长河中进行动态考察，由人类初始阶段"书以文字，著之竹帛"之"文"，到经传诸子阶段的有句读之文、两汉文采斐然之文，再到以声韵对偶为主要特征的六朝骈文，都属"文"的范畴，各自都是中国文学发展中不可或缺的环节。这样看来，刘师培、章太炎二人的文学观念并没有根本性矛盾。

不过，黄侃论文受《文心雕龙》之影响还不止于此。在其他方面，尤其是骈文理论批评方面，也明显受《文心雕龙》的影响，这主要体现在他的《文心雕龙札记》一书上。本书集中展示了黄侃关于骈文的理论主张，其实这些主张无一不带有《文心雕龙》的印迹。

其一，在骈文产生原因的问题上，黄侃承袭了《文心雕龙·丽辞》"造化赋形，支体必双；神理为用，事不孤立""高下相须，自然成对"的观点，认为"文之有骈俪，因于自然，不以一时一人之言而遂废"。并且直接对《文心雕龙·丽辞》中的相关论述加以阐发："一曰'高下相须，自然成对'。明对偶之文依于天理，非由人力矫揉而成也。"[2]进一步表明他对刘勰有关骈文产生原因的论断的认同。

---

〔1〕 黄侃撰，《文心雕龙札记》，上海古籍出版社，2000 年版，第 10 页。
〔2〕 黄侃撰，《文心雕龙札记》，上海古籍出版社，2000 年版，第 162 页。

其二,在骈散关系上,黄侃同样秉承《文心雕龙》的思想。一方面,他和刘勰一样,认为文章用骈用散,勿师成心,继承《文心雕龙·丽辞》"岂营丽辞,率然对耳""奇偶适变,不劳经营"的思想,认为:"上古简质,文不饰雕,而出语必双,非由刻意也。""用奇用偶,初无成律,应偶者不得不偶,犹应奇者不得不奇也。""缀文之士,于用奇用偶,勿师成心,或舍偶用奇,或专崇俪对,皆非为文之正轨也。"并且推崇《文心雕龙·丽辞》篇的相关论述,指出:"舍人之言,明白如此,真可以息两家之纷难,总殊轨而齐归者矣。"同时,他又从史的角度论证为骈为散,纯任自然,不该有所轩轾之理:"原夫古之为文,初无定术,所可识者,文质二端,奇偶偏畸,即由此起。盖文言藻饰,用偶必多,质语简淳,用奇必众,《尚书》、《春秋》,同为国史,而一则丽辞盈卷,一则俪语无闻;《周官》、《礼经》,同出周公,而一则列数陈文,一则简辞述事;至于《易传》、《书序》,皆宣圣亲撰之书,《易传》纯用骈词,《书序》皆为奇句,斯一人之作无定者也;《洪范》、《大诰》,同为外史所掌之籍,《洪范》分胪名数,《大诰》直举词言,斯一书之体无定者也。此皆举六艺为征,而奇偶无定已若此。至于子史之作,更无一成之规。老庄同为道家,而柱史之作,尽为对语,园吏之籍,不尽骈言;左、马同属史官,而《春秋外传》捶词多偶,《太史公书》叙语皆奇,此则子史之文用奇用偶绝无定准者矣。总之,偏于文者好用偶,偏于质者善用奇,文质无恒,则偶奇亦无定,必求分畛,反至拘墟。"[1]从这里,我们可以清楚地看到,黄侃同刘勰一样,对于骈散,不拘一偏,两持其平,因而有此通方之论。另一方面,黄侃在《文心雕龙·丽辞》的启发下,对齐、梁以及后世骈体呆板滞涩、华而不实等弊病有深刻的认识:"历考前文,差堪商榷:自汉魏以来,迄于两晋,雅俗所作,大半骈词为多,于时声病之说未起,对偶之法亦宽,又有文笔之分途,幸存文质之大介。

[1] 黄侃撰,《文心雕龙札记》,上海古籍出版社,2000年版,第162—163页。

降至齐梁以下,始染沈、谢之风,致力宫商,研精对偶,文已驰于新巧,义又乖于典则,斯苏绰所以拟典谟,隋炀所以非轻侧,魏征所以讥流宕,子昂所以革浮侈,而退之于文,或至比之于武事,有摧陷廓清之功,则骈俪之末流,亦诚有以致讥召谤者乎?观彦和所言,气无奇类,文乏异采,碌碌丽辞,昏睡耳目。则骈文之弊,自彼时而已然。至刘子玄作《史通》,乃言史道陵夷,芜音累句,云蒸泉涌,其为史也,大抵编字不只,捶句皆双,修短取均,奇偶相配,故应以一言蔽之者,辄足为二言;应以三句成文者,必分为四句。弥漫重沓,不知所裁,此其弊又及于史矣。"[1]因而更为推崇《文心雕龙·丽辞》中"迭用奇偶,节以杂佩"的主张,强调指出:"文质之介,漫汗不分,骈偶之词,用之已滥。然则丽辞之末流,不亦诚有当节止者乎?"[2]此外,在救治骈文弊病方面,黄侃对其利弊得失也有所总结,特别指出唐、宋古文家在这方面由一个极端跳到另一个极端的偏差:"唐世复古之风,始于伯玉而大于昌黎,其后遂别有所谓古文者,其视骈文,以为衰敝之音。苏子瞻至谓昌黎起八代之衰,直举汉魏晋宋而一切抹杀之。宋子京修《唐书》,以为对偶之文,不可以入史策,斯又偏滞之见,不可以适变者也。观唐世裴度、李翱之言,知彼时固未尝尽以对偶之文为非法而弃之,其以是自张标志者,特一方之私见,非举世之公谈也。"[3]并且引用裴度之论揭露其失:"裴与李翱书曰:观弟近日制作,大旨常以时世之文,多偶对俪句,属缀风云,羁束声韵,为文之病甚矣,故以雄词远致一以矫之,则是以文字为意也。且文者,圣人假之以达其心,达则已,理穷则已,非故高之、下之、详之、略之也。昔人有见小人之违道者,耻与之同形貌,共衣服,遂思倒置眉目,反易冠带以异之,不知其倒之反之非也;虽失于小人,亦异于君子矣。故文之异,在气格之高下,思致之

[1][2] 黄侃撰,《文心雕龙札记》,上海古籍出版社,2000 年版,第 163 页。
[3] 黄侃撰,《文心雕龙札记》,上海古籍出版社,2000 年版,第 163—164 页。

深浅,不在磔裂章句,隳废声韵也。人之异,在风神之清浊,心志之通塞,不在于倒置眉目,反易冠带也。李翱之答王载言书亦曰:溺于时者曰文章必当对,其病于是者曰文章不当对,此皆情有所偏,滞而不流,未识文章之所生也。古之人能极于工而已,不知其辞之对与否也。《诗》曰:忧心悄悄,愠于群小。此非对也。又曰:遘闵既多,受侮不少。此非不对也。学者不知其方,而称说云云,如前所陈者,非吾之所敢闻也。案翱方以古文自矜,而其言乃若此,知其服膺晋公所诲矣。"[1]又用骈文家、古文家的创作实践证明有些古文家彻底否定骈体之荒谬:"今观唐世之文,大抵骈散皆有,若敬舆之《翰苑集》,皆属骈体,而肫挚畅遂,后世诵法不衰;即退之集中,亦有骈文;樊南之文,别称四六;则为古文者亦不废斯体也。宋世欧苏王三子,皆为古文大家,其于四六,亦复脱去恒蹊,自出机轴,谓之变古则可,谓其竟废斯体则不可也。近世褊隘者流,竞称唐宋古文,而于前此之文,类多讥诮,其所称述,至于晋宋而止。不悟唐人所不满意;止于大同已后轻艳之词,宋人所诋为俳优。亦裁上及徐庾,下尽西昆,初非举自古丽辞一概废阁之也。自尔以后,骈散竟判若胡秦,为散文者力避对偶,为骈文者又自安于声韵对仗,而无复迭用奇偶之能。以愚意论之,彼以古文自标橥者,诚可无与诤难,独奈何以复古自命者,亦自安于骈文之号,而不一审究其名之不正乎。"[2]接下来又对清代阮元与李兆洛在骈散问题上的偏执进行批评:"阮伯元云:沈思翰藻始得为文,而其余皆经史子。是以骈文为文,而反尊散文为经史子也。李申耆选晚周之文以讫于隋,而名之曰《骈体文钞》,是以隋以前文为骈文,而唐以后反得为古文也。"并且特别指出二人之见与《文心雕龙·丽辞》篇的骈散结合理论相左:"何其于彦和此篇所说通局相妨至于如是

[1] 黄侃撰,《文心雕龙札记》,上海古籍出版社,2000年版,第164页。
[2] 黄侃撰,《文心雕龙札记》,上海古籍出版社,2000年版,第164—165页。

耶!”〔1〕显然,在骈散问题上,黄侃主张应该以《文心雕龙·丽辞》篇的理论主张为准绳,他在《文心雕龙札记》之《丽辞》篇下对这一点说得再清楚不过了:“然奇偶之用,变化无方,文质之宜,所施各别。或鉴于对偶之末流,遂谓骈文为下格;或惩于俗流之恣肆,遂谓非骈体不得名文;斯皆拘滞于一隅,非闳通之论也。惟彦和此篇所言,最合中道。”〔2〕斯“最合中道”四字,是黄侃对《文心雕龙》有关骈文理论的会心之论。

除上面所述之外,黄侃对《文心雕龙》有关声律、用典等等骈文构成要素的论述也有深刻的理解和精到的把握。

首先,对于《文心雕龙·声律》篇,黄侃的理解和认识与常人迥异,他一方面从文学发展史的角度来阐述声韵学之发明,以及与文学创作逐步结合的过程;同时,他又是以文学史家的眼光,从文学自身发展过程上进行客观考察,实事求是地评价声律之学的发明对骈文与诗歌等文学样式的深远影响:“自梁以来,声律之学,愈为精密,至于唐世,文则渐成四六,诗则别有近体,推原其溯,不能不归其绩于隐侯,此韩卿所云质文时异,今古好殊,谓积重难反则可,谓理本宜然则不可也。”〔3〕然而,黄侃本人虽然认为“不能废四声”,但在作文上则不赞成过度讲究声律,所以他说:“至于言文,又何必为此拘忌?”〔4〕因此他批评纪昀对《文心雕龙·声律》篇的评价不合适,认为他并未理解刘勰的良苦用心:“纪氏于《文心》它篇,往往无故而加攻难,其于此篇则曰:齐梁文格卑靡,独此学独有千古,钟记室以私憾排之,未为公论也。夫言声韵之学,在今日诚不能废四声,至于言文,又何必为此拘忌?纪氏盖以声韵之学与声律之文并为一谈,因以献谀于刘氏。元遗山诗云:少陵自有连城璧,

〔1〕 黄侃撰,《文心雕龙札记》,上海古籍出版社,2000年版,第165页。
〔2〕 黄侃撰,《文心雕龙札记》,上海古籍出版社,2000年版,第162页。
〔3〕〔4〕 黄侃撰,《文心雕龙札记》,上海古籍出版社,2000年版,第118页。

争奈微之识碔砆。纪氏之于《文心》亦若此矣。"[1]他主张文章中的声韵应顺应自然:"详文章原于言语,疾徐高下,本自天倪,宣之于口而顺,听之于耳而调,斯已矣。"并以文学史上的事实证明其说:"典乐教胄子以诗歌,成均教国子以乐语,斯并文贵声音之明验。观夫虞、夏之籍,姬、孔之书,诸子之文,辞人之作,虽高下洪细,判然有殊,至于便籀诵、利称说者,总归一揆,亦何必拘拘于浮切,龂龂于宫徵,然后为贵乎?至于古代诗歌,皆先成文章,而后被声乐,谐适与否,断以胸怀,亦非若后世之词曲,必按谱以为之也。"[2]从总体上说,他的声律观点与钟嵘为近,既不主张拘于"四声八病",又不主张为文完全废弃声律,反对必"至于佶屈蹇吃而后已",而应以钟嵘之论为准的:"自声律之论兴,拘者则留情于四声八病,矫之者则务欲隳废之,至于佶屈蹇吃而后已,斯皆未为中道。善乎钟记室之言曰:文制本须讽读,不可蹇碍,但令清浊通流,口吻调利,斯为足矣。斯可谓晓音节之理,药声律之拘。《庄子》云:市南宜僚弄丸,而两家之难解。惟钟君其足以与此哉。"[3]

那么,黄侃对刘勰写作《声律》篇是怎样理解的呢?他认为是"随时","不得已"而为之:"彦和生于齐世,适当王沈之时,又《文心》初成,将欲取定沈约,不得不枉道从人,以期见誉。观《南史》舍人传,言约既取读,大重之,谓深得文理,知隐侯所赏,独在此一篇矣。当其时,独持已说,不随波而靡者,惟有钟记室一人,其《诗品》下篇诋诃王谢沈三子,皆平心之论,非由于报宿憾而为之。若举此一节而言,记室固优于舍人无算也。嗟乎!学贵随时,人忌介立,舍人亦诚有不得已者乎!"[4]一方面,他认为是刘勰之《文心雕龙》一书要"取定沈约"这位文坛盟主,"以期见誉",所以"不得不枉道

[1] 黄侃撰,《文心雕龙札记》,上海古籍出版社,2000年版,第118页。
[2] 黄侃撰,《文心雕龙札记》,上海古籍出版社,2000年版,第118—119页。
[3] 黄侃撰,《文心雕龙札记》,上海古籍出版社,2000年版,第119页。
[4] 黄侃撰,《文心雕龙札记》,上海古籍出版社,2000年版,第118页。

从人”，顺应其好尚，这是人事上的问题；另一方面，黄侃又指出“学贵随时”，为文为学也应顺应时代潮流，这便是从当时的文学发展实际出发，即当时文学创作上讲究声律已经成为时代潮流，所以作为一部集大成的理论批评著作又不能不关注这一时代思潮，因而就不能不写这一篇。从实而论，黄侃是《文心雕龙·声律》篇的解人，两人的心是相通的。刘勰虽然写下《声律》篇，并且论证了相关的声律规则，但是他只是真实地记录了当时文学创作中声律发展与运用的实际状况。至于他本人，则不主张在文学创作上过多讲究声病，而主张偏重自然的声律。如《声律》篇中便以比喻之法，强调为文应自然合节：“若夫宫商大和，譬诸吹籥；翻回取均，颇似调瑟。瑟资移柱，故有时而乖贰；籥含定管，故无往而不壹。陈思、潘岳，吹籥之调也；陆机、左思，瑟柱之和也。概举而推，可以类见。”〔1〕所以黄侃先生在《文心雕龙札记》中准确地认定了这一点：“案此谓能自然合节与不能自然合节者之分。曹（植）、潘（岳）能自然合节者也，陆（机）、左（思）不能自然合节者也。”〔2〕对刘勰的这种声律观，今人詹锳先生在《文心雕龙义证》中也有明确的阐释：“刘勰在原则上是支持沈约的四声论的，所以《文心雕龙》中有《声律》篇，专门讨论这个问题。从《声律》篇来看，刘勰并不完全赞成沈约所设的‘八病’的人为限制。过去有人诽谤刘勰说他巴结权贵，为了迎合沈约的心理，才故意写了《声律》篇，来投其所好，因而《文心雕龙》一书得到沈约的赞赏，这显然是不符合事实的。刘勰并不完全赞成沈约的声病说。因为沈约的四声八病说，主要讲的是人为的音律，而《声律》篇中所阐发的则偏重于自然的音律。”〔3〕这对刘勰的《声律》篇的认识更进了一步。

其次，关于用典的问题，黄侃对《文心雕龙》也颇有会心。《文

〔1〕 黄霖编著，《文心雕龙汇评》，上海古籍出版社，2005年版，第114页。

〔2〕 黄侃撰，《文心雕龙札记》，上海古籍出版社，2000年版，第120页。

〔3〕 刘勰著，詹锳义证，《文心雕龙义证》，上海古籍出版社，1989年版，第1209页。

心雕龙·事类》篇开头部分考镜源流,对用典的本义及其产生原因进行了充分的论证:"事类者,盖文章之外,据事以类义,援古以证今者也。昔文王繇《易》,剖判爻位。《既济》九三,远引高宗之伐,《明夷》六五,近书箕子之贞:斯略举人事,以征义者也。至若胤征羲和,陈《政典》之训;盘庚诰民,叙迟任之言:此全引成辞以明理者也。然则明理引乎成辞,征义举乎人事,乃圣贤之鸿谟,经籍之通矩也。"[1]黄侃在其《文心雕龙札记》中对刘勰的这一论述进行了十分精彩的阐释:"道古语以剀今,道之属也。取古事以托喻,兴之属也。意皆相类,不必语出于我,事苟可信,不必义起乎今,引事引言,凡以达吾之思而已。若夫文之以喻人也,征于旧则易为信,举彼所知则易为从。故帝舜观古象,太甲称先民,盘庚念古后之闻,箕子本在昔之谊,周公告商而陈册典,穆王详刑而求古训,此则征言征事,已存于《左》、《史》之文。凡若此者,皆所以为信也。尚考经传之文,引成事述故言者,不一而足。即以宣尼大圣,亲制《易传》、《孝经》之辞,亦多甄采前言,旁征行事。降及百家,其风弥盛。词人有作,援古尤多。夫《沧浪》之歌,一见于《孟子》,素餐之咏,远本于诗人。"[2]其神理本于刘勰而又有所发挥,其突出点是不仅阐释刘勰"事类者,盖文章之外,据事以类义,援古以证今者也","明理引乎成辞,征义举乎人事,乃圣贤之鸿谟,经籍之通矩也"的本义,而且又对用典之原由及范畴作了进一步的阐发:"若夫累字成句,累句成文,而意仍有时而壅碍,则兴道之用,由此兴焉。道古语以剀今,道之属也。取古事以托喻,兴之属也。"揭示出用典与比兴之关系,这样解读和消化《文心雕龙》关于用典的理论绝非鹦鹉学舌和传声筒之类可比。同时,黄侃又从史的角度阐述用典与骈文之关系:"彦和以为屈、宋莫取旧辞,斯亦未为诚论也。逮及汉魏以

〔1〕 黄霖编著,《文心雕龙汇评》,上海古籍出版社,2005年版,第125—126页。
〔2〕 黄侃撰,《文心雕龙札记》,上海古籍出版社,2000年版,第187—188页。

下，文士撰述，必本旧言，始则资于训诂，继而引录成言，终则综辑故事。爰至齐梁，而后声律对偶之文大兴，用事采言，尤关能事。其甚者，捃拾细事，争疏僻典，以一事不知为耻，以字有来历为高，文胜而质渐以漓，学富而才为之累，此则末流之弊，故宜去甚去奢，以节止之者也。然质文之变，华实之殊，事有相因，非由人力，故前人之引言用事，以达意切情为宗，后有继作，则转以去故就新为主。陆士衡云：虽杼轴于予怀，怵他人之我先，苟伤廉而愆义，故虽爱而必捐。岂唯命意谋篇，有斯怀想，即引言用事，亦如斯矣。是以后世之文，转视古人，增其繁缛，非必文士之失，实乃本于自然。今之訾謷用事之文者，殆未之思也。”[1]认为随着骈文的产生和发展，用典变本加厉，甚至出现晦涩冷僻、华而不实之弊，但是从文学自身的发展过程来说，“事有相因，非由人力”，“非必文士之失，实乃本于自然”，即文学自身发展的客观规律使然，这样认识《文心雕龙》有关用典的理论，无疑是很有启发性的。

此外，黄侃先生还以《文心雕龙·事类》中有关理论为依据，深入阐释了用典与才学之关系：“且夫文章之事，才学相资，才固为学之主，而学亦能使才增益。故彦和云：将赡才力，务在博见。然则学之为益，何止为才裨属而已哉？然浅见者临文而踌躇，博闻者裕之于平素，天资不充，益以强记，强记不足，助以钞撮，自《吕览》、《淮南》之书，《虞初》百家之说，要皆探取往书，以资博识。后世《类苑》、《书钞》，则输资于文士，效用于谀闻，以我搜辑之勤，祛人翻检之剧，此类书所以日众也。惟论文用事，非可取办登时，观天下书必遍而后为文，则皓首亦无操觚之事。”[2]同时，也论证了才学与作文的关系问题：“故凡为文用事，贵于能用其所尝研讨之书，用一事必求之根据，观一书必得其绩效，期之岁月，浏览益多，下笔为文，何忧贫窭。若乃假助类书，乞灵杂纂，纵复取充篇幅，终恐见

---

[1][2] 黄侃撰，《文心雕龙札记》，上海古籍出版社，2000年版，第188页。

笑大方。盖博见之难,古今所共,俗学所为多谬,浅夫视为畏涂,皆职此之由矣。又观省前文,迷其出处,假令前人注解已就,自可因彼成功,若笺注未施,势必须于翻检。然书尝经目,翻检易为,未识篇题,何从寻讨?是以昔人以遭人而问为懿,以耳学不精为耻,李善之注《文选》,得自师传,颜籀之注《汉书》,亦资众解,是则寻览前篇,求其根据,语能得其本始,事能举其原书,亦须年载之功,岂能卤莽以就也。尝谓文章之功,莫切于事类,学旧文者不致力于此,则不能逃孤陋之讥,自为文者不致力于此,则不能免空虚之诮。"[1]从总体上看,其精神实质本于《文心雕龙·事类》篇"将赡才力,务在博见"之说,又由此生发,强调"凡为文用事,贵于能用其所尝研讨之书,用一事必求之根据,观一书必得其绩效"。的确是有得之言。所以,同样是推崇《文心雕龙》,同样受其文学思想影响,黄侃却比其他人领会更深,会心之处更多,他的《文心雕龙札记》一直为"龙学"研究者所重,更为骈文研究者所青睐,恐怕与这一点不无关系。

总之,正是因为有清至民国以来,刘开、孙德谦、刘师培、黄侃等千古知音的出现,《文心雕龙》有关骈文理论的影响才达到历史上的最高点,该书作为骈文理论批评的开山地位才逐渐为人们所认识,刘勰如果地下有知,自可含笑九泉。

第三节 《文心雕龙》中其他理论对后世骈文理论的影响

上面,我们主要从对偶、用典、声律、藻饰这骈文四要素入手,

---

〔1〕 黄侃撰,《文心雕龙札记》,上海古籍出版社,2000年版,第188—189页。

揭示了《文心雕龙》对后世骈文理论的影响。其实，这还不足以反映《文心雕龙》对后世骈文理论影响的全貌。从实而论，《文心雕龙》之中，除有关论述对偶、用典、声律、藻饰等篇章之外，其他篇章也对后世的骈文理论产生了或多或少的影响。

首先，如《风骨》篇，对后世骈文理论家影响就很大。前面我们提到清人吴宽以《文心雕龙·风骨》篇为理论依据，指出作骈文同样要讲究风骨。其实还有好多骈文理论家注意到这一点。如清末张其淦在《黄日坡求在我轩骈体文集序》一文中评黄映奎骈文时说："挹其腴丽，云构风骇；析其条理，电坼霜开。其学邃，故其树骨也坚；其品高，故其振采也逸；其气敛，故其捶字也响；其志洁，故其称物也芳。邵荀慈曰'于绮藻丰缛之中，有简直清刚之制'，日坡之文不愧斯语。"[1]以"风骨"相标举。再如李详，在其《如皋宗敬之孝忱文集序》一文中有言："有本源之学者，为单为奇，皆雅而有劲，复耦相间，而风骨树焉。"[2]以"风骨"论文。徐珂在其《清稗类钞·文学类》中评价邵齐焘骈文，也以"风骨"誉之："昭文邵齐焘规模魏晋，风骨高骞，于绮藻丰缛之中，存简质清刚之制，一时风气为之大变。"[3]民初易宗夔《新世说》卷二评价清代骈文名家邵齐焘、刘星炜、吴锡麒、洪亮吉、孙星衍时同样以"风骨"为词："邵则规模魏晋，风骨高骞，于绮藻丰缛之中，存简质清刚之制。刘之清转华妙，吴之委婉澄洁；洪之寓奇气于淳朴，孳新意于古音；孙之风骨遒上，思至而理合……"[4]也以"风骨"为标榜。再如朱一新，更强调骈文应该以"风骨"为主："骈文自当以气骨为主，其次则词旨渊雅，又当明于向背断续之法。向背之理易显，断续之理则微。语语续

[1] 张其淦撰，《黄日坡求在我轩骈体文集序》，《松柏山房骈体文钞》卷一，清宣统二年(1910年)本。

[2] 李详著，李稚甫编校，《李审言文集》，江苏古籍出版社，1989年版，第899页。

[3] 徐珂编撰，《清稗类钞》，中华书局，1986年版，第3888页。

[4] 易宗夔著，《新世说》，上海古籍书店影印，1982年版，第29页。

而不断,虽悦俗目,终非作家。"[1]由此可见《文心雕龙·风骨》篇对后世骈文理论家影响之深。

其次,如《文心雕龙》之《体性》和《章句》也对后世骈文理论有明显的影响。如曾燠的《国朝骈体正宗序》:"夫骈体者,齐梁人之学秦汉而变焉者也。后世与古文分而为二,固已误矣……抑闻刘勰之论曰:'新奇者,摈古竞今,危侧趣诡者也;轻靡者,浮文弱植,缥缈附俗者也。'是故执柯伐柯,梓匠必循其则……"以《文心雕龙》之《体性》为理论依据,阐述六朝以后骈体的弊端。同样是在这篇文章中,他又引用《文心雕龙》中的《章句》篇为理论根据,探讨骈文问题:"四字密而不促,六字格而非缓,变以三五,厥有定程,奚取于冗长乎!尔乃吃文为患,累句不恒,譬如'屡舞而无缀兆之位,长啸而无抗坠之节',亦可谓不善变矣。夫画者谨发,不可以易貌;射者仪毫,不可以失墙。刻鹄类鹜,犹相近也;画虎类狗,则相远也。"[2]这里边"四字密而不促,六字格而非缓,变以三五"数句便出自《文心雕龙·章句》,在这段论述中是重要的理论支柱。

此外,如前所述,清人王先谦在其《骈文类纂》中"以选达旨",把《文心雕龙》的五十篇骈体文章全部选入,作为骈文典型;谢无量在其《骈文指南》中节录《文心雕龙》中的《神思》《体性》《风骨》《通变》《定势》《情采》《熔裁》《声律》《章句》《丽辞》《章句》《比兴》《夸饰》《事类》《练字》《附会》等十五篇文章,适当加进自己的认识和评价,作为研究和写作骈文的必修课;其他骈文理论家以《文心雕龙》对偶、用典、声律、藻饰理论之外的有关理论论述骈文者更不胜枚举。所以,《文心雕龙》一书,不仅其有关对偶、用典、声

[1] 朱一新著,《无邪堂答问》,中华书局,2000年版,第91页。
[2] 曾燠撰,《国朝骈体正宗序》,《续修四库全书》,上海古籍出版社,2001年版,第1—2页。

律、藻饰等骈文四大要素的理论对后世有很大的影响力，其他篇章和理论对后世骈文理论的影响也很深远，只是限于篇幅，这里不再展开。

结束语

前面,我们对《文心雕龙》一书的骈文理论和实践进行了比较具体的分析和介绍,尽管还不太全面,也还有需要进一步深入开掘的地方,但是,仅从这些分析和介绍中,我们就不难得出这样的结论:《文心雕龙》一书是骈文理论和实践相结合的典范。具体说来,主要是下面几点:

其一,从中国古代骈文批评史方面考察,在刘勰及其《文心雕龙》之前,还没有真正意义上的骈文批评。在刘勰之后,骈文批评家不乏其人,如宋人王铚、谢伋、洪迈,元人陈绎曾,明人王志坚,清人孙梅、李兆洛、许梿、阮元等等,都有骈文批评著作问世,在骈文批评方面都有一定的历史贡献;但是,从总体上看,与《文心雕龙》相比,其理论深度还不能相提并论,他们多是在沿袭《文心雕龙》的骈文理论,即使个别人有所创新,也多是在《文心雕龙》骈文理论的基础之上进行的,总体的理论高度还是不能与《文心雕龙》比肩。所以,《文心雕龙》在骈文理论方面的贡献,自古及今,罕有所及。

其二,从骈文创作实践的层面考察,在中国古代骈文发展的历史上,名家辈出,曹植、陆机、鲍照、沈约、庾信、"初唐四杰"、"燕许大手笔"、李白、王维、陆贽、李商隐等等皆为骈文大家,但是,在议论说理类骈文中,刘勰不失为一大宗师,其《文心雕龙》一书是这类骈文中的巅峰之作,在中国古代,无人能够超越。

其三,纵观中国古代骈文史,虽然骈文批评家不胜枚举,但是没有哪个人在骈文创作成就上可以与刘勰同日而语；同时，在骈文创作上，虽然大家众多，佳作无数，但是其骈文理论建树更无人能同刘勰相比。

所以，刘勰既是骈文的理论家，又是骈文的实践家；《文心雕龙》既有骈文理论方面的巨大价值，又是骈文创作实践方面的典范之作。就骈文理论和实践相结合的总体成就而言，刘勰实在是千古一人，《文心雕龙》是议论说理类骈文的巅峰之作。

附录:《文心雕龙》中的文体论

《文心雕龙》体大思周,思想内容极为丰富,这一特点不仅在作家论、创作论、批评论、鉴赏论等方面有突出的表现,在文体论方面也是如此。细读全书,我们发现,该书从多种层面、多个角度对多种文体进行介绍、论证、分析,其中特别值得注意的主要有如下几个方面。

一 《文心雕龙》的文体概论

(一)各类文体源流概论

在刘勰之前,关于文源问题,曾有人涉及,如桓谭《新论》有《正经》篇(第九),如言"古帙《礼记》、古《论语》、古《孝经》,乃嘉论之林薮,文义之渊海也"[1]。明显带有文源于经的意识,只是不够确切。再如王充《论衡·佚文》篇:"文人宜遵五经六艺为文,诸子传书为文。"[2]言语之中强调宗经,但是还没有落实到具体的文体渊源问题上。带有一定的文体探源味道的论述,较早的是扬雄的《法言·吾子》篇:"舍舟航而济乎渎者,末矣;舍《五经》而济乎道者,末矣。弃常珍而嗜乎异馔者,恶睹其识味也。委大圣而好乎诸子者,

---

〔1〕 刘勰著,詹锳义证,《文心雕龙义证》,上海古籍出版社,1999年版,第55页。

〔2〕 张少康、卢永璘编选,《先秦两汉文论选》,人民文学出版社,1996年版,第522页。

恶睹其识道也。"[1]又《寡见》篇:"或问:'《五经》有辩乎?'曰:'惟《五经》为辩。说天者莫辩乎《易》,说事者莫辩乎《书》,说体者莫辩乎《礼》,说志者莫辩乎《诗》,说理者莫辩乎《春秋》。舍斯,辩亦小矣。'"[2]这里面强调"说天"应该辩《易》,"说事"应该辩《书》,"说体"应该辩《礼》,"说志"应该辩《诗》,"说理"应该辩《春秋》,已经对《五经》的文体和功用有所区别,指出各自的特殊性,并且要求人们师法,其中已经包含宗经与探源的问题了,可惜不够具体、不够深入。与此相比,《文心雕龙》中关于文体源流的论述则要具体、深入得多,从而更具文体学的意义。其《宗经》中有云:

> 故论、说、辞、序,则《易》统其首;诏、策、章、奏,则《书》发其源;赋、颂、歌、赞,则《诗》立其本;铭、诔、箴、祝,则《礼》总其端;记、传、盟、檄,则《春秋》为根:并穷高以树表,极远以启疆,所以百家腾跃,终入环内者也。[3]

这是典型的文体源流论,既有理论高度,明确指出后世文体与《五经》的源流关系;又具体到论、说、辞、序、诏、策、章、奏、赋、颂、歌、赞、铭、诔、箴、祝、记、传、盟、檄等二十种文体,明确指出它们各自与《五经》的渊源关系。显然,其理论价值和实践价值都远远超过前辈文艺批评家。《四库全书总目提要》卷一九二集部总集类存目二《六艺流别》有云:"至刘勰作《文心雕龙》,始以各体分配诸经,指为源流所自,其说已涉于臆创。"[4]对刘勰的上述论断提出批评,要点是认为刘氏之说"涉于臆创",其实这是缺乏事实根

[1] 张少康、卢永璘编选,《先秦两汉文论选》,人民文学出版社,1996年版,第460页。

[2] 张少康、卢永璘编选,《先秦两汉文论选》,人民文学出版社,1996年版,第465页。

[3] 黄霖编著,《文心雕龙汇评》,上海古籍出版社,2005年版,第20页。

[4] 永瑢等撰,《四库全书总目提要》卷一九二,中华书局,1965年版,第1746页。

据的。

事实上，与刘勰相去不是太远的北朝文学批评家颜之推，也曾提出文源《五经》之说，其《颜氏家训·文章》中有曰："夫文章者，原出《五经》：诏命策檄，生于《书》者也；序述论议，生于《易》者也；歌咏赋颂，生于《诗》者也；祭祀哀诔，生于《礼》者也；书奏箴铭，生于《春秋》者也。"〔1〕总体思想上，两人大致相同，但是在具体的文体渊源关系上也存在着差异，如刘勰认为檄源出于《春秋》，而颜之推则认为这种文体源出于《书》；刘勰认为章、奏二体源出于《书》，而颜之推则认为源于《春秋》。李曰刚先生在其《〈文心雕龙〉斟诠》中曾指出这一点："颜（之推）谓檄原于《书》，刘（勰）则原于《春秋》；刘谓章奏原于《书》，颜则以书奏原于《春秋》，此其不同之处。然而《书》与《春秋》同为史则一。"〔2〕其实，二者从总体上看是大同小异的，都表现出非凡的理论见识。

南北朝以后，也常有人谈到文体渊源问题，如宋人陈骙在其《文则》中说"春秋之时，王道虽微，文风未殄，森罗辞翰，备括规摹。考诸《左氏》，摘其英华，别为八体，各系本文：一曰命婉而当"，如周襄王命重耳（僖二十八年），周灵王命齐侯环（襄十四年）是也。"二曰誓谨而严"，如晋赵简子誓伐郑（哀二年）是也。"三曰盟约而信"，如亳城北之盟（襄十一年）是也。"四曰祷切而悫"，如晋荀偃祷河（襄十八年），卫蒯聩战祷于铁（哀二年）是也。"五曰谏和而直"，如臧哀伯谏鲁桓公纳郜鼎（桓二年）是也。"六曰让辩而正"，如周詹桓伯责晋率阴戎伐颍（昭九年）是也。"七曰书达而法"，如子产与范宣子书（襄二十四年），晋叔向诒郑子产书（昭六年）是也。"八曰对美而敏"〔3〕，如郑子产对晋人问陈罪（襄二十五

〔1〕郁沅、张明高编选，《魏晋南北朝文论选》，人民文学出版社，1999年版，第434页。
〔2〕刘勰著，詹锳义证，《文心雕龙义证》，上海古籍出版社，1999年版，第79页。
〔3〕王水照编，《历代文话》，复旦大学出版社，2007年版，第177页。

年)是也。断限明显是晚于文体发展的实际,早在春秋之前,以《诗》为代表的四言诗的体制已经成熟,以《书》为代表的公用文体也已经成型,所以说“春秋之时”文体“备括规模”显然是不符合实际的。清人章学诚在其《文史通义·诗教上》也曾专门论证文体的渊源问题,首先,他确定了文体完备的时间断限,认为文体备于战国时期:“周衰文弊,六艺道息,而诸子争鸣。盖至战国而文章之变尽,至战国而著述之事专,至战国而后世之文体备;故论文于战国,而升降盛衰之故可知也。”〔1〕但是,在文体渊源上,他认为战国之文皆来源于六艺:“战国之文,奇邪错出,而裂于道,人知之;其源皆出于六艺,人不知也。后世之文,其体皆备于战国,人不知;其源多出于《诗》教,人愈不知也。知文体备于战国,而始可与论后世之文。知诸家本于六艺,而后可与论战国之文,知战国多出于《诗》教,而后可与论六艺之文;可与论六艺之文,而后可与离文而见道;可与离文而见道,而后可与奉道而折诸家之文也。”〔2〕对此,他首先从“道”这一哲学高度上进行解释和分析:“战国之文,其源皆出于六艺,何谓也?曰:道体无所不该,六艺足以尽之。诸子之为书,其持之有故而言之成理者,必有得于道体之一端,而后乃能恣肆其说,以成一家之言也。所谓一端者,无非六艺之所该,故推之而皆得其所本;非谓诸子果能服六艺之教,而出辞必衷于是也。”〔3〕其中根本点是“道体无所不该”〔4〕,而六艺足以尽道,所以战国之文皆来源于六艺。同时,他还具体地举出实证:“《老子》说本阴阳,《庄》《列》寓言假象,《易》教也。邹衍侈言天地,关尹推衍五行,《书》教也。管、商法制,义存政典,《礼》教也。申、韩刑名,旨归赏罚,《春秋》教也。其他杨、墨、尹文之言,苏、张、孙、吴之术,辨其源委,挹其旨趣,九流之所分部,《七录》之所叙论,皆于物曲人官,得

〔1〕〔2〕〔3〕〔4〕 章学诚著,叶瑛校注,《文史通义校注》,中华书局,1985年版,第60页。

其一致，而不自知为六典之遗也。”[1]与《文心雕龙》关于文体渊源的理论相比，章学诚的说法还是显得空泛一些，并且不如刘勰之说确切。

（二）各类文体规范概论

对于诸多文体的创作规范，早有人进行概括，如前所述，魏时曹丕在其《典论·论文》中就对八种文体各自不同的特征和规范进行过精要的概括：“夫文本同而末异。盖奏议宜雅，书论宜理，铭诔尚实，诗赋欲丽。”[2]此后晋人陆机在其《文赋》中则对诗、赋、碑、诔、铭、箴、颂、论、奏、说十种文体进行说明：“诗缘情而绮靡，赋体物而浏亮，碑披文以相质，诔缠绵而凄怆，铭博约而温润，箴顿挫而清壮，颂优游以彬蔚，论精微而朗畅。”[3]指出了这些文体不同的特殊风貌，作为写作的规范和依据，同时也是批评的参照。

刘勰论文，特别重视文体规范问题，《文心雕龙》中特别强调的是在文体规范上必须宗经，其《序志》篇中明确指出为文要“体乎经”，即以经书为文体楷模。其《宗经》篇中在阐述经的意义、价值，以及孔子所删述《五经》的内容与作用等等之后，着重分析了五经的体制、特征及其功用，指出：“夫《易》惟谈天，入神致用。故《系》称旨远辞文，言中事隐。韦编三绝，固哲人之骊渊也。《书》实记言，而训诂茫昧，通乎《尔雅》，则文意晓然。故子夏叹《书》‘昭昭若日月之明，离离如星辰之行’，言照灼也。《诗》主言志，诂训同《书》，摛风裁兴，藻辞谲喻，温柔在诵，故最附深衷矣。《礼》以立体，据事制范；章条纤曲，执而后显；采掇片言，莫非宝也。《春秋》辨理，一字见义，五石六鹢，以详备成文；雉门两观，以先后显旨；其

---

〔1〕 章学诚著，叶瑛校注，《文史通义校注》，中华书局，1985 年版，第 60 页。

〔2〕 郁沅、张明高编选，《魏晋南北朝文论选》，人民文学出版社，1999 年版，第 13 页。

〔3〕 郁沅、张明高编选，《魏晋南北朝文论选》，人民文学出版社，1999 年版，第 147 页。

婉章志晦,谅以邃矣。《尚书》则览文如诡,而寻理即畅;《春秋》则观辞立晓,而访义方隐。此圣文之殊致,表里之异体者也。"[1]这是对《五经》文章体制及其功用最为精当的诠释之一。刘永济在其《文心雕龙校释》中说:"此篇分三段。初段总赞经文。中分三节:一释名义,二述古经,三崇五经。次段详论五经文体,明圣制深远可则。中分三节:首分论五经体制,次比论《尚书》、《春秋》,终总赞其深远可则。……"[2]这个解释确实抓住了要点。同时,在阐明《五经》体制、特征之后,作者便具体分析后世文体与《五经》的关系,一言以蔽之:后世文章皆源于《五经》。这一点,前面已经有所说明,此处不再赘述。我们还需要注意的是此篇最后,又从正反两个方面入手,论证宗经的意义:"若禀经以制式,酌雅以富言,是即山而铸铜,煮海而为盐也。故文能宗经,体有六义:一则情深而不诡,二则风清而不杂,三则事信而不诞,四则义贞而不回,五则体约而不芜,六则文丽而不淫。扬子比雕玉以作器,谓《五经》之含文也。夫文以行立,行以文传,四教所先,符采相济。励德树声,莫不师圣,而建言修辞,鲜克宗经。是以楚艳汉侈,流弊不还,正末归本,不其懿欤!"[3]作者首先从正面强调宗经的方法与意义,其方法第一是"禀经以制式",即按照经书之文的规范安排文章体制与形式;二是"酌雅以富言",即斟酌《尔雅》以丰富文章的语言。其好处在于情深而不诡、风清而不杂、事信而不诞、义贞而不回、体约而不芜、文丽而不淫六个方面。然后从反面入手,指出违背五经的流弊。总之,就是强调《五经》为群言之祖、文章体制之楷模,为文唯有宗经而已。所以叶绍泰在其增定本评语中解释作者的意旨时说:"五经为群言之祖,后世杂体繁兴,穷高树帜,极远扬镳,亦云盛矣。然皆不能度越寰外,且踵事既久,流弊不还,或艳或侈,去经益

---

〔1〕 黄霖编著,《文心雕龙汇评》,上海古籍出版社,2005年版,第19页。
〔2〕 刘勰著,刘永济校释,《文心雕龙校释》,中华书局,2007年版,第6页。
〔3〕 黄霖编著,《文心雕龙汇评》,上海古籍出版社,2005年版,第20页。

遥,欲返淳懿,何繇禀式也。仰山铸铜,煮海为盐,亦惟宗之于经而已。"[1]他确实把握住了《宗经》篇的精髓。

除此之外,《文心雕龙·定势》中对各类文体的不同特征、不同创作规范又进行了高度概括和说明:"是以括囊杂体,功在铨别,宫商朱紫,随势各配。章表奏议,则准的乎典雅;赋颂歌诗,则羽仪乎清丽;符檄书移,则楷式于明断;史论序注,则师范于核要;箴铭碑诔,则体制于宏深;连珠七辞,则从事于巧艳:此循体而成势,随变而立功者也。虽复契会相参,节文互杂,譬五色之锦,各以本采为地矣。"[2]对于诸多文体的创作规范,早有人进行概括,如前所述,魏时曹丕在其《典论·论文》中就对八种文体各自不同的特征和规范进行了精要的概括:"盖奏议宜雅,书论宜理,铭诔尚实,诗赋欲丽。"[3]此后晋人陆机在其《文赋》中则对诗、赋、碑、诔、铭、箴、颂、论、奏、说十种文体进行说明:"诗缘情而绮靡,赋体物而浏亮,碑披文以相质,诔缠绵而凄怆,铭博约而温润,箴顿挫而清壮,颂优游以彬蔚,论精微而朗畅。"[4]指出了这些文体不同的体制特征和创作特征,作为写作的规范和依据,同时也是批评的参照。相比之下,刘勰的论述不仅涉及的文体更为广泛,而且也更为深入,更为完备,因而对创作更具有指导意义。

(三)文笔之论

从晋代开始,人们已经注意到文与笔的区别,这不但表现出文学的自觉意识,更表现出文体学的意识。如《晋书》张翰、曹毗、成公绥各传,均以文笔并称,或称诗赋杂笔。此后如《宋书·沈怀文

[1] 黄霖编著,《文心雕龙汇评》,上海古籍出版社,2005年版,第21页。
[2] 黄霖编著,《文心雕龙汇评》,上海古籍出版社,2005年版,第106页。
[3] 郁沅、张明高编选,《魏晋南北朝文论选》,人民文学出版社,1999年版,第13页。
[4] 郁沅、张明高编选,《魏晋南北朝文论选》,人民文学出版社,1999年版,第147页。

传》:“弟怀远颇闲文笔。”[1]《南齐书·晋安王子懋传》载世祖敕子懋曰:“文章诗笔,乃是佳事。”[2]又《竟陵王传》:“所著内外文笔数十卷,虽无文采,多是劝戒。”[3]《南史·颜延之传》:“帝尝问以诸子才能,延之曰:竣得臣笔,测得臣文……”[4]又云:“劭召延之示以檄文,问曰:‘此笔谁造?’延之曰:‘竣之笔也。’又问:‘何以知之?’曰:‘竣笔体,臣不容不识。’”[5]到了梁代,文与笔的讨论更为普遍,如梁元帝《金楼子·立言篇》中有云:“夫子门徒,转相师受,通圣人之经者谓之儒。屈原、宋玉、枚乘、长卿之徒,止于辞赋,则谓之文。今之儒博穷子史,但能识其事,不能通其理者,谓之学。至如不便为诗如阎纂,善为章奏如伯松,若此之流,泛谓之笔。吟咏风谣,流连哀思者,谓之文。”[6]又说:“笔退则非谓成篇,进则不云取义,神其巧惠,笔端而已。至如文者,惟须绮縠纷披,宫徵靡曼,唇吻遒会,情灵摇荡。而古之文笔,今之文笔,其源又异。”[7]不但指出儒士、文士、学者的不同,而且也说明了文与笔的不同:认为辞赋与诗为文,其特征是“须绮縠纷披,宫徵靡曼,唇吻遒会,情灵摇荡”,而章奏一类则为笔。显然,他的区分比前人更为明确。

刘勰也参与了文、笔问题的讨论,并且在其《文心雕龙》中反映出来。其《总术》中说:“今之常言,有文有笔,以为无韵者笔也,有韵者文也。夫文以足言,理兼《诗》、《书》,别目两名,自近代耳。颜延年以为:‘笔之为体,言之文也;经典则言而非笔,传记则笔而非言。’请夺彼矛,还攻其楯矣。何者?《易》之《文言》,岂非言文?

---

[1] 沈约等撰,《宋书》,中华书局,1974年版,第2105页。
[2] 萧子显撰,《南齐书》,中华书局,1974年版,第710页。
[3] 萧子显撰,《南齐书》,中华书局,1974年版,第701页。
[4] 李延寿撰,《南史》,中华书局,1975年版,第879页。
[5] 李延寿撰,《南史》,中华书局,1975年版,第880页。
[6][7] 郁沅、张明高编选,《魏晋南北朝文论选》,人民文学出版社,1999年版,第368页。

若笔为言文,不得云经典非笔矣。将以立论,未见其论立也。予以为:发口为言,属翰曰笔,常道曰经,述经曰传。经传之体,出言入笔,笔为言使,可强可弱。《六经》以典奥为不刊,非以言笔为优劣也。昔陆氏《文赋》,号为曲尽,然泛论纤悉,而实体未该。故知九变之贯匪穷,知言之选难备矣。"[1]

很明显,他以有韵与否作为划分文笔的标准:"有韵者文也","无韵者笔也"。对颜延年的划分方法提出批评。在《文心雕龙》一书的整体建构中,他的文笔观念得到了具体的体现,书中的"上篇",即文体论部分,他自己在《序志》中明确说明是"论文叙笔","囿别区分"[2]。从其编写顺序上,也大致看出是先文后笔,即《明诗》《乐府》《诠赋》《颂赞》《祝盟》《铭箴》《诔碑》《哀吊》《杂文》《谐隐》,主体上是"有韵者",属于文的范围;而此后由《史传》到最后的《书记》,总体上则为"无韵者",属于笔的范畴。对此,近人黄侃先生在其《文心雕龙札记》中作了说明:"'今之常言'八句,此一节为一意,论文笔之分。案彦和云:文笔别目两名自近代;而其区叙众体,亦从俗而分文笔,故自《明诗》以至《谐隐》,皆文之属;自《史传》以至《书记》,皆笔之属。《杂文》篇末曰:汉来杂文,名号多品;《书记》篇末曰:笔札杂名,古今多品。详杂文名目猥繁,而彦和分属二篇,且一曰杂文,一曰笔札,是其论文叙笔,囿别区分,疆畛昭然,非率为判析也。"[3]刘师培也专门作了论证说明:"《文心雕龙·序志篇》:'若乃论文叙笔,则囿别区分。'……更即《雕龙》篇次言之,由第六迄于第十五,以《明诗》、《乐府》、《诠赋》、《颂赞》、《祝盟》、《铭箴》、《诔碑》、《哀吊》、《杂文》、《谐隐》诸篇相次,是均有韵之文也;由第十六迄于第二十五,以《史传》、《诸子》、《论说》、《诏策》、《檄移》、《封禅》(篇中所举扬雄《剧秦美新》,为无韵之文。

[1] 黄霖编著,《文心雕龙汇评》,上海古籍出版社,2005年版,第142页。
[2] 黄霖编著,《文心雕龙汇评》,上海古籍出版社,2005年版,第164页。
[3] 黄侃撰,《文心雕龙札记》,上海古籍出版社,2000年版,第209页。

相如《封禅文》惟颂有韵。班氏《典引》,亦不尽叶韵。又东汉《封禅仪记》,则记事之体也)、《章表》、《奏启》、《议对》、《书记》诸篇相次,是均无韵之笔也:此非《雕龙》隐区文笔二体之验乎?”[1]确认该部分是按照文与笔的先后顺序组织成文的。同时他还从《文心雕龙》的具体篇章中找出其区分文、笔的实证:“案:《雕龙》他篇区别文笔者,如《时序篇》云:‘庾以笔才逾亲,温以文思益厚。’《才略篇》云:‘孔融气盛于为笔,祢衡思锐于为文。’并文笔分言之证。又《风骨篇》云:‘若风骨乏采,则鸷集翰林;采乏风骨,则雉窜文囿。惟藻耀之高翔,固文笔之鸣凤也。’《章句篇》云:‘是以搜句忌于颠倒,裁章贵于顺序,斯固情趣之指归,文笔之同致也。’亦文笔并词之证。……《雕龙·章表篇》,以左雄奏议,胡广章奏,并当时之笔杰。又《才略篇》云:‘庾元规之表奏,靡密而闲畅,温太真之笔记,循理而清通,亦笔端之良工也。’又《史传篇》云:‘秉笔荷担,莫此之劳。’《论说篇》云:‘不专缓颊,亦在刀笔。’《书记篇》云:‘然才冠鸿笔,多疏尺牍。’《事类篇》云:‘事美而制于刀笔。’据上诸证,是古今无韵之文,彦和并目为笔。”[2]可见,区分文、笔不但是刘勰重要的文体学观念,而且也贯彻到《文心雕龙》一书的写作之中。

(四)从宏观上阐述文体在文学创作中的特殊性

《文心雕龙》一书中对于文章体制特别关注,不仅在其“上篇”之中专门对几十种文体进行具体论述,而且在其他篇章之中也常常从宏观的角度加以论列。其中《通变》与《定势》两篇中关于文体问题的论述尤其值得我们注意。

《通变》篇从宏观上谈到了文章体制与文辞气力的通变问题:“夫设文之体有常,变文之数无方,何以明其然耶?凡诗、赋、书、记,名理相因,此有常之体也;文辞气力,通变则久,此无方之数也。

[1][2] 刘师培著,陈引驰编校,《刘师培中古文学论集》,中国社会科学出版社,1997年版,第99—102页。

名理有常,体必资于故实;通变无方,数必酌于新声;故能骋无穷之路,饮不竭之源。然绠短者衔渴,足疲者辍途,非文理之数尽,乃通变之术疏耳。故论文之方,譬诸草木,根干丽土而同性,臭味晞阳而异品矣。"[1]这段话主要包含两层意思:第一层是说文章的体制如诗、赋、书、记等等是有常规的,具有相对的稳定性;而文章的辞采、风格、气势等等则是没有常规的,不是固定的。詹锳先生在其《文心雕龙义证》中对这几句话的解释是:"意思是说根据思想情感安排的文章体制是有常规的,而文章变化的方术是不固定的。例如诗、赋、书、记等体裁各有一定的规格要求,这种体制是有常规可循的。至于文章的辞采风格,则日新月异,没有固定的方术可循。"[2]这一解释是比较准确的。第二层强调如诗、赋、书、记等文章体制及其名称和其所以然之理是有其规定性的,必须资于故实,即继承、借鉴古典,不可轻易变化;而文辞气力是随时代而迁移的,必须注意创新。《〈文心雕龙〉讲疏》中说:"体即指诗赋书记诸体,数即指文辞气力。诗赋不可以作论说,书记不可以作祝盟,此必资于故实,而不可变者也。文辞气力,气谓语气,力谓语气之强弱疾徐,则必随时代而迁移,故能历世虽久,而声采常新。"[3]仔细考察,这个解释比较符合刘勰的本意。

《定势》篇中谈到了文章的体与势的关系问题,强调体的地位和作用:"夫情致异区,文变殊术,莫不因情立体,即体成势也。势者,乘利而为制也。如机发矢直,涧曲湍回,自然之趣也。圆者规体,其势也自转;方者矩形,其势也自安:文章体势,如斯而已。"[4]其中关键是强调文章体制本身的作用,认为体为本,势为末;势随体而成,受体制约。如同水的形状,是受容器的形状制约的,容器

[1] 黄霖编著,《文心雕龙汇评》,上海古籍出版社,2005 年版,第 102—103 页。
[2] 刘勰著,詹锳义证,《文心雕龙义证》,上海古籍出版社,1999 年版,第 1080 页。
[3] 刘勰著,詹锳义证,《文心雕龙义证》,上海古籍出版社,1999 年版,第 1081—1082 页。
[4] 黄霖编著,《文心雕龙汇评》,上海古籍出版社,2005 年版,第 105 页。

方则方,容器圆则圆。黄侃先生在其《文心雕龙札记》中对此作了透彻的说明:“彼标其篇曰《定势》,而篇中所言,则皆言势之无定也。其开宗也,曰:因情立体,即体成势。明势不自成,随体而成也。申之曰:机发矢直,涧曲湍回,自然之趣;激水不漪,槁木无阴,自然之势。明体以定势,离体立势,虽玄宰哲匠有所不能也。又曰:循体成势,因变立巧。明文势无定,不可执一也。举桓谭以下诸子之言,明拘固者之有所谢短也。终讥近代辞人以效奇取势,明文势随体变迁,苟以效奇为能,是使体束于势,势虽若奇,而体因之弊,不可为训也。《赞》曰:形生势成,始末相承。明物不能有末而无本,末又必自本生也。凡若此者,一言蔽之曰,体势相须而已。为文者信喻乎此,则知定势之要,在乎随体,譬如水焉,槃圆则圆,盂方则方;譬如雪焉,因方为珪,遇圆成璧,焉有执一定之势,以御数多之体,趣捷狭之径,以偭往旧之规,而阳阳然自以为能得文势,妄引前修以自尉荐者乎!”[1]不仅如此,黄侃先生还通过文字考据,进一步论证刘勰《文心雕龙·定势》中的文章因体成势之说:“是故彦和之说,视夫专标文势妄分条品者,若山头之与井底也,视徒知崇慷慨者,相去乃不可以道里计也。虽然,势之为训隐矣。不显言之,则其封略不憭,而空言文势者,得以反唇而相稽。《考工记》曰:审曲面势。郑司农以为审察五材曲直、方面、形势之宜。是以曲、面、势为三,于词不顺。盖匠人置槷以县,其形如柱,傅之平地,其长八尺以测日景,故势当为槷,槷者臬之假借。《说文》:臬,射埻的也。其字通作艺。《上林赋》:弦矢分,艺殪仆。是也。本为射的,以其端正有法度,则引申为凡法度之称。《书》曰:汝陈时臬事。《传》曰:陈之艺极。作臬、作槷、作埶(埶即执之后出字),一也。言形势者,原于臬之测远近,视朝夕,苟无其形,则臬无所加,是故势不得离形而成用。言气势者,原于用臬者之辨趣向,决从

[1] 黄侃撰,《文心雕龙札记》,上海古籍出版社,2000年版,第109—110页。

违,苟无其臬,则无所奉以为准,是故气势亦不得离形而独立。文之有势,盖兼二者之义而用之。知凡势之不能离形,则文势亦不能离体也;知远近朝夕非槷所能自为,则阴阳刚柔亦非文势所能自为也;知趣向从违随乎物形而不可横杂以成见,则为文定势,一切率乎文体之自然,而不可横杂以成见也。惟彦和深明势之随体,故一篇之中,数言自然,而设譬于织综之因于本地,善言文势者,孰有过于彦和者乎?若乃拘一定之势,驭无穷之体,在彦和时则有厌黩旧式,颠倒文句者;其后数百年,则有磔裂章句,隳废声均者,彼皆非所明而明之,知文势之说者所不予也。……"[1]通过考据,更为具体地说明了文章之势与体的相互关系,其中要点是:凡势之不能离形,文势亦不能离文体;为文定势,一切率乎文体之自然。总而言之,在文章势与体的关系之中,体是起主导作用的,而势是依附于体而存在的。应该说,这是对刘勰关于文章体与势之间关系的最好说明。

二 《文心雕龙》中的各类文体专论

《文心雕龙》中的上篇,即"论文叙笔"部分侧重于"囿别区分"[2],其实主要是文章辨体,也就是关于各类文体的专论。其辨体方法也非常明确,即"原始以表末,释名以章义,选文以定篇,敷理以举统"[3]四个方面。

(一)原始以表末——文体的寻源溯流

刘勰的文体论中的这种方法从学术史的角度看是中国传统的寻源溯流法的继承和发展。其实,在《文心雕龙》之前,无论是文学,还是史学方面,这种方法都已经被采用。

首先,汉代史志目录学方面已经出现辨章学术、考镜源流的方

---

〔1〕 黄侃撰,《文心雕龙札记》,上海古籍出版社,2000年版,第110页。

〔2〕〔3〕 黄霖编著,《文心雕龙汇评》,上海古籍出版社,2005年版,第164页。

法,其实就是“原始以表末”的寻源溯流法。如班志六略的总序或小序,都有考镜源流即“原始以表末”一项,《诸子略》“儒家”类小序:“儒家者流,盖出于司徒之官,助人君顺阴阳明教化者也。”[1]再如《兵书略》总序:“兵家者,盖出古司马之职,王官之武备也。《洪范》八政,八曰师……下及汤武受命,以师克乱而济百姓,动之以仁义,行之以礼让,《司马法》是其遗事也。自春秋至于战国,出奇设伏,变诈之兵并作。汉兴,张良、韩信序次兵法,凡百八十二家,删取要用,定著三十五家。”[2]还有“小说家”类小序:“小说家者流,盖出于稗官。街谈巷语,道听途说者之所造也。……闾里小知者之所及,亦使缀而不忘。如或一言可采,此亦刍荛狂夫之议也。”[3]《方技略》总序:“方技者,皆生生之具,王官之一守也。太古有岐伯、俞拊,中世有扁鹊、秦和,盖论病以及国,原诊以知政。”[4]总之,总序与小序都有这种考镜学术源流的体例。

同时,在文学上,这种方法也已经出现,如郑玄的《诗谱序》论述诗的源起:“诗之兴也,谅不于上皇之世。大庭、轩辕,逮于高辛,其时有亡,载籍亦蔑云焉。《虞书》曰:‘诗言志,歌永言,声依永,律和声。’然则诗之道,放于此乎?有夏承之,篇章泯弃,靡有孑遗。迩及商王,不风不雅。……至于大王、王季,克堪顾天。文、武之德,光熙前绪,以集大命于厥身,遂为天下父母,使民有政有居。其时诗:《风》有《周南》、《召南》,《雅》有《鹿鸣》、《文王》之属。及成王、周公致太平,制礼作乐,而有《颂》声兴焉,盛之至也。……”[5]很明显,这也是“原始以表末”的寻源溯流法,而且已经具备了文体

---

[1] 班固撰,颜师古注,《汉书》,中华书局,1997年版,第1728页。
[2] 班固撰,颜师古注,《汉书》,中华书局,1997年版,第1762—1763页。
[3] 班固撰,颜师古注,《汉书》,中华书局,1997年版,第1745页。
[4] 班固撰,颜师古注,《汉书》,中华书局,1997年版,第1780页。
[5] 张少康、卢永璘编选,《先秦两汉文论选》,人民文学出版社,1996年版,第637—638页。

学的要素。再如班固《两都赋序》论赋体之源起，也是如此："或曰：赋者，古诗之流也。昔成康没而《颂》声寝，王泽竭而《诗》不作。大汉初定，日不暇给。至于武、宣之世，乃崇礼官，考文章，内设金马石渠之署，外兴乐府协律之事，以兴废继绝，润色鸿业。是以众庶悦豫，福应尤盛。……若司马相如、虞丘寿王、东方朔、枚皋、王褒、刘向之属，朝夕论思，日月献纳。……或以抒下情而通讽谕，或以宣上德而尽忠孝。雍容抑扬，著于后嗣，抑亦雅颂之亚也。"[1]在这方面，晋人傅玄的文学批评更具有文体学意义，如其《连珠序》："所谓连珠者，兴于汉章帝之世，班固、贾逵、傅毅三子，受诏作之，而蔡邕、张华之徒又广焉。……班固喻美辞壮，文章弘丽，最得其体。蔡邕似论，言质而辞碎，然旨笃矣。贾逵儒而不艳。傅毅有文而不典。"[2]考察连珠体的产生、发展与演变，带有明显的文体史的意味。其《七谟序》中也可以看到这一点："昔枚乘作《七发》，而属文之士若傅毅、刘广世、崔骃、李尤、桓麟、崔琦、刘梁、桓彬之徒，承其流而作之者，纷焉《七激》、《七依》、《七说》、《七蠲》、《七举》、《七误》之篇。于是通儒大才马季长、张平子亦引其源而广之，马作《七广》、张造《七辨》。或以恢大道而导幽滞，或以点瑰侈而托调咏，扬辉播烈，垂于后世者，几十有余篇。自大魏英贤迭作，有陈王《七启》、王氏《七释》、杨氏《七训》、刘氏《七华》、从父侍中《七诲》，并陵前而邈后，扬清风于儒林，亦数篇焉。世之贤明，多称《七激》工，余以为未尽善也。《七辨》似也，非张氏至思，比之《七激》，未为劣也。《七释》佥曰妙哉，吾无间矣。若《七依》之卓轹一致，《七辨》之缠绵精巧，《七启》之奔逸壮丽，《七释》之精密闲理，亦近

〔1〕 张少康、卢永璘编选，《先秦两汉文论选》，人民文学出版社，1996年版，第583页。

〔2〕 郁沅、张明高编选，《魏晋南北朝文论选》，人民文学出版社，1999年版，第108页。

代之所希也。"[1]对"七"这一特殊的文章体制产生、发展、演变的流程进行了全面的考察,是名副其实的辨章学术、考镜源流。

《文心雕龙》中的文体论部分,正是继承了这一手法,描述出众多文体产生、发展、演变的历史流程,实际上写出了多种文体史。如《诠赋》:"诗有六义,其二曰赋……昔邵公称:'公卿献诗,师箴瞍赋。'传云:'登高能赋,可为大夫。'诗序则同义,传说则异体。总其归途,实相枝干。故刘向明'不歌而颂',班固称'古诗之流也'。至如郑庄之赋《大隧》,士蒍之赋《狐裘》,结言短韵,词自己作。虽合赋体,明而未融。及灵均唱《骚》,始广声貌。然则赋也者,受命于诗人,而拓宇于《楚辞》也。于是荀况《礼》、《智》,宋玉《风》、《钓》,爰锡名号,与诗画境,六义附庸,蔚成大国。述客主以首引,极声貌以穷文,斯盖别诗之原始,命赋之厥初也。秦世不文,颇有杂赋。汉初词人,顺流而作。陆贾扣其端,贾谊振其绪,枚、马播其风,王、扬骋其势。皋、朔已下,品物毕图。繁积于宣时,校阅于成世。进御之赋,千有余首,讨其源流,信兴楚而盛汉矣。"[2]清楚地勾勒出赋体产生、发展与演变的历史。再看其《杂文》:"宋玉含才,颇亦负俗,始造对问,以申其志,放怀寥廓,气实使之。及枚乘摛艳,首制《七发》,腴辞云构,夸丽风骇。盖七窍所发,发乎嗜欲,始邪末正,所以戒膏粱之子也。扬雄覃思文阁,业深综述,碎文琐语,肇为《连珠》,其辞虽小而明润矣。凡此三者,文章之枝派,暇豫之末造也。"[3]描述出对问、七、连珠三种文体的源流演变。在其他文体的论述中也一直使用这一方法,考订其源流演变:

箴者,针也,所以攻疾防患,喻针石也。斯文之兴,盛于三

---

〔1〕 郁沅、张明高编选,《魏晋南北朝文论选》,人民文学出版社,1999年版,第108—109页。

〔2〕 黄霖编著,《文心雕龙汇评》,上海古籍出版社,2005年版,第35—36页。

〔3〕 黄霖编著,《文心雕龙汇评》,上海古籍出版社,2005年版,第52—53页。

代。夏商二箴，余句颇存。周之辛甲，百官箴阙，唯《虞箴》一篇，体义备焉。迄至春秋，微而未绝，故魏绛讽君于后羿，楚子训民于在勤。战代以来，弃德务功，铭辞代兴，箴文委绝。至扬雄稽古，始范《虞箴》，作《卿尹》、《州牧》二十五篇。及崔、胡补缀，总称《百官》。指事配位，鞶鉴可征，信所谓追清风于前古，攀辛甲于后代者也。

——《铭箴》[1]

上古帝王，纪号封禅，树石埤岳，故曰碑也。周穆纪迹于弇山之石，亦古碑之意也。又宗庙有碑，树之两楹，事止丽牲，未勒勋绩。而庸器渐缺，故后代用碑，以石代金，同乎不朽，自庙徂坟，犹封墓也。自后汉以来，碑碣云起；才锋所断，莫高蔡邕。

——《诔碑》[2]

昔三良殉秦，百夫莫赎，事均夭枉。《黄鸟》赋哀，抑亦诗人之哀辞乎？暨汉武封禅，而霍嬗暴亡，帝伤而作诗，亦哀辞之类矣。降及后汉，汝阳王亡，崔瑗哀辞，始变前式。然履突鬼门，怪而不辞；驾龙乘云，仙而不哀；又卒章五言，颇似歌谣，亦仿佛乎汉武也。至于苏顺、张升，并述哀文，虽发其情华，而未极其心实。建安哀辞，惟伟长差善，《行女》一篇，时有恻怛。及潘岳继作，实钟其美。观其虑赡辞变，情洞悲苦，叙事如传，结言摹诗，促节四言，鲜有缓句。故能义直而文婉，体旧而趣新，《金鹿》、《泽兰》，莫之或继也。

——《哀吊》[3]

[1] 黄霖编著，《文心雕龙汇评》，上海古籍出版社，2005年版，第45页。
[2] 黄霖编著，《文心雕龙汇评》，上海古籍出版社，2005年版，第48页。
[3] 黄霖编著，《文心雕龙汇评》，上海古籍出版社，2005年版，第50页。

这些都是“原始以表末”的好例。如果同前面班固、傅玄等人加以比较,我们发现,刘勰对文体的这些考察与描述更加具体、更加完整,线索更为清楚,因而其文体学上的价值更高。

(二)释名以章义——文体概念的阐释

《文心雕龙》在文体批评方面充分吸收了前代各种文体论资料,遍搜经、史、子、集,广求文体论资源和方法。其中比较突出的是两方面:一是明显吸收了《释名》《说文》《尔雅》及经书中有关文体名称的训释,创“释名以章义”[1]之体例。自汉代以来,随着经学的盛行,小学训诂也随之发展,利用训诂学的方法来解释事物名称、辨析事物的意义的著作已经出现。其中特别具有代表性的是刘熙的《释名》,本书已经具有“释名以章义”的体例。王先谦对此书的评价很高:“(《释名》)洵足羽翼《尔雅》《说文》,为诂训要典。”[2]关于此书的功能,刘熙自己在其《释名序》有云:“夫名之于实各有义类,百姓日称而不知其所以之意,故撰天、地、阴、阳、四时、邦国、都鄙、车服、丧纪,下及民庶应用之器,论叙指归,谓之《释名》。”[3]特别值得注意的是:《释名》的训释之中包括了对文体名称的训释,所以《文心雕龙》首先在体例上受其影响,一方面,他明白无误地在其文体专论中使用“释名以章义”的体例。另一方面,对《释名》中有关文体方面的训释成果也加以吸收,如《释名·释言语》:“颂,容也,叙说其成功之形容也。”[4]《文心雕龙·颂赞》:“颂者,容也,所以美盛德而述形容也。”[5]《释名·释典艺》:“论,

〔1〕 黄霖编著,《文心雕龙汇评》,上海古籍出版社,2005年版,第164页。

〔2〕 刘熙撰,毕沅疏证,王先谦补,《释名疏证补》,上海古籍出版社,1984年版,第199页。

〔3〕 刘熙撰,《释名》,商务印书馆,1939年版,第1页。

〔4〕 刘熙撰,《释名》卷四,商务印书馆,1939年版,第53页。

〔5〕 黄霖编著,《文心雕龙汇评》,上海古籍出版社,2005年版,第38页。

伦也,有伦理也。”[1]《文心雕龙·论说》:“论者,伦也;伦理无爽,则圣意不坠。”[2]很明显,后者对前者有所吸收。

二是受汉以来史志目录的影响。班志六略的总序或小序,除叙述源流之外,又解释各部类的含义并论其功用,如《六艺略》“书”类小序:“书者,古之号令。”[3]“孝经”类小序:“夫孝,天之经,地之义,民之行也。举大者言,故曰《孝经》。”[4]《六艺略》总序论六艺功用:“六艺之文:《乐》以和神,仁之表也;《诗》以正言,义之用也;《礼》以明体,明者著见,故无训也;《书》以广听,知之术也;《春秋》以断事,信之符也。五者,盖五常之道,相须而备,而《易》为之原。”[5]这些都具有“释名以章义”的性质。

三是受前人有关文体理论批评的启发。早在刘勰之前,“释名以章义”的论述体例已经出现,如《礼记·祭统第二十五》:“夫鼎有铭,铭者,自名也,自名以称扬其先祖之美,而明著之后世者也。为先祖者,莫不有美焉,莫不有恶焉。铭之义,称美而不称恶,此孝子孝孙之心也。唯贤者能之。铭者,论撰其先祖之有德善、功烈、勋劳、庆赏、声名,列于天下,而酌之祭器,自成其名焉,以祀其先祖者也。显扬先祖,所以崇孝也。身比焉,顺也。明示后世,教也。夫铭者,一称而上下皆得焉耳矣。”[6]这是对铭这种文体之概念和含义的阐释,是“释名以章义”的早期形态。此后如汉之《毛诗序》:“诗者,志之所之也,在心为志,发言为诗。情动于中而形于言,言之不足故嗟叹之,嗟叹之不足故永歌之,永歌之不足,不知手之舞之,足之蹈之也。……颂者,美盛德之形容,以其成功告于神明者

[1] 刘熙撰,《释名》卷六,商务印书馆,1939年版,第101页。
[2] 黄霖编著,《文心雕龙汇评》,上海古籍出版社,2005年版,第66页。
[3] 班固撰,颜师古注,《汉书》,中华书局,1997年版,第1706页。
[4] 班固撰,颜师古注,《汉书》,中华书局,1997年版,第1719页。
[5] 班固撰,颜师古注,《汉书》,中华书局,1997年版,第1723页。
[6] 王文锦详解,《礼记译解》,中华书局,2001年版,第723页。

也。是谓四始,诗之至也。"[1]《纬书·诗纬·含神物》:"诗者,天地之心,君德之祖,百福之宗,万物之户也。诗者,持也。"[2]晋人傅玄《连珠序》:"其文体辞丽而言约,不指说事情,必假喻以达其旨,而贤者微悟,合于古诗劝兴之义。欲使历历如贯珠,易睹而可悦,故谓之连珠也。"[3]挚虞《文章流别论》:"颂,诗之美者也。古者圣帝明王,功成治定而颂声兴。于是史录其篇,工歌其章,以奏于宗庙,告于鬼神。故颂之所美者,圣王之德也。则以为律吕,或以颂形,或以颂声,其细已甚,非古颂之意。"[4]这些都是对某种文体概念与内涵的解释,对后世影响很大。

《文心雕龙》继承了前人的文体批评成果,在众多文体批评中自觉使用了"释名以章义"的批评方法。如《明诗》:"大舜云:'诗言志,歌永言。'圣谟所析,义已明矣。是以'在心为志,发言为诗',舒文载实,其在兹乎!诗者,持也,持人情性;三百之蔽,义归'无邪',持之为训,有符焉尔。"[5]对诗的概念与内涵进行了深度阐释。显然,这里边继承了前人的成果,如"在心为志,发言为诗"源于《毛诗序》,"诗者,持也,持人情性"源于《纬书·诗纬·含神物》。再如《颂赞》:"颂者,容也,所以美盛德而述形容也。昔帝喾之世,咸墨为颂,以歌《九韶》。自商已下,文理允备。夫化偃一国谓之风,风正四方谓之雅,容告神明谓之颂。风雅序人,事兼变正;

[1] 张少康、卢永璘编选,《先秦两汉文论选》,人民文学出版社,1996年版,第343—344页。

[2] 张少康、卢永璘编选,《先秦两汉文论选》,人民文学出版社,1996年版,第478页。

[3] 郁沅、张明高编选,《魏晋南北朝文论选》,人民文学出版社,1999年版,第108页。

[4] 郁沅、张明高编选,《魏晋南北朝文论选》,人民文学出版社,1999年版,第179页。

[5] 黄霖编著,《文心雕龙汇评》,上海古籍出版社,2005年版,第27页。

颂主告神,义必纯美。”[1]仔细考察,我们发现,这一阐释借鉴了《毛诗序》:“颂者,美盛德之形容,以其成功告于神明者也。”[2]

当然,《文心雕龙》在“释名以章义”方面,绝不是简单地继承前人的成果,而是发扬光大了。一是该书中对众多文体的概念和内涵都进行了具体且详细的阐释,在规模上远远超过前人;二是在阐释的深度上也非前人可比。这一点,只要我们稍加比较就非常清楚了:

奏,进也。

——《说文》[3]

昔唐虞之臣,敷奏以言;秦汉之辅,上书称奏。陈政事,献典仪,上急变,劾愆谬,总谓之奏。奏者,进也。言敷于下,情进于上也。

——《文心雕龙·奏启》[4]

檄,激也,下官所以激迎其上之书也。

——刘熙《释名·释典艺》[5]

檄者,皦也。宣露于外,皦然明白也。张仪檄楚,书以尺二。明白之文,或称露布,盖露板不封,播诸视听也。

——《文心雕龙·檄移》[6]

---

[1] 黄霖编著,《文心雕龙汇评》,上海古籍出版社,2005年版,第38页。
[2] 张少康、卢永璘编选,《先秦两汉文论选》,人民文学出版社,1996年版,第344页。
[3] 许慎撰,《说文解字》,社会科学文献出版社,2005年版,第567页。
[4] 黄霖编著,《文心雕龙汇评》,上海古籍出版社,2005年版,第82页。
[5] 刘熙撰,《释名》卷六,商务印书馆,1939年版,第96页。
[6] 黄霖编著,《文心雕龙汇评》,上海古籍出版社,2005年版,第74页。

哀辞者,诔之流也。

————挚虞《文章流别论》[1]

赋宪之谥,短折曰哀。哀者,依也。悲实依心,故曰哀也。以辞遣哀,盖下流之悼,故不在黄发,必施夭昏。

————《文心雕龙·哀吊》[2]

很明显,同样一种文体,在释名与章义方面,还是《文心雕龙》深刻、确切,意思也更加完整,从而也更具文体学意义。

(三)选文以定篇——代表作家与典型作品的选择与分析

《文心雕龙》中的“选文以定篇”[3]主旨是选取代表作家和作品进行典型示范,是其文学批评的特殊方式。从总体上看,这种批评方式有下面四种基本表现形式:

其一,以典型作家的分析批评为主,即在“选文以定篇”之时,侧重于作家自身的创作个性、创作倾向与特殊风格的分析与阐述,其实主体上偏重于作家论。如《明诗》:“暨建安之初,五言腾踊,文帝、陈思,纵辔以骋节;王、徐、应、刘,望路而争驱;并怜风月,狎池苑,述恩荣,叙酣宴,慷慨以任气,磊落以使才;造怀指事,不求纤密之巧;驱辞逐貌,唯取昭晰之能:此其所同也。及正始明道,诗杂仙心;何晏之徒,率多浮浅。唯嵇志清峻,阮旨遥深,故能标焉。若乃应璩《百一》,独立不惧,辞谲义贞,亦魏之遗直也。晋世群才,稍入轻绮,张、潘、左、陆,比肩诗衢,采缛于正始,力柔于建安。或析文以为妙,或流靡以自妍,此其大略也。江左篇制,溺乎玄风,嗤笑徇务之志,崇盛忘机之谈,袁、孙已下,虽各有雕采,而辞趣一揆,莫与

[1] 郁沅、张明高编选,《魏晋南北朝文论选》,人民文学出版社,1999年版,第181页。

[2] 黄霖编著,《文心雕龙汇评》,上海古籍出版社,2005年版,第50页。

[3] 黄霖编著,《文心雕龙汇评》,上海古籍出版社,2005年版,第164页。

争雄，所以景纯仙篇，挺拔而为俊矣。宋初文咏，体有因革。庄老告退，而山水方滋；俪采百字之偶，争价一句之奇，情必极貌以写物，辞必穷力而追新，此近世之所竞也。”〔1〕在这段论述之中，论者对曹氏兄弟、“建安七子”、正始、西晋、东晋、刘宋各个时期作家的创作倾向与创作特色进行了分析和概括，论述的中心是人，即作家本身，而对具体作品则很少涉及。再如《诸子》：“逮及七国力政，俊乂蜂起。孟轲膺儒以磬折，庄周述道以翱翔。墨翟执俭确之教，尹文课名实之符，野老治国于地利，驺子养政于天文，申商刀锯以制理，鬼谷唇吻以策勋，尸佼兼总于杂术，青史曲缀以街谈。承流而枝附者，不可胜算。……研夫孟、荀所述，理懿而辞雅；管、晏属篇，事核而言练；列御寇之书，气伟而采奇；邹子之说，心奢而辞壮；墨翟、随巢，意显而语质；尸佼、尉缭，术通而文钝；鹖冠绵绵，亟发深言；鬼谷眇眇，每环奥义。情辨以泽，文子擅其能；辞约而精，尹文得其要。慎到析密理之巧，韩非著博喻之富；吕氏鉴远而体周，淮南泛采而文丽：斯则得百氏之华采，而辞气之大略也……”〔2〕很明显，其论述的重点也是作家本身的创作倾向和创作特色，基本没有涉及作品。其他如《杂文》：“自《连珠》以下，拟者间出。杜笃、贾逵之曹，刘珍、潘勖之辈，欲穿明珠，多贯鱼目。可谓寿陵匍匐，非复邯郸之步；里丑捧心，不关西施之颦矣。唯士衡运思，理新文敏，而裁章置句，广于旧篇，岂慕朱仲四寸之珰乎！夫文小易周，思闲可赡。足使义明而词净，事圆而音泽，磊磊自转，可称珠耳。”〔3〕同样是从作家的角度切入，首先批评杜笃、贾逵、刘珍、潘勖等人在连珠体创作上的弊病，突出点是单纯模拟，亦步亦趋，如邯郸学步与东施效颦，给后世留下笑柄；然后着力推尊陆机在连珠体创作上的

〔1〕 黄霖编著，《文心雕龙汇评》，上海古籍出版社，2005年版，第29页。
〔2〕 黄霖编著，《文心雕龙汇评》，上海古籍出版社，2005年版，第63—65页。
〔3〕 黄霖编著，《文心雕龙汇评》，上海古籍出版社，2005年版，第54页。

特殊成就,特点是“理新文敏”[1],而且篇幅加大。虽然文章之中没有直接提到作品,不等于与作品无关,作家的整体风貌是从整个创作中体现出来的,与其具体作品是分不开的,而这里直接以作家出之,只不过是省略了对其作品的分析与论证过程。

其二,以典型作品分析批评为主,即在“选文以定篇”[2]之时,侧重于代表作品的分析与论述,为某一种文学样式树立典型范式,供人们创作时参照与师法,如《诠赋》:“观夫荀结隐语,事数自环;宋发夸谈,实始淫丽。枚乘《菟园》,举要以会新;相如《上林》,繁类以成艳;贾谊《鹏鸟》,致辨于情理;子渊《洞箫》,穷变于声貌;孟坚《两都》,明绚以雅赡;张衡《二京》,迅发以宏富;子云《甘泉》,构深玮之风;延寿《灵光》,含飞动之势:凡此十家,并辞赋之英杰也。”[3]这里标举先秦至两汉的十位赋家的代表作品,提供各种类型的典型范式,目的是为后世作家提供范本,其实也是标举赋体的写作标准。再如《铭箴》:“至于潘勖《符节》,要而失浅;温峤《侍臣》,博而患繁;王济《国子》,文多而事寡;潘尼《乘舆》,义正而体芜:凡斯继作,鲜有克衷。至于王朗《杂箴》,乃置巾履,得其戒慎,而失其所施。”[4]其中重点分析的还是作品,但是与前面有所不同:这里着重分析的是反面典型,其目的是通过对反面典型的剖析,为人们提供反面教训。

其三,作家与作品的典型分析相互结合。这是《文心雕龙》“选文以定篇”[5]中的主体部分,所占比例最大。其特点是作家评论与作品评论相互结合,相互印证,相得益彰。如《论说》:“魏之初霸,术兼名法;傅嘏、王粲,校练名理。迄至正始,务欲守文;何晏之

---

[1] 黄霖编著,《文心雕龙汇评》,上海古籍出版社,2005年版,第54页。
[2] 黄霖编著,《文心雕龙汇评》,上海古籍出版社,2005年版,第164页。
[3] 黄霖编著,《文心雕龙汇评》,上海古籍出版社,2005年版,第36页。
[4] 黄霖编著,《文心雕龙汇评》,上海古籍出版社,2005年版,第45—46页。
[5] 黄霖编著,《文心雕龙汇评》,上海古籍出版社,2005年版,第164页。

徒,始盛玄论。于是聃、周当路,与尼父争途矣。详观兰石之《才性》,仲宣之《去伐》,叔夜之《辨声》,太初之《本无》,辅嗣之两例,平叔之二论,并师心独见,锋颖精密,盖论之英也。至如李康《运命》,同《论衡》而过之;陆机《辩亡》,效《过秦》而不及;然亦其美矣。次及宋岱、郭象,锐思于几神之区;夷甫、裴頠,交辨于有无之域;并独步当时,流声后代。然滞有者,全系于形用;贵无者,专守于寂寥……"[1]文中一方面对作家的创作倾向和总体风格进行理论上的分析与阐释,另一方面又标举出代表作家的代表作品进行进一步的分析和论证,理论批评和创作实践相互结合,因而更为深刻,更具典型意义。其他如《史传》:"至于《后汉》纪传,发源《东观》。袁、张所制,偏驳不伦;薛、谢之作,疏谬少信。若司马彪之详实,华峤之准当,则其冠也。及魏代三雄,记传互出。《阳秋》、《魏略》之属,《江表》、《吴录》之类,或激抗难征,或疏阔寡要。唯陈寿《三志》,文质辨洽,荀、张比之于迁、固,非妄誉也。至于晋代之书,系乎著作。陆机肇始而未备,王韶续末而不终。干宝述《纪》,以审正得序;孙盛《阳秋》,以约举为能。按《春秋经传》,举例发凡;自《史》、《汉》以下,莫有准的。至邓璨《晋纪》,始立条例。又摆落汉魏,宪章殷、周,虽湘川曲学,亦有心典谟。及安国立例,乃邓氏之规焉。"[2]同样是既有作家评论,又有作品分析,而且还从正反两个方面入手,一方面列举反面典型,剖析其弊病,为人们提供反面教训;另一方面又标举正面典型,总结、概括其成就和特色,为人们提供学习、借鉴的范本。

其四,没有具体的作家与作品分析。虽然刘勰在《文心雕龙·序志》中明确谈到对各种文体要进行"选文以定篇"[3]——对代表作家与代表作品进行典型剖析,但是有少部分文体论中没有这项

[1] 黄霖编著,《文心雕龙汇评》,上海古籍出版社,2005年版,第67页。
[2] 黄霖编著,《文心雕龙汇评》,上海古籍出版社,2005年版,第60页。
[3] 黄霖编著,《文心雕龙汇评》,上海古籍出版社,2005年版,第164页。

内容,如《奏启》:“启者,开也。高宗云‘启乃心,沃朕心’,取其义也。孝景讳启,故两汉无称。至魏国笺记,始云启闻。奏事之末,或云谨启。自晋来盛启,用兼表奏。陈政言事,既奏之异条;让爵谢恩,亦表之别干。必敛饬入规,促其音节,辨要轻清,文而不侈,亦启之大略也。”[1]文中首先是“释名以章义”,对启的文体概念、内涵进行阐释,然后又“原始以表末”,对启的发展与流变进行了具体的描述,勾勒出它的运行轨迹,没有“选文以定篇”这一环节。这种情况在《书记》中更多见:“占者,觇也。星辰飞伏,伺候乃见,登观书云,故曰占也。式者,则也。阴阳盈虚,五行消息,变虽不常,而稽之有则也。律者,中也。黄钟调起,五音以正,法律驭民,八刑克平,以律为名,取中正也。……解者,释也。解释结滞,征事以对也。牒者,叶也。短简编牒,如叶在枝,温舒截蒲,即其事也。议政未定,故短牒咨谋。牒之尤密,谓之为签。签者,纤密者也。状者,貌也。体貌本原,取其事实,先贤表谥,并有行状,状之大者也。列者,陈也。陈列事情,昭然可见也。”[2]文中论述了占、式、律、解、牒、签、状、列等多种文体,也都省去了“选文以定篇”的环节。这是我们研究《文心雕龙》文体论部分时应该注意的现象。

(四)敷理以举统——创作规范的归纳总结

这一环节是在“原始以表末”“释名以章义”“选文以定篇”[3]的基础上进行的,重点是归纳、总结某一特定文体的创作规范和基本原则,如《诠赋》:“原夫登高之旨,盖睹物兴情。情以物兴,故义必明雅;物以情观,故词必巧丽。丽词雅义,符采相胜,如组织之品朱紫,画绘之著玄黄。文虽新而有质,色虽糅而有本,此立赋之大体也。然逐末之俦,蔑弃其本,虽读千赋,愈惑体要。遂使繁华损枝,膏腴害骨,无贵风轨,莫益劝戒。此扬子所以追悔于雕虫,贻诮

〔1〕 黄霖编著,《文心雕龙汇评》,上海古籍出版社,2005年版,第84页。
〔2〕 黄霖编著,《文心雕龙汇评》,上海古籍出版社,2005年版,第91—92页。
〔3〕 黄霖编著,《文心雕龙汇评》,上海古籍出版社,2005年版,第164页。

于雾縠者也。"[1]首先从正面揭示赋这种文体的创作规范,要点是"丽词雅义,符采相胜",即形式与内容的统一,此为作赋的基本写作原则;接着又从反面切入,指出在赋体创作上违反上述原则所造成的弊端,突出的是"繁华损枝,膏腴害骨,无贵风轨,莫益劝戒",要害是舍本逐末,这样便进一步加强了自己的论点:赋体的创作必须坚持"丽词雅义,符采相胜"的原则。再如《论说》:"原夫论之为体,所以辨正然否;穷于有数,究于无形,钻坚求通,钩深取极;乃百虑之筌蹄,万事之权衡也。故其义贵圆通,辞忌枝碎,必使心与理合,弥缝莫见其隙;辞共心密,敌人不知所乘:斯其要也。是以论如析薪,贵能破理。斤利者,越理而横断;辞辨者,反义而取通;览文虽巧,而检迹如妄。唯君子能通天下之志,安可以曲论哉?若夫注释为词,解散论体,杂文虽异,总会是同。若秦君延之注《尧典》,十余万字;朱文公之解《尚书》,三十万言,所以通人恶烦,羞学章句。若毛公之训《诗》,安国之传《书》,郑君之释《礼》,王弼之解《易》,要约明畅,可谓式矣。"[2]总结这种文体的写作目的,提出基本的写作原则,这就是:义贵圆通,辞忌枝碎;心与理合,辞共心密。其要点在于破理,其风格在于要约明畅。其他如《封禅》:"兹文为用,盖一代之典章也。构位之始,宜明大体,树骨于训典之区,选言于宏富之路;使意古而不晦于深,文今而不坠于浅;义吐光芒,辞成廉锷,则为伟矣。虽复道极数殚,终然相袭,而日新其采者,必超前辙焉。"[3]《议对》:"夫驳议偏辨,各执异见;对策揄扬,大明治道。使事深于政术,理密于时务,酌三五以熔世,而非迂缓之高谈;驭权变以拯俗,而非刻薄之伪论;风恢恢而能远,流洋洋而不溢,王庭之美对也。难矣哉,士之为才也!或练治而寡文,或工文而疏治。对策

[1] 黄霖编著,《文心雕龙汇评》,上海古籍出版社,2005年版,第37页。
[2] 黄霖编著,《文心雕龙汇评》,上海古籍出版社,2005年版,第68页。
[3] 黄霖编著,《文心雕龙汇评》,上海古籍出版社,2005年版,第78页。

所选,实属通才,志足文远,不其鲜欤!"[1]都是侧重论证创作规范和原则,有法可依,有章可循,具有方法论的意义。

需要指出的是:《文心雕龙》文体论部分的"敷理以举统"[2],经常以对比的方式进行,如《铭箴》:"夫箴诵于官,铭题于器,名目虽异,而警戒实同。箴全御过,故文资确切;铭兼褒赞,故体贵弘润。其取事也必核以辨,其摛文也必简而深,此其大要也。然矢言之道盖阙,庸器之制久沦,所以箴铭寡用,罕施后代,惟秉文君子,宜酌其远大焉。"[3]通过铭箴两种文体的对比分析,弄清楚了它们的相同点和不同点,从而更加有利于把握两者的写作规范。再如《章表》:"原夫章表之为用也,所以对扬王庭,昭明心曲。既其身文,且亦国华。章以造阙,风矩应明;表以致禁,骨采宜耀:循名课实,以文为本者也。是以章式炳贲,志在典谟;使要而非略,明而不浅。表体多包,情伪屡迁。必雅义以扇其风,清文以驰其丽。然恳恻者辞为心使,浮侈者情为文屈,必使繁约得正,华实相胜,唇吻不滞,则中律矣。子贡云:'心以制之,言以结之。'盖一辞意也。荀卿以为'观人美辞,丽于黼黻文章',亦可以喻于斯乎?"[4]首先说明表章的用途,然后着重运用对比之法论证、分析二者的异同,从而突出了各自的写作规范和特性。其他如《颂赞》:"原夫颂惟典懿,辞必清铄,敷写似赋,而不入华侈之区;敬慎如铭,而异乎规戒之域;揄扬以发藻,汪洋以树义,虽纤巧曲致,与情而变,其大体所底,如斯而已。"[5]《檄移》:"故檄移为用,事兼文武,其在金革,则逆党用檄,顺命资移,所以洗濯民心,坚同符契,意用小异,而体义大同,

---

〔1〕 黄霖编著,《文心雕龙汇评》,上海古籍出版社,2005年版,第88页。
〔2〕 黄霖编著,《文心雕龙汇评》,上海古籍出版社,2005年版,第164页。
〔3〕 黄霖编著,《文心雕龙汇评》,上海古籍出版社,2005年版,第46页。
〔4〕 黄霖编著,《文心雕龙汇评》,上海古籍出版社,2005年版,第81页。
〔5〕 黄霖编著,《文心雕龙汇评》,上海古籍出版社,2005年版,第39页。

与檄参伍,故不重论也。"[1]都是把相近的文体拿来进行比较和分析,从而凸显各自的独特规范和准则。有时两种文体对举,包含更多的内容:一方面揭示出文体之间的交叉关系,如《诔碑》:"夫属碑之体,资乎史才,其序则传,其文则铭。……夫碑实铭器,铭实碑文,因器立名,事光于诔。"[2]侧重阐述诔碑之间的相互关系。然后再通过对比,指出二者的区别:"是以勒石赞勋者,入铭之域;树碑述亡者,同诔之区焉。"[3]所以,《文心雕龙》文体论中的"敷理以举统"不仅总结、归纳出众多文体的写作规范和基本原则,成为文学创作的尺度和标准,而且还展示出科学的论证方法。

从总体上看,在《文心雕龙》"上篇"的文体论中,绝大多数文体的剖析都是采取上述四种方法进行,只有少数例外。所以,上篇的文体论可以说是各种文体史的集成,在文学史,特别是文体史的研究上具有特殊的意义。

三 《文心雕龙》其他篇章中包含的文体专论

《辨骚》剖析《楚辞》的文体来源与总体风格特征,指出:"固知《楚辞》者,体宪于三代,而风杂于战国,乃《雅》、《颂》之博徒,而词赋之英杰也。观其骨鲠所树,肌肤所附,虽取熔《经》旨,亦自铸伟辞。故《骚经》、《九章》,朗丽以哀志;《九歌》、《九辩》,绮靡以伤情;《远游》、《天问》,瑰诡而慧巧;《招魂》、《大招》,耀艳而深华;《卜居》标放言之致,《渔父》寄独往之才。故能气往轹古,辞来切今,惊采绝艳,难与并能矣。"[4]很明显,这是关于"楚辞"这种特殊文体的权威论述。

其他如《章句》篇也包含问题论的内容,如关于诗体的源头问

[1] 黄霖编著,《文心雕龙汇评》,上海古籍出版社,2005年版,第75页。
[2][3] 黄霖编著,《文心雕龙汇评》,上海古籍出版社,2005年版,第49页。
[4] 黄霖编著,《文心雕龙汇评》,上海古籍出版社,2005年版,第25—26页。

题,《章句》篇中就有所补充:"至于《诗·颂》大体,以四言为正,唯'祈父'、'肇禋',以二言为句。寻二言肇于黄世,《竹弹》之谣是也;三言兴于虞时,《元首》之诗是也;四言广于夏年,《洛汭之歌》是也;五言见于周代,《行露》之章是也。六言七言,杂出《诗》、《骚》;两体之篇,成于西汉。情数运周,随时代用矣。"〔1〕

然而,仔细考察《文心雕龙》专论文体的"上篇"之外各文,我们发现《丽辞》篇更具文体论的意义,甚至可以说,本文就是一篇骈文专论,这从以下几个方面就可以看出:

其一,《丽辞》篇中对骈文产生原因进行了深入的论证。本篇之中,直接阐述骈偶产生原因的主要是两段文字:一是开头部分:"造化赋形,支体必双;神理为用,事不孤立。夫心生文辞,运裁百虑,高下相须,自然成对。"〔2〕二是结尾总结部分:"体植必两,辞动有配。左提右挈,精味兼载。"〔3〕黄侃先生在其《文心雕龙札记》中专门对《丽辞》篇进行阐释,开篇便明确指出:"文之有骈俪,因于自然,不以一时一人之言而遂废。"〔4〕不仅认定本文是在论证骈体文,而且顺势加以阐述,点出骈偶的产生"因于自然";接着又高度概括本篇的要点:"一曰高下相须,自然成对。明对偶之文依于天理,非由人力矫揉而成也。次曰岂营丽辞,率然对尔。明上古简质,文不饰雕,而出语必双,非由刻意也。三曰句字或殊,偶意一也。明对偶之文,但取配俪,不必比其句度,使语律齐同也。四曰奇偶适变,不劳经营。明用奇用偶,初无成律,应偶者不得不偶,犹应奇者不得不奇也。终曰迭用奇偶,节以杂佩。明缀文之士,于用奇用偶,勿师成心,或舍偶用奇,或专崇俪对,皆非为文之正轨

〔1〕 黄霖编著,《文心雕龙汇评》,上海古籍出版社,2005年版,第116—117页。
〔2〕 黄霖编著,《文心雕龙汇评》,上海古籍出版社,2005年版,第118页。
〔3〕 黄霖编著,《文心雕龙汇评》,上海古籍出版社,2005年版,第120页。
〔4〕 黄侃撰,《文心雕龙札记》,上海古籍出版社,2000年版,第162页。

也。"[1]再次申明骈偶之文"依于天理",总体上肯定刘勰之说:骈偶是在天理、自然的影响下产生的。同时又作了进一步的论证,要点是以文质两端为基本点,认为文章文质无定,所以奇偶也无定,"偏于文者好用偶,偏于质者善用奇"[2]。范文澜先生在其《文心雕龙注》中阐发刘勰关于骈偶成因之论,与黄侃先生有同有异:他也同意"偶对出于自然",但又着重强调联想作用和生活实际需要之促进作用:"原丽辞之起,出于人心之能联想。既思'云从龙',类及'风从虎',此正对也。既想'西伯幽而演《易》',类及'周旦显而制《礼》',此反对也。正反虽殊,其由于联想一也。古人传学,多凭口耳,事理同异,取类相从,记忆匪艰,讽诵易熟,此经典之文,所以多用丽语也。凡欲明意,必举事证;一证未足,再举而成;且少既嫌孤,繁亦苦赘,二句相扶,数折其中。昔孔子传《易》,特制《文》《系》,语皆骈偶,意殆在斯。又人之发言,好趋均平;短长悬殊,不便唇舌;故求字句之齐整,非必待于偶对,而偶对之成,常足以齐整字句。魏、晋以前篇章,骈句俪语,辐辏不绝者此也。综上诸因,知偶对出于自然,不必废,亦不能废,但去泰去甚,勿蹈纤巧割裂之弊,斯亦已耳。凡后世奇偶之议,今古之争,皆胶柱鼓瑟,未得为正解也。"[3]大体说来,范说是在黄侃先生天理自然与文质之说的基础上有所发挥,对"偶对出于自然"作了更为具体的解释:一是人的联想作用;二是古人口耳传学,便于记忆的实际需要;三是为文举证的需要,孤证不立,必有两句相扶;四是人们讲话时为便于唇舌,追求均平,齐整字句的习惯作用。应该说,这样解释刘勰《文心雕龙·丽辞》中有关骈偶成因的论述是相当深刻的。

其二,《丽辞》篇中对骈文也是以"原始以表末"进行史的描述

〔1〕 黄侃撰,《文心雕龙札记》,上海古籍出版社,2000年版,第162页。
〔2〕 黄侃撰,《文心雕龙札记》,上海古籍出版社,2000年版,第163页。
〔3〕 刘勰著,范文澜注,《文心雕龙注》,人民文学出版社,1958年版,第590页。

与分析。文中有云:"自扬、马、张、蔡,崇盛丽辞,如宋画吴冶,刻形镂法,丽句与深采并流,偶意共逸韵俱发。至魏晋群才,析句弥密,联字合趣,剖毫析厘。然契机者入巧,浮假者无功。"[1]很明显,刘勰画出的文章骈化轨迹是:起点自西汉司马相如、扬雄,再由此到东汉张衡、蔡邕;接下来发展到魏晋作家。同时,又把骈文的起始阶段和真正形成阶段的不同特点分辨得非常清楚。

骈文的起始阶段是扬、马、张、蔡等"崇盛丽辞"[2],即由原来"率然对尔""不劳经营"[3],无意识的骈词俪语,到自觉追求骈偶,从而在文章中出现"丽句与深采并流,偶意共逸韵俱发"的时代特征,也就是半骈半散的状态,这是西汉到东汉文体的基本特征,只是前后程度有所不同,东汉之文骈语更多,讲究更加细密。关于这一点,刘师培在其《论文杂记》中也持有同样的观点,只不过说得更清楚就是了:"西汉之时,虽属韵文(如骚赋之类),而对偶之法未严(西汉之文,或此段与彼段互为对偶之词,以成排比之体,或一句之中,以上半句对下半句,皆得谓之偶文,非拘于用同一之句法也,亦非拘于用一定之声律也);东汉之文,渐尚对偶(所谓字句之间互相对偶也)。"[4]从现存的两汉文章,特别是赋来看,也完全证明了这一点。如司马相如等西汉赋家之赋几乎所有篇章都是骈散结合,单复并用,既表现出追求骈偶的明显倾向,又没有完全骈化;而东汉赋家如张衡、蔡邕等人之赋则更进一步,对偶更为细密,成分进一步加大,与通体骈偶或者以骈偶为主体的骈赋相去不远。

至于说到"自觉追求"骈偶,有司马相如之言为证。《西京杂记》卷二记载:"司马相如为《上林》《子虚赋》,意思萧散,不复与外事相关,控引天地,错综古今,忽然如睡,焕然而兴,几百日而后成。

---

[1] 黄霖编著,《文心雕龙汇评》,上海古籍出版社,2005 年版,第 118—119 页。

[2][3] 黄霖编著,《文心雕龙汇评》,上海古籍出版社,2005 年版,第 118 页。

[4] 刘师培著,陈引驰编校,《刘师培中古文学论集》,中国社会科学出版社,1997 年版,第 234 页。

其友人盛览……尝问以作赋,相如曰:'合綦组以成文,列锦绣而为质。一经一纬,一宫一商,此赋之迹也。赋家之心,苞括宇宙,总览人物,斯乃得之于内,不可得而传。'"[1]这里的"合綦组以成文,列锦绣而为质。一经一纬,一宫一商"显然不是单纯追求词藻的华美,自然包括追求对偶在内。西汉的其他赋家也有类似的观点,这里不再赘述。

骈文的形成阶段是魏晋时期,其基本特征正如刘勰所说的"析句弥密,联字合趣,剖毫析厘"[2],也就是变本加厉地讲究对偶,使之成为文的主体,从量变达到质变,骈文从此产生了。其中曹植的《洛神赋》、王粲的《登楼赋》等便是代表作。从理论表述上来看,因为魏晋时代是"文的自觉"的时代,所以,尚偶倾向是这一文学自觉的主要倾向之一,不仅在其作品中有充分的体现,而且在理论上也比汉人更明确,更具体。曹丕在其《典论·论文》中就明确提出"诗赋欲丽"[3],其"丽"字就包含对偶的追求;陆机《文赋》中"其会意也尚巧,其遣言也贵妍。暨音声之迭代,若五色之相宣"[4]显然也包括追求对偶的意思。

可见,刘勰所描绘的文体骈化的发展轨迹是比较准确的,合乎由两汉至魏晋文体发展、演变的实际情况。

其三,关于骈文创作的基本原则,重点是骈散结合。《文心雕龙》关于骈散结合的理论论述也主要集中在《丽辞》篇中,该篇有两处侧重论述这一问题:一是在文章开头,一是在文章结尾。前者于

---

〔1〕 刘歆撰,葛洪集,向新阳、刘克任校注,《西京杂记校注》,上海古籍出版社,1991年版,第91页。

〔2〕 黄霖编著,《文心雕龙汇评》,上海古籍出版社,2005年版,第119页。

〔3〕 郁沅、张明高编选,《魏晋南北朝文论选》,人民文学出版社,1999年版,第13页。

〔4〕 郁沅、张明高编选,《魏晋南北朝文论选》,人民文学出版社,1999年版,第147页。

骈文、散文两持其平,强调骈散各有所宜,用骈用散要顺其自然;后者着重从创作上提出自己的理论主张,强调骈散结合。我们先看开头部分:

> 唐虞之世,辞未极文,而皋陶赞云:“罪疑惟轻,功疑惟重。”益陈谟云:“满招损,谦受益。”岂营丽辞,率然对尔。《易》之《文》、《系》,圣人之妙思也。序《乾》四德,则句句相衔;龙虎类感,则字字相俪;乾坤易简,则宛转相承;日月往来,则隔行悬合:虽句字或殊,而偶意一也。至于诗人偶章,大夫联辞,奇偶适变,不劳经营。〔1〕

这段文字包含三层意思:一是从史的角度揭示唐虞之世,即上古之时文章的自然状况,虽然有丽辞骈语存在,但是却不是刻意经营的结果,而是率意为之的产物,用作者的话说就是:“岂营丽辞,率然对尔。”即不经意中自然而成。这实际上是其文学自然观的延伸。二是阐述“《易》之《文》、《系》”这类圣人之文中丽辞骈语的状况,其突出特点是不大讲究句度之整齐与否,主要是“偶意”,即意义上相偶。黄侃先生在其《文心雕龙札记》中解释说:“三曰句字或殊,偶意一也。明对偶之文,但取配俪,不必比其句度,使语律齐同也。”〔2〕台湾学者李曰刚在《〈文心雕龙〉斟诠》中说:“意能相偶,亦谓丽辞也。”〔3〕其实两人讲的都是《易》之《文》《系》中骈语侧重意义上对偶的粗朴状况。三是说明周至春秋战国时期骈语与散语的存在状况,独具只眼,发人之所未发,在文章学理论上可以说有破天荒的意义:在周至春秋战国这一漫长的历史阶段中,文学方面的主要作品无论是《诗经》《左传》,还是《国语》等等,不管是用骈语,还是用散语,都是适应实际情况的变化,有什么需要就有什么

---

〔1〕 黄霖编著,《文心雕龙汇评》,上海古籍出版社,2005年版,第118页。
〔2〕 黄侃撰,《文心雕龙札记》,上海古籍出版社,2000年版,第162页。
〔3〕 刘勰著,詹锳义证,《文心雕龙义证》,上海古籍出版社,1999年版,第1299页。

样的语言,或奇或偶,视情况而定,并不是刻意追求,用作者自己的话说就是“奇偶适变,不劳经营”[1]。意在说明骈散各有所宜,所以用骈用散要顺其自然。这在骈体文风靡天下、如日中天的齐、梁时代,确实是难能可贵的,说其具有划时代的意义也不过分。对于《文心雕龙》的这一理论主张,有些富有卓识的学者已经进行了深入的解读。黄侃先生在《文心雕龙札记》中说:“四曰奇偶适变,不劳经营。明用奇用偶,初无成律,应偶者不得不偶,犹应奇者不得不奇也。”[2]《文论讲疏》则直接点出骈散问题:“此论骈散之各有所宜也。”[3]台湾学者李曰刚在其《〈文心雕龙〉斟诠》中的解释,侧重于自然观:“言其辞句或散行或骈俪,随机应变,不须刻意经营也。此二句承上《诗》与《左》《国》而言,只证秦汉以上偶言,并出自然也。彦和言外之意,示人不必扬偶抑奇。此节所以举扬、马、张、蔡者,以见辞意并偶之渐也。盖文之用奇用偶,初无定则,可奇者不能不奇,可偶者不能不偶,固无事乎勉强,任其自然可耳。”[4]郭晋稀先生在其《〈文心雕龙〉注释》中还从《左氏》中找出实例进行说明:“如《左氏》宣公三年,楚子问鼎,王孙满对辞中有云:‘商纣暴虐,鼎迁于周。德之休明,虽小重也;其奸回昏乱,虽大轻也。天祚明德,有所底止。成王定鼎于陕鄏,卜世三十,卜年七百,天所命也。周德虽衰,天命未改,鼎之轻重,未可知也。’便是骈散兼行。”[5]应该说这几位学者都是刘勰的知音。

文章结尾部分,通过对骈文创作中利弊得失的深入分析,顺理成章地提出骈散结合的理论主张:

> 若气无奇类,文乏异采,碌碌丽辞,则昏睡耳目。必使理

[1] 黄霖编著,《文心雕龙汇评》,上海古籍出版社,2005年版,第118页。

[2] 黄侃撰,《文心雕龙札记》,上海古籍出版社,2000年版,第162页。

[3][4][5] 刘勰著,詹锳义证,《文心雕龙义证》,上海古籍出版社,1999年版,第1300页。

圆事密,联璧其章。迭用奇偶,节以杂佩,乃其贵耳。类此而思,理斯见也。[1]

这一小段文字包含非常深刻的内容:

第一层,作者在这里揭示出骈文创作中的弊端和成因。其弊端关键就是堆砌、庸碌之病,即"碌碌丽辞,则昏睡耳目"。什么原因造成的这种弊端呢?主要是缺乏骨气与辞采,即所谓"气无奇类,文乏异采"。所以纪晓岚批道:"言对偶虽合法,而无骨采亦不可。"[2]刘大杰在其《中国文学批评史》中持同样看法:"'若气无奇类……则昏睡耳目',是针对堆砌辞藻、缺乏风骨的作品而发。"[3]张立斋在《〈文心雕龙〉注订》中也是这样认定:"若'气无'云云以下,是指修辞立言,宜求精巧有异采,不可碌碌乏味也。"[4]李曰刚《〈文心雕龙〉斠诠》则作了更进一步的解读:"此四句总论言、事二对庸冗之病。盖彦和就四对推进一层,以为对偶虽称合度,若无骨采,亦不谓之工。……无论言对或事对,若辞气既无瑰奇事类相与配偶,文句又乏特殊丹采可资点染,而一味钉饾、帮凑,勉强骈丽其辞,则读之者必感耳昏目眩,沈沈欲睡矣。此盖犯'庸冗'之弊,有以致之。"[5]"庸冗"二字是点睛之笔,这是当时骈体文最常见的毛病。

第二层,作者提出了解决问题的具体办法,共三条:一是解决"骨"的问题,方法是"理圆事密"[6];二是解决"采"的问题,方法是"联璧其章"[7];三是解决"气"的问题,方法是"迭用奇偶,节以杂佩"[8],并且强调这是特别好的办法,即所谓"乃其贵耳"[9]。先说"理圆事密"[10],其实,这主要是就文章的思想内容而言,因为

---

[1][2] 黄霖编著,《文心雕龙汇评》,上海古籍出版社,2005年版,第120页。

[3][4][5] 刘勰著,詹锳义证,《文心雕龙义证》,上海古籍出版社,1999年版,第1323页。

[6][7][8][9][10] 黄霖编著,《文心雕龙汇评》,上海古籍出版社,2005年版,第120页。

必须以思想内容作为骨骼,没有这种骨骼,文章无法生成。黄海章在《中国文学批评简史》中指出:"'辞之待骨,如体之树骸',人无骸骨,则形不能自树,文无骨干,则辞不能自树。骨是什么?在内容方面说,就是充实的思想,真挚的感情,丰富的想象,有了这些才能构成文学,好像人身的骨干一样。在形式方面说,则为结构严整,文辞精练。"[1]虽然对刘勰之"骨",人们的理解还不尽一致,但是"充实的思想,真挚的感情"却是文章之中不可或缺的骨骼,"理圆事密"就是要先植好骨。

次说"联璧其章"[2],其实这就是解决"采"的问题。刘勰在《文心雕龙·情采》中说得好:"圣贤书辞,总称文章,非采而何?"[3]那么,什么是"联璧其章"[4]呢?就是要使文章的各个部分,特别是对偶句子之间珠联璧合,构成美丽的辞采。这里的关键是强调要有"异采",所以非珠联璧合般的辞采不能胜任。

再说"迭用奇偶,节以杂佩"[5],其实这就是要骈散结合,交替使用,以避免单纯骈词俪语即"碌碌丽辞"[6]造成文章气势阻塞、板滞不畅之弊。在中国文学史上,这一方法的提出,意义非凡:首先,它切中当时骈体之积弊,因为齐、梁骈文虽然不乏名家与佳作,但是文章气势阻塞,板滞不畅,是比较普遍的毛病;其次,在刘勰以前和以后相当长的历史时期之内,还没有谁像他这样明确提出骈散结合的主张。

那么,刘勰的这一剂药方科学吗?非常科学。虽然当时的骈文家没有意识到这一点,但是,后世的骈文家在总结骈文创作的历史经验和教训之后,充分认识到这种方法的重要性。清人包世臣在《艺舟双楫·文谱》中说:"讨论体势,奇偶为先:凝重多出于偶,

[1] 刘勰著,詹锳义证,《文心雕龙义证》,上海古籍出版社,1999年版,第1049页。
[2][4][5][6] 黄霖编著,《文心雕龙汇评》,上海古籍出版社,2005年版,第120页。
[3] 黄霖编著,《文心雕龙汇评》,上海古籍出版社,2005年版,第108页。

流美多出于奇。体虽骈,必有奇以振其气势;虽散,必有偶以植其骨。仪厥错综,致为微妙。”[1]近人孙德谦则结合六朝骈文的创作实际进行总结:“文章之分骈散,余最所不信。何则?骈体之中,使无散行,则其气不能疏逸,而叙事亦不清晰。……若六朝则犹守中郎矩矱,王仲宝、沈休文外,以庾子山为最长。观其每叙一事,多用单行,先将事略说明,然后援引故实,作成联语,此可为骈散兼行之证。夫骈文之中,苟无散句,则意理不显。吾谓作为骈体,均当如此,不独碑志为然。譬之撰诗赋者,往往标明作意,列序于前。所以用序者,盖序即散体,而诗赋正文,则为骈矣。使诗赋语极秾丽,而无序言冠于其首,读至终篇,竟不知其旨趣何在。犹骈偶文字,通体属对,甚至其人事实,亦从藻饰,将何免博士买驴之诮乎?病之所在,由未识寓散于骈也。故子山碑志诸文,述及行履,出之以散,而骈俪之句则接于其下。推之别种体裁,亦应骈中有散,如是则气既舒缓,不伤平滞,而辞义亦复轩爽。……要之,骈散合一乃为骈文正格。倘一篇之内,始终无散行处,是后世书启体,不足与言骈文矣。”[2]这确实是经验之谈。张严在《论诠》中更以《文心雕龙》中的骈文为实证,进一步阐发骈散结合之必要:“大抵文章气势,系乎句法。而句之奇偶,影响气势极巨。奇句比较流美,偶句比较凝重,奇所以振其气,偶所以植其骨。故散文不得独奇,骈体未许独偶也,二者必奇偶兼用,三五其变,始成统一谐和之致。观彦和《文心》五十篇,莫不奇偶迭用。譬如以《情采》篇为例:‘圣贤书辞,总称文章,非采而何?’(奇句)‘夫水性虚而沦漪结,木体实而花萼振:文附质也。’(奇句)‘虎豹无文,则鞟同犬羊,犀兕有皮,而色资丹漆:质待文也。’(奇句)‘若乃综述性灵,敷写器象;镂心鸟迹之中,织辞鱼网之上:其为彪炳,缛采名矣。’(奇句)由此可知,奇句

[1] 刘勰著,詹锳义证,《文心雕龙义证》,上海古籍出版社,1999年版,第1325—1326页。

[2] 王水照编,《历代文话》,复旦大学出版社,2007年版,第8443—8451页。

之用,在乎引发下文,或结束上文,其功用不惟辞气矣。惟奇句力弱,偶句气王,偏于偶者板滞,偏于奇者缓散。奇偶互用,可以成雄奇变化之文。故曰'迭用奇偶,节以杂佩,乃其贵耳'。"[1]

上述诸位学者结合六朝以来骈文创作的实践经验进行认证、分析,充分说明刘勰的骈散结合主张不仅是正确的,而且是可行的,是解决骈体滞涩不畅、气势不舒的不二法门。在骈文极盛时代,刘勰能够提出这样的文学理论主张,有这样的远见卓识,实在让人钦佩。如果从骈文发展史的角度来评价,我们不能不这样说:刘勰是骈散结合理论的开山祖师。

[1] 刘勰著,詹锳义证,《文心雕龙义证》,上海古籍出版社,1999 年版,第 1325 页。

后 记

余年少之时，甚为愚蛮：马背之上，放纵八年；不喜文字，唯恋丘山；又颇好斗，常挥老拳。幸赖长兄景頫，不弃冥顽，悉心启蒙，诲之不倦。数年之间，余几乎改头换面：好勇斗狠之人，居然倾心于笔墨；逍遥马上之徒，竟能忘情于书卷。他人以为不可思议，余亦不知其所以然。时至今日，余为人师四十有一年，门下之士成百上千，但传道授业，润物无声，仍不能与长兄比肩。

折节攻书之后，余有幸忝列千帆师门墙。恩师既严教于当前，亦规划于长远，命以骈文为业，析之为点、线、面三端，文献考据，理论剖判；自尔行远，次第推阐。点之探索，自陆宣公而上溯二张、二陆、两潘，尤重徐孝穆、庾子山；下及韩柳、元白、温李，深究欧阳修、苏子瞻，止于王闿运、孙德谦。线之描述，始于汉末建安，终于皇清季年。面之拓展，因枝振叶，选文定篇；敷理举统，观澜索源。方今之时，于骈文一道，虽无大成，著述亦不碍观瞻。

然余治骈体多时，惜于《文心雕龙》用力甚浅；似此骈文重镇，却失于眉睫之前。幸而从福瑞师问学，得以弥补缺憾。先生既授之以学，亦且排忧解难，使余于鬻文贩书之余，尚能神游于骈四俪六之间。尤于雕龙之学，督教甚严。遂得以循彦和之径，振叶寻根，沿波讨源：本乎道、师乎圣、体乎经、酌乎纬、辨乎骚，窥“文之枢纽”；论文叙笔，囿别区分，剖情析采，笼圈条贯，出入其“上篇”“下篇”。无福瑞师之教，定无是书刊布流传。

今此集行将问世,余不禁感慨万千。早年蹉跎马上,收缰恨晚;其后心向学术,则复诸事纷繁:即为人师,自当教授弟子;复为编辑,公务不可敷衍。一人而身担数职,白日焦头烂额;意欲熊鱼得兼,故于黑夜方能笔耕砚田。自知东隅已失,且喜桑榆非晚。更深夜静,他人多酣甜入梦;寂然凝虑,余则倾心古典。心血来潮,时而夜以继日;意兴正酣,亦尝通宵达旦。不知我者谓我何苦,知我者谓我心甘。若无师长之助,余无以至今日;如无诗书之乐,余何以度余年?

正是:

当初马背少年狂,幸有家兄挽脱缰。
立雪程门亲义理,雕龙绛帐爱辞章。
书山有路愁时短,学海无涯喜夜长。
不是春风能化雨,黄沙白草老穷荒。

丁酉之秋,于景祥于沈水之阳